STAR WARS

EPISODEN I–VI®

DAS KOMPENDIUM

DIE ILLUSTRIERTE ENZYKLOPÄDIE

MUSTAFARIANER

STAR WARS®

EPISODEN I–VI

DAS KOMPENDIUM

DIE ILLUSTRIERTE ENZYKLOPÄDIE

Text von DAVID WEST REYNOLDS (Episoden I, II und IV – VI) und JAMES LUCENO (Episode III)
Aktualisierung und Zusatzmaterial von RYDER WINDHAM

Sonderbeiträge von ROBERT E. BARNES, DON BIES, JOHN GOODSON,
NELSON HALL & MIKE VERTA

Neue Fotos von ALEX IVANOV

Aus dem Amerikanischen von Ralf Schmitz

vgs EGMONT

MACE WINDUS LICHTSCHWERT

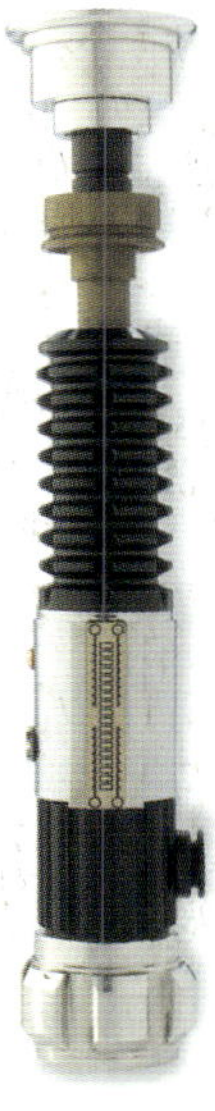

OBI-WANS LICHTSCHWERT

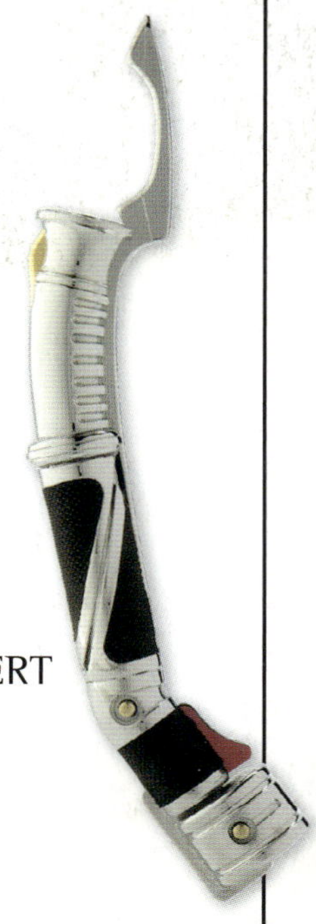

DOOKUS LICHTSCHWERT

Vorwort

Ich erinnere mich noch sehr gut daran, wie ich den ersten *Star Wars* Film gesehen habe. Ich saß zwischen all den anderen Dreizehnjährigen und starrte mit offenem Mund den aus dem Bild fliehenden Blockadebrecher an, auf den ein nicht enden wollender Sternzerstörer folgte. Nichts war mehr wie früher, und mein Leben begann noch einmal.

Ich verbrachte den ganzen Sommer 1977 damit, den Roman zum Film zu lesen und mich in die von George Lucas erdachten Welten zu träumen. Ich hatte schon vorher stundenlang unterirdische Städte mit geheimen Kammern, Falltüren und umwerfenden verborgenen Fahrzeugen gezeichnet. Und ich hatte mich schon immer dafür interessiert, was sich unter der Oberfläche und hinter den Kulissen abspielte.

Star Wars hat meiner Vorstellungskraft auf die Sprünge geholfen, und ich weiß noch, wie ich darüber nachdachte, was wohl außerhalb des Kamerablickwinkels auf Tatooine, Dagobah oder Hoth vorgehen mochte. Wie lebten die Bewohner dieser Welten? Was würde ich entdecken, wenn ich dorthin reiste?

Ich war dann einer der Ersten, der 1980 *Das Imperium schlägt zurück* sah, und ich erinnere mich noch genau, wie beeindruckt ich von Yoda war. Der älteste und weiseste aller Jedi faszinierte mich ungeheuer. Wie alle pflegte ich damals meine eigene Version von Frank Oz' verdrehter Yoda-Sprache. (Allerdings war es mir später, als wir gemeinsam an dem digitalen Yoda arbeiteten, viel zu peinlich, Frank mein kleines Geheimnis preiszugeben.)

Mit dem 1983 in den Kinos gezeigten *Die Rückkehr der Jedi-Ritter* verbanden mich eher bittersüße Gefühle. Nach dem Abspann fragte ich mich, ob ich jemals einen weiteren *Star-Wars*-Film sehen würde. Jeder wusste, dass die *Star-Wars* Saga, die Lucas geschrieben hatte, neun Episoden umfasste, doch damals kursierten nur Gerüchte darüber, ob er noch einmal auf die komplette Serie zurückkommen würde.

Es ist schon komisch, wenn ich heute an mich als neunzehnjährigen Jungen zurückdenke, der in seiner Unschuld nicht ahnen konnte, dass Industrial Light & Magic mich einmal unter Vertrag nehmen und dass ich acht Jahre lang eng mit Lucas an den *Star Wars Prequels* zusammenarbeiten würde.

Als Animation Director von *Die dunkle Bedrohung, Angriff der Klonkrieger* und *Die Rache der Sith* war ich für die digitalen Charaktere und Geschöpfe verantwortlich, die Lucas' wunderbare Welten bevölkerten. Den Anfang machte 1997 unser schrulliger Schrotthändler Watto, und den Abschluss bildete 2005 der schurkische General Grievous. Während dieser Zeit war ich ausschließlich mit den digitalen Geschöpfen und den Problemen ihrer Interaktion mit menschlichen Filmfiguren beschäftigt.

Dabei ging es mir vor allem um die Erkenntnis, dass wir, die wir die Figuren digital bearbeiten, gewissermaßen wie Schauspieler sein müssen, die hinter den Kulissen agieren. Damit sich die animierten Figuren nahtlos in die konventionell gefilmten Szenen einfügen, müssen wir den Digitalfiguren immer etwas von unserem Leben einhauchen. Um das zu erreichen, arbeiteten wir Seite an Seite mit George Lucas und so großartigen Synchronsprechern wie Andy Secombe als Watto oder Frank Oz als Yoda.

Die Spezialeffekte und die Animationen wurden in Teamarbeit ausgeführt, und wir hatten eine Menge sehr talentierter Künstler und Techniker, die uns bei Industrial Light & Magic tatkräftig beistanden, um die unglaublichen Bilder zu erschaffen, die man später auf der Kinoleinwand sehen konnte.

Ich liebe die Abbildungen in diesem Buch. Sie führen mich in eine Zeit zurück, in der ich ein kleiner Junge war und geheimnisvolle Bauten und magische Welten entwarf. In eine Zeit, in der ich mich bereitwillig von meiner Fantasie mitreißen und entführen ließ. Es hat mir einen Riesenspaß gemacht, durch diese Seiten zu blättern und mich an die staunenswerten Kreationen von George Lucas zu erinnern, seine zahllosen Welten, Geschöpfe und Fahrzeuge. Ich hoffe sehr, dass dieses Buch Sie ebenso inspiriert wie mich und Sie in eine weit, weit entfernte Galaxis entführt.

Rob Coleman, Animation Director,
Lucasfilm Animation, Skywalker Ranch, Oktober 2006

Inhalt

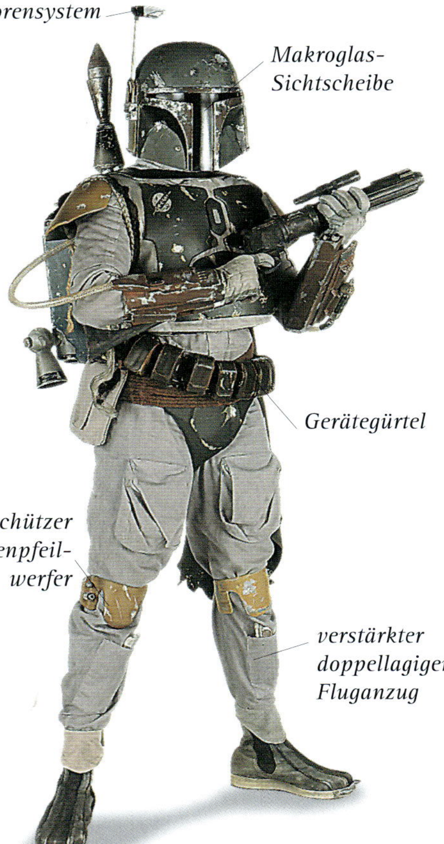

BOBA FETT

AURRA SING

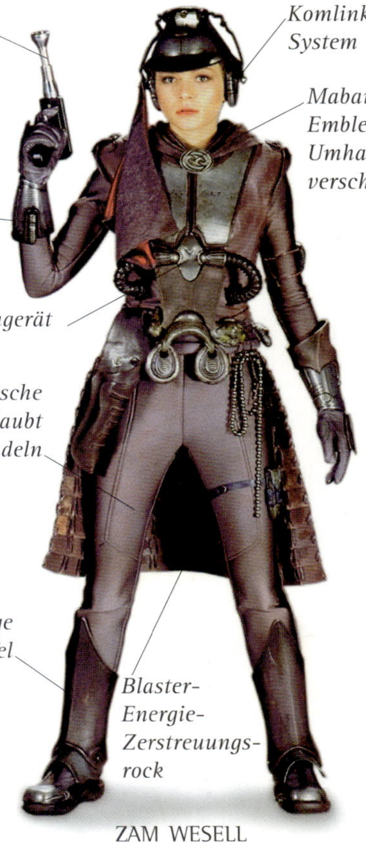

ZAM WESELL

NEIMOIDIANISCHER KRIEGER

Einleitung

Bis auf einen kurzen Moment vollkommener Finsternis, der die endgültige Verwandlung eines ehemaligen Jedi-Ritters in einen kybernetischen Sith-Lord einfängt, enthält fast jede Szene der sechs *Star-Wars*-Filme eine Vielzahl visueller Informationen. Die Helden und Schurken bedienen sich komplexer Raumschiffe, die Aliens kämpfen mit außergewöhnlich schlagkräftigen Waffen, und die einzigartige Architektur unzähliger Welten gibt Aufschluss über die Entwicklung unterschiedlichster Kulturen. Auch wenn einige Nebenfiguren, Geräte, Fortbewegungsmittel und Gebäude in den Filmen nicht namentlich genannt werden, haben die meisten davon Erwähnung in den *Star-Wars*-Romanen, Nachschlagewerken, Comics gefunden oder doch noch eine Benennung durch Spielzeugmodelle und Computerspiele erhalten. Seit der Veröffentlichung der ersten *Illustrierten Enzyklopädie* hat sich viel getan, so dass dieses überarbeitete und erweiterte Kompendium in neue, bisher unbekannte Winkel jener weit entfernten Galaxis eindringt…

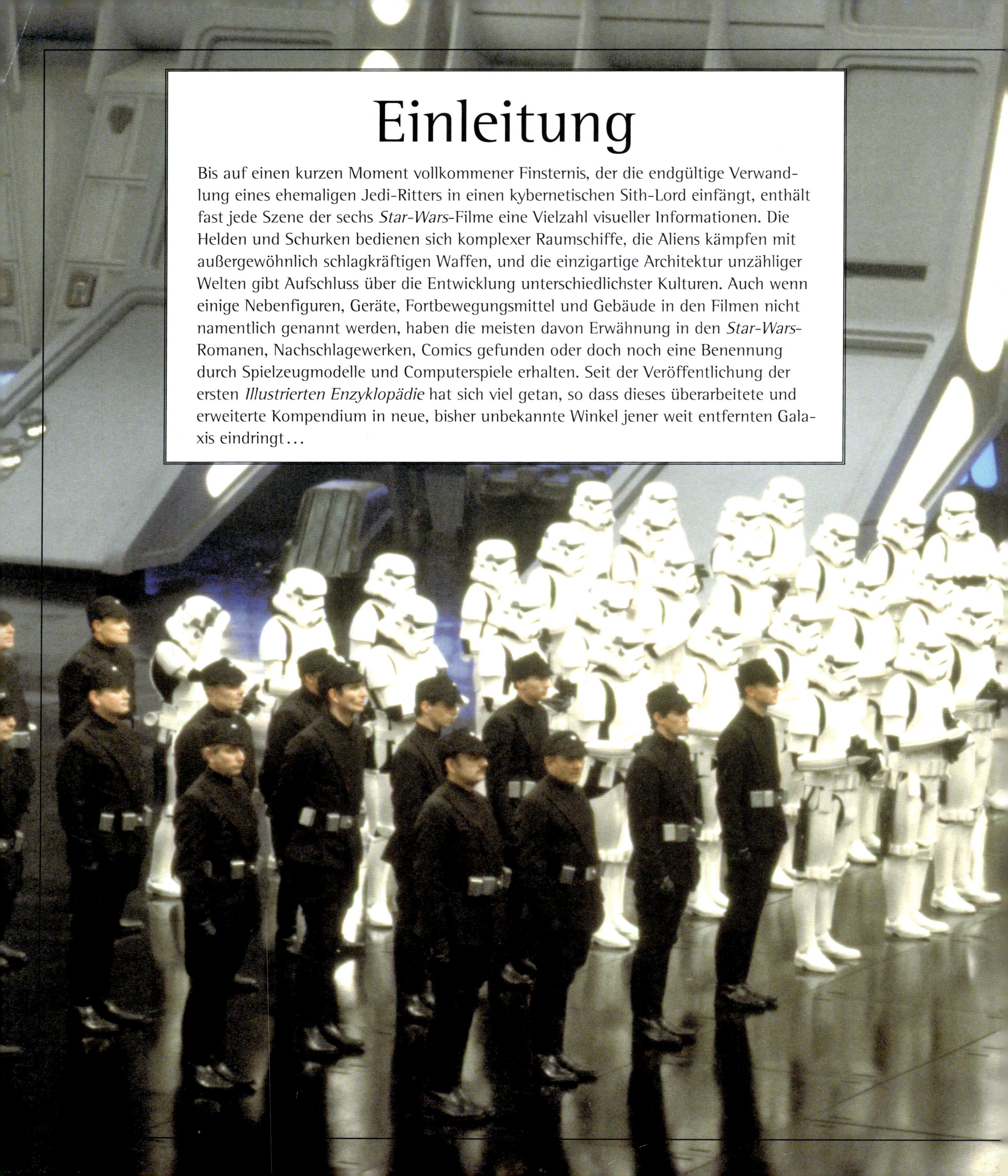

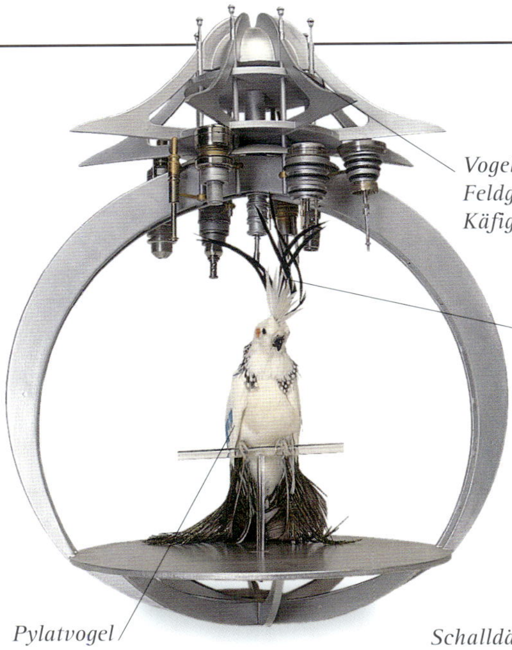

NEIMOIDIANISCHER VOGELKÄFIG

MAKROBINOCULAR EINES PODRACER-FANS

HELM DES NABOO-HANGARCHEFS

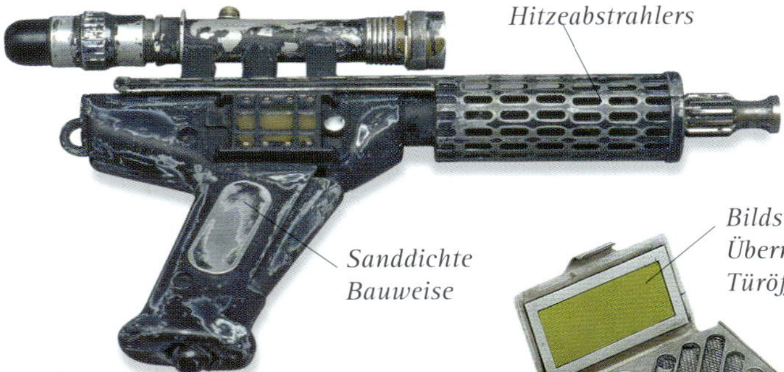

TATOOINE-BLASTER

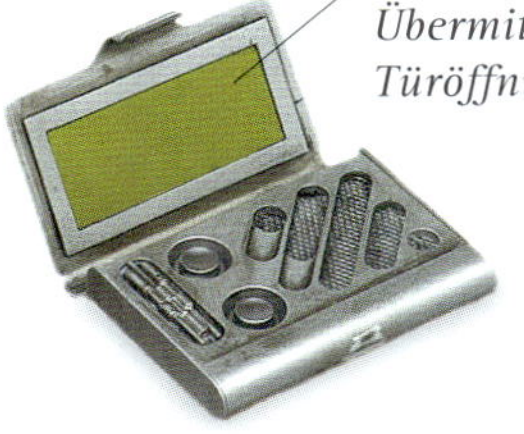

GYRDA-DATAPAD

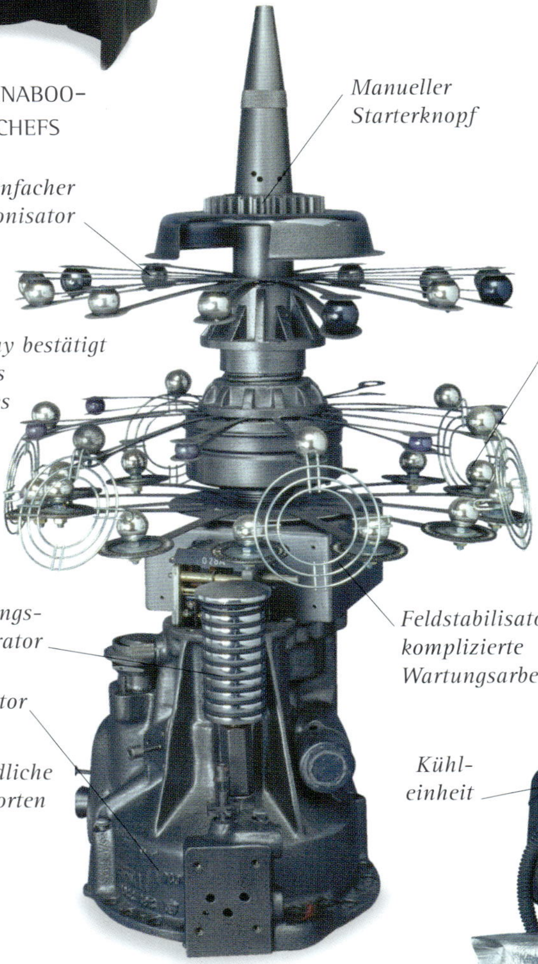

WATTOS IONISATOR

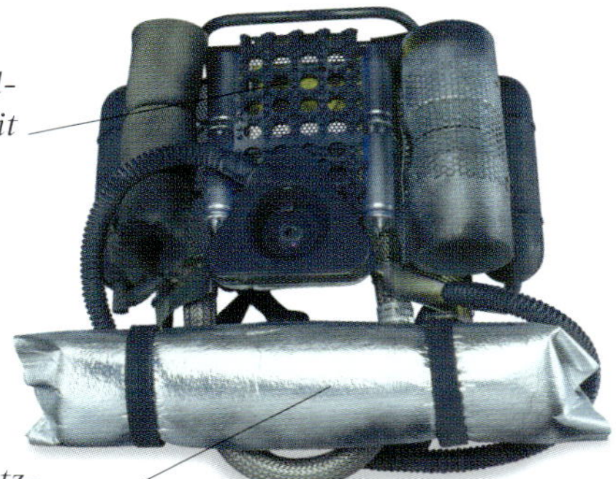

RUCKSACKKÜHLER VON MOS ESPA

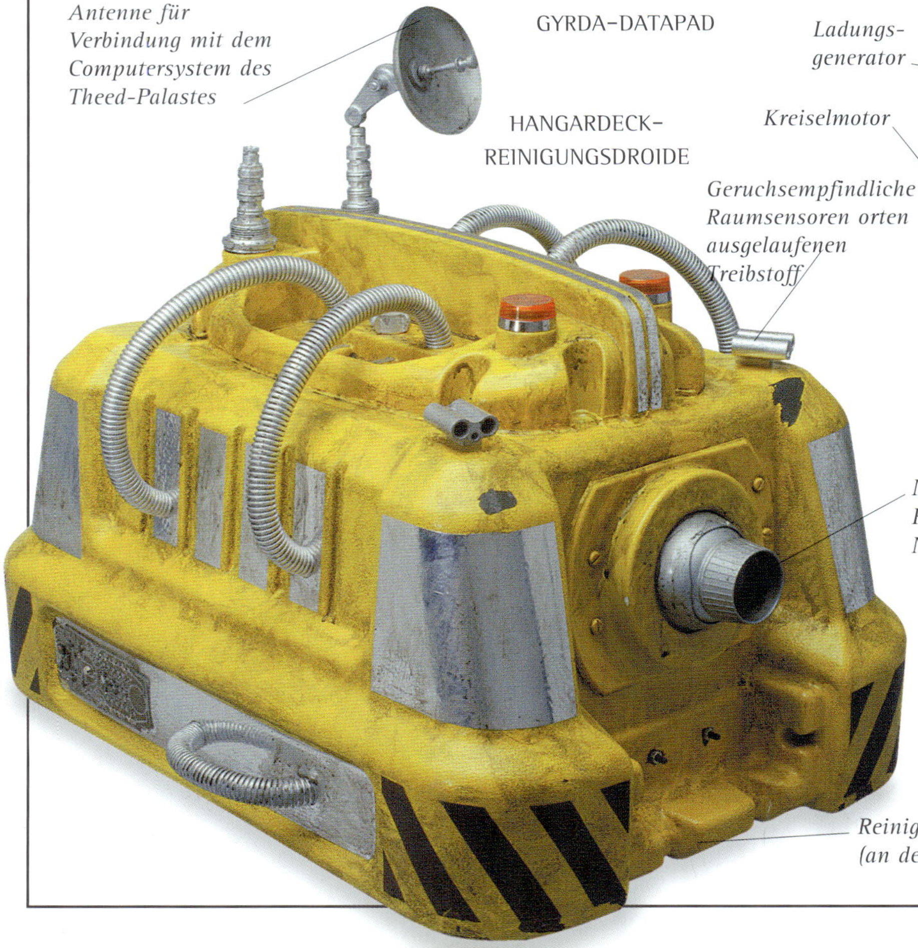

HANGARDECK-REINIGUNGSDROIDE

JEDI-LICHTSCHWERT

EPISODE 1

DIE DUNKLE BEDROHUNG

Star Wars: Episode I führt uns zu den Anfängen der Saga, versetzt uns ein Lebensalter zurück in die Vergangenheit, in eine Zeit, als Luke Skywalkers schicksalhafte Begegnung mit Ben Kenobi noch in ferner Zukunft lag. Lukes Vater, Anakin Skywalker, ist ein Kind von gerade erst neun Jahren, und die Völker zahlreicher Rassen sind friedlich vereint unter der noch stabilen Regierung der Galaktischen Republik – auch wenn erste Vorboten des Verfalls bereits ihre Schatten vorauswerfen. Diese Epoche ist bevölkert mit Charakteren, deren Heimatwelten reich sind an atemberaubenden Raumschiffkonstruktionen, exotischen Landestrachten und fremdartig anmutenden Droiden – und wie im wirklichen Leben hat alles, was uns hier begegnet, seine eigene Geschichte. Der aufmerksame Betrachter wird rasch Parallelen zur realen Welt entdecken. Vom Schreckgespenst der unvermittelt auftauchenden Kampfdroiden der Handelsföderation bis hin zu den tödlichen Fängen des Colo-Klauenfisches oder den Delikatessen, die auf dem Markt von Mos Espa feilgeboten werden – *Die Illustrierte Enzyklopädie* führt Sie in Bild und Text durch die fantastische Welt dieser neuen Episode der *Star-Wars*-Saga, in der alles seinen Anfang nimmt. Kommen Sie also an Bord – und schnallen Sie sich an.

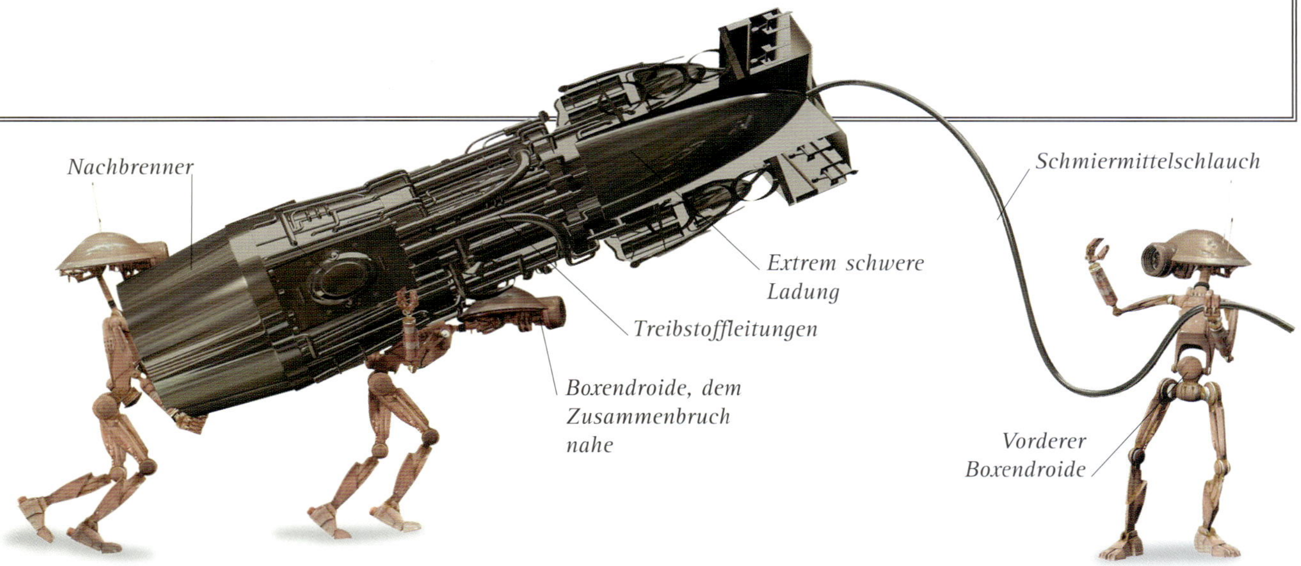

BOXENDROIDEN TRAGEN PODRACER-MOTOR

KOMLINK

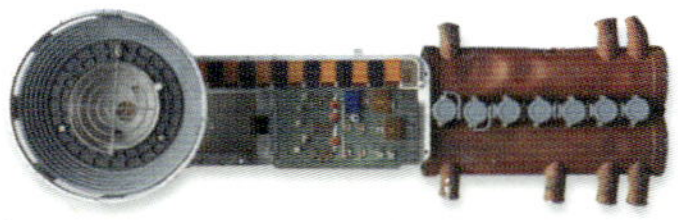

BLISSL-TUNER (MUSIKINSTRUMENT)

HEIZGERÄT FÜR SKLAVENQUARTIER

Die dunkle Bedrohung

GEGRÜNDET VOR LANGER ZEIT, vereint die Republik zahllose Sternensysteme unter einer Regierung. In vergangenen Jahrtausenden kämpften große Teile der Republik gegeneinander, bewahrten aber stets den dünnen Faden der Einheit. Unter dem Schutz der weisen Jedi, der Hüter einer mystischen Gewalt, die man »die Macht« nennt, stellte sich Frieden und Gerechtigkeit ein. Die Zivilisation gedieh. Der Galaktische Senat wurde gegründet, und die Republik erlangte Wohlstand. Doch die Regierungsinstitutionen wurden bestechlich, und die Zahl der Jedi schrumpfte auf kaum mehr als zehntausend zusammen. Jetzt ist die Macht selbst aus dem Gleichgewicht geraten, und große Veränderungen drohen . . .

Coruscant

Eine Welt, die aus einer einzigen, riesigen Stadt besteht. Coruscant ist der Sitz der galaktischen Regierung und praktisch das Zentrum des bekannten Universums. Vertreter aller Mitgliedswelten versammeln sich hier, um die gewaltige Aufgabe zu bewältigen, eine ganze Galaxis zu regieren und zu verwalten. Auch die Jedi haben ihren Hauptsitz auf Coruscant, um dort der Führung des Galaktischen Senats zu dienen.

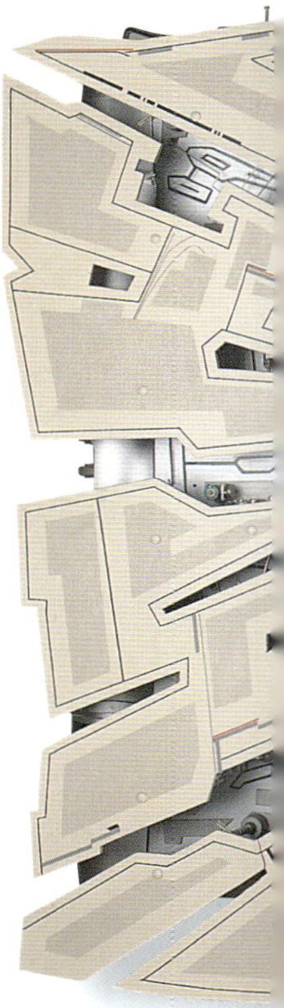

Auf Coruscant werden die Regierungsmitglieder des Galaktischen Senats von den Jedi unterstützt, den Wächtern über Frieden und Gerechtigkeit. Von den Beschlüssen des Hohen Jedi-Rates hängt es ab, ob das Schicksal abgewendet werden kann, das der Galaxis droht, wenn die Mächte der Dunkelheit ihre Kräfte vereinen.

Darth Sidious

Der Sith-Lord Darth Sidious leitet die letzte Phase des zweitausend Jahre alten Plans seines Ordens zur Vernichtung der Jedi ein. Er hat mit großer Geduld seine Macht und seinen Einfluss in den innersten Kreisen der galaktischen Regierungsverwaltung ausgebaut. Unter Einsatz seiner psychologischen Fähigkeiten und seiner Kenntnisse der Bürokratie führt er die Krise herbei, die es ihm ermöglichen soll, nach der Herrschaft zu greifen.

Coruscant bietet zahlreiche Verstecke für die mysteriösen Sith, eine uralte dunkle Ordensgemeinschaft, die im Untergrund der galaktischen Metropole darauf lauert, die Zeit der Schwäche der Republik auszunutzen, um ein neues Zeitalter der Sith-Herrschaft einzuleiten. Diese Bedrohung geht vom Kern des Imperiums aus und zieht Individuen diesseits und jenseits von Coruscant in ihr Netz.

In seiner silbernen Eleganz und seinen fast verspielt wirkenden Konturen ist das Königliche Raumschiff der Inbegriff des Naboo-Stils. Dennoch sind die Antriebssysteme, um die herum das Schiff gebaut ist, Importprodukte. In vergleichbarer Weise ist auch das Volk von Naboo von der Industrie anderer Planeten abhängig.

Naboo

Der dünn besiedelte und provinziell anmutende Planet Naboo hat aus seiner Mitgliedschaft in der Republik große Vorteile gezogen. Seine Architektur ist Ausdruck einer nach Ästhetik in den Künsten und Harmonie im Alltag strebenden Lebensphilosophie. Die Naboo betrachten ihr Privileg inzwischen als ein angestammtes Recht und begreifen nicht, in welchem Maße sie von der Macht und der Stärke der galaktischen Regierung abhängig sind, die ihnen Schutz bietet. Erst wenn die Krise naht, werden sie zu der Erkenntnis gelangen, dass die einzige Stärke, auf die sie sich verlassen können, ihre eigene ist.

Otoh Gunga

Ohne Kontakt zur Außenwelt glänzen die Gungan-Unterwasserstädte von Naboo wie schimmerndes Geschmeide. Die Hauptstadt, Otoh Gunga, ist stolz darauf, keinerlei fremden Einflüssen ausgesetzt zu sein. Dennoch ist der in aller Stille erfolgende Handel mit den Naboo für Otoh Gunga lebenswichtig. Die Gungans müssen erkennen, dass dies – ebenso wie die Gefahr, die die Handelsföderation für sie darstellt – ein weit höheres Maß an Kontakten zu Fremden mit sich bringt, als man zugeben möchte.

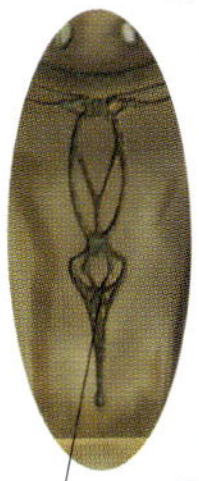

Hyperantriebskern

Der Hyperantriebskern des Königlichen Raumschiffs ist ein beeindruckendes Beispiel für den Naboo-Stil – ein Labyrinth von Transformatorflächen und Effektkanälen, die es ermöglichen, sanft in den Hyperraum einzutauchen. Als der Hyperantriebsgenerator nubianischer Herkunft im Gefecht ausfällt, wird den Naboo schmerzlich bewusst, in welchem Maße sie von der Welt außerhalb ihres Planetensystems abhängig sind.

LANDUNG AUF TATOOINE
Das Königliche Raumschiff von Naboo wird durch einen Bruch im Hyperantriebskern gezwungen, auf der Wüstenwelt Tatooine zu landen. Königin Amidala muss in der Wildnis Zuflucht suchen und ihre ganze Hoffnung auf eine verzweifelte Chance setzen.

Tatooine

Weitab vom Einflussbereich der Republik befinden sich die Welten des Äußeren Randes, ein Grenzgebiet, in dem Freiheit und Versklavung dicht beieinanderliegen. Auf Tatooine herrschen wohlhabende Handelsfürsten neben gewissenlosen Gangstern. Die Steinbauten von Mos Espa wirken so schroff und unwirtlich wie der Planet selbst, doch hinter grobem Mauerwerk verbergen sich hochentwickelte Klimaanlagen. Auf Tatooine ist nicht jeder, was er zu sein scheint – wie man an Bord des Königlichen Raumschiffs nach der Begegnung mit einem Sklavenjungen namens Anakin Skywalker rasch herausfindet.

Mace Windu

Immer wieder stand Mace Windu im Zentrum großer Konflikte. Sein Ruhm steht seinem Verhandlungsgeschick in nichts nach.

MACE WINDU IST DER FÜHRER des Jedi-Rates, seine Weisheit und Selbstaufopferung sind legendär. In seiner langen, an Abenteuern reichen Karriere hat er wiederholt sein Leben riskiert, um große Konflikte für alle Beteiligten fair zu lösen. Windu ist von nüchterner Wesensart, im Angesicht von Gefahr jedoch durchaus auch zu dramatischem Handeln fähig. Selbst erfahrene Jedi suchen in Zeiten ernsthafter Schwierigkeiten den Rat dieses großen Mannes. Mace Windu, stets bereit, die eigene Sicherheit hintanzustellen, riskiert nur ungern das Leben anderer. Qui-Gon Jinns Glaube an Anakin Skywalker ist ihm suspekt, und er befürchtet, dass von dem Jungen einmal eine große Gefahr ausgehen wird. Diese Sorge belastet seine Freundschaft zu Qui-Gon.

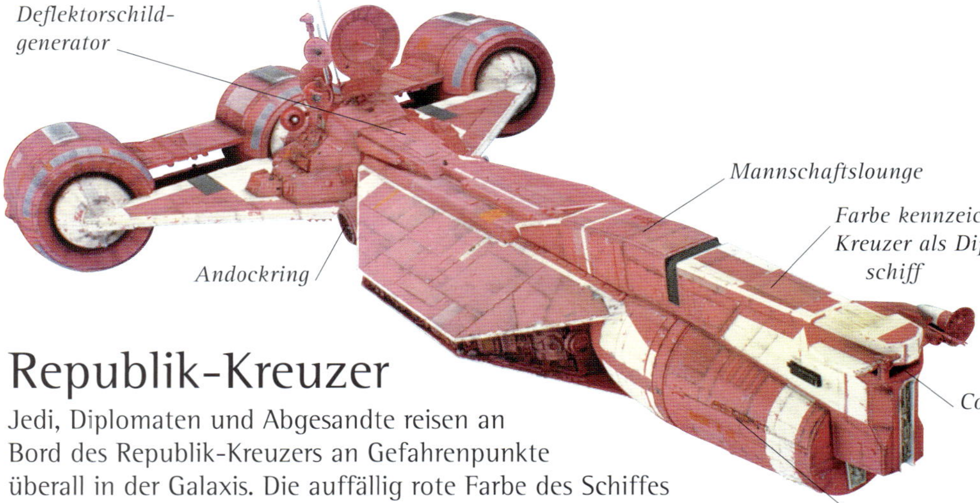

Republik-Kreuzer

Jedi, Diplomaten und Abgesandte reisen an Bord des Republik-Kreuzers an Gefahrenpunkte überall in der Galaxis. Die auffällig rote Farbe des Schiffes symbolisiert seine Neutralität. In gut gepanzerten Salonkapseln finden Verhandlungen auf höchster Ebene zwischen kriegführenden Parteien statt.

Der Hohe Rat der Jedi wird unter strenger Geheimhaltung von Großkanzler Valorum vom Galaktischen Senat einberufen, um den Konflikt mit der Handelsföderation zu schlichten. Mace Windu bestellt zwei seiner fähigsten Jedi zu sich, um diese Mission zu übernehmen, nicht ahnend, daß Qui-Gon Jinn und dessen Lehrling Obi-Wan Kenobi in der Flotte der Handelsföderation Gefahr und Verrat erwarten.

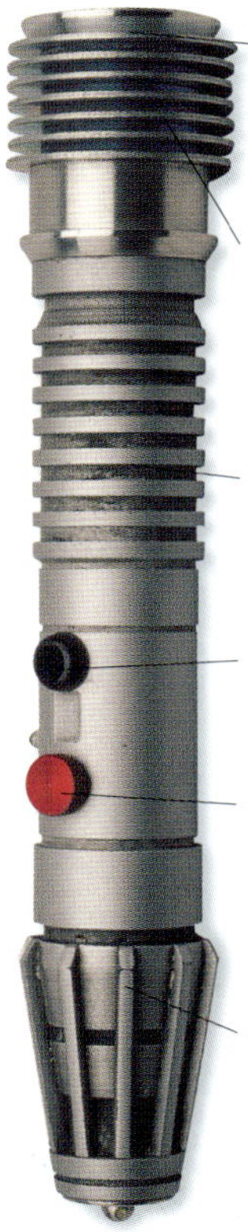

MACE WINDUS LICHTSCHWERT

DATENBLATT

- Die Jedi benutzen das Lichtschwert als Symbol ihrer Kampfbereitschaft – zur Verteidigung, nicht zum Angriff – und ihres existenziellen Strebens nach Vervollkommnung sowohl geistiger wie körperlicher Fähigkeiten.
- Die Jedi sind Botschafter, Vermittler und Berater, und nur in äußerster Not Krieger.

Yoda

Mit seinen mehr als 800 Lebensjahren ist Yoda das älteste und wohl auch weiseste Mitglied des Hohen Jedi-Rates. Auf zahlreichen Reisen hat Yoda in jüngeren Jahren Hunderte von Welten besucht und sich als stiller Beobachter ganz der Aufgabe gewidmet, die unterschiedlichen Lebensweisen und die unendlich vielfältigen Nuancen der Macht zu studieren. Diese Erfahrungen haben ihn vorsichtig und nachdenklich zugleich gemacht. Der Jedi-Meister hat großes Interesse an der Entwicklung von Qui-Gon Jinn und dessen Lehrling Obi-Wan Kenobi. Yoda, der ihre beträchtlichen Kräfte und Potentiale erkannt hat, lehnt jedoch viele ihrer »leichtsinnigen« Entscheidungen ab.

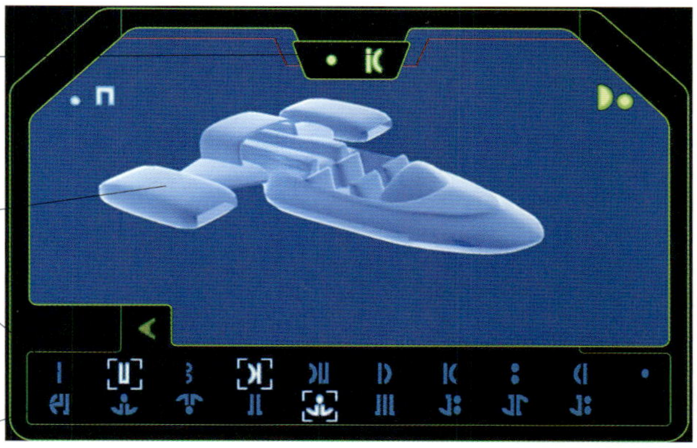

Testschirm

Der Hohe Jedi-Rat benutzt handliche Multifunktionstestschirme zur Prüfung der Lehrlinge. Diese Sichtschirme werden von den mentalen Kräften der Jedi betrieben und besitzen kleine Drehschalter. Nur ein in der Macht Geschulter kann den mit hoher Geschwindigkeit ablaufenden Bildsequenzen auf dem Display folgen. Mittels dieser Sichtschirme trainieren die Ratsmitglieder ihre Fähigkeiten. Zugleich stehen sie als Symbol dafür, dass ihre Besitzer im Einklang mit der Macht sind.

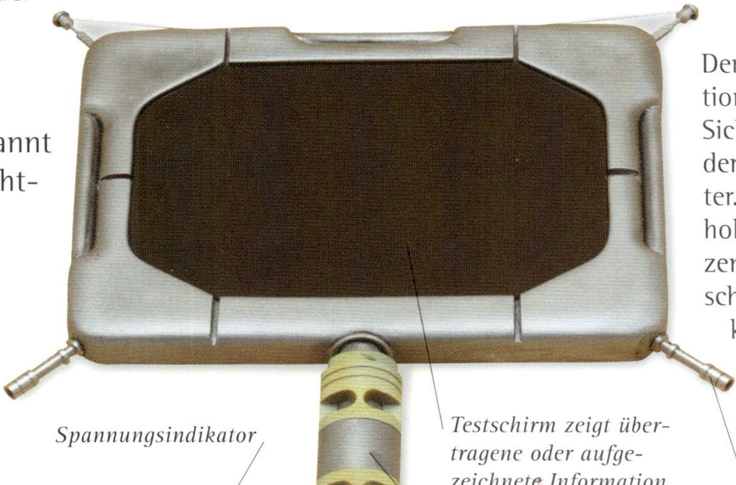

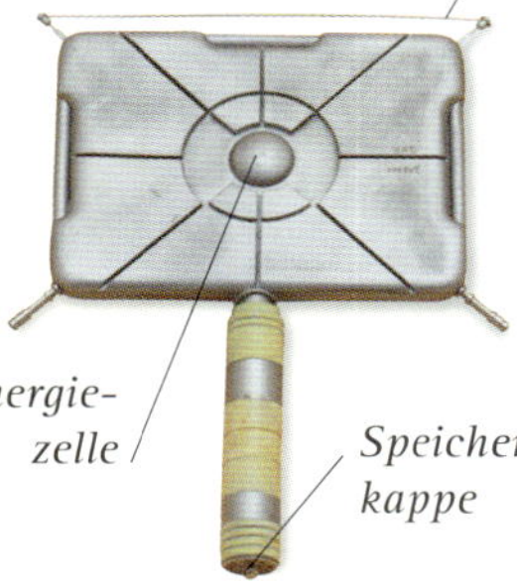

HINTERANSICHT

YODAS LICHTSCHWERT

Die Jedi beziehen ihre Kraft aus der Macht, einem allgegenwärtigen, subtilen Energiefeld, das von allen lebenden Geschöpfen erzeugt wird. Die Macht kann telekinetische Kräfte verleihen und Einblicke in die Zukunft, die Vergangenheit oder auch die Gedanken anderer verschaffen.

Da Yoda so viel vom Leben gesehen hat, misst er alles, was in der Galaxis geschieht, an einer sehr weit reichenden Perspektive. Heute ist er bei weitem nicht mehr so aktiv wie in jüngeren Jahren, bleibt aber zusammen mit Mace Windu eine der beiden wichtigsten Stimmen der Weisheit im Hohen Jedi-Rat.

DATENBLATT

- Mit Hilfe seines Gimerstocks kann Yoda auch lange Strecken zu Fuß bewältigen; zudem enthält der Stock Pflanzenextrakte, die beim Kauen die Meditation unterstützen.
- Seit vielen Jahren musste Yoda sein spezielles Lichtschwert nicht mehr einsetzen. Dem Jedi-Meister bereitet es größere Befriedigung, gewaltfreie Lösungen zu finden.

Der Hohe Rat der Jedi

DIE ZWÖLF MITGLIEDER des Hohen Jedi-Rates stellen eine Versammlung großer Geister dar, die sich im Dienste des Friedens und der Gerechtigkeit bewährt haben. Im festen Glauben an die Macht arbeiten die Ratsmitglieder vertrauensvoll zusammen, frei von den Beschränkungen, die kleinliche Eifersucht und Egoismus auferlegen, ein Bündnis gegenseitigen Respekts und ein sicherer Hort für ein hehres Ziel. Dem Jedi-Rat gehören fünf ständige Mitglieder an, die sich der schwierigen Arbeit dieser Institution auf Lebenszeit verpflichtet haben. Daneben rekrutiert sich der Rat aus vier Mitgliedern, denen ein Rücktritt im Alter freigestellt bleibt, sowie aus drei weiteren, deren Zugehörigkeit auf eine bestimmte Anzahl von Jahren festgelegt ist. Diese Ausgewogenheit sorgt dafür, dass der Rat weise und tatkräftig bleibt.

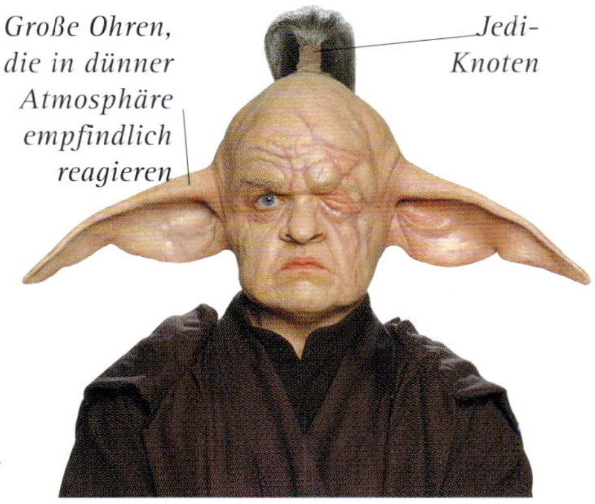

EVEN PIELL
Ein Auge des Jedi-Meisters Even Piell ist von einer auffälligen Narbe überwuchert – die Trophäe eines Sieges gegen Terroristen, die den Fehler begangen hatten, den kleinwüchsigen Jedi zu unterschätzen.

Der Ratssaal befindet sich im Mittelturm des Jedi-Tempels auf der galaktischen Hauptwelt Coruscant. Die zwölf Ratsmitglieder sitzen auf in einem gleichförmigen Kreis rings um den Saal verteilten Sesseln.

Yareal Poof

Der Jedi-Meister Yareal Poof ist ein Meister der Gedankenmanipulation, mit deren Hilfe er jedem Konflikt ein Ende zu bereiten vermag, indem er die Kontrahenten mit ihren ureigensten Ängsten konfrontiert.

Saesee Tiin

Als Iktotchi-Pilot behält Saesee Tiin auch bei höchsten Geschwindigkeiten den Überblick an den komplizierten Steuerkontrollen der besten Weltraumfahrzeuge. Sein telepathischer Verstand, der stets vorauseilt, ist dem Rat eine unschätzbare Hilfe.

Ki-Adi-Mundi

Ein Jedi-Ritter von der weitgehend unverdorbenen Paradieswelt Cerea. Unter seiner auffällig hohen Stirn arbeitet ein komplexes Binärgehirn. Ki-Adi-Mundi ist erst kürzlich in den Rat aufgenommen worden und hat bis jetzt noch keinen Padawan-Anwärter erwählt.

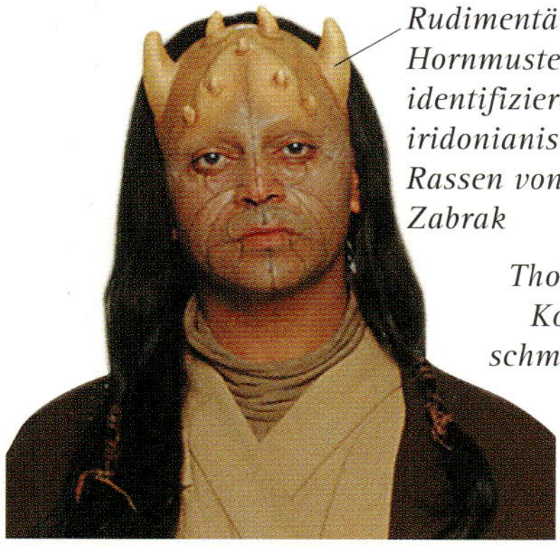

EETH KOTH
Iridonianische Zabrak wie Eeth Koth sind berühmt für ihre mentale Disziplin, die es ihnen erlaubt, große körperliche Schmerzen zu ertragen. Diese Fähigkeit ist ein Produkt ihres harten Überlebenskampfes auf ihrer unwirtlichen Heimatwelt.

OPPO RANCISIS
Der Corag Oppo Rancisis hat seinen Thron auf Thisspias aufgegeben, um in dem auf Coruscant beheimateten Jedi-Orden der ganzen Galaxis zu dienen. Wenn alle Verhandlungen scheitern, sorgt Rancisis dafür, dass die vom Jedi-Rat eingeleiteten militärischen Taktiken effektiv und wirksam ablaufen.

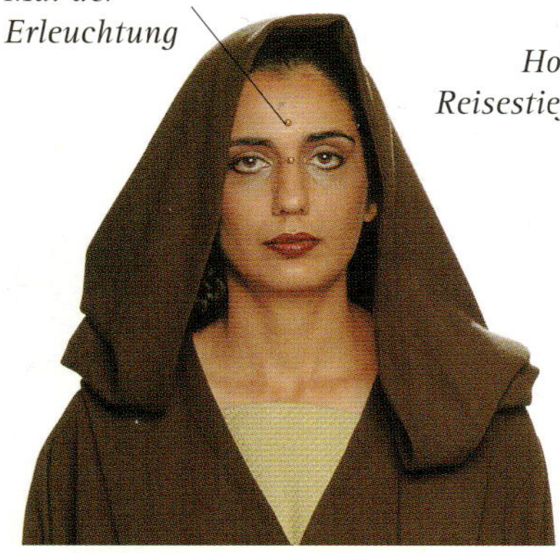

DEPA BILABA
Zu Ehren ihrer ermordeten Eltern folgt die Jedi-Meisterin Depa Bilaba den Traditionen von Chalacta. Ihre ordnende Sicht der Dinge hilft dem Hohen Rat, geistige Disziplin zu wahren.

Adi Gallia

Als Spross einer hochrangigen Diplomatenfamilie auf Coruscant besitzt Adi Gallia die Fähigkeit, intuitiv die Gedanken anderer zu erspüren. Aufgrund ihrer großen Diskretion verfügt sie über zahlreiche Kontakte in die politischen Kreise Coruscants, was sie zu einer der wertvollsten Nachrichtenquellen des Obersten Kanzlers macht.

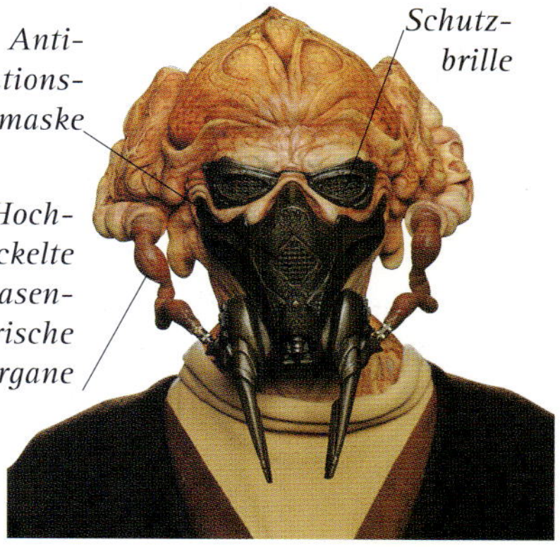

PLO KOON
Ein Kel Dor von Dorin, der seine empfindlichen Augen und seine Nase mit besonderen Vorrichtungen vor der sauerstoffreichen Atmosphäre Coruscants schützen muss.

Yaddle

Der mit 477 Jahren noch junge Jedi-Meister Yaddle blickt respektvoll zu Yoda auf, wenn dieser mit Geduld und Einfühlungsvermögen den Rat leitet. Yaddle wartet bei Diskussionen stets den richtigen Augenblick ab, um dann mit verhaltener Stimme einen wertvollen Beitrag zu leisten.

DATENBLATT

◆ Die zwölf Mitglieder des Hohen Rates stellen eine bloße Andeutung der Vielfalt im Jedi-Orden dar, der Angehörige Hunderter von Spezies und Kulturen in sich vereint.

◆ Von den Billionen Lebewesen, die die Galaxis bevölkern, werden nur sehr wenige zu Jedi-Rittern; auf Coruscant weilen davon nur etwa zehntausend.

JEDI-BLUTTEST-SET

Qui-Gon Jinn

JEDI-MEISTER

MEISTER QUI-GON JINN ist ein erfahrener Jedi, der auf vielen Missionen und bei schwierigen Verhandlungen seinen Wert unter Beweis gestellt hat. Auch in reiferen Jahren hat er die Rastlosigkeit seiner Jugend nie ganz ablegt. Als Qui-Gon auf der Wüstenwelt Tatooine dem jungen Anakin Skywalker begegnet, steht für ihn vom ersten Augenblick an fest, dass dieser junge Mann für das Schicksal der ganzen Galaxis von entscheidender Bedeutung ist. Qui-Gon setzt sich für Anakin ein und bringt damit Ereignisse ins Rollen, die am Ende die Macht ins Gleichgewicht bringen werden – jedoch zu einem hohen Preis.

Auf Tatooine möchte Qui-Gon nicht als Jedi erkannt werden. Daher tauscht er seine Robe gegen einen grob gewebten Poncho ein, wie er auf dem Planeten von Siedlern und Feuchtfarmern getragen wird.

REPUBLIK-KREUZER

Qui-Gon, der vom Obersten Kanzler ausgesandt wurde, um den Disput mit der Handelsföderation zu schlichten, reist an Bord des Diplomatenschiffes Radiant VII.

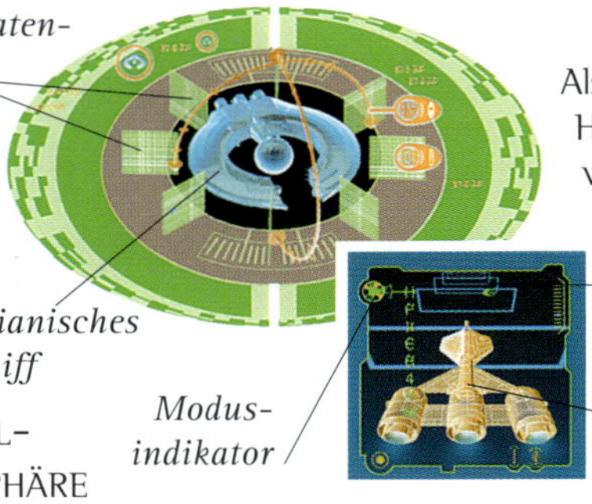

ZIEL-NAVISPHÄRE

Als die *Radiant VII* sich auf die Landung im Hangar des Handelsföderation-Flaggschiffs vorbereitet, sorgen Navigationsdisplays für präzise Andockmanöver.

Lichtschwert

Dem Brauch seiner Zeit folgend hat Qui-Gon sich ein höchst kompliziertes Lichtschwert gebaut. In dem geschuppten Handgriff sind viele kleine Energiezellen untergebracht, die Klinge wird von mikroskopisch kleinen Schaltkreisen gesteuert. Einfachere Lichtschwertkonstruktionen, wie sie außerhalb des Jedi-Tempels auf Coruscant hergestellt werden, besitzen in der Regel eine einzige große Energiezelle in einem massiven Handgriff.

Qui-Gon hat im Jedi-Orden große Prominenz erlangt und ist den zwölf Mitgliedern des Hohen Rates wohlbekannt. Trotz seiner hervorragenden Verdienste als Jedi-Ritter wurde er jedoch bei der Neubesetzung eines Ratssitzes übergangen. Diese Entscheidung ist in Qui-Gons unbeugsamen Wesen begründet, das ihn manchmal dazu veranlasst, sich über die Beschlüsse seiner Jedi-Kollegen und auch der Ratsälteren hinwegzusetzen.

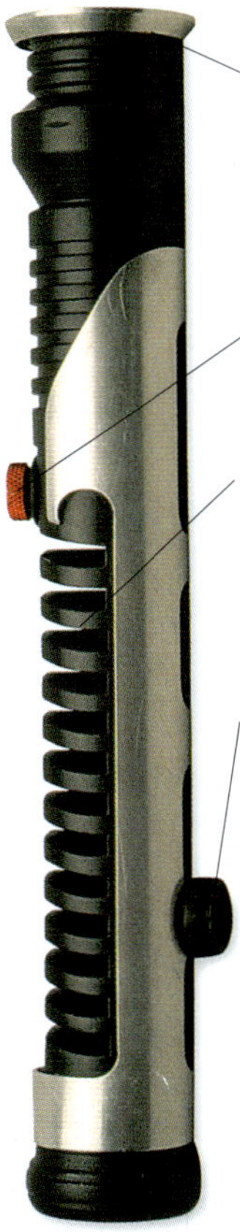

QUI-GON JINNS LICHTSCHWERT

Holoprojektor

Einer der Ausrüstungsgegenstände Qui-Gons ist ein kleiner Holoprojektor. In Reihe geschaltet mit einem Komlink erlaubt dieser die Übertragung holografischer Daten für Gespräche von Angesicht zu Angesicht. Zudem kann er als unabhängiger Bildrekorder und -projektor benutzt werden.

Qui-Gon füttert seinen Holoprojektor mit Bildmaterial aus den Datenbänken des Königlichen Raumschiffes. Nachdem man auf Tatooine notlanden musste, hofft er, sich mittels holografischer Projektionen passende Ersatzteile beschaffen zu können.

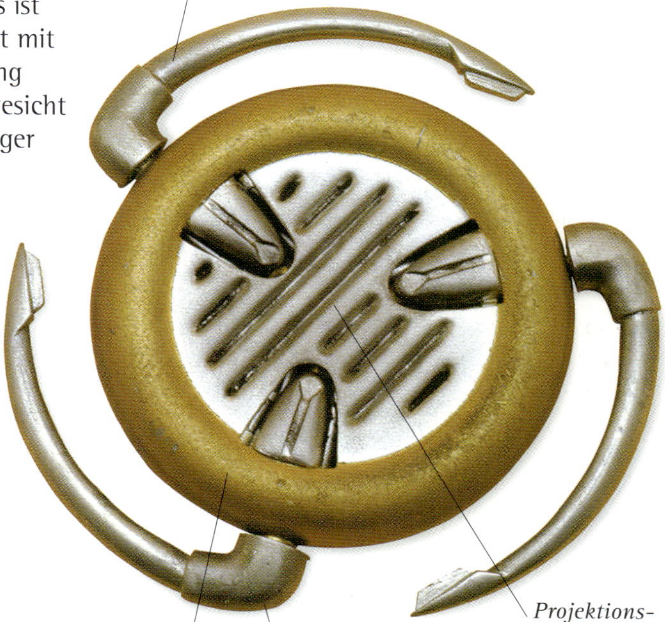

TOYDARIANISCHE PROBLEME

Manche Spezies sind immun gegenüber den „Jedi-Mentaltricks", sofern diese nicht von den erfahrensten Meistern eingesetzt werden. Qui-Gon Jinn hat noch nie von den Toydarianern gehört, bis er Watto begegnet. Er erkennt bald, dass er mehr als nur von der Macht unterstützte „Empfehlungen" braucht, um den Schrotthändler zur Zusammenarbeit zu bewegen.

Komlink

Qui-Gons Miniatur-Komlink erlaubt es ihm, mit Obi-Wan in Verbindung zu bleiben, wenn sie an verschiedenen Orten tätig sind. Das Gerät ist mit hohen Sicherheitsvorkehrungen gegen unbefugtes Abhören ausgestattet und trägt keinerlei Beschriftung, um unautorisierter Benutzung vorzubeugen. Ein Schallabsorber hilft, im Außeneinsatz unentdeckt zu bleiben.

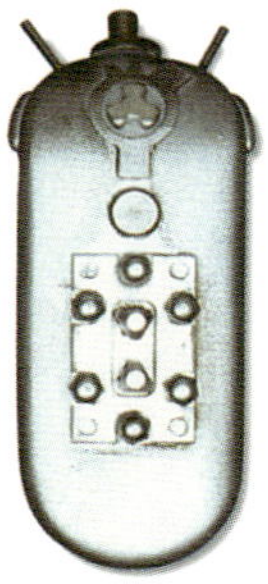

KOMLINK (HINTERANSICHT)

Als Qui-Gon Anakin kennen lernt, glaubt er in ihm jenes Wesen zu erkennen, das einer Prophezeiung zufolge der Macht wieder zu Gleichgewicht und Harmonie verhelfen soll. Qui-Gon ist sich seiner Sache so sicher, dass selbst die warnenden Mitglieder des Hohen Rates, darunter der einflussreiche Yoda, ihn nicht von seiner Überzeugung abbringen können.

Qui-Gon erwarb sich den Rang eines Meisters, als er seinen ersten Padawan-Lehrling zum Ritter ausbildete. Sein zweiter Lehrling indes schaffte die Prüfung nicht. Obi-Wan ist Qui-Gons dritter Padawan und ein würdiger Schüler seines an Weisheit und Können reichen Mentors.

Auf Tatooine kämpft Qui-Gon Mann gegen Mann gegen einen Sith-Krieger. Lichtschwerter werden von den Jedi nur selten im Zweikampf benutzt; meist dienen sie der Abwehr von Blaster-Strahlen. Dennoch gehören Lichtschwert-Duelle zum klassischen Trainingsprogramm eines jeden Jedi-Ritters.

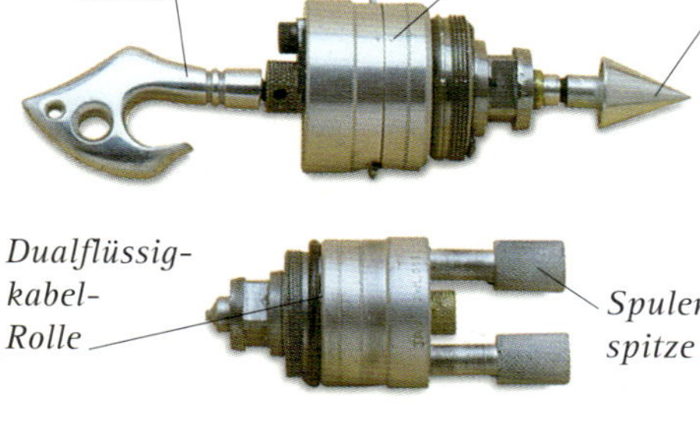

JEDI-AUSRÜSTUNG

DATENBLATT

◆ Die Jedi-Werkstätten auf Coruscant liefern den Ordens-Novizen wertvolles Material und Werkzeug für den Bau eigener Lichtschwerter, mit dessen erfolgreicher Konstruktion ein Neuling unter Beweis stellt, dass er über die erforderliche Macht-Sensibilität verfügt.

◆ Die Galaktische Republik wird durch Habgier und politische Machenschaften geschwächt. In dem Bestreben, in der Galaxis wieder dauerhaften Frieden und Sicherheit zu schaffen, drängt es Qui-Gon zu einer aktiveren Rolle, als sie traditionsgemäß von den Jedi wahrgenommen wird.

Obi-Wan Kenobi

JEDI-RITTER

Obi-Wan Kenobi hat als Padawan-Lehrling von Qui-Gon Jinn einen verantwortungsvollen Weg eingeschlagen. Ständig dem Einfluss seines Mentors sowie anderer führender Jedi ausgesetzt, weicht Obi-Wan nicht ab von seiner zu wohl überlegtem Handeln neigenden Wesensart. Nur ungern lässt er sich in Unternehmungen verwickeln, die dem Willen des Hohen Jedi-Rates widersprechen. Obi-Wan ist ein ernsthafter Mann mit trockenem Humor, stets bemüht, sich seines Ordens würdig zu erweisen. Er betrachtet es als große Ehre, Qui-Gons Schüler zu sein, sieht es jedoch mit gewisser Sorge, dass sein Meister oft zu Risiken bereit ist, die wohl kaum die Zustimmung des Hohen Rates finden würden. Dennoch folgt Obi-Wan dem Beispiel Qui-Gon Jinns und entwickelt sich zu einer unabhängigen Persönlichkeit.

TASCHE FÜR ATEMGERÄT

EINSATZTASCHEN
Bei Einsätzen tragen Jedi ein Basispaket mit Nahrungskapseln, Medikamenten, Universalwerkzeugen und anderen lebenswichtigen Dingen bei sich.

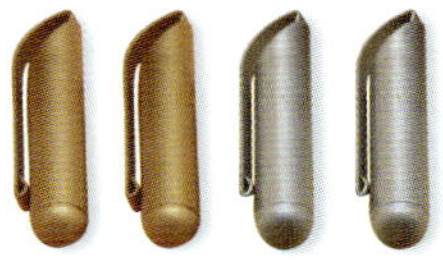

NAHRUNGS- UND ENERGIEKAPSELN

Jedi-Kleidung

Die schlichte Kleidung der Jedi, die aus einer mit einem Gürtel zusammengehaltenen Tunika, Reisestiefeln und Robe besteht, entspricht dem in der Jedi-Philosophie hochgehaltenen Ideal von Bescheidenheit. Insofern beschränken manche Jedi die Dinge, die sie an ihrem Allzweckgürtel tragen, auf ein Mindestmaß. Man lehrt die Neulinge im großen Tempel, dass das hohe Ansehen der Jedi auf innerer Stärke und nicht auf äußerem Schein beruht.

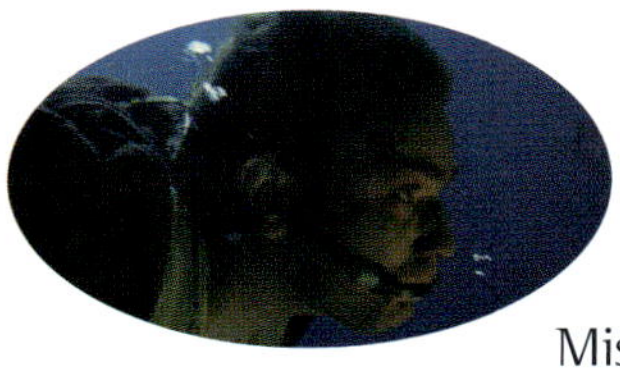

A99-Aqua-Atemgerät

In diesen Zeiten tragen viele Jedi-Ritter diverse High-Tech-Geräte in Gürteltaschen oder unter ihren Roben versteckt. Auf ihrer Mission nach Naboo sind Obi-Wan und Qui-Gon Jinn mit A99-Aqua-Atemgeräten ausgestattet, da der größte Teil der Planetenoberfläche von Wasser bedeckt ist. Sie erlauben es, sich bis zu zwei Stunden unter Wasser aufzuhalten. Früher haben die Jedi auf den Einsatz technischer Hilfsmittel verzichtet und es vorgezogen, sich ausschließlich auf die eigene Findigkeit zu verlassen.

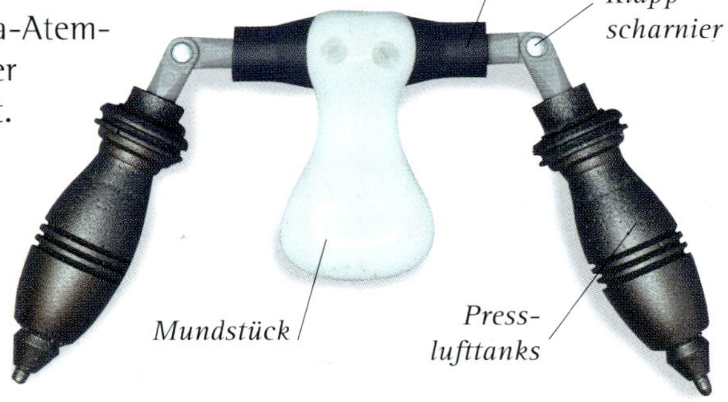

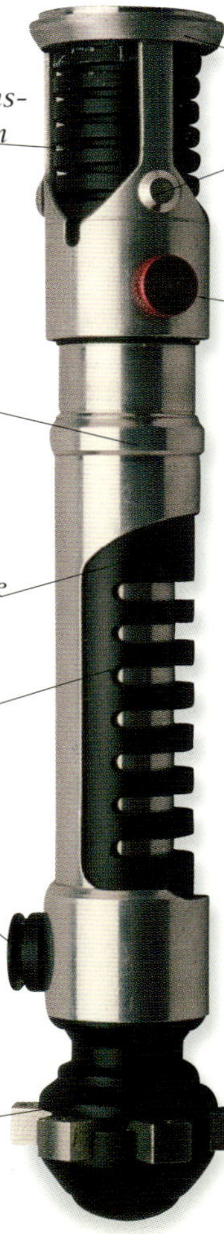

Bei den mechanisierten Kämpfern der Droidenarmee der Handelsföderation muss sich Obi-Wan im Kampf nicht in dem Maße zurückzuhalten, wie es gegenüber lebenden Gegnern geboten ist. Er nutzt daher seine Kampfausbildung, bleibt aber kühl und konzentriert.

Lichtschwert

Lichtschwerter werden alle nach demselben Grundprinzip konstruiert. Die auf Wunsch verfügbaren Regler für Klingenstärke und -länge sind klein und unauffällig. Demzufolge erscheinen die Schwerter auf den ersten Blick ähnlich; erst bei genauerer Betrachtung lassen sich feine Unterschiede erkennen. Jedes einzelne Schwert wird von den Ordensnovizen selbst hergestellt, und viele Details sind dem individuellen Geschmack überlassen. Padawan-Lehrlinge fertigen ihre Lichtschwerter so an, dass sie denen ihrer Lehrer gleichen, um ihnen auf diese Weise Respekt zu erweisen.

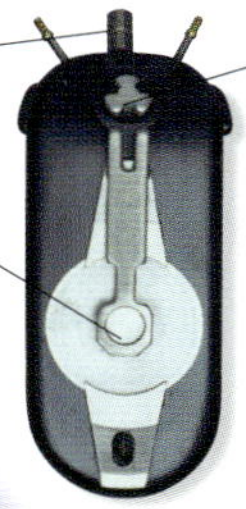

OBI-WAN KENOBIS KOMLINK

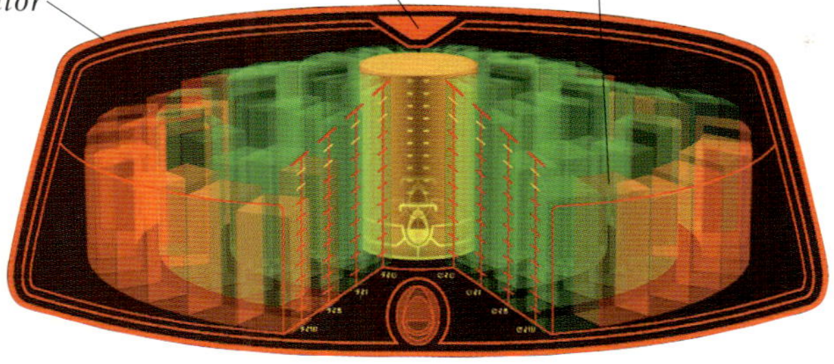

Für Obi-Wan stellt Anakin Skywalker ein unnötiges Risiko dar, sowohl als Reisebegleiter wie als potenzieller Jedi. Zu Qui-Gons Befremden akzeptiert Obi-Wan Anakin jedoch als seinen Lehrling und legt damit den Grundstein für eine schicksalhafte Beziehung.

Hyperantrieb

Als der Hyperantriebsgenerator des Königlichen Raumschiffs beschädigt wird, bleibt Obi-Wan an Bord, während Qui-Gon auf die Suche nach einem Ersatzgenerator geht. Unter ständiger Regulierung der kritischen Werte bereitet Obi-Wan den Kern auf die Reparatur vor.

Obi-Wan ist ein äußerst geschickter Kämpfer mit dem Lichtschwert und damit für Darth Maul ein gefährlicher Gegner. Der Sith-Lord kämpft mit übermenschlicher Intensität, getrieben von der hasserfüllten Energie der dunklen Seite der Macht. Im Kampf auf Leben und Tod sieht sich Obi-Wan der Versuchung ausgesetzt, sich derselben Kraft zu bedienen, um seinen Feind zu besiegen.

DATENBLATT

◆ Jedi-Roben unterscheiden sich kaum von den schlichten Alltagsgewändern, wie sie überall in der Galaxis zu finden sind. Sie symbolisieren die Verpflichtung eines jeden Jedi, auch dem einfachsten Bürger zu dienen und ihm Schutz zu gewähren.

◆ Auch gegen die Meinung des Hohen Rates, bleibt Obi-Wan Qui-Gon gegenüber loyal.

Die Neimoidianer

NEIMOIDIANER werden bis zum Alter von sieben Jahren wie Larven in Gemeinschaftswaben gehalten und dort nur in beschränktem Maße versorgt. Die weniger Aktiven unter ihnen verhungern, während andere mehr Nahrung hamstern, als sie selbst verzehren können. Diese Erfahrung ist die Ursache für die Habgier und ständige Existenzangst dieser Spezies. Die Erwachsenen sind für ihre große Organisationsfähigkeit bekannt; angetrieben von dem Wunsch, Besitz anzuhäufen, haben sie die größten Wirtschaftsunternehmen der Galaxis aufgebaut. Die Handelsföderation ist eine kompliziert strukturierte Organisation von Bürokraten und Handelsbeamten, die sich in der gesamten Galaxis eingenistet hat.

NEIMOIDIANISCHE KLEIDUNG
In der auf Status ausgerichteten neimoidianischen Gesellschaft unterstreicht kostbare Kleidung den Wohlstand ihres Trägers und hebt ihn über andere Neimoidianer. Hüte, Mäntel und Umhänge ebenso wie Farben und Stoffe haben alle ihre symbolische Bedeutung.

DIE BLOCKADE VON NABOO
Der schattenhafte Darth Sidious hat einflussreiche Personen im Inneren Kreis der Handelsföderation dazu veranlaßt, aus ihrem Streben nach Profit heraus zu drastischen Mitteln zu greifen. Als der Galaktische Senat in den ehemaligen Freihandelszonen der äußeren Systeme Steuern erheben will, überredet Sidious die Neimoidianer dazu, als Vergeltungsmaßnahme eine Blockade über den Planeten Naboo zu verhängen – eine Aktion, mit der die Abschaffung der neuen Regelungen erzwungen werden soll.

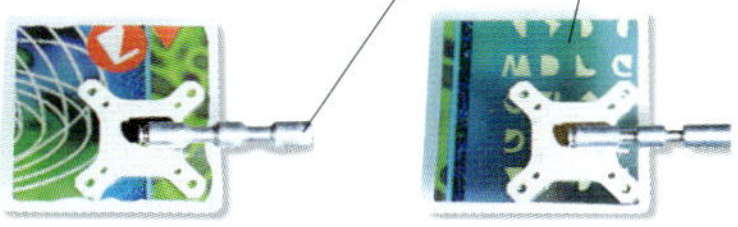

DARTH SIDIOUS' SIGNALSENDECHIPS

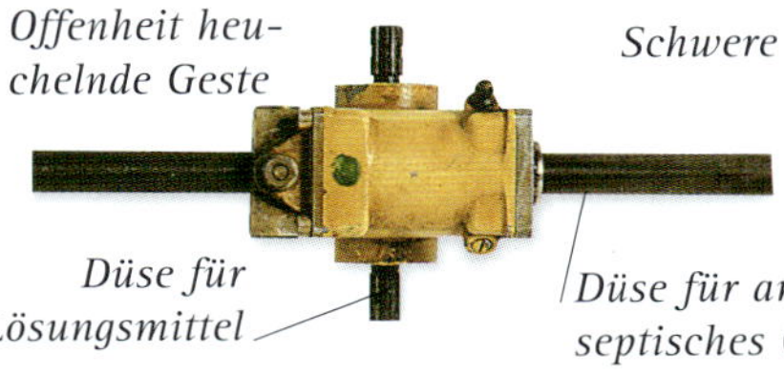

SHUTTLESCHLEUSEN-STERILISIERMODUL

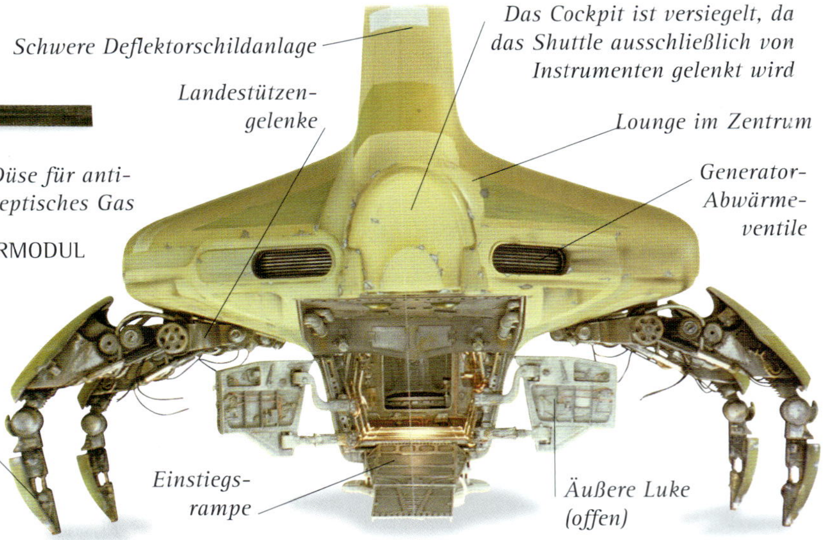

PASSAGIERBEREICH EINES NEIMOIDIANISCHEN SHUTTLES
Das an die domestizierten Riesen-Käfer von Neimoidia erinnernde Shuttle wird eingesetzt, um Handelsbeauftragte von Frachtern zu Planeten oder in die Hangars anderer Schiffe zu befördern. Die spitzen Landeklauen können nur auf ausgebautem Untergrund aufsetzen, wiewohl die Neimoidianer an Landungen in unzivilisierten Gebieten ohnehin nicht interessiert sind.

Lott Dod

Die Handelsföderation ist so mächtig, dass sie im Galaktischen Senat vertreten ist – eine unheilvolle Situation. Ihr Senator, Lott Dod, fördert die Ziele der Handelsföderation mittels raffinierter bürokratischer Winkelzüge. Selbst Dod konnte jedoch die neuen Steuern nicht verhindern, die die Profite der Handelsföderation ernsthaft gefährden.

Rune Haako

Als Arbitrageoffizier der bewaffneten Streitkräfte der Handelsföderation ist Rune Haako als Attaché und juristischer Berater Nute Gunrays tätig. Haako steht in dem Ruf, Geschäftspartner mit raffinierten bis brutalen Mitteln um ihr letztes Guthaben zu bringen.

Neimoidianer sind äußerst vorsichtig, und die Handelsföderation war stets darauf bedacht, ihre erpresserischen und manipulativen Taten mit Lügen und Beteuerungen guten Willens zu verschleiern. Sowohl Gunray als auch Haako sind besorgt, dass es wegen der offenen Aggression gegen Naboo zu Eskalationen kommen könnte.

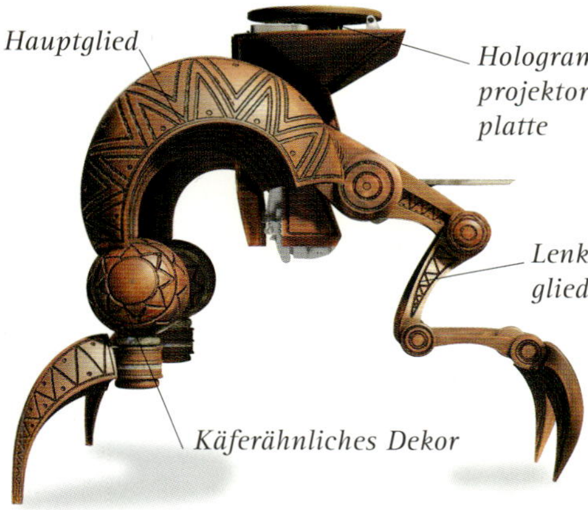

MECHNOSESSEL
Die mobilen Mechnosessel sind weder bequem noch praktisch. Da sie aber teuer sind, gelten sie als Statussymbol. Mechnosessel dienen auch als Plattform für Hologrammsendungen hochrangiger Individuen.

DATENBLATT

◆ Das Organisationstalent der Neimoidianer ist kulturell bedingt. Sie wachsen auf ihrer Heimatwelt Neimoidia in Massenwaben heran und betreiben dort riesige Pilzfarmen.

◆ Frachter der Handelsföderation sind ein vertrauter Anblick im Orbit zahlreicher zivilisierter Welten.

Nute Gunray

Als kommandierender Vizekönig der Handelsföderation besitzt Nute Gunray große Autorität. Stets zu Täuschungsmanövern bereit, würde er jeden töten, der seinen Zielen im Wege steht. Gunray steuert die Aktionen der geheimen Flotte von der Brücke des Flaggschiffs aus.

Die Invasionsflotte

Als es der Handelsföderation nicht gelingt, die Königin von Naboo durch eine Blockade gefügig zu machen, bereitet sie sich auf ihren nächsten Schritt vor: die Invasion. Darth Sidious überredet den neimoidianischen Vizekönig Nute Gunray, eine geheime Armee in Stellung zu bringen. Die Naboo erahnen das Ausmaß dieser Streitmacht nicht, und die neimoidianischen Anführer begehen diese ruchlose Tat im Vertrauen darauf, dass die führungsschwachen Mitglieder des Galaktischen Senats keine Einwände erheben werden. Bei seinen Plänen unterstützt wird der Vizekönig von dem feigen Captain des Kommandoschiffs der Kriegsflotte, Daultay Dofine, sowie von Droidensoldaten und mächtigen Schlachtschiffen.

Daultay Dofine erstattet Vizekönig Nute Gunray Meldung.

Daultay Dofine

Captain Daultay Dofine hat seine Karriere seiner adeligen Herkunft, hinterhältigen Tricks und Speichelleckerei gegenüber Vorgesetzten zu verdanken. Tatsächlich erscheinen Dofine die kühnen Pläne Darth Sidious' für seinen Geschmack zu gefährlich. Er soll jedoch bald erkennen, dass sein Geschmack ohne Belang ist.

Eine Flotte spezieller C-9979-Landungsschiffe bringt die Invasionsstreitmächte zu ihren Einsatzpunkten auf Naboo. In ihren Rümpfen und Repulsortragflächen können Panzerfahrzeuge und ganze Truppen untergebracht werden. In Dreiergruppen abgesetzt, werden so sämtliche Naboo-Städte voneinander abgeschnitten.

MTTs werden in Position gebracht, wo sie auf vorprogrammierten Routen dahindonnern.

DATENBLATT

◆ Truppenübungen und Einsätze gegen Piraten dienten dazu, die Schlagkraft der Geheimarmee zu erproben und sicherzustellen, dass die Streitmacht wirklich unbesiegbar ist . . . wie es schien.

◆ Die wohlhabenden, arroganten Neimoidianer sind bemüht, jeder Art von Arbeit aus dem Wege zu gehen. Sie setzen statt dessen lieber Droiden ein.

Obwohl die Kriegsfahrzeuge der Handelsföderation vor ihrem Einsatz auf Naboo nur in Übungen und kleineren Gefechten erprobt wurden, ist ihre Lackierung bereits stark zerkratzt. Das beweist, dass die Neimoidianer selbst in diesem höchst ertragreichen, lang vorbereiteten Unternehmen stets die kostengünstigste Lösung suchen.

Protokolldroide TC-14 versucht, das unsaubere Spiel zu ignorieren, das sich gegen die Jedi-Gesandten des Obersten Kanzlers zusammenbraut. Als die Besucher mit Giftgas angegriffen werden, will TC-14 nicht im Wege stehen und entschuldigt sich bei den Kampfdroiden vor dem Besprechungszimmer.

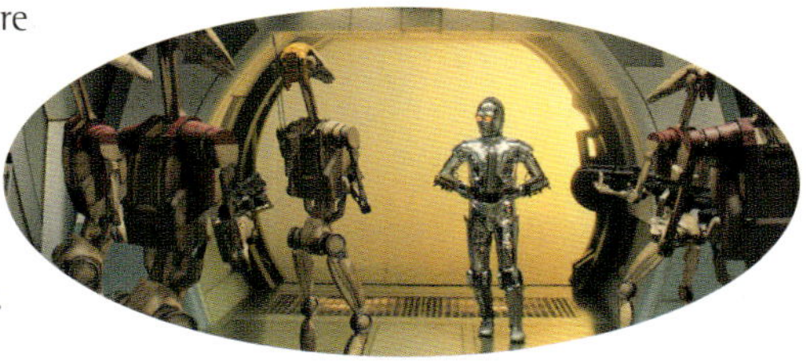

Naboo-Pilot Ric Olié unterschätzt die Zahl der Blaster-Geschütztürme der Kriegsfrachter und geht in dem Versuch, dem feindlichen Feuer auszuweichen, auf Beinahekollisionskurs.

TC-14

TC-14 dient Vizekönig Nute Gunray und Rune Haako und ist bei Handelsgesprächen mit anderen Kulturen als Übersetzer tätig. TC-14 wird häufig eingesetzt, um die Gäste abzulenken, während hinter ihrem Rücken juristische Formulierungen zurechtgebogen werden.

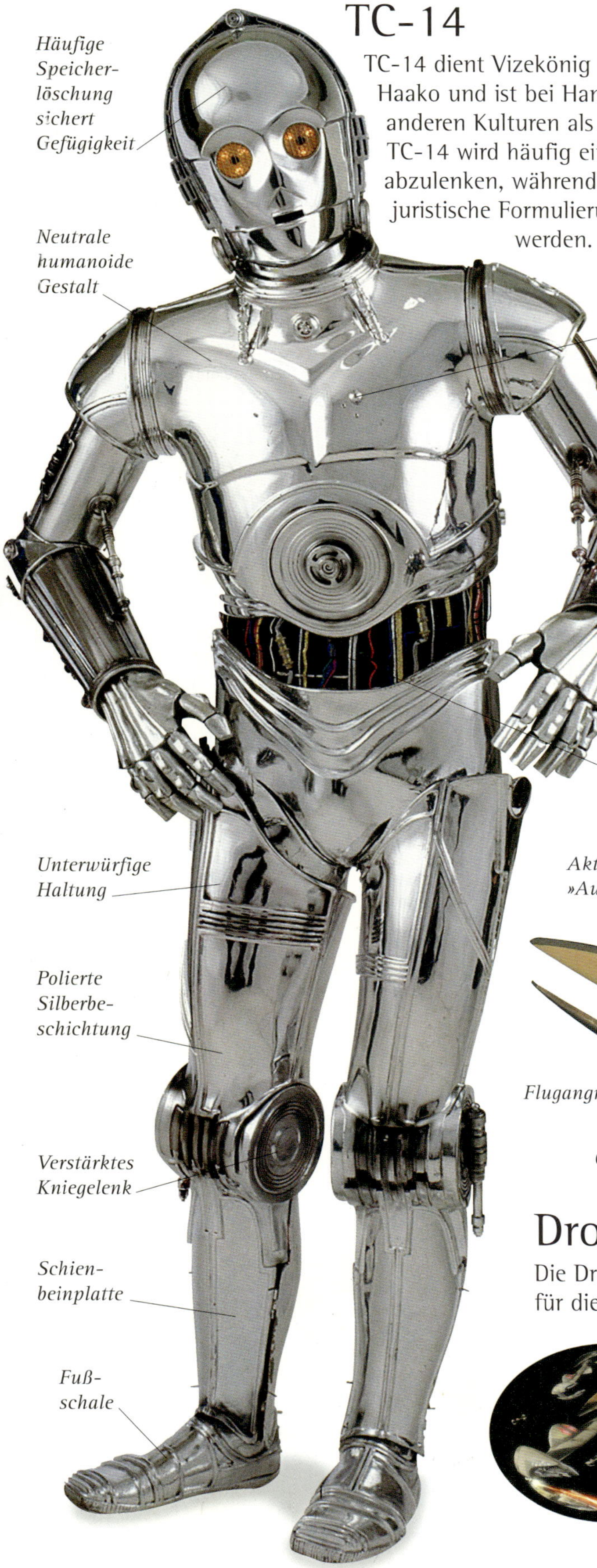

Frachter der Handelsföderation erscheinen aus der Ferne harmlos – bis die schweren Vierlingslaserbatterien zu feuern beginnen.

Kriegsfrachter

Um die Streitkräfte ihrer Armee zu befördern, hat die Handelsföderation heimlich zahlreiche Einheiten ihrer Frachterflotte zu Schlachtschiffen mit Schilden, Blasterkanonentürmen und militärischen Kommunikationsphalangen umgebaut. Diese getarnten Frachter verbergen ihre tödlichen Kampfmaschinen, bis sie sich unmittelbar über ihren Feinden befinden – oder, wie die Föderation sie lieber nennt, ihren »zukünftigen Kunden«.

SEITENANSICHT

LAUFMODUS

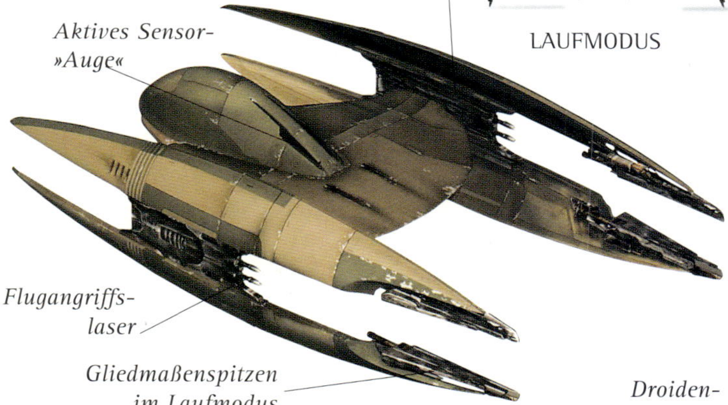

Sämtliche Einheiten der Droidenarmee werden von dem zentralen Kontrollcomputer an Bord eines modifizierten Kriegsfrachters gelenkt. Ohne das Kontrollsignal schalten die Droiden ab, ein Umstand, der das Kontrollschiff zu einem strategisch entscheidenden Ziel macht.

Droiden-Sternjäger

Die Droiden-Sternjäger, die von Xi Char Cathedral Factories für die Handelsföderation mit höchster Präzision konstruiert wurden, sind recht vielseitig. Die langen Ausleger sind ausklappbar und geben die darin verborgenen Laserkanonen frei. Auf festem Untergrund dienen sie der Fortbewegung, wenn der Jäger auf Laufpatrouillenmodus umschaltet.

Kampfdroiden

DIE GALAKTISCHE REPUBLIK hat Dissense, so manche Pattsituation und selbst Rebellionen erlebt und sich dabei stets darauf verlassen, dass die Jedi solche Konflikte beilegen. In diesem aufgeklärten Zeitalter werden nur noch wenige stehende Heere unterhalten, deren Aufgaben über zeremonielle Funktionen hinausgehen, da eine kampfbereite Armee als offene Bedrohung des galaktischen Friedens betrachtet würde. Dennoch ist, während der Republiksenat endlose Debatten über die Geschäftsordnung führt, der Einsatz von Gewalt zu einer realen Gefahr geworden. Die Handelsföderation hat in aller Stille eine riesige Droiden-Armee aufgestellt, die emotions- und kritiklos die Befehle ihrer Herren ausführt. Ihr Einsatz gegen die friedlichen Bewohner von Naboo kündigt das Ende einer langen Epoche des Friedens in der Galaxis an.

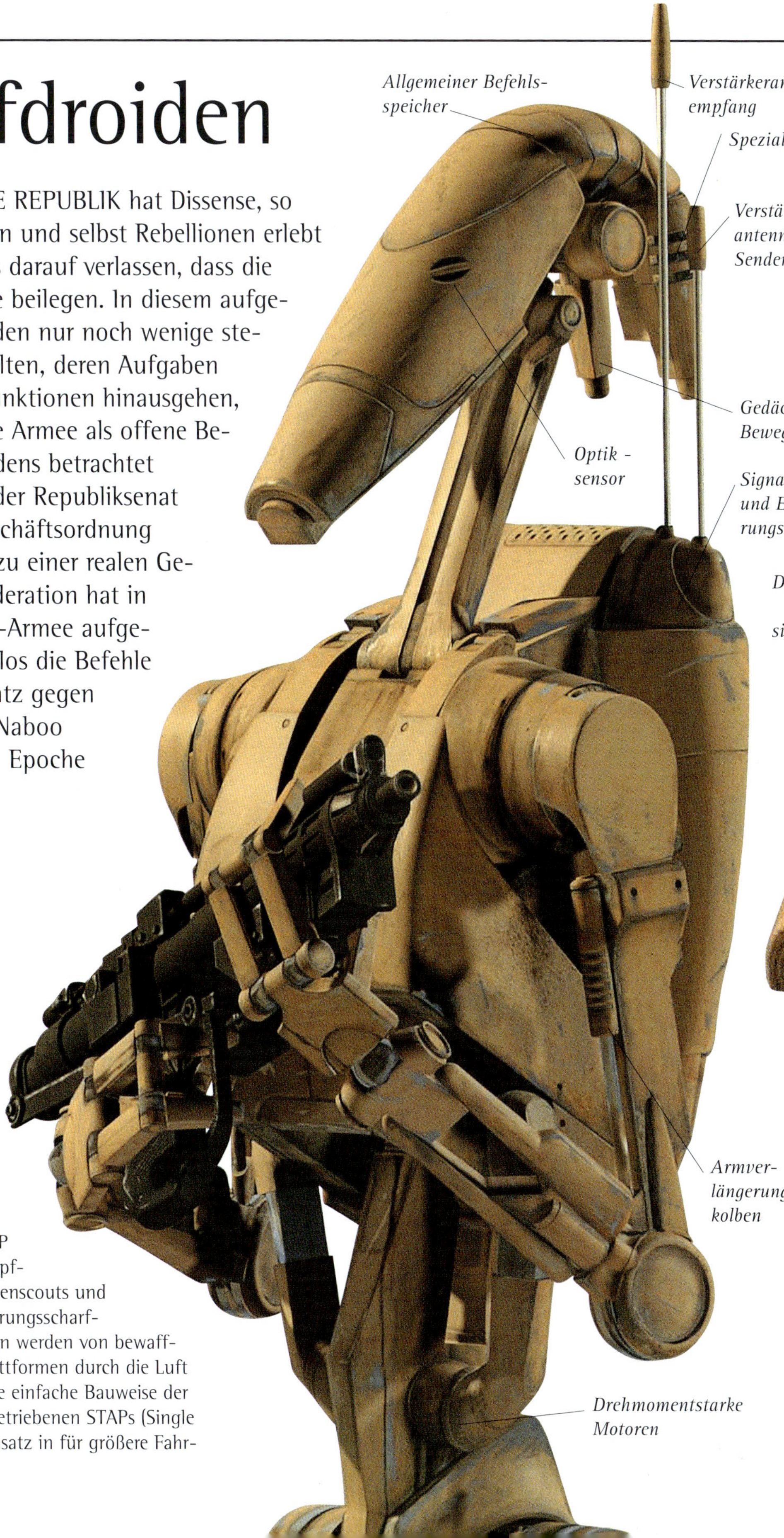

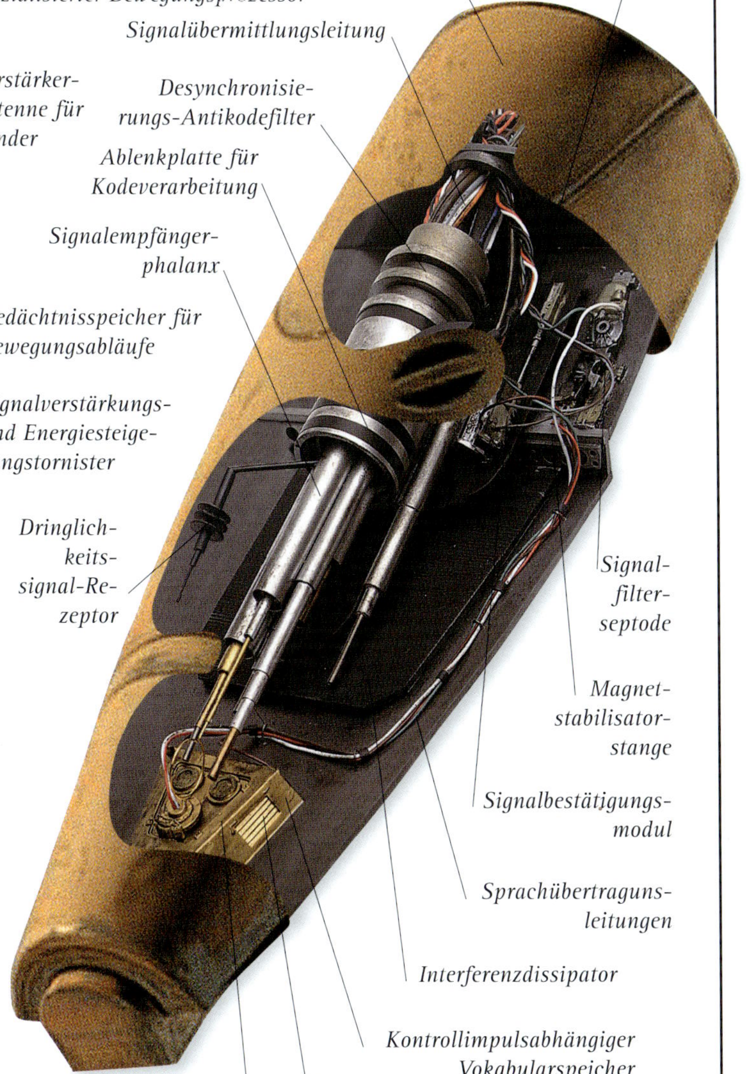

STAP
Kampfdroidenscouts und Säuberungsscharfschützen werden von bewaffneten Plattformen durch die Luft getragen. Die einfache Bauweise der von Repulsoren betriebenen STAPs (Single Trooper Air Platforms) erlaubt den Einsatz in für größere Fahrzeuge unzugänglichen Waldgebieten.

Kampfdroidenkopf

Ein Kampfdroide ist nicht mit einem eigenen Gehirn ausgestattet; sein Kopf enthält wenig mehr als einen empfindlichen Empfänger für Kontrollsignale. Kleine Prozessoren sammeln Bewegungsinformationen und einige sensorische Daten, die an die Computerkontrolle zurückgesendet werden.

Kampfdroiden-Blaster

Da Kampfdroiden mit tödlichen Blastern ausgerüstet werden, sieht ihre Bauweise individuelles Denken nicht vor. Sie werden ausschließlich vom zentralen Kontrollcomputer gelenkt und besitzen nicht die Fähigkeit, spontan zu reagieren oder aus Erfahrung zu lernen. Kampfdroiden können zwar tödlich sein, verfügen aber nur über geringe Treffsicherheit.

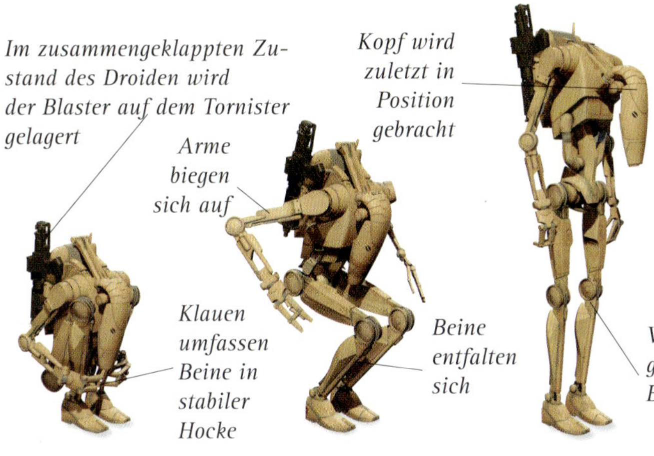

SICH ENTFALTENDER DROIDE
Zur zweckmäßigen Lagerung sind Kampfdroiden so gebaut, dass sie sich auf engstem Raum zusammenklappen lassen. In komprimierter Konfiguration können im Aufmarschträger eines MTTs 112 Droiden befördert werden.

Kampfdroiden sind den Skeletten neimoidianischer Körper nachempfunden. Wenn neimoidianische Leichen nicht begraben oder verbrannt werden, schrumpft ihr Hirnmantel hinter der Schädelkuppe zusammen, und die nasenlosen Gesichter verzerren sich in eine charakteristische Form. Diese bösartig wirkende Todesmaske stand Pate für die Gesichtszüge der Droiden.

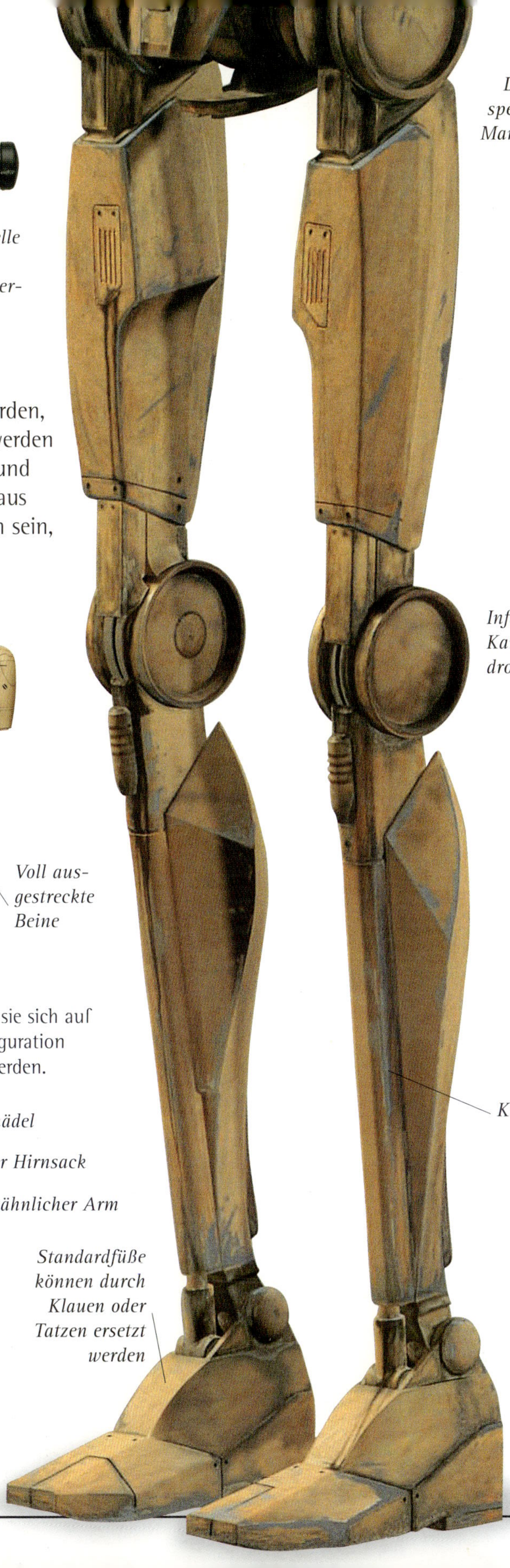

Kommando-Offizier

Um die Kommunikation zwischen Handelsföderation und Feldtruppen zu vereinfachen, werden gewisse Kampfdroiden wie etwa der OOM-9 als Kommando-Offiziere eingesetzt. Diesen Offiziersdroiden werden Befehle über Primärkanäle von den Prozessoren des zentralen Kontrollcomputers übermittelt.

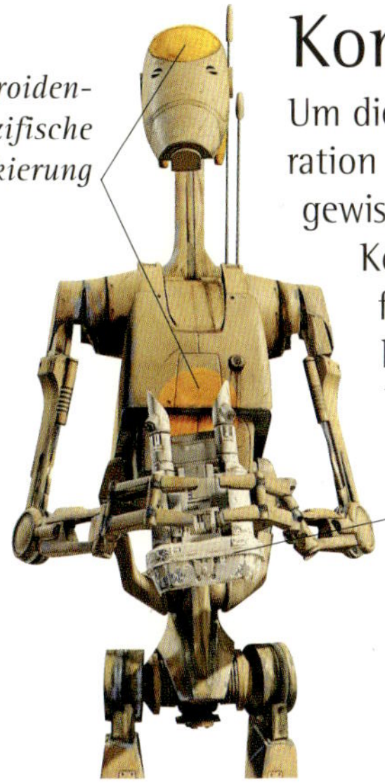

OOM-9

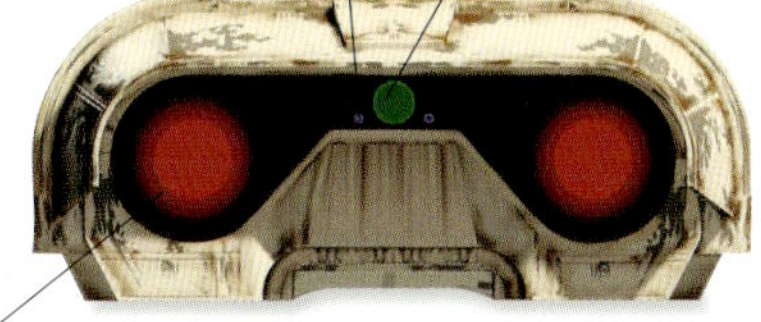

OFFIZIERS-MAKROBINOCULAR

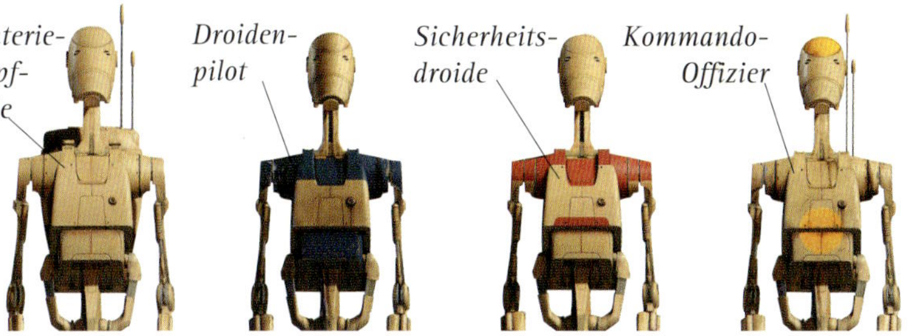

DROIDENTYPEN
Kampfdroiden sind unabhängig von ihrer Funktion strukturell identisch. Zur Effizienzsteigerung werden sie jedoch mit spezialisierten Subroutinen vorprogrammiert. Infanterie- und Offiziersdroiden sind mit Energietornistern ausgestattet, um ihren Operationsradius zu steigern und die Aufladeintervalle auszuweiten.

ZIFFERN IN GALAKTISCHEM BASIC IDENTIFIZIEREN INDIVIDUELLE DROIDEN

DATENBLATT

- ◆ Infolge fehlender unabhängiger Denkprozessoren kennen Kampfdroiden weder Furcht noch Feigheit – und auch keine Gnade.
- ◆ Die fließenden Bewegungen der Kampfdroiden basieren auf prädigitalisierten Bewegungsabläufen lebender Soldaten. Die Datenübermittlung erfolgt über den zentralen Kontrollcomputer.

Droidekas

AUFGRUND der bekannten Schwächen der Kampfdroiden wurde die Entwicklung eines völlig neuen, wesentlich gefährlicheren Gefechtsdroiden in Aufrag gegeben. Das Design stammt von den Colicoiden, einer chitingepanzerten Spezies von einem weit entfernten Planeten, die einen Droiden nach ihrem eigenen Ebenbild schufen. Colicoiden sind für ihre Gefühllosigkeit und Gewaltbereitschaft bekannt, und Colla IV ist wegen verschwundener oder getöteter Besucher ständig in diplomatische Auseinandersetzungen verwickelt. Der Droideka war genau das, was die Offiziere der Handelsföderation wollten: Eine Killermaschine für den massiven Einsatz, die die Kampfdroiden im Falle entschlossener Gegenwehr unterstützen sollte.

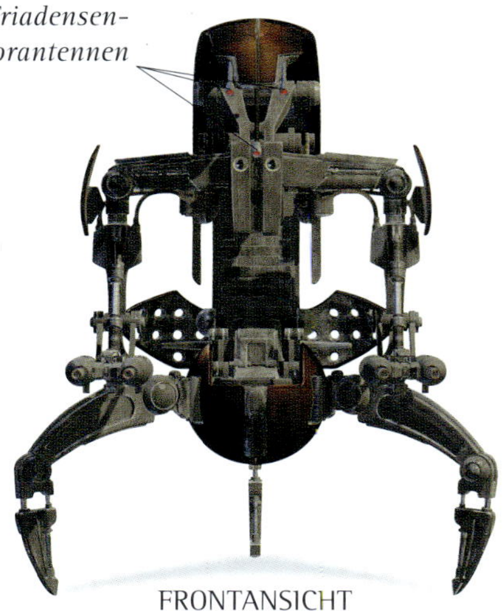

FRONTANSICHT

Bei einem Droideka-Angriff sieht sich der Gegner einem flammenwerfenden Killer gegenüber, der, sollte er lange genug überleben, um das Feuer zu erwidern, nur eine bescheidene Zielsilhouette bietet.

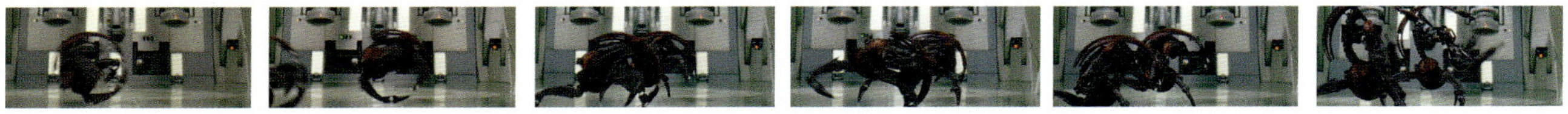

In einer Kombination aus Repulsoreffekten und Eigendynamik entfalten sich die radförmigen Droidekas binnen Sekunden zu aufrechter, angriffsbereiter Position. Die imposante Metamorphose erinnert an das tödliche Angriffsverhalten erwachsener Colicoiden und trifft den Gegner völlig unvorbereitet – was durchaus im Sinne der Hersteller liegt.

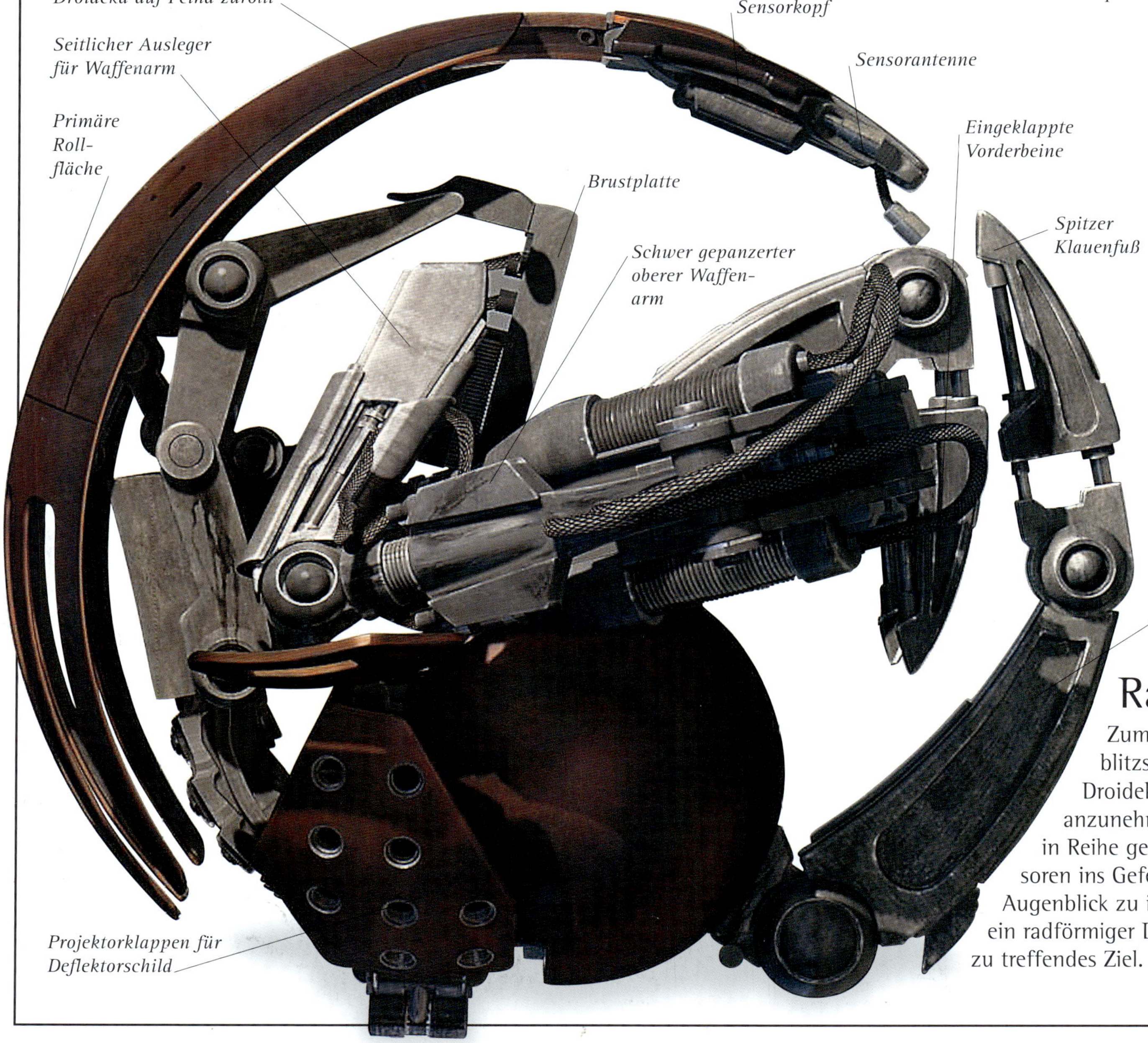

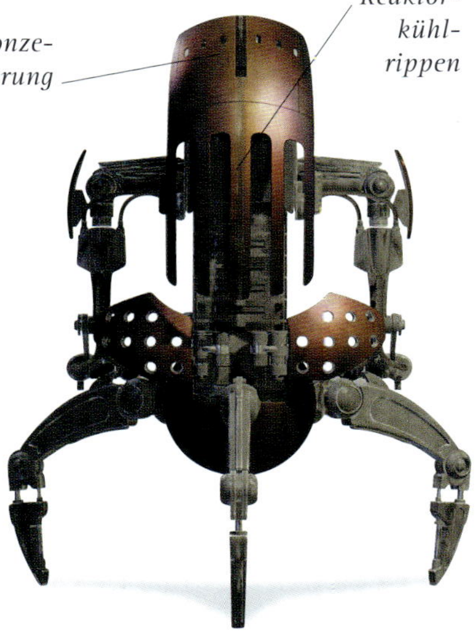

HINTERANSICHT

Verzweifelte Feinde, die versuchen, einen Droideka von hinten anzugreifen, stellen fest, dass seine Panzerung äußerst stabil ist und seine flinken Beine und Waffenarme schwer zu treffen sind.

Radform

Zum Zweck kompakter Lagerung und blitzschnellen Stellungswechsels sind Droidekas fähig, die Form eines Rades anzunehmen. Sie rollen unter Einsatz von in Reihe geschalteten internen Mikrorepulsoren ins Gefecht und öffnen sich im letzten Augenblick zu ihrer Kampfgestalt. Zudem bietet ein radförmiger Droideka ein nur äußerst schwer zu treffendes Ziel.

Qui-Gon und Obi-Wan weichen Kampfdroiden relativ mühelos aus oder zerstören sie. Als die Droidekas angreifen, können die Jedi ihnen nur eingeschränkt Widerstand leisten, und Qui-Gon erkennt, dass ihre einzige Chance die Flucht ist.

Droidekas tragen Deflektorschildgeneratoren, die Pistolenschüsse völlig abhalten und Karabinerstrahlen und hoch energetischen Artilleriebeschuss schwächen. Das macht sie im Kampf fast unbesiegbar.

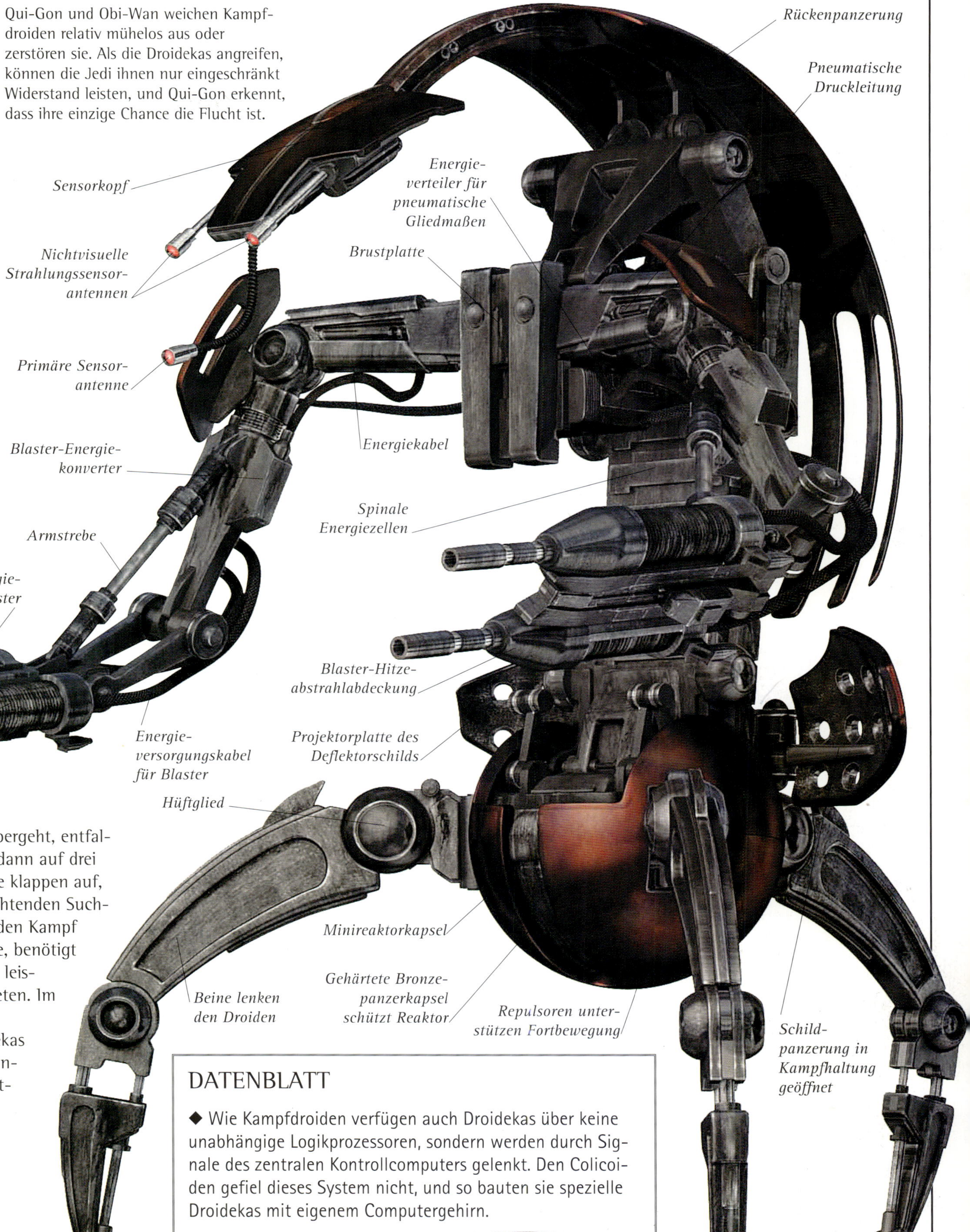

Gefechtshaltung

Wenn ein Droideka zum Angriff übergeht, entfaltet er sich in Sekunden und steht dann auf drei Beinen. Seine pneumatischen Arme klappen auf, und sein Kopf erhebt sich mit leuchtenden Suchsensoren. Da er ausschließlich für den Kampf und die Vernichtung gebaut wurde, benötigt er keine Hände. An ihre Stelle sind leistungsfähige Zwillings-Blaster getreten. Im Gegensatz zu den leicht gebauten Kampfdroiden bestehen die Droidekas aus schweren Legierungen oder Panzerplatten, was sie zu einem furchtbaren Feind macht.

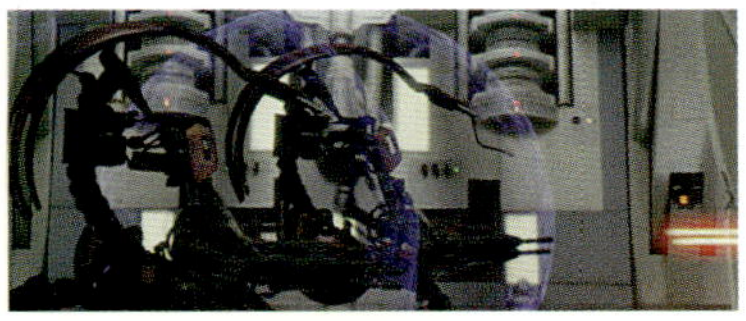

Droidekas erzeugen ihre Schutzschilde mittels interner Minireaktoren. Von diesen werden auch die leistungsstarken Bewegungssysteme und Hochenergieblaster gespeist.

DATENBLATT

◆ Wie Kampfdroiden verfügen auch Droidekas über keine unabhängige Logikprozessoren, sondern werden durch Signale des zentralen Kontrollcomputers gelenkt. Den Colicoiden gefiel dieses System nicht, und so bauten sie spezielle Droidekas mit eigenem Computergehirn.

◆ Droidekas sind in weiten Teilen der Galaxis als Zerstörerdroiden bekannt.

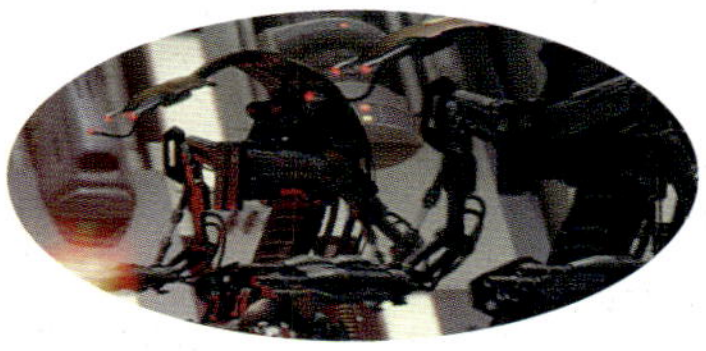

Königin Amidala

Amidala regiert das Volk von Naboo als vierzehnjährige Königin. Die außergewöhnlichen Fähigkeiten der in einem Bergdorf aufgewachsenen Amidala wurden schon früh erkannt, und man ließ ihr die bestmögliche Ausbildung angedeihen. Im Alter von zwölf Jahren wurde sie Prinzessin von Theed, der Hauptstadt von Naboo. Nach Abdankung des Souveräns Veruna, der nach dreizehn Regierungsjahren an außenpolitischen Verwicklungen scheiterte, wurde Amidala zur Königin ausgerufen. Die Naboo wussten, dass Amidala sich ihre Interessen zu Herzen nehmen würde, ahnten jedoch nichts von der drohenden Krise.

Thronsaalrobe

Um trotz ihrer Jugend ihrer Rolle gerecht zu werden, trägt Amidala die traditionelle königliche Kleidung und das bei Hofe übliche Make-up. Ihr formelles Auftreten im Thronsaal verschafft ihr den Ruf einer standhaften und professionellen Herrscherin, gleichzeitig eine Warnung an all jene, die dazu neigen, sie wegen ihres jugendlichen Alters zu unterschätzen.

Amidala auf ihrem Thron im Palast von Theed bei der Anhörung ihres Beraterkreises. Sie erweckt Vertrauen, auch bei erfahrenen, kampferprobten Männern wie Captain Panaka.

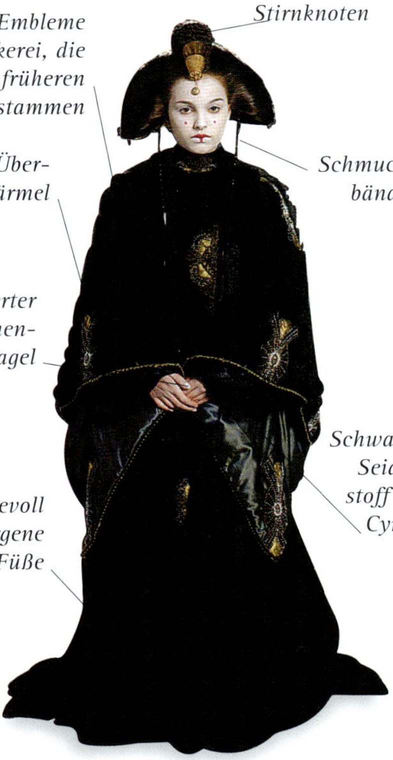

ROBE FÜR STAATSBESUCHE
Auf Coruscant trägt Amidala, dem Ernst ihrer Lage entsprechend, eine dunkle Robe für Staatsbesuche. Sie versinnbildlicht Amidalas Trennung von Naboo und die große Gefahr, der ihr Volk ausgesetzt ist.

AMIDALAS REISEROBE

Wenn Königin Amidala zu fernen Planeten reist, nutzt sie den geräumigen Thronsaal im Königlichen Raumschiff. Dabei steht sie mit ihren Beratern auf Naboo, insbesondere mit Gouverneur Sio Bibble, mittels Holoprojektor in Verbindung.

GOLDVERZIERUNGEN

Die Roben der Königin sind mit vielen Kostbarkeiten wie Perlen oder kunstvollen Bändern geschmückt, von denen viele aus den Schatzkammern des Palastes stammen.

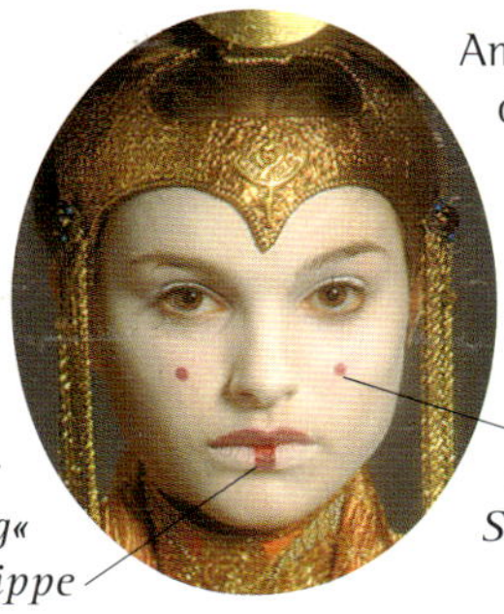

Amidalas hochstilisiertes Make-up geht auf die alten Gebräuche der Könige von Naboo zurück. Das rote »Mal der Erinnerung« symbolisiert Naboos Leidenszeit vor der Großen Ära des Friedens.

NABOO-SIEGESPARADE

Senatstalar

Als Amidala im Galaktischen Senat für ihr Volk bittet, trägt sie ein außergewöhnliches Gewand und eine nicht weniger bemerkenswerte Frisur, Sinnbild für die Erhabenheit des freien Volkes von Naboo. Zudem verhilft ihr die prunkvolle Garderobe zu einem ebenso couragiert wie distanziert wirkenden Auftreten, hinter dem sie ihre wahren Gefühle verbergen kann.

Paradetalar

Nach dem Sieg über die Handelsföderation erscheint Amidala in einem Paradegewand, das sich deutlich von ihren Amtsroben unterscheidet. Die seidenen Rüschen ähneln den lieblichen Blumen in der Nähe ihres Heimatdorfs, die nur alle achtundachtzig Jahre einmal blühen und eine Zeit besonderer Feiern einleiten.

DATENBLATT

- ◆ Die Naboo wählen ihre Herrscher nach deren Verdienst und nicht nach Alter oder Herkunft. Königin Amidala ist nicht die jüngste Herrscherin, die Naboo je regiert hat.
- ◆ Amidala kann jederzeit auf den Thron verzichten, wenn sie es wünscht.

Die Zofen der Königin

DIE KÖNIGLICHEN ZOFEN dienen der Regentin loyal und unauffällig. Sie helfen mit, Amidalas königliches Image zu bewahren, und assistieren ihr beim Anlegen der kunstvollen Roben, bei den komplizierten Frisuren und traditionellen Make-ups. Außerdem beschützen sie die Herrscherin als Leibwächterinnen. Die Zofen wurden nach Kriterien der Eleganz, der Geduld, körperlicher Fitness und ihrer Ähnlichkeit zu Amidala ausgesucht. Die Königin weiß ihre Gesellschaft sehr zu schätzen. Insbesondere hat sie sich mit der verlässlichen Sabé angefreundet, die stets einen kühlen Kopf bewahrt.

Rabé

Trotz ihrer Jugend hat Rabé gelernt, in ihrer Rolle als königliche Zofe stets Geduld zu bewahren. Sie beruhigt Amidala und hilft ihr bei ihren exotischen Frisuren, die oft Stunden erfordern, bis die nötige Perfektion erreicht ist.

Als Königin Amidala verkleidet, befindet sich Sabé, flankiert von Zofen, im Thronsaal des Königlichen Raumschiffs. Sabé hält würdevoll Hof, wobei die ruhige Präsenz der Zofen sie unterstützt.

Sabé

Die wichtigste Zofe Amidalas ist Sabé, da sie in Zeiten der Gefahr als Double für die Königin agiert. Sabé wurde von Amidala darin unterwiesen, königlich aufzutreten und zu sprechen. Dennoch ist sie nervös, wenn sie diese Rolle zu spielen hat, und befürchtet, sich mit irgendeinem kleinen Fehler zu verraten.

STILVOLL REISEN
Das Königliche Raumschiff ist mit Garderobecontainern ausgestattet. Aus diesen wählen die Zofen ein prunkvolles Kleid für den Auftritt der Königin vor dem Senat.

Reisegepäck

Die speziellen Garderobecontainer enthalten die Kleidung und den Schmuck der Königin. Sie sind mit Mikrogravgeräten ausgestattet, die dafür sorgen, dass die Gewänder korrekt hängen, unabhängig davon, wie der geschlossene Container gelagert wird.

Kampfkleidung

Als »Königin« trägt Sabé besondere Kampfkleidung, die ihr ein Höchstmaß an Bewegungsfreiheit erlaubt. Im Thronsaal täuscht Sabés Verkleidung den neimoidianischen Vizekönig und ermöglicht es Amidala, nach einer verborgenen Pistole zu greifen.

KÖNIGLICHE PISTOLE
Nach ihrer Berufung an den Hof wurden die Zofen als Leibwächterinnen ausgebildet. Jede von ihnen kann eine Pistole bedienen, um im Notfall die Königin zu verteidigen.

Eirtaé

Die Familie der Zofe Eirtaé war wohlhabend, und so ist sie mit der Hofetikette vertraut. Eirtaé hilft den anderen Zofen – und manchmal auch der Königin – in Fragen des höfischen Protokolls.

DAS GEFOLGE
Amidala trägt zu jedem offiziellen Anlass eine eigens dafür vorgesehene Robe. Dies gilt auch für die Zofen, deren Gewänder stets eine geschmackvolle Ergänzung zur königlichen Garderobe darstellen.

DATENBLATT

- ◆ Amidalas Gefolge besteht aus fünf Zofen: Rabé, Eirtaé, Sabé, Saché und Yané.
- ◆ Rabé, Eirtaé und Sabé begleiten Amidala bei ihrer Flucht mit dem Königlichen Raumschiff, während Saché und Yané widerstrebend in Theed zurückbleiben.

Padmé Naberrie

WANN IMMER DIE KÖNIGIN in Gefahr ist, verkleidet sie sich selbst als eine ihrer Zofen und nimmt den Namen Padmé Naberrie an. Die große Ähnlichkeit unter Amidalas Zofen erleichtert es Padmé, sich unauffällig unter die Gruppe zu mischen und sich ebenso unerkannt wieder von ihr abzusetzen. Wenn Padmé die Zofenrolle übernimmt, schlüpft Sabé in die Maske der Königin und nimmt von ihr, falls königliche Entscheidungen zu fällen sind, versteckte Signale entgegen. Diese Doppel-Identität Amidalas geht auf einen Vorschlag Captain Panakas zurück, der die Königin bei ihrer Krönung mit diesem alten Palasttrick vertraut machte. Als Padmé begleitet Amidala Qui-Gon Jinn nach Mos Espa, um dort mit eigenen Augen zu sehen, welche Pläne der Jedi verfolgt.

In Mos Espa gelangt die Königin zu dem Schluß, dass ihr Qui-Gon Jinns riskante Pläne nicht zusagen, aber sie kann ihre königliche Autorität nicht einsetzen, um ihm Widerstand zu leisten. Dennoch ist ihr bewusst, dass der Jedi-Meister über langjährige Erfahrung verfügt, und so beteiligt sie sich widerstrebend an seinem Plan.

Amidalas Verkleidung täuscht fast alle, nur der neunjährige Anakin erkennt schnell, dass es mit Padmé etwas Besonderes auf sich hat. Er fühlt sich zu ihr hingezogen, und sie erwidert seine Zuneigung, ohne recht zu wissen, was sie von dem begabten Jungen halten soll.

Bauernkleidung

Als Qui-Gon Jinn beschließt, nach Mos Espa zu gehen, wird Amidala zu Padmé, um ihn im Auge zu behalten, während Captain Panaka verspricht, sich um das Schiff zu kümmern. Einfache Bauernkleidung erleichtert es ihr, als Farmerskind in der Menge unterzutauchen.

Wesentlich für Amidalas erfolgreiche Tarnung ist es, daß sie ihr weißes Gesichts-make-up entfernt. Die Leute haben sich so an das formelle Erscheinungsbild der Königin gewöhnt, daß sie die alltäglich wirkende Padmé überhaupt nicht beachten.

TALISMAN
Anakin weiß, dass die Zukunft ungewiß ist, und schnitzt deshalb ein Glücksamulett für Padmé. Er hofft, dass dieses Symbol sie trotz allem, was ihnen vielleicht widerfahren mag, an ihn erinnern wird.

DATENBLATT

◆ Padmé und Sabé kommunizieren untereinander auf indirekte Weise und pflegen eine Art Geheimsprache. Das erleichtert es Padmé, Sabés Handlungen als Königin zu lenken.

◆ In der Rolle der bescheidenen Padmé kann Amidala Dinge beobachten, die der Königin verschlossen bleiben würden.

Die Verkleidung beraubt Amidala ihrer königlichen Macht, verleiht ihr aber dafür die Freiheit, sich der öffentlichen Aufmerksamkeit zu entziehen.

NACHRICHTEN VON NABOO
Während der Reise nach Coruscant quält Padmé die Aufzeichnung von Sio Bibbles Hologrammsendung, die von einer Katastrophe auf Naboo berichtet. Eine Falle? Die Wahrheit? Oder beides? Es bedarf großer Entschlußkraft, an ihrem Plan festzuhalten und vor dem Galaktischen Senat um Hilfe für Naboo zu bitten, anstatt zu ihrem leidenden Volk zurückzukehren.

Padmé im Kampf

Padmé ist überzeugt, dass sie die Invasion beenden kann, wenn es ihr gelingt, die neimoidianischen Führer gefangen zu nehmen. Ihre entschlossene Anwesenheit inmitten ihrer Soldaten macht diesen Mut und bringt ihnen schließlich den Sieg. Sabé verbleibt bis zum Ende in der Maske der Königin und verschafft ihr so in letzter Minute einen entscheidenden Vorteil.

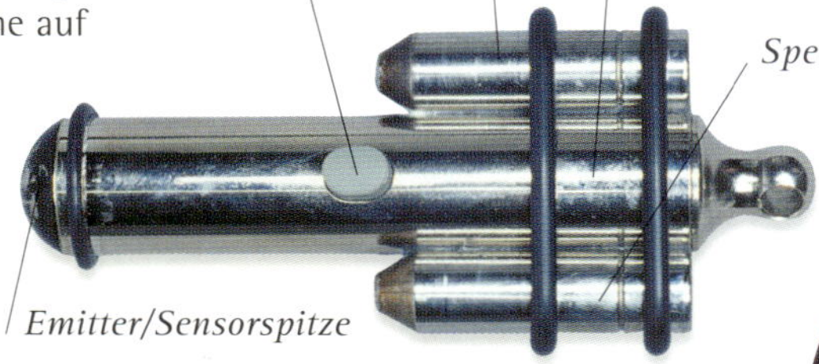

SIGNALEINHEIT

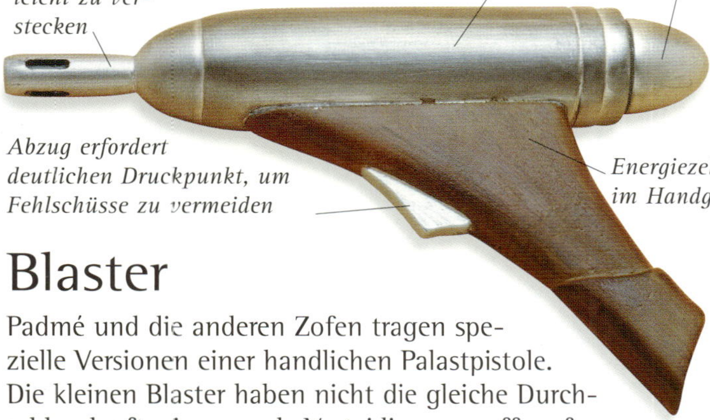

Blaster

Padmé und die anderen Zofen tragen spezielle Versionen einer handlichen Palastpistole. Die kleinen Blaster haben nicht die gleiche Durchschlagskraft wie normale Verteidigungswaffen, feuern aber Plasmabolzen ab, die tödlich sein können.

GEHEIME KOMMUNIKATION
Padmé benutzt ein Miniaturgerät, um während der Kämpfe in Theed Licht- und Datensignale an Captain Panaka zu übermitteln.

In der Stunde größter Verzweiflung offenbart Padmé dem Gungan-Herrscher Boss Nass ihre geheime Identität. Sie weiß, dass sie den sturen Gungan nur mit einem klaren Zeichen des Vertrauens für sich gewinnen kann.

RÜCKKEHR IN DEN PALAST
Zurück auf Naboo, legt Padmé Kampfkleidung an. Bei dem Angriff auf ihren eigenen Palast kämpft sie Seite an Seite mit ihren Truppen und Jedi-Verbündeten, um in den Thronsaal zu gelangen und den neimoidianischen Invasoren gegenüberzutreten. Tapfer hält sie dem Laserbeschuss stand und erwidert das Feuer, wohl wissend, dass die Kampfdroiden, die auf sie schießen, keine lebenden Gegner sind.

Die Naboo

DIE BEWOHNER NABOOS haben ihre friedliche Gemeinschaft unter dem Schutz der Republik ohne Angst vor Bedrohungen von außen entwickeln können und sind dabei zu Wohlstand gelangt. Naboo wird von einem gewählten Souverän, einem Gouverneur und einem Beraterkreis regiert, die im Palast von Theed residieren. Die Naboo leben in weit verstreuten Städten und Dörfern auf dem Hauptkontinent ihres Planeten. Die Liebe zur Kunst äußert sich in großartiger Architektur und kunstvoller Kleidung. Die Naboo sehen ihre Lebensweise als unumstößliche Selbstverständlichkeit, werden aber erkennen müssen, dass sie ein Luxus ist, den es zu verteidigen gilt.

NABOO
Der grüne Planet Naboo ist klein und von einer porösen Krustenstruktur überzogen, die von Höhlengängen durchsetzt ist.

THEED
Das Kronjuwel der Zivilisation von Naboo ist die Stadt Theed, erbaut am Rande eines Plateaus, wo der Fluss Solleu sich einem grandiosen Wasserfall entgegenschlängelt. Künstler, Architekten und Städteplaner genießen auf Naboo hohes Ansehen, und ihre herrliche Stadt legt für ihre Leistungen Zeugnis ab.

Sio Bibble

Als Gouverneur von Naboo trifft Bibble die Auswahl wichtiger Angelegenheiten, die der Königin zur Kenntnis gebracht werden. Er führt den Vorsitz im Beraterkreis und verhandelt in Verwaltungsfragen mit den regionalen Vertretern und Beamten der jeweiligen Stadtregierungen.

KULTURMETROPOLE
Neben dem Palast befinden sich in Theed auch die größten Bibliotheken, Museen, Heiligtümer, Theater und Konservatorien von Naboo. Alle Bauten sind im klassischen Naboo-Stil gehalten.

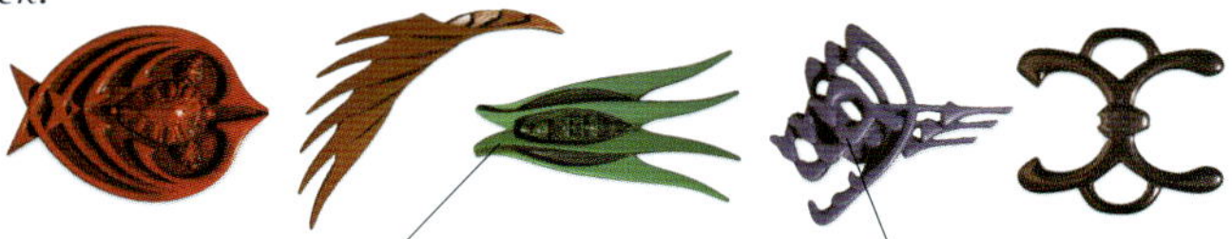

NABOO-SCHMUCK

Mit Abscheu vernimmt Sio Bibble die düsteren Warnungen Captain Panakas und dessen Ruf nach stärkerer Bewaffnung. Noch in Naboos bitterster Stunde lehnt es der aufrechte und verdienstvolle Philosoph ab, seine Überzeugungen zu verraten.

DER BERATERKREIS
Die königlichen Berater tragen der Königin wichtige Angelegenheiten vor und unterstützen sie mit ihrer Erfahrung. Die Zusammensetzung dieses Rates wechselt häufig, sodass ein weiter Kreis von Gelehrten, Künstlern und engagierten Mitgliedern an den Audienzen teilnimmt.

HELA BRANDES
MUSIKALISCHE BERATERIN

GRAF ZAPALO
WISSENSCHAFTSMINISTER

HUGO ECKENER
CHEFARCHITEKT

LUFTA SHIF
BILDUNGSMINISTERIN

KÖNIGLICHE PERFEKTION
Das Königliche Raumschiff unterscheidet sich grundlegend von Fahrzeugen anderer Planeten. Elegante Kurven und klare Linien zeichnen seine Innenräume aus. In für Naboo-Design typischer Weise tritt die Funktionalität gegenüber ästhetischen Erwägungen in den Hintergrund.

Das Königliche Raumschiff

Das schimmernde Königliche Raumschiff trägt Königin Amidala auf stilvolle Weise zu Staatsauftritten. Unter Verwendung importierter Antriebsaggregate und auf Naboo gebauter Komponenten verbindet das Schiff die Naboo-Liebe zur Kunst mit dem industriellen Potenzial anderer Welten.

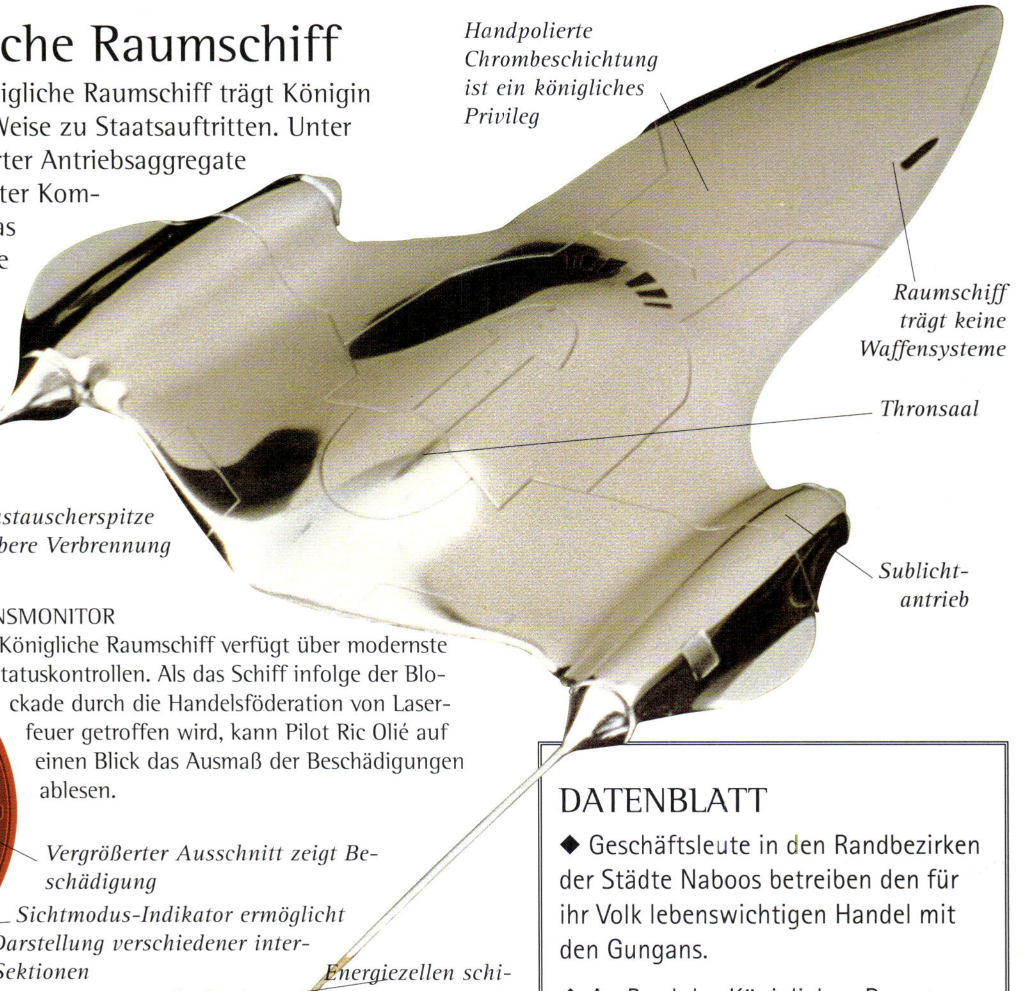

MESONEN-TALOSKOP

SCHADENSMONITOR
Das Königliche Raumschiff verfügt über modernste Statuskontrollen. Als das Schiff infolge der Blockade durch die Handelsföderation von Laserfeuer getroffen wird, kann Pilot Ric Olié auf einen Blick das Ausmaß der Beschädigungen ablesen.

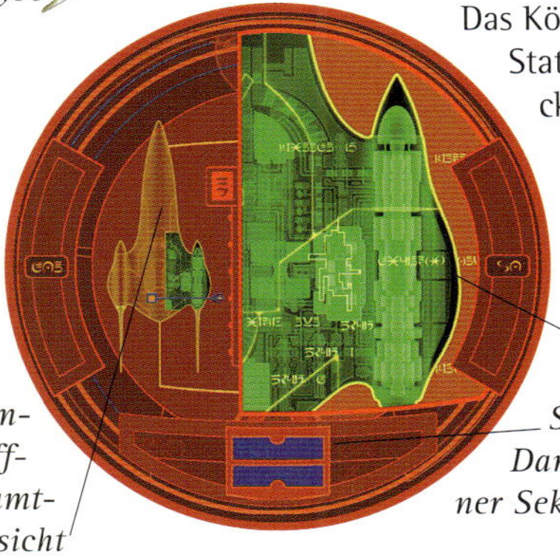

HOCHWERTIGE INSTRUMENTE
Hoch präzise Diagnoseinstrumente an Bord des Königlichen Raumschiffes ermöglichen es, eine Vielzahl von Tests durchzuführen und etwaige Probleme bereits im Ansatz zu beseitigen.

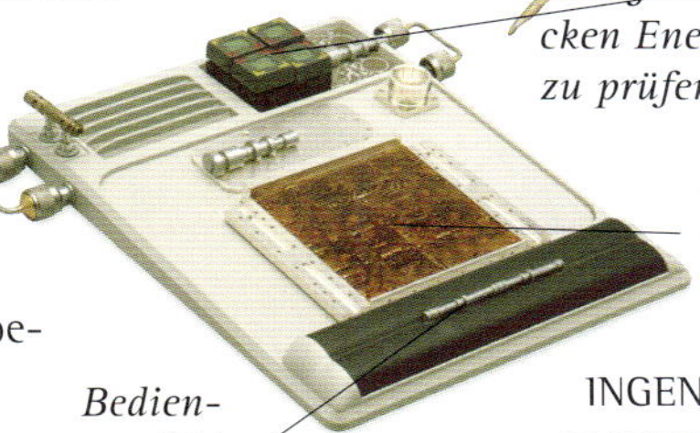

INGENIEUR-ANALYSETAFEL

DATENBLATT

- ◆ Geschäftsleute in den Randbezirken der Städte Naboos betreiben den für ihr Volk lebenswichtigen Handel mit den Gungans.
- ◆ An Bord des Königlichen Raumschiffes sind selbst einfache Dinge wie dieser Oszillationsthemister im eleganten Naboo-Stil handgefertigt.

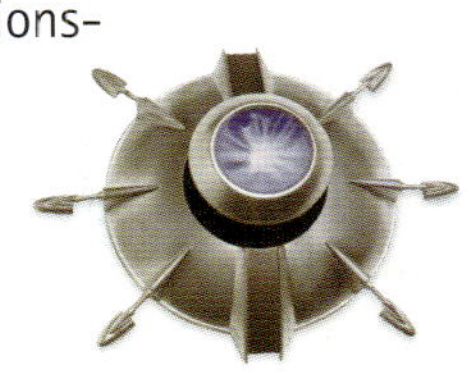

FORMALES FUTHARK
Das Alphabet der Naboo kennt eine traditionelle Schreibweise, die sich Futhork nennt, und eine formale Variante namens Futhark. Letztere basiert auf ovalen Schriftzeichen und wird für die Kennzeichnung von Raumschiffen und Frachtgütern benutzt.

Der Palast von Theed

Der königliche Palast ist das größte Gebäude in Theed. Seine Säle werden für Zusammenkünfte, Feste, künstlerische Darbietungen und Staatsempfänge benutzt. Der Palast verbindet historische Elemente mit modernen Einrichtungen wie automatischen Türen, Kommunikationssystemen und Klimaanlagen.

GESELLSCHAFTLICHER UMGANG
Kleidung dient auf Naboo auch dem Zweck gesellschaftlicher Kommunikation. Während der Blockade durch die Handelsföderation nutzen die Bürger die Symbolik der Farben, um ihre Zustimmung oder Ablehnung hinsichtlich der Politik der Königin zu bekunden.

Trügerische Gelassenheit auf den Straßen Theeds überdeckt die Spannungen, als infolge der Blockade die Nahrungsmittel knapp werden.

Captain Panaka

ALS KÖNIGIN AMIDALAS SICHERHEITSCHEF leitet Captain Panaka alle Abteilungen der freiwilligen Sicherheitsstreitkräfte und ist persönlich für Leib und Leben der Königin verantwortlich. Panaka gilt als »das schnellste Auge auf Naboo« und wurde in sein Amt berufen, nachdem sein Vorgänger, Captain Magneta, den Tod des nach der Abdankung untergetauchten Königs Veruna nicht hatte verhindern können. Verunas »Unfall« wurde vertuscht, und Magneta trat in aller Stille zurück. Panaka, der sich der zunehmenden Gefahr in der Galaxis bewusst ist, fordert stärkere Sicherheitsmaßnahmen, um Königin und Volk zu schützen. Doch der Rat überredet Amidala, sich in ihrem Handeln vom traditionellen Pazifismus Naboos leiten zu lassen. Panaka weiß nur zu gut, welche Folgen diese edle Politik haben kann. Es braucht jedoch eine Invasion, um ihm recht zu geben.

Panaka verlässt sich auch dann noch auf seine eigene Urteilskraft, als sich Jedi-Ritter einschalten. Er glaubt, dass Qui-Gon Jinns Handlungen ein Risiko für die Sicherheit der Königin und das Schicksal Naboos bedeuten.

KOMLINK-HOLSTER

Panakas Sicherheitskräfte benutzen Gian-Gleiter für den Patrouilleneinsatz. Diese leichten Gefährte stellen das einzige Kriegsinventar dar, über das Panaka bei seinen Bemühungen, den Invasionsdroiden den Palast von Theed wieder zu entreißen, verfügt.

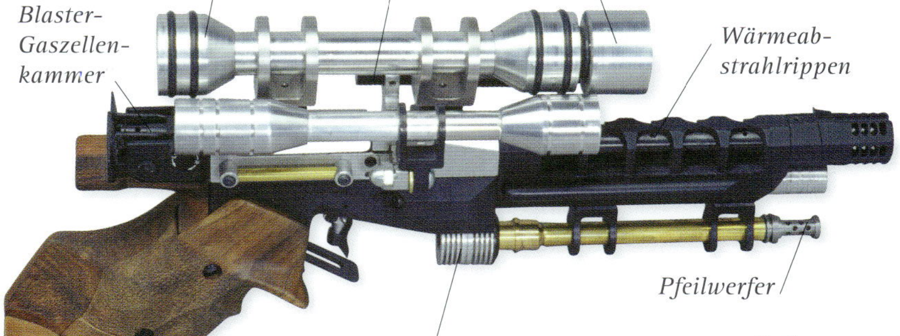

GREIFERHAKEN

KOMLINK
Panaka benutzt das Comlink des Sicherheitschefs, um mit seinen Truppen in Verbindung zu bleiben. Das Gerät verfügt über separate Kanäle für störungsfreie Übertragungen.

Blaster

Die Königliche Palastgarde ist mit S-5-Multifunktionsblastern ausgerüstet. Diese Waffen feuern nicht nur tödliche Blasterstrahlen, Nadelprojektile und lähmende Mikropfeile ab, sondern können auch ein Flüssigkabel verschießen, das feindliche Soldaten umschlingt oder mittels eines Greiferhakens das Erklimmen von Mauern ermöglicht.

DATENBLATT

◆ Panaka hat sich in einer Sondereinheit der Republik beim Kampf gegen Weltraumpiraten in dem Sektor, der auch das Naboo-System enthält, Kampferfahrung erworben.

◆ Die königlichen Naboo-Sicherheitsstreitkräfte schließen die Fußsoldaten, die Palastgarden und das Raumjägerkorps ein. Die lokale Polizei untersteht den Zivilbehörden, nicht Panaka.

Unter Einsatz ihres Lebens versuchen Panaka und seine Palastgarde die Streitkräfte der Handelsföderation aufzuhalten, um die Königin zu schützen.

Palastgarde

Die Palastgarde ist die hervorragend geschulte Leibgarde der Königin. Während die Sicherheitsgarde als Miliz fungiert, besteht die Palastgarde ausschließlich aus Elitesoldaten, die ihre Gefechtserfahrungen zumeist fern ihres Heimatplaneten gesammelt haben und dann nach Naboo zurückgekehrt sind, um ihre Königin zu schützen. Die Palastgarde verfügt zwar nur über eine geringe Mannschaftsstärke, ist aber das Rückgrat der Naboo-Sicherheitskräfte.

Sicherheitsoffizier

Die wenigen Spitzenoffiziere Panakas sind loyal, aber wenig vertraut mit echten Gefahren. Während der Invasion bemühen sie sich redlich, auf Naboo Ruhe und Ordnung zu bewahren.

Sicherheitsgarde

Die dem Befehl von Captain Panaka unterstehende Sicherheitsgarde kommt einer regulären Infanterietruppe am nächsten. Einzelne Gardisten leisten vorzugsweise Wach- und Streifendienst und unterstützen die Polizeikräfte von Theed. Obwohl die Sicherheitsgarde von Panaka gut ausgebildet wurde, ist sie der mechanisierten Armee der Handelsföderation nicht gewachsen.

Naboo-Piloten

EBENSO WIE IHRE KAMERADEN von der Sicherheits- und Palastgarde sind die Mitglieder des Raumjägerkorps eine Einheit der Königlichen Streitkräfte von Naboo. Die Piloten, Haudegen unterschiedlicher Herkunft, fliegen die speziell konstruierten N-1-Sternjäger voll Stolz. Bei ihren Einsätzen handelt es sich meist um Routinepatrouillen, Begleitschutz oder Paradeflüge. Da es auf dem friedlichen Naboo keine Kriege gibt, müssen sich die Piloten ihre Erfahrung in Einheiten der Republik erwerben. Das Naboo-Raumjägerkorps stellt keineswegs die gefährlichste Raumpiloten-Einheit der Galaxis dar. Dennoch sind sie stets einsatzbereit und stellen sich der überwältigenden Herausforderung, gegen die Armee der Handelsföderation zu kämpfen.

N-1-Sternjäger

Die N-1-Sternjäger sind mit Radialaggregaten nubianischer Herkunft ausgestattet und ihrem königlichen Status gemäß mit glänzendem Chromaufbau versehen. Die von Astromech-Droiden unterstützten Sternjäger sind schnell und wendig, neigen aber bei Maschinenschaden zu unkontrolliertem Trudeln.

SYSTEMMONITOR

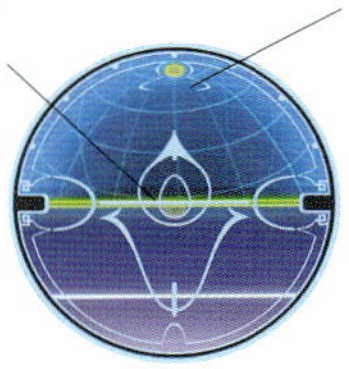

NAVIGATIONSSCAN

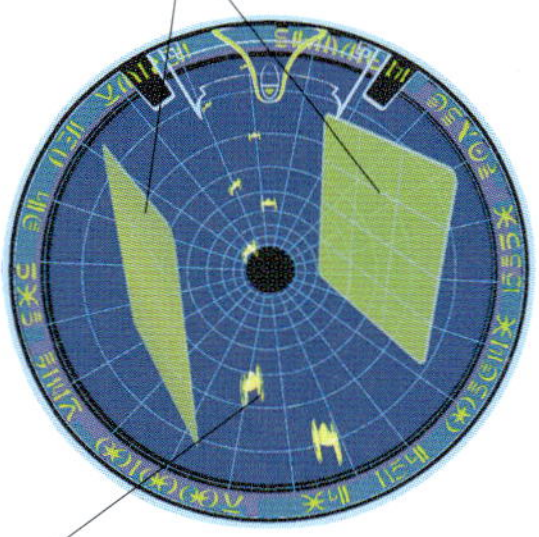

TAKTIKSCHIRM

N-1-INFORMATIONSDISPLAYS
Die Sternjäger-Piloten von Naboo überwachen ständig auf im Cockpit angeordneten Displays die Navigations- und Systeminformation.

FLIEGERHELM

Ric Olié

Der beste Pilot des Raumjägerkorps von Naboo ist Ric Olié, ein langjähriger, Captain Panaka unterstellter Flieger. Ric, der alles, was auf Naboo flugfähig ist, steuern kann, hat die Ehre, der Königin als Captain ihres Königlichen Raumschiffs zu dienen. Seine Fähigkeiten als Pilot werden im höchsten Maße auf die Probe gestellt, als Olié die neimoidianische Blockade durchbrechen soll.

DATENBLATT

◆ Naboo-Piloten sind gezwungen, zunächst Versorgungsfahrzeuge zu fliegen, ehe sie die Erlaubnis erhalten, das Steuer eines heiß ersehnten N-1-Sternjägers zu übernehmen.

◆ Nur wenige Piloten haben die Ehre, königlichen Geleitschutz zu fliegen. Die meisten haben nie den Sektor von Naboo verlassen.

DER DROIDENFRACHTRAUM
In einem kleinen Raum auf dem untersten Deck des Königlichen Raumschiffs wartet R2-D2 auf Einsätze oder lädt sich mit anderen Astromech-Droiden zwischen einzelnen Arbeiten wieder auf. Ein Repulsorlift an einem Ende des Raums befördert die Droiden für Wartungsarbeiten am Rumpf zur Außenwand des Schiffes.

R2-D2

EIGENTLICH IST R2-D2 ein ganz normaler Arbeitsdroide mit eigenem Bewußtsein – doch in ihm steckt mehr, als sein schlichtes Aussehen vermuten lässt. R2-D2 ist einer von mehreren Wartungsrobotern, die dem Droidenlager des Königlichen Raumschiffs zugeteilt sind, wo er Sicherungen ersetzt, Drähte installiert, Böden poliert und alle sonstigen Aufgaben erfüllt, um das Schiff in perfektem Zustand zu halten. Für einen Arbeitsdroiden ist er erstaunlich ausdauernd, wenn es darum geht, ihm erteilte Aufträge zu erfüllen. Normalerweise würde derartige Hingabe kaum auffallen, aber als das Königliche Raumschiff in eine Krise gerät, wird R2-D2 unversehens zum Helden.

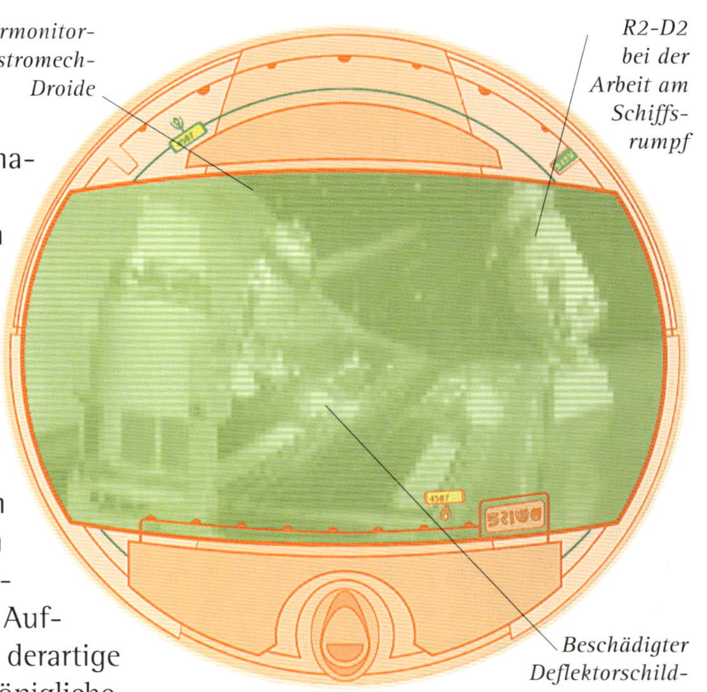

REPARATUREN WÄHREND DES FLUGES
Astromech-Droiden führen gewöhnlich eine Vielzahl mechanischer Reparaturen und routinemäßiger Datenkontrollen durch. R2-D2 tut sich so lange nicht hervor, bis er es ganz allein zustande bringt, den Schildgenerator des Königlichen Raumschiffs von Naboo zu reparieren.

KOPILOT
Astromech-Droiden von Standardbauweise werden auf vielen Sternjägern als Supportsystem eingesetzt. R2-D2 begleitet Anakin Skywalker im Droidensockel eines Naboo-N-1-Sternjägers in den Kampf.

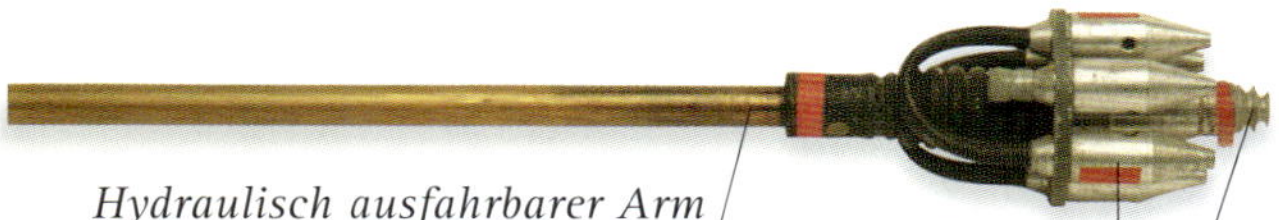

REPARATURARM
Dieser ausfahrbare Arm kann elektronische Bauteile säubern, abdichten oder ausbauen.

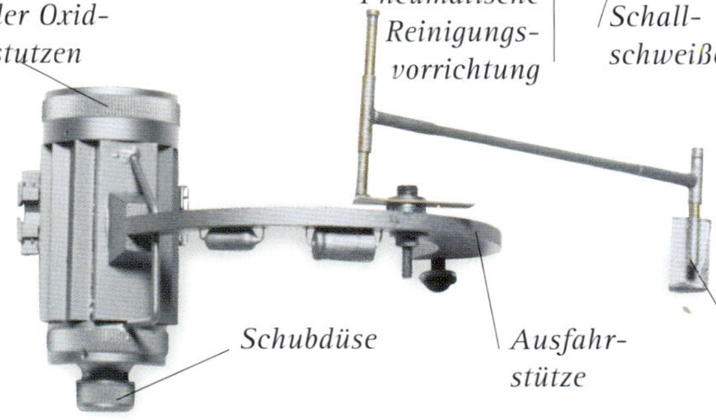

RAKETENANTRIEB
Zusätzliche Raketenantriebe erlauben R2-Einheiten, sich im freien Raum aus eigener Kraft fortzubewegen.

DATENBLATT

◆ R2-D2 gehört zum Königshaus von Naboo und wurde dem Schiff der Königin zugeteilt, als Belohnung für seine außerordentlichen Rekordleistungen.

◆ R2s Kopf kann ausgefahren werden und so vom Droidensockel eines Naboo-Sternjägers aus die Situation überblicken.

Jar Jar Binks

JAR JAR, ein eingeborener amphibischer Gungan von Naboo, fristet sein Dasein als unglücklicher Verbannter fernab seiner Heimatstadt Otoh Gunga. Er lebt in den Sümpfen, wo er sich von rohen Muscheln und anderem, dort heimischem Getier ernährt. Seine lange muskulöse Zunge erlaubt es ihm, Mollusken aus ihren Schalen und wohlschmeckende Gumbols aus ihren Baumnestern zu holen. Während der Invasion von Naboo stößt Qui-Gon Jinn auf Jar Jar und rettet ihn. Das Ehrgefühl des schlichten Gungans bindet ihn auf Lebenszeit an Qui-Gon, obwohl der Jedi es anfänglich vorgezogen hätte, ihn wieder loszuwerden.

Zunächst sieht Obi-Wan Kenobi in Jar Jar wenig mehr als eine lästige Lebensform, die schwer wieder loszuwerden ist. Doch bald erweist sich der Gungan als nützlich, indem er den Jedis von einem Zufluchtsort unter Wasser erzählt, wo sie sich dem Angriff der Bodenstreitkräfte der Handelsföderation entziehen können.

Jar Jar selbst äußert sich nicht über die Gründe seiner Verbannung aus Otoh Gunga und darüber, dass er versehentlich den größten Teil der Villa von Boss Nass und einige angrenzenden Wohnblasen überflutet hat, als er bei einer Party bediente. Da dies nicht Jar Jars erster Unfall war, ja nicht einmal sein erster ernster Überflutungszwischenfall, hatte Boss Nass ihn unter Androhung der Todesstrafe aus seiner Stadt verbannt.

Jar Jar ist der Stadtpatrouille von Otoh Gunga wohlbekannt. Sie hat ihn in der Vergangenheit aus einigen Unannehmlichkeiten befreit – angefangen mit harmlosen Streitigkeiten um Essensrationen bis zu dem Tohuwabohu, das Jar Jar auslöste, als er versehentlich die Hälfte der Zooblasen von Otoh Gunga öffnete. Die Patrouille weiß, dass Boss Nass alles andere als erbaut sein wird, den Chaoten wieder in seinen Räumlichkeiten zu sehen.

Überlebenskünstler

Wie alle Gungans verfügt Jar Jar über ein flexibles Knorpel-Skelett. Selbst Schädel und Kinnlade sind elastisch und ermöglichen eine vielfältige Mimik. Jar Jars Charakter ähnelt seinem Körper in hohem Maße – flexibel und imstande, zuversichtlich allem Wandel des Schicksals zu trotzen. Ob in der Verbannung, ob in der Gesellschaft von Jedi oder von Personen königlichen Geblüts, stets torkelt Jar Jar frohgemut durchs Leben, auch wenn manchmal seine Emotionen ein wenig mit ihm durchgehen.

GUNGAN-HANDSCHELLEN

Als sich Qui-Gon auf der Suche nach Ersatzteilen für seinen Hyperantrieb nach Mos Espa begibt, begleitet ihn Jar Jar. Qui-Gon weiß, dass dieser seltsame Geselle ihm helfen wird, in der Menge fremdartiger Lebensformen, die die Stadt bevölkern, unterzutauchen. Jar Jar hingegen fragt sich, ob seine amphibische Haut die heißen Strahlen der Sonnen Naboos schadlos überstehen wird.

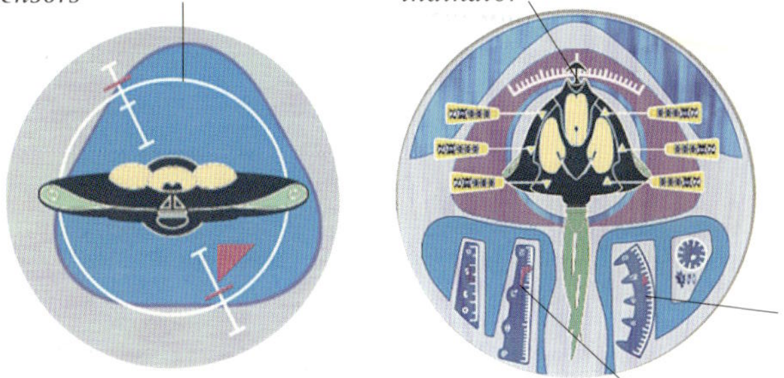

U-BOOT-MONITORE

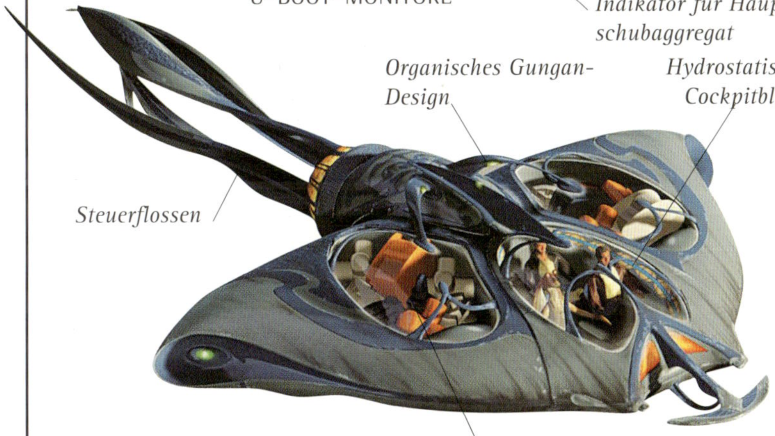

Gungan-U-Boot

Der zu Panik neigende Jar Jar ist vermutlich der schlechteste Steuermann, den die Jedi auf ihrem Weg durch die Unterwasserpassagen finden konnten, die Otoh Gunga mit Theed verbinden. Er hat sich nie mit Unterseebooten befasst oder Interesse daran gezeigt, sich außerhalb seiner Sumpfheimat zurechtzufinden. Zu allem Überfluss hat Jar Jar entsetzliche Angst vor Tiefseeungeheuern, die in den Kavernen lauern.

Wenn Jar Jar Hunger hat, isst er beinahe alles. Auf dem Markt von Mos Espa versucht er, einem Händler einen Bissen zu stehlen, im Vertrauen darauf, dass seine lange Zunge mit dem Brocken kurzen Prozess machen wird.

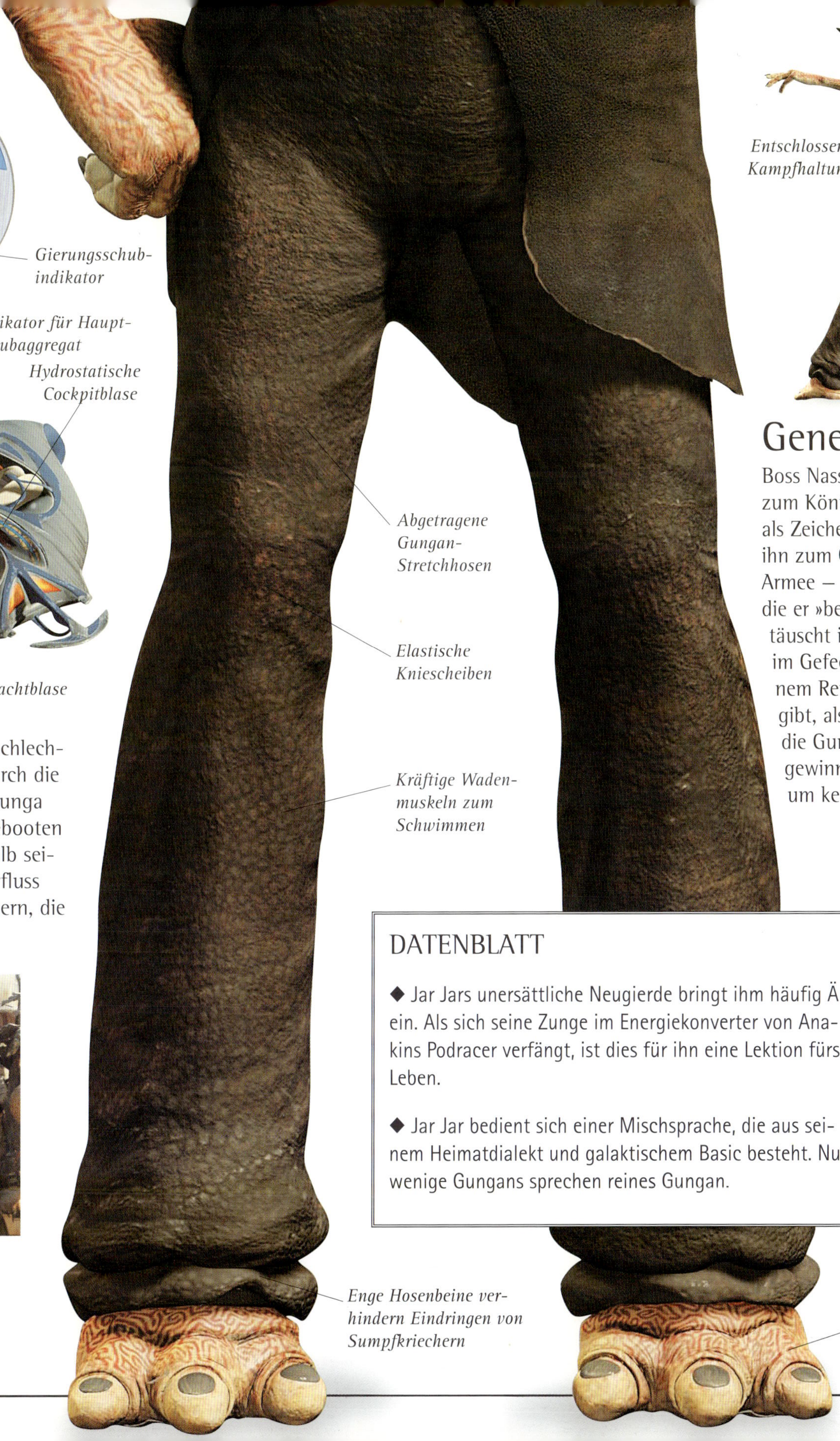

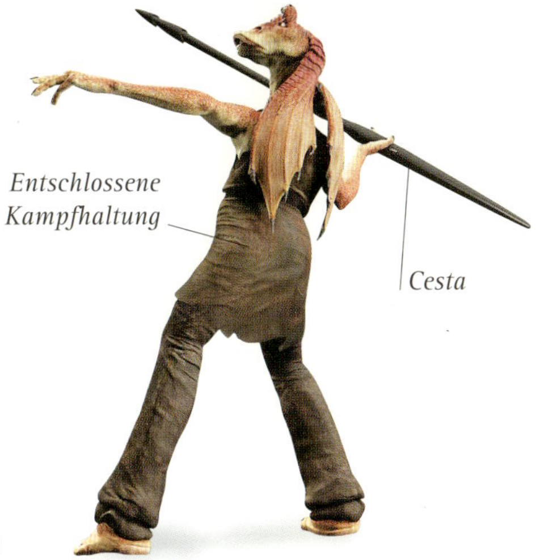

General Jar Jar

Boss Nass legt Jar Jars Verbindungen zum Königshaus von Naboo irrtümlich als Zeichen der Reife aus und macht ihn zum General der Großen Gungan-Armee – sehr zum Unbill der Soldaten, die er »befehligen« soll. Jar Jar enttäuscht ihre Erwartungen nicht, als er im Gefecht in Panik gerät, von seinem Reittier fällt und sich sofort ergibt, als er sich umzingelt sieht. Da die Gungans die Schlacht dennoch gewinnen, ist Boss Nass am Ende um keinen Deut weiser.

DATENBLATT

- Jar Jars unersättliche Neugierde bringt ihm häufig Ärger ein. Als sich seine Zunge im Energiekonverter von Anakins Podracer verfängt, ist dies für ihn eine Lektion fürs Leben.
- Jar Jar bedient sich einer Mischsprache, die aus seinem Heimatdialekt und galaktischem Basic besteht. Nur wenige Gungans sprechen reines Gungan.

Die Gungans

DIE AMPHIBISCHEN GUNGANS haben sich in den Sümpfen von Naboo entwickelt und sich dem Leben auf dem Lande ebensogut angepasst wie dem im Wasser. Geheime Techniken ermöglichen es den am Grunde tiefer Seen lebenden Gungans, die Grundstrukturen von Gebäuden und Fahrzeugen organisch zu »züchten«, die dann von einheimischen Handwerkern manuell fertig gestellt werden. Gungans treiben Handel mit den Naboo, um sich technische Gegenstände zu beschaffen, stellen aber ihren gesamten sonstigen Bedarf aus den Ressourcen ihres Unterwasserhabitats her. Obwohl sie mechanische Fahrzeuge verwenden, ziehen sie es vor, lebende Reit- und Lasttiere zu benutzen.

Captain Tarpals

Captain Tarpals, der Chef der Kaadu-Patrouille in Otoh Gunga, befindet sich gewöhnlich auf der Suche nach Dieben oder gefährlichen Wasserkreaturen. Für Tarpals ist der zu Pannen aller Art neigende Jar Jar Binks eine vertraute Gefahr, die in eine Kategorie ganz besonderer Art gehört.

Otoh Gungan

Der magische Glanz von Otoh Gunga verbirgt sich in den Tiefen des Paonga-Sees. Starke hydrostatische Membranfelder schützen die Wohnblasen vor eindringendem Wasser und verleihen der Stadt ihr an Geschmeide erinnerndes Aussehen. Spezielle Portalzonen halten die Luft im Inneren der Stadt zurück und erlauben es, sie zu passieren, ohne dass es irgendwelcher Schleusenkammern bedürfte.

Schuppenfische

In den Gewässern rings um Otoh Gunga lebt eine Vielzahl kleiner leuchtender Fische. Sie werden von den Lichtern der Stadt angezogen, haben aber aus Erfahrung gelernt, nicht ins luftgefüllte Innere der Stadt vorzudringen.

RAY TEE LAA FAA MEE SEE

Boss Nass

Der Herrscher von Otoh Gunga, der größten Seestadt, ist ein strenger altmodischer Gungan, der galaktisches Basic mit starkem Akzent spricht. Er genießt auch in Gemeinwesen außerhalb von Otoh Gunga hohen Respekt und ist mit zunehmendem Alter korpulent und wohlhabend geworden. Boss Nass verfügt allein über die Macht, die Große Gungan-Armee zu mobilisieren, die Gungans aus allen Siedlungen in sich vereint.

Boss Nass ist ein fairer, aber sturer Herrscher, der sich über die Anmaßung der Naboo ärgert, welche die Gungans nur deswegen für primitiv halten, weil sie eine von Technik dominierte Lebensweise ablehnen. Aus diesem Grunde zieht er es vor, den Kontakt mit Menschen auf ein Minimum zu beschränken.

Rep Teers

Boss Nass trifft seine Entscheidungen mit Hilfe seines Rep-Rates. Diese Gruppe ernannter Beamter ist für verschiedene Bereiche der Regierung zuständig. Ihre Kleidung weist auf die Würde ihres Amtes hin. Rep Teers ist für die Energieversorgung der hydrostatischen Blasen von Otoh Gunga verantwortlich.

Wie allen Naboo hat man auch Königin Amidala beigebracht, die Gungans für Barbaren zu halten. Als der Planet sich einer Invasion ausgesetzt sieht, wird ihr bewusst, dass ihr Volk und die Gungans nur die Wahl haben, zusammenzuarbeiten oder zu sterben. Sie bringt den Mut auf, Boss Nass um Hilfe zu bitten, und begründet damit eine neue Freundschaft zwischen den beiden Kulturen. Boss Nass ist von ihrer Geste zutiefst beeindruckt und ändert seine Ansichten ebenfalls.

DATENBLATT

◆ Boss Nass hat die auffällig grüne Haut und die tief liegenden Augen des alten Ankura-Geschlechts, das in einem abgelegenen Sumpfdorf seinen Anfang nahm. Seine Vorfahren vereinten sich mit den Otolla-Gungans, den Gründern von Otoh Gunga.

◆ Als Hüter alter Aufzeichnungen kennt Rep Teers die Geheimnisse längst vergessener Gungan-Verstecke.

Gungan-Kriegsführung

DURCH BÜNDNISVEREINBARUNGEN vereint, kämpfen die Gungans schon lange nicht mehr gegen die Naboo oder untereinander. Vor vielen Jahren haben sie die letzten Invasoren, die sie bedrohten, verjagt. Dennoch unterhalten sie aus Gründen der Tradition und um sich gegen Angriffe von Meeresungeheuern zu verteidigen, bewaffnete Streitkräfte. Die Große Armee setzt sowohl technologische Zauberkünste wie auch traditionelle Waffen ein. Beim Angriff schleudern die Gungans Plasma-Energiebälle. Die Soldaten der Großen Armee sind unerfahren, aber durch ihr Pflichtbewusstsein und eine klare Vorstellung von Recht und Unrecht hoch motiviert.

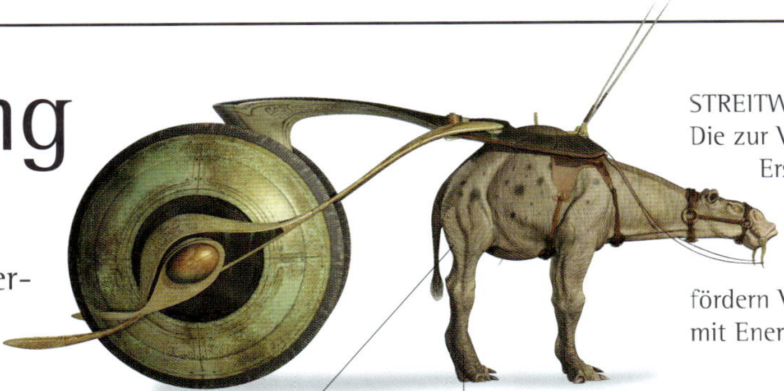

STREITWAGEN
Die zur Vermeidung heftiger Erschütterungen mit großen Rädern ausgestatteten Streitwagen der Gungans befördern Vorräte oder Behälter mit Energiebällen zur Front.

FAMBAA MIT PROJEKTORTROMMEL

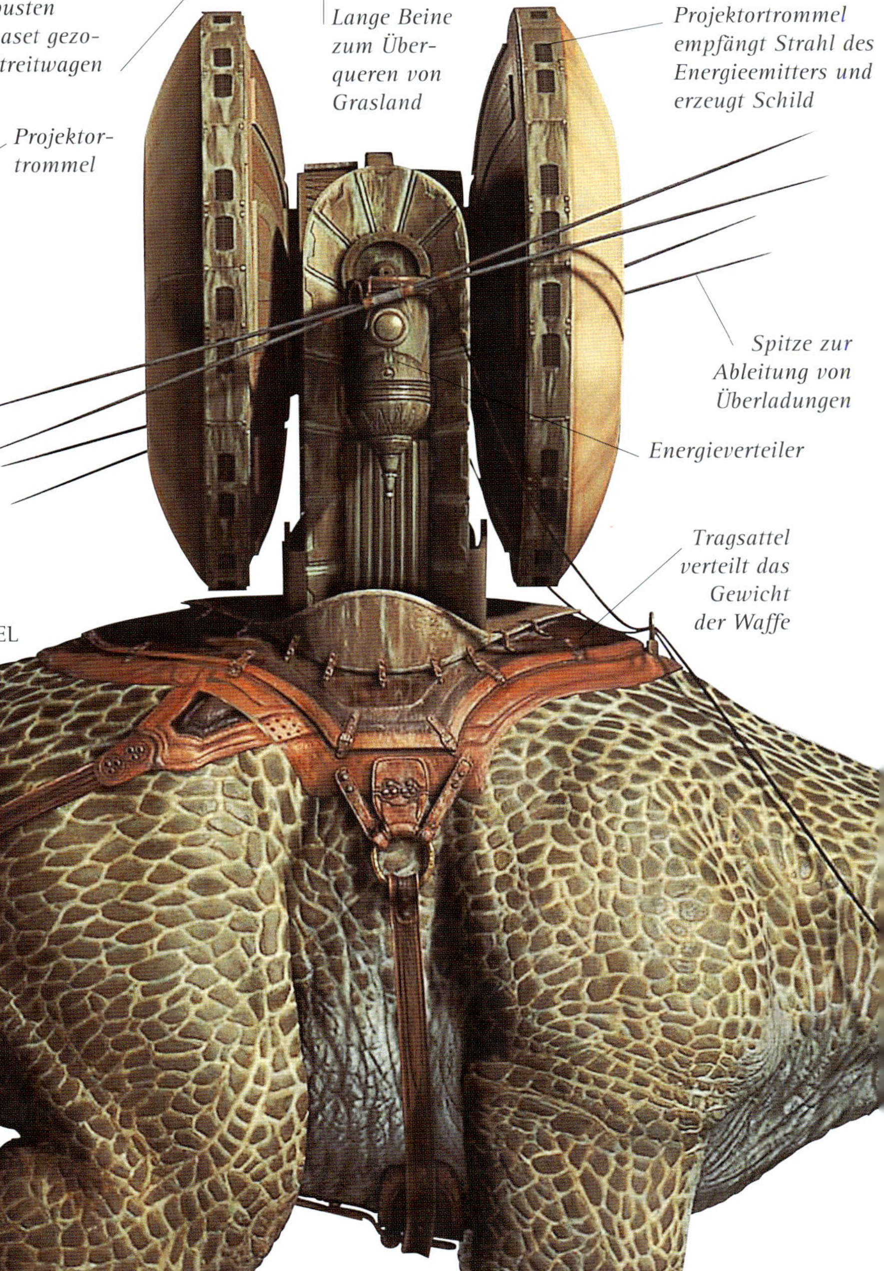

Gungan-Truppen aus allen Unterwassergemeinden kommen aus den Sümpfen hervor und vereinigen sich etappenweise zur Großen Armee. Die Soldaten wissen, dass sie die Armee der Handelsföderation besiegen müssen, um das Überleben und die Freiheit ihres Volkes zu sichern.

KAVALLERIE
Die Infanterie der Gungans besteht hauptsächlich aus Berufs- oder Teilzeitsoldaten. Die Kampfmontur dieser Krieger kann individuell sehr unterschiedlich ausfallen, da nicht alle die gleichen Kleidungsstücke und Ausrüstungsgegenstände bevorzugen.

Kaadu

Die Kaadu sind vor langer Zeit von Gungans, die sich auf der Oberfläche Naboos angesiedelt hatten, gezähmt worden. Die Kaadu können auch über längere Zeit im Wasser atmen. Diese mit riesigen Federn geschmückten Lebewesen dienen den Gungan-Soldaten und -Kundschaftern als Reittiere.

DATENBLATT

- Faamba-Schildgeneratoren erwärmen sich unter Beschuss und können bei massiven Angriffen nur beschränkte Zeit genutzt werden.
- Signale und Befehle werden mit Hörnern, aber auch mit Gesten und Pfiffen übermittelt.

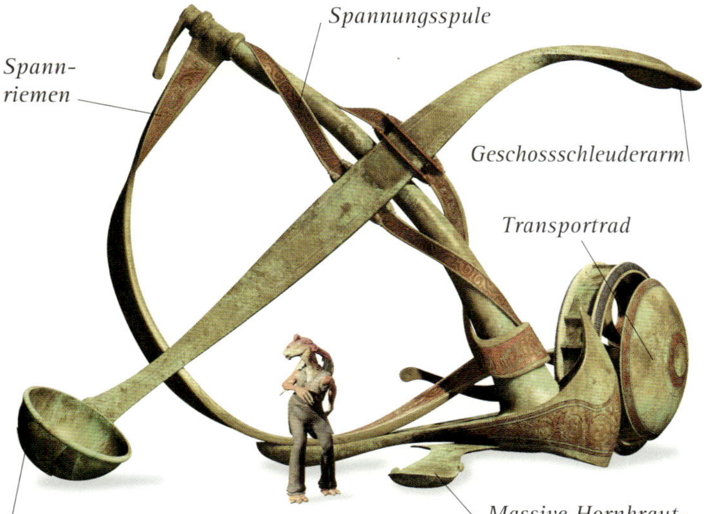

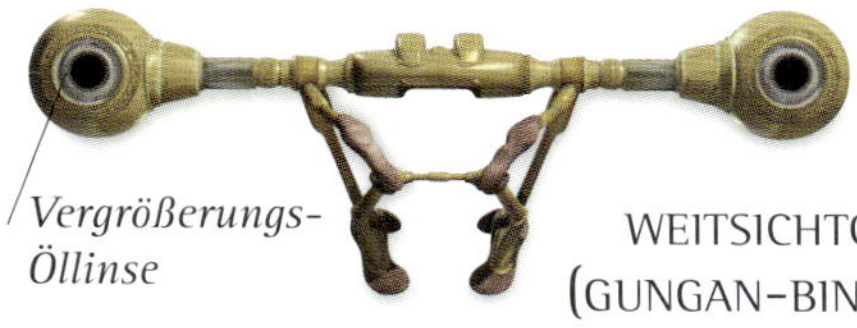

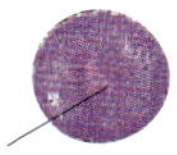

Kriegsgerät

Die Geschosse der Gungans bestehen aus einer Plasma-Energieverbindung, deren extrem zerstörerische Kraft beim Aufprall freigesetzt wird. Diese Energiebälle unterschiedlichen Kalibers werden von Katapulten mit entsprechender Wurfkraft und Reichweite durch die Luft geschleudert – gelegentlich auch aus Versehen.

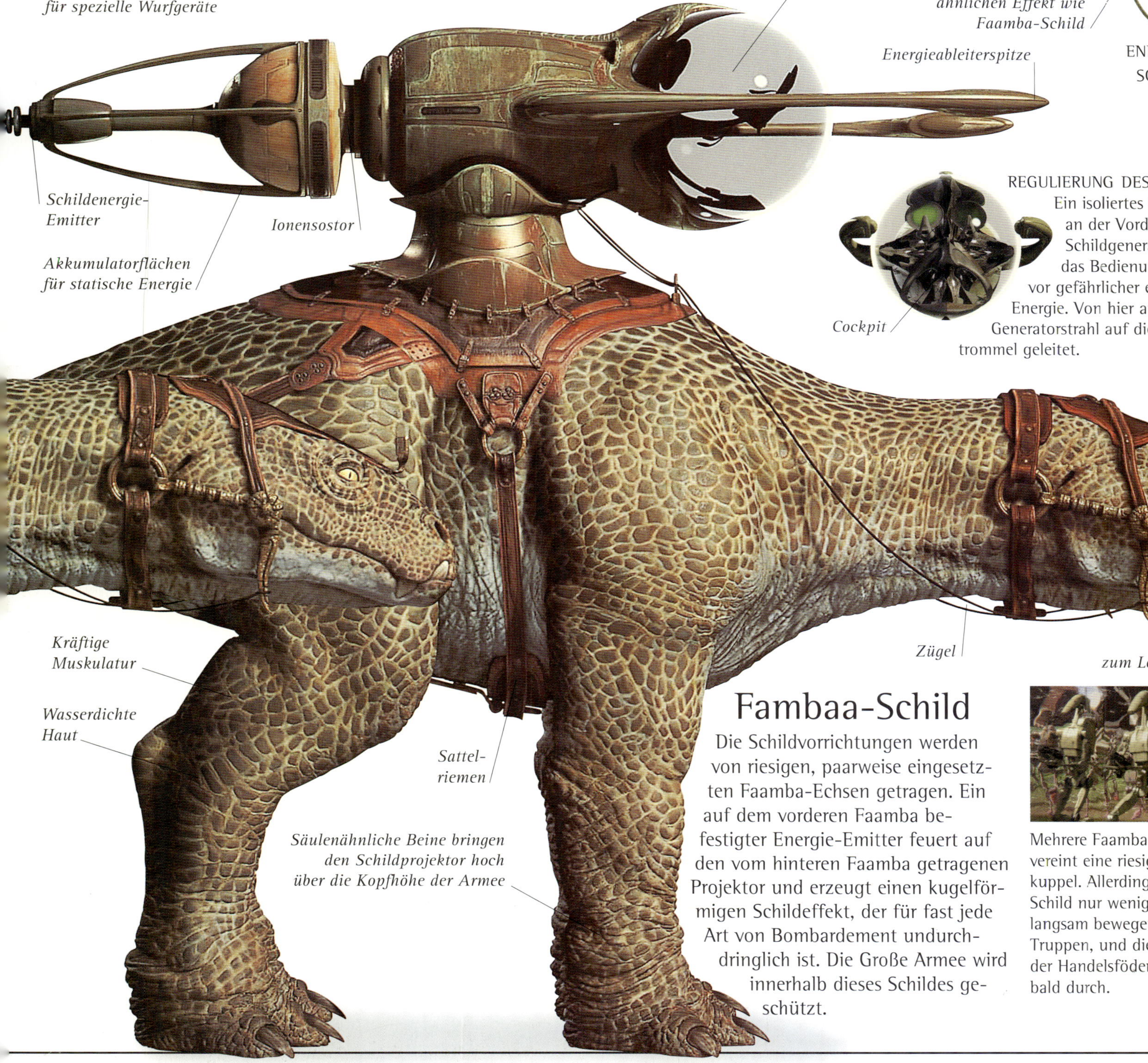

REGULIERUNG DES SCHILDES
Ein isoliertes Cockpit an der Vorderseite des Schildgenerators schützt das Bedienungspersonal vor gefährlicher elektrischer Energie. Von hier aus wird der Generatorstrahl auf die Projektortrommel geleitet.

Fambaa-Schild

Die Schildvorrichtungen werden von riesigen, paarweise eingesetzten Faamba-Echsen getragen. Ein auf dem vorderen Faamba befestigter Energie-Emitter feuert auf den vom hinteren Faamba getragenen Projektor und erzeugt einen kugelförmigen Schildeffekt, der für fast jede Art von Bombardement undurchdringlich ist. Die Große Armee wird innerhalb dieses Schildes geschützt.

Mehrere Faamba-Schilde bilden vereint eine riesige Verteidigungskuppel. Allerdings bietet der Schild nur wenig Schutz vor sich langsam bewegenden feindlichen Truppen, und die Kampfdroiden der Handelsföderation brechen bald durch.

Meeresungeheuer von Naboo

JUNGER COLO-KLAUENFISCH

DIE GEWÄSSER VON NABOO sind reich belebt, wobei das Gleichgewicht zwischen Sonnenlicht und Nährstoffen vielen Lebensformen ideale Lebensbedingungen bietet. Plankton gedeiht reichlich und unterstützt damit eine Nahrungskette, die ihren Gipfelpunkt in riesigen spektakulären Räubern erreicht hat. Die Meeresungeheuer von Naboo lauern gewöhnlich in den Tiefen, aber einige von ihnen lassen sich nachts oder bei Stürmen an die Oberfläche treiben – ein Sprichwort auf Naboo besagt, dass nur Tollkühne und Verrückte zur See reisen. Es gibt Berichte von koordinierten Überfällen dieser Monster auf Gungan-Städte, was einer der Gründe dafür ist, dass die Armee der Gungans in ständiger Bereitschaft steht. Abwehrfelder halten die Leviathane fern, doch aus noch ungeklärten Gründen werden sie dann und wann von einem der Ungeheuer durchbrochen.

IM GUNGAN-U-BOOT AUF GEFÄHRLICHER TAUCHFAHRT

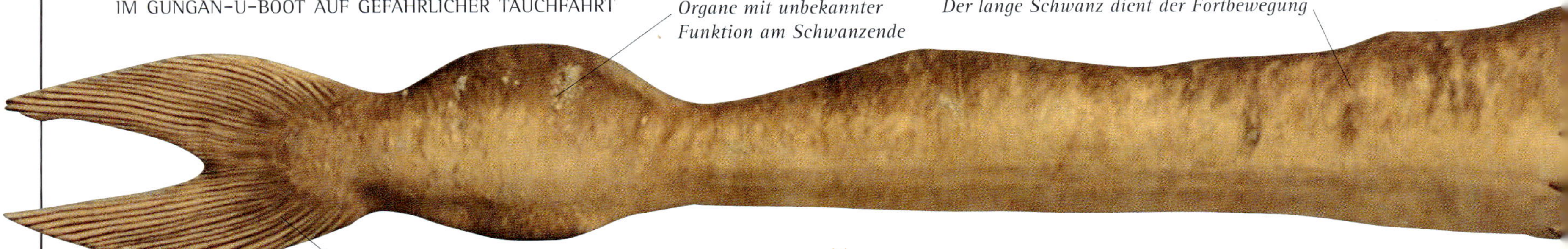

Opee-Killerfisch

In einer bizarren Mischung von Verhaltensweisen sehr unterschiedlicher Geschöpfe verfolgt der Opee-Killerfisch seine Beute mit Hilfe einer Kombination aus Flossen und natürlichem »Düsenantrieb«. Der Opee saugt das Wasser durch das Maul ein und stößt es durch Öffnungen unter den Platten in seiner Haut wieder aus und ist deshalb zu hohen Geschwindigkeiten fähig. Typischerweise hängt sich der Opee-Killerfisch an dunkle Schrunde und benutzt eine Art Köder an seinem Kopf, um Beute anzulocken. Ist das Opfer nahe genug herangekommen, schießt seine lange klebrige Zunge hervor.

Opee-Killerfische sind ebenso aggressiv wie hartnäckig. Auch für größere Räuber stellen sie alles andere als eine leichte Beute dar. Von jungen Opees weiß man, dass sie sich sogar aus dem Bauch eines Colo-Klauenfisches herausbeißen können.

Colo-Klauenfisch

Dieser schlangenhafte Räuber ist aufgrund seiner spreizbaren Kinnladen und dehnbaren Haut in der Lage, Beute zu verschlingen, die größer ist als sein eigener Kopf. Nachdem der Colo sein Opfer durch ein unheimliches Kreischen verwirrt hat, das er mittels spezieller Artikulationsorgane in Hals und Kopf auf hydrosonischem Wege ausstößt, packt er es mit den riesigen Brustklauen. Der Colo verdaut seine Nahrung nur sehr langsam und muss daher das Beutetier mit seinen giftigen Fängen betäuben, damit es sich nicht wieder aus seinem Magen herausfrisst.

Die Wohnstätten des Sando-Aqua-Monsters zu erforschen wäre ein höchst gefährliches Unterfangen, selbst unter Einsatz modernster Schutzgeräte. Der Sando taucht ohne Warnung auf und kann die meisten anderen Seebewohner mit einem einzigen Schnappen verschlingen.

Sando-Aqua-Monster

Der von den meisten Legenden umgebene Alptraum der Meere Naboos, das Sando-Aqua-Monster, wird nur selten gesichtet. Trotz seiner gewaltigen Größe kann es sich in der Tiefe verbergen, ohne dass man bisher herausgefunden hat, wie. Auch wie es die gigantische Bestie schafft, genügend Nahrung zu sich zu nehmen, um seine Körperfunktionen in Gang zu halten, bleibt ein Rätsel – was aber für einen großen Teil der Ökologie Naboos gilt.

Die Panzerung des Opee-Killerfisches schützt ihn gegen die meisten Raubtiere, doch gegen die gewaltigen Kiefer riesiger Leviathane wie dem Sando-Aqua-Monster ist er hilflos.

Darth Maul

DER SITH-ORDEN entstand vor fast zweitausend Jahren, als ein abtrünniger Jedi, erfüllt von der destruktiven Energie der Dunklen Seite der Macht, versuchte, die Galaxis unter seine Herrschaft zu zwingen. Von der Dunklen Seite gestärkt, kämpften die Sith gegeneinander, bis nur ein einziger übrig blieb: Darth Bane. Um weitere Bruderkämpfe zu vermeiden, beschloss Bane, den Orden auf zwei Mitglieder zur gleichen Zeit zu beschränken. Im Verborgenen warten die Sith nur auf den richtigen Moment, die Jedi auszulöschen und die Kontrolle über die Galaxis an sich zu reißen. Der derzeitige Sith-Meister, Darth Sidious, ist der ebenso brillante wie hinterhältige Mentor eines der gefährlichsten Sith-Lehrlinge der Geschichte: des teuflischen Darth Maul.

Darth Sidious hält mit seinen neimoidianischen Handlangern und seinem Lehrling Darth Maul mittels einer holografischen Projektion von beachtlicher Qualität Verbindung. Sidious, der stets höchste Ansprüche stellt, hat schon häufig Helfer allein deshalb entlassen, weil sie mit einem schwachen Signal kommunizierten.

Sondendroide

Als Darth Sidious' Lehrling steht Darth Maul modernste Technik zur Verfügung. Eines seiner nützlichsten Werkzeuge ist der »Dunkelauge«-Sondendroide, ein flugfähiges Aufklärungsgerät, das dem Aufspüren bestimmter Individuen oder Informationen dient.

Elektrobinocular

Auf Tatooine bedient sich Maul eines Elektrobinoculars, um die Jedi aufzuspüren. Elektrobinoculare sind mit Nachtsicht-Sensoren und leistungsstarken Scannern ausgestattet.

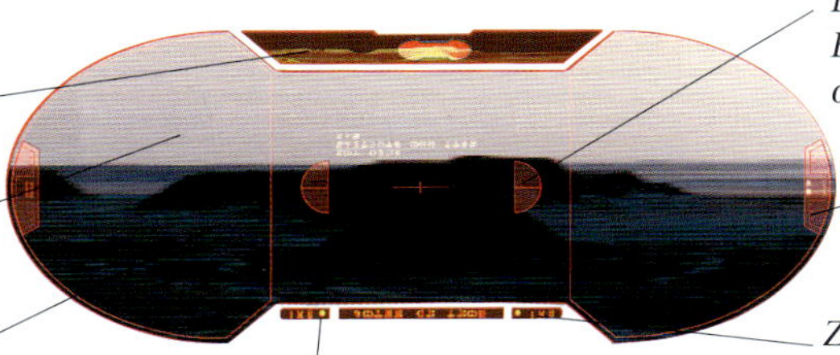

ELEKTROBINOCULARER SICHTSCHIRM
Der elektrobinoculare Sichtschirm von Maul ist an die globalen Scanner seines Sternschiffs gekoppelt und zeigt den präzisen Standort von Zielen sowie Lebenssignale oder Elektrofrequenzen an. Es ist sogar möglich, unsichtbare Verteidigungsschilde zu entdecken.

Maul ist stolz auf seine Fähigkeiten als Fährtensucher und sieht die schwierigen Aufträge seines Sith-Meisters als willkommene Herausforderung.

»DUNKELAUGE«-GERÄTE
Sondendroiden spüren ihre Opfer durch Einsatz multispektraler Geräte und einer großen Bandbreite an Scannern auf. Sie hören lautlos Gespräche ab, belauschen elektronische Sendungen und können zudem mit tödlichen Waffen ausgestattet werden.

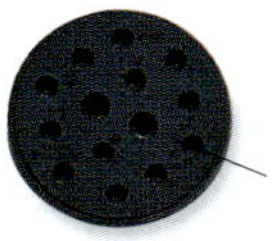

Darth Mauls Gleiter ist mit einem leistungsstarken Repulsoraggregat für hohe Beschleunigung und extreme Belastungen ausgestattet. Die offene Cockpitanordnung erlaubt es Maul, aus dem Speeder heraus unmittelbar in einen Kampf einzugreifen.

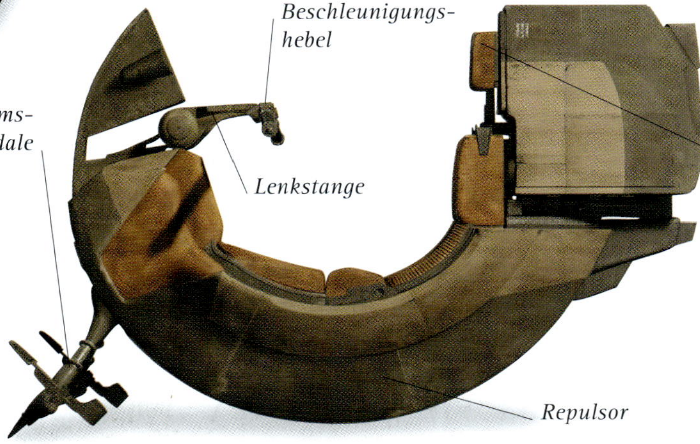

SITH-GLEITER
Der Gleiter ist nicht mit Waffen ausgestattet, da Maul den direkten Angriff mit der Klinge oder den hinterhältigen Einsatz von Bomben vorzieht.

Sith-Lehrling

Darth Sidious' Lehrling Darth Maul ist einer der bestausgebildeten Sith in der Geschichte des Ordens. Maul konzentriert sich auf die Vervollkommnung seiner Fähigkeiten und dient seinem Meister voller Eifer, wohl wissend, dass die Zeit kommen wird, da er schließlich selbst herrschen wird. Sein Gesicht ist mit Symbolen tätowiert, Zeugnis seiner Ergebenheit an die Dunkle Seite.

Mit der doppelten Klinge seines Lichtschwerts attackiert Maul zwei Jedi, die auf seinen heftigen Angriff nicht vorbereitet sind. Für die Jedi ist es ungewohnt, gegen Feinde zu kämpfen, die die gleiche Waffe führen wie sie.

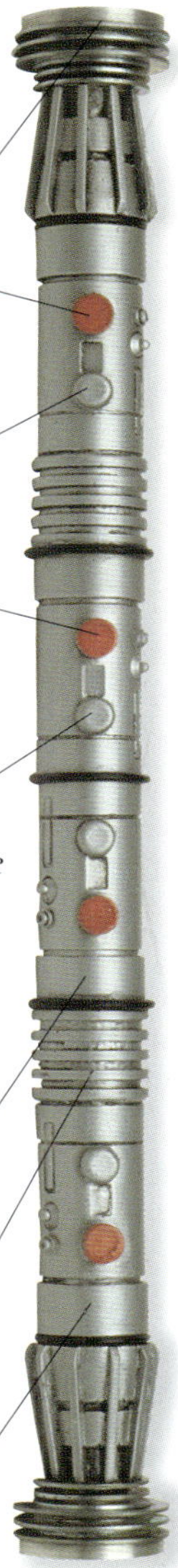

Mauls Waffe besteht aus zwei zusammengefügten Lichtschwertern

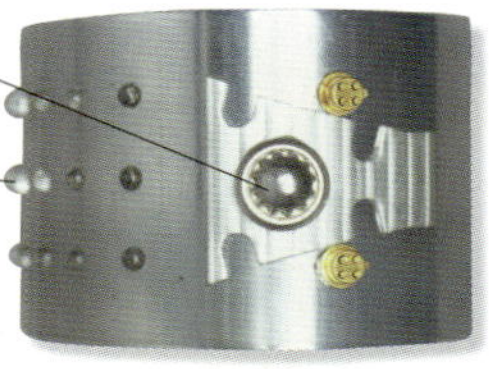

ARMBANDLINK
Darth Mauls programmierbares Armbandlink ermöglicht es ihm, Sondendroiden aus der Ferne zu dirigieren, Minen scharf zu schalten, Bomben zur Detonation zu bringen und andere Gemeinheiten zu begehen.

Mauls Lichtschwert

Unter äußerstem Einsatz seiner körperlichen, von der Macht unterstützten Fähigkeiten, hat Darth Maul ein Lichtschwert mit zwei Klingen gebaut. Das normalerweise nur als Trainingswaffe benutzte Doppelschwert kann seinem Besitzer gefährlicher werden als ein Feind. In der Hand Darth Mauls wird es allerdings zu einem Wirbel tödlicher Energie.

DATENBLATT

◆ Darth Mauls Lichtschwert verfügt über doppelte interne Komponenten, die das Risiko eines Totalausfalls auf ein Minimum reduzieren.

◆ Darth Mauls Sith-Infiltrator ist mit einer Tarnvorrichtung ausgestattet, die es ihm erlaubt, unbemerkt durch die Galaxis zu reisen.

Anakin Skywalker

ANAKIN SKYWALKER mag vielleicht aussehen wie jeder andere neunjährige Junge auf Tatooine, dennoch steckt weitaus mehr in ihm, als sein Äußeres vermuten lässt. Anakin ist Sklave des Ersatzteilhändlers Watto und lebt mit seiner Mutter in der Raumhafenstadt Mos Espa. Er besitzt ein natürliches Talent für den Umgang mit Maschinen und begreift ihre Funktionsweisen schnell. In seiner Freizeit repariert und baut Anakin alles Mögliche, so auch einen Droiden und Podracer. Qui-Gon Jinn, dem seine scharfe Auffassungsgabe und unnatürlich schnellen Reflexe auffallen, erkennt, dass die Macht in Anakin außergewöhnlich stark ist.

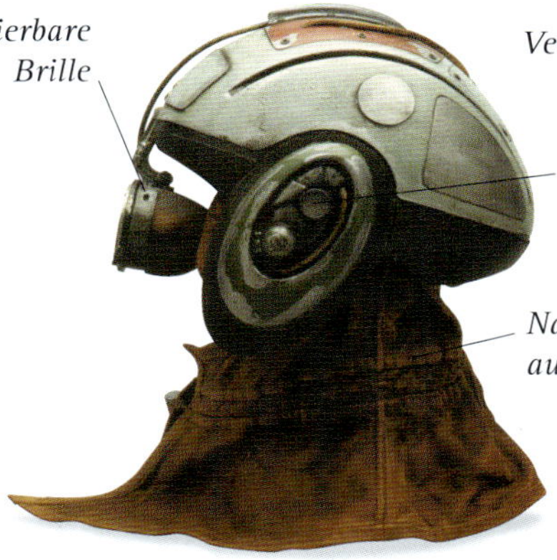

PODRACER-ENERGIEZELLE

Kein Mensch hat je einen Podracer-Helm benötigt, da Menschen für Podrennen normalerweise nicht geeignet sind. Anakins extrakleiner Helm ist das Geschenk eines ortsansässigen Handwerkers, der ihn speziell für den Jungen gefertigt hat.

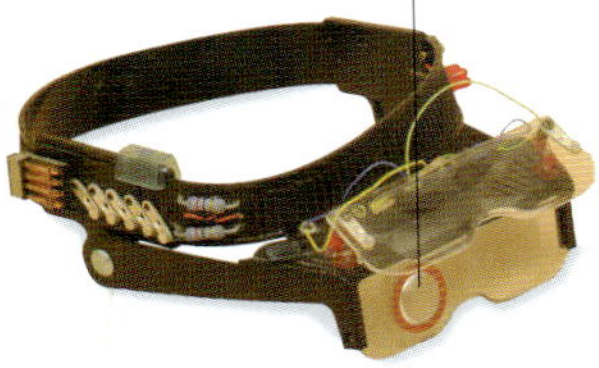

SCHWEISSERBRILLE

Familie und Freunde

Anakins Mutter, Shmi, glaubt an ihren Sohn und ermuntert ihn, in seinen Träumen der Sklaverei auf Tatooine zu entfliehen. Sein bester Freund, Kitster, hofft, eines Tages Majordomus auf einem reichen Anwesen in Mos Espa zu werden. Anakins ungewöhnliche Talente befremden bisweilen seine Freunde, aber Kitster war immer loyal.

KITSTER

Zu Anakins Freunden gehört Wald, ein junger Rodianer, der die Hutt-Sprache beherrscht. Wald zweifelt an Anakins außergewöhnlichen Fähigkeiten.

REISEGEPÄCK

WUPIUPI (TATOOINE-MÜNZEN)

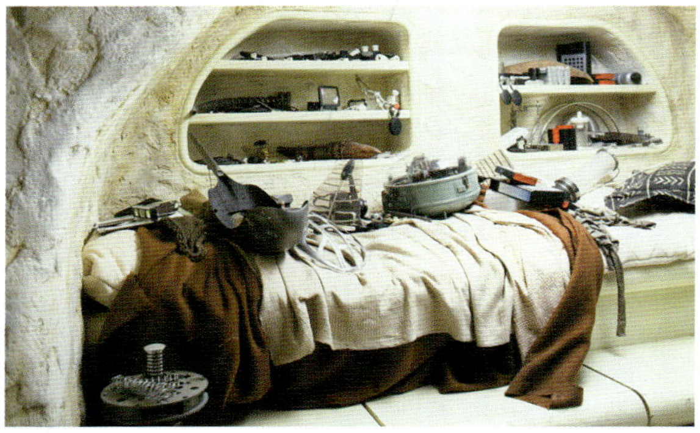

Anakin hat ein eigenes Zimmer im Haus der Skywalkers. Rings um sein Bett sind elektronische und mechanische Bauteile aufgehäuft, da Anakin ständig bastelt und herumexperimentiert. Seine Arbeit bei Watto gibt ihm Gelegenheit, das ein oder andere Ersatzteil abzustauben.

Sklave und Träumer

Anakin hat von seiner Mutter gelernt, an sich zu glauben und – trotz ihres armseligen Sklavendaseins – sich seine Träume zu erhalten. So malt er sich voll Inbrunst den Tag aus, an dem er als Pilot eines Sternenschiffes durch die Galaxis reisen wird. Er wird bald herausfinden, dass Träume ungeahnte Folgen haben können.

DATENBLATT

- ◆ Anakin gehörte einmal Gardulla the Hutt, die ihn in einer Wette an Watto verlor, als Anakin etwa drei Jahre alt war.
- ◆ Normalerweise würde man einem Neunjährigen nie erlauben, an offiziellen Podrennen teilzunehmen, aber im Äußeren Rand ist bekanntlich alles erlaubt, wenn es um Wettspiele geht.

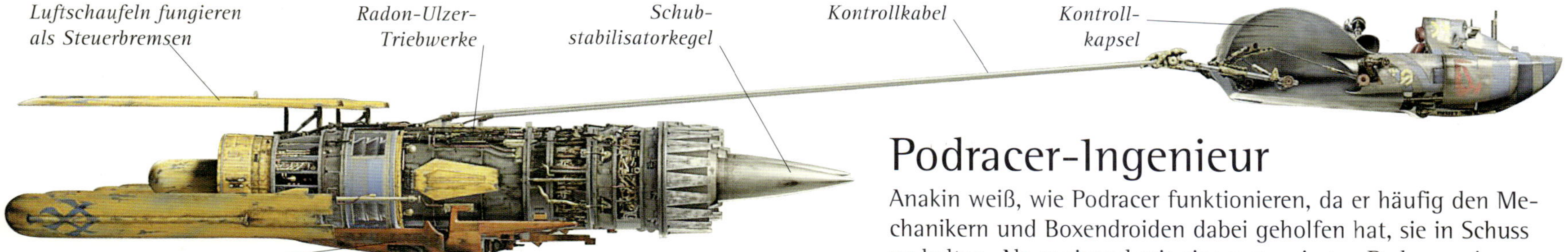

Podracer-Ingenieur

Anakin weiß, wie Podracer funktionieren, da er häufig den Mechanikern und Boxendroiden dabei geholfen hat, sie in Schuss zu halten. Als er einmal mit einem reparierten Podracer einen Probeflug unternahm, war Watto wütend, zugleich aber auch über die Reflexe des Jungen verblüfft. Bald wurden aus den Testläufen Qualifikationsrunden, und Anakin wurde trotz seiner Jugend Podracer-Pilot.

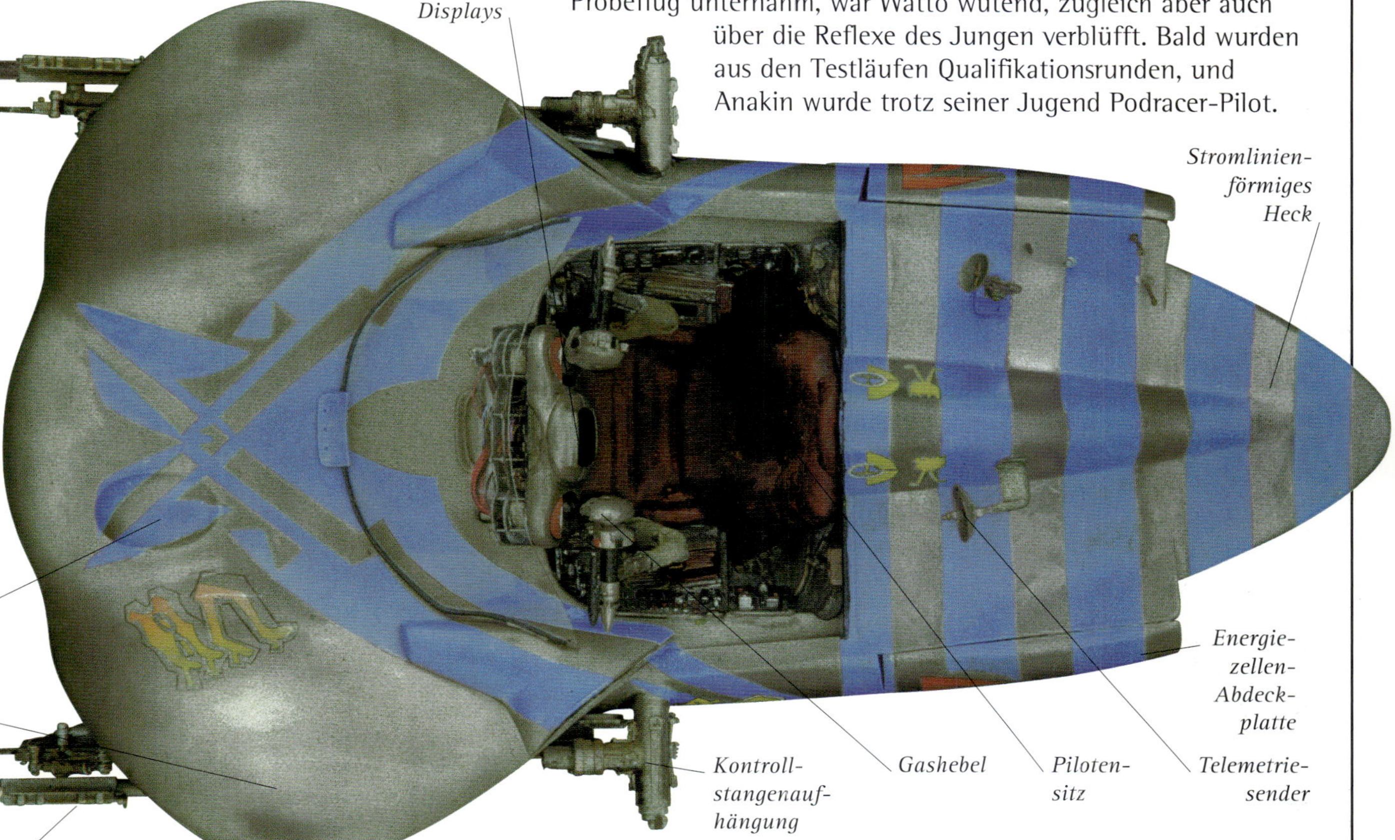

Anakin hat heimlich einen ausrangierten Podracer restauriert. Als Qui-Gon Jinn in Mos Espa eintrifft, fährt der Junge zum ersten Mal ein Rennen in seinem eigenen Podracer.

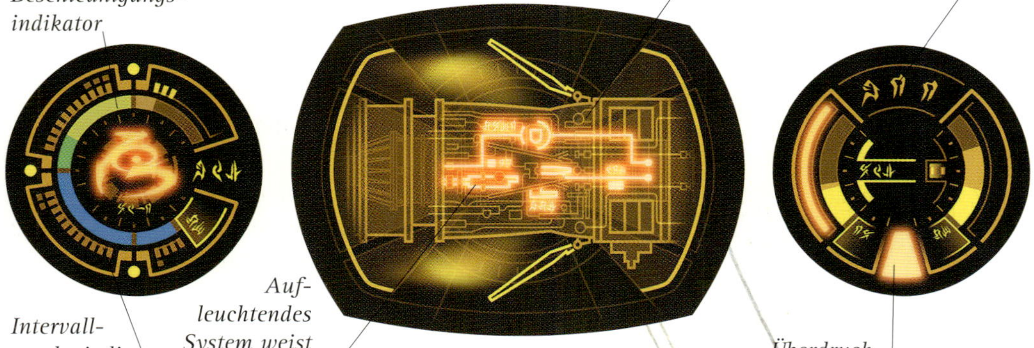

ANAKINS PODRACER-DISPLAYS

Sternjäger-Pilot

Einer von Anakins Träumen ist es, Sternjäger-Pilot zu werden, und er übt daher, wann immer möglich, in Simulatorspielen. Die meisten seiner Freunde halten seine Träume für unrealistisch, aber ein paar Leute erkennen, dass an dem Jungen etwas Besonderes ist. Während der Invasion Naboos versteckt sich Anakin im Cockpit eines Sternjägers, erfüllt von dem unbestimmten Wunsch, ihn auszuprobieren . . . nur ein wenig.

Als der Autopilot des Sternjägers startet, trägt das Schiff Anakin ins Zentrum der über ihm tobenden Raumschlacht. Fieberhaft versucht er die Steuerfunktionen zu begreifen, um einem Abschuss zu entgehen.

Nach seiner Kollision mit dem Droiden-Kontrollschiff der Handelsföderation feuert Anakin versehentlich einen seiner Torpedos auf die Pilotreaktoren und löst damit eine katastrophale Kettenreaktion aus.

Als seine Träume sich schneller zu verwirklichen scheinen, als ihm lieb ist, steht Anakin unvermutet vor dem Hohen Rat der Jedi auf Coruscant. Yoda glaubt, dass der Junge zu alt, zu verbittert und zu ängstlich ist, um die Ausbildung zu beginnen, doch Anakin widerspricht mit Entschlossenheit.

Shmi Skywalker

ALS PIRATEN die Eltern der jungen Shmi Skywalker während einer Weltraumreise im Äußeren Rand gefangen nahmen, wurde Shmi in die Sklaverei verkauft und von ihrer Familie getrennt. Während einer schwierigen Kindheit wurde Shmi als Hausbedienstete mehrerer Herren unterschiedlicher Spezies von einem System zum anderen gebracht. Später musste sie Reinigungsarbeiten verrichten. Obwohl die Sklaverei in der Republik verboten ist, reicht der Arm des Gesetzes nicht in alle Teile der Galaxis – und auch wenn billige Droiden manuelle Arbeiten ebenso gut wie Menschen verrichten können, verleiht es den Besitzern großen Status und Prestige, lebende Sklaven zu besitzen.

ARBEITSPLATZ
Wenn Shmi nicht im Hause Wattos arbeitet, darf sie Computerspeichergeräte putzen und sich auf diese Weise ein bescheidenes Zubrot verdienen.

Luftkonzentrator

Einige der Werkzeuge an Shmis Arbeitsplatz sind ihr in Anerkennung ihrer Dienste geschenkt worden. Als Watto zusammen mit einem größeren Posten gebrauchter Geräte einen Luftkonzentrator bekam, gab er ihn Shmi, obwohl er ihn auch gewinnbringend hätte verkaufen können.

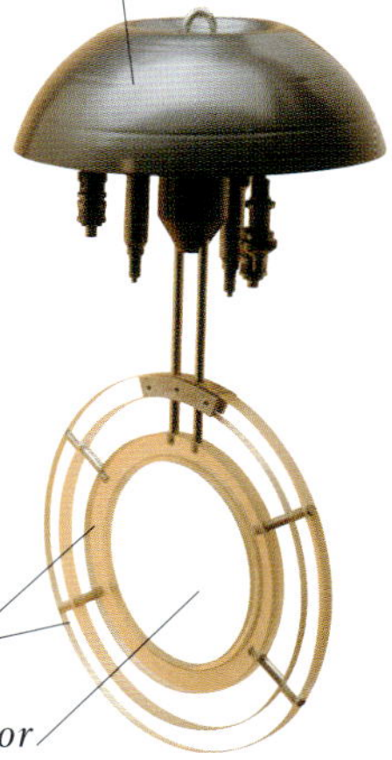

SHMIS KÜCHE
Trotz ihrer Armut ist Shmi stets bemüht, für sich und ihren Sohn ein gutes Zuhause zu schaffen. Ihre Küche enthält einige technische Hilfsmittel, aber es fehlen die kostspieligen Geräte zur Feuchtigkeitskonservierung, die nötig sind, um das wertvolle – und teure – Wasser zu sparen.

Als der Jedi-Ritter Qui-Gon Jinn Anakins besondere Fähigkeiten erkennt und anbietet, ihm eine bessere Zukunft zu ermöglichen, verleiht Shmis selbstlose Fürsorge ihr die Kraft, ihren Sohn gehen zu lassen.

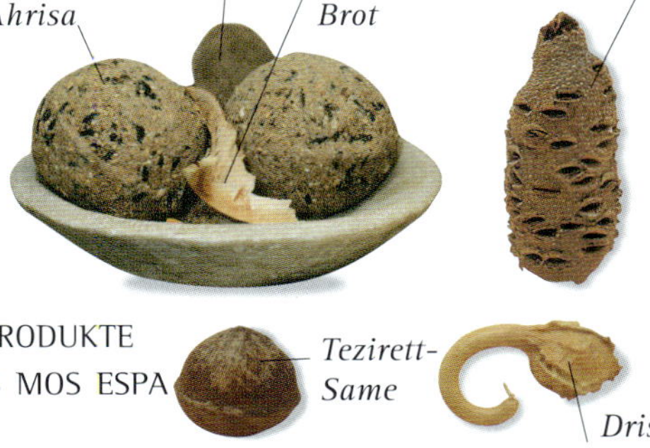

PRODUKTE AUS MOS ESPA

Sklavin und Mutter

Nachdem die Hoffnung auf Freiheit mehrere Male enttäuscht wurde, hat Shmi ihr schweres Los akzeptiert. Ihre einzige Freude ist ihr Sohn Anakin, den sie innig liebt. Shmi und Anakin leben zusammen im Sklavenquartier von Mos Espa, einer am Stadtrand gelegenen Ansammlung einfacher Backsteinbauten.

DATENBLATT

◆ Shmi hat ihre technischen Fähigkeiten bei ihrem ehemaligen Herrn, Pi-Lippa, erlernt, der sie für die Freiheit ausbildete. Als Pi-Lippa allerdings starb, wurde Shmi an einen Verwandten verkauft.

◆ Shmi kann es immer spüren, wenn Anakin in ihrer Nähe ist, selbst wenn sie ihn weder sehen noch hören kann.

C-3PO

STANDARD-PROTOKOLLDROIDEN vom Typ Cybot Galactica sind seit Generationen im Einsatz. Als Anakin die strukturellen Komponenten eines Droiden fand, der in seine Einzelteile zerlegt worden war, reparierte er ihn als Helfer für seine Mutter. Im Laufe der Zeit gelang es Anakin, seinen Droiden zu komplettieren, wobei er viele Teile selbst herstellte. Anakins mechanischem Faktotum fehlt die »Haut«, da Droidenplatten teuer sind und der Junge sie sich nicht leisten kann. Der schlichte Protokolldroide, dem Anakin den Namen C-3PO gegeben hat, weiß noch nicht, dass sein Innenleben zu sehen ist.

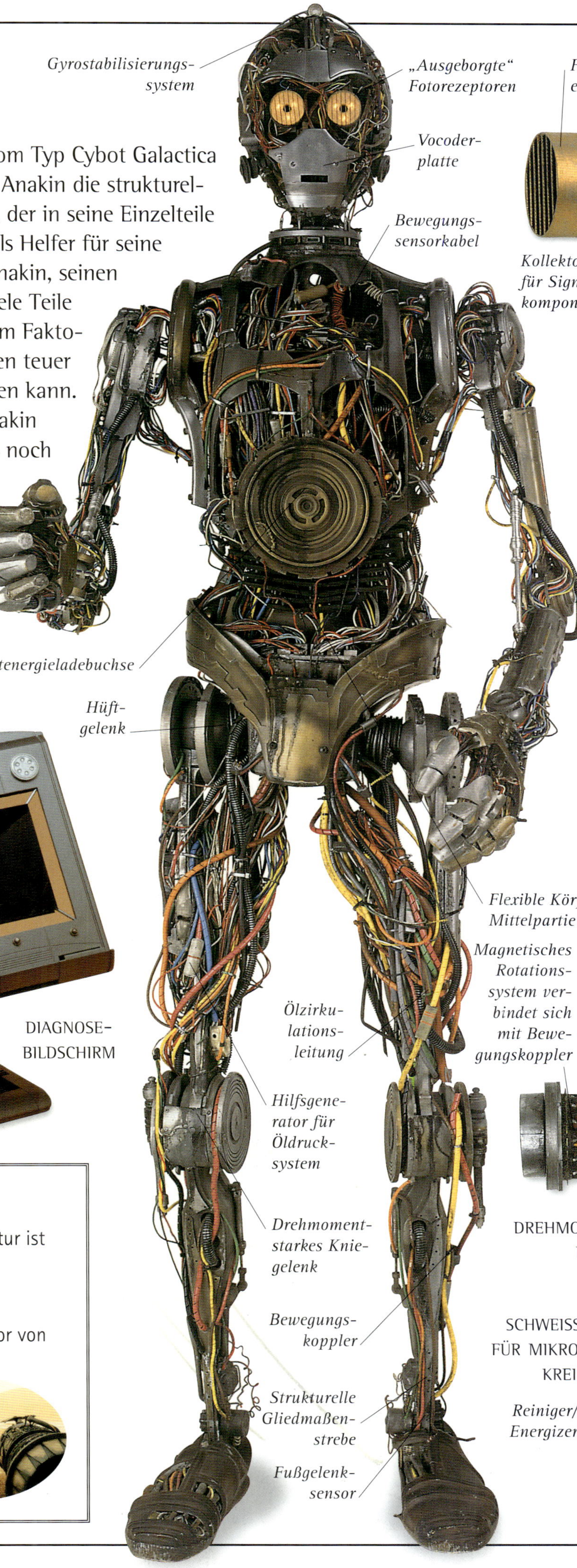

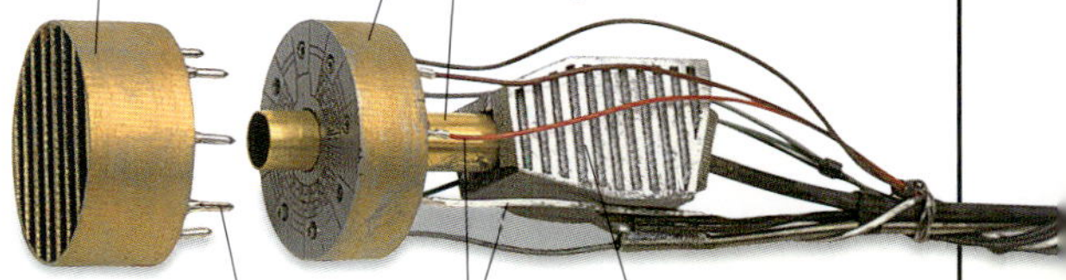

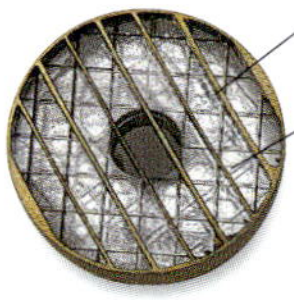

FOTOREZEPTOR (VORDERANSICHT)

Fotorezeptor

Die Fotorezeptoren des Droidenrahmens, an dem Anakin arbeitete, waren ausgebrannt, weshalb er sie gegen die Rezeptoren eines von Watto gekauften Droiden austauschte – der jetzt nur noch mit Mühe sehen kann. Watto versteht immer noch nicht, wie der halbblinde Droide den Weg in seine Werkstatt gefunden hat ...

Nach jahrelangen Basteleien an kleineren Apparaten ist C-3PO Anakins erster voll funktionsfähiger Droide. Der Bau eines Droiden, selbst aus standardisierten Teilen, kann eine große Herausforderung darstellen.

WERKZEUG-DEMAGNETISIERER

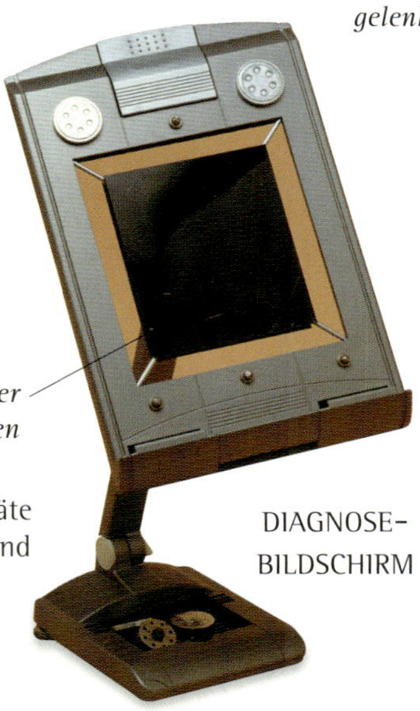

DIAGNOSE-BILDSCHIRM

ANAKINS WERKZEUG
Auf Tatooine werden viele Geräte von Sand und Staub zerstört und dann weggeworfen. Anakin und Shmi sammeln und nutzen solche Dinge für ihre Arbeit zu Hause.

DREHMOMENTSTARKER MOTOR

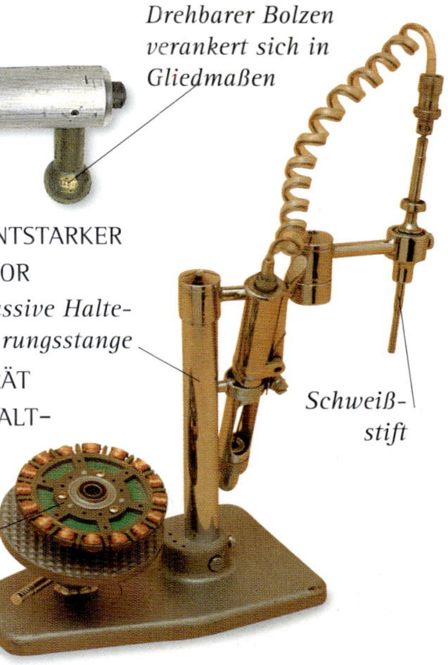

SCHWEISSGERÄT FÜR MIKROSCHALTKREISE

DATENBLATT

◆ Der größte Teil von C-3POs Rahmenstruktur ist älter als 80 Jahre.

◆ C-3POs interne Datenbanken sind ihm bei dem Entwurf von Anakins Podracer-Dekor von großem Nutzen. Unterstützt wird er bei dieser Arbeit außerdem von seinem künftigen Kollegen R2-D2.

In den rauhen Grenzgebieten des Äußeren Randes zählt nur harte Währung. Als Qui-Gon dort auftaucht und hofft, mit Republik-Credits bezahlen zu können, löst das bei Watto nur Gelächter aus.

Watto

Schnell schlagende Flügel ermöglichen es Watto, frei zu schweben

WATTO, INHABER EINES LADENS für Ersatzteile in der Grenzstadt Mos Espa auf Tatooine, ist ein schlauer Toydarianer mit aufgeregt flatternden Flügeln, dessen gedrungener Körper infolge seines mit Gas angereicherten Gewebes sehr leicht ist. Der Schrotthändler hat einen Blick für alles Lukrative und kennt seine Ware in- und auswendig. Der Erfolg hat es ihm ermöglicht, seiner Spielleidenschaft nachzugehen. So schließt er regelmäßig hohe Wetten in den Podrennen von Mos Espa ab und setzt sein Geld und seinen Verstand gegen die Hutts ein, die die Kontrolle über dieses Geschäft ausüben. Wetten haben auch dazu geführt, dass Watto zahlreiche Sklaven gewinnen konnte – gleichermaßen heiß ersehnter Besitz wie Auszeichnung für seinen scharfen Verstand.

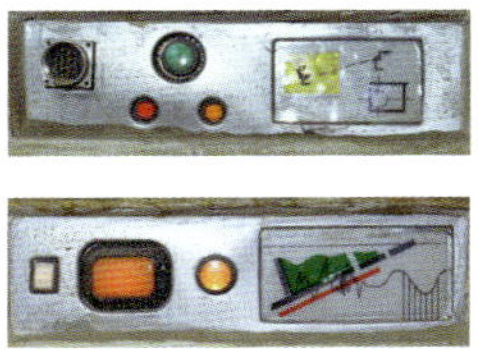

PRÜFGERÄTE

Sicherheitskodierer

Kreditalgorithmen-Memorystreifen

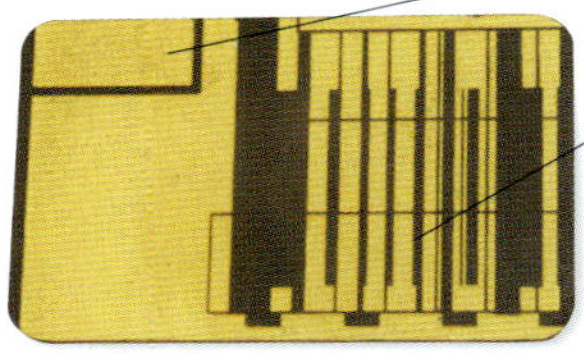

KREDITCHIP DER REPUBLIK

Wattos Schrottladen

Obwohl Watto darauf besteht, dass es sich bei seinem Etablissement um ein »Geschäft für Ersatzteile« handelt, nennen alle anderen es einen Schrottladen. Es lässt sich nicht leugnen, dass das Warensortiment von seltenen Bauteilen über gewöhnliche Droiden bis zu unbrauchbarem Plunder reicht. Wattos Droidensklaven und Angestellte führen Reparaturen durch, besorgen die gewünschten Ersatzteile, und erfüllen noch den ausgefallensten Sonderwunsch.

Altmodische Registrierkasse

Protokolldroide (dem einige Teile fehlen)

Diverser Schrott klebt an einer Gravitationsumkehr-Platte

Boxendroide

Energiedroiden im Stand-by-Modus

Grobe Steinwände verbergen Kühlmittelzirkulations-Schichten

Datenspeichereinheit (von Shmi Skywalker gereinigt)

Beleuchtete Thekenfläche

Elektrostatische Fußmatten binden Sand und Staub

Interfacepaneel für Geräte

Diagnosestecker zum Testen der Ware

Monokularer Fotorezeptor

In Wattos Laden finden sich zusammengeschusterte Geräte aller Art, beispielsweise eine Jawa-Drohne vom Typ R1, die Watto im Laden hilft.

Manipulatoren

Ladebuchse

Chiffrekonvertermodul

Eingabetasten

Datenbildschirm

WATTOS DATAPAD
Watto hat zwar ein gutes Gedächtnis für das Inventar seines Ladens, betreibt seine komplette Buchführung jedoch in spezieller Chiffre auf einem eigens dafür bestimmten Datapad.

Energiedroide

Droiden der Serie GNK sind mobile Generatoren, die Energie verschiedener Niveaus und Phasen liefern. Sie schweben unauffällig im Hintergrund und sind häufig stumme Zeugen großer Ereignisse.

Monochrom-Fotorezeptor

Multi-Energieauslässe

Getriebegehäuse

Vocoder

SPRECHENDER MAGNETIT-REINIGER

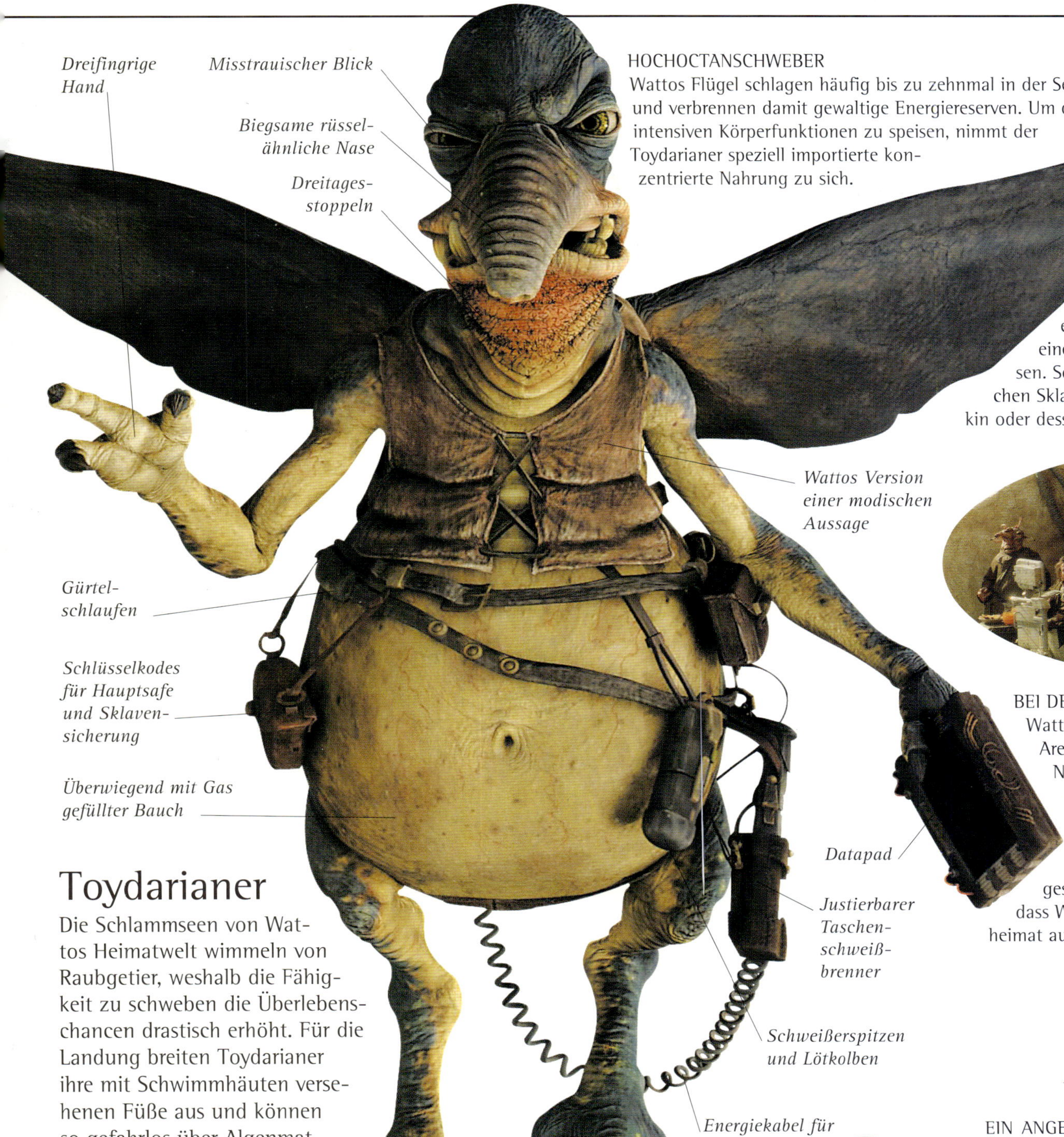

HOCHOCTANSCHWEBER
Wattos Flügel schlagen häufig bis zu zehnmal in der Sekunde und verbrennen damit gewaltige Energiereserven. Um diese intensiven Körperfunktionen zu speisen, nimmt der Toydarianer speziell importierte konzentrierte Nahrung zu sich.

SCHMUTZIGE GESCHÄFTE
Watto hat keinerlei Probleme damit, gezinkte Glückswürfel zu benutzen, wenn er der Ansicht ist, sich bei seinen Geschäften einen kleinen Extravorteil verschaffen zu müssen. So auch bei der Entscheidung darüber, welchen Sklaven er Qui-Gon Jinn überlassen soll – Anakin oder dessen Mutter Shmi.

BEI DEN RENNEN
Watto vertreibt sich gern die Zeit damit, in der Arena von Mos Espa den Podrennen zuzusehen. Nichtmenschliche Bekannte erfüllen dann seine Privatloge mit der ungebremsten Begeisterung, den Gebeten und Flüchen, wie sie unter Fans und Spielern die Regel sind. Der Nervenkitzel und die Gesellschaft Gleichgesinnter trägt viel dazu bei, dass Watto sich in seiner Wahlheimat auf Tatooine wohl fühlt.

Toydarianer

Die Schlammseen von Wattos Heimatwelt wimmeln von Raubgetier, weshalb die Fähigkeit zu schweben die Überlebenschancen drastisch erhöht. Für die Landung breiten Toydarianer ihre mit Schwimmhäuten versehenen Füße aus und können so gefahrlos über Algenmatten gehen.

DATENBLATT

◆ Als Watto sich auf Tatooine niederließ, trieb er sich zunächst bei den Jawas herum und hörte dort Geschichten von großen Schrottfunden in der Wüste – und auch so manchen Tip, wie man störrische Droiden verkauft.

◆ Watto ist ein strenger, aber fairer Herr, der seine Sklaven anständiger behandelt, als die meisten anderen es tun.

WATTOS SHISHA-PFEIFE

EIN ANGENEHMES LEBEN
Watto raucht mit großem Genuss Shisha-Ölpfeifen, was seine Haut fleckig und noch schwabbeliger macht. Außerdem benutzt er Duftspender, um so auf künstlichem Wege das Algenmattenambiente der toydarianischen Seen zu erzeugen.

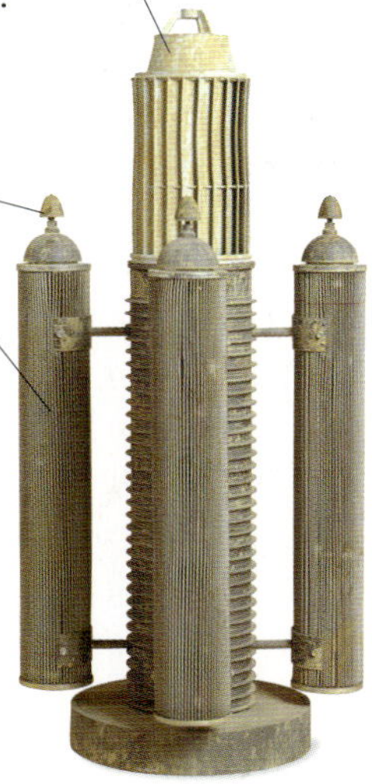

DUFTSPENDER

VERLIEREN
Watto prahlt vor Freunden mit seinen kolossalen Wetteinsätzen und schafft damit die Voraussetzung für einen katastrophalen Verlust, als der von ihm favorisierte Sebulba beim Boonta-Eve-Rennen verliert.

Sebulba

UNTER DEN PODRACER-PILOTEN auf den rauhen Welten des Äußeren Randes hat sich Sebulba mit einer Kombination aus Mut, fahrerischem Geschick und empörenden Mogeleien an die Spitze gearbeitet. Seine mörderische Taktik lässt seine Konkurrenten in unbeobachteten Momenten häufig in Flammen abstürzen. Der skrupellose Dug genießt das Prestige seiner Rennerfolge, doch da gibt es jemanden, der ihm die Freude am Triumph vergällt – einen jungen Podracer-Piloten namens Anakin Skywalker.

Sebulbas Wut auf Anakin ist hauptsächlich auf Angst zurückzuführen. Sollte der junge Mensch jemals ein Rennen gewinnen, wäre Sebulba entehrt. Der von Hass zerfressene Dug muss daher sicherstellen, dass das nie geschieht.

Sebulba stammt vom Planeten Malastare und gehört der auf Bäumen wohnenden Spezies der Dug an. Trotz der großen Schwerkraft auf ihrer Heimatwelt schwingen sie sich geschickt von Baum zu Baum, was Muskeln und Koordinationsvermögen stärkt. Die meisten Dug verlassen Malastare nie – was dem Rest der Galaxis nicht unangenehm ist, da die Dug notorische Schläger und Unruhestifter sind.

Sebulbas Podracer

Wenn es den Offiziellen je gelänge, sich Sebulbas riesigen Split-X-Podracer (von Collor Pondrat Plug-F Mammoth Racing Engines) aus der Nähe anzusehen, würde dieser zweifellos als zu groß disqualifiziert werden. Darüber hinaus verschaffen ihm versteckte Waffen wie Flammenwerfer beim Rennen gewinnentscheidende Vorteile.

Die Cockpits der Podracer sind ganz auf die Anatomie ihrer jeweiligen Piloten ausgelegt. Sebulbas komplizierte Anordnung von Pedalen und Hebeln ist mit einer noch wesentlich komplizierteren automatischen Datenübermittlungsbank gekoppelt, die ihn während des Rennens über den Zustand aller Antriebskomponenten informiert.

Die Gunst der Massen gehört dem Sieger, und Sebulba liefert den Sieg ein ums andere Mal. Der Dug schmeichelt sich bei der Menge ein, wann immer er in Sichtweite gerät, und ist in den Rennboxen stets der Favorit.

Sebulba, Anarchist des Podrennens

Sebulba ist ein äußerst geschickter Rennpilot, vermochte aber nie, allein mit seinen Fahrkünsten bis zur Spitze zu gelangen. Als er erkannte, dass die Einschüchterung von Konkurrenten ein wirksames Mittel zum Sieg ist, kultivierte er diese »Strategie« und begann, seine Maschine mit geheimen Waffen auszustatten. Seitdem macht sich der bösartige Dug einen besonderen Sport daraus, Gegner zu beseitigen, ohne dabei erwischt zu werden.

GEHEIME WAFFEN
Ob es nun darum geht, die Motorentelemetrie der Gegner zu stören oder fehlerhafte Sonden unter ihr Werkzeug zu schmuggeln – Sebulba ist stets ein Konkurrent, mit dem man rechnen muss.

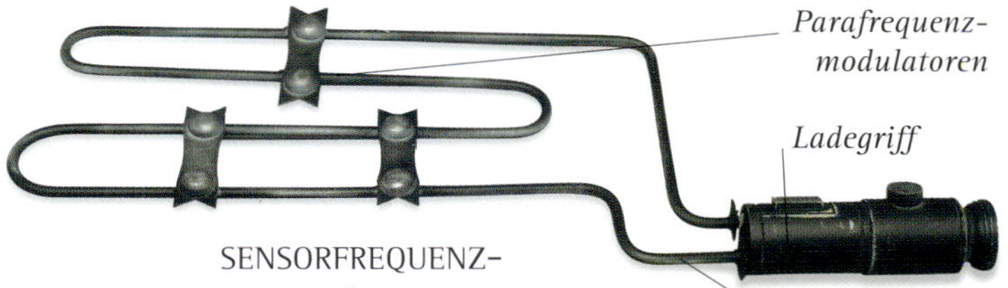

SENSORFREQUENZSTÖRER

REAKTORLECK-ORTER

Twi'lek-Zwillinge

Sebulba hasst die Hutts, hat aber auf ihren Parties gelernt, wie man Geld ausgibt. Erst kürzlich hat er zwei teure blaue rutianische Twi'lek-Zwillinge als Masseusen erworben, teils um sich von ihnen für das Rennen in Hochform bringen zu lassen, hauptsächlich aber, um seine Rennkollegen neidisch zu machen. Seine Taktik hat sich als erstaunlich wirksam erwiesen.

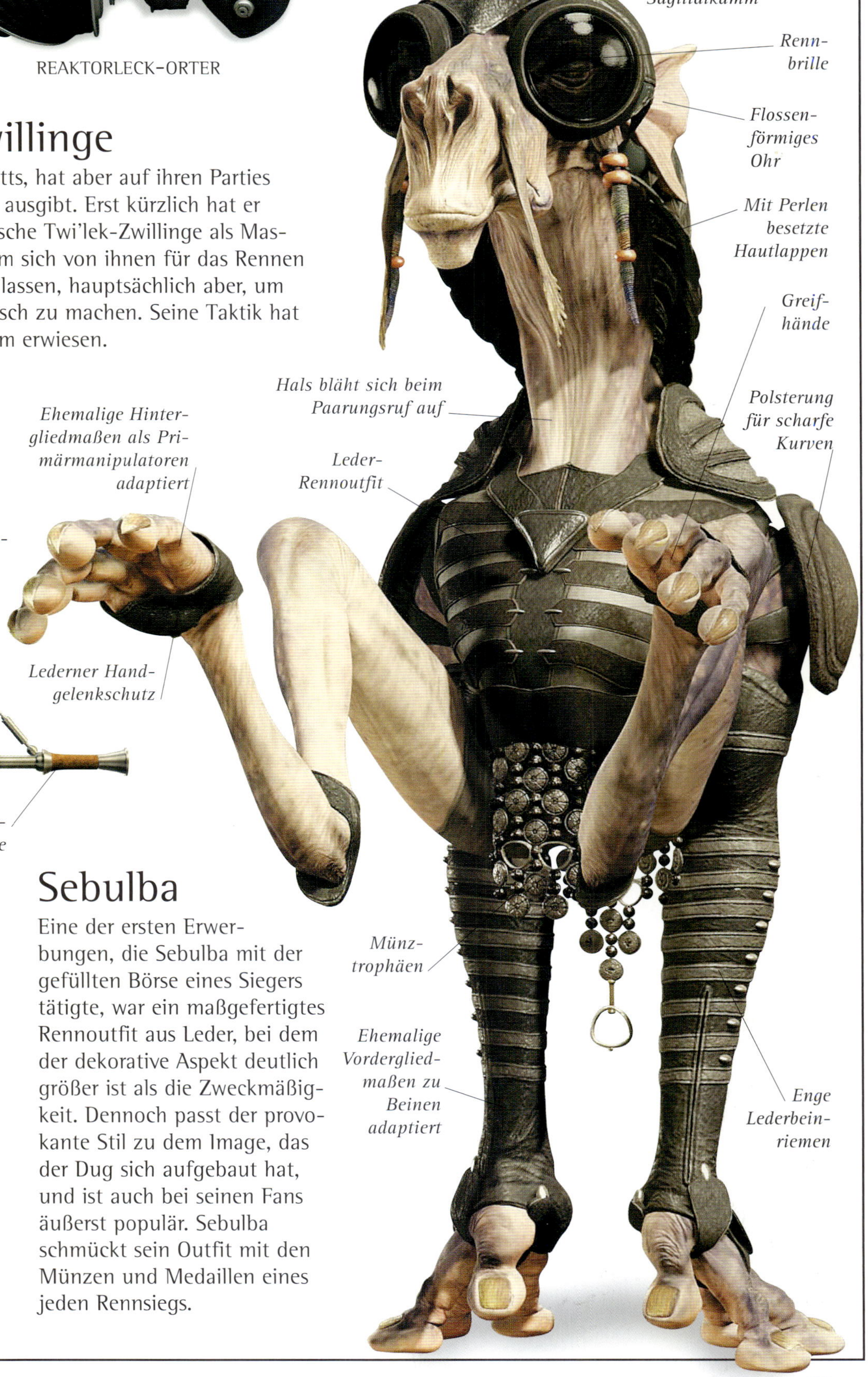

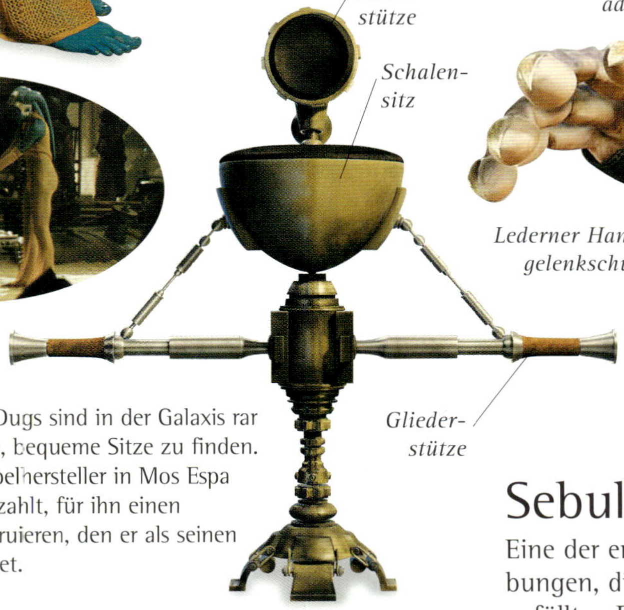

GLÜCKSSESSEL
Die exotisch gebauten Dugs sind in der Galaxis rar und haben daher Mühe, bequeme Sitze zu finden. Sebulba hat einem Möbelhersteller in Mos Espa ein Vermögen dafür bezahlt, für ihn einen Massagesessel zu konstruieren, den er als seinen »Glückssessel« bezeichnet.

Sebulba

Eine der ersten Erwerbungen, die Sebulba mit der gefüllten Börse eines Siegers tätigte, war ein maßgefertigtes Rennoutfit aus Leder, bei dem der dekorative Aspekt deutlich größer ist als die Zweckmäßigkeit. Dennoch passt der provokante Stil zu dem Image, das der Dug sich aufgebaut hat, und ist auch bei seinen Fans äußerst populär. Sebulba schmückt sein Outfit mit den Münzen und Medaillen eines jeden Rennsiegs.

DATENBLATT

◆ Sebulbas Podracer erreicht eine Höchstgeschwindigkeit von über 829 Stundenkilometern.

◆ Eine der frühesten Podracer-Waffen Sebulbas spie einen Hagel von Nägeln in die Gesichter der ihn verfolgenden Rennpiloten. Mittlerweile ist er auf einen Flammenwerfer umgestiegen.

Die Podracer-Crews

PODRACER sind komplizierte Geräte, die einer sorgfältigen Wartung bedürfen. Die mechanische Belastung mit einer Geschwindigkeit von bis zu 800 km/h fordert von jedem Podracer einen hohen Tribut. Die Crews bringen die zerbeulten Maschinen für das nächste Rennen wieder auf Vordermann. Umschwirrt von Boxendroiden und bedrängt von Offiziellen, die irgendwelche Regelverletzungen beanstanden, müssen sie sich zu allem Überfluss auch noch mit exaltierten Rennpiloten auseinandersetzen. Trotz allem erfüllt es die Crews mit großem Stolz, dass sie das ganze Spektakel überhaupt erst möglich machen.

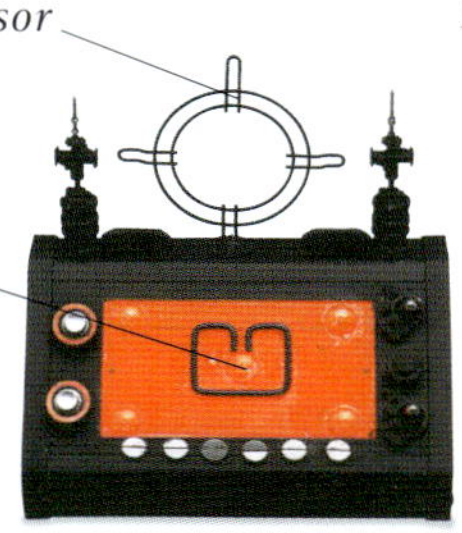

ENERGIEAUSSTOSS-ANALYSATOR

INSTRUMENTENKALIBRATOR

Podracer-Crews benutzen spezielle Instrumente, um die Motorenleistung und Diagnosewerte zu analysieren. Diese Werkzeuge sollten im Sinne größerer Sicherheit und der Fairness standardisiert sein, aber in der Praxis arbeitet jede Crew mit anderem Gerät.

Boxenhangar

In dem großen Podracer-Hangar der Arena von Mos Espa werden die Rennmaschinen von eifrigen Boxencrews bis zur letzten Minute vor dem Start auf Höchstleistung getrimmt. Massive Deckenkrane unterstützen sie bei der Wartung und den Reparaturen. Rennoffizielle, die bemüht sind, die Fahrzeuge zu homologisieren, werden von den Crews mit jedem nur denkbaren Trick abgelenkt, bestochen oder gar bedroht.

IMPULSDETEKTOREN
Zu den wichtigsten Werkzeugen gehören Impulsdetektoren, die die höchst gefährliche Energieabgabe der Podracer überwachen.

Die riesigen Turbinen der Podracer-Motoren erfordern große Feinabstimmung, damit sie ein ganzes Rennen überstehen. Diese Arbeit kann gefährlich sein, und die Mechaniker müssen in der Nähe der Motoren, ob diese nun laufen oder nicht, große Vorsicht walten lassen.

PODRACER-MECHANIKER
Menschen, die die enorm schnellen Podracer nicht sicher steuern können, werden häufig geschickte Mechaniker in den Podracer-Crews. Diese weitgehend unbesungenen Genies bauen einige der besten Motoren für Spezies, die die mächtigen Maschinen bis an die Grenze ihrer Kapazität jagen können.

Boxendroiden sind in der Umgebung von Podracern ein so vertrauter Anblick, dass man sie trotz ihrer bizarren Verhaltensweise bei der Arbeit kaum wahrnimmt. Es ist den lebenden Mechanikern überlassen, komplizierte Entscheidungen zu treffen und spezielle Motorenmodifikationen zu überwachen.

HOCHLEISTUNGSZÜNDKERZE EINES PODRACERS

DATENBLATT

◆ Die Unfallrate bei den Boonta Eve-Classics ist höher als bei jedem anderen Podrennen im Äußeren Rand.

◆ Ein leichter Schlag auf die »Nase« eines Boxendroiden veranlasst ihn, sich zu deaktivieren und in eine Form zusammenzuklappen, die leicht zu verstauen ist (und ihn zudem vor etwaigen Schwierigkeiten schützt).

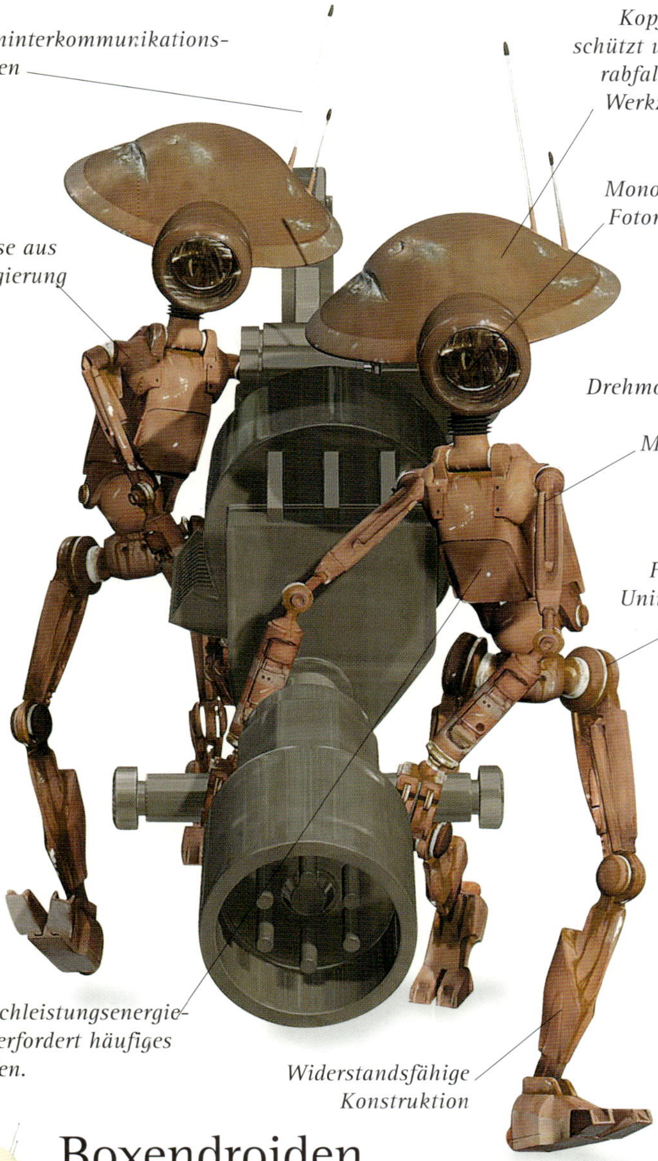

Boxendroiden

Boxendroiden sind auf permanente Dringlichkeit programmierte Mechaniker für die Wartungsarbeiten an den Podracern. Ihre kompakte Bauweise erlaubt es ihnen, in und unter den Motoren auch kleinste Teile zu erreichen. Boxendroiden sind nur mit einem Minimum an Logikprozessoren ausgestattet und nehmen daher Anweisungen entgegen, ohne persönliche oder überflüssige Fragen zu stellen. Dies hat allerdings auch zur Folge, dass sie leicht den Überblick verlieren und in Schwierigkeiten geraten, wenn man sie sich selbst überlässt.

DIE HAUPTKONKURRENTEN BEIM PODRENNEN

TEEMTO PAGALIES
Voller Stolz setzt Teemto Pagalies seinen noch kaum erprobten Podracer bei den Boonta-Classics ein, überzeugt, dass ihm sein neuer zirkulierender Elektromagnetenstabilisator einen entscheidenden Vorteil verschaffen wird.

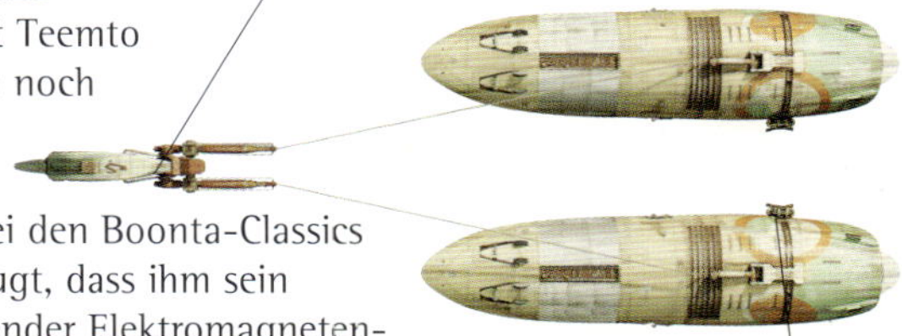

RATTS TYERELL
Obwohl Ratts Tyerell harmlos aussieht, verfügt er über einen extrem flexiblen Metabolismus, der ihm in der Hitze eines Podrennens blitzschnelle Reflexe ermöglicht – und ebenso auch auf der Flucht vor raubgierigen Sag-Fängern auf seiner Heimatwelt.

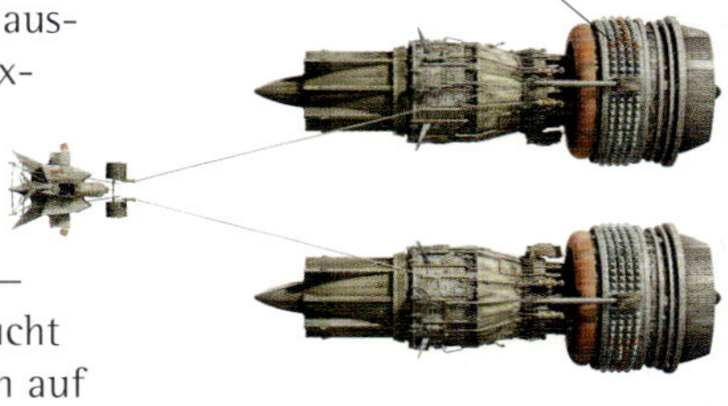

GASGANO
Mit seinen vierundzwanzig Fingern kann Gasgano mehrere Aufgaben gleichzeitig erledigen. Das schließt die Balance der Treibstoffzufuhr des Podracers, die Kontrolle der Druckventile und die Optimierung des Reaktormix in den Motoren ein.

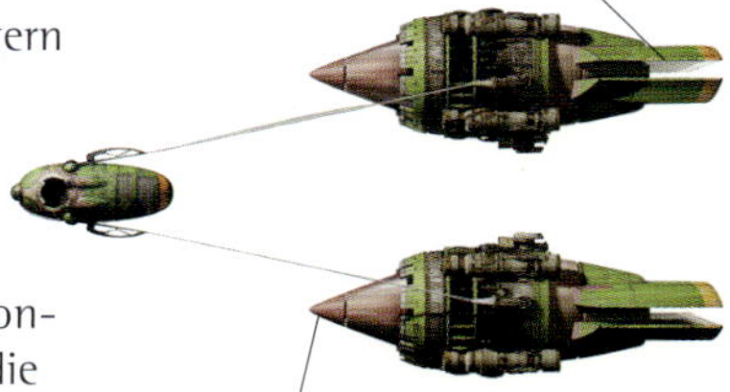

BEN QUADINAROS
Ben Quadinaros, der bisher lediglich an den Podrennen des Pouffra-Zirkus teilnahm, durchlebt vor seinem ersten Rennen bei den berüchtigten Boonta-Classics Todesängste.

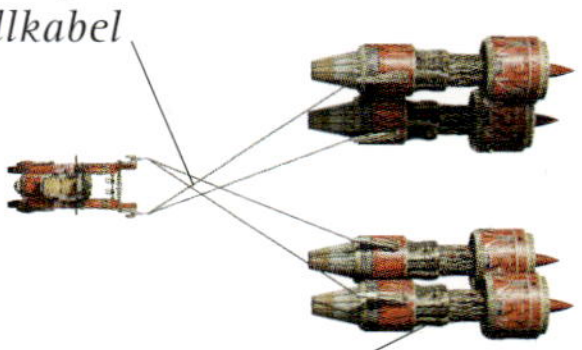

Beim Podrennen

NICHTS IST mit dem Spektakel der Podrennen vergleichbar, wie man sie auf den Welten des Äußeren Randes erleben kann. Das Letzte aus ihren frisierten Pods herausholend, rasen die Piloten durch zerklüftete Landschaften in einem Wettbewerb, in dem nur Nervenkraft zählt. Jeder Teilnehmer hat sich gegen mörderische Konkurrenz durchzusetzen, Regeln werden als Empfehlungen betrachtet und Sicherheitsbedenken in den Wind geschlagen. Ein Allstar-Ereignis wie das Boonta-Eve-Rennen ist der Nervenkitzel dieses Rennsports in höchster Vollendung.

Die Mos-Espa-Arena

Die Atmosphäre vor einem Podrennen knistert vor Spannung. Die Zuschauer nehmen ihre Plätze auf den Rängen ein; die Reichen suchen ihre Logen oder Schwebeplattformen auf; die Podracer werden vorbereitet, und an den Wettannahmen herrscht fieberhafte Aktivität, da die Chancen alle paar Sekunden neu bewertet werden.

Um die Startaufstellung des Boonta-Eve-Rennens zu ermitteln, bedarf es einer scheinbar undurchschaubaren Kombination von Erfolgsstatistiken, Bestechung und der Willkür des Zufalls.

SEITENANSICHT

An der Starterloge sind das Startlicht und drei Rundenanzeiger befestigt.

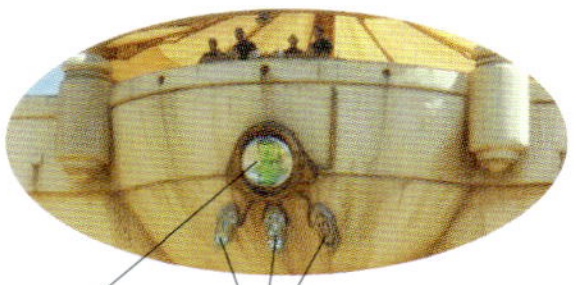

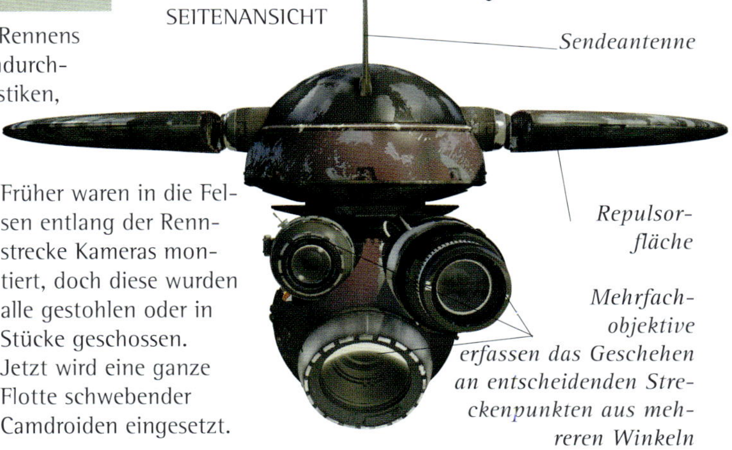

Früher waren in die Felsen entlang der Rennstrecke Kameras montiert, doch diese wurden alle gestohlen oder in Stücke geschossen. Jetzt wird eine ganze Flotte schwebender Camdroiden eingesetzt.

PODRENNEN-CAMDROIDE

BEGEISTERTE FANS
Tausende von Fans füllen das gewaltige Rund der Mos-Espa-Arena, wenn dort große Rennen wie das Boonta Eve stattfinden. Von den Tribünen erschallen Anfeuerungen in jeder nur erdenklichen Sprache, und ganze Vermögen werden sowohl auf hoch gehandelte Favoriten wie hoffnungslose Außenseiter gesetzt.

FLOONORP
SABRIQUET
DRIXFAR

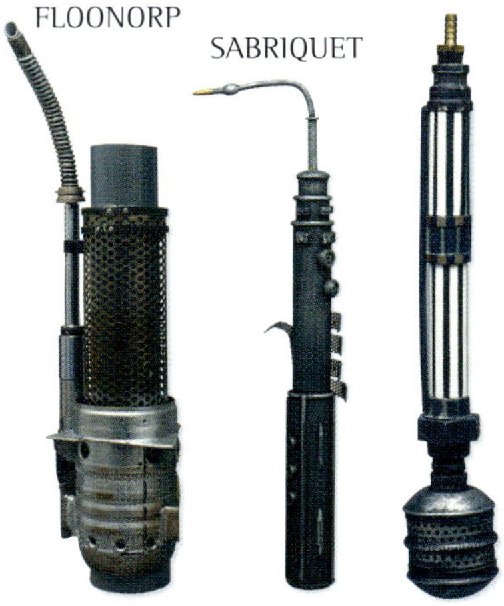

MUSIKINSTRUMENTE
Am Renntag ziehen Musikanten durch die Ränge und unterhalten die Menge gegen Spenden. Viele der von ihnen gespielten Instrumente sind aus Maschinenteilen gebaut.

DATENBLATT

◆ Die Mos-Espa-Arena fasst mehr als hunderttausend Zuschauer.

◆ Rennteilnehmer erhalten ein gewisses Kontingent an Plätzen für ihre Fans. Anakins Mutter und seine Freunde beobachten das Rennen von einer Schwebeplattform aus.

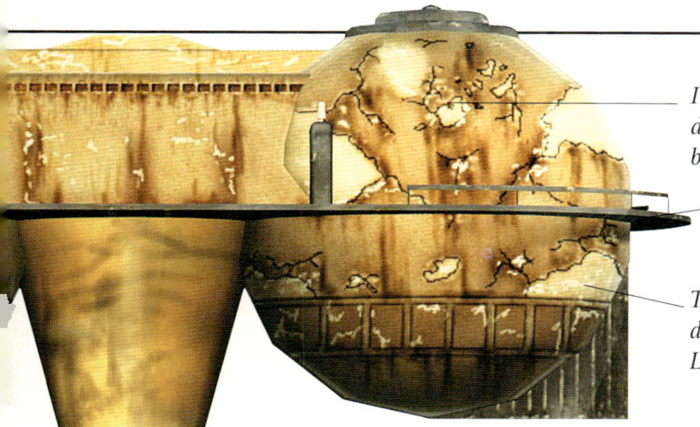

Innen sind aus Gründen der Stabilität Doppelballons angebracht

Stützgerüst

Tibanna-Gasmischung, die den Ballon in der Luft hält

Podrennen-Ballons

Die Hutts verlangen von den Fans Gebühren für die Nutzung der von den offiziellen Schwebekameras versorgten Übertragungskanäle. Es hat sich jedoch ein grauer Markt von Billigkanälen entwickelt, der aus Ballonkameras gespeist wird, da nur die repulsorgetriebenen Kameras kontrolliert werden. Einige tapfere Zuschauer betrachten das Rennen sogar von gemieteten Ballons aus, die häufig von betrunkenen Fans oder verärgerten Wett-Verlierern abgeschossen werden.

Kabel mit hoher Tragkraft

Zuschauergondel

Kanalauswahl

Wahlschalter für Darstellungsmodus

Haltegriffe

Doppelokular für Stereobild

Bewegungsverfolgender Scanner

PODRENNEN-ELEKTROBINOCULAR

TRAGBARE SICHTSCHIRME
Riesige Bildschirme in den riesigen Etagen der Arenazitadelle zeigen die von den Kameras übertragenen Bilder. Die meisten Fans ziehen es allerdings vor, die Rennen von den Tribünen aus zu verfolgen, wobei sie gemietete Sichtschirme oder Elektrobinoculare benutzen.

DIE PODRACER

BOLES ROOR
Mit seinem unfrisierten Podracer ist Boles Roor auf Tatooine praktisch ohne jede Chance, da dort auf regeltreue Piloten keine Rücksicht genommen wird. Er kann von Glück reden, wenn er überhaupt das Ziel erreicht.

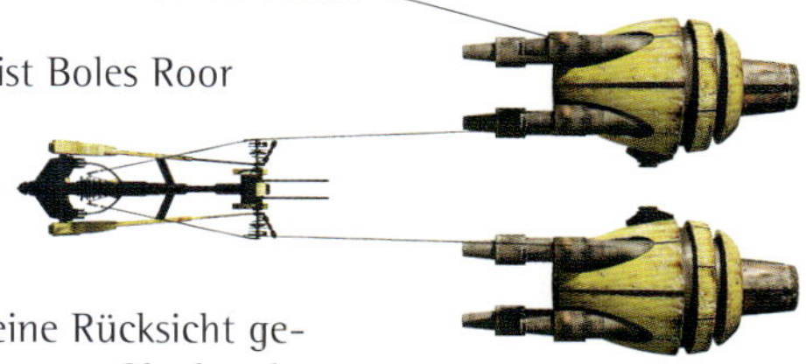

Unfachmännische Schweißarbeiten

MARS GUO
Der großmäulige Phuii ist stets beleidigt und interessiert an blauen, leicht bekleideten Masseusen. Guo wird feststellen, dass es eine schlechte Idee ist, sich an das Sklavenmädchen eines rachsüchtigen Dugs heranzumachen.

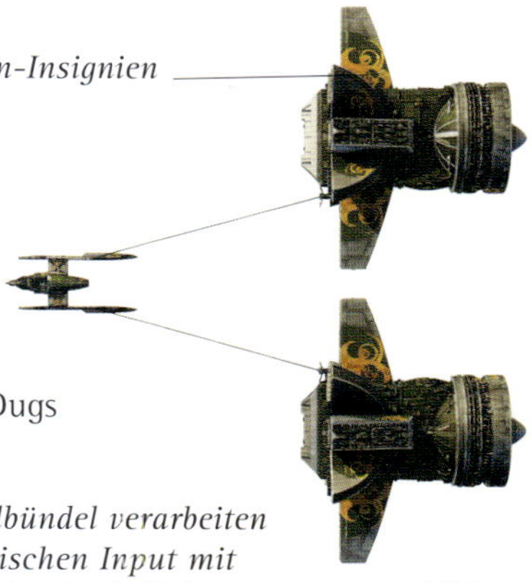

Renn-Insignien

Triokulares Gesichtsfeld

MAWHONIC

ARK »BUMPY« ROOSE

NEVA KEE

Neuralbündel verarbeiten sensorischen Input mit hoher Geschwindigkeit

ELAN MAK

Anti-Elektrostatischer Visor

CLEGG HOLDFAST

ALDAR BEEDO

Thermoregulierende Klappen

EBE ENDOCOTT

WAN SANDAGE

DUD BOLT

ODY MANDRELL

Jabba der Hutt

Irgendwo in Mos Espa gibt es einen kaum bekannten Beamten, der formal die Stadt regiert, aber die eigentliche Kontrolle geht von dem Gangster und »Ersten Bürger« Jabba der Hutt aus. Jabba kontrolliert von den besten Logenplätzen der Arena aus das Boonta-Eve-Rennen und denkt nur an die Profite, die ihm sein Wettimperium einbringt. Sein Majordomus Bib Fortuna sorgt dafür, dass Jabbas Unterhaltungsprogramm ebenso perfekt abläuft wie seine Verbrecherorganisation.

Jabba der Hutt

Bib Fortuna, Jabbas Twi'lek-Majordomus

Diva Shaliqua, eine von Jabbas Sklavinnen

Jabbas Shisha-Pfeife

Chokk, ein bewaffneter Leibwächter

R5-X2 kalkuliert die Wettchancen und die Gewinne Jabbas

Hutt-Glücksglyphen

Diva Funquita, Gardullas Assistent

Gardulla die Hutt, Jabbas Gast und gelegentliche Rivalin

Zwergnunas, die ein Attentäter Jabbas von einem kürzlichen Einsatz mitbrachte

Die Bewohner Tatooines

DER WÜSTENPLANET TATOOINE liegt an einer wichtigen Hyperraumroute zwischen den zivilisierten Planeten des galaktischen Kerns und den fernen Sternsystemen des Äußeren Randes. Händler und Schmuggler schlagen in den Raumhäfen Waren aller Art um und brauchen sich dabei kaum vor Behörden zu verantworten, vorausgesetzt, sie kommen den Hutts nicht ins Gehege. Die Wüste wird von verarmten Siedlern und Raumfahrern, Aliens zweifelhaften Rufs, Droiden und den Eingeborenen Tatooines bewohnt; Letztere sind am besten an das Leben auf dieser schwierigen Welt angepasst.

Der Sklave Erdan ist auf chemischem Wege vergrößert worden, um seine Arbeitsleistung zu steigern. Zur Kennzeichnung wurde sein Gesicht markiert.

Raumfahrer, die bereit sind, riskante Auftragsflüge in Sektoren jenseits von Tatooine zu unternehmen, warten in einem Straßencafé auf Arbeit. Spiele wie Triga helfen ihnen, sich die Zeit zu vertreiben.

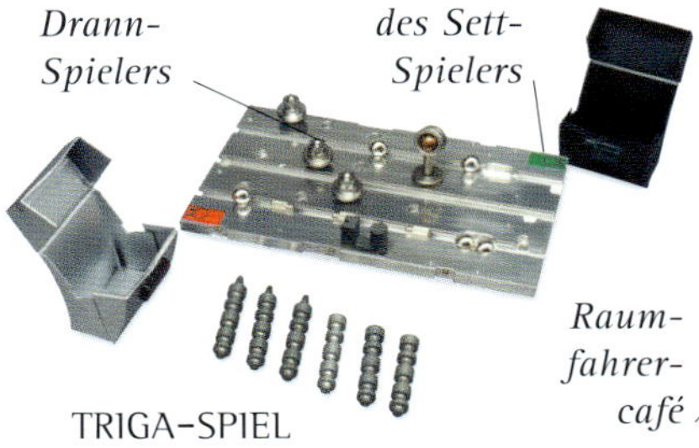

TRIGA-SPIEL

GORG-HÄNDLERIN
Gragra behauptet, sie würde ihre amphibischen Lebensmittel in einem großen Kulturbecken aufbewahren, züchtet sie aber tatsächlich in einer Kloake unter Mos Espa.

Marktplatz

In den überfüllten Marktgassen von Mos Espa gibt es unterschiedliche Viertel, die jeweils auf bestimmte Bereiche spezialisiert sind. Die einen sind für die Dinge des täglichen Bedarfs zuständig, andere beherbergen Droidenmechaniker, Reparaturwerkstätten und – falls man weiß, wo man suchen muss – illegale Waffenhändler.

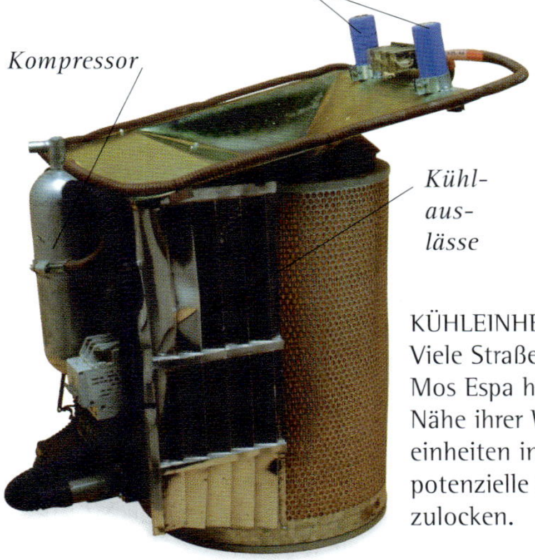

KÜHLEINHEIT
Viele Straßenhändler in Mos Espa haben in der Nähe ihrer Ware Kühleinheiten installiert, um potenzielle Kunden anzulocken.

Droiden

Häufig kann man auf den Welten des Äußeren Randes reparierte Droiden durch die Seitengassen taumeln sehen. Auch Hybriden, zusammengesetzt aus Teilen verschiedener Droiden, sind ein vertrauter Anblick. Diese Roboter sind häufig von beschränkter Mentalität oder einem Wesen, das ähnlich unerklärlich wie ihre Herkunft ist.

Von Gangstern und Raumfahrern nicht zur Kenntnis genommen, sind die Siedler von Mos Espa sehr darum bemüht, sich aus Auseinandersetzungen herauszuhalten.

Lasttiere

Auf ganz Tatooine werden Taurücken benutzt; Eopies sind nur in der Gegend von Mos Espa vertreten, während Banthas ausschließlich von den Sandleuten als Reittiere benutzt werden.

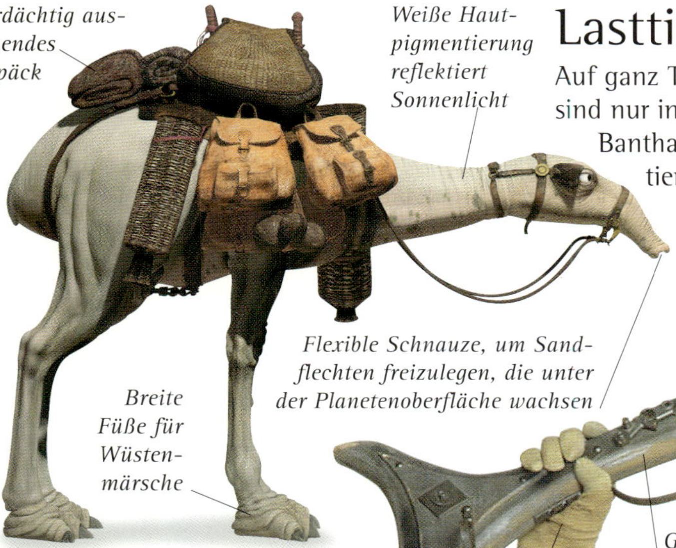

EOPIE

TAURÜCKEN

Die auf Tatooine beheimateten Eopies können schwere Lasten tragen, ohne zu ermüden.

Sandleute stehlen manchmal Gewehre, ziehen aber für den Nahkampf traditionelle Knüppel und Axtwaffen vor.

Die Jawas sind als Eingeborene Tatooines den Kontakt mit Raumreisenden gewöhnt. Viele sind als Metallsammler und Reparaturhandwerker tätig.

RUCKSACKKÜHLER
Die Zwillingssonnen erzeugen eine brütende Mittagshitze, weshalb Fußgänger in Mos Espa häufig Kühleinheiten mitführen.

Sandleute versuchen, an abgelegenen Stellen entlang der Rennstrecke vorüberjagende Podracer abzuschießen, um sich anschließend den Piloten vorzunehmen.

DATENBLATT

- Jawa-Clans lassen sich durch kleine Unterschiede im Schnitt ihrer Umhänge unterscheiden.
- Kinder in Mos Espa spielen mit für Prophezeiungen benutzten »Mesra-Augen«, eine alte Wüstentradition.

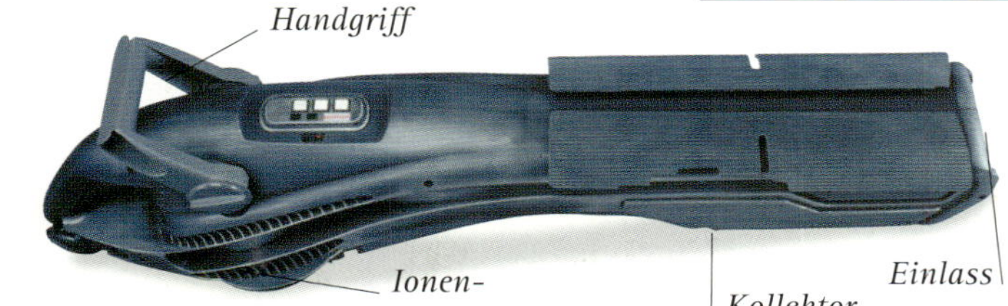

SANDSTAT
Sand weht in jeden Winkel von Mos Espa; wer auf Sauberkeit Wert legt, benutzt einen elektrostatischen Sandstat.

Sandleute

Im Gegensatz zu den Jawas haben die eingeborenen Sandleute Tatooines sich nicht an die Siedler gewöhnt. Verärgert über das Eindringen in ihr Territorium, überfallen sie Reisende. Die auch als Tuskenräuber bezeichneten Sandleute stellen eine nicht zu unterschätzende tödliche Gefahr dar.

Kanzler Valorum

FINIS VALORUM hat sich ein ganzes Leben lang auf seine Wahl zum Obersten Kanzler des Galaktischen Senats vorbereitet, denn die bedeutendsten Mitglieder seiner Familie haben jeweils mehr als tausend Welten vertreten. Vor Jahrhunderten diente ein Valorum als Oberster Kanzler. Finis Valorum hat diesen Rang nun ebenfalls errungen und regiert vom galaktischen Sitz auf Coruscant aus die ganze Republik. Er hat jedoch eine vom eigenen Erfolg geschwächte Regierung geerbt: Die galaktischen Vertreter haben sich zu weit vom Volk entfernt, und das ganze System befindet sich in einem Zustand der Degeneration.

Coruscant

Die galaktische Hauptwelt Coruscant ist fast völlig von kilometer-hohen Wolkenkratzern bedeckt, die Lebensraum für mehr als eine Billion Bewohner bieten, einschließlich der Senatsbeauftragten, deren Zahl Legion ist. Der Planet ist ohne eigene Ressourcen und auf die Versorgung von außen angewiesen, die durch einen nicht abreißen-den Strom riesiger Frachtschiffe gesichert wird.

Sei Taria

Die Verwaltungsassistentin von Kanzler Valorum, Sei Taria, ist diesem dabei behilflich, die Einzelheiten notwendiger Verfahrensregelungen einzuhalten. Sie hat viel von Senator Palpatine gelernt.

DATENBLATT

◆ Coruscant ist seit Jahrzehntausenden das Zentrum der galaktischen Regierung. Seine Früh-geschichte ist von Legenden umwoben.

◆ Kanzler Valorum ist zunehmend von Senatoren wie Palpatine dahin ge-hend beeinflusst worden, seine per-sönlichen Überzeugungen einer fadenscheinigen Geschäftsordnung unterzuordnen.

Mas Amedda

Der Chagrianer Mas Amedda sorgt im Senat für Ruhe und Ordnung. Man wirft ihm vor, seine Befugnisse zu missbrauchen und Schmiergelder anzunehmen, doch Amedda hält an seinem persönlichen Ehrenkodex fest.

Multispektrale Scheinwerfer *Kommunikations-antenne*

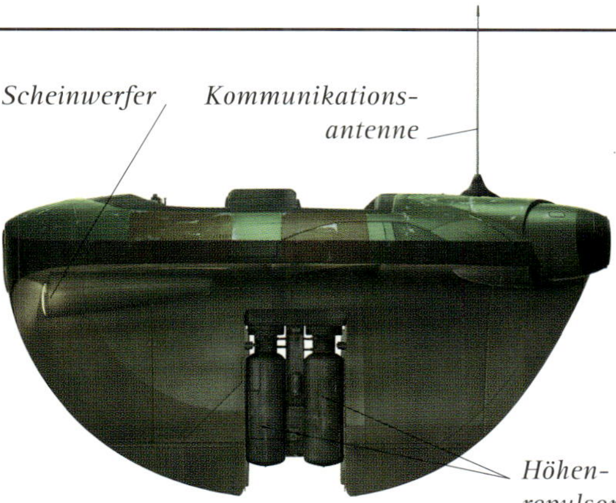

Höhen-repulsoren

LUFTTAXIS
Lufttaxis tragen Fahrgäste sicher durch das verwirrende Labyrinth der Schluchten zwischen den hohen Wolkenkratzern Coruscants.

Senatsgarde

Die Garde des Galaktischen Senats trägt blaue Umhänge, welche die oberste Autorität des Senats und die lange Tradition seiner weisen Führung symbolisieren. Der Federbusch und der Schnitt des Umhangs sind eher das Resultat zeremonieller denn funktionaler Erwägungen.

Deutlich sichtbarer Helmbusch

Schalldämpfer für Karabinerblaster

Unhandlicher zeremonieller Karabiner

Plattformsitz *Senatsgarde*

Repulsor

SENATSPLATTFORMEN
Das riesige Amphitheater der Senatsrotunde wird von eintausendvierundzwanzig Plattformen gesäumt. Die Mehrzahl wird von Sektorsenatoren benutzt, die ihre eigenen Welten sowie Hunderte weitere Planeten eines galaktischen Sektors vertreten. Die übrigen Plattformen stehen Bündnis- und Handelspartnern oder Vertretern autonomer Planeten zur Verfügung, die dem Senat besondere Anliegen vorzutragen haben.

SCHWEBECAM (SEITENANSICHT)

Wenn einem Vertreter des Senats offiziell das Wort erteilt wird, löst sich seine Plattform aus der Rotunde und schwebt an eine Stelle des Saales, an der er von allen problemlos gesehen werden kann.

Rodianischer Vertreter auf Senatsplattform

Steuer-antenne

Weitwinkel-objektiv *Teleobjektiv*

Repulsoreinheit

Schwebecam

Eine Staffel fliegender Schwebecams patrouilliert die Rotunde, um die Reden und Stimmabgaben der Senatsvertreter zu dokumentieren. Manche dieser Operateure missbrauchen ihre Verantwortung und unterlassen es, bestimmte Teilnehmer aufzuzeichnen, während andere es skrupellosen Senatoren gestatten, ihre Reden nachträglich zu ändern.

DIE VIELFALT DES SENATS
Die Senatsrotunde wird von Kulturen aus den entferntesten Winkeln der Galaxis vertreten. Dem Auge bietet sich eine schier grenzenlose Vielfalt an fremdartigen Trachten und Staatsgewändern, ungerechnet der mannigfaltigen modischen Stile Coruscants selbst.

Zwei Münder inklusive Artikulationsorgane

Gehirn im Nackenwulst

TENDAU BENDON

SENATOR YARUA VON KASHYYYK

Obwohl für ihr aufbrausendes Temperament bekannt, besitzen Wookiee-Senatoren einen ausgeprägten Sinn für Gerechtigkeit. Als Senator Yarua der Geschäftemacherei im Senat gewahr wird, sieht er darin einen Missstand, der rascher Abhilfe bedarf.

Alderaanische Adjutanten

LIANA MERIAN

AGRIPPA ALDRETE

Senator Palpatine

Blaue Farbe deutet Palpatines Interesse am Kanzleramt an

Kunstvoll gearbeiteter Mantel als Zeichen der Autorität

Weite Ärmel mit langen Manschetten im Stil von Naboo

DAS GEHEIMNIS von Palpatines Erfolg ist seine endlose Geduld. Als junger Politiker wurde er immer wieder übergangen, wenn Ämter zur Diskussion standen. Auf diese Weise hat er die Kunst gelassener Beharrlichkeit erlernt und ist so bis zum mächtigen Amt eines Sektorvertreters im Galaktischen Senat aufgestiegen. Palpatine vertritt dreihundertsechsundsechzig Welten in einem rückständigen Sektor, für den sein provinzieller Heimatplanet Naboo typisch ist. Er hat verstanden, aus dieser Herkunft Vorteil zu ziehen, und war stets präsent in den Hallen der galaktischen Politik, wo er Freunde wie Gegner mit seinem unaufdringlichen Auftreten und seinen überzeugenden Ansichten darüber beeindruckt hat, wie die Galaxis besser regiert werden könnte.

Im Laufe der Zeit hat Palpatine sich den Ruf erworben, jenseits von Intrigen und Korruption zu stehen, da er immer wieder das Fehlverhalten der Bürokratie an den Pranger stellt. So überrascht es Eingeweihte nicht, dass er für das Amt des Obersten Kanzlers nominiert wird.

Palpatines Apartment ist schlicht und bescheiden, verglichen mit den eindrucksvollen Palästen anderer Sektorvertreter.

Königin Amidala

Königliche Zofen

Eigenwilliges rotes Dekor

PALPATINES WOHNGEMACH
Nur wenige Fremde werden je in Palpatines scharlachrote Gemächer vorgelassen. Sie sind der ausschließliche Zufluchtsort seiner engsten Vertrauten, bis Königin Amidala auf Coruscant erscheint, um dem Senat ihr Anliegen vorzutragen.

Diplomat

Palpatine hatte nie eine hohe Meinung von dem früheren Souverän Naboos, König Veruna, auch nicht, als der sture Regent sich mehr um auswärtige Angelegenheiten kümmerte. Königin Amidala entspricht eher Palpatines Vorstellungen, da er glaubt, dass sie für seine Anregungen weitaus empfänglicher ist.

Vor ihrer Begegnung im Senat hat Königin Amidala Palpatine nur einmal persönlich zu Gesicht bekommen, nämlich anlässlich ihrer Krönung. Sie kann sich des Verdachts nicht erwehren, dass seine politischen Ambitionen den Vorrang vor seiner Sorge um Naboo haben.

DATENBLATT

◆ Palpatines ungewöhnlicher Kunstgeschmack lässt Königin Amidala erkennen, dass er sich schon lange von der Tradition Naboos gelöst hat und heute die Dinge aus einer viel weltlicheren Perspektive sieht.

DIE STRASSE ZUM ERFOLG
Palpatine schert sich wenig um Paragraphen oder Formalien und hält es für wichtiger, das zu tun, was seiner Ansicht nach getan werden muss. Infolge dieser pragmatischen Einstellung erwarten viele, dass Palpatine sein Versprechen auf eine klar denkende Führung wahrmachen wird.

Der Senat

DIE MACHT eines Sektorsenators ist immens, da er für gewöhnlich Hunderte von Planeten vertritt. Ähnlich groß ist die Versuchung, die mit derartiger Befehlsgewalt einhergeht. Es ist nicht ungewöhnlich, korrupte Senatoren selbst auf oberster Ebene anzutreffen, und viele Bürger der Republik erwarten inzwischen von jedem Politiker, der seinen Fuß auf Coruscant setzt, nur noch leere Versprechungen und schöne Worte. Tatsächlich sind viele Senatoren einfach nur träge und habgierig und leisten so dem sich ausbreitenden Bösen Vorschub.

MOT NOT RAB

BASKOL YEESRIM

PASSEL ARGENTE

HOROX RYYDER

SENATSPOLITIK
Viele Senatoren halten sich bewusst aus jedem Bündnis heraus, um im Konfliktfall ihren Welten den Vorteil zu verschaffen, aus der Belieferung beider Seiten Nutzen zu ziehen. Kritiker meinen, dass dreiäugige Malastarianer wie Baskol Yeesrim nicht nur die beiden Seiten eines Disputs sehen, sondern auch immer den Punkt in der Mitte, der ihnen den größten Vorteil einbringt.

Gefährtinnen

Je nach Tradition und Sitte ihrer Heimatplaneten und Sektoren werden die Senatoren von Assistenten, Adjutanten und Gefährtinnen begleitet. Viele werden zunächst vom Missbrauch der Regierungsmacht, die sie auf Coruscant erleben, abgestoßen, bleiben aber dennoch, weil sie nur ungern ihre Stellung aufgeben wollen.

DATENBLATT

- Für die Innenwand des Senats wurde die Farbe Lavendel gewählt, der einzige Farbton, der nie von irgendeiner Kultur mit Krieg, Zorn oder Trauer in Verbindung gebracht wurde.
- Senator Tikkes wechselte aus finanziellen Erwägungen aus dem Geschäftsleben in die Politik.

TOOBUCK TOORAS GEFÄHRTIN

Senatorin Toobuck Toora hat den letzten Rest von Idealismus verloren, als sie sah, wie viele Gerechte stürzten, während sie ihre Profite zählen durfte, die sie durch geschicktes Ausnutzen von Gesetzeslücken an sich zu bringen verstand. Heute zählen korrupte Senatoren, die sie einst verachtete, zu ihren engen Freunden, und sie belohnt loyale Gefolgsleute mit Gefährtinnen- oder Assistentenpositionen.

Senator Orn Free Taa

Nirgends ist der Luxus ausgeprägter als auf Coruscant, und Senator Orn Free Taa entdeckte Möglichkeiten, die seine kühnsten Träume übertrafen. Heute betrachtet er das Regieren nur noch als Sport der Mächtigen, wie er einer ist. Ungeachtet seiner abstoßenden Erscheinung, die Folge ständiger Exzesse, ist er fest davon überzeugt, dass Geld und Macht ihn stets attraktiv machen werden.

Blume-des-Lebens-Emblem
Orichalc-Metall
NABOO-WAPPEN
Energietrans-mitter
Magnet-turbine
Sende-energie-empfänger
Display kann auf verschlüsselte Jedi-Transmissionen eingestellt werden
KOM
MONITORPAD
Standardkabelanschluss
ENERGIE-GENERATOR-TORNISTER
DROIDENRUFER
Regler für Breitband- oder individuell-spezifisches Signal
Rutschfester Griff
Optisches Standardvisier
Knotige Kämme unterscheiden Schnecke von Duracretwurm
Länge 2,8 m
STUNNERPISTOLE
NABOO-BLASTER
Massiver Knauf für Stabilität
Klingenlänge-regler
KI-DI-MUNDIS LICHTSCHWERT
Griff rillen
DURACRETSCHNECKE

EPISODE II

ANGRIFF DER KLONKRIEGER

IN EINER ZEIT DER INSTABILITÄT steht die Galaxis am Rand des Zerfalls, als mächtige Kräfte die Republik zu zerreißen drohen. Die wenigen friedenstiftenden Jedi-Ritter können eine offene Rebellion nicht verhindern, und die riesigen Wirtschaftsmächte erliegen zunehmend ihrer eigenen Gier. Zerstörerische Veränderungen stehen bevor, und die Grenze zwischen Gut und Böse wird unscharf. Während dieser epochalen Ereignisse wird das Schicksal der Galaxis von den Entscheidungen einiger weniger Individuen abhängen, deren Bestimmung noch unklar ist. Die Jedi haben mit dem abtrünnigen Count Dooku bereits eine große Führungspersönlichkeit verloren – werden sie jetzt gezwungen sein, den ersten umfassenden Krieg seit der Gründung der Republik zu führen? Wenn sich der Tapfere zwischen Liebe und Pflicht, Frieden und Krieg entscheiden muss, lauert Gefahr hinter jeder Ecke.

Folgen Sie den Spuren einer Legende. Spüren Sie den Schatten des inneren Aufruhrs und den Mächten der Vorsehung nach, bis sich allmählich die letzten Geheimnisse eines schrecklichen Schicksals offenbaren.

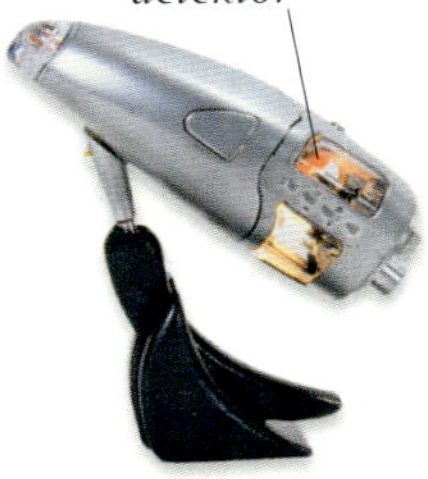

SICHERHEITSMONITOR

VERTEIDIGER DES RECHTS

STEINMILBE

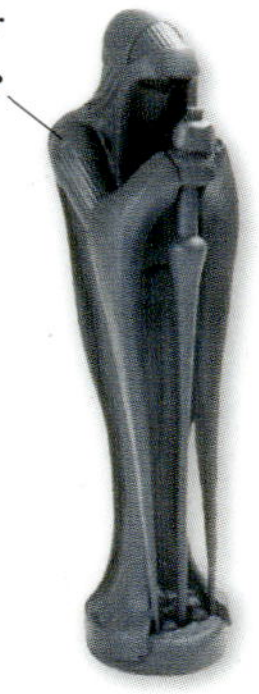

SISTROS STATUE

Die zunehmende Dunkelheit

VOR LANGER ZEIT sagte eine Prophezeiung das Erscheinen eines Individuums voraus, das »die Macht ins Gleichgewicht bringen« und eine neue Ära des Friedens nach einer Zeit der großen Instabilität einläuten würde. Angesichts der Separatistenkrise liegt die Zukunft der großen Galaktischen Republik im Dunkeln, und die friedenstiftenden Jedi sind zu wenige, um eine ganze Galaxis zusammenzuhalten. In diesem Zeitalter sind die Sith wieder aufgetaucht und verbergen ihre bösen Pläne womöglich im Herzen der Zitadelle der Freiheit – und während die Prophezeiung mit neuen Augen gesehen wird, haben viele Bürger der Galaxis keine andere Wahl, als sich auf sich selbst zu verlassen.

Jenseits des Wahrnehmungsbereichs der Jedi-Ritter, irgendwo in der Dunkelheit, wartet der Meister des Bösen auf seine Stunde. Während seine Macht wächst, bestimmen seine Pläne allmählich den Lauf der Galaxis.

Zeit der Veränderung

Unter den Türmen von Coruscant, wo der Hohe Rat der Jedi über die Beilegung der Separatistenkrise debattiert, kämpfen sich die normalen Leute durch eine Zeit wachsender Unruhe. Uralte Verhaltensmuster ändern sich, und große Teile der Bevölkerung sind in Bewegung. In einem derartigen Klima muss ein jeder lernen, sich nur auf sich selbst und das zu verlassen, was er mit sich tragen kann.

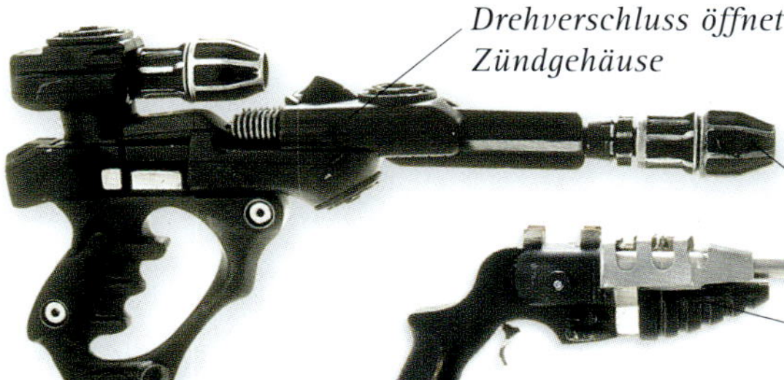

BLASTER

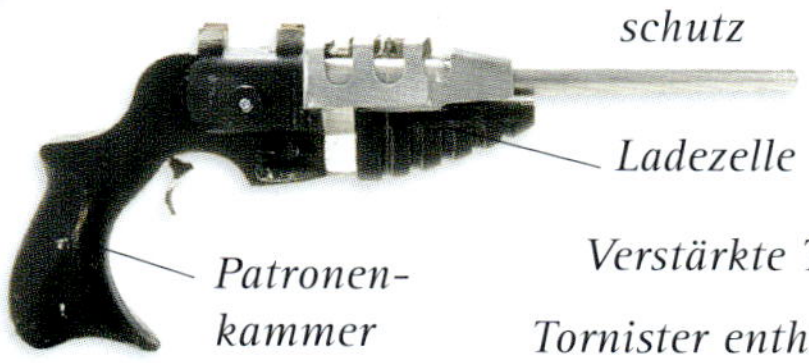

PATRONENBEUTEL

SONDEN

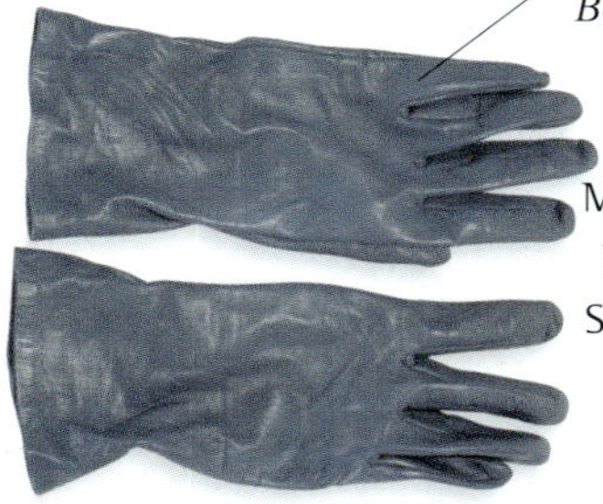

MASCHENHANDSCHUHE

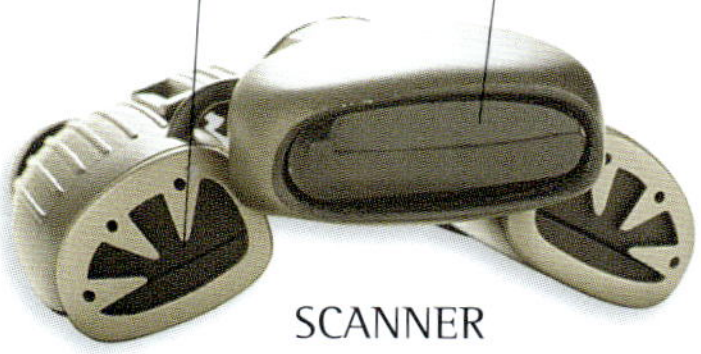

SCANNER

WASSERFLASCHE

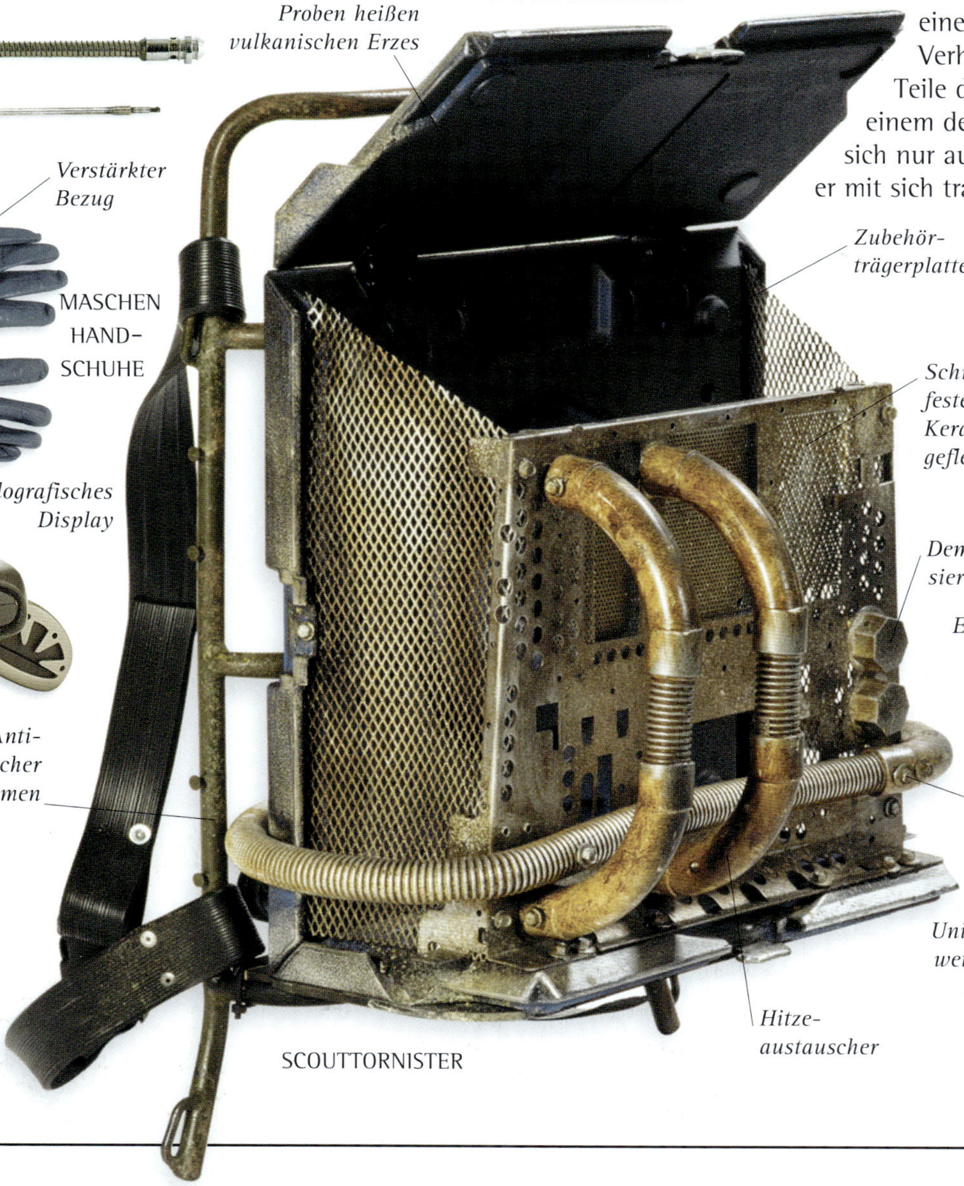

SCOUTTORNISTER

RECORDERPAD

ÜBERLEBENSSAUERSTOFF

NEBELFERNGLAS

Privatturm des Militärraumschiff-Konstrukteurgenies Raith Seinar

Innere Dämonen

Anakin Skywalkers Schicksal hat ihn zu einem Jedi gemacht und ins Zentrum der Ereignisse in der galaktischen Hauptstadt verschlagen. Führende Ratsmitglieder vermuten, dass er der Auserwählte ist. Aber wie Coruscant selbst kämpft Anakin gegen innere Dämonen, gegen die eine uralte Prophezeiung wenig auszurichten vermag.

Klonkriegertrupp

Seit ihrer Gründung ist die Republik mehr von ihrem Rechtssystem als von einer Armee beschützt worden. Aber das Gesetz ist nur so stark wie das Volk, und wenn dessen Wachsamkeit nachlässt, kann das Militär die Oberhand gewinnen.

Jedi-Padawan-Lehrlingszopf enthüllt einem Jedi-Initiierten die wahre Identität

Kleid einer jungen Matrone aus dem Tausend-Monde-System

Im Tausend-Monde-System beliebtes Muster

Jedi-Stiefel in veränderter Farbe

DATENBLATT

◆ Viele für den Warentransport konstruierte Coruscant-Frachter sind jetzt gezwungen, zusätzlich Hunderte von Passagieren zu befördern.

◆ In der Republik steigen die Militärausgaben in dieser unruhigen Zeit dramatisch an.

Flüchtlinge

Anakin Skywalker und die Frau, die er liebt, fliehen von Coruscant, aber sie können sich vor den Sith nicht verstecken. In einer krisengeschüttelten Zeit verfangen sie sich in den Plänen der Mächtigen, und wie alle galaktischen Flüchtlinge finden sie heraus, dass sie sich allein auf ihre inneren Stärken verlassen müssen.

Senatorin Padmé Amidala

ALS GEWÄHLTE KÖNIGIN VON NABOO gewann Padmé Amidala die Liebe ihres Volkes, da sie während der Invasion der Handelsföderation außergewöhnliche Charakterstärke bewies. Nach Ablauf ihrer zweiten und letzten Amtszeit verzichtete sie auf den Thron trotz der geforderten Gesetzesänderung, die ihr eine längere Regentschaft erlaubt hätte. Sie wurde kurz darauf zur Senatorin der 36 regionalen Naboo-Sonnensysteme gewählt; Padmé reist jetzt hauptsächlich, um Unterstützung für ihre Sache zu gewinnen, und kehrt wenn nötig zur galaktischen Hauptstadtwelt Coruscant zurück.

Die Senatorin von Naboo kehrt mit dem schnittigen Republikkreuzer nach Coruscant zurück, um gegen das Mobilmachungsgesetz zu stimmen. Sie landet inmitten großer Spannungen und eines unsichtbaren Intrigennetzes.

Wie die Naboo-Königin wird Padmé in kritischen Situationen von loyalen Zofen umsorgt und beschützt, die als Köder fungieren und als Double Padmés Identität annehmen können.

BLASTER

Sternjägerpilotin

Aus Sicherheitsgründen reist Padmé manchmal verkleidet als Naboo-Sternjägerpilotin. Andere Senatoren würden niemals auf die Vorzüge ihres Status verzichten, sodass diese schlichte List effektiv ist.

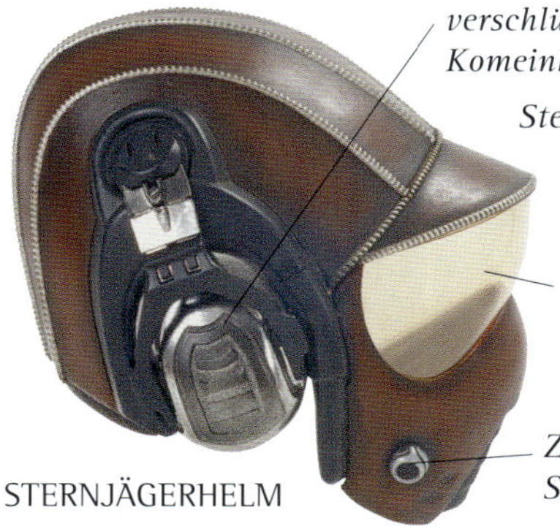

STERNJÄGERHELM

Senatsgewand

Padmé kleidet sich züchtig, wenn sie im Senat über wichtige Fragen abstimmt. Als unermüdliche Verfechterin des Friedens und der Freiheit hat sie jahrelang gegen eine umstrittene Vorlage zur Aufstellung einer Großen Armee der Republik gekämpft, von der sie glaubt, dass sie für tyrannische Zwecke missbraucht werden könnte.

Padmés Apartment

Senatsquartiere

Während ihres Aufenthalts auf Coruscant wohnen Padmé und ihr Gefolge im obersten Geschoss eines der uralten Wolkenkratzer. Eine bescheidenere Unterkunft als ein Penthouse würde Padmés Ansehen auf der statusbesessenen Welt schaden und ihre diplomatischen Bemühungen behindern. Obwohl die Quartiere komfortabel sind, verachtet Padmé die graue, künstliche Welt Coruscants.

Padmés bescheidene Räume verfügen nicht über die festungsähnlichen Sicherheitssysteme, die von kultivierteren Senatoren in Anspruch genommen werden. Die Senatorin ist im Schlaf vielen unsichtbaren Gefahren ausgeliefert.

VORZEITIGER RÜCKZUG
Zwei Attentatsversuche sind nötig, um Padmé davon zu überzeugen, Coruscant zu verlassen und zum sicheren Naboo zurückzukehren. Ihr Rückzug ist bitter, denn sie wird während der Abstimmung über die Armeevorlage, die sie jahrelang bekämpft hat, wahrscheinlich nicht anwesend sein.

Gedämpfte Farben symbolisieren ernste Stimmung

Korsett aus leichter Panzerung verdoppelt Schutz

Stoff verbirgt unbequemen blastersicheren Unterrock

Naboo-Blaster

Synthetische Lederhandschuhe für Nahkampf

Traditionelle Sicherheitstunika

Naboo-Militärstiefel

Sohlen mit guter Bodenhaftung

Captain Typho ist für die Sicherheit Padmés und ihres Gefolges verantwortlich. Er ist der Neffe von Captain Panaka, der Padmé während ihrer Zeit als Königin von Naboo diente.

Captain Typho

Captain Typho wurde wegen seiner kompromisslosen Loyalität und seiner Verwandtschaft mit Panaka auf den Senatsposten berufen und ist ein relativer Neuling in der Welt tödlicher Ränke, die die meisten galaktischen Vertreter im Senat als gegeben hinnehmen.

DATENBLATT

◆ Naboo-Soldaten stellen den Großteil von Captain Typhos Sicherheitskräften auf Coruscant.

◆ Typhos Augenklappe ist nicht zuletzt ein Zeichen seiner Loyalität, da er sein Auge im Dienst verlor.

Oberster Kanzler Palpatine

PALPATINE IST DARAUF BEDACHT, sich als sanftmütiger Diener des öffentlichen Wohls zu präsentieren, Pomp zu vermeiden und seine Kräfte bis an die Grenzen zu beanspruchen. Palpatine wurde inmitten weit verbreiteter Unzufriedenheit mit dem vorherigen Obersten Kanzler ins Amt gewählt – aber es gibt zunehmende Beweise dafür, dass Palpatine selbst hinter den Kulissen diese Unzufriedenheit geschürt hat. Es scheint sich auch ein Muster in seiner Arbeit als Oberster Kanzler abzuzeichnen: Während er stets die Interessen der Republik beschwört, hat er seine Macht ständig gemehrt und die Rote Garde des Kanzlers gegründet, die jetzt an jeder Komiteesitzung teilnimmt. Manchen bleiben seine wahren Absichten unklar.

Neue Sicherheit

Der Oberste Kanzler hat die neue Rote Garde seinem direkten Befehl unterstellt, während ein Senatskomitee die alte Blaue Garde kontrolliert. Palpatine nennt diese Maßnahme eine effiziente Verschlankung der schwerfälligen Bürokratie. Für seine Gegner ist sie nicht mehr als eine illegale Leibwache, aber mit derartigen Äußerungen könnten sie gegen Palpatines neue Sicherheitsgesetze verstoßen.

Obwohl Palpatine Pomp vermeidet, pflegt er die Tradition hochrangiger Funktionäre, imposante Audienzräume zu unterhalten. Während Konferenzen erinnert das große Panoramafenster die Anwesenden daran, dass ihre Entscheidungen weit reichende Folgen haben.

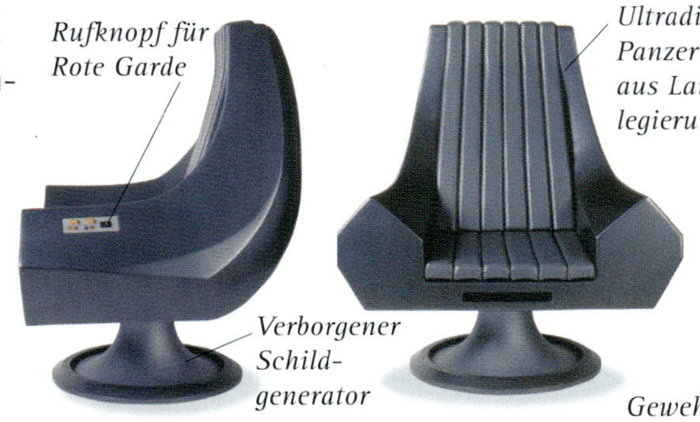

AMTSSESSEL

Palpatine hat sich seinen Beratern gebeugt und einen speziellen Amtssessel akzeptiert, der mit einem geheimen Schutzschirm und raffinierten Schutzvorrichtungen ausgestattet ist. Dieser Sessel ermöglicht ihm außerdem eine direkte, sichere Kommunikation mit seinen Beratern und der Roten Garde.

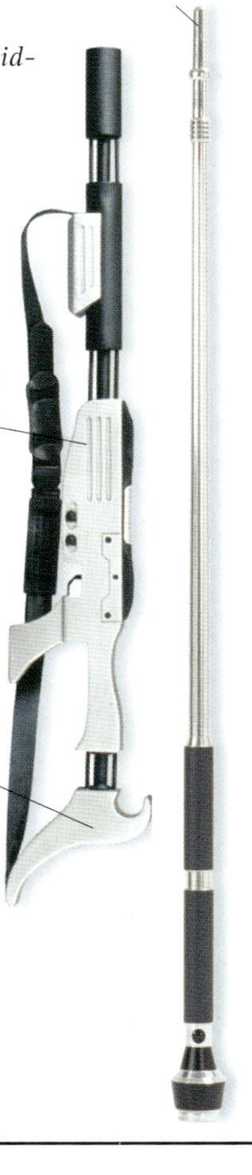

Die Rote Garde

Palpatine hat die Details über die Ausbildung der Roten Garde aus angeblichen Sicherheitsbedenken geheim gehalten. Niemand scheint zu wissen, woher diese Schutzarmee samt ihrer Ausrüstung stammt. Statt Stunnergewehren benutzt die Rote Garde wirkungsvollere Energiepiken.

Der Jedi-Rat diskutiert oft politische Angelegenheiten mit dem Obersten Kanzler Palpatine. Die Unterstützung der großen Jedi beruhigt jene, die ansonsten die Motive des Kanzlers anzweifeln würden.

Sly Moore und Mas Amedda

Sly Moore ist Palpatines Stabsberaterin. Sie kontrolliert den Zugang zum Kanzler, was ihr ungeheure Macht verleiht. Moore stammt von der düsteren Welt Umbara, die tief in den dunklen Weiten des Geisternebels liegt. Die Umbaraner sind für ihre Fähigkeit bekannt, andere auf subtile Weise beeinflussen und sogar kontrollieren zu können. Als Sprecher des Senats ist Mas Amedda für geordnete Debatten verantwortlich. Der strenge, stoische Chagrianer weigert sich, die Veränderungen zu kommentieren, die er in Palpatines Amtszeit erlebt hat.

Während der Durchschnittsbürger politikverdrossen geworden ist, künden sich große Ereignisse an. Separatisten stiften Unruhe, und es gibt Gerüchte über geheime Armeen. Früher haben Gesetze die Macht des Obersten Kanzlers begrenzt – aber Palpatine bezeichnet sie als Hindernisse für eine effektive Führung und wird sie womöglich abschaffen. Breite Unterstützung ist ihm dabei gewiss.

DATENBLATT

◆ Palpatines Amtszeit lief vor mehreren Jahren ab, aber eine Reihe von Krisen haben es ihm erlaubt, über die erlaubte Senatsperiode hinaus zu amtieren.

◆ Enge Berater sagen, dass Palpatine manchmal tagelang arbeitet, ohne zu schlafen.

◆ Palpatine hat die alte Tradition wieder belebt, vor den Massen aufzutreten, um ihren Beifall und ihre Unterstützung in Empfang zu nehmen.

BÜROSTATUEN
Palpatines Statuen ehren obskure Gestalten aus der Vergangenheit, die über große arkane Weisheit verfügten, deren Taten aber umstritten sind.

Epauletten wecken Gungan-Militärstolz

Amulett des Vertrauens vom heiligen Ort der Gungans

Amtsmantel

Der Senat

SONNENSYSTEME stöhnen unter hohen Steuern, Piraten verunsichern die Raumverkehrsrouten, Konzerne beuten Welten aus, Bürokratie lähmt die Justiz – und trotzdem kann der Senat wenig tun. Macht und Wohlstand korrumpieren diese einst ehrenwerte Versammlung, bis es scheint, dass bald nur noch Geld eine Rolle spielen wird. Ehrliche Senatoren, die ihre Meinung offen aussprechen, werden selten. Wenige Führer weisen in dieser unruhigen Ära den Weg, und selbst die Jedi sind unsicher, wem sie trauen können.

In Padmés Abwesenheit vertritt Jar Jar Binks Naboo im Senat. In bester Absicht läutet der Gungan eine neue galaktische Ära ein, als er den Antrag stellt, den Obersten Kanzler mit Sondervollmachten auszustatten.

Orthodoxe Halbara-Frisur

ISTER PADDIE

LEXI DIO

Sybarionisches Gewand

SUPI

Einige Senatoren übernehmen die coruscantische Mode, während andere die Traditionen ihrer Heimatwelten bewahren. Kleidung, Frisur und Gestik können Hinweise auf die politische Gesinnung geben.

Abgeordneter Binks

Nach der Schlacht um Naboo ritt Jar Jar Binks auf einer Welle der Sympathie und wurde Außerordentlicher Planetarer Abgeordneter im Galaktischen Senat. Die Naboo ziehen die Reinheit des Herzens anderen Qualifikationen vor und wählen oft Kinder zu ihren Herrschern. Im Fall von Jar Jar befördern sie eine schlichte, wohlmeinende Seele auf eine Position, die möglicherweise seine Fähigkeiten übersteigt.

Wenige Senatoren können der Versuchung widerstehen, sich zu bereichern. Nationen, Welten, Systeme und schwindelerregender Reichtum können durch illegalen Stimmenverkauf oder strategische Enthaltungen bei kritischen Gesetzesvorhaben gewonnen werden.

DATENBLATT

◆ Der Antrag auf diktatorische Sondervollmachten - das Mobilmachungsgesetz - ist einer der wenigen Vorschläge, die eine sofortige Abstimmung im Senat verlangen.

◆ Die Anx-Senatoren gehören zu den wenigen, die Bail Organas kompromisslosen Moralkodex offen unterstützen.

Traditionelles Banner

Alderaanische Patrizierstiefel

Bail Organa

Bail Organa von Alderaan ist ein ehrenwerter Senator in einer ehrlosen Zeit. In früheren Epochen hätte man ihn als großen Staatsmann gefeiert. In der aktuellen Zeit des moralischen Verfalls denunzieren Bails Kollegen diesen als Einfaltspinsel wegen seines eloquenten und leidenschaftlichen Eintretens für den Wert der Bürgerrechte.

Droiden

DROIDEN umfassen einfache Maschinen bis hin zu komplexen, sich ihrer selbst bewussten künstlichen Wesen. Sie werden allgemein unabhängig von ihrem Intelligenzgrad wie bloße Gebrauchsgegenstände behandelt, und die meisten Bürger nehmen sie kaum wahr. Gedächtnisspeichersäuberungen, die routinemäßig durchgeführt werden, wenn ein Droide den Besitzer wechselt, können einzelne Informationen oder den gesamten Erfahrungsschatz eines Droiden löschen. So »auf Null gebracht« bewahren nicht einmal die hochentwickeltsten Droiden ihr Ich-Bewusstsein. Wird ihnen erlaubt, zwischen den Speichersäuberungen Erfahrungen zu sammeln, entwickeln manche von ihnen individuelle und sogar idiosynkratische Persönlichkeiten.

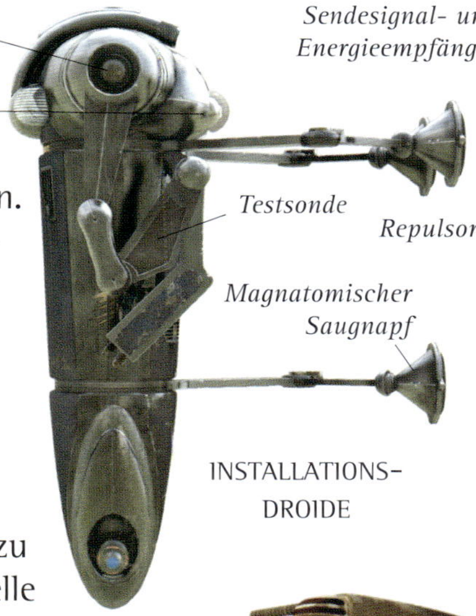

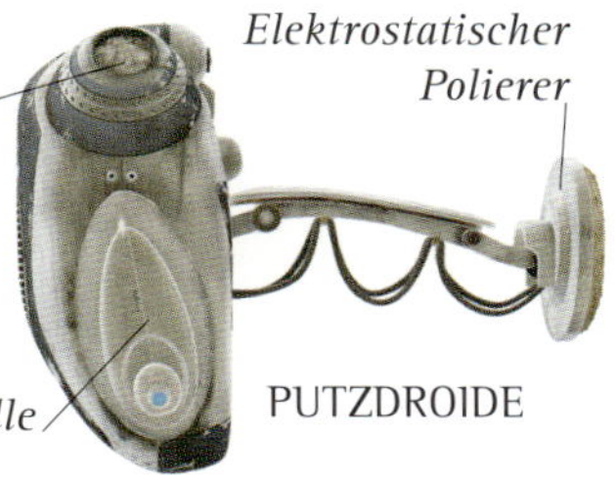

Kleine Installations- und Putzdroiden verfügen über keine eigene Prozessorleistung. Sie sind mit Masterkontrollsystemen verbunden, die Befehlssignale aussenden.

Astromechdroiden

»Astrodroiden« sind Vielzweck-Computerreparatur- und Informationssysteme. Sie verfügen über gerade genug Prozessorleistung, um ihre Aufgaben zu erfüllen, und kommunizieren mit elektronischen Piep- und Pfeiftönen. Astrodroiden neigen dazu, ihre Programmierung zu überschreiten, wenn sich ihre gespeicherten Erfahrungen weit genug entwickeln.

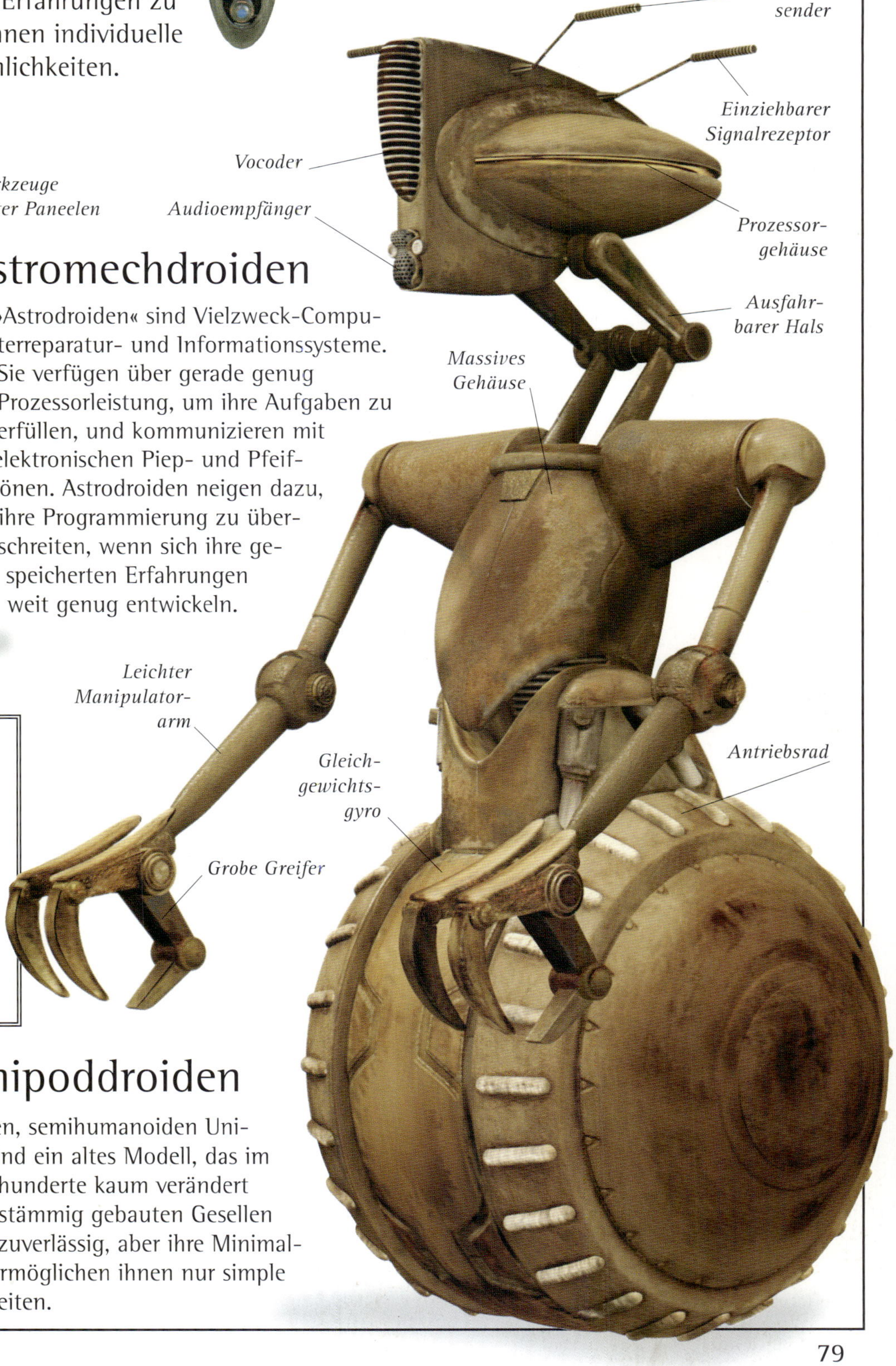

DATENBLATT

- Droiden werden regelmäßig missbraucht, da das galaktische Recht sie trotz ihres Ich-Bewusstseins als Maschinen behandelt.
- Droiden sind auf manchen Welten verboten, wo ihre Ultraschallfrequenzen empfindliche Spezies stören.

Auf Tatooine ziehen Unipoddroiden Rikschas, die auf unregistrierten Breitbandenergierepulsoren schweben.

Unipoddroiden

Die kompakten, semihumanoiden Unipoddroiden sind ein altes Modell, das im Lauf der Jahrhunderte kaum verändert wurde. Diese stämmig gebauten Gesellen sind überaus zuverlässig, aber ihre Minimalprozessoren ermöglichen ihnen nur simple manuelle Arbeiten.

Obi-Wan Kenobi

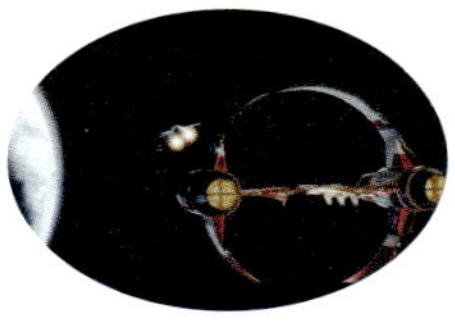

HYPERTRIEBWERKRING

OBI-WAN KENOBI, EIN TREUER JEDI-RITTER in einer Zeit der großen Krise, findet sich im Zentrum des galaktischen Aufruhrs wieder, als sich die Republik allmählich auflöst. Kenobi hat den Tod seines Meisters Qui-Gon Jinn mit angesehen und kennt die Herausforderungen, vor denen die Jedi bei der Verteidigung des Rechts stehen. Er ist vorsichtig, wo sein Schüler Anakin Skywalker impulsiv ist. Kenobi versucht, seinen jungen Padawan so auszubilden, dass dieser zu einer Säule der Stärke gegen die dunkle Seite der Macht werden kann. Während sich die Gefahren um ihn entfalten, bilden Kenobis Fähigkeiten und Urteilsvermögen eines der letzten Bollwerke gegen den Zusammenbruch der Republik.

Obi-Wans Jedi-Schüler ist Anakin Skywalker, der Junge, der als die prophezeite Person gilt, die »die Macht ins Gleichgewicht bringen« kann. Anakins Drang nach Unabhängigkeit, eine Folge seines späten Eintritts in den Orden, hat Kenobi die Tadel der Jedi-Ältesten Yoda und Mace Windu eingebracht.

Bei der Verfolgung eines Möchtegern-Attentäters in einen Nachtclub auf Coruscant tritt Kenobi gelassen an die Bar, »um einen Drink zu nehmen.« Wie geplant, lockt seine unerschütterliche Ruhe die Zielperson aus der Reserve, die feststellen muss, dass die außergewöhnlichen Kräfte des Jedi diesem einen unschätzbaren Vorteil verleihen. Es ist praktisch unmöglich, Kenobi zu überrumpeln.

DATENBLATT

- ◆ Die Quartiermeister des Jedi-Tempels statten Obi-Wan mit Feldausrüstung wie diesem Scannermonitor aus.
- ◆ Obi-Wan konzentrierte sich nach dem Tod von Qui-Gon Jinn auf das Form-III-Lichtschwerttraining.

Kenobi hat sich auf den Form-III-Lichtschwertkampf spezialisiert, der den defensiven Schutz maximiert. Vor Jahren entwickelt, als die Jedi-Feinde immer häufiger Blasterwaffen einsetzten, begann die Form III als Highspeed-Laserstrahldeflektionstraining. Im Lauf der Jahrhunderte wurde sie zu einem Ausdruck der nicht-aggressiven Jedi-Philosophie verfeinert.

Bei der Steuerung eines Delta-7-Sternjägers während seiner Feldmission verlässt sich Obi-Wan auf einen eingebauten Astromechdroiden R4-P17, der eigenständig die Schiffssysteme kontrolliert.

Nach seiner Gefangennahme auf Geonosis steht Obi-Wan dem verräterischen Count Dooku gegenüber, der einst Qui-Gon Jinn ausbildete. Der Count lockt Obi-Wan mit einer Machtposition im Kader der Separatisten, aber Obi-Wans Loyalität zum Gesetz ist unerschütterlich.

Feldagent

Obi-Wan, in einer Vielzahl von Fertigkeiten ausgebildet, die von Diplomatie über Psychologie bis hin zu Militärstrategie und Nahkampf reichen, muss bei seinen Feldeinsätzen mit allem rechnen. Auf Kamino münden seine Ermittlungen in einen explosiven Konflikt, als Kopfgeldjäger Jango Fett bei seiner Verhaftung Widerstand leistet. Der gepanzerte und bewaffnete Fett ist ein Profi und der Beste auf seinem Gebiet, aber er kann Obi-Wan nicht bezwingen. Fett bleibt nur, sein Heil in der Flucht zu suchen – mit einem leistungsstarken Peilsender, der an seinem Schiff befestigt ist.

PEILSENDER

Sterntracker

Bei der Verfolgung Jango Fetts durch die Galaxis wird Obi-Wan in ein Weltraumduell mit Fett und dessen tödlichem Raumschiff *Slave 1* verwickelt. Der Jedi stellt seine Fähigkeiten als Pilotenass und Taktiker unter Beweis und opfert seine Ersatzteile bei dem Versuch, Fett durch angebliche Explosionstrümmer abzuschütteln. Hoch im Orbit spürt dann Obi-Wans supermoderne Sternjäger-Sensorphalanx Fett auf der unheimlichen Planetenoberfläche von Geonosis auf.

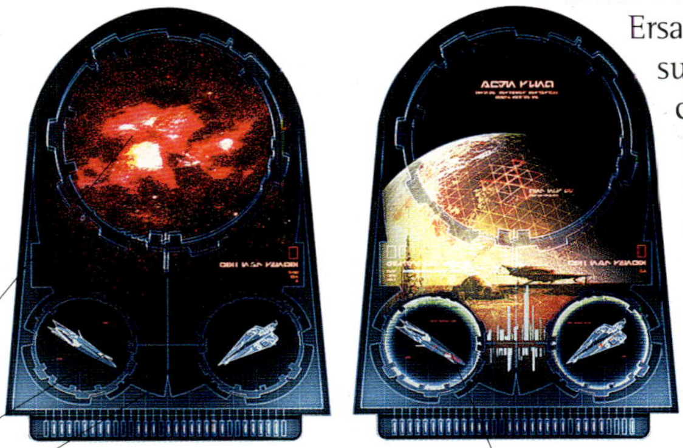

STERNJÄGERDISPLAYS

Im Kampf mit Dooku übt sich Obi-Wan klugerweise in Zurückhaltung, während sein Schüler frontal angreift. Obi-Wan, ein Jedi mit einem mächtigen inneren Zentrum, muss dennoch feststellen, dass er auf die Spezialtechniken des Counts nicht vorbereitet ist. Gegen Obi-Wans Form-III-Technik setzt jener die uralte und elegante Präzision des Form-II-Lichtschwertkampfes.

Anakin Skywalker

DER 20-JÄHRIGE JEDI-PADAWAN ANAKIN SKYWALKER ist mit außergewöhnlichen Macht-Kräften und Pilotenfähigkeiten gesegnet. Seine Talente lassen ihn ungeduldig auf Jedi-Traditionen reagieren, die ihn zu bremsen scheinen, und oft kritisiert er seinen besonneneren Meister Obi-Wan Kenobi. Da er mit zehn Jahren in den Orden aufgenommen wurde, viel später, als die Vorschriften es erlauben, war Anakins emotionale Verbundenheit mit seiner Mutter schon stark entwickelt. Im Gegensatz zu anderen Jedi hatte er so mit dem Schmerz dieser Trennung zu kämpfen. Der Jedi-Rat hält Anakin für den prophezeiten Einen, der die Macht ins Gleichgewicht bringen kann. Doch in einer zunehmend aus dem Gleichgewicht geratenen Welt muss der junge Mann größte Herausforderungen bestehen, um die gefährliche Macht zu meistern, die er selbst ist.

Anakin ist begabt, aber noch nicht professionell, da er seinen Meister vor Senatorin Amidala kritisiert. Auch überschreitet er sein und Obi-Wans Mandat, Padmé zu beschützen, als er herausfinden will, wer hinter ihr her ist.

WERZEUGGÜRTEL

LICHTSCHWERT

Die meisten Padawane bauen ihre Lichtschwerter so, dass sie, als Geste des Respekts, an die ihrer Meister erinnern. Anakin hat sein Lichtschwert in einem tranceartigen Zustand konstruiert, was zu einer Waffe führte, die Wert auf maximale Stärke legt.

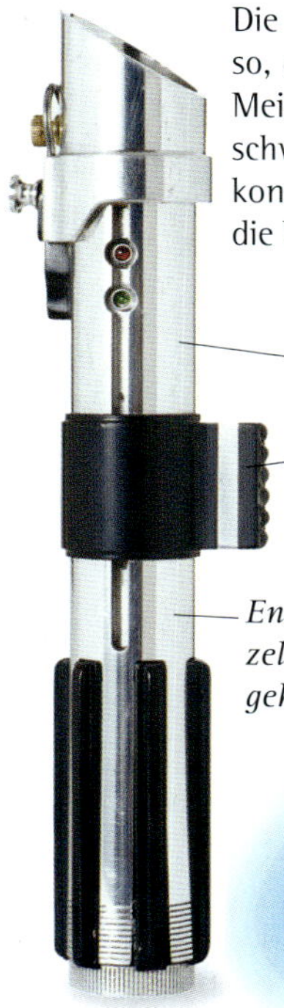

Dunkler Ritter

Die Tuniken, Roben und Mäntel der Jedi sind Teil gepflegter Traditionen, aber keine Uniformen. Wenn die Jedi Padawane werden, können sie sich nach Belieben kleiden. Farbe und Stoff von Anakins Gewändern brechen mit der Konvention. Seine unverwechselbare dunkle Kleidung lässt ihn im Jedi-Tempel auffallen und erregt die Besorgnis der Ältesten.

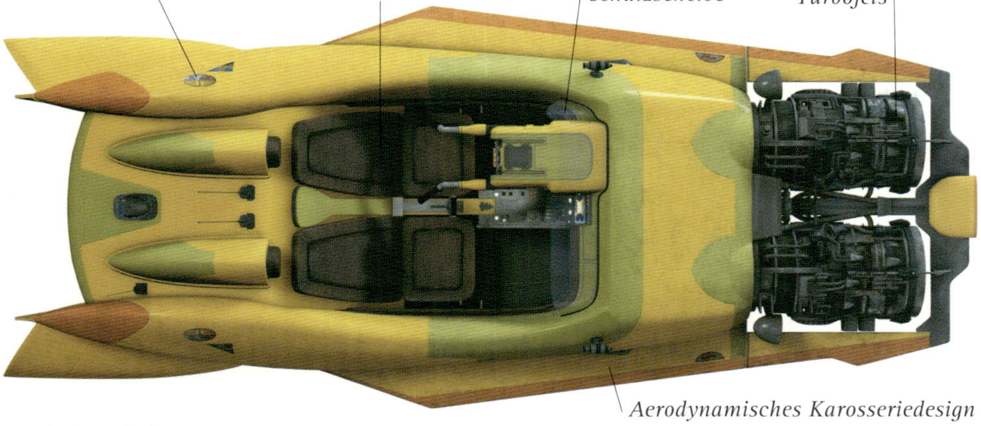

Luftgleiter

Anakin ist der wahrscheinlich beste Pilot, der je im Jedi-Tempel ausgebildet wurde. Als er bei der Verfolgung eines Attentäters auf Coruscant einen Luftgleiter steuert, wächst er über sich hinaus. Anakin verstößt gegen die Jedi-Geschwindigkeitsvorschriften und -Risikoregeln, die andere Fahrzeuge schützen sollen, aber nicht einen derart begabten Piloten berücksichtigen. Derlei Eskapaden bringen ihm die Bemerkung von Obi-Wan ein: »Warum habe ich das Gefühl, dass du mein Tod sein wirst?«

Verbotene Gefühle

Nur 20 Jedi haben je den Orden verlassen, und auch Anakin steht gefährlich nah vor einer solchen Entscheidung. Als er den Auftrag erhält, die Frau zu beschützen, die er seit seiner Kindheit vergöttert, ist er zwischen Liebe und Pflicht hin- und hergerissen. Die Jedi-Disziplin scheint ihm dabei nicht zu helfen, und seine Loyalität kommt auf den Prüfstand: Wird er darauf bestehen, den Vorschriften des Jedi-Ordens nicht unterworfen zu sein?

Auf Coruscant vermutet Anakin, dass Padmé Gefühle für ihn hat. Auf Naboo, wo sich Anakins Charme voll entfaltet, wird dies klar – aber die inhärente Gefahr ihrer Leidenschaft ängstigt die Senatorin und den Jedi.

Als Anakin spürt, dass seiner Mutter schreckliches Leid widerfährt, begleitet Padmé ihn nach Tatooine, um sie zu suchen. Nachdem es Anakin nicht gelingt, Shmi rechtzeitig zu retten, muss Padmé den Zorn, den Groll und die Verzweiflung des Padawan lindern.

Anakin glaubt, dass seine mangelnde Entschlossenheit und Stärke die Rettung seiner Mutter verhindert und ihm so viel Schmerz bereitet haben. Am Grab von Shmi, das mit einem schwarzen Stein markiert ist, schwört er im Stillen, seine Kraft zu mehren, bis niemand seiner Macht widerstehen kann.

DATENBLATT

- Anakin hat mit dem Studium der Lichtschwert-Form IV begonnen, die für ihre Macht bekannt ist.
- Der Schmerz der Leben aussaugenden Macht-Blitze ist eine Erfahrung des Bösen, die Anakin nie vergessen wird.

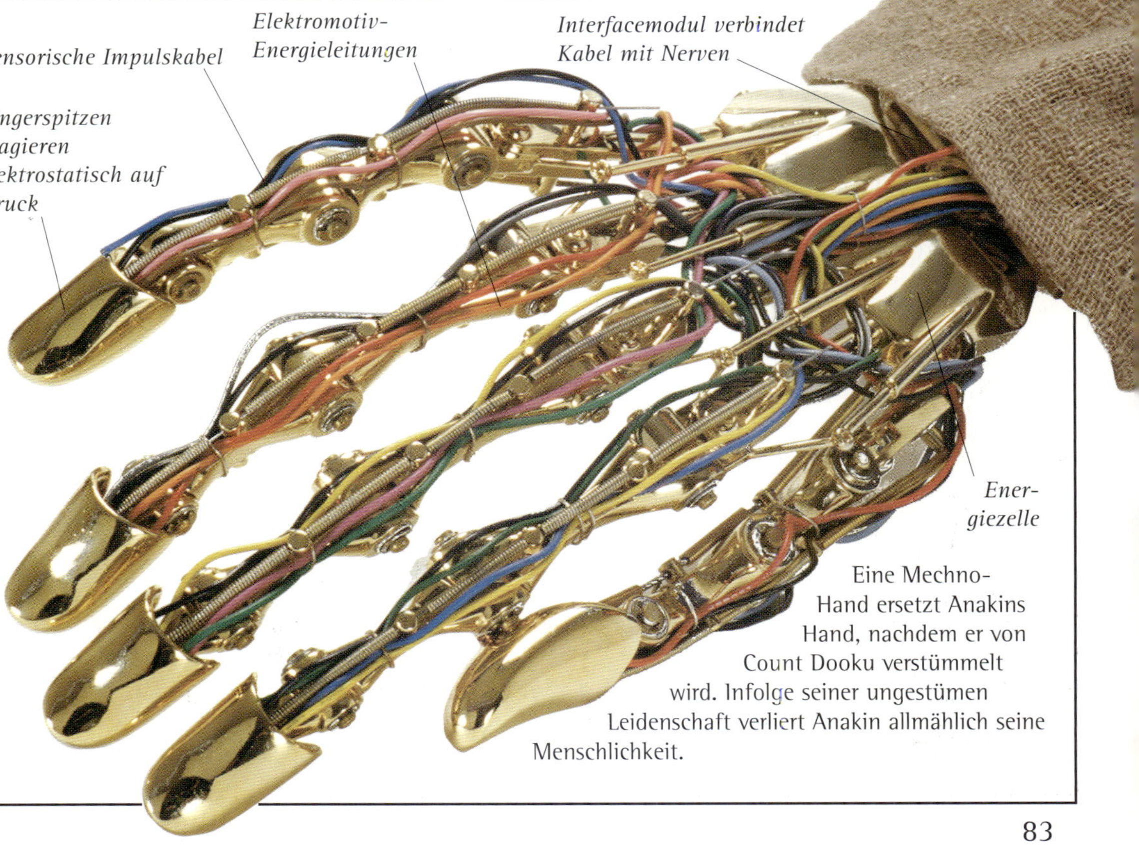

Eine Mechno-Hand ersetzt Anakins Hand, nachdem er von Count Dooku verstümmelt wird. Infolge seiner ungestümen Leidenschaft verliert Anakin allmählich seine Menschlichkeit.

Zam Wesell

ASN-121 ATTENTÄTERDROIDE

ALS CLAWDITISCHE FORMWANDLERIN kann Zam Wesell ihr Aussehen verändern, um eine Vielzahl von humanoiden Gestalten nachzuahmen, was ihr als Auftragsattentäterin einen besonderen Vorteil verschafft. Zam erlernte ihr Gewerbe auf Denon, einer Metropole, die als galaktisches Geschäftszentrum nur von Coruscant übertroffen wird. In der hochriskanten Welt der Industriespionage stieg Zam vom Sergeant eines Konzernsicherheitsdienstes zur Managerleibwächterin auf, bevor sie – weitaus gewinnbringender – als Kontraktexekutorin und Kopfgeldjägerin arbeitete.

In den letzten Jahren hat Zam hin und wieder mit dem berüchtigten Kopfgeldjäger Jango Fett zusammengearbeitet. Zam weiß, dass diese Gelegenheit ihre Reputation stärken und ihr erlauben wird, als Meisterin auf ihrem Gebiet nach Denon zurückzukehren. Ihr dritter gemeinsamer Auftrag führt sie nach Coruscant, wo Jango sie mit der Aufgabe betraut, eine prominente Senatorin zu töten.

Kopfgeldjägerin

Als Einzelgängerin mit wenigen engen Partnern ist Zam Wesell eine typische Kopfgeldjägerin. Sie agiert in einer Grauzone, die sich auf beide Seiten des Gesetzes erstreckt. Arrogant und überaus fähig, aber unterfordert in ihrer Arbeit als Leibwächterin und Sicherheitsbedienstete, sieht Zam in der Kopfgeldjagd ein geeigneteres Ventil für ihre Talente.

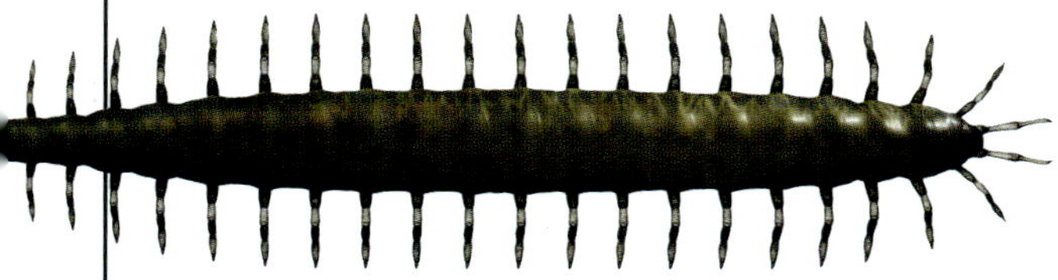

KOUHUNS
Zam setzt beim Anschlag auf die Senatorin zwei tödliche Kouhuns ein. Kleine, stumme Arthropoden wie die Kouhuns von Indoumodo können selbst massive Sicherheitsmaßnahmen überwinden. Im Gegensatz zu Projektilen oder Energiewaffen sind sie praktisch nicht zu ihren Urhebern zurückzuverfolgen. Kouhuns werden zuvor ausgehungert, sodass sie sofort warmblütige Lebensformen angreifen, wenn sie freigesetzt werden und ihr Opfer mit einem schnell wirkenden Nervengift töten.

UMHANGVERSCHLUSS

Zams Disziplin entstammt den Lehren der Mabari, eines uralten Orden von Kriegerrittern auf ihrer Heimatwelt. Sie trägt Mabari-Aufschriften und stilisierte Embleme, darunter einen Umhangverschluss, der ein uraltes Mabari-Artefakt ist.

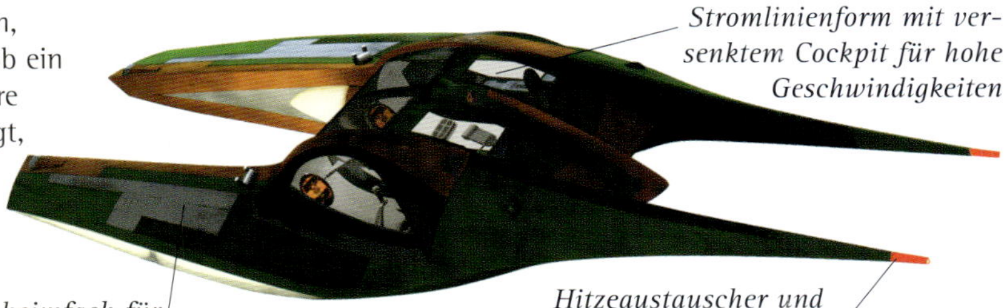

Um nicht aufgespürt zu werden, stiehlt Zam Wesell für jeden Job ein neues Fahrzeug, doch wenn ihre Sicherheit von Leistung abhängt, benutzt sie ihren eigenen Luftgleiter.

Zam bevorzugt für Angriff und Verteidigung ihre KYD-21-Blasterpistole, obwohl Jango ihr beigebracht hat, dass Projektilwaffen nützlich sein können, um unsichtbar im Dunkeln zu agieren.

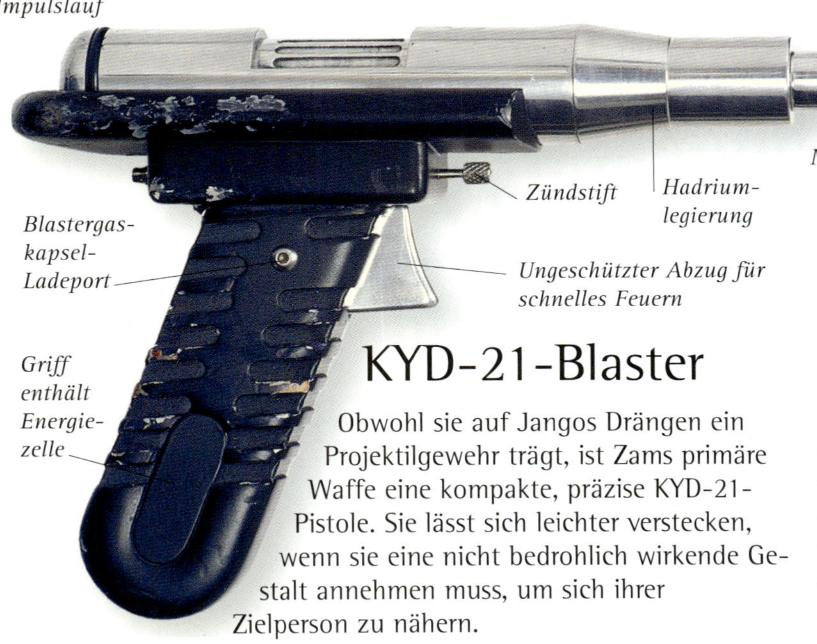

KYD-21-Blaster

Obwohl sie auf Jangos Drängen ein Projektilgewehr trägt, ist Zams primäre Waffe eine kompakte, präzise KYD-21-Pistole. Sie lässt sich leichter verstecken, wenn sie eine nicht bedrohlich wirkende Gestalt annehmen muss, um sich ihrer Zielperson zu nähern.

Beim intensiven Jedi-Psychoverhör beginnt Zam ihren Auftraggeber zu verraten ... bis sie von einem Attentäter zum Schweigen gebracht wird.

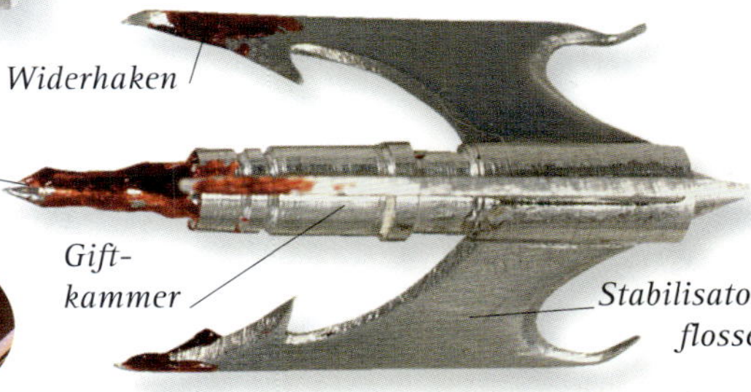

SCHWERTPFEIL

Zam will keine Spuren hinterlassen und lehnt Projektilwaffen ab. Ein Schwertpfeil, wie ihn Jango benutzen würde, mag lautlos und überaus tödlich sein, könnte aber zu seinem Urheber zurückverfolgt werden.

Clawditische Formwandler oder »Wechselbälger« entstanden auf einer Welt mit kriegerischen humanoiden Subspezies. Formwandler entwickelten die Fähigkeit, das Aussehen anderer Spezies nachzuahmen, um sich zu tarnen und zu überleben. Wenn ein Wechselbalg stirbt, stirbt seine Formwandelbegabung mit ihm, und er nimmt wieder seine clawditische Gestalt an.

PROJEKTILGEWEHR

Hohe Risiken

Als Zam einen riskanten Auftrag von Jango Fett annimmt, weiß sie, dass sie möglicherweise nur benutzt wird. Doch dies sind nun einmal die Risiken im hochgefährlichen Geschäft mit dem Tod, und Zam ist bereit, sie einzugehen ... Doch sie wird herausfinden, dass sie nicht gerüstet ist, zwei Jedi zu bezwingen.

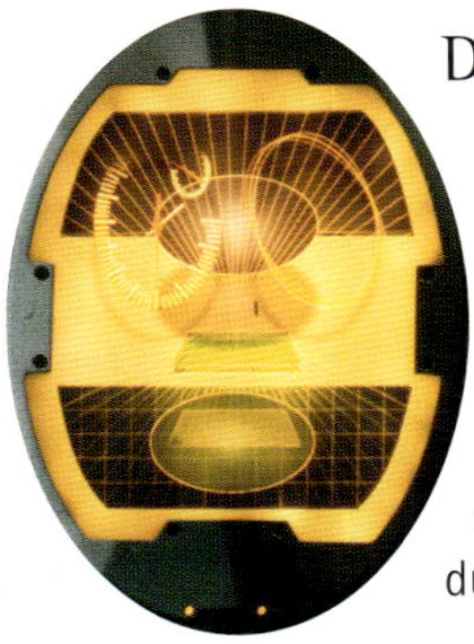

DATENBLATT

- Formwandeln kostet Kraft, und nur durch lange Übung hat Zam gelernt, in einer Mimikgestalt zu schlafen.
- Obwohl Formwandler am effektivsten nur eine begrenzte Anzahl von oft imitierten Gestalten annehmen können, können sie ihre Fähigkeiten durch medizinische Hilfe steigern.

Coruscants untere Ebenen

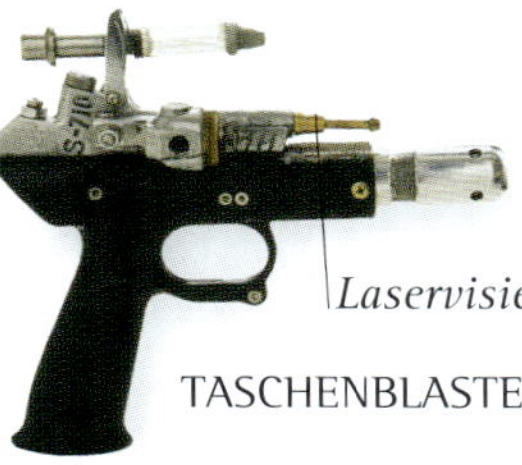

TASCHENBLASTER

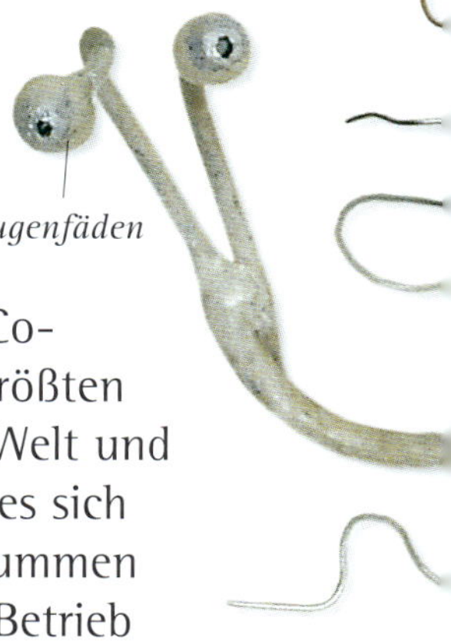

DIE HUNDERTE VON STOCKWERKEN unter den Wolkenkratzertürmen liegenden urbanen Canyongeschosse Coruscants sehen nie das Tageslicht. Die unteren Ebenen der größten Stadt der Galaxis sind eine durch Kunstlicht erhellte eigene Welt und für viele der planetaren Bürger der einzige Ort, an dem sie es sich leisten können zu leben. Begleitet vom permanenten Brummen der Maschinen, die für die Elite an der Oberfläche in Betrieb sind, wimmelt es hier von Ausbeutern, Ganoven und unheimlichem Ungeziefer. Coruscants Unterwelt stärkt die Starken und frisst die Schwachen.

Trotz ihres Aussehens sind viele der Gebäude in Coruscants unteren Ebenen jahrhundertealt. Droidencrews warten manche Sektionen perfekt, wohingegen andere Teile dem Verfall überlassen sind.

Jenseits des Gesetzes

Die untere Ebenen beherbergen eine größere Bevölkerung als mancher Sternsektor, und Millionen müssen ohne den Schutz von Coruscants Sicherheitskräften auskommen. Manche Viertel sind der Gnade angeheuerter Ganoven und Erpresser ausgeliefert. Aber die härtesten Gesichter gehören nicht selten den Mitgliedern der Bürgerwehren, die sich entschlossen haben, die Leute ihrer Nachbarschaft vor Verbrechern und Plünderern zu schützen.

Die Coruscanti der unteren Ebenen stammen aus allen Teilen der Galaxis. Viele Einwanderer treffen mit nur wenigen Habseligkeiten ein und sind kaum auf die Herausforderungen vorbereitet, die sich ihnen stellen.

DATENBLATT

- Die Außenweltentsorgung von Müll ist teuer, sodass ein großer Teil des Abfalls zu Blöcken gepresst und nach unten transportiert wird, um die tiefsten Bereiche der unteren Ebenen aufzufüllen.
- Die einzige effektive Maßnahme gegen einen Befall von Steinmilbentrionten ist ein Oxidierschaum, der sie zu Tode rostet.

Kabelwurm

Kabelwürmer befallen Millionen Kilometer elektrischer Leitungen auf Coruscant. Diese Lebensform ernährt sich von den schwachen elektrischen Feldern, die Energiekabel umgeben. Kabelwürmer haben keinen Kopf, Schwanz oder Rumpf, breiten sich durch Energiesysteme aus und lassen bei Bedarf Körperteile wachsen. Die Coruscanti der unteren Ebenen fürchten sie, da Kabelwürmer dafür bekannt sind, aus Versorgungsschächten zu kriechen, wenn sie durch die elektrische Aktivität in menschlichen Gehirnen angelockt werden. Wer einmal von den Fühlern eines Kabelwurms im Ohr geweckt wurde, möchte den Planeten so schnell wie möglich verlassen.

Steinmilbe

Steinmilben sind eine Geißel der Städte und Raumschiffe und bohren sich mit ihren Beißwerkzeugen und ihrem Säurespeichel in Metallplatten. Komplexe elektrolytische Reaktionen versorgen ihren Metabolismus und härten ihr Exoskelett. Es wird vermutet, dass es sich bei ihnen um die Produkte militärischer Genexperimente handelt. Drei einzelne Steinmilben verbinden sich zu einem symbiotischen Trionten und bilden aus ihren Ausscheidungen eine gemeinsame Kugelschale.

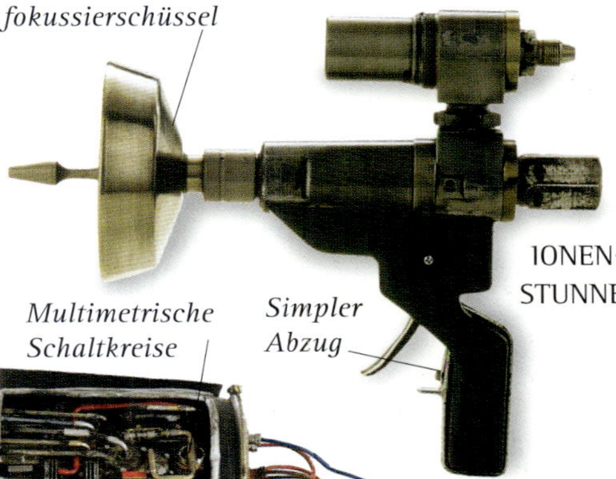

IONEN-STUNNER

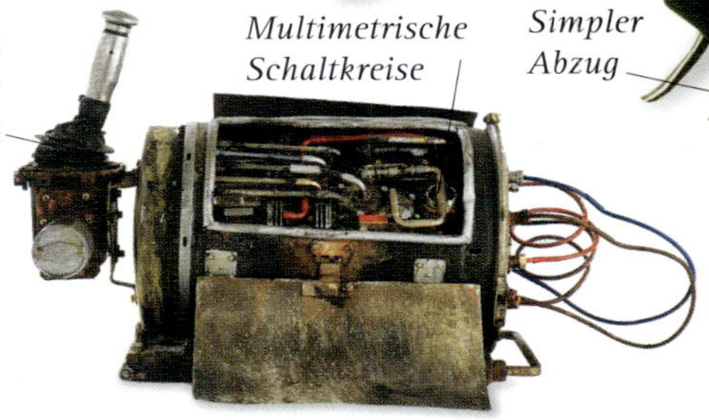

KAMMERJÄGER-TORNISTER

UNTERWELTAUSRÜSTUNG
Die dunklen Gänge und schlitzähnlichen Kanäle der Unterwelt beherbergen Diebe und Kriminelle. Die Klugen schützen sich mit allen Waffen und Verteidigungsgeräten, die sie sich leisten, bauen, erbeuten oder stehlen können.

Duracretschnecke

Ungeziefer aus jedem Winkel der Galaxis verseucht die Unterwelt. Duracretschnecken gelangen mit Frachtern zur Weltstadt, wo sie sich von dem künstlichen Stein der Gebäudefundamente ernähren, sich tief eingraben und die Struktur schädigen. Normalerweise erreichen sie eine Länge von fünf Metern, aber manche Exemplare in Coruscants Unterwelt bringen es auf eine stattliche Größe von über zehn Metern.

Outlander Nightclub

VOR DEM SPEKTAKULÄREN HINTERGRUND der größten Stadt der Galaxis bietet das Outlander ein Ambiente für eine Vielzahl von Zwecken. Während einige Gäste die Bar nur betreten, um eine gute Zeit zu verbringen, sind die meisten hier auf der Suche nach etwas: einem Partner, einem Geschäft oder jemandem, den sie betrügen können. Unter die Möchtegern-Glitterati mischen sich Hochstapler und Kleinganoven auf der Jagd nach leichtgläubigen Opfern. Für alle von ihnen ist der Club ein Ort, der den Rest der Welt vergessen lässt. Für eine Attentäterin ist das Outlander eine potenzielle Zufluchtstätte – falls Zam den sie verfolgenden Jedi in der Menge irgendwie abschütteln kann.

Obi-Wan und Anakin gehen als Team vor, als sie Zam in das Outlander verfolgen. Anakin mischt sich unter die Gäste, um die Zielperson aufzuspüren, während Obi-Wan darauf wartet, dass Wesell den ersten Schritt macht.

Die richtige Mischung

Was für die eine Spezies ein guter Drink ist, mag für den nächsten Gast tödliches Gift bedeuten. Um auf dem von Rechtsanwälten wimmelnden Planeten Coruscant eine Klage zu vermeiden, gehen die meisten kleinen Nachtclubs auf Nummer Sicher, indem sie Risiko minimierende, verwässerte Getränke servieren. Vertrauenswürdige Stammgäste bekommen einen viel besseren Service und weitaus interessantere Drinks.

Gäste

Das Outlander lockt eine größtenteils humanoide Kundschaft an. Pan-Spezies-Clubs sind nur für die wahrhaft Entschlossenen und Unerschrockenen geeignet, da Menschen dazu neigen, sich in Bars unwohl zu fühlen, die für an das Leben im seichten Wasser angepasste Pflanzenwesen gebaut sind – und umgekehrt.

Die Beschäftigung mit dem Thema Mode kann für die riesige Bevölkerung Coruscants extrem verwirrend sein, und nicht einmal die traditionelle Tunika eines Jedi fällt unter den Gästen des Outlander auf.

Slythmonger

Kleinganoven, die mit billigen, von unlizenzierten Pharmazeuten hergestellten Narkotika handeln, werden auf Coruscant Slythmonger genannt. Die Wahrscheinlichkeit ist groß, in jedem Club auf ein paar von ihnen zu treffen. Slythmonger müssen darauf vorbereitet sein, blitzschnell zu verschwinden, falls ihre Kunden unerwart auf die neuesten, angesagtesten Substanzen reagieren.

Cilonaextrakt-»Todesstäbchen« sind starke Narkotika, die die Lebensspanne um einen Zeitraum verkürzen, der mit jeder Dosis größer wird.

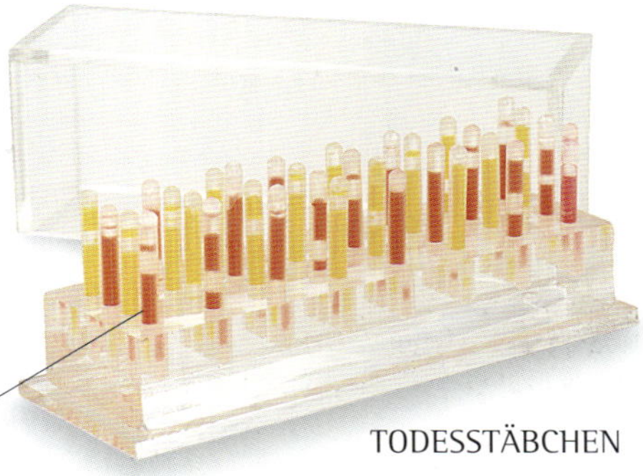

TODESSTÄBCHEN

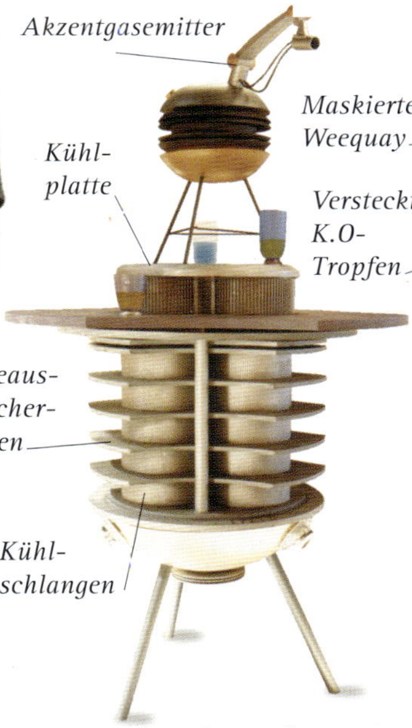

GETRÄNKEKÜHLER

Im Nachtclub mischen sich Betrüger unter die Menge. Zu den Schurken dieser Nacht gehören zwei professionelle, als Straßenkünstler verkleidete Kidnapper und der wenig überzeugende »Lieutenant« Faytonni in einer gestohlenen Militäruniform.

DATENBLATT

◆ Wenn Clubbesitzer die Tanks der Getränkesynthesizer mit illegalen Zutaten wie Desinfektionsmittel oder Hydraulikflüssigkeit würzen, entstehen »einzigartige« Kreationen, die eine Menge neuer Kunden – oder eine Flut von Klagen zur Folge haben können.

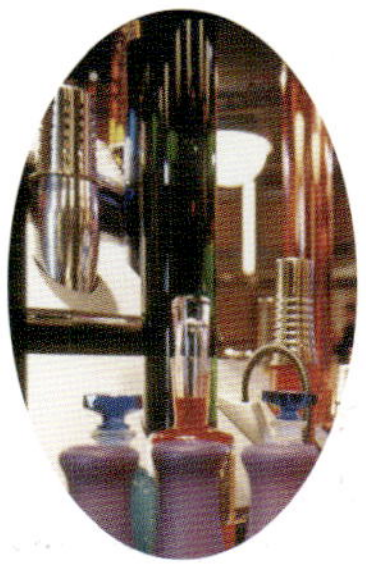

Dexter's Diner

NACHDEM DIE KOPFGELDJÄGERIN Zam Wesell von einem mysteriösen giftigen Schwertpfeil getötet wird, macht sich Obi-Wan Kenobi auf die Suche nach einem vierarmigen Besalisken namens Dexter Jettster. In Dexters bescheidenem Lokal werden nicht nur herzhafte Speisen serviert – bevorzugte Gäste können wertvolle Informationen erhalten. Der barsche, aber gutmütige Jettster hat eine turbulente Vergangenheit als Mitarbeiter in Ölfördercrews, die in der gesamten Galaxis Probebohrungen durchgeführt haben. Er verbrachte viele Jahre auf Bohrinseln, war Barkeeper, Koch, Schläger, Schmuggler und Waffenschieber, der unzufriedene Eingeborene belieferte. Auf Coruscant hat Dexter mit seinem Lokal einen Neuanfang gewagt und genießt sein regelmäßiges und einfaches Auskommen.

In der endlosen Metropole Coruscant, der »Welt der Welten«, kann man fast alles finden, wenn man weiß, wo man suchen muss. Weitab von den angesagten Fressmeilen, in einem Geschäfts- und Industrieviertel, befindet sich ein kleines Lokal namens Dexter's Diner.

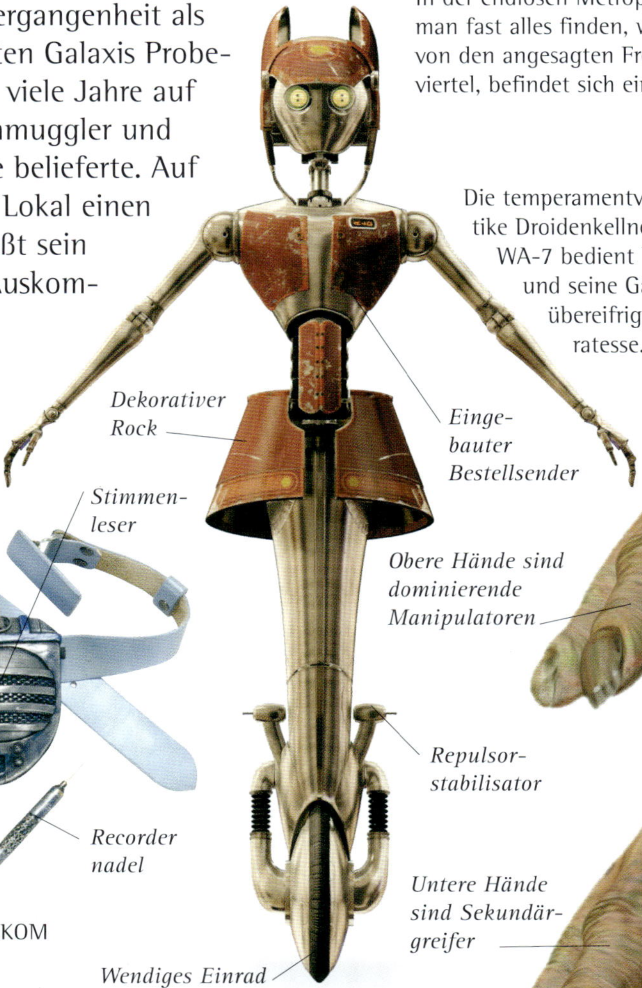

Die temperamentvolle antike Droidenkellnerin WA-7 bedient Dexter und seine Gäste mit übereifriger Akkuratesse.

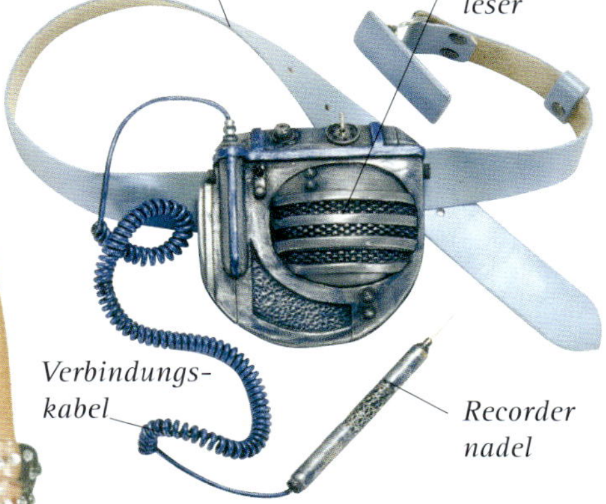

BESTELLKOM

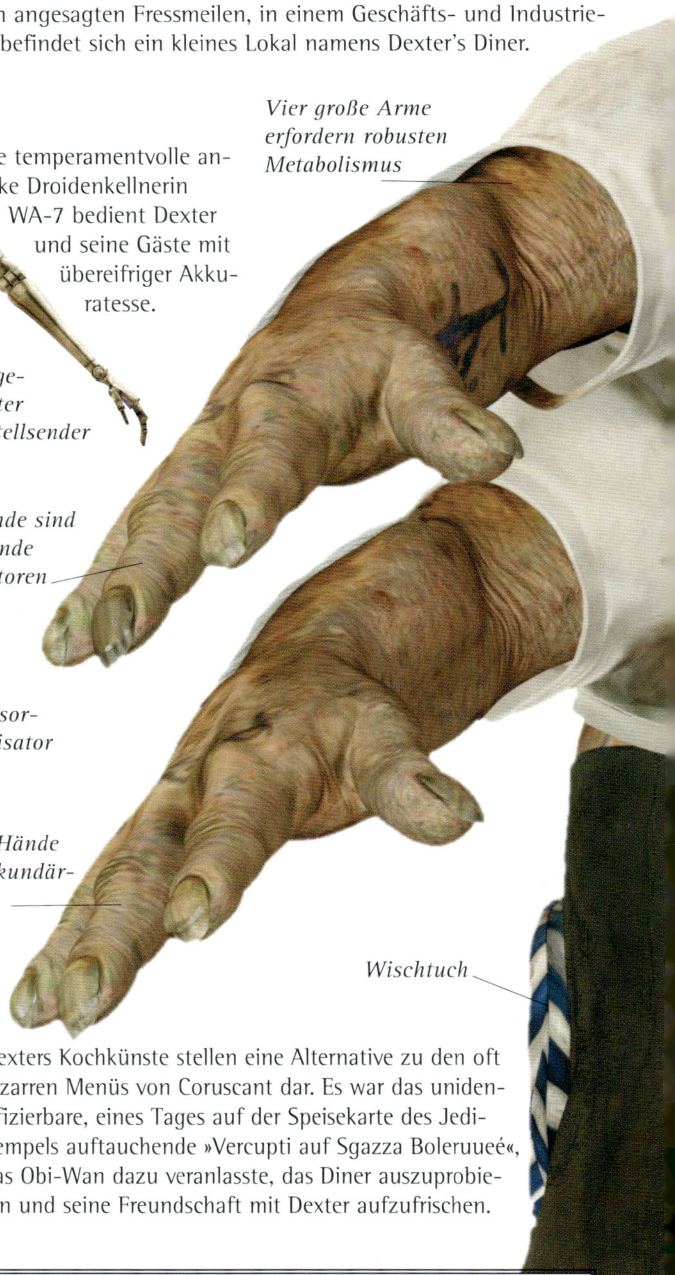

Dexters Kochkünste stellen eine Alternative zu den oft bizarren Menüs von Coruscant dar. Es war das unidentifizierbare, eines Tages auf der Speisekarte des Jedi-Tempels auftauchende »Vercupti auf Sgazza Boleruueé«, das Obi-Wan dazu veranlasste, das Diner auszuprobieren und seine Freundschaft mit Dexter aufzufrischen.

Hermione Bagwa

Dexters Kellnerin Hermione Bagwa kämpft mit WA-7 um die Herrschaft über den Speiseraum. bbeide sind davon überzeugt, hier das Sagen zu haben. Hermione wuchs in den unteren Ebenen von Coruscant auf und schätzt sich sehr glücklich, jetzt auf der Oberfläche zu arbeiten.

DATENBLATT

◆ Die Stammgäste in Dexter's Diner diskutieren oft darüber, inwieweit die »Spezialrezepte« auf der Speisekarte von Dexters Erfahrungen mit Bohrkühlmitteln und industriellen Schmierölen beeinflusst sind.

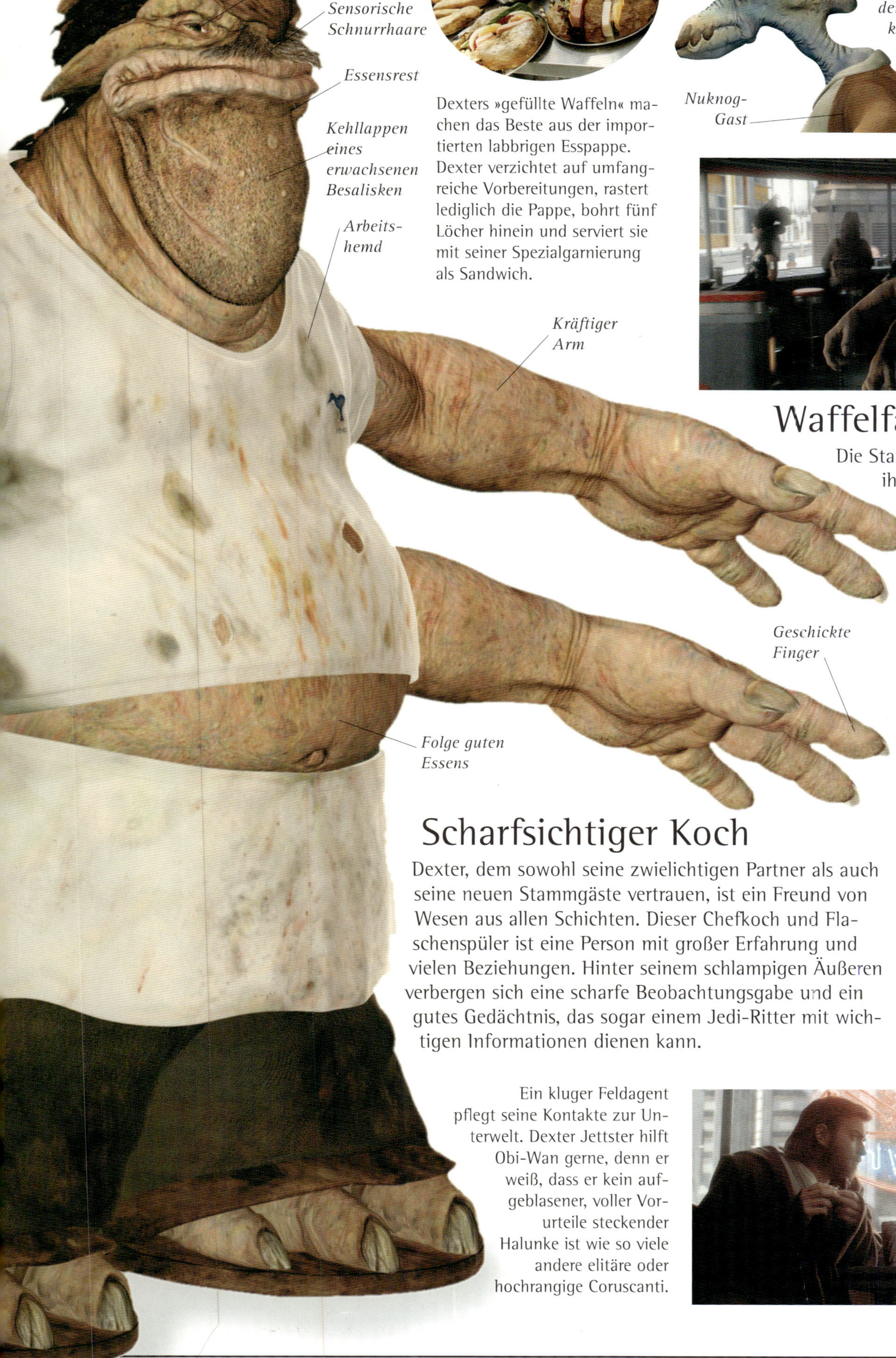

Dexters »gefüllte Waffeln« machen das Beste aus der importierten labbrigen Esspappe. Dexter verzichtet auf umfangreiche Vorbereitungen, rastert lediglich die Pappe, bohrt fünf Löcher hinein und serviert sie mit seiner Spezialgarnierung als Sandwich.

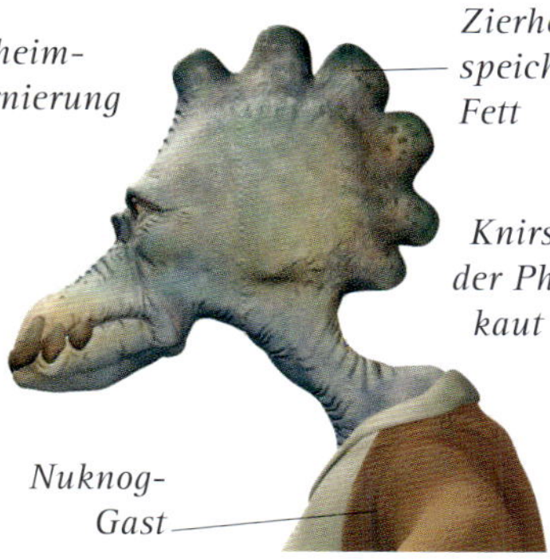

Waffelfans

Die Stammgäste des Diner reisen Lichtjahre weit, um ihren Hunger auf Dexters kleine, quadratische Waffeln zu stillen – oft schlucken sie vorher heimlich ein mildes, rosafarbenes Gegengift, um Magenverstimmungen vorzubeugen. Gelegentlich wurde Dexter beschuldigt, der Waffelgarnierung Sucht erzeugende Drogen hinzuzufügen . . . aber das ist natürlich nur eine Verleumdung.

Unter Coruscants Millionen einförmigen Speiselokalen besticht Dexter's Diner durch ein angenehmes und gemütliches Ambiente, das an die traditionellen Restaurants aus den goldenen Tagen der Galaktischen Republik erinnert.

Scharfsichtiger Koch

Dexter, dem sowohl seine zwielichtigen Partner als auch seine neuen Stammgäste vertrauen, ist ein Freund von Wesen aus allen Schichten. Dieser Chefkoch und Flaschenspüler ist eine Person mit großer Erfahrung und vielen Beziehungen. Hinter seinem schlampigen Äußeren verbergen sich eine scharfe Beobachtungsgabe und ein gutes Gedächtnis, das sogar einem Jedi-Ritter mit wichtigen Informationen dienen kann.

Ein kluger Feldagent pflegt seine Kontakte zur Unterwelt. Dexter Jettster hilft Obi-Wan gerne, denn er weiß, dass er kein aufgeblasener, voller Vorurteile steckender Halunke ist wie so viele andere elitäre oder hochrangige Coruscanti.

Jedi-Tempel

SEIT JAHRTAUSENDEN hat der Jedi-Tempel auf Coruscant den Jedi-Rittern, den Verteidigern des Rechts in der ganzen Galaxis, als Trainingsgelände und Heimatbasis gedient. Hier lernen die Schüler den Umgang mit der Macht, einem mystischen Energiefeld, das von allen Lebewesen erzeugt wird. Hunderte von Individuen, die nicht zum Orden gehören, unterstützen die Jedi in allen Dingen wie Operationsmanagement oder technischen Analysen. Die Galaxis ist so groß, dass eine vollständige polizeiliche Überwachung unmöglich ist; deshalb durchstreifen die meisten Jedi die ihnen zugewiesenen Regionen auf »Reisemissionen«, um dem Gesetz Geltung zu verschaffen. Die im Tempel stationierten Jedi werden mit Spezialaufträgen betraut.

Der Jedi-Tempel auf Coruscant nimmt heiligen Boden ein, der von den noblen, tausende von Jahren ins ferne Altertum zurückreichenden Taten der Jedi geweiht wurde.

Die Jedi lehnen den Materialismus wie alle anderen Ideologien ab, die ihr Urteilsvermögen trüben könnten. Yodas jahrelange treue Dienste haben ihm Macht und Einfluss verschafft, doch er empfängt seine Kollegen in einer schlichten Zelle.

Aktive Jedi

Die Jedi beginnen ihr lebenslanges Training, wenn sie als begabte Kinder erkannt werden. Um Diplomatenkrieger zu werden, akzeptieren sie ein Leben der totalen Hingabe und Selbstaufopferung. Als Initiierte trainieren sie zusammen, bis sie als Padawane oder Lehrlinge angenommen werden. Sie müssen dann Prüfungen bestehen, um Jedi-Ritter zu werden, denen es wiederum gestattet ist, einen Lehrling anzunehmen und sich den Titel eines Meisters zu verdienen.

Shaak Ti

Die Jedi stammen aus jedem Winkel der Galaxis. Jedi-Meisterin Shaak Ti ist eine Togruta, eine Spezies, die in kleinen Stämmen auf dem Planeten Shili lebt, wo die verstörende Färbung ihrer langen Lekku (Kopfschwänze) entwickelt wurde, um Raubtiere zu verwirren. Im Gegensatz zu den meisten anderen ihrer Art ist Shaak Ti ein extrem unabhängiger Geist.

Yoda

DER WEISE YODA ist das einzige Mitglied des Hohen Rates, das die aktuelle Gefahr der Jedi-Selbstzufriedenheit erkennt. Er ahnt, dass in diesen unruhigen Zeiten die größte Herausforderung möglicherweise aus dem System selbst kommt. Trotz seines fortgeschrittenen Alters, seines hervorragenden Rufes und seiner Verantwortungen bildet Yoda noch immer neue junge Initiierte aus. Seinen Schülern bringt er bei, nichts als gegeben anzusehen und ihren Geist für alle Möglichkeiten offenzuhalten, um so nicht zum Opfer eines übersteigerten Selbstvertrauens zu werden.

Obi-Wan Kenobi ist Yoda seit dem Tod seines Meisters Qui-Gon Jinn sehr nahe gekommen. Als Obi-Wan bei seinem neuen Auftrag auf Schwierigkeiten stößt, zögert er nicht, sich an seinen weisen Freund und Kollegen zu wenden, der wiederum die Gelegenheit als Übung für seine jungen Jedi-Initiierten nutzt.

Kurze Padawanfrisur

Jedi-Lehrlings-zopf

JEDI-INITIIERTE

Energieschwacher »Sicherheitsklinge«-Generator

TRAININGSLICHTSCHWERT

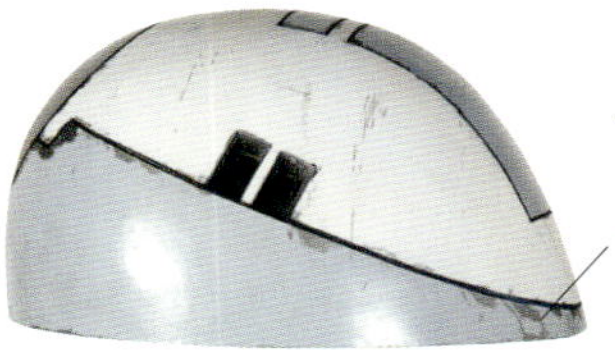

Justierbares, lichtundurchlässiges Visier

NOVIZENHELM
Junge Initiierte tragen Helme, die ihre Sicht blockieren und sie darauf trainieren, mehr der Macht denn ihren körperlichen Sinnen zu vertrauen.

Empfindliche Ohren stärken Yodas Gewohnheit, mehr zuzuhören als zu reden

Handbewegungen helfen, sich auf den mentalen Gebrauch der Macht zu konzentrieren

Schlichte Robe als ehrlicher Ausdruck der Bescheidenheit trotz großer Macht und Reputation

Verborgene Kräfte

Yodas Fähigkeiten in der Macht verleihen ihm erstaunliche Kräfte, Schnelligkeit und die Gabe der Levitation. Diese Spezialkräfte, kombiniert mit seinen Kampftaktikkenntnissen, erlauben es ihm, praktisch jeden Gegner zu bezwingen, obwohl es nur wenige Gelegenheiten gab, bei denen Yoda sein Lichtschwert im Kampf eingesetzt hat.

DATENBLATT

◆ Über 9.000 voll ausgebildete Jedi sind in der ganzen Galaxis verstreut, während im Tempel weitere 200 für Notfallmissionen bereitstehen.

◆ Yoda hat seine Heimatwelt nie enthüllt, und seine Spezies wird in der Galaxis nur selten gesehen.

Jedi-Archiv

SEIT DEN lange zurückliegenden ersten Tagen des Ordens ist umfassende Gelehrtheit stets lebenswichtig für die Jedi-Mission gewesen, die Erhaltung von Frieden und Gerechtigkeit in der ganzen Republik. Die große Bibliothek im Jedi-Tempel hütet das Wissen, das über Hunderte von Generationen hinweg von Millionen Individuen gesammelt wurde. Das Archiv ist das größte seiner Art in der Galaxis. Und es ist eine Quelle schier unendlicher Informationen über jeden Teil der Republik und ihre Abermilliarden Bewohner. Vor allem aber ist es ein unverzichtbares Hilfsmittel für die Jedi, ob sie nun als Diplomaten, Berater oder Kämpfer im Einsatz sind.

Die Haupthalle des Jedi-Archivs enthält die meisten Informationen in Form von Holobüchern, um einen Zugriff durch zu neugierige Außenstehende zu verhindern. Einige der Holobücher reichen viele tausend Jahre bis in die Frühzeit der Galaktischen Republik zurück.

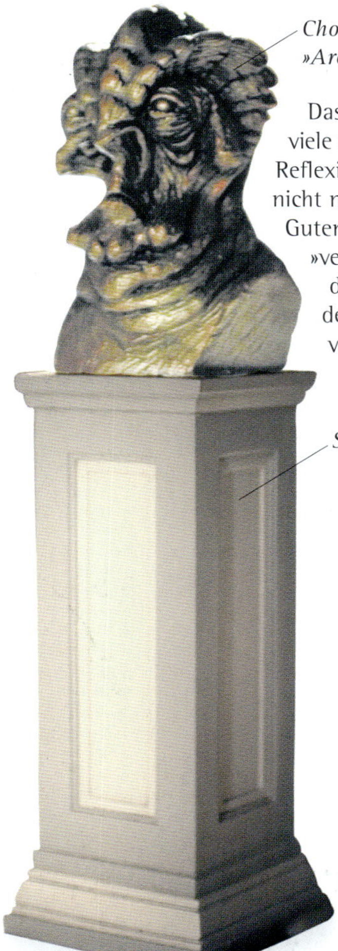

Das Archiv bietet viele Gelegenheiten zur Reflexion. Statuen ehren nicht nur die Großen und Guten, sondern auch die »verlorenen Zwanzig« - die einzigen Jedi, die den Orden freiwillig verlassen haben.

Jocasta Nu

Madame Jocasta Nu ist die Archivdirektorin und eine ehemalige aktive Jedi-Ritterin. Ihr erstaunliches Gedächtnis scheint es mit dem Archiv selbst aufzunehmen, in dem sie mehr ein Werkzeug als ein Dienstleistungsunternehmen sieht. Sie erwartet von den Jedi und ihrem Hilfspersonal, dass sie selbst ihre Nachforschungen anstellen. Allerdings macht ihr Stolz sie manchmal blind für die Begrenzungen des Archivs.

DATENBLATT

◆ Wissen ist seit Tausenden von Jahren die entscheidende Quelle der Macht der Jedi gewesen. Es gilt als eine der drei Säulen der Jedi-Stärke, zusammen mit der Macht und der Selbstdisziplin.

◆ Holobücher sind eine uralte, autonome Technologie, die nur geringe Mengen Energie benötigt. Sie sind einfach im Gebrauch und bieten den Benutzern viele Formen der Interaktion.

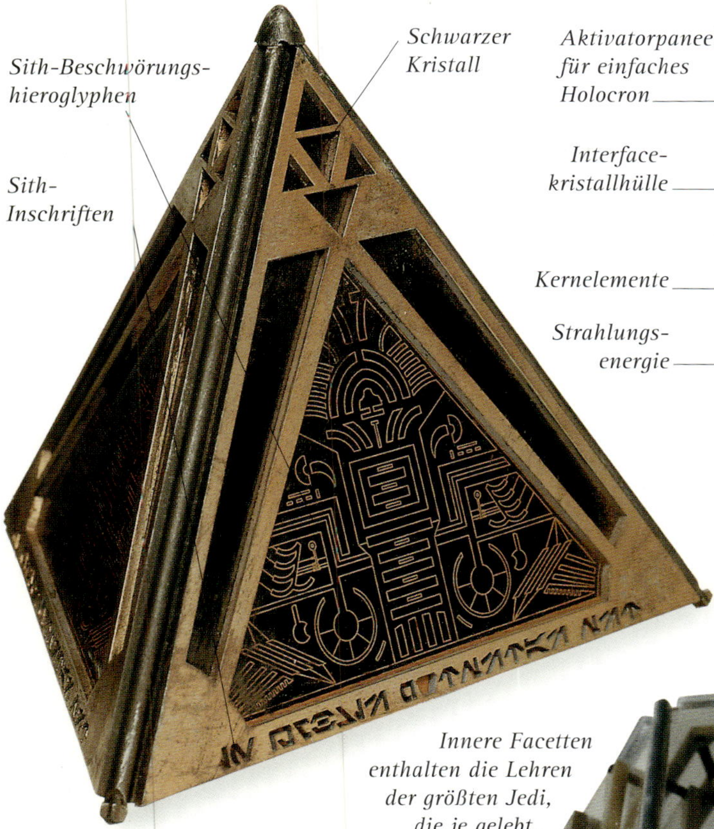

Geheime Quelle

Die größten Jedi-Geheimnisse sind tief in den Holocrons eingeschlossen, sicher vor jenen, die sie missbrauchen könnten. Wenn die Jedi ihre Fähigkeit im Umgang mit der Macht verbessern, können sie tiefer in den Holocrons mächtige Einsichten und Lehren finden.

Holobücher werden an Informatikstationen benutzt, die mit der Außenwelt verbunden sind, um neue Daten, die ständig aus der ganzen Galaxis eintreffen, zu organsieren und zu interpretieren.

Sith-Holocron

Der Archivtresor enthält die einzigen bekannten Sith-Holocrone, deren Existenz nur einer Handvoll Jedi auf höchster Ebene bekannt ist. Diese infernalischen Geräte enthalten Lehren des mächtigen Bösen, sind aber manchmal zurate gezogen worden, wenn Sith-Feinde die Jedi bedrohten.

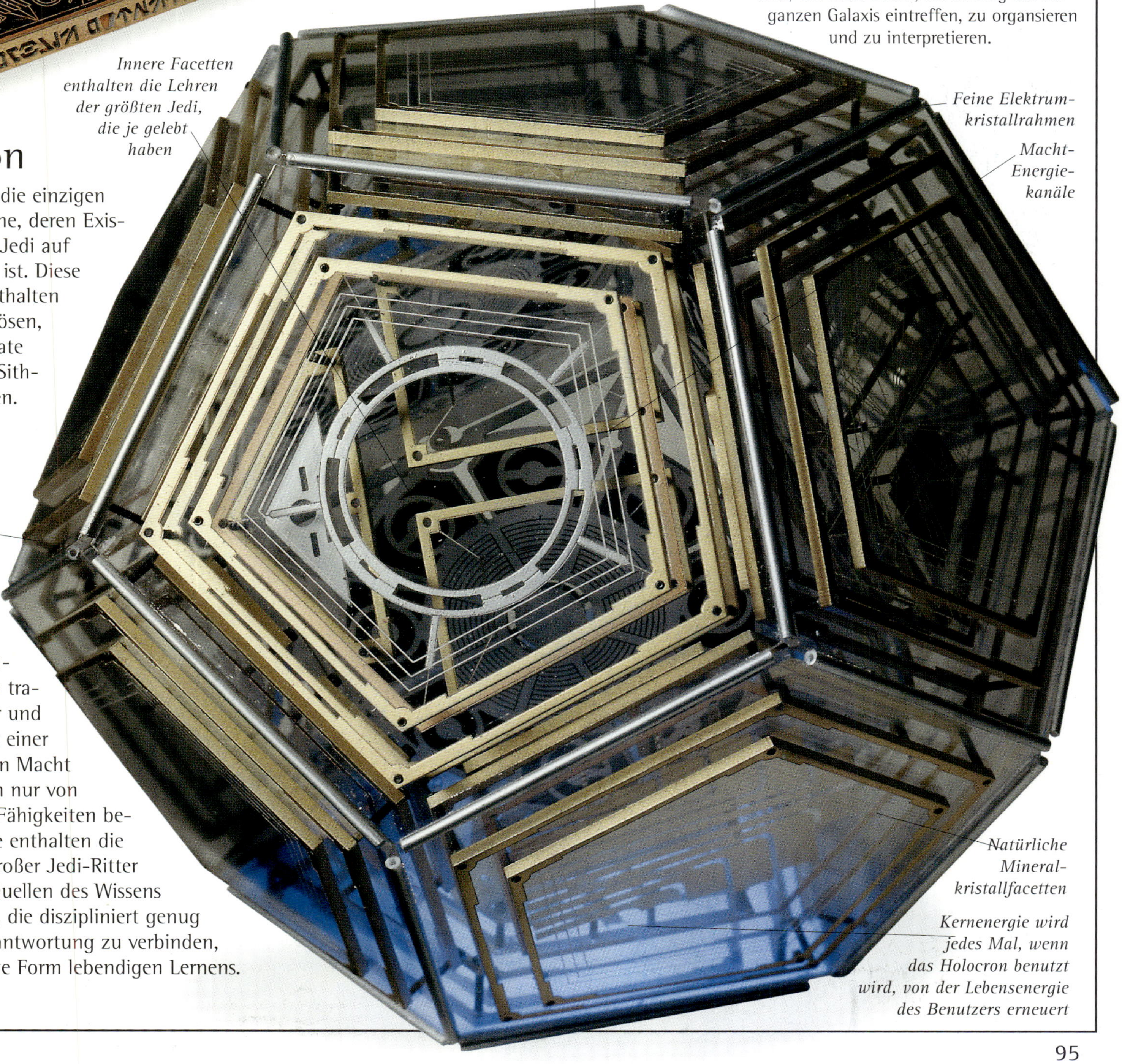

Holocrone

Die uralten Jedi-Holocrone im Archiv transzendieren die Möglichkeiten traditioneller Datenspeicher und Holobücher. Sie sind mit einer unerschöpflichen subtilen Macht ausgestattet und können nur von Jedi mit übersinnlichen Fähigkeiten benutzt werden. Holocrone enthalten die Lehren und Gedanken großer Jedi-Ritter und -Meister und sind Quellen des Wissens und der Weisheit. Jenen, die diszipliniert genug sind, um Macht mit Verantwortung zu verbinden, dienen sie als einzigartige Form lebendigen Lernens.

Frachtertramper

JAHRHUNDERTELANG hat Coruscant Einwanderer auf der Suche nach scheinbar grenzenlosen Möglichkeiten angelockt. Der derzeitige Aufruhr lässt die Individuen an ihrer Zukunft in dieser riesigen Stadt zweifeln, und viele kehren zu ihren Heimatwelten in den Tiefen der Galaxis zurück, um neue Arbeit zu suchen. Zu diesen Emigranten gehören die Frachtertramper, so genannt, weil sie auf den Frachterstraßen von Job zu Job ziehen. Die Tramper bilden eine eigene Gemeinschaft und das ideale Umfeld, in dem Anakin und Padmé unerkannt reisen können.

Auf dem Frachter reist Padmé mit einem Minimum an Gepäck, da sie nicht länger formelle Amtskleidung tragen muss.

Zwischendeckaufseher sind ermächtigt, Unruhestifter in jedem Sonnensystem auszusetzen. Diese harten Maßnahmen dienen dazu, die Frachtertramper zu disziplinieren.

Coruscant-Raumhafen

Auf Coruscant dürfen Raumfrachter mit schweren Triebwerken nur auf Raumhäfen landen. Coruscants strenge Maschinenwartungsvorschriften und leistungsstarke Kraftfelder sorgen dafür, dass die Andockbuchten nicht so radioaktiv verstrahlt sind wie die auf weniger entwickelten Welten. Die stets stark frequentierten Raumhäfen von Coruscant stoßen allmählich an ihre Kapazitätsgrenze, da immer mehr Passagiere den Planeten verlassen.

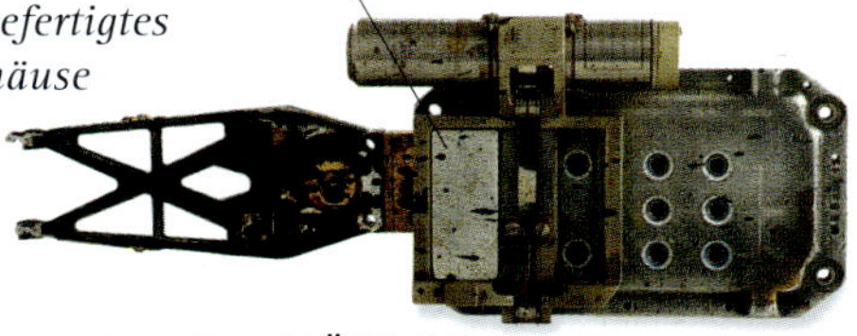

TRAMPERAUSRÜSTUNG
Frachtertramper tauschen miteinander die in ihrem Besitz befindlichen Güter und rekombinieren oft Komponenten ungleichen Ursprungs zu funktionierendem Equipment oder »Tramperausrüstung«.

Donovianische Regenmenschen tragen auffällige Kapuzen. Die Regenmenschen warten Signaltürme auf dem zerklüfteten Terrain von Donovia, einem Planeten, auf dem viele wertvolle Rohstoffe abgebaut werden.

Anakin und Padmé reisen inkognito an Bord des Frachters *Jendirian Valley* und mischen sich unter die normalen Leute, ohne von ihren üblichen professionellen Personae behindert zu werden.

Frachternahrung ist der Inbegriff zweckmäßiger Ernährung. Kochdroiden sind programmiert, die einfachsten und billigsten Rezepte zuzubereiten, was garantiert, dass eine große Vielzahl von Humanoiden und Aliens die Verpflegung genießbar findet.

Wirtschaftsflüchtlinge

Viele Frachtertramper verdingen sich bei Konzernen, um sich die Kosten für ihren Flug nach neuen Welten zu verdienen, um dort zu arbeiten. Allerdings müssen viele bei ihrer Ankunft feststellen, dass der erhoffte neue Job nicht existiert. Sodann müssen sie sich für die Finanzierung einer weiteren Reise verdingen, was ein System begründet hat, in dem Millionen in einer Form der Leibeigenschaft leben, die sich wenig von Sklaverei unterscheidet.

TRAMPERKLEIDUNG
Frachtertramper tragen eine verwirrende Kleidervielfalt, die ihre verschiedenen Spezialberufe, Fähigkeiten oder Kulturen symbolisiert.

DATENBLATT

- Erfahrene Frachtertramper können auf einem Tablett voller konservierter Nahrung, die vielleicht Jahre alt ist, auf Anhieb frisches synthetisches Gemüse erkennen.

- Frachterpassagiere verlassen Coruscant jetzt in Mengen, die einen normalen Planeten in einem Standardmonat entvölkern würden.

Padmé Naberrie

ALS PADMÉ NABERRIE Anakin Skywalker zum letzten Mal gesehen hat, war dieser noch ein Junge, obwohl sie ihn schon damals für etwas Besonderes gehalten hat. Jetzt, da Anakin wieder in ihr Leben tritt, ist Padmé erstaunt über die Wirkung, die der junge Jedi auf sie ausübt. Sie spürt eine Verbindung zwischen ihnen, die all ihren Anstrengungen, sie zu leugnen, trotzt. Ein Umstand, der zu einem großen Konflikt mit ihrer Hingabe und Entschlossenheit, ihrem Volk zu dienen, führt. Ihr zunehmend gefährliches Leben und der Tod geliebter Menschen zwingen Padmé zu der Erkenntnis, dass jeder Augenblick kostbar ist. Im kritischen Moment fasst sie den Entschluss, so intensiv wie möglich zu leben, ganz gleich, wie die Konsequenzen aussehen – und falls nötig, will sie kämpfend untergehen.

Nach ihren Jahren in der Politik ist der planetare Regierungskomplex auf Naboo für Padmé ein vertrauter Ort für Spaziergänge.

Das Haus von Padmés Familie in den Seen wird Varykino genannt. Hier fühlt sich die junge Frau sicher und kann ganz sie selbst sein.

Symbol

Alle hohen Ämter auf Naboo sind Wahlämter, gehen aber dennoch mit komplexen Kleiderordnungen einher, die mit Erbadel assoziiert werden. Padmé akzeptiert den symbolischen Wert derartiger Insignien, würde es aber vorziehen, Kleidung zu tragen, die ihre Persönlichkeit ausdrückt.

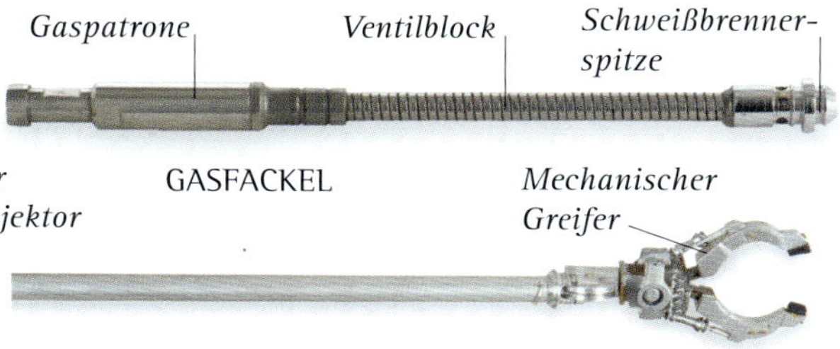

Astromechdroiden sind für Vielzweckarbeiten konstruiert und können mühelos mit zahlreichen standardisierten Teilen und Ausrüstungsgegenständen ausgestattet werden.

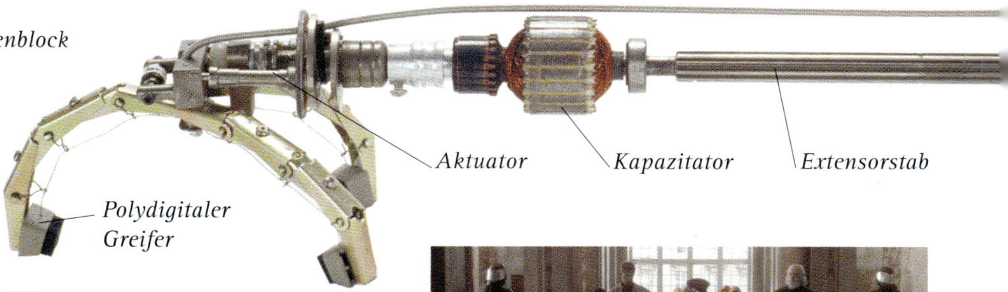

R2-D2

Padmés loyaler Helfer ist R2-D2, ein Astromechdroide, der bei seinen treuen Diensten regelmäßig seine Programmierung überschreitet. Während Droiden in den meisten Teilen der Galaxis ignoriert werden, ist es auf dem offenherzigen Naboo nicht ungewöhnlich, Zuneigung für einen mechanischen Diener zu empfinden, der zudem noch so eifrig ist.

Nach Padmés Rückkehr von Coruscant berät sie sich mit Königin Jamilla im Palast. Dort hadern ihre ehemaligen Berater mit der überraschend wichtigen Rolle des kleinen Naboo in der großen Welt der galaktischen Politik.

An den Seen spricht Padmé mit Anakin über die schwierige Situation, der beide gegenüberstehen: Ihre Aufgaben erlauben es ihnen nicht, sich zu verlieben.

Der Jedi und die Senatorin haben gemeinsame Ansichten, was die galaktische Politik betrifft. Beide sind in der Position, derartige Fragen zu beeinflussen.

Individuell

Im Haus ihrer Familie im Seenland darf Padmé endlich nichtoffizielle Kleidung tragen. Von Anakin Skywalkers Anwesenheit tief berührt, sagt sie sich, dass sie sich nicht in ihn verlieben kann und will, aber unbewusst trägt sie ein Gewand, das ihre wahren Gefühle ausdrückt.

Obwohl Padmé dem Thron von Naboo entsagt hat, darf sie weiterhin Raumschiffe mit königlicher Chromverkleidung benutzen. Diese Ehre wurde ihr aus Respekt für ihre herausragende Rolle bei der Abwehr der Handelsföderation-Invasion auf ihrem Planeten zuteil.

Padmé begleitet Anakin nach Tatooine, um ihm bei der Suche nach seiner Mutter Shmi zu helfen. Als entschlossene Frau handelt sie schnell, wenn sie erkennt, dass die Zeit knapp ist.

Kämpferin

Als Padmé Anakin auf seiner Reise durch die Galaxis begleitet, gerät sie ins Zentrum der Separatistenkrise. Sie tritt außergewöhnlicher Gefahr mit derselben Entschlossenheit entgegen, die sie zu einer erfolgreichen Königin gemacht hat. Nichts kann ihren Willen brechen.

Nachdem sie beide große Gefahren überstanden haben, geben Padmé und Anakin ihren Gefühlen nach und heiraten. Die Heirat eines Jedi ist ein ernstes Omen, ein Verstoß gegen den Ehrenkodex und der Bruch mit einer heiligen Tradition.

DATENBLATT

- Nach ihrer maximalen, zwei mal vier Jahre währenden Amtszeit als Königin wurde Padmé zur Senatorin gewählt.
- Padmé hat nur begrenztes Waffentraining genossen, zeigt aber ein natürliches Talent beim Umgang mit dem Blaster.
- Frei von jeglichem zeremoniellen Protokoll kann Padmé auf Geonosis praktische Kleidung tragen.

Kaminoaner

ALS EINE GLOBALE KLIMAVERÄNDERUNG ihren Planeten überflutete, waren die Kaminoaner zur Anpassung gezwungen. Man entwickelte die Klontechnologie und praktizierte selektive Fortpflanzung, um die Art lebensfähig zu erhalten. Als Ergebnis der während der Großen Flut erduldeten Entbehrungen besitzen die Kaminoaner eine asketische, nichtmaterialistische Weltsicht. Sie sind äußerlich höflich, doch dahinter steckt eine extreme Intoleranz gegenüber körperlicher Unvollkommenheit. Die Kaminoaner sind zur Aufrechterhaltung ihrer hoch entwickelten Gesellschaft auf bestimmte Außenwelttechnologien und Rohstoffe angewiesen, sodass sie ihre Klonfähigkeiten für den Export nutzen. Als ein Jedi namens Sifo-Dyas vor einem Jahrzehnt den Auftrag für eine riesige Klonarmee erteilte, starteten die Kaminoaner das größte menschliche Klonprojekt, das je in Angriff genommen wurde.

Einst besaß der Planet Kamino riesige Landmassen, aber nach einer kontinentalen Gletscherschmelze versank alles Land im Meer. Heute ragen nur die Pfahlstädte der Kaminoaner aus dem Wasser und bilden Kolonien unterschiedlicher Größe rund um den Planeten.

Kaminoaner benutzen domestizierte Aiwhas für Sportzwecke und den Transport zwischen nahe gelegenen Kolonien. Diese Tiere können mühelos fliegen und schwimmen und kontrollieren ihre Dichte mittels eines wasservaskulären Systems. Es erlaubt den Aiwhas, ihr schwammiges Gewebe mit Meerwasser vollzusaugen, wenn sie schwimmen wollen, und es wieder abzulassen, um leicht genug für den Flug zu werden.

Beim Anflug identifiziert sich Obi-Wan Kenobi bei der Kamino-Raumverkehrskontrolle als Jedi und wird nach der Landung vom Assistenten des Premierministers empfangen.

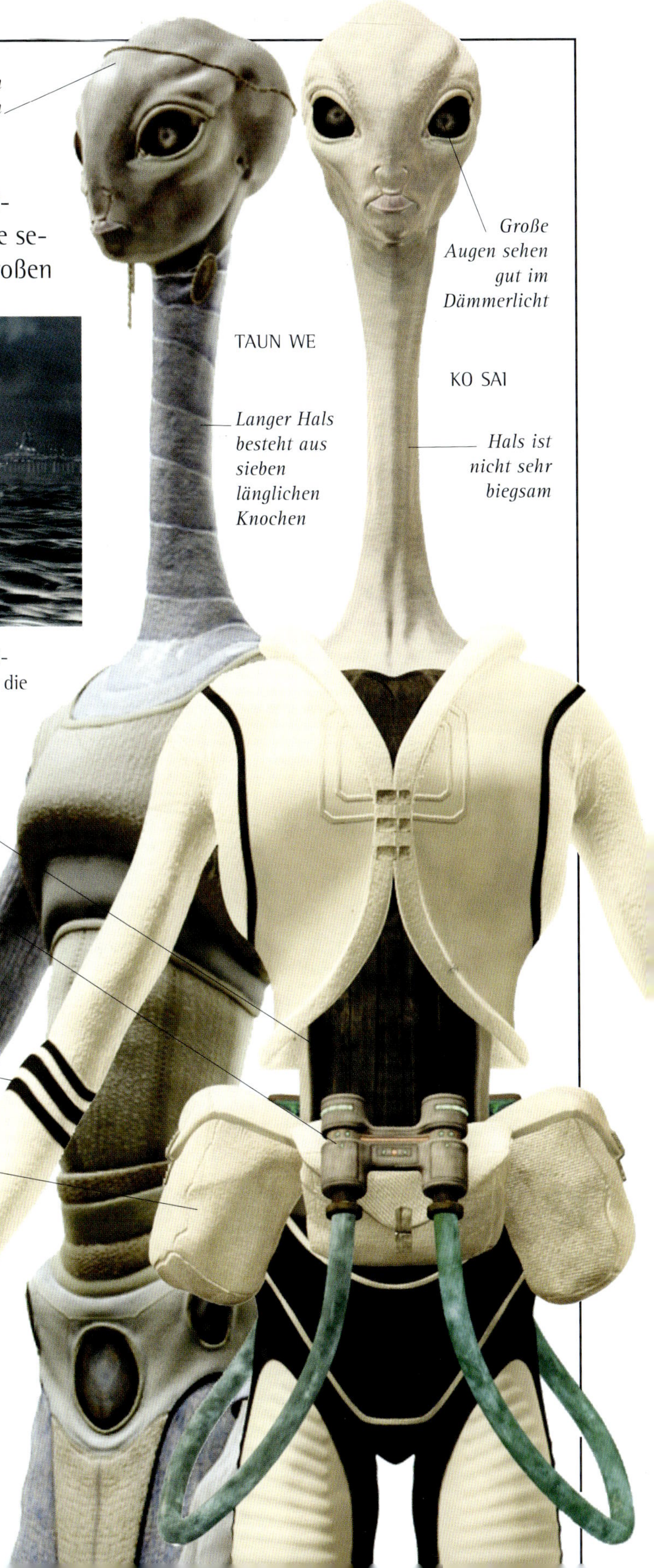

Projektleiter

Ministerialassistent Taun We dient als Projektkoordinator für die Klonarmee. Taun We hat die menschliche Psyche studiert, damit sich die Klons zu geistig stabilen Individuen entwickeln. Die penible Chefwissenschaftlerin Sai beaufsichtigt die biologischen Aspekte des Klonarmeeprojekts und sorgt dafür, dass die Klons von höchster Qualität sind. Sie überwacht außerdem den komplizierten Umbau des genetischen Kodes, der die Klons intelligent, aber auch willig macht. Kein anderer Wissenschaftler in der Galaxis könnte die Gene einer anderen Spezies derart perfekt manipulieren.

Kaminos Premierminister Lama Su ist sich der Bedeutung der Klonarmee für seine Wirtschaft bewusst. Er persönlich empfängt den Jedi, von dem er glaubt, dass er zur Inspektion gekommen ist.

Lama Su ist unsicher, ob Obi-Wan Kenobis scheinbare Unkenntnis hinsichtlich der Klonarmee ein hinterhältiger Test oder eine besondere Form der Höflichkeit ist. Dennoch ist es seine oberste Priorität, dafür zu sorgen, dass die Kaminoaner die Bonuszahlung für ihre erste Lieferung erhalten, und so macht er sich nichts aus dem seltsamen Verhalten des Jedi.

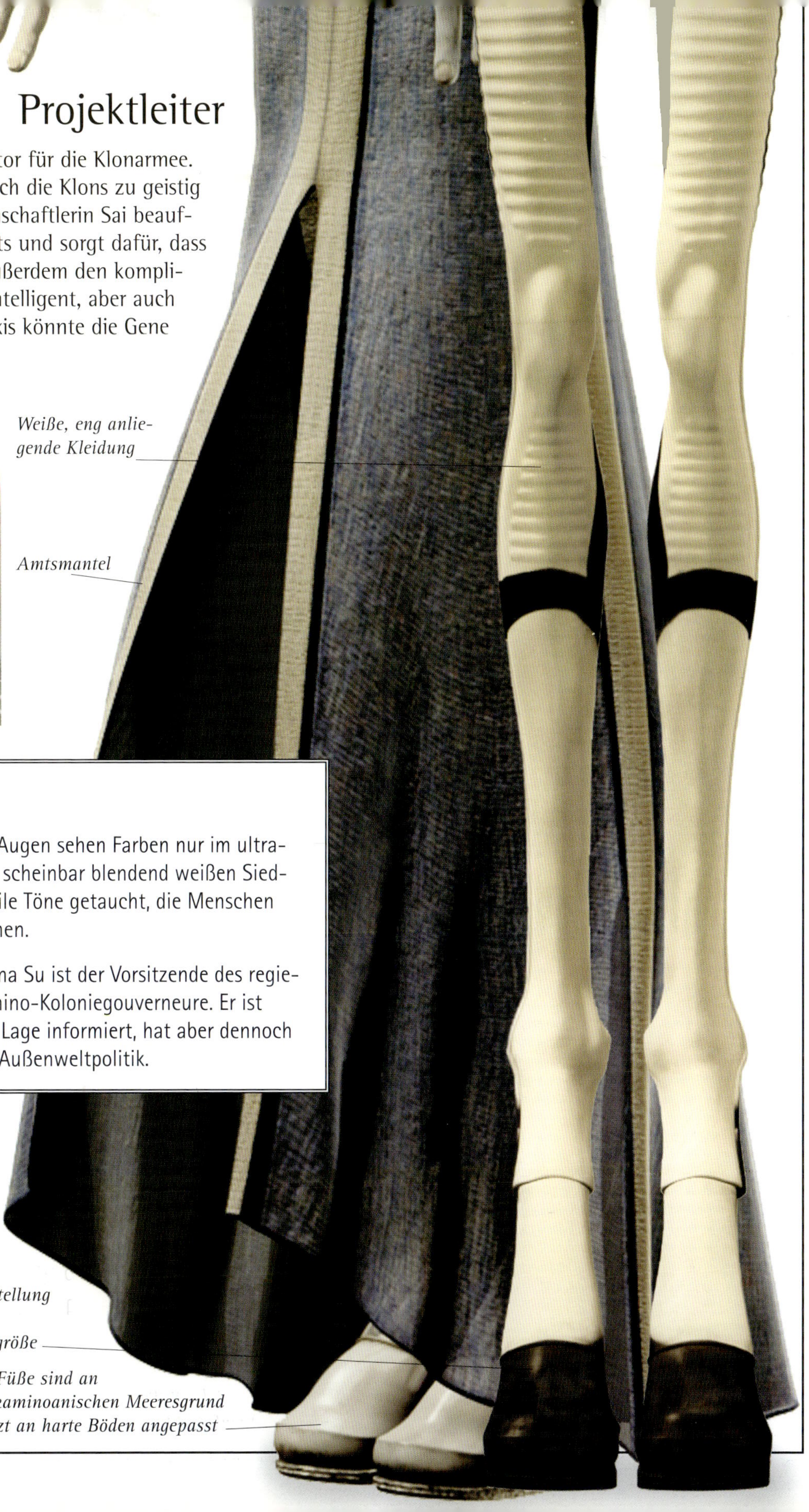

Geschickte Finger

Weiße, eng anliegende Kleidung

Amtsmantel

Zehenstellung erhöht Körpergröße

Kleine Füße sind an festen kaminoanischen Meeresgrund und jetzt an harte Böden angepasst

DATENBLATT

◆ Die kaminoanischen Augen sehen Farben nur im ultravioletten Spektrum. Ihre scheinbar blendend weißen Siedlungen sind in viele subtile Töne getaucht, die Menschen nicht wahrnehmen können.

◆ Premierminister Lama Su ist der Vorsitzende des regierenden Rates der Kamino-Koloniegouverneure. Er ist über die galaktische Lage informiert, hat aber dennoch wenig Interesse an Außenweltpolitik.

Die kaminoanischen Pfahlstädte erinnern an die ehemaligen Landkolonien der Kaminoaner. Dies waren Siedlungen aus Flechtwerk und Pech, die in den langen Sturmzeiten dem Wasser mühelos trotzten.

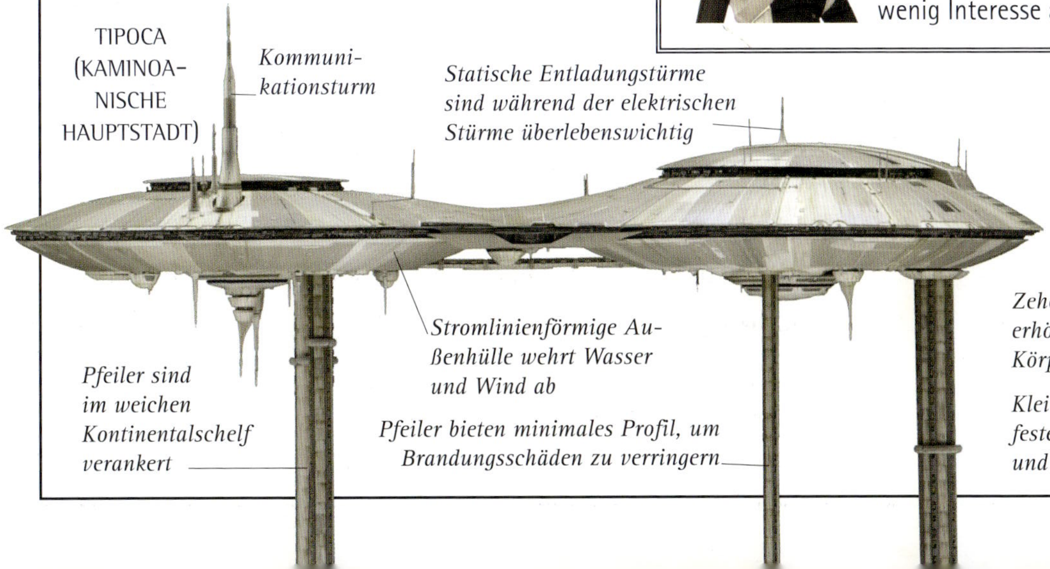

TIPOCA (KAMINOANISCHE HAUPTSTADT)

Kommunikationsturm

Statische Entladungstürme sind während der elektrischen Stürme überlebenswichtig

Stromlinienförmige Außenhülle wehrt Wasser und Wind ab

Pfeiler sind im weichen Kontinentalschelf verankert

Pfeiler bieten minimales Profil, um Brandungsschäden zu verringern

KLONARMEE-PROJEKT-EMBLEM

Klonkriegerwachstum

DER GEHEIMNISVOLLE Jedi Sifo-Dyas bestellte bei den kaminoanischen Klonern eine geheime, auf einem einzigen Individuum basierende Armee. Ein Agent namens Tyranus wählte die Klonquelle aus: Jango Fett, ein Mann, dessen natürliche Kämpferqualitäten und hoher Ausdauerlevel den idealen Soldaten ergeben mussten. Unter dem kaminoanischen Chefprojektwissenschaftler Ko Sai wurde der genetische Kode der Klons verändert, um ihr Wachstum auf das Doppelte der normalen menschlichen Rate zu beschleunigen. Auch die mentale Struktur wurde subtil manipuliert, um die Soldaten gehorsam gegenüber Vorgesetzten zu machen. Umfassendes Training formt die Identität und Fähigkeiten der Klons während ihrer Entwicklung. Das Ergebnis dieses gigantischen Projekts ist eine Armee aus identischen Soldaten, die in einer Welt klinischer Effizienz produziert wurden.

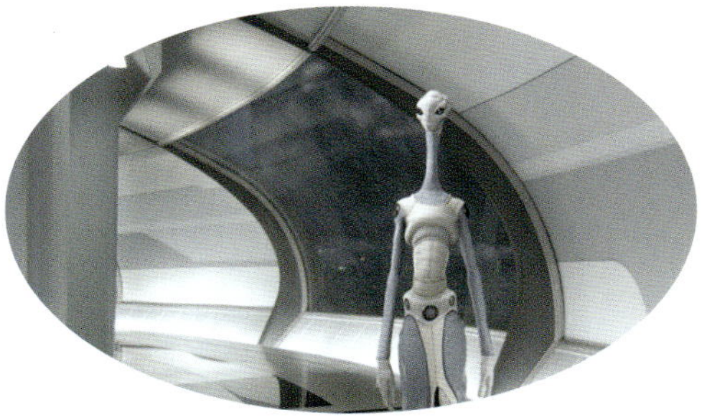

Die meisten Kaminoaner sehen in den Klons Laborexemplare, aber Taun We hegt eine gewisse Zuneigung für die jungen Kadetten.

Die Klone beginnen ihr Leben als künstlich gezeugte Embryos, die im Eierlabor massenproduziert werden.

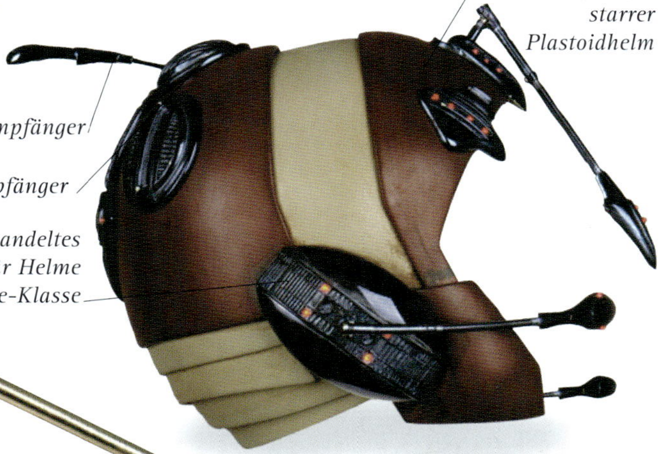

GERADE-KLASSE-HELM

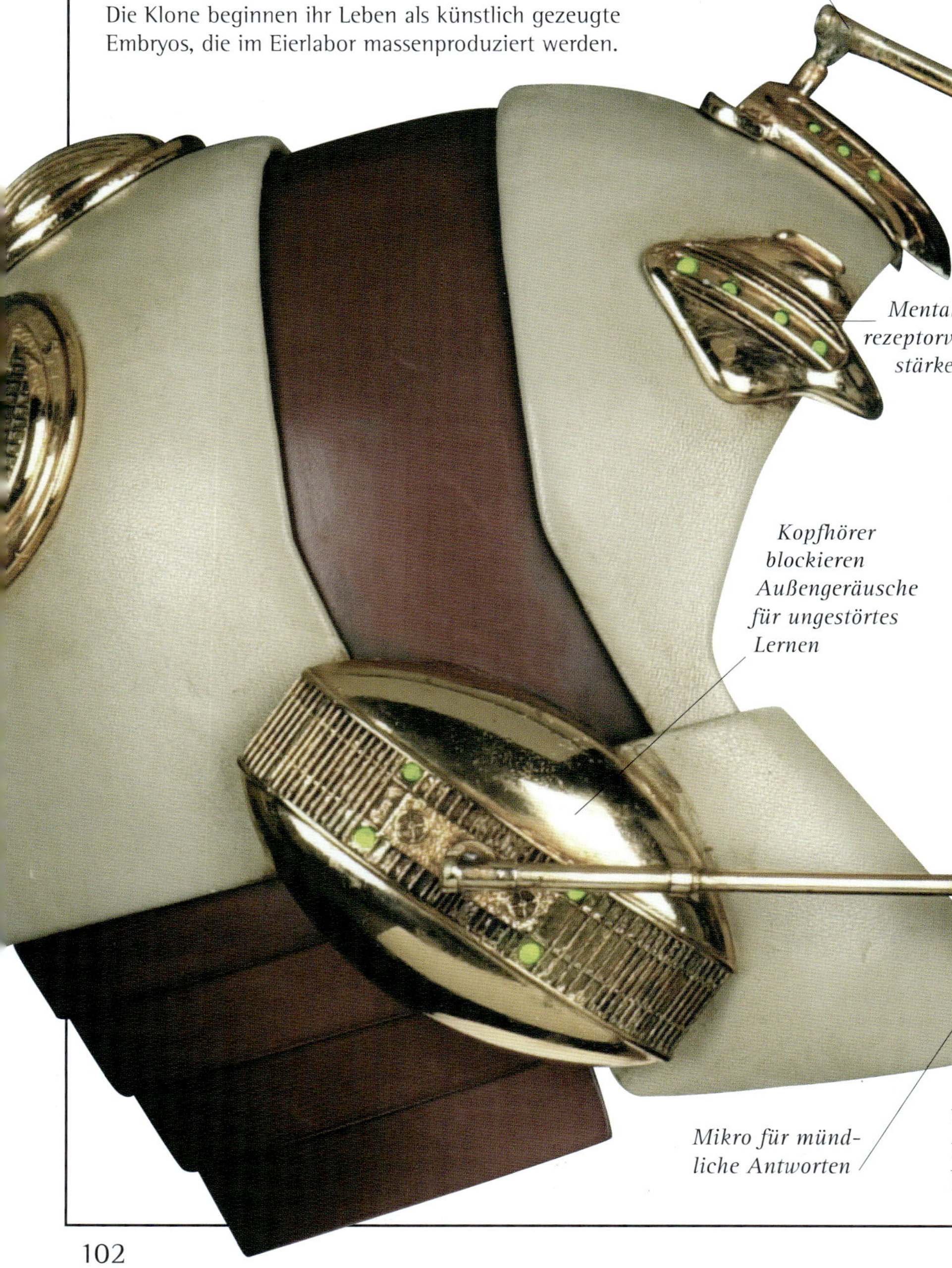

UNGERADE-KLASSE-HELM
Die Klons tragen Lernhelme, die farbkodiert sind und ungerade oder gerade Zahlen darstellen. Ungerade oder gerade ist der einzige individuelle Unterschied, der den Klons erlaubt ist.

Beschleunigtes Lernen

Da Klonkinder doppelt so schnell wie normale Menschen heranwachsen, steht ihnen für die Verarbeitung der gesammelten Informationen auch nur die halbe Zeit zur Verfügung. Dieser dramatische Mangel an Lebenserfahrung wird kompensiert durch ein Lernprogramm, das sich mehr auf militärisches als akademisches Wissen konzentriert. Außerdem moduliert eine spezielle Ausrüstung die Gehirnwellen und verstärkt die Fähigkeit der Klons, Instruktionen zu speichern.

Perfektion wahren

Die Kaminoaner streben danach, jeden Aspekt der Existenz der Klons zu kontrollieren, um so für perfekte Gleichheit zu sorgen. Dennoch treten bei der Entwicklung der Biochemie jedes lebenden Individuums geringe Abweichungen auf. Chefwissenschaftler Ko Sai untersucht die Klons in jedem Stadium des Lebens, um jene zu identifizieren, die zu weit vom Standard abgewichen sind. Anomale Klone werden nachträglich konditioniert.

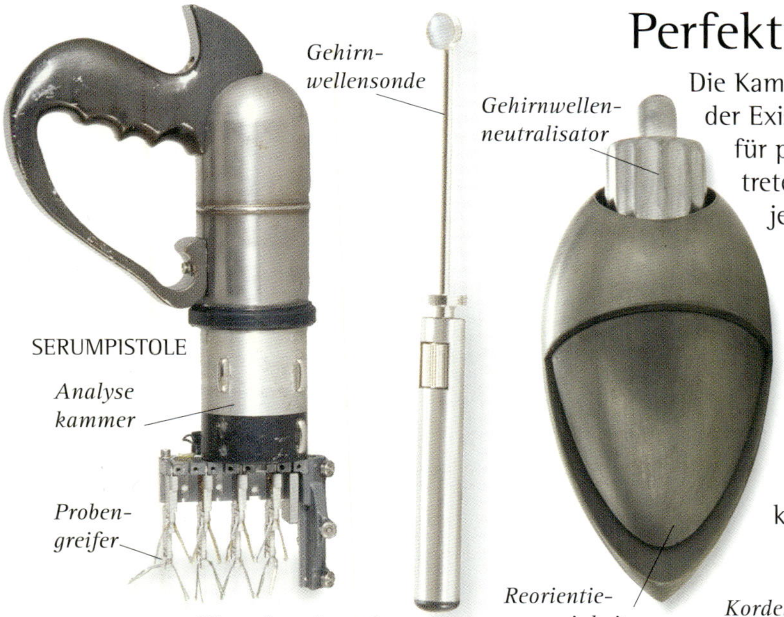

Die Perfektion der Kaminoaner hat zu einer Umgebung von absoluter Sterilität und ultrasauberen Oberflächen geführt, sodass die Klone in keinster Weise mit Unvollkommenheiten verunreinigt werden. Derartige Standards sind bei einem solch großen Unternehmen außergewöhnlich, und Obi-Wan Kenobi ist verblüfft.

Die Klons werden gruppenweise in einer Umgebung trainiert, die ihnen gerade genug Gemeinschaftsgefühl gibt, um emotionale Stabilität zu erlangen. Körperliche Fähigkeiten werden durch Lernmaschinen vermittelt und durch Übung perfektioniert.

Entwickelter Klon

Der Stress des beschleunigten körperlichen, geistigen und emotionalen Wachstums könnte einen Klon leicht in den Wahnsinn treiben. Um dem entgegenzuwirken und gesunde Soldaten zu produzieren, stellen die Kaminoaner eine hochdisziplinierte Umgebung und ein rigoros ausgeglichenes Entwicklungsprogramm zur Verfügung. Im körperlichen Alter von nur zehn Jahren sind die Klons voll entwickelt und kampfbereit, obwohl man von ihnen nicht sagen kann, dass sie normale Persönlichkeiten besitzen.

Als Erwachsene ähneln die Klonkrieger ihrer Quelle Jango Fett. Fett lebt auf Kamino und hilft beim Training der Krieger, denn er weiß am besten, wie ihre Entwicklung zu steuern ist, damit ihre militärischen Fähigkeiten den seinen entsprechen.

DATENBLATT

- ◆ Von zweihundert produzierten Klons rekonditionieren die kaminoanischen Kloner im Durchschnitt sieben Abweichler, was ein hervorragender Standard ist.
- ◆ Normale Soldaten könnten in der Panzerung klaustrophobisch reagieren, aber Klonkrieger sind trainiert, sie längere Zeit zu tragen.

Klonkriegerausrüstung

DIE AUSRÜSTUNG der Klonkrieger basiert auf der leicht gepanzerten Kampfmontur der mandalorianischen »Stoßtruppen«-Superkommandos, von denen Jango Fett ein Überlebender ist. Doch die mandalorianische Flugmontur wurde durch einen hautengen, schwarzen Druckanzug ersetzt, der vor giftigen Gasen und dem Vakuum des Weltraums schützt. Die auffällige »T«-Visierscheibe der Stoßtruppen wurde mit einem verbesserten Atemfilter versehen, um unter den oft schlechten Umweltbedingungen auf dem Schlachtfeld optimal operieren zu können. Im Verbund mit ihrer hervorragenden Ausbildung und Moral fühlen sich die Klonkrieger in diesem Panzer praktisch unverwundbar.

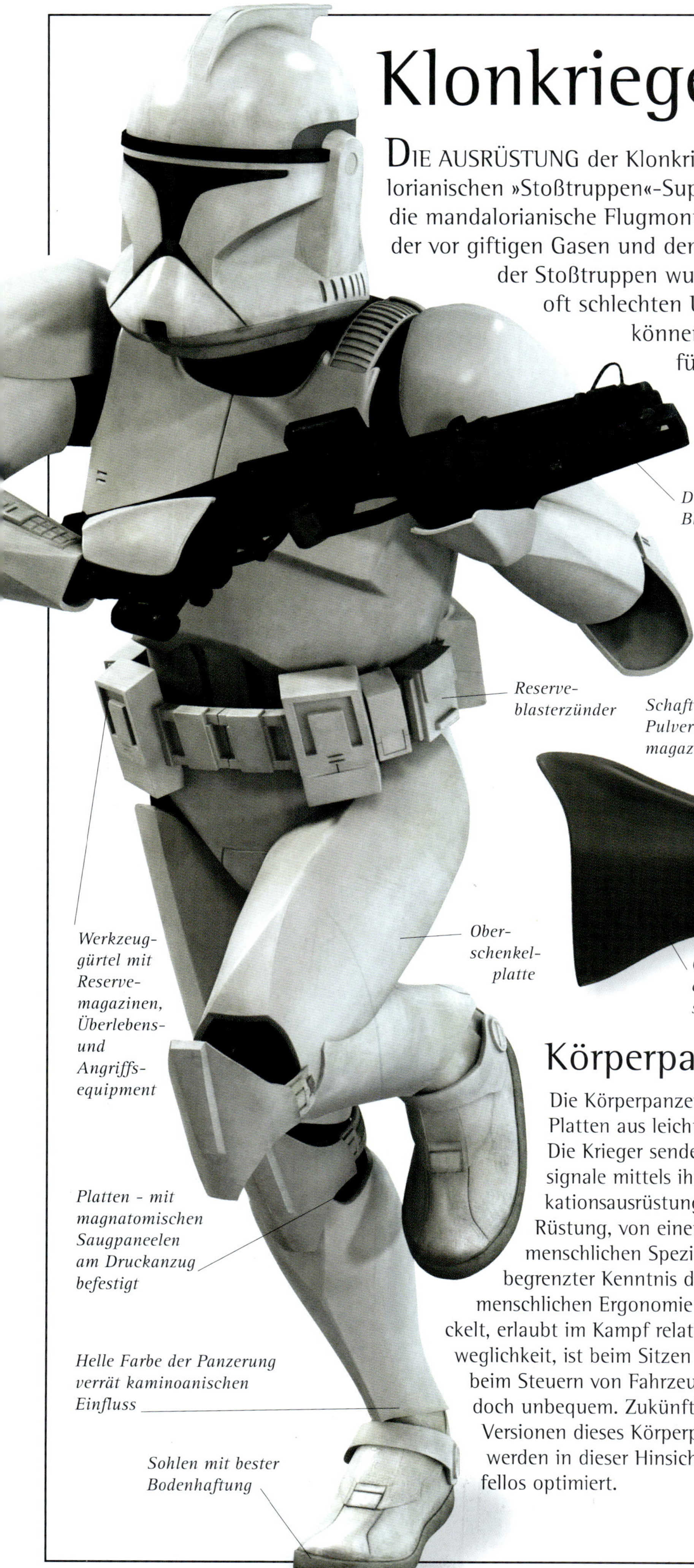

Dank ihrer außergewöhnlichen Panzerung können die Klonkrieger Hagel aus tödlichen Projektilen oder Explosionen schadlos überstehen. Sie sind außerdem in der Lage, durch Deflektorschildbarrieren zu marschieren, die sogar einen Stoßtruppensoldaten einäschern würden.

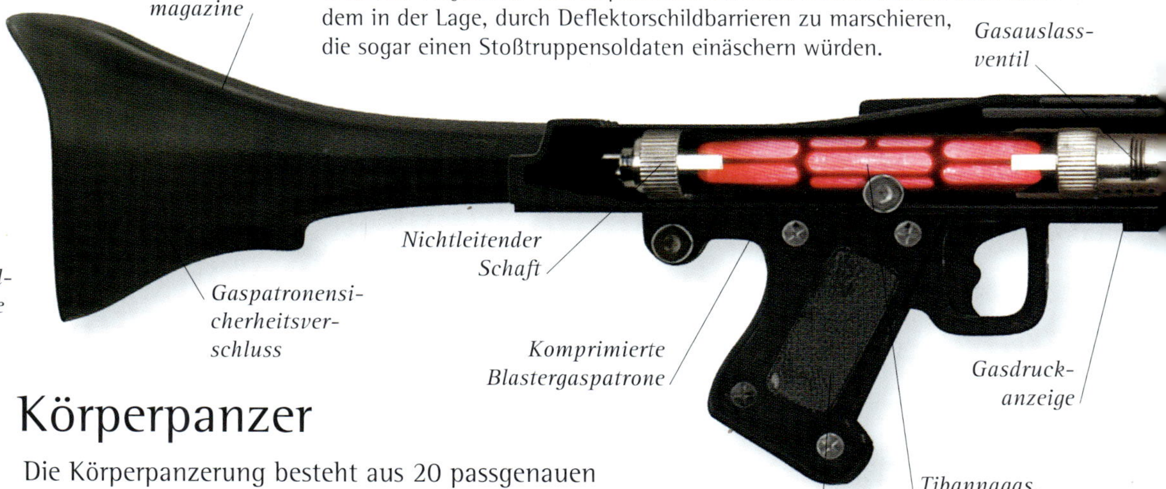

Körperpanzer

Die Körperpanzerung besteht aus 20 passgenauen Platten aus leichter Plastoidkompositlegierung. Die Krieger senden und empfangen Kampfstatussignale mittels ihrer im Helm integrierten Kommunikationsausrüstung. Diese Rüstung, von einer nichtmenschlichen Spezies mit begrenzter Kenntnis der menschlichen Ergonomie entwickelt, erlaubt im Kampf relative Beweglichkeit, ist beim Sitzen und beim Steuern von Fahrzeugen jedoch unbequem. Zukünftige Versionen dieses Körperpanzers werden in dieser Hinsicht zweifellos optimiert.

DATENBLATT

◆ Als Klonquelle der gesamten Klonkriegerarmee arbeitete Jango Fett an der Entwicklung des Panzerdesigns mit, das auf seiner Kampferfahrung basiert.

◆ Republikanische Angriffsschiffe transportieren die Kanonenboote, die die Klonkrieger unter massivem Feuerschutz absetzen.

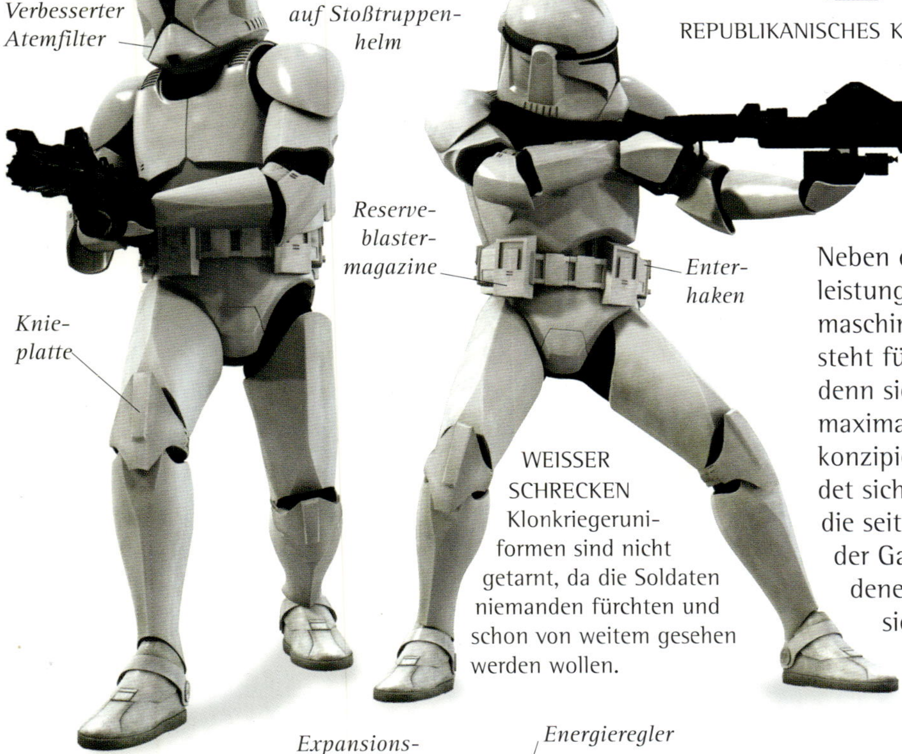

WEISSER SCHRECKEN Klonkriegeruniformen sind nicht getarnt, da die Soldaten niemanden fürchten und schon von weitem gesehen werden wollen.

REPUBLIKANISCHES KANONENBOOT

AT-TE-TRANSPORTER

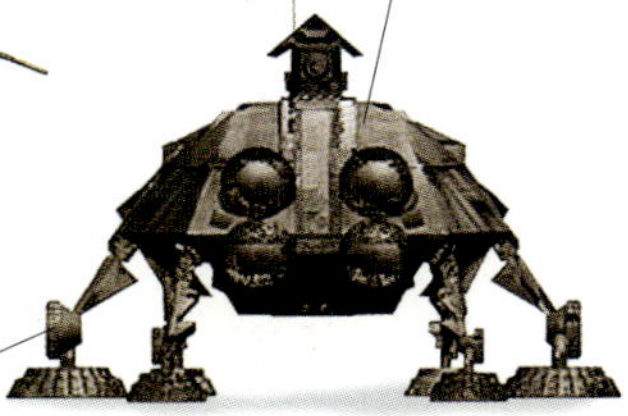

AT-TE-LÄUFER

Kampfausrüstung

Neben den Klonkriegern wurden auch leistungsfähige Truppentransporter und Kampfmaschinen entwickelt. Dieses neue Equipment steht für die Kampfphilosophie der Klonarmee, denn sie wurde für massive Einsätze und maximale Angriffe ohne Vorwarnung konzipiert. Diese Taktik unterscheidet sich von den Kampfformen, die seit Tausenden von Jahren in der Galaxis herrschten und bei denen die Armeen ihre Kräfte vorsichtig über längere Zeiträume einsetzen.

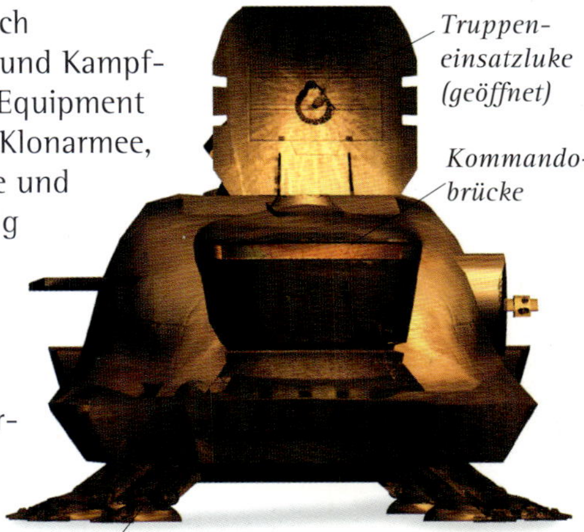

SFSA-T

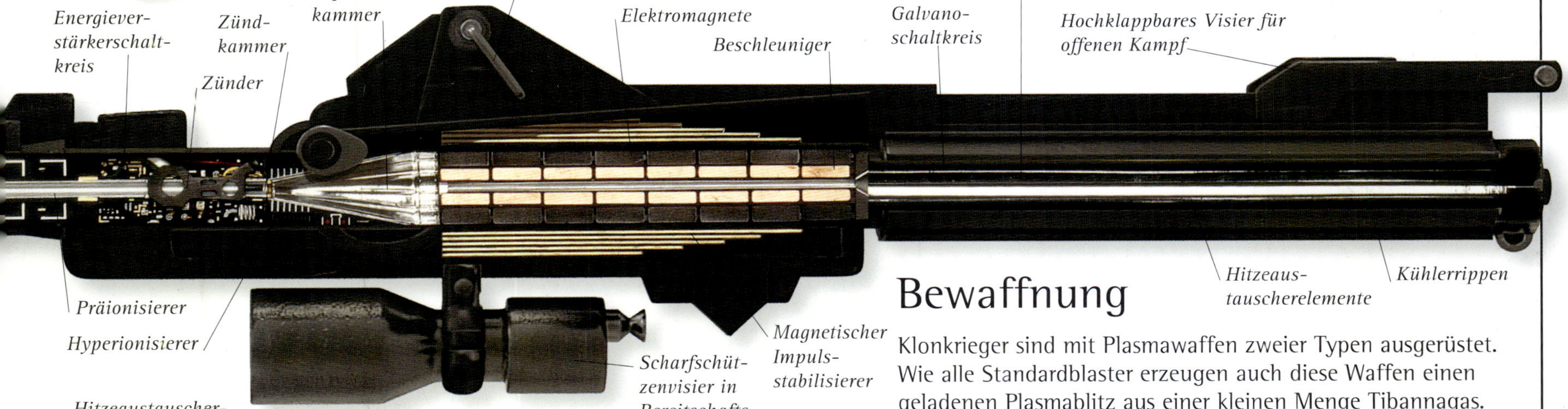

DC-15-GEWEHR

Bewaffnung

Klonkrieger sind mit Plasmawaffen zweier Typen ausgerüstet. Wie alle Standardblaster erzeugen auch diese Waffen einen geladenen Plasmablitz aus einer kleinen Menge Tibannagas. Blasterwaffen ersparen es den Klonkriegern, Projektilmunition mitzuführen, sind aber wegen der inhärenten Instabilität der Plasmablitze nicht sehr zielgenau.

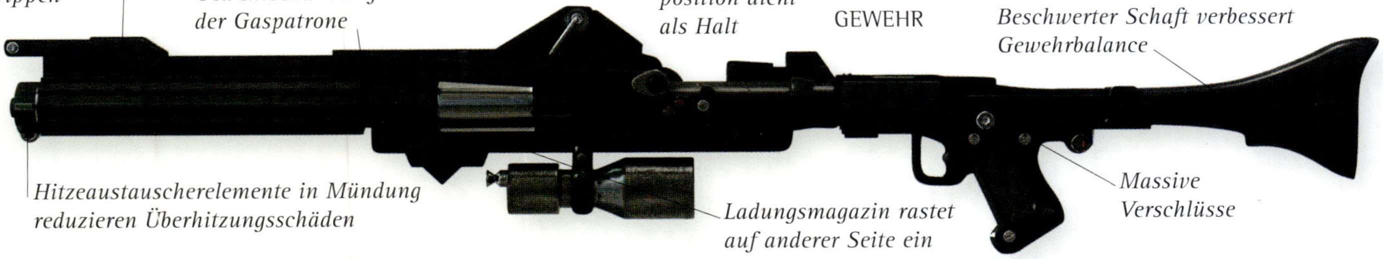

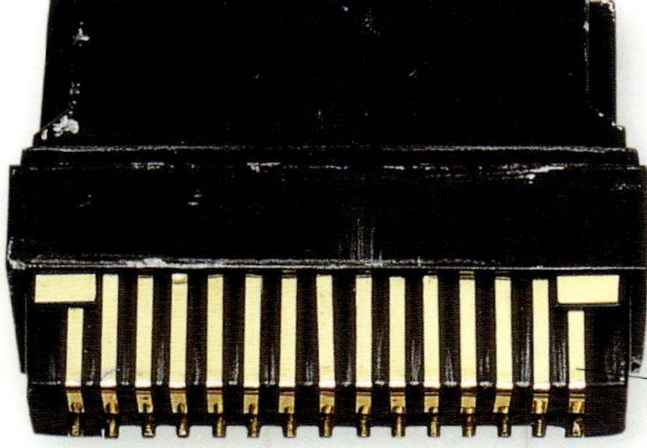

Tibannagas wird in austauschbaren Patronen gespeichert, die für etwa 500 Schüsse reichen, abhängig von den Waffeneinstellungen und -eigenschaften. Energieladungsmagazine geben der Waffe ihre Energie, die das Gas in einer Zündkammer in geladenes Plasma hyperionisiert. Der daraus resultierende Blitz wird elektromagnetisch abgefeuert.

DC-15-BLASTER

Jango Fett – Kopfgeldjäger

NACH DER ERMORDUNG seiner Eltern wurde Jango Fett von der legendären mandalorianischen Kriegerarmee aufgezogen, einer Söldnertruppe, die dafür bekannt war, die besten Superkommandosoldaten der Galaxis auszubilden. Die Jedi vernichteten diese gefährliche Streitmacht, aber Fett überlebte und trägt nach wie vor die gepanzerte, waffenstarrende Uniform der gefürchteten Mandalorianer. Jango Fett, der sich in Topverfassung hält und oft mit seiner Ausrüstung trainiert, kombiniert körperliche und taktische Fähigkeiten mit Intelligenz, etwas, das man in der Kopfgeldjägerszene selten findet.

Jangos Ruf erlaubt es ihm, Helfer anzuheuern und so sein Risiko zu minimieren. Er arbeitet oft mit Zam Wesell zusammen, der Jango den gefährlichen Auftrag erteilt, die Senatorin von Naboo zu ermorden.

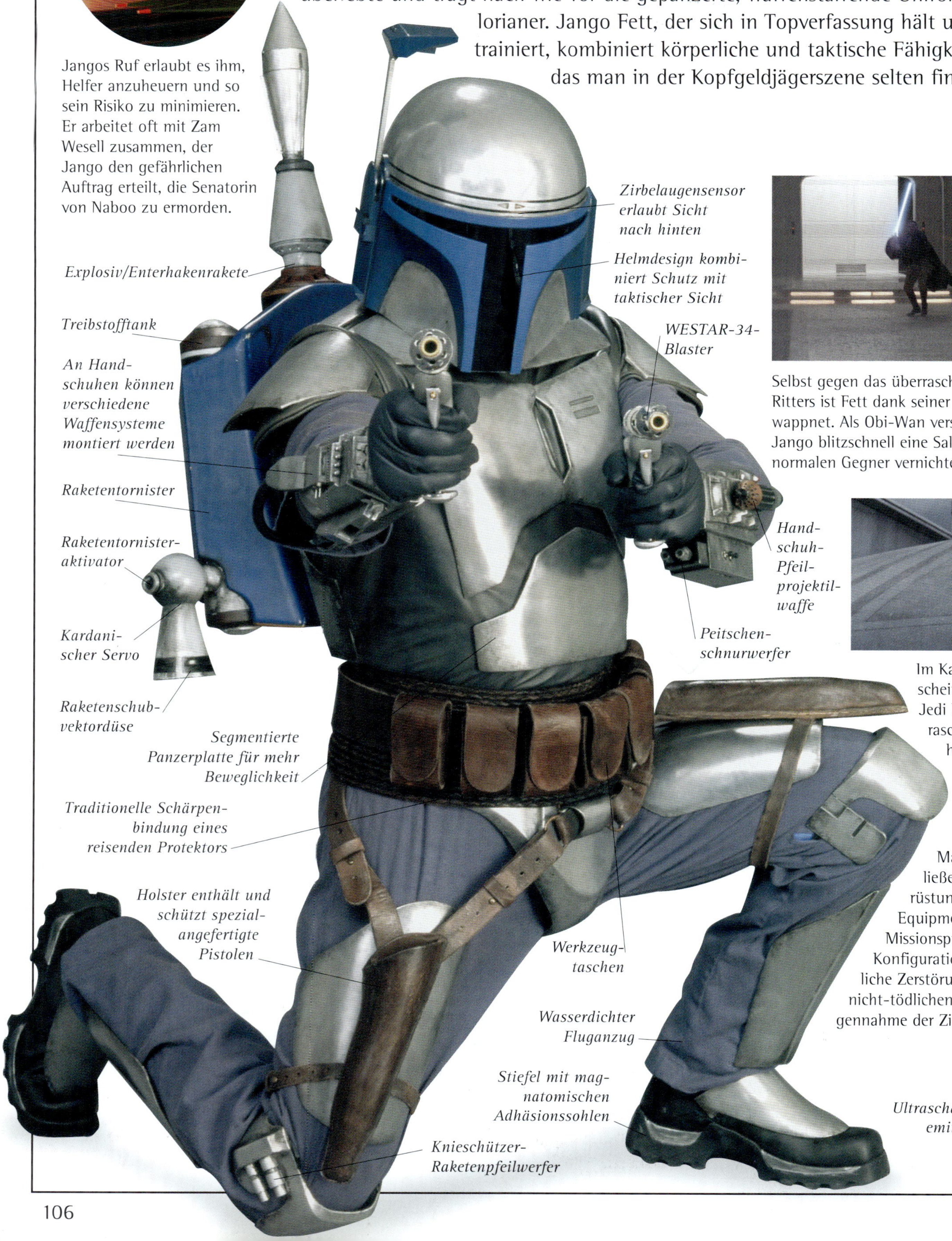

Selbst gegen das überraschende Auftauchen eines Jedi-Ritters ist Fett dank seiner erstklassigen Kampffähigkeiten gewappnet. Als Obi-Wan versucht, ihn gefangen zu nehmen, feuert Jango blitzschnell eine Salve von Energieblitzen ab, die jeden normalen Gegner vernichten würde.

Im Kampf mit Kenobi wird Fett mit den scheinbar übernatürlichen Fähigkeiten des Jedi konfrontiert und muss seine Taktik rasch überdenken, bevor Kenobi die Oberhand gewinnen kann.

Wandelnde Panzer

Mandalorianer, die es sich leisten konnten, ließen sich Spezialausstattungen für ihre Ausrüstung anfertigen. Auch Fett besitzt diverse Equipments, darunter solche, die speziellen Missionsprofilen angepasst werden können. Einige Konfigurationen sind voll und ganz auf größtmögliche Zerstörungskraft ausgelegt, während andere mit nicht-tödlichen Waffen bestückt sind, die zur Gefangennahme der Zielperson eingesetzt werden.

FELDSICHERHEITSÜBERLADER

WESTAR-34-Blaster

Fett zieht Beweglichkeit und Präzision hoher Leistung vor und hat sich ein Paar kompakte WESTAR-34-Blaster spezialanfertigen lassen. Die Pistolen, für intensive Überraschungsangriffe auf geringe Distanz konstruiert, bestehen aus einer teuren Dallorianlegierung, die der großen, beim Feuern entstehenden Hitze widersteht, die eine normale Waffe schmelzen würde.

Fett lässt sich niemals von Leidenschaft oder Panik leiten, sondern kalkuliert kühl jeden seiner Schritte, spielt stets auf Sieg oder Überleben. Er weiß, wann es Zeit ist, sich zurückzuziehen, und überdauert so seine Gegner.

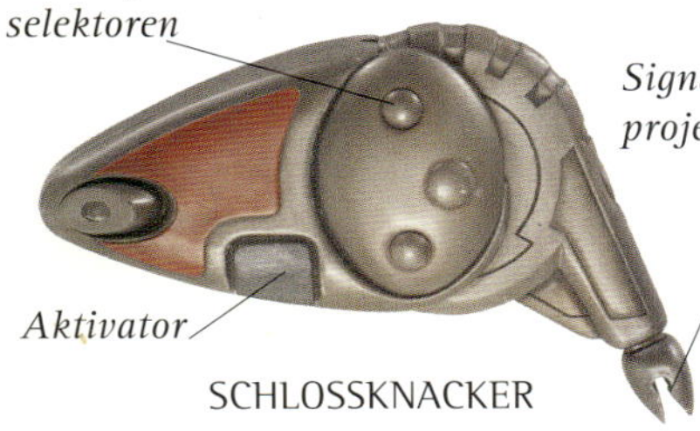

SCHLOSSKNACKER

Als Fett erkennt, dass Kenobi ein ernsthafter Gegner ist, startet er seine Tornisterrakete mit Sprengkopf. Sie kann optional auch als Enterhaken benutzt werden. Die Explosion würde jeden normalen Menschen töten, aber wird sie auch einen Jedi vernichten?

RAKETENTORNISTER
Zu Fetts Ausrüstung gehören zwei Jetpacks, von denen einer schwerer bewaffnet ist und eine größere Rakete trägt.

DATENBLATT

◆ Vor zehn Jahren rekrutierte Darth Tyranus Jango als Klonquelle für das geheime kaminoanische Klonarmeeprojekt.

◆ Jangos mandalorianische Panzerung gehört zu den wenigen noch existierenden Modellen dieser gefürchteten und seltenen Rüstung.

Profi

Das Leben auf der brutalen Grenzwelt Concord Dawn hat Fett ausdauernd und selbstständig gemacht. Er hat sich seinen eigenen Moralkodex geschaffen, doch er hält sich stets an Abmachungen und ist sein Geld wert. Als Kopfgeldjäger ist Fett dermaßen professionell und herausragend, dass ihn sogar planetare Regierungen engagieren.

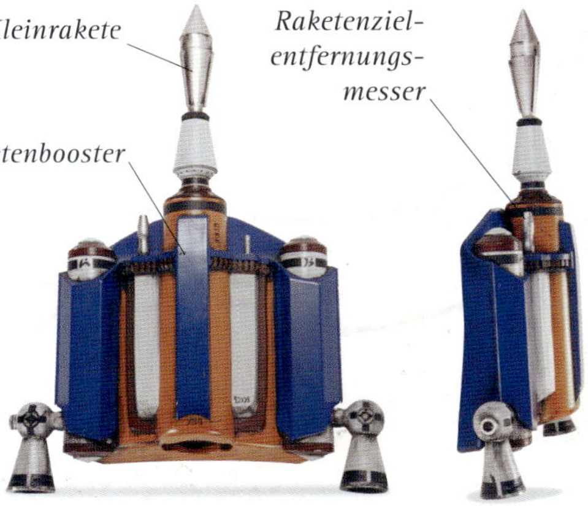

Jango und Boba Fett

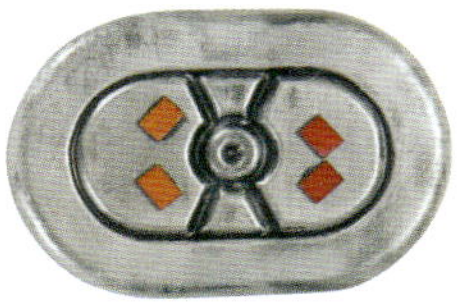

ZUGANGS-SCHLÜSSELBLOCK

DIE MANDALORIANISCHE TRADITION lebt in Jango Fett und seinem Sohn Boba weiter. Der an der Seite seines Vaters aufgewachsene Junge hat gelernt, wie wichtig hartes Training, Urteilsvermögen und Waffen sind. Für ihn steht Jango über der Gier und dem Verrat, die in der Unterwelt vorherrschen; er ist ein Ehrenmann, der immer aufrichtig zu ihm ist. Für Boba ist Jango Vater, Familie, Vorbild und Held, der größte der Mandalorianer und ein Spiegel seiner selbst.

Jango besitzt ein spartanisches Apartment auf Kamino. Er benutzt es als sicheres Heim für sich und seinen Sohn, weitab von den Risiken seines Berufslebens.

Wie der Vater, so der Sohn

In der mandalorianischen Tradition waren Väter für das Kampftraining ihrer Söhne verantwortlich. Mit 13 Jahren mussten die Jungen Initiations-Prüfungen ablegen. Obwohl diese böse enden konnten, gab es nur sehr selten Tote, da die Kandidaten hervorragend vorbereitet waren. Die enge Vater-Sohn-Bindung, basierend auf Respekt, Vertrauen und Disziplin, erzeugte überaus fähige und selbstbewusste Individuen.

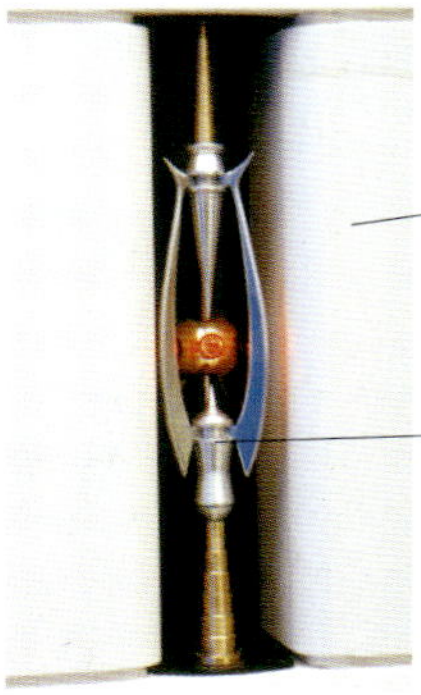

KAMINOANISCHE TÜRKLINGEL

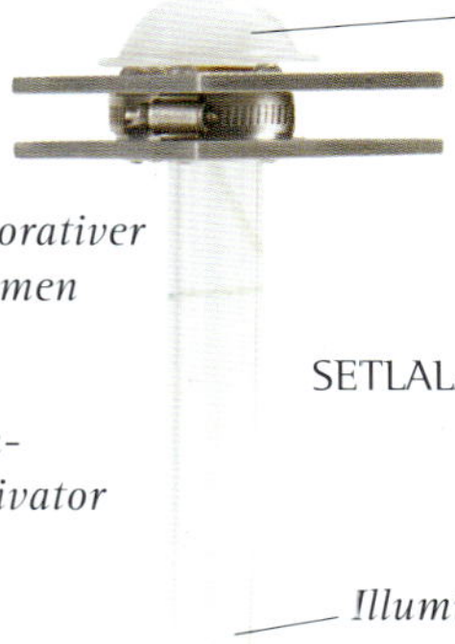

SETLALAMPE

PERSÖNLICHES DATAPAD

Jango benutzt tragbare Computersysteme, um Missionsinformationen zu speichern. Sie sind programmiert, alle gespeicherten Informationen zu löschen, falls sie nicht korrekt bedient werden.

Boba Fett

Der kleine Boba Fett ist scharfsinnig und intelligent. Er hat gelernt, Situationen sorgfältig einzuschätzen und mehr zuzuhören als zu reden. Als Obi-Wan Kenobi im Apartment der Fetts auftaucht, spürt Boba sofort, dass es Ärger gibt, aber er lässt sich nichts anmerken.

BOBAS LUFTGLEITERMODELL

Boba weiß, wann er sich im Hintergrund zu halten hat. Jango vertraut der Diskretion seines Sohnes und nimmt ihn sogar zu wichtigen Besprechungen mit.

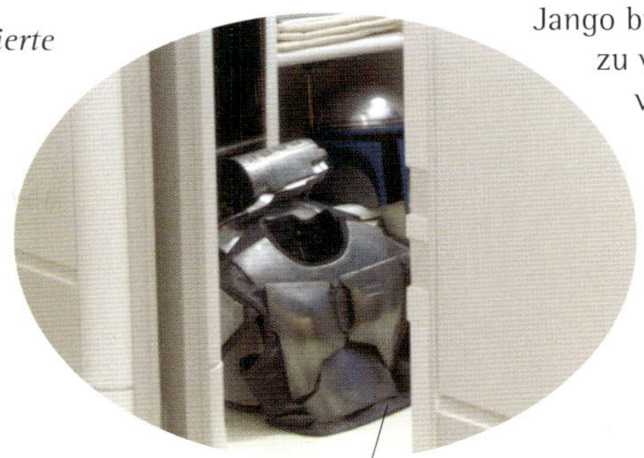

Jango bringt Boba bei, sich auf sich selbst zu verlassen und seinen Fähigkeiten zu vertrauen. Er trainiert den Jungen außerdem im Umgang mit gefährlicher Kopfgeldjagdausrüstung. Exotische Panzerungen und hoch entwickelte Raumschiffsysteme sind in Bobas Leben etwas Alltägliches.

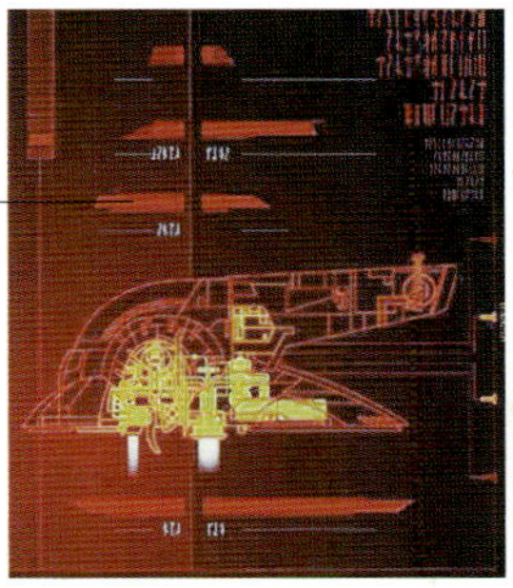

SLAVE-1-ANZEIGE

DATENBLATT

◆ Boba ist ein perfekter Klon seines Vaters; Teil des Honorars, das Jango von den Kaminoanern kassierte.

◆ Jango weiß, dass Darth Tyranus, der ihn für das Klonarmeeprojekt rekrutierte, in Wirklichkeit der Separatistenführer Count Dooku ist.

Selbst im Kampf bleibt Boba Fett an der Seite seines Vaters. Er vertraut dessen Fähigkeiten und lernt bei jeder Mission von Jangos geschickten Aktionen.

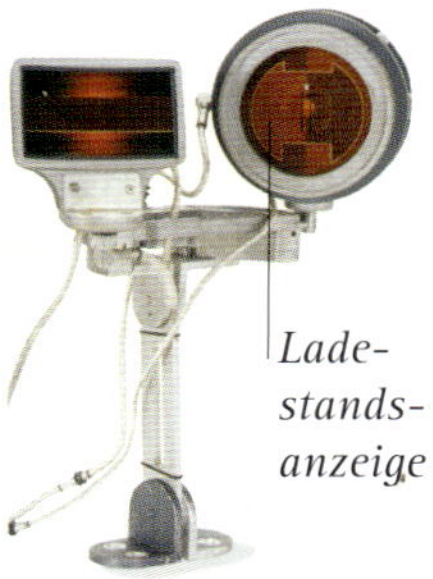

WAFFENMONITOR

Slave I

Jango Fett steuert einen Prototypen des Abfangjägers der *Firespray*-Klasse von Kuat Systems. Dasselbe Modell wird bei Patrouillenflügen über dem Gefängnisplaneten Oovo IV eingesetzt. Fett fand, dass ein Raumschiff, das entwickelt wurde, um die hartgesottensten Kriminellen der Galaxis abzuschrecken, hervorragend für seine Arbeit geeignet sein müsste.

PILZKRUG

Familie Lars

TATOOINES FEUCHTFARMER überleben in Regionen, die von den meisten anderen Leuten für unbewohnbar gehalten werden. Bei ihrer Suche nach einer unabhängigen Existenz weit entfernt von den übervölkerten Kernwelten mit ihren oft sklavenähnlichen Beschäftigungsverhältnissen hat die Familie Lars Tatooines öde Wüste zu ihrer Heimat gemacht. Zusammengeschweißt durch die Gefahren, denen sie alle ausgesetzt sind, und die Mühsal des Lebens, wehrt sich die Feuchtfarmergemeinschaft gegen die einheimischen Tusken-Räuber. Pioniersiedler Cliegg Lars erwarb seine Farm durch einen Heimstättenclaim und lebt mit seinem Sohn Owen auf den großen Salzebenen, zusammen mit seiner zweiten Frau, einer ehemaligen Sklavin namens Shmi Skywalker.

Die Feuchtfarmen auf den Salzebenen von Tatooine gewinnen mit Evaporatorturmphalanxen geringe Mengen Wasser aus der Atmosphäre. Wasser, eine kostbare Ware auf der Wüstenwelt, kann getauscht, verkauft oder in hydroponischen Gärten verwendet werden. Die Häuser sind in den Boden eingegraben und so vor den extremen Temperaturen geschützt.

Owen hat nie erwartet, seinem Stiefbruder Anakin zu begegnen, denn ihm ist bekannt, dass die Jedi ihre Familienbande kappen müssen. So weiß er nicht, was er von seinem weitgereisten Verwandten halten soll, der seine Mutter verließ, um ein Jedi zu werden.

Owen und Beru

Die Kleinstadt Anchorhead ist das Zentrum der Feuchtfarmergemeinde der Großen Chottsalzebene. Dort lernte Owen Lars seine Freundin Beru Whitesun kennen. Berus Familie ist schon seit drei Generationen als Feuchtfarmer tätig und von allen Siedlern am besten an das Leben auf Tatooine angepasst.

Die Küche der Lars' ist ein schlichter, funktioneller Raum, bei dem darauf geachtet wurde, dass keine Feuchtigkeit verlorengeht. Essen steht nie lange draußen, und in den selbstversiegelnden Schränken sind Feuchtfänger installiert.

DATENBLATT

◆ Owen Lars wurde als Kind von Cliegg Lars und seiner ersten Frau Aika geboren, bevor Cliegg die Kernwelt Ator verließ.

◆ Familie Lars besitzt eine Phalanx aus 63 Wasserevaporatoren, die sich über die flache Wüste um das Haus verteilen, was ihre Farm nach tatooinischen Maßstäben zu einer relativ kleinen macht.

C-3PO

Anakin Skywalker baute das Arbeitsskelett von C-3PO aus zusammengebettelten Droidenteilen, als er noch ein Junge war. Zwei Jahre nach dem Fortgang ihres Sohnes erwarb Shmi Skywalker für C-3PO eine alte Droidenverkleidung von ihrem damaligen Herrn Watto, damit der Droide in der sandigen Umgebung länger überdauern kann.

Cliegg Lars

Cliegg Lars ließ das Leben in der winzigen Mansarde eines Kernwelt-Wolkenkratzers hinter sich, um Farmer auf Tatooine zu werden. Auf der Suche nach einer Farmhelferin fand er stattdessen die Frau seines Lebens. Um die Sklavin Shmi zu heiraten, musste er sie dem Schrotthändler Watto abkaufen.

Als Shmi Skywalker von den Tusken-Räubern entführt wird, macht sich eine Gruppe von Feuchtfarmern auf die Suche nach ihr. Doch die friedliebenden Leute sind schlecht auf die Grausamkeit der Tusken-Räuber vorbereitet.

Mechno-Stuhl

Als Tuskenräuber die fast schutzlosen Siedler überfallen, die Shmi zu retten versuchen, wird Cliegg Lars' Bein von einer Drahtfalle abgetrennt. Da Cliegg sich weigert, mit einem Mechno-Bein ausgestattet zu werden, ist er auf einen Energiestuhl angewiesen.

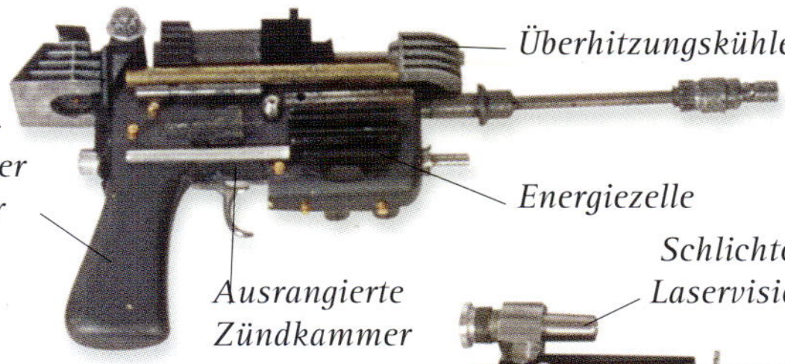

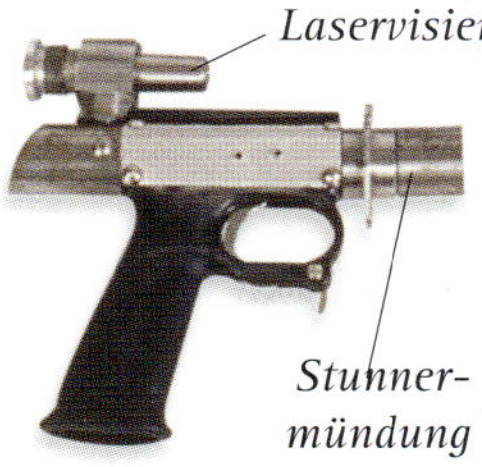

SIEDLERWAFFEN
Die wenigen Waffen, die den armen Siedlern zur Verfügung stehen, sind leistungsschwache Blaster.

Verluste

Nach der Tusken-Tragödie fragen sich einige, ob die Feuchtfarmer aufgeben werden. Mit Shmis Tod hat Cliegg Lars mehr verloren als manch anderer, aber er ist entschlossen, das Leben weiterzuführen, für das er so hart gearbeitet hat.

Tuskenräuber

TATOOINES EINHEIMISCHE, die Tuskenräuber – auch Sandleute genannt –, sind die wohl gewalttätigsten Feinde der Feuchtfarmer, mit denen sie sich um die kostbaren Wasserquellen auf dem Wüstenplaneten streiten. Diese furchterregenden Kreaturen sind zumeist größer als Menschen, verschmelzen aber mit verblüffender Leichtigkeit mit der Landschaft, was es ihnen erlaubt, sich fast unbemerkt zu bewegen. Die Sandleute leben in Stammesclans, die weit über die Dünen und Canyonregionen von Tatooine verstreut sind. Sie nennen nur wenige Dinge ihr Eigen; zu ihrem kostbarsten Besitz gehören die Schädel ihrer Vorfahren und Kraytdrachenperlen. Die Sandleute sind bekannt dafür, jeden zu töten, der so töricht ist, sich ihren heiligen Quellen zu nähern.

Die Sandleute wohnen in den ödesten Regionen Tatooines, wo menschliche Siedler nicht überleben können. Den Großteil des Jahres ziehen sie durch die Wüste, aber am Höhepunkt der Hitzeperiode leben viele Stämme in halbfesten Lagern.

Nur jemand mit den Kräften eines Jedi konnte unbemerkt ein Tusken-Lager betreten. Die Sandleute sind unheimlich fähige Wächter und können Menschen, die in ihr Territorium eindringen, aufspüren, noch bevor sie von den Eindringlingen gesehen werden.

DATENBLATT

- Viele grausige Legenden umgeben die Tuskenräuber, die dafür bekannt sind, beim Angriff ihre Opfer mit Blut zu bespucken.
- Die Sandleute fertigen aus natürlichen Materialien Geistermasken für ihre Rituale.

Geheimnisumwittert

Bei den Tuskenräubern herrscht strikte Geschlechtertrennung. Die Frauen hüten die Lager, die Männer jagen und kämpfen. Die Sandleute halten ihr Fleisch sorgfältig bedeckt und entblößen es nur in der Hochzeitsnacht. Zeigen sie bei anderen Gelegenheiten absichtlich oder versehentlich Haut, werden sie, abhängig von den jeweiligen Stammesregeln, verbannt oder getötet.

Sandausrüstung

In allen Wüstenterritorien tragen die Sandleute eine ähnliche Ausrüstung, obwohl jeder Stammesclan seine unverwechselbaren Eigenheiten hat. Einige Gruppen tragen eine Art sandabweisende Kapsel um den Hals, während andere schlichte Schals benutzen. Die Räuber lehnen fortgeschrittene Technologie größtenteils ab, setzen eine gestohlene Blasterwaffe aber mit schrecklicher Effizienz ein, bis die Energie erschöpft ist.

WARNHALTUNG

GADERFFI
Die traditionelle Waffe der Sandleute ist der Gaderffi oder »Gaffi«-Stock. Diese gefürchteten Äxte werden aus Kraytdrachenhorn und Metallteilen von Raumschiffwracks gefertigt.

Die Tuskenräuber können sich sogar in der konturenlosen Landschaft der Salzebenen verstecken, wo sie Feuchtfarmern auflauern, die nach ihren Evaporatoren sehen, um sie zu entführen oder zu töten.

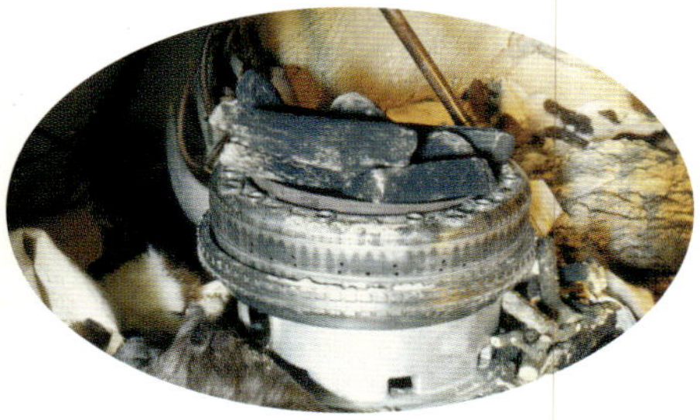

Die Sandleute stellen Bedarfsgüter wie Herde aus geplündertem oder gestohlenem Metall her. Komplexere Geräte sind normalerweise tabu.

Tusken-Uli-ah

Die Kinder der Sandleute, Uli-ah genannt, tragen Unisexkleidung, die alles Fleisch verhüllt. Dieses traditionelle Gewand schützt die Uli-ah vor Sonne, Sand und Wind und konserviert kostbare Feuchtigkeit. Junge Tuskenräuber werden vom Stamm erst voll akzeptiert, wenn sie mit 15 Jahren ein Mannbarkeitsritual bestanden haben.

URTYA-ZELT
Die Sandleute reisen mit leichten Zelten namens Urtya. Diese Unterkünfte werden aus Häuten, Sehnen und Stöcken aus den seit langem toten Wäldern Tatooines hergestellt.

Count Dooku

DER GLEICHERMASSEN ELEGANTE wie gefährliche Count Dooku war einst ein hochangesehener Jedi-Meister. Dooku verließ den Jedi-Orden nach der Schlacht von Naboo, kehrte zu seiner Heimatwelt Serenno zurück und nahm wieder seinen Familientitel Count an. Mit seinen Protesten gegen das Versagen der galaktischen Regierung hat Dooku viele Systeme für die Separatistenbewegung gewonnen, die nach Unabhängigkeit von der Republik strebt, aber seine wahren Motive bleiben im Dunkeln. Dooku hat immer über beträchtliche Macht verfügt – aufgrund seiner natürlichen Autorität, seines Lichtschwerts und zuletzt dank seines Reichtums und seiner Überzeugungskraft. Dieser doppelzüngige Meister der Macht hat einen Platz im Zentrum der galaktischen Ereignisse eingenommen und bedroht die Existenz der Republik.

In den Droidengießereien von Geonosis hofft der Count den Amboss gefunden zu haben, auf dem er das Schwert schmieden kann, das die Republik ins Verderben stürzen soll.

Der Blick des Counts lähmt Individuen mit schwachem Willen

Umhang ist Kennzeichen der Counts von Serenno

Gebogener Lichtschwertknauf erlaubt präzise Seitwärtsparaden

Umhang vergrößert die Silhouette des Counts zwecks Einschüchterung

Futter aus teurem, feinstem Panzerwebstoff, der wie Seide fällt und Blaster- oder Lichtschwertenergie zerstreut

Elegante, hohe Schaftstiefel

Dunkle Ziele

Obwohl Dooku im rechten Alter zum Orden stieß, hat er ihm niemals seine ganze Treue entgegengebracht. Stets bewahrte er sich ein gewisses Maß an Unabhängigkeit, die er auch an seine Schüler weitergab, darunter der verstorbene Qui-Gon Jinn. Dank seiner beträchtlichen Stärke in der Macht blieb Dooku selbst Yoda rätselhaft, und es gibt Gerüchte, dass er mit den Sith-Lehren experimentierte und ein dunkles Holocron aus den Jedi-Archiven benutzte. Der Rat indes unterschätzte Dookus Interesse an der politischen Macht.

DATENBLATT

◆ Der Count ist Herr seines Familienvermögens und einer der reichsten Männer der Galaxis. Er könnte allein mit eigenen Mitteln eine Armee aufstellen.

◆ Dookus Lehrer war Yoda. Der große Jedi-Meister hoffte, mit sorgfältiger Ausbildung Dookus hartnäckigen Unabhängigkeitsdrang zu überwinden.

Dookus Lichtschwert

Als Jedi-Meister legte Count Dooku das Lichtschwert beiseite, das er als junger Padawan gebaut hatte, und stellte ein besseres her, wie es die Jedi manchmal tun. Bei der Entwicklung des neuen Designs wählte er eines, das keine Ähnlichkeit mit dem seines Meisters Yoda hatte und auch nicht dem Trend jener Zeit entsprach. Stattdessen studierte er die Jedi-Archive, um eine Waffe des Typs zu bauen, die in der Blütezeit des Form-II-Lichtschwertkampfes Standard war. Die Form II ist eine uralte Technik, die lange, elegante Bewegungen und eine große Handgeschicklichkeit favorisiert.

Dooku lockt den gefangenen Obi-Wan Kenobi mit dem Angebot, sich der Separatistenbewegung anzuschließen. Der Count benutzt auf subtile Weise die Macht, um Obi-Wans Geist auf Schwächen hin zu sondieren.

Die verlorenen Zwanzig

In der gesamten Geschichte des Jedi-Ordens haben nur 20 Individuen ihrer Berufung wieder entsagt. Ihr Fortgang wird von den Jedi, die ihrer mit Porträtbüsten im Archiv gedenken, zutiefst bedauert. Count Dooku ist der letzte der »Verlorenen.« Er wird als bitterster Verlust empfunden, da die Macht in ihm so stark war.

Der gebogene Knauf von Dookus Lichtschwert erlaubt überlegene Paraden und präzise Klingenkontrolle. Dieses Design verleiht Dooku einen Vorteil, wenn er mit Jedi konfrontiert wird, die vor allem trainiert wurden, mit ihrer Waffe Blasterstrahlen abzuwehren.

HOLOPROJEKTOR
Nachdem Dooku den Orden verließ, konnte er nicht mehr das Sith-Holocron in den Archiven benutzen. Er studiert jetzt holografische Zellen mit den mystischen Lehren der dunklen Macht.

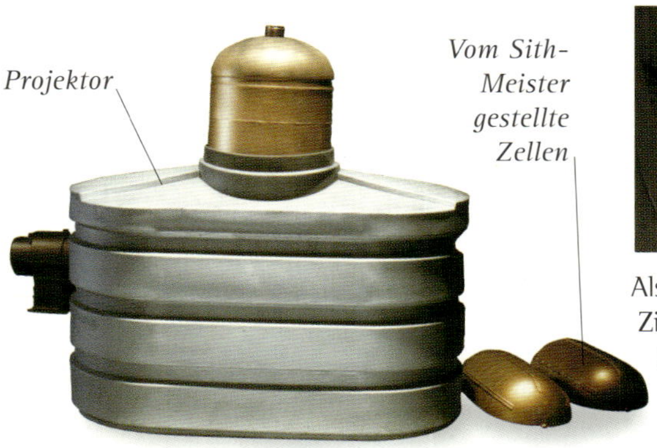

Als die Ankunft der Jedi-Streitkräfte Dokuus primäre Ziele durchkreuzt, benutzt er eins seiner verschiedenen Fluchtmittel - ein kleines Speeder Bike mit offenem Cockpit.

Dokuu enthüllt das volle Ausmaß seiner dunklen Natur, als er die legendären Sith-Blitze wirft. Die praktisch unmöglich abzuwehrenden Blitze verursachen unerträgliche Schmerzen und schwächen die Lebenskraft. Die Jedi verfügen über kein Äquivalent eines derart bösen Gebrauchs der Macht.

Die Separatisten

COUNT DOOKUS RUF nach Unabhängigkeit von der zerfallenden und zunehmend korrupten Republik wird von einigen der bedeutendsten und einflussreichsten Fraktionen der Galaxis beantwortet. Zu ihnen gehört ein finsteres Bündnis von Wirtschaftsimperien und Megakonglomeraten, das es an Macht mit der Republik aufnehmen könnte. Unzufriedene und opportunistische Senatoren unterstützen die Separatistenbewegung ebenfalls. Das politische System war nie darauf angelegt, mit dem Aufstieg von Konzernsupermächten zurechtzukommen, deren Motive einzig und allein von Profit bestimmt werden. Ohne die entschiedene Unterstützung durch den Galaktischen Senat ist der Zusammenhalt der Republik ernsthaft gefährdet.

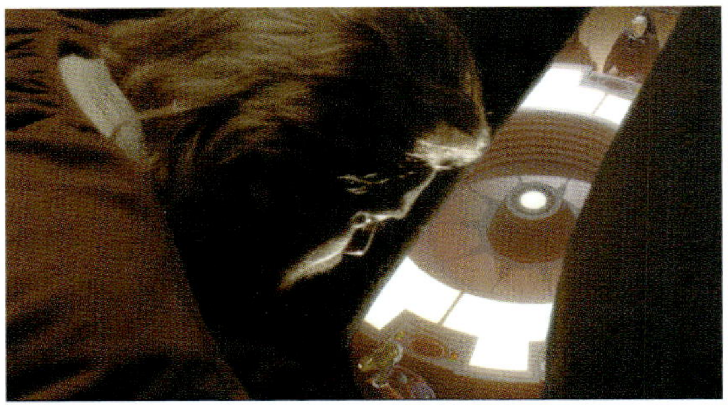

Die Handelsallianz

Die Handelsallianz ist der Zusammenschluss der bedeutendsten Wirtschaftsunternehmen der Galaxis. Als Chef des größten Konzerns führt Passel Argente das Büro des Allianzmagistrats. Argente ist als Vorsitzender des universellen Handelskonglomerats namens Lethe zu Reichtum und großer Macht gelangt. Arbeiter wie Kunden werden ermutigt, sich auf quasi religiöse Weise mit der Firma zu identifizieren.

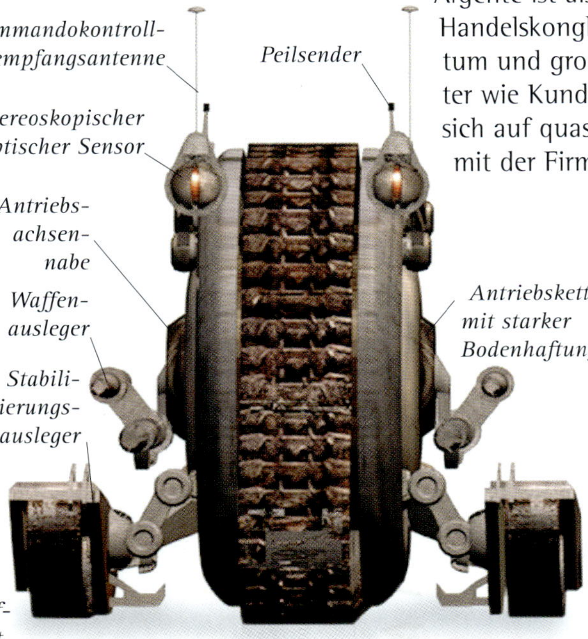

HANDELSALLIANZ-PANZERDROIDE
Wenn die Allianzkonzerne bei ihren Entwicklungsplänen auf Widerstand stoßen, werden Panzerdroiden eingesetzt, um den Weg zu bahnen. Die radähnlichen Maschinen sind weithin gefürchtet.

Die Handelsföderation

Die Handelsföderation kontrolliert Frachter, Häfen und Zwischenstationen auf den galaktischen Handelsrouten. Ihre Macht stützt sich auf eine Droidenarmee, die unter dem Vorwand der »Sicherung der Handelswege« operiert. Die Handelsfunktionäre scheinen trotz ihrer brutalen Einschüchterungsmethoden immun gegen Strafverfolgung zu sein.

HANDELSFÖDERATION-KERNSCHIFF
Die großen Frachter der Handelsföderation sind nicht für planetare Landungen konstruiert. Allerdings können sich die Kernschiffe von den Frachtern abkoppeln und eigenständig landen.

Die Handelsgilde

Die Handelsgilde versucht jeden großen Konzern zu kontrollieren, der in der Rohstoffindustrie tätig ist. In zunehmender Weise setzt sie mit ihrer Privatarmee Tributzahlungen durch. Die Gilde maximiert ihren Profit, indem sie alternative Technologien unterdrückt und korrupte Funktionäre und Senatoren besticht, um die Marktkräfte mit Zöllen zu kontrollieren.

PRÄSIDENT SHU MAI

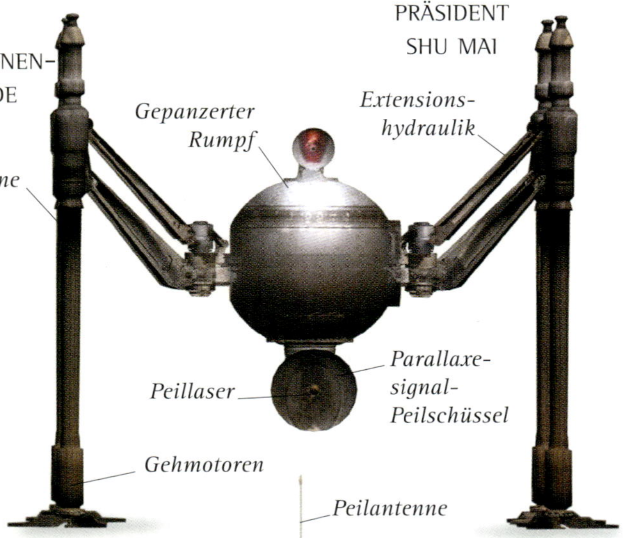

SPÜRSPINNENDROIDE

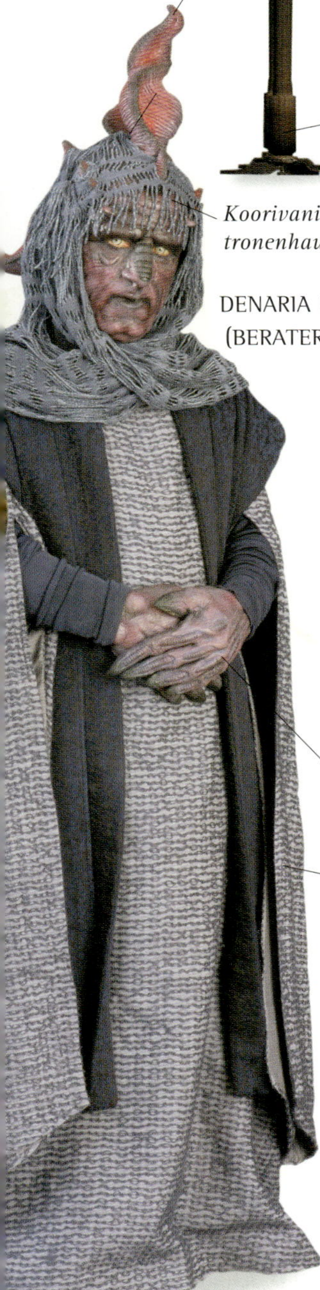

DENARIA KEE (BERATERIN)

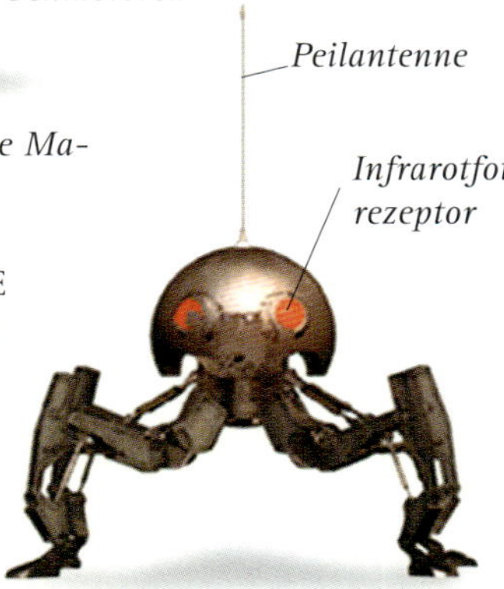

ZWERGSPINNENDROIDE
Die Armeedroiden der Handelsgilde sind mit langen Beinen ausgerüstet, um sich auf den zerklüfteten Bergbauwelten fortbewegen zu können. Diese zerstörerischen Maschinen bringen jene Unternehmen zur Strecke, die keine Tributzahlungen leisten wollen.

Der IG-Bankenverband

Der Intergalaktische Bankenverband mit Hauptquartier auf Muunilinst ist ungeheuer mächtig, wobei einige wenige alte Bankerfamilien sich seinen Einfluss teilen. Der fiskalisch umsichtige Vorsitzende San Hill sieht die Galaxis allein unter monetären Gesichtspunkten, sodass er in einem großen Konflikt natürlich beide Seiten finanziert.

SAN HILL

HAILFIRE-DROIDEN
Hailfire-Droiden kommen rasend schnell angerollt, um jene einzuschüchtern, die ihre IG-Kredite nicht tilgen. Mörderische Explosivraketenwerfer schicken säumigen Zahlern »Mahnschreiben.«

PO NUDO

BERATER

TIKKES

Senatoren

Einige Senatoren, demoralisiert von bürokratischer Trägheit und Korruption, sehen in Count Dookus Forderung nach Unabhängigkeit eine mutige und ehrenwerte Sache. Andere verbünden sich mit den Separatisten allein aus egoistischen Motiven.

DATENBLATT

- Count Dooku führt die Separatisten und kennt die Schwachstellen jeder Fraktion.
- Die meisten kommerziellen Armeen sind legal lizensiert, obwohl sie gegen den Geist der Anti-Privatarmee-Gesetze verstoßen.

Geonosianische Aristokratie

Die grossen Stockkolonien der Geonosianer reichen bis tief unter die Oberfläche von Geonosis und überziehen die öde Landschaft mit fremdartigen Türmen. Die quasi insektoiden Geonosianer sind eine in Kasten unterteilte Gesellschaft. Die arrogante Herrscherklasse regiert mit grausamer Autorität, während die Massen in riesigen Industrieunternehmen arbeiten. Die Arbeiter sind konditioniert, jeden Gedanken an eine Trennung vom Stock oder vom sie kontrollierenden System zu verabscheuen. Die Fähigkeit der geonosianischen Aristokraten, die Bevölkerung zur harten Fabrikarbeit abzurichten, hat Geonosis für seine Herrscher zu einer sehr profitablen Gesellschaft gemacht. Der Planet ist in den letzten Jahren vor allem für seine riesigen Kampfdroidengießereien bekannt geworden.

Ein Ringsystem aus kleinen Asteroiden umgibt den Planeten Geonosis. Sie sind reich an Metallen und bilden eine unerschöpfliche Rohstoffquelle für die Industriebetriebe auf der Heimatwelt.

Stockkolonien

Um sich der Beobachtung durch rivalisierende Stämme und den riesigen insektoiden Raubtieren von Geonosis zu entziehen, leben die Geonosianer in unterirdischen Stöcken. Diese werden traditionell in der Landschaft versteckt und verschmelzen dank ihrer naturalistischen Formen mit ihr.

Dichte Hochnebel auf Geonosis erzeugen düstere, nachtähnliche Bedingungen, die wochenlang andauern können. Das geonosianische Leben ist an diese Verhältnisse angepasst, und viele Kreaturen sind biolumineszierend.

Die geonosianische Gesellschaft existiert nur zum Wohl der wenigen aus der Oberschicht. Diese denken sich nichts dabei, wenn sie Tausende von Arbeitern nach Gutdünken zur Arbeit zwingen. Sie haben den Bau des spektakulären Reiches überwacht, in dem sie alle leben. Formen, die sie einst instinktiv geschaffen haben, wurden zu turmähnlichen Strukturen weiterentwickelt.

DATENBLATT

- Die traditionelle »frei geformte« geonosianische Architektur wird aus Felspaste erbaut, einer Materialmischung aus den Exkrementen domestizierter Phidnaparasiten und Gesteinsstaub.
- Die geonosianischen Phidna werden in hydroponischen Gärten kultiviert, um die Stockbauindustrie zu versorgen.

Sun Fac

Poggles Chief Lieutenant Sun Fac sorgt für die Durchsetzung des Willens seines Herrn auf ganz Geonosis. Sun Fac, für einen Geonosianer ungewöhnlich intelligent und kreativ, ist geübt darin, jede Rolle zu spielen, die für die jeweiligen Erfordernisse am besten geeignet ist. Er kann ein mitfühlender Zuhörer oder ein herzloser Henker sein, je nachdem, was die Produktion steigert.

Poggle der Geringere

Die von Erzherzog Poggle regierte stalgasinische Stockkolonie kontrolliert derzeit alle anderen großen Stöcke auf Geonosis. Poggle hat geschickt mit Außenwelt-Interessengruppen verhandelt und das größte planetare Projekt koordiniert, das je von der geonosianischen Gesellschaft in Angriff genommen wurde: den Bau einer riesigen Kampfdroidenarmee für die Handelsföderation und ihre separatistischen Alliierten. Der ungeheure Profit aus diesen Geschäften hat Poggles Macht gefestigt, aber dies könnte sich ändern, wie es schon in der Vergangenheit der Fall war. Die in der geonosianischen Gesellschaft weit verbreiteten internen Machtkämpfe schrecken viele Kunden ab, größere Aufträge zu erteilen.

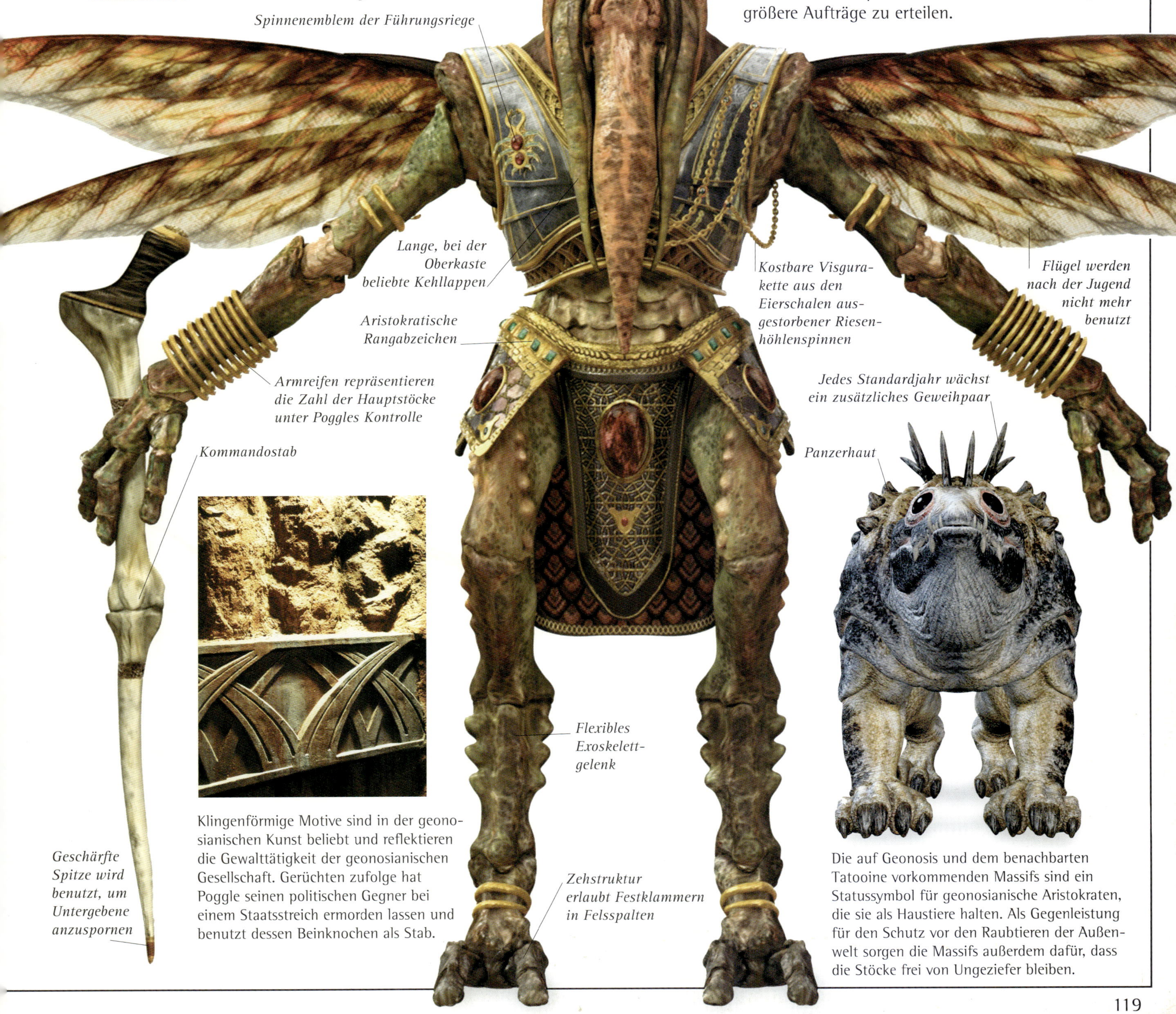

Klingenförmige Motive sind in der geonosianischen Kunst beliebt und reflektieren die Gewalttätigkeit der geonosianischen Gesellschaft. Gerüchten zufolge hat Poggle seinen politischen Gegner bei einem Staatsstreich ermorden lassen und benutzt dessen Beinknochen als Stab.

Die auf Geonosis und dem benachbarten Tatooine vorkommenden Massifs sind ein Statussymbol für geonosianische Aristokraten, die sie als Haustiere halten. Als Gegenleistung für den Schutz vor den Raubtieren der Außenwelt sorgen die Massifs außerdem dafür, dass die Stöcke frei von Ungeziefer bleiben.

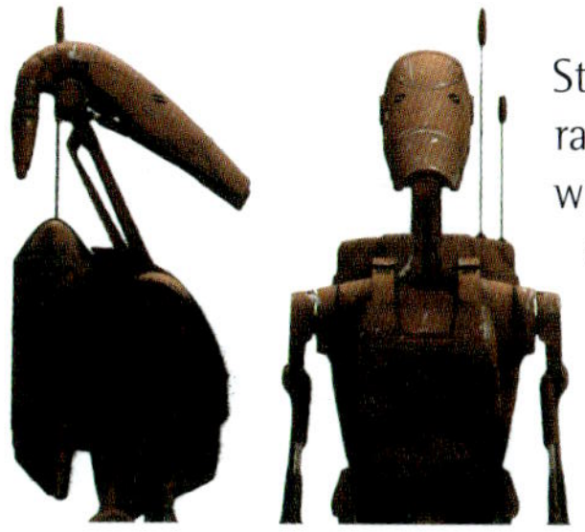

Standard-Handelsföderation-Kampfdroiden werden noch immer eingesetzt, da sie sich bei der Überwachung unterworfener Völker als effektiv erwiesen haben.

Handelsföderation-Kampfdroiden

DIE REICHE HANDELSFÖDERATION ist eine Schlüsselfraktion in der Separatistenbewegung und stellt ihre Kampfdroidenarmee zur Verfügung. Die Niederlage der Handelsföderation in der Schlacht von Naboo machte die Notwendigkeit stärkerer, unabhängigerer Infanteriestreitkräfte deutlich, und so wurden die Superkampfdroiden in Auftrag gegeben: verbesserte Versionen ihrer standardisierten, skelettartigen Vorgänger. Wie die Furcht erregenden Droidekas verstoßen diese Militärroboter gegen das republikanische Verbot privater Sicherheitsstreitkräfte, aber die Neimoidianer haben zu viel Einfluss, als dass sie die galaktische Justiz fürchten müssten. Count Dooku persönlich arrangierte den Vertrag zum Bau einer großen Streitmacht Superkampfdroiden, die im Geheimen von den Droidengießereien auf Geonosis hergestellt werden und den Separatisten noch größere Macht verleihen.

Schwere Schulterpanzerung schützt Kommandosignalempfänger

Hauptsignalempfängereinheit unter verstärkter Panzerung

Arme sind stärker als Kampfdroidenbeine

Dicke Acertronpanzerung schützt primäre Energieeinheit im Brustkorb

Flexibles gepanzertes Mittelteil

Kryogenisch temperierte Körperhüllenelemente sind gehärtet, aber nachgiebig unter Belastung, um Brüche zu reduzieren

Die Neimoidianer sind zu ängstlich, um selbst zu kämpfen, und zu verschlagen, um lebenden Soldaten zu trauen. Stattdessen bevorzugen sie Kampfdroiden für ihre ruchlosen Zwecke. Oft für ihre Feigheit kritisiert, gewannen sie überraschend Count Dookus Unterstützung für ihre mechanisierte Armee.

Superkampfdroiden

Die harte und widerstandsfähige Panzerung und verstärkten Gelenke der Superkampfdroiden opfern einen Teil der Beweglichkeit für verbesserten Schutz. Aus ökonomischen Gründen verwendet man intern bekannte Kampfdroiden-Standardelemente, umgibt sie aber mit einer viel stärkeren Hülle.

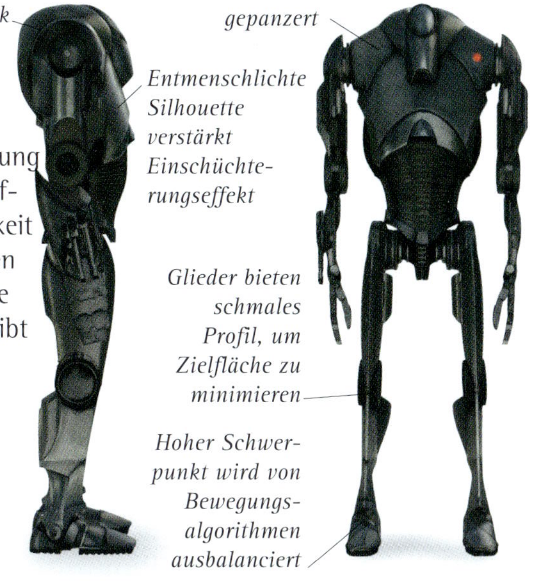

Verstärkter Signalempfängerblock

Breite Flächen sind am massivsten gepanzert

Entmenschlichte Silhouette verstärkt Einschüchterungseffekt

Glieder bieten schmales Profil, um Zielfläche zu minimieren

Hoher Schwerpunkt wird von Bewegungsalgorithmen ausbalanciert

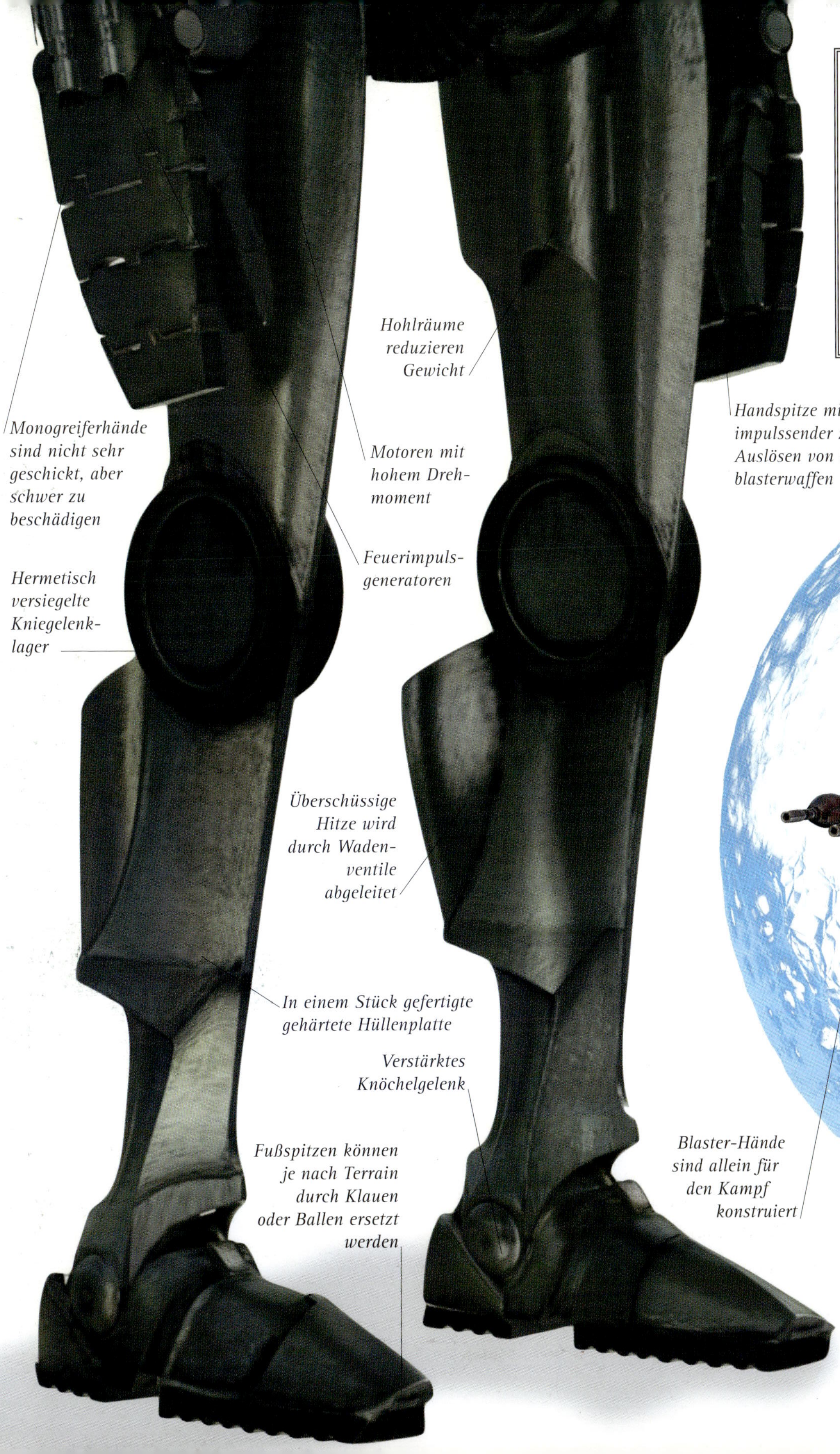

DATENBLATT

- ◆ Das überlegene Design der Droidekas erklärt ihre hohen Kosten, die das 200fache des Preises eines Kampfdroiden betragen.
- ◆ Im Gegensatz zu Droidekas können Menschen wegen der hohen Radioaktivität der Technologie keine persönlichen Schildgeneratoren mitführen.

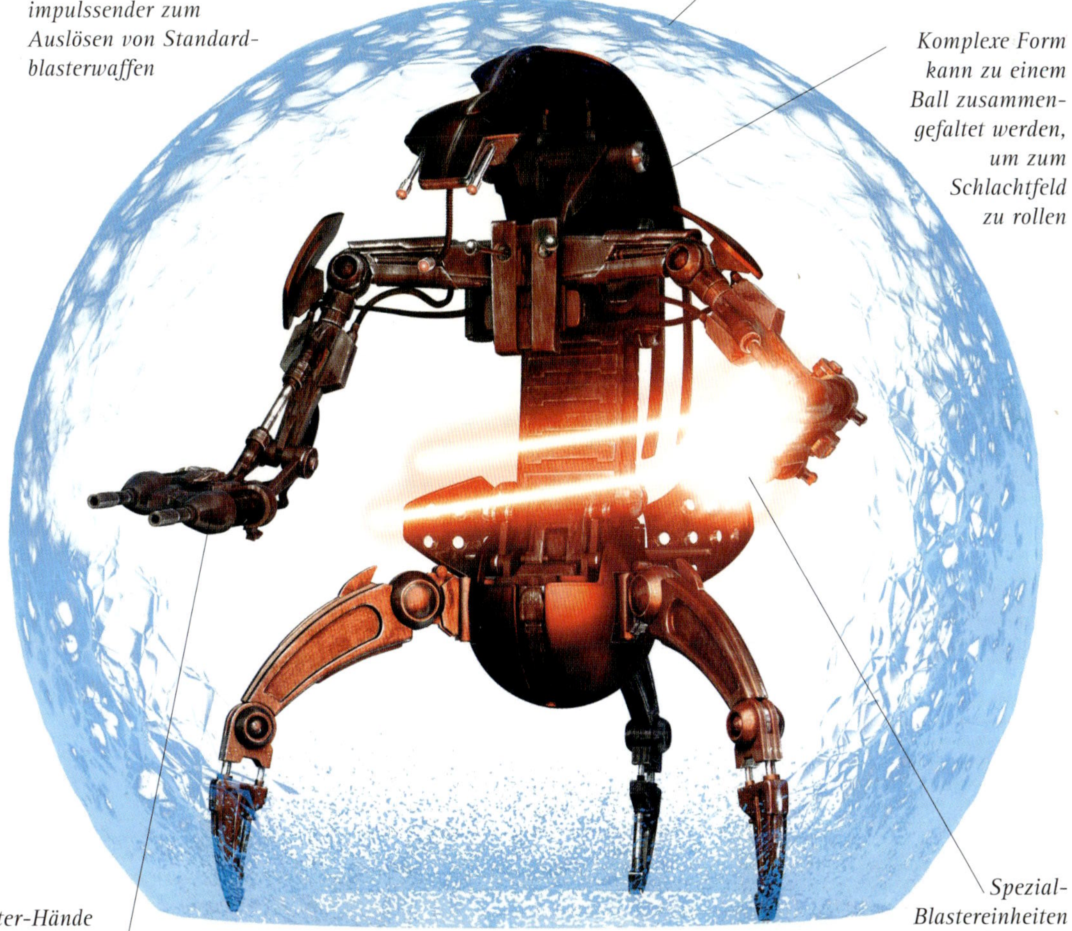

Droidekas

Schwere Droidekas sind durch Standard-Blasterwaffen und Jedi-Lichtschwerter nicht zu beschädigen. Diese Furcht erregenden, illegalen Kampfroboter greifen sogar ihre Besitzer an, wenn sie nicht korrekt bedient werden. Neimoidianische Anwälte halfen den colicoidischen Herstellern der Droidekas, nach Todesfällen kostspielige Schadensersatzklagen abzuwehren.

Geonosianische Drohnen

LEGIONEN VON DROHNEN stehen im Dienst der geonosianischen Aristokratie und unter den strengen Gesetzen der Stockgesellschaft. Die drei biologisch unterschiedlichen Drohnenkasten wurden durch genetische Manipulation und selektive Fortpflanzung weiter verändert. Mit Blick auf die vielseitigen Aufgaben im Stock konnte man so spezialisierte Arbeiter produzieren. Drohnen haben kaum Rechte, einen begrenzten freien Willen und werden erbarmungslos exekutiert, wenn sie sich als Abweichler erweisen, denn es gibt immer andere, die ihren Platz einnehmen können. Für die durchschnittliche Drohne mit ihrer beschränkten Intelligenz ist ein Leben für die gemeinnützige Arbeit das einzig Wünschenswerte.

Drohnen haben keine Unterkünfte, keine Besitztümer und keinen persönlichen Freiraum. Um Ressourcen zu sparen, wird den Drohnen befohlen, in eine schlafähnliche Stasis zu fallen, wenn sie nicht gebraucht werden, was ihre Platz- und Nahrungsbedürfnisse reduziert.

Geonosianische Wachen schützen ihren Stock vor Eindringlingen wie mit Ungeziefer verseuchten Kreaturen oder Drohnen aus rivalisierenden Stöcken. Geonosianische Eindringlinge könnten versuchen, sie zu überfallen, die Arbeit zu sabotieren oder das Machtgleichgewicht zu erschüttern, indem sie die Herrscher ermorden.

Statt die Stockressourcen für die Unterbringung von Gefangenen zu verschwenden, setzen die Geonosianer sie zur Unterhaltung in der Arena ein, wo sie gegen bösartige Bestien oder gegeneinander kämpfen müssen. Diese Veranstaltungen stärken die Macht der Herrscher und stellen die Drohnenmassen ruhig.

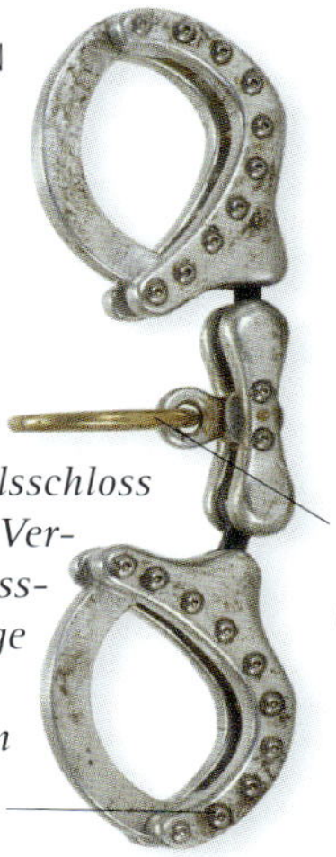

VON GEFANGENEN GETRAGENE FESSELN

ELEKTROPIKE

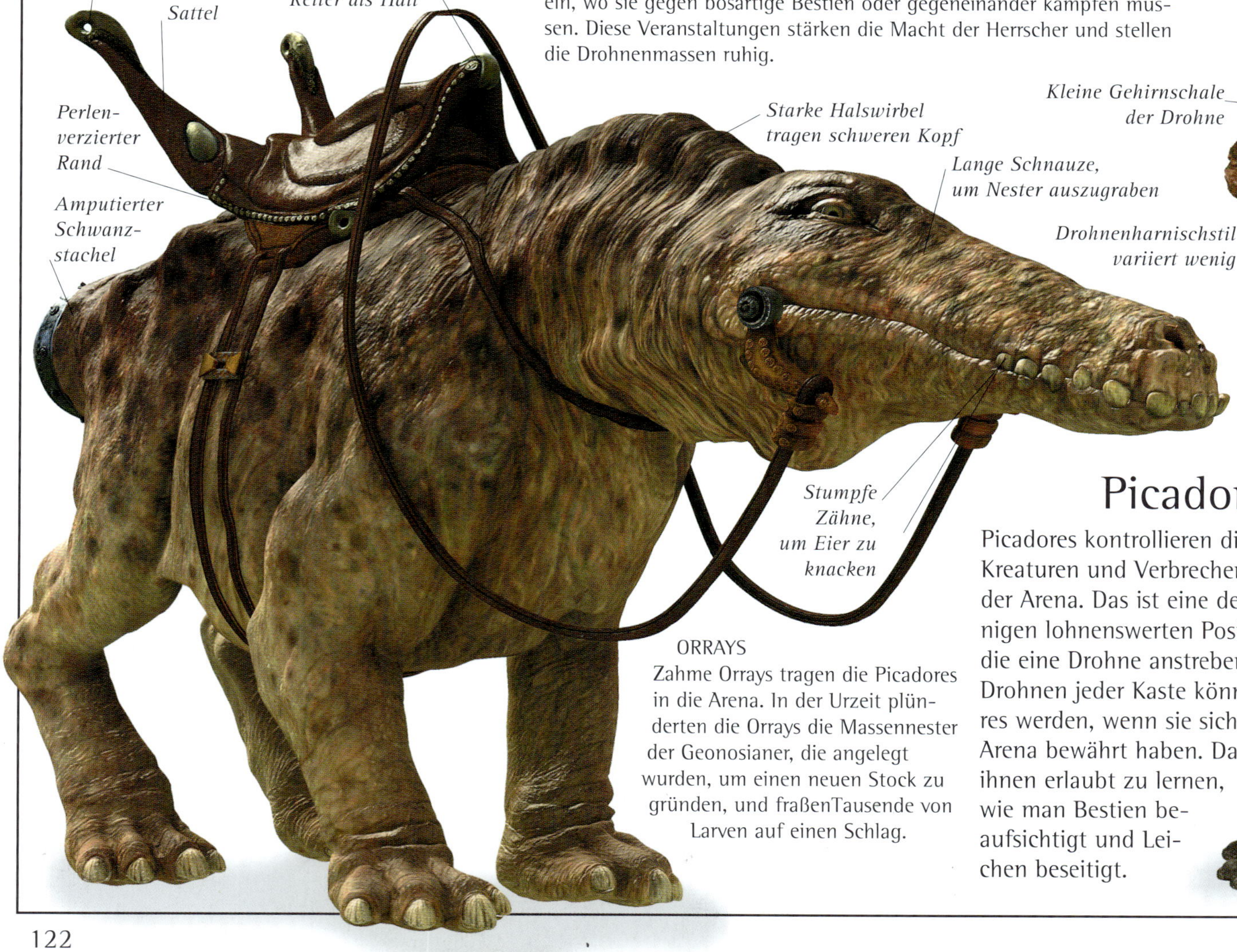

ORRAYS
Zahme Orrays tragen die Picadores in die Arena. In der Urzeit plünderten die Orrays die Massennester der Geonosianer, die angelegt wurden, um einen neuen Stock zu gründen, und fraßenTausende von Larven auf einen Schlag.

Picador

Picadores kontrollieren die Kreaturen und Verbrecher in der Arena. Das ist eine der wenigen lohnenswerten Positionen, die eine Drohne anstreben kann. Drohnen jeder Kaste können Picadores werden, wenn sie sich in der Arena bewährt haben. Dann ist es ihnen erlaubt zu lernen, wie man Bestien beaufsichtigt und Leichen beseitigt.

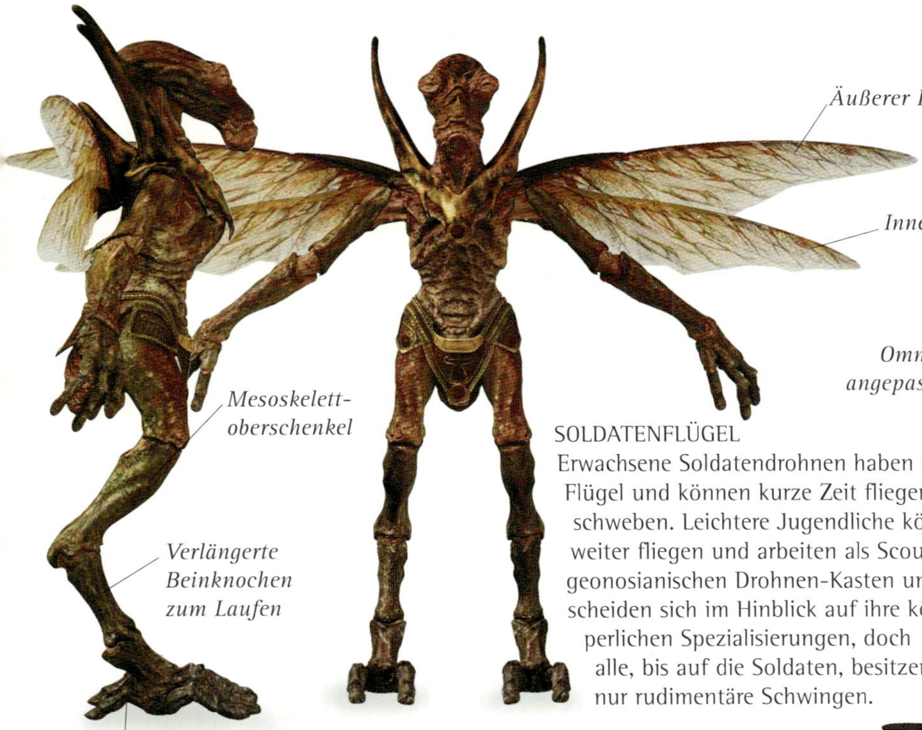

SOLDATENFLÜGEL
Erwachsene Soldatendrohnen haben funktionierende Flügel und können kurze Zeit fliegen und schweben. Leichtere Jugendliche können weiter fliegen und arbeiten als Scouts. Die geonosianischen Drohnen-Kasten unterscheiden sich im Hinblick auf ihre körperlichen Spezialisierungen, doch alle, bis auf die Soldaten, besitzen nur rudimentäre Schwingen.

Geonosianische Soldatendrohne

Die schnell heranwachsenden Soldatendrohnen können schon im Alter von sechs Standardjahren im Kampf eingesetzt werden. Soldatendrohnen sind zäh, einfältig und biologisch gut an ein Kriegerleben angepasst. Sie sind konditioniert, in der Masse furcht- und gefühllos zu agieren, und geben gute Verteidiger und starke Kämpfer gegen wilde Bestien ab. Doch sie sind schlechte Angreifer, wenn sie auf dem Schlachtfeld intelligenten Feinden gegenüberstehen.

SCHALLBLASTER
Die Standardhandfeuerwaffe eines geonosianischen Soldaten benutzt Oszillatoren, die eine Schallkugel erzeugen. Beim Schuss wird eine winzige Plasmaeindämmungsladung hinzugefügt, um den sonischen Effekt zu stabilisieren, bis er sein Ziel trifft und große Zerstörung anrichtet.

DATENBLATT

◆ Zu den geonosianischen Drohnenkasten gehören sowohl Diener-, Arbeiter-, Soldaten-, Farmer- und Schöpferdrohnen als auch Aufseherdrohnen, die die anderen kontrollieren.

◆ Geonosianische Arenen sind Teil eines Netzwerks von Gladiatorgesellschaften.

Mit überdurchschnittlicher Intelligenz geborene Soldatendrohnen haben nur eine Hoffnung, dem strengen Diktat der Pflicht zu entrinnen: Sie können freiwillig in die Arena gehen. Wenn Abweichler überleben, wird ihnen das Leben im Exil gewährt, oder sie finden Zuflucht in den Galard-Ställen.

Arenabestien

VERURTEILTE GEFANGENE und Gladiatoren müssen sich in den geonosianischen Arenen einer furchterregenden Vielzahl von Monstern stellen. Gemeine Kriminelle werden gehängt oder den Bestien ausgeliefert, die in unterirdischen Pferchen gehalten werden. Zum Ergötzen der Zuschauer gehen viele dieser Kreaturen äußerst grausam vor, und manche werden von ihren Haltern auf noch brutalere Vorgehensweise hin trainiert. Der Höhepunkt des beliebten Spektakels besteht darin, dass seltene Bestien aus entfernten Sonnensystemen in der Arena auf brutale Verbrecher gehetzt werden, die eine Spezialbehandlung verdienen.

Acklay

Der schnelle Acklay ist eines der albtraumhaften Raubtiere von Vendaxa, einem fruchtbaren Planeten mit einem der komplexesten Ökosysteme der Galaxis. Am Tag durchstreifen die Acklays die vendaxanischen Ebenen und jagen die lederhäutigen, nachtaktiven Lemnai, die sie mit ihren scharfen Klauen aufspießen, um an das fleischige Innere zu gelangen. Acklays sind wertvolle Arenaakteure, da sie schwer zu fangen sind. Sie verhungern, wenn sie nicht oft genug gefüttert werden, und müssen täglich viele Gegner töten, um ihren Appetit zu stillen.

Geonosianische Arenen bieten Platz für eine große Zahl von Drohnen. Die geonosianischen Herrscher steigern ihre Beliebtheit, indem sie Kämpfe, »Venationen« genannt, mit besonders exotischen und extrem bösartigen Kreaturen veranstalten.

DATENBLATT

◆ Der geonosianische Appetit auf Arenaunterhaltung hat einige der beliebtesten Bestien des Planeten ausgerottet.

◆ Mutige Jäger können gutes Geld verdienen, indem sie gefährliche galaktische Bestien für die geonosianischen Venationen fangen.

Der Acklay bewegt sich auf hypertrophen Fingerspitzen fort, die mächtige Klauen bilden, welche auch für Stechangriffe eingesetzt werden. Mit einem Schlag dieser schrecklichen Waffen kann er die meisten Gegner in Stücke hacken, ohne einen Kratzer davonzutragen.

Nexu

Der auf Cholganna heimische Nexu lebt und jagt in kühlen Wäldern. Seine sekundären Augen sehen im Infrarotbereich und ermöglichen es ihm, warmblütige Beutetiere an ihren verräterischen Hitzesignaturen zu erkennen. Auf seinem Speiseplan stehen unter anderem der fliegende Octopi, aber auch die stämmige Barkratte. Der Nexu packt die Beute mit seinem breiten, zähnestarrenden Maul, um sie dann zu Tode zu schütteln und zu beißen. Spitze Stacheln am Rücken schützen ihn vor Angriffen von oben.

Der fleischbepackte, schwerfällige Reek ist nichtsdestotrotz ein starkes Tier und ein mächtiger Kämpfer. Seine kräftigen Kiefermuskeln können harte Holzmoosstücke zerkauen, aber auch mit Leichtigkeit Glieder abtrennen.

Reek

Die Reeks leben auf dem Codianmond, wo sie in kleinen Herden eifersüchtig ihre Holzmoosreviere verteidigen. Unglücklicherweise wurde entdeckt, dass der Pflanzenfresser durch Aushungern zum Fleischfresser gemacht werden kann und in der Arena für hervorragende Unterhaltung sorgt. Allein mit Fleisch gefüttert, stirbt der Reek, aber die Arenaexemplare bekommen gerade genug Pflanzennahrung, um gesund und kräftig zu bleiben.

Jedi im Kampf

JEDI-RITTER benutzen ihre Kräfte der subtilen Wahrnehmung, um Konflikte durch Verhandlungen und Diplomatie zu lösen. Ihr Ziel ist, Frieden durch Gerechtigkeit zu erlangen, denn sie wissen, dass wahre Harmonie nicht erzwungen werden kann. Dennoch hat ihre vergeistigte Philosophie die Jedi niemals blind gemacht für den praktischen Einsatz der Macht in unlösbaren Auseinandersetzungen, und die meisten Jedi-Diplomaten sind in der Lage, im Nu ihr Lichtschwert zu ziehen, wenn die Situation es verlangt. Als man Kriegsvorbereitungen auf Geonosis entdeckt, reagiert Mace Windu sofort und führt eine Jedi-Expedition aus allen zur Verfügung stehenden Kämpfern an, um Obi-Wan Kenobi zu retten.

Kit Fisto

Als amphibischer Nautolaner von Glee Anselm kann Kit Fisto an der Luft und im Wasser leben. Seine Kopftentakel sind hochempfindliche olfaktorische Organe, die es ihm erlauben, pheromonische Gefühlsäußerungen zu registrieren. Diese Fähigkeit gestattet es ihm, die Unsicherheit eines Gegners augenblicklich zu seinem Vorteil zu nutzen.

BULTAR SWAN

Die Jedi-Ritterin Bultar Swan lockt ihre Gegner an, indem sie ihre Körperbewegungen minimiert, um dann mit einem perfekten Angriff zuzuschlagen, der höchst komplex sein kann, aber in einer einzigen Bewegung ausgeführt wird.

Mace Windu

Mace Windu, ein Form-VII-Ausbilder, ist einer der besten Lichtschwertkämpfer im Jedi-Orden. Nur hochrangige Meister in den verschiedenen Kampfstilen können die Form VII erlernen und kontrollieren. Diese gefährliche Technik kommt der Sith-Philosophie äußerst nahe, die größten Wert auf körperliche Kampfqualitäten legt.

Als führendes Mitglied des Jedi-Rates baute sich Mace Windu ein eigenes neues Lichtschwert. Es erfüllt die höchsten Präzisionsstandards und repräsentiert Maces voll entwickelte Fähigkeiten als Jedi-Führer.

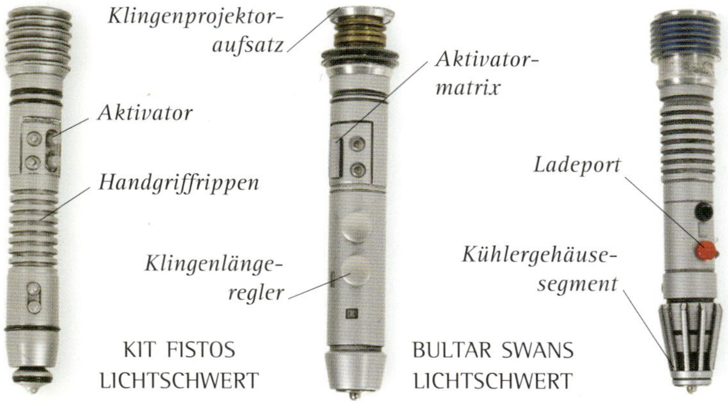

KIT FISTOS LICHTSCHWERT

BULTAR SWANS LICHTSCHWERT

PLO KOONS LICHTSCHWERT

JEDI-WAFFEN
Jedes handgefertigte Lichtschwert drückt die Individualität seines Erbauers aus, obwohl es nur wenige Unterschiede in der Funktion gibt.

Shaak Ti

Shaak Ti kämpft am besten in Gruppenkämpfen, da sie biologisch sehr gut an das Agieren in dichten Mengen angepasst ist. Mühelos sprintet sie durch chaotisches Getümmel, wo andere mit der Komplexität der Abläufe größte Schwierigkeiten haben.

Die Jedi müssen im Kampf der Versuchung widerstehen, die böse Macht des Hasses und Zornes einzusetzen, selbst wenn es gegen Sith-Feinde geht.

Barriss Offee

Barriss, die Padawan-Schülerin von Luminara Unduli, ist auf Tandemkampf spezialisiert. Sie benutzt die Macht, um ihre Aktionen perfekt mit denen ihres Partners zu synchronisieren, wodurch ein Team entsteht, das mächtiger ist als die Summe seiner Teile.

Luminara Unduli

Durch jahrelange Praxis hat Luminara Unduli die Flexibilität ihrer Gelenke dermaßen gesteigert, dass sie extreme Lichtschwertbewegungen durchführen kann, die normalen Humanoiden nicht möglich sind.

DATENBLATT

◆ Spezielle Lichtschwertdisziplinen nutzen nichthumanoide Fähigkeiten wie 360-Grad-Sicht.

◆ Jedi trainieren ständig mit ihren Lichtschwertern, ob nun allein auf langen Feldmissionen oder mit Kollegen im Tempel.

Lichtschwertkampf

DAS LICHTSCHWERT ist mächtiges Symbol der Disziplin und Waffe zugleich. In den Händen des Ungeübten ist es weniger als nutzlos gegen moderne Blasterwaffen und kann seinen Benutzer sogar verletzen. Doch geführt von einem Jedi kann das Lichtschwert so mächtig wie jede Waffe werden, die gegen es eingesetzt wird. Dann wirft es Energieblitze in einem tödlichen Hagel auf den Angreifer zurück, während der Jedi unversehrt bleibt. In seiner höchsten Form ist der Lichtschwertkampf eine subtile und komplizierte Kunst, und jeder Jedi beginnt, indem er die ersten Prinzipien dieser Disziplin erlernt.

DIE SIEBEN FORMEN
Sieben Formen des Lichtschwertkampfes sind seit der Gründung des Jedi-Ordens entwickelt worden. Jede repräsentiert eine spezifische Herangehensweise oder Philosophie und hat ihre besonderen Stärken. Jedi können sich auf eine Form spezialisieren oder ihren eigenen Kampfstil mit Elementen aus verschiedenen Stilen entwickeln, obwohl dies besondere Disziplin erfordert.

Bereitschaftsformen

In einer Bereitschaftsposition ist ein Jedi kampfbereit. Die Lichtschwertformen kennen viele Bereitschaftspositionen, aber jene namens »Jedi-Bereitschaft« ist die verbreitetste: dominanter Fuß zurückgestellt, Klinge in Paradehaltung auf der dominanten Seite.

DEFENSIV NEUTRAL
In dieser Stellung werden die Füße nebeneinander platziert, und das Lichtschwert wird vor dem Körper hochgehalten. Diese Position bietet die maximale Klingenfläche, um Schläge oder Schüsse abzuwehren, und maximiert die optische Wirkung der Klinge auf einen Gegner.

AGGRESSIV NEUTRAL
In dieser Stellung werden die Füße nebeneinander platziert, während die Klingenspitze dem Gegner am nächsten ist. Sie repräsentiert das minimalste optische Klingenziel für Angriff und Nachsetzen.

Körperzonen

Angriffe und Paraden werden nach den Körperzonen benannt, auf die sie abzielen. »Angriff 1« ist ein Schlag gegen den Kopf, »Parade 2« die Abwehr einer Attacke gegen den eigenen rechten Arm oder die rechte Seite und so weiter. Angriffszonen sind jene, die man beim Gegner sieht, während Paradezonen sich auf den eigenen Körper beziehen. Um von Angriff 2 zu Parade 3 überzugehen, muss man die Klinge von der rechten Seite zur linken wechseln.

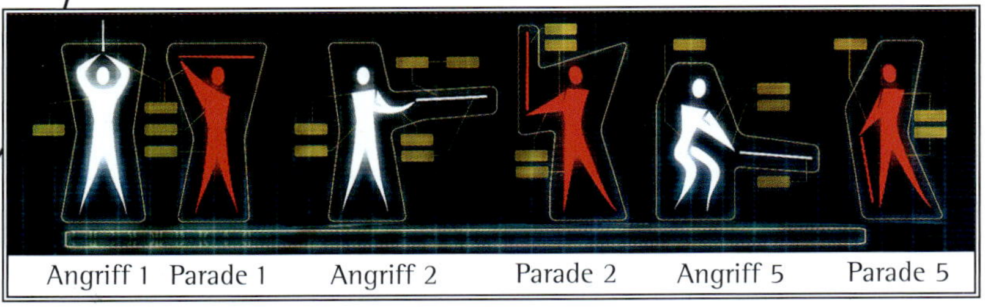

IDEALFORM
In der Idealform sind Angriffe horizontale Seitenschläge und Paraden mit vertikal gehaltener Klinge, die sicher die Spitze der gegnerischen Klinge wegdrückt. Diese Regel gilt umgekehrt für den Angriff gegen den Kopf und die Verteidigung des Kopfes, wobei der Angreifer nach unten schlägt und der Verteidiger seine Klinge parallel zum Boden hält.

GESCHWINDIGKEITEN
Um blitzschnelle Reflexe und eine perfekte Kontrolle zu entwickeln, stellen sich die Jedi einander in Trainingskämpfen, die »Geschwindigkeiten« genannt werden. Die zehnte Geschwindigkeitssequenz führt jeden Gegner durch eine Serie von Angriffen und Paraden und wird jedes Mal mit größerem Tempo wiederholt, bis ein Gegner bezwungen wird oder mit der Erklärung »Solah!« aufgibt.

Angriff 1/Parade 1 | Angriff 6/Parade 6 | Angriff 5/Parade 5 | Angriff 3/Parade 3 | Angriff 2/Parade 2

Beidhändiger Griff ermöglicht beste Kontrolle

Grundlagen

Jedi im Training wiederholen endlos die Lichtschwertgeschwindigkeitssequenzen, um ihre Schlüsselfähigkeiten und ihr physisches Stehvermögen zu verbessern. Auf diesen Grundlagen aufbauend, können Jedi über das körperlich Mögliche hinausgehen und der Macht erlauben, sie zu durchfließen. Ein Padawan trainiert mit Dulon für die Aufnahmeprüfungen: Solosequenzen von Schritten, bei denen die Gegner nur vorgestellt werden. Das Muster der Geschwindigkeiten und Dulon bereiten einen Jedi auf das unvorhersehbare Spektrum realer Kämpfe vor.

Dooku benutzt synthetische Lichtschwertkristalle, die eine stärkere Klinge generieren, wenn sie von der dunklen Seite der Macht energetisiert werden. Der Vorteil ist gering, aber allein der Anblick einer roten Klinge ist ein Symbol hassenswerter Macht.

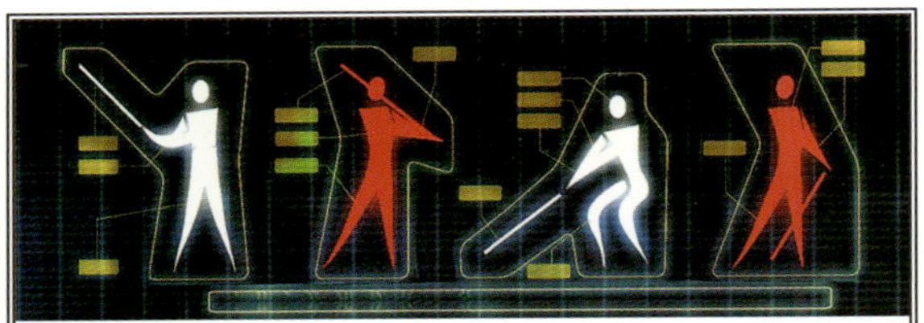

Schneller Angriff 3 | Schnelle Parade 3 | Schneller Angriff 6 | Schnelle Parade 6

REALKAMPFFORM
Im Gegensatz zur Idealform wird im Realkampf beim Angriff die Klinge oft nach unten gehalten, um die Körperbewegung zu minimieren und die Geschwindigkeit zu steigern. Dabei ist zu bedenken, dass die ideale Balance zwischen Angriffs- und Verteidigungshaltung die Präzision verbessert.

Parade 4

Parade 1

Stopp-Position

KAI-KAN
Zu allen Zeiten sind große Lichtschwertduelle von Schwertmeistern studiert worden. Kai-kan sind gefährliche Nachstellungen dieser Kämpfe, an die sich nur gut trainierte Jedi wagen.

Nach unten stoßende Parade 3

Im fortgeschrittenen Lichtschwertkampf spielt die Macht eine größere Rolle als die körperliche Fähigkeit. Die Kombattanten benutzen sie zum Angriff und zur Verteidigung, während die Sith versuchen, den Willen eines Jedi zu brechen.

JEDI-SCHRITTE

JUNG:	180-Grad-Drehung
JUNG MA:	Schnelle 360-Grad-Drehung, um Schwung für einen Angriff zu gewinnen
SAI:	Machtunterstützter Sprung, um einem Angriff gegen die Beine auszuweichen
SHUN:	Einhändiger Griff und Drehung des Lichtschwerts um 360 Grad, um Geschwindigkeit für einen Angriff zu gewinnen

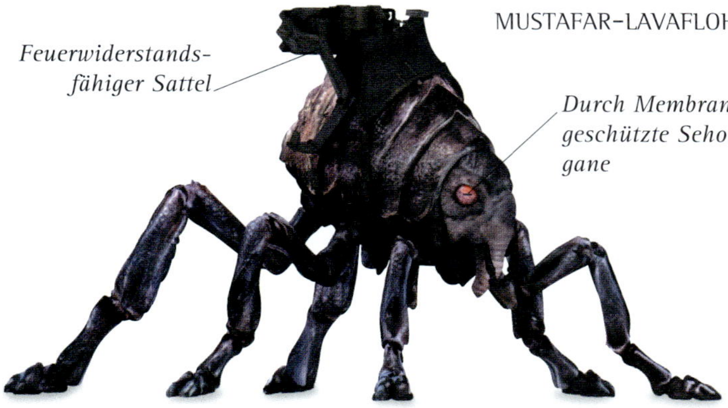

MUSTAFAR-LAVAFLOH

OBI-WANS SICHTSCHIRM

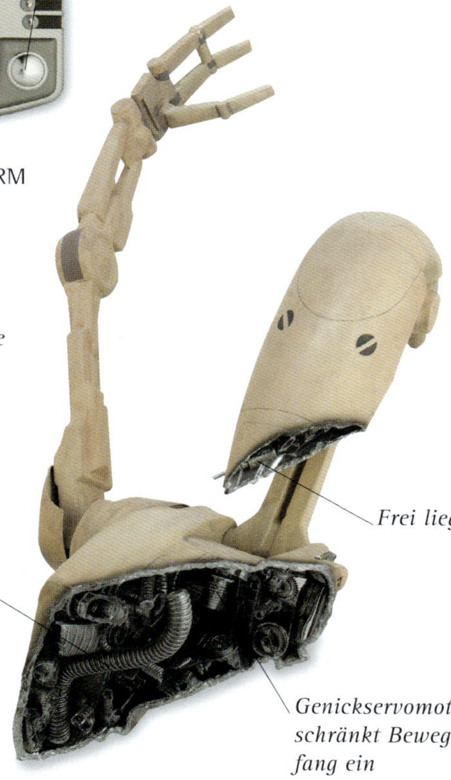

VON EINER LICHTSCHWERTKLINGE
ZERTEILTER KAMPFDROIDE

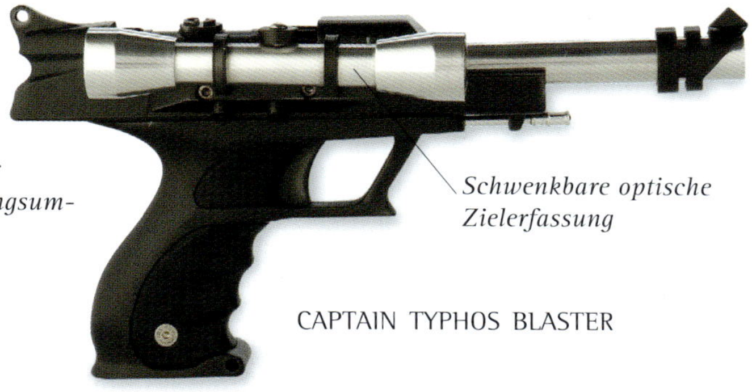

CAPTAIN TYPHOS BLASTER

SEPARATISTEN-FLAGGSCHIFF-
DECKKANONE

EPISODE III

DIE RACHE DER SITH

STAR WARS: *DIE RACHE DER SITH* stellt nicht nur das abschließende Kapitel zu den Ereignissen dar, welche die Eröffnungstrilogie – die Ära der Republik – bestimmen, sondern zugleich den Prolog für die nachfolgenden dunklen Zeiten, jene 19 Jahre währende Periode der Machtkonsolidierung des Sith-Lords Sidious und seines Henkersknechts Darth Vader. Ausführlich werden in dieser illustrierten Enzyklopädie die am Niedergang des Jedi-Ordens und am Erstarken der Dunklen Seite der Macht beteiligten Schlüsselfiguren vorgestellt. Daneben werden die Anfänge des Angst und Schrecken verbreitenden Imperiums geschildert, dessen Entstehung auf einer grenzenlosen Gier nach Macht gründete, durchgesetzt mithilfe von Waffen, die die Galaxis nie zuvor gesehen hatte. Mittels Fotos vom Set werden die exotischen Orte zum Leben erweckt, die dem letzten Akt als Bühnen dienen, und das im Galaktischen Krieg ins Feld geführte Gerät dokumentiert, ergänzt durch Bilder und Fakten zu zahllosen Nebencharakteren, die in die ihrem grausamen Höhepunkt zustrebenden Ereignisse verstrickt sind.

Die Rache der Sith erzählt vom Siegeszug des Chaos, von Betrug, Verrat und unglücklicher Liebe und von Helden, die den Tod finden. Eine Geschichte, deren Entstehungszeitraum nunmehr fast 30 Jahre beträgt – eine Geschichte, die man sich wieder und wieder erzählt, hier und in einer weit, weit entfernten Galaxis . . .

OBI-WAN KENOBI GEGEN ANAKIN SKYWALKER

KASHYYYK-FLUCHTKAPSEL

Der Galaktische Krieg

DREI JAHRE LANG haben die Klonkriege in den Sternensystemen getobt. In den Weiten des Weltraums und auf zahllosen Welten kämpfen die Streitkräfte der Republik und diejenigen der Konföderation der Unabhängigen Systeme (CIS) darum, die Vorherrschaft zu erringen. Auf der einen Seite ein Droidenheer unter dem Kommando des ehemaligen Jedi Count Dooku; auf der anderen eine Armee geklonter Soldaten, angeführt von den Jedi selbst, den einstigen Hütern des Friedens in der Galaxis. Wenige vermögen noch zu sagen, wie der Konflikt begann, und noch weniger sind sich darüber im Klaren, was in diesem Krieg auf dem Spiel steht. Es ist der Kampf der Vasallen der Dunklen Seite der Macht gegen all jene, die die Macht ihren Verbündeten nennen.

Coruscant

Die Bürger Coruscants erleben den Krieg aus sicherer Distanz und darauf vertrauend, dass es dem Obersten Kanzler Palpatine gelingt, die Kampfhandlungen auf die weit entfernten Randsysteme zu beschränken. Doch keine Welt kann von einem solchen Konflikt unberührt bleiben. Dies bekommt auch die galaktische Hauptwelt zu spüren, als, in einem kühnen Schachzug, General Grievous mit seiner Separatisten-Streitmacht auf den Plan tritt, um den Obersten Kanzler zu entführen, und damit den Einsatz, um den es geht, höher treibt, als er jemals war.

Nachdem es Grievous' Magna-Wächtern und Kampfdroiden gelungen ist, Palpatine zu entführen, liefern sich Kriegsschiffe der Republik und der Separatisten über Coruscant ein mörderisches Gefecht. Anakin und Obi-Wan eilen zu Palpatines Rettung herbei.

Utapau

Im Äußeren Rand gelegen und von endlosen Ebenen und riesigen Schluchten geprägt, ist Utapau ein friedlicher Planet mit einigen wenigen Beziehungen sowohl zur Republik wie zur CIS. Doch wie Coruscant vermag sich auch Utapau des langen Arms des Krieges nicht zu entziehen und steht unvermittelt an vorderster Front, als Grievous' Droidentruppen einfallen und den Planeten besetzen. Pau wie Utai, die gemeinsam dort leben, sind sich dessen bewusst, dass die Befreiung ihrer Welt allein in den Händen der Jedi liegt.

Kashyyyk

Jahrtausende lang lebten die kunstfertigen und erfindungsreichen Wookiee in Harmonie mit den turmhohen Wroshyrbäumen, die Kashyyyks üppige Wälder dominieren. Doch auch ihre Welt wird durch die Klonkriege verändert, zuerst durch den Überfall der mit den Separatisten verbündeten trandoshanischen Sklavenhändlern und dann durch Legionen von Kampfdroiden, entsandt von General Grievous, um den gesamten Planeten zu unterwerfen.

Kühlrucksack-turbine

Kubazianischer Rock

MUSTAFARIANER

Mustafar

Das schwefelhaltige Klima Mustafars ist von Feuer und Asche geschwängert, die schroffe Felsoberfläche von einem unaufhörlichen Lavastrom verschlackt. Dieser abgelegene Planet ist der letzte auf einer langen Liste von Welten, die Darth Sidious dazu auserkoren hat, den verfolgten Mitgliedern des Separatisten-Rats als Unterschlupf zu dienen. In der Hölle von Mustafar wird der letzte Akt der Sith-Verschwörung stattfinden, gipfelnd im Sterben von Feinden, im Sterben von Freunden – und, letzten Endes, im Sterben der Liebe.

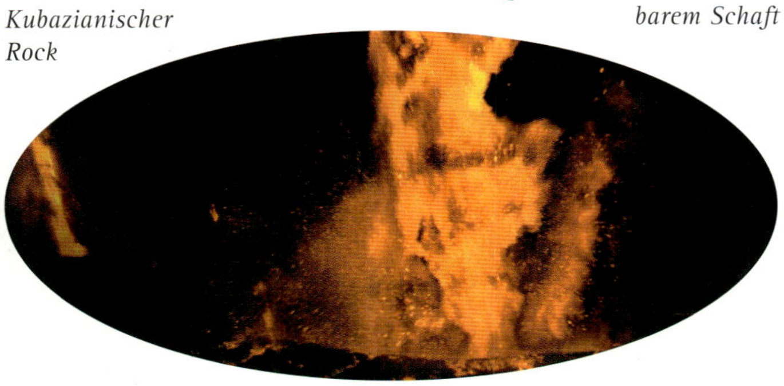

Flinke, von langschnäuzigen Aliens, die die Schmelzen der Separatisten beaufsichtigen, eingesetzte Lavaflöhe hüpfen über die glühende Oberfläche.

Polarisiertes T-Visier schützt vor grellem Licht

Vom Kampf lädierte Brustplatte

Der Standard-DC-15-Blaster mit verlängerbarem Schaft

KLONKRIEGER

Der Klonkrieger, Symbol der Großen Armee der Republik, ist auf den in der gesamten Galaxis umkämpften Welten von allgegenwärtiger Präsenz. In einer Zeit ärgster Bedrohung, wie die Klonkriege sie darstellen, wird er jedoch auch zu einem seelenlosen Werkzeug in einem diabolischen Komplott, dessen Ziel es ist, die Galaxis in Finsternis zu stürzen.

Anakin Skywalker

SO WIE DIE KLONKRIEGER zum Sinnbild für die Große Armee der Republik wurden, so wurde Anakin Skywalker – tollkühner Pilot und mutiger Jedi-Ritter – zum Symbol für den Jedi-Orden und zur Ikone sämtlicher Kriegsanstrengungen. Öffentlich vom Obersten Kanzler Palpatine belobigt, vom Senat bejubelt und in den HoloNet-Nachrichten verherrlicht, gilt der »Held ohne Furcht und Tadel« vielen bereits als Retter der Republik. Daher erscheint es nur folgerichtig, dass Anakin den Obersten Kanzler Palpatine aus den teuflischen Klauen von General Grievous befreit, als dieser mit seinem gigantischen Flaggschiff, den entführten Politiker an Bord, aus dem Coruscant-System zu fliehen versucht.

Um die Verteidigungssysteme von Grievous' Flaggschiff, der *Invisible Hand*, auszutricksen, schlüpft Anakins Jedi-Abfangjäger durch die Lücken in der Abwehr der Rumpfgeschütztürme und dringt durch eine Andockbucht ein.

Kommunikationsfehler seitens der Republik-Streikräfte führen dazu, dass Grievous' Flaggschiff mit Palpatine an Bord unter ihrem Feuer auseinander bricht. Anakin und R2-D2 bringen das, was von dem Schiff noch übrig ist, zu einem kontrollierten Absturz über Coruscant.

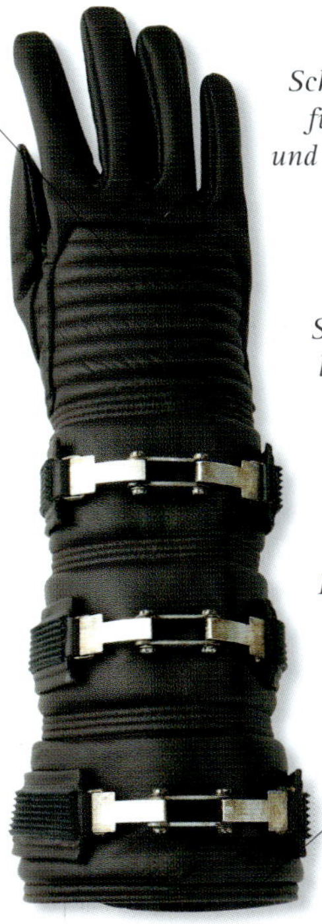

ANAKINS HANDSCHUH

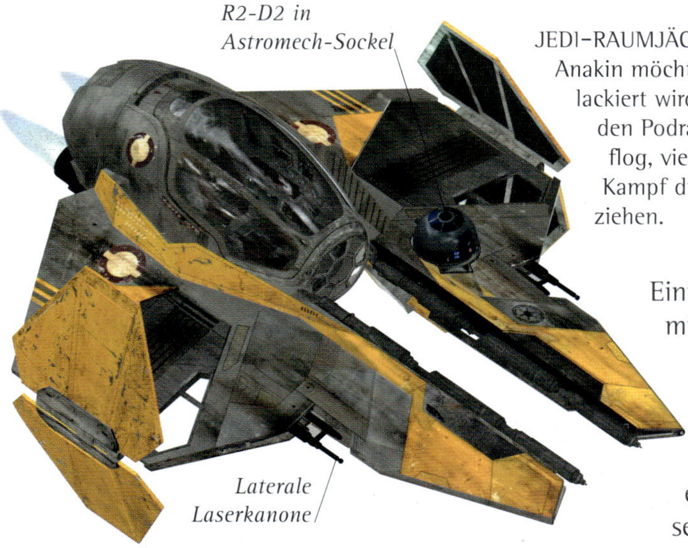

JEDI-RAUMJÄGER
Anakin möchte, dass sein Raumjäger gelb lackiert wird, angeblich im Andenken an den Podracer, den er in jungen Jahren flog, vielleicht aber auch, um im Kampf die Aufmerksamkeit auf sich zu ziehen.

Cyborg-Arm

Einige Mitglieder des Jedi-Rats glauben, dass Anakin mit dem Verlust seines rechten Arms im Kampf gegen Count Dooku auch einen Teil seiner Menschlichkeit verlor. Die Folge waren eine Prothese und ein an der Schulter sitzender Chip. Tatsache ist, dass Anakin, der schon immer ein Faible für Technik hatte, nun ebenso häufig an seinem Arm wie an seinem Raumjäger herumtüftelt.

Obwohl Anakin Obi-Wan dessen Sitz im Rat der Jedi neidet, bleiben sie die besten Freunde und tatkräftigsten Jedi-Partner, insbesondere während der Belagerungen im Äußeren Rand.

Anakin ist der Auffassung, dass politische Entscheidungen rasch und entschlossen getroffen werden sollten. Es steht ihm frei, gegenüber dem Obersten Kanzler Palpatine offen seine Meinung zu äußern, der sein Mentor in Fragen des realen Lebens ist.

Der Auserwählte?

Erfüllt von dem Wunsch, Großes zu vollbringen, fragt sich Anakin, ob er je die Chance dazu erhält. Obwohl gemeinhin für den Auserwählten gehalten, von dem uralte Jedi-Schriften künden, scheinen ihm doch allzu oft die Hände gebunden, ganz so wie die des Obersten Kanzlers Palpatine durch den Senat. Dennoch ist er fest entschlossen, Obi-Wan Respekt entgegenzubringen und sich als würdiger Erbe im Sinne der Jedi-Prophezeiung zu erweisen.

Doppelagent

Als Anakin vor dem Hohen Jedi-Rat Palpatines Sache vertritt, kontern die Ratsmitglieder mit dem Auftrag, er möge den Obersten Kanzler ausspionieren. Überdies verweigert der Rat Anakin den Titel eines Meisters, ungeachtet dessen Fertigkeiten im Umgang mit der Macht. Frustriert darüber, zu erfahren, dass auch die Jedi bisweilen zu Doppelzüngigkeit neigen, erscheint es ihm nur gerecht, ihnen einige Dinge vorenthalten zu haben.

Anakin hat Padmé und Coruscant fast fünf Monate lang nicht gesehen. Ihre verbotene Hochzeit ist nur eine weitere Lüge, die Anakin sich seit Beginn der Klonkriege aufrechtzuerhalten gezwungen sieht – ein Geheimnis, das er selbst mit Palpatine nicht teilen mag, geschweige denn mit Obi-Wan.

ALLZWECKTASCHE

MUSTAFAR
Auf Mustafar schlagen Anakins Liebe zu Padmé und Obi-Wan in blanken Hass um, als er zu der Überzeugung gelangt, dass seine Frau und sein einstiger Meister ihn verraten haben. Als Darth Vader, der er nun ist, und mit Darth Sidious als seinem Meister, zeigt Anakin keinerlei Skrupel, Padmé mit Hilfe der Macht auszuschalten und Obi-Wan in ein Duell auf Leben und Tod zu verwickeln.

DATENBLATT

- ◆ Anakins Gesichtsnarbe ist ein Andenken an seine Begegnung mit Asajj Ventress, die die harte Schule Count Dookus durchlief.
- ◆ Nach seinem Einsatz auf Praesitlyn, wo er praktisch »mit links« eine besetzte Kommunikationseinrichtung der Republik rettet, wird Anakin zum Jedi-Ritter ernannt.

Obi-Wan Kenobi

OBGLEICH UNERSCHÜTTERLICH im Gefecht, sei es im Weltraum oder am Boden, zieht General Kenobi Verhandlungen jedem Kampf vor. Dennoch hat der Krieg ihn gelehrt, die Dinge realistisch zu betrachten. Wo einst selbst bei seiner Lichtschwerttechnik eine defensive Handhabung vorherrschte, pflegt Obi-Wan heute einen weit kühneren, todbringenden Kampfstil. Viele meinen, dies sei auf Anakin Skywalkers Einfluss zurückzuführen, und in der Tat ist Obi-Wan zum Fürsprecher Anakins gegenüber denjenigen im Rat geworden, die die Macht des Auserwählten fürchten. In Anerkennung seiner militärischen Verdienste im Äußeren Rand wurde General Kenobi der Titel »Meister« verliehen und er in den Jedi-Rat berufen. Dennoch hat er das Gefühl, dass seine Ausbildung in der Macht gerade erst begonnen hat.

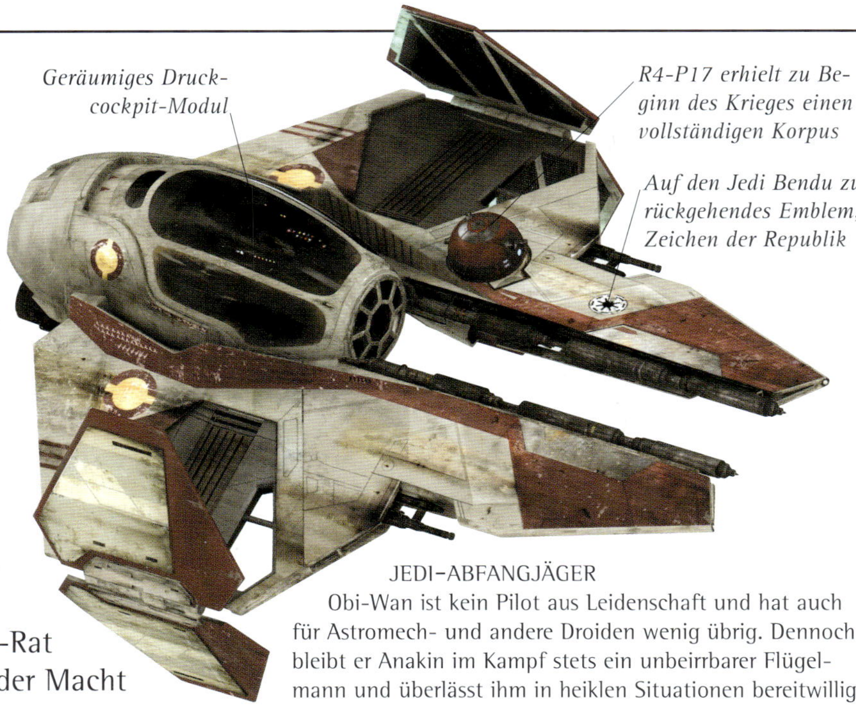

JEDI-ABFANGJÄGER

Obi-Wan ist kein Pilot aus Leidenschaft und hat auch für Astromech- und andere Droiden wenig übrig. Dennoch bleibt er Anakin im Kampf stets ein unbeirrbarer Flügelmann und überlässt ihm in heiklen Situationen bereitwillig die Führung. So wie Anakin von Obi-Wan lernte, sich mehr in Geduld zu üben, so lernte Obi-Wan, dass es bisweilen sinnvoll ist, auch Risikobereitschaft zu zeigen.

Konterangriff

Flügelspitze an Flügelspitze zu fliegen ist nur ein sichtbarer Ausdruck von Obi-Wans und Anakins Freundschaft und ihrem blinden gegenseitigen Vertrauen. An Bord des Separatisten-Kommandokreuzers treten sie gegen Count Dooku an und wiegen ihn in Sicherheit, indem sie ihn zunächst mit Standard-Lichtschwertattacken bedrängen, nur um kurz darauf ihr wahres Können zu demonstrieren und Dooku zum Rückzug zu zwingen.

Trotz seines Scheiterns bei dem Versuch, Count Dooku gefangen zu nehmen, genießt Obi-Wan nach wie vor großes Ansehen beim Jedi-Rat, der beschließt, dass er der Einzige ist, der den gerissenen und gefährlichen General Grievous auf Utapau dingfest machen kann.

JEDI-MACROBINOKULAR

Während Anakin sich mit den Medienberichterstattern an der Absturzstelle des Flaggschiffs auseinandersetzt, äußert Obi-Wan gegenüber Yoda die Befürchtung, die Sith könnten den Krieg von Anfang an kontrolliert haben – wie auch die Vermutung, dass Darth Sidious zum engsten Personenkreis des Obersten Kanzlers gehört.

HOLOPROJEKTOR

SEPARATISTEN-FESSELN

Kräftiger, 10 Meter langer Schwanz

Schutzstachel

Der Stachelkamm findet sich sowohl bei Männchen wie Weibchen

Fünfkrallige Füße gewähren optimalen Halt

BOGA
Auf Utapau entscheidet sich Obi-Wan für eine Varactyl, die sich als ausgesprochen folgsam und treu herausstellt. Boga erklimmt die zehnte Ebene von Pau-City in einem Tempo, das selbst Obi-Wan überrascht, nur um wenig später im Blasterfeuerhagel abtrünniger Klonkrieger zu enden.

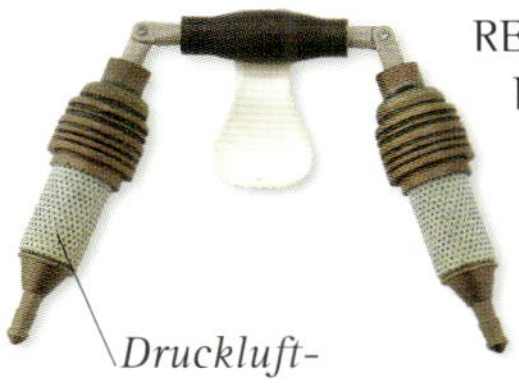

Druckluftkammer

REBREATHER
Der A99-Aquata-Rebreather (Wiederatmer), den Obi-Wan schon vor 13 Jahren auf Naboo benutzte, leistet ihm auch auf Utapau gute Dienste.

Ungewöhnlich ernster Gesichtsausdruck

Die Robe ist Obi-Wans sechste seit Beginn des Krieges

Obi-Wan weiß, wie sehr sich Anakin nach Senatorin Padmé Amidala sehnt. Während des Krieges hat er zusehen müssen, wie Anakin immer mächtiger und eigensinniger wurde und zunehmend in innere Konflikte geriet.

Jedi-Tradition

Gemäß dem Wunsch seines einstigen Meisters, Qui-Gon Jinn, hat Obi-Wan Anakin zum Mittelpunkt seines Lebens gemacht und ihm stets zu vermitteln versucht, dass die Dunkle Seite zurückgedrängt und die Macht wieder ins Gleichgewicht versetzt werden kann. Dennoch bereitet Obi-Wan Anakins Weigerung Sorge, die Vergangenheit zu akzeptieren, insbesondere, was den Tod seiner Mutter betrifft.

Sicherheitsaufzeichnungen werden in den Datenarchiven des Jedi-Tempels gespeichert

Obi-Wans schlimmste Befürchtungen werden wahr, als die Aufzeichnungen eines Jedi-Tempels den eindeutigen Beweis dafür liefern, dass Anakin sich der Dunklen Seite zugewandt hat und, als Verfechter der Sache der Sith, für die Ermordung zahlreicher Jedi-Ritter und -Adepten verantwortlich ist.

Stoff wirkt schwerer, als er ist

Traditionelle blaue Klinge

DATENBLATT

◆ Kurz vor Kriegsende versuchen Obi-Wan und Anakin, Asajj Ventress, Dookus Schülerin der Dunklen Seite, gefangen zu nehmen; doch das Unternehmen scheitert, und die Dunkle Jedi bleibt auf freiem Fuß.

◆ R4-P17, der Obi-Wan die meiste Zeit des Krieges als »Partner« zur Seite stand, wird während der Schlacht von Coruscant von Buzz-Droiden zerstört.

Jedi-Ritter

OBI-WAN VERSTEHT Anakins Ungeduld, Count Dooku die Niederlage heimzuzahlen, die sie auf Geonosis hinnehmen mussten. Doch als wahrer Jedi lässt er es nicht zu, dass seine Urteilskraft von Gefühlen beeinträchtigt wird. So konzentriert er sich auf den Obersten Kanzler Palpatine nach dem Motto »Befreiung, nicht Chaos«, wie er Anakin belehrt. Da Obi-Wan während des Duells bewusstlos wird, bekommt er Count Dookus Tod nicht mit. Gleichwohl redet er sich ein, dass sein starrköpfiger Ex-Padawan in Notwehr gehandelt hat und sich keineswegs am Rande eines Abgrunds befindet, den die Jedi bereits als die Dunkle Seite der Macht in Betracht ziehen. Vielmehr hegt Obi-Wan den Verdacht, dass Palpatine Anakin eine Maxime gelehrt hat, die besagt, das alles, was möglich ist, auch erlaubt sein muss.

Kampfhaltung, mit hoch erhobener Klinge

Allzweckgürtel mit Taschen für Rebreather, Komlink und Seilabschussvorrichtung

Fest aufgesetztes Standbein

Der Kampf zwischen Obi-Wan und Anakin hat den Zusammenbruch von Mustafars Schilden zur Folge

Obi-Wan und Anakin sind bereits so lange Partner, dass sie fast die Gedanken des anderen lesen und dessen nächste Schritte vorhersagen können.

Schwertmeister

Obwohl ein Meister der als »Ataru« bekannten Lichtschwerttechnik, die mehr auf Verteidigung als auf Angriff setzt, liegt Obi-Wans eigentliche Stärke im »Soresu«-Kampfstil, der es dem Anwender erlaubt, sich quasi ins »Auge des Hurrikans« zu begeben. Beim Soresu kommen Obi-Wans angeborene Geduld und Auffassungsgabe zum Tragen, doch der Schlüssel zur Meisterschaft ist Kühnheit, eine Eigenschaft, die er von Anakin lernte.

In Anakins Sinn fürs Dramatische und seiner Vorliebe, sich wenig um Regeln zu scheren, vermeint Obi-Wan das beunruhigende Echo der Stimme Qui-Gon Jinns zu erkennen. Obwohl Obi-Wans Schüler, trägt Anakin großen Anteil daran, dass sein Meister zu dem großen Jedi wird, den Qui-Gon in ihm erkannt zu haben glaubte. Es erscheint wie eine Ironie des Schicksals, dass Obi-Wan schließlich gegen seinen eigenen Eleven vorgehen muss, den Qui-Gon ihm anwies, in den Jedi-Künsten zu unterrichten.

Energiezellengehäuseverschluss

Rutschfester Griff

OBI-WANS LICHTSCHWERT
Auch wenn es ihm oft entglitt, bleibt das Lichtschwert während seines selbst gewählten Exils auf Tatooine, wo er über den jungen Luke Skywalker wacht, in Obi-Wans ständigem Besitz.

DATENBLATT

◆ Auch Obi-Wan hat seine Geheimnisse, einschließlich seiner Beziehung zu der Jedi Siri Tachi, die starb, als sie Padmé schützen wollte.

◆ Anakins Zuneigung zu R2-D2 ist Obi-Wan ein Rätsel; ein noch größeres Rätsel ist ihm jedoch die Zuneigung des Astromechs zu Anakin.

Count Dooku

DER TITEL »COUNT« hat für den ehemaligen Jedi Dooku nicht wirklich eine Bedeutung. Er bezeichnet lediglich den politischen Führer der Konföderation der Unabhängigen Systeme, die selbst nicht mehr ist als Darth Sidious' Erfindung, ersonnen als Teil seines Plans, den Jedi-Orden zu zerschlagen und die Sith wieder an die Macht zu bringen. Seit nunmehr über einem Jahrzehnt sieht »Dooku« sich selbst als Darth Tyranus, den Schüler Sidious', dessen Bestimmung es ist, zu dessen Linken zu sitzen und als ebenbürtiger Meister über die Galaxis zu herrschen.

Auf dem Flaggschiff der Separatisten wird ein gefesselter Palpatine Zeuge des Duells zwischen Dooku und Anakin. In Wahrheit handelt es sich bei dessen Entführung aber nur um einen Trick, um Anakin in Versuchung zu führen und so herauszufinden, ob er auf die Dunkle Seite gezogen werden kann.

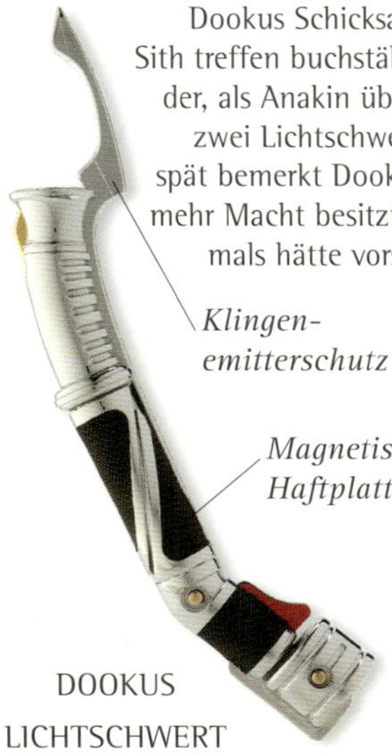

DOOKUS LICHTSCHWERT

Dookus Schicksale als Jedi und Sith treffen buchstäblich aufeinander, als Anakin über seinem Kopf zwei Lichtschwerter kreuzt. Zu spät bemerkt Dooku, dass Anakin mehr Macht besitzt, als er sich jemals hätte vorstellen können.

Leicht zu ersetzen

Sidious hatte versprochen, in das Duell einzugreifen, für den Fall, dass Anakin die Oberhand gewinnen würde. Doch ein solches Eingreifen war niemals Teil seines Plans. Geblendet von Hochmut, vermochte Dooku nicht zu erkennen, dass er, so wie vor ihm schon Darth Maul, kaum mehr als ein Platzhalter war für jemanden, den Sidious von Anfang an als seinen Schüler auserkoren hatte: Anakin Skywalker.

DATENBLATT

◆ Dookus Hinwendung zur Dunklen Seite begann mit der Ermordung des Jedi-Meisters Sifo-Dyas, seinem einstigen Freund und Vertrauten im Orden. Nachdem er die Kontrolle über die von Sifo-Dyas in die Wege geleiteten Pläne zur Schaffung einer Republik-Klonarmee erlangt hatte, sorgte Dooku dafür, dass alle Hinweise auf den Planeten Kamino aus den Jedi-Archiven verschwanden.

Separatisten-Droiden

Bei ihren Kriegsmanipulationen achten Darth Sidious und Count Dooku sorgsam darauf, dass das Kräfteverhältnis zwischen Republik und Separatisten stets ausgeglichen bleibt. Indem sie immer wieder vereiteln, dass eine der Seiten die militärische Oberhand gewinnt, halten die Sith-Lords den Krieg so lange in Gang wie für das Erreichen ihres ultimativen Ziels erforderlich: das Wiedererstarken des Sith-Ordens. Durch das beständige Plündern der Handelsföderationskassen können die Sith-Lords die Produktion neuer Waffen in Auftrag geben, um wirkungsvoll der jüngsten Generation leistungsstarker Republik-Raumjäger entgegenzutreten. Furcht erregend, schnell und wendig, stellt die neue Generation von Separatisten-Droiden selbst für die besten Klone und Jedi eine ernst zu nehmende Gefahr dar.

DISKORDANZ-MISSILE
Das primäre Beförderungssystem des Buzz-Droiden, die Diskordanz-Missile, ist dank einer Schubdüse, die die engsten Flugmanöver erlaubt, wendig genug, um die meisten gängigen bemannten Raumjäger auszumanövrieren und abzuhängen.

Während der Schlacht von Coruscant wird Obi-Wans Astromechdroide R4-P17 von Buzz-Droiden zerstört. Immerhin ist der Buzz-Droide, der R2-D2 attackiert, rasch erledigt.

RÜCKANSICHT

Buzz-Droide

Buzz-Droiden, durch starke Schilde geschützte, melonengroße und tückische Kugeln, werden in Scharen ausgesandt, um bei Raumjägergeschwadern möglichst viel Schaden anzurichten. Kleine Navigationsschubdüsen befähigen den Droiden, der Geschützabwehr eines Ziels auszuweichen und sich an den Rumpf zu heften. Geschickte Manipulatorarme und Schneidewerkzeuge bearbeiten sensible Systeme und schalten so den Gegner aus.

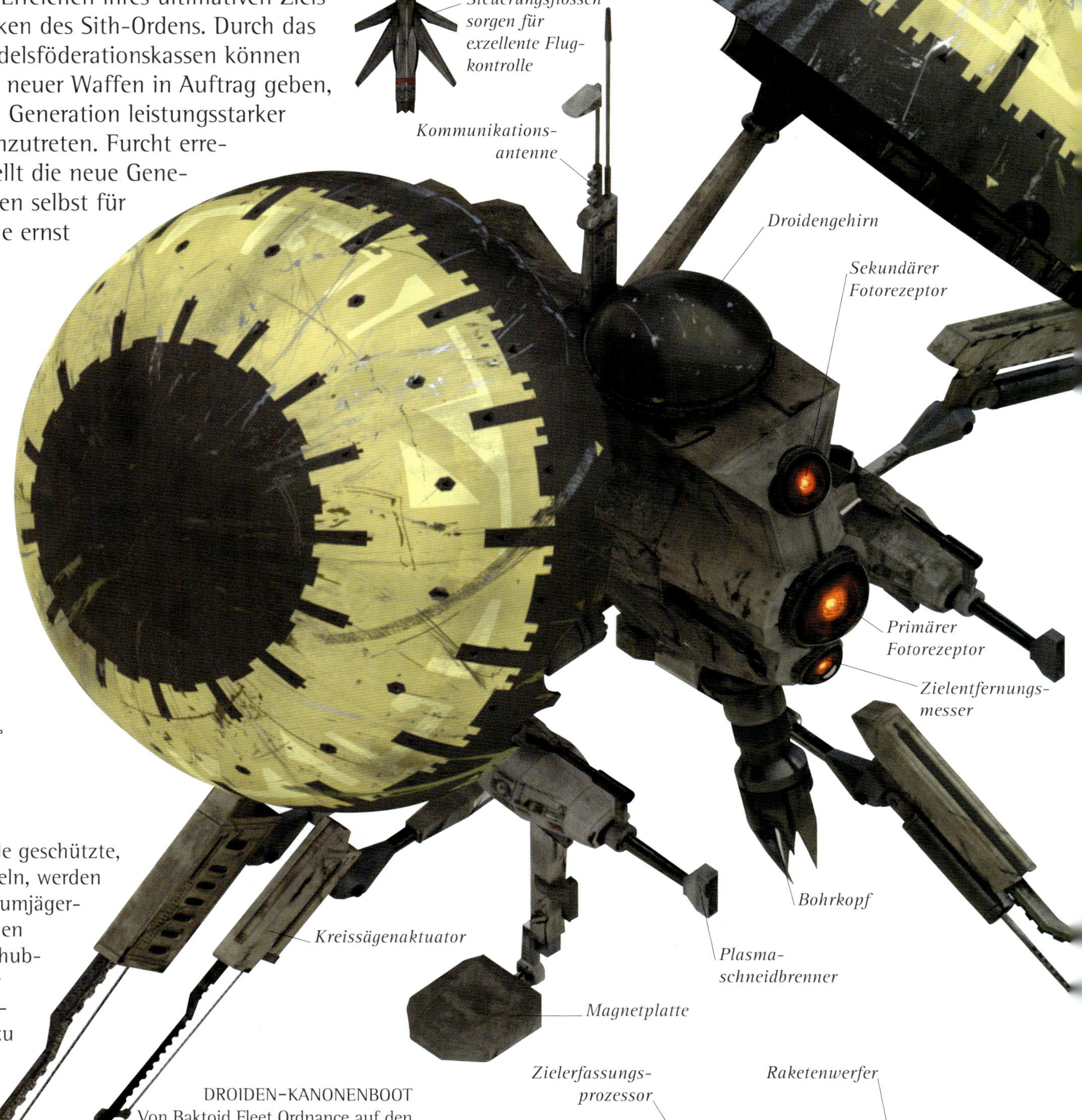

DROIDEN-KANONENBOOT
Von Baktoid Fleet Ordnance auf den Markt geworfen und neu im Arsenal der Separatisten, ist das HMP-Droiden-Kanonenboot eine der vielseitigsten und waffenstrotzendsten Raketenabschussplattformen, die in den letzten Phasen der Klon-Kriege zum Einsatz kamen.

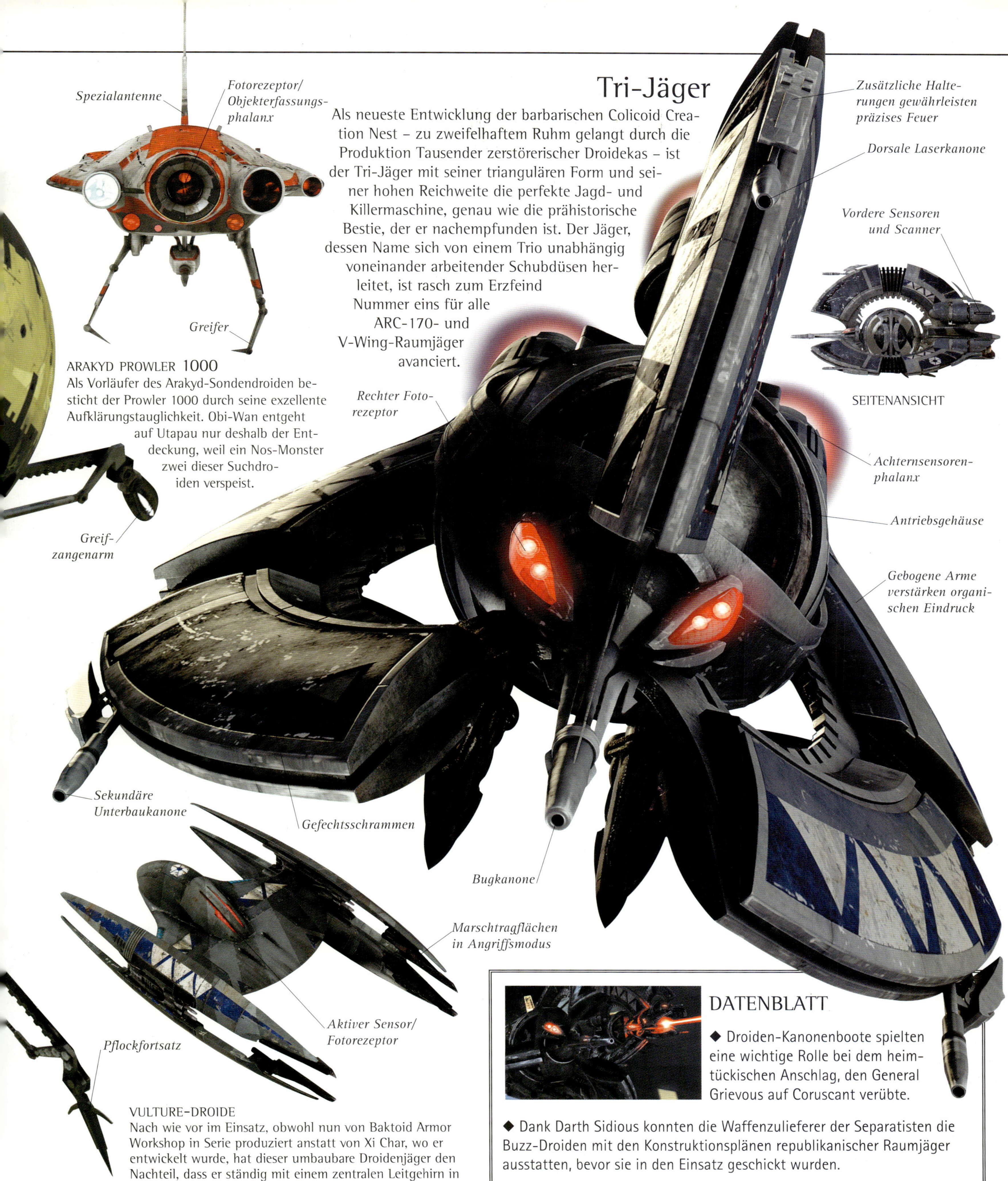

ARAKYD PROWLER 1000
Als Vorläufer des Arakyd-Sondendroiden besticht der Prowler 1000 durch seine exzellente Aufklärungstauglichkeit. Obi-Wan entgeht auf Utapau nur deshalb der Entdeckung, weil ein Nos-Monster zwei dieser Suchdroiden verspeist.

Tri-Jäger

Als neueste Entwicklung der barbarischen Colicoid Creation Nest – zu zweifelhaftem Ruhm gelangt durch die Produktion Tausender zerstörerischer Droidekas – ist der Tri-Jäger mit seiner triangulären Form und seiner hohen Reichweite die perfekte Jagd- und Killermaschine, genau wie die prähistorische Bestie, der er nachempfunden ist. Der Jäger, dessen Name sich von einem Trio unabhängig voneinander arbeitender Schubdüsen herleitet, ist rasch zum Erzfeind Nummer eins für alle ARC-170- und V-Wing-Raumjäger avanciert.

VULTURE-DROIDE
Nach wie vor im Einsatz, obwohl nun von Baktoid Armor Workshop in Serie produziert anstatt von Xi Char, wo er entwickelt wurde, hat dieser umbaubare Droidenjäger den Nachteil, dass er ständig mit einem zentralen Leitgehirn in Verbindung stehen muss.

DATENBLATT

◆ Droiden-Kanonenboote spielten eine wichtige Rolle bei dem heimtückischen Anschlag, den General Grievous auf Coruscant verübte.

◆ Dank Darth Sidious konnten die Waffenzulieferer der Separatisten die Buzz-Droiden mit den Konstruktionsplänen republikanischer Raumjäger ausstatten, bevor sie in den Einsatz geschickt wurden.

Separatisten-Bodeneinheiten

KAMPFDROIDEN
Massenhaft verlassen Kampfdroiden, die Hauptstütze der Separatisten-Infanterie, die Produktionswelten der Technologie-Union. Sie gehorchen den Befehlen eines zentralen Computers, doch Worte verwirren sie ebenso, wie Energiegeschosse oder Lichtschwerter sie zerstören.

DIE KRIEGSGERÄTLIEFERANTEN der Separatisten blicken auf eine lange Geschichte in der Produktion von Droiden zurück, die über eine große Bandbreite an Einsatzmöglichkeiten und Terraintauglichkeit verfügen. Ihr furchterregendes Äußeres verdanken diese Armeedroiden zum größten Teil dem Umstand, dass die an der Entwicklung beteiligten insektoiden Spezies ihre eigene Physis als Konstruktionsvorlage nahmen. Angesichts glimmender Fotorezeptoren anstelle der Augen, klauenähnlicher Stabilisatoren und appendixartiger Laserkanonen vergessen die nicht geklonten Republik-Bodentruppen fast, dass sie gegen Droiden und nicht gegen lebende Wesen kämpfen.

DROIDEKAS
Als eine der gefürchtetsten Waffen des separatistischen planetaren Kampfarsenals stellt der Droideka, auch Zerstörer-Droide genannt, eine durch Schilde geschützte Vernichtungsmaschine von beachtlicher Feuerkraft dar. Droidekas waren es auch, die sich Obi-Wan und Anakin während ihrer Befreiungsaktion zur Rettung des von Grievous entführten Palpatine entgegenstellten.

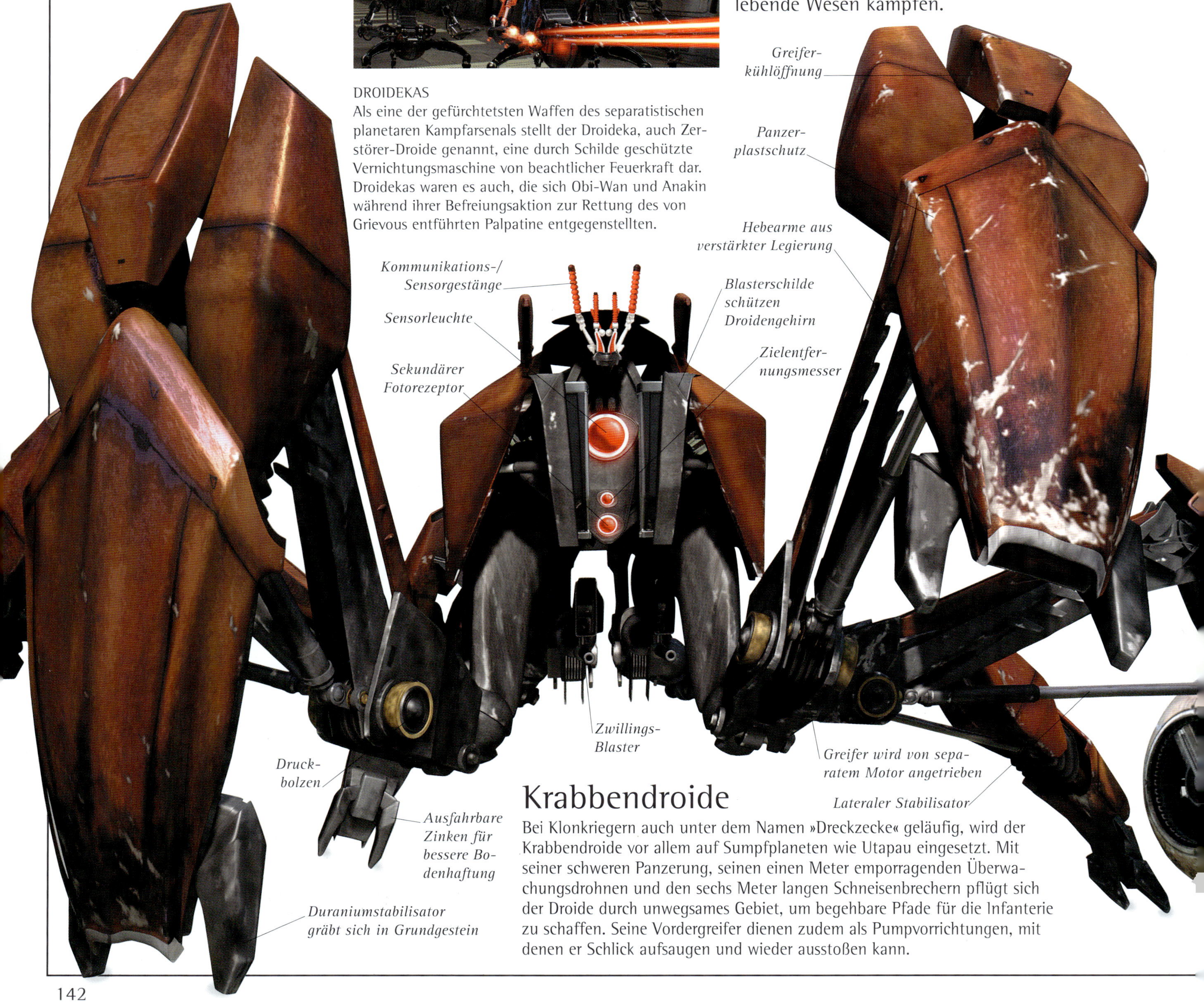

Krabbendroide

Bei Klonkriegern auch unter dem Namen »Dreckzecke« geläufig, wird der Krabbendroide vor allem auf Sumpfplaneten wie Utapau eingesetzt. Mit seiner schweren Panzerung, seinen einen Meter emporragenden Überwachungsdrohnen und den sechs Meter langen Schneisenbrechern pflügt sich der Droide durch unwegsames Gebiet, um begehbare Pfade für die Infanterie zu schaffen. Seine Vordergreifer dienen zudem als Pumpvorrichtungen, mit denen er Schlick aufsaugen und wieder ausstoßen kann.

ZIELSUCH-SPINNENDROIDE
Der Beitrag der Handelsgilde zum Bodenkampf besteht aus dem Zielsuch-Spinnendroiden, eine geländegängige Waffeneinheit mit präziser Zielerfassung und einsatzoptimierten Laserkanonen. Mit seinen hervorragenden Boden-Luft- sowie Boden-Boden-Eigenschaften ist er für Läufer wie für Kanonenschiffe der Republik eine ernst zu nehmende Gefahr.

DATENBLATT

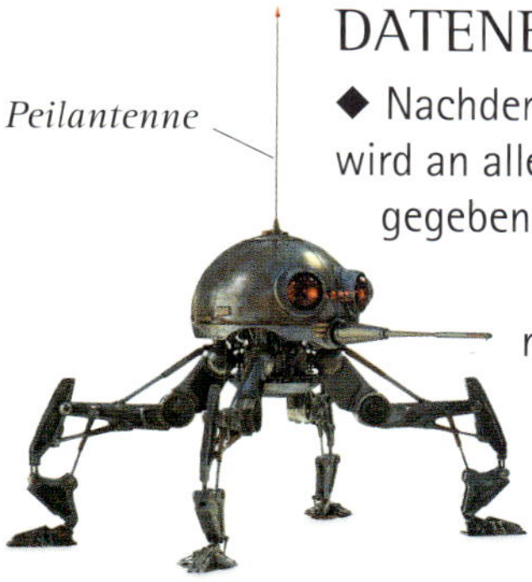

◆ Nachdem Darth Sidious das Kriegsende verkündet hat, wird an alle Kampfdroiden der Deaktivierungsbefehl herausgegeben.

◆ Das meiste Kriegsgerät der Separatisten wird mit Ende der Klonkriege außer Funktion gestellt, die kleinen Spinnendroiden jedoch leisten dem Imperium nach wie vor wertvolle Dienste, indem sie die Kapitulationen ehemaliger Separatisten-Festungen beschleunigen.

Der Super-Kampfdroide von Erzherzog Poggle dem Geringeren ähnelt einem gepanzerten Käfer, der auf zwei Hinterbeinen läuft. Kaum mehr als ein Infanterie-Droide mit relativ strapazierfähiger Rüstung, ist das optimierte Sondermodell auf rasches, zielgerichtetes Töten spezialisiert.

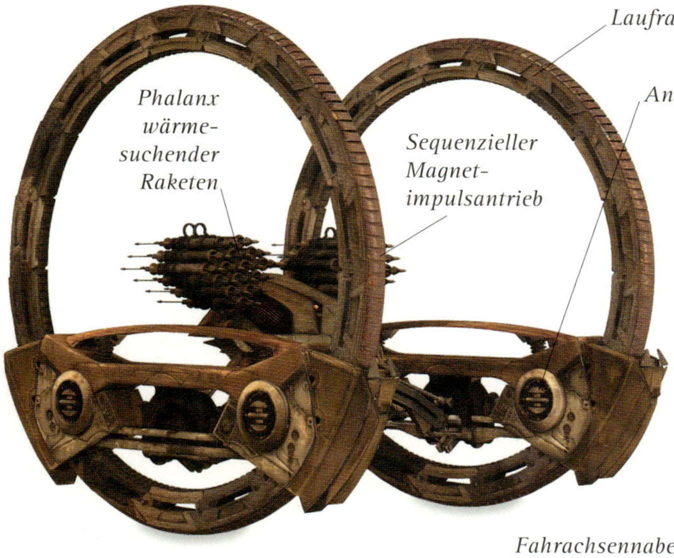

HAILFIRE-DROIDE
Einst vom Intergalaktischen Bankenverband zur Eintreibung von Schulden eingesetzt, spielt die Geschützplattform heute eine zentrale Rolle bei den Offensivkräften der Separatisten. Zunächst aufgrund seiner Beschränkung auf 30 Gefechtsköpfe aus dem Kriegsgeschehen zurückgezogen, wurde der schnelle und überlegene Hailfire später mit einem flugtauglichen Nachschub-Droiden kombiniert, wodurch er seinen Ruf als Geißel aller sich langsam fortbewegenden Ziele wiederherstellen konnte.

NR-N99-Panzerdroide

Ursprünglich dafür eingesetzt, Unternehmen davon zu überzeugen, sich der Handelsallianz anzuschließen, kam der NR-N99 während der Klonkriege verstärkt auf Geonosis, Kashyyyk, Cato Neimoidia und zahlreichen anderen Welten zum Einsatz. Der Amphibienpanzer ist in der Lage, mit hoher Geschwindigkeit sowohl ebenes Gelände wie auch seichte Seen zu überqueren. Die zu Kriegsbeginn verwendeten walzenförmigen Automaten wurden schon bald durch von Droidenpiloten gelenkte Modelle mit enormer Feuerkraft und hervorragender Zielerfassung ersetzt. Die Laufketten des Panzers sorgen für exzellente Bodenhaftung, und die Seitenstege bieten Infanteriedroiden Halt.

R2-D2

R2-D2, DER ABSONDERLICHE »AUSNAHME-DROIDE«, hat einen langen Weg hinter sich, seit er auf Königin Amidalas Königlichem Raumschiff seine Dienste als Hilfsdroide ausübte. Wieder und wieder wuchs der Astromech über seine Programmierung hinaus, ob im Sockel eines Jedi-Raumjägers oder bei Dutzenden von anderen Gelegenheiten auf ebenso vielen Welten. Es scheint ihm geradezu Spaß zu machen, seine diensteifrigen Protokoll-Kollegen zu brüskieren, und er ist so perfekt auf Anakins Kampfgeist abgestimmt, dass man denken könnte, er sei eigens für ihn konstruiert worden. Eigensinnig, couragiert, loyal und von immenser Aufopferungsbereitschaft, zeigt R2-D2 einen bemerkenswerten Willen zum Erfolg, ungeachtet irgendwelcher Vor- oder Nachteile für sich selbst und seiner Fähigkeit, diese blitzschnell abwägen zu können.

Vom Kampf gezeichnet wie kaum ein anderer Droide der Republik-Flotte, versorgt R2-D2 Anakins Jedi-Abfangjäger mit Updates zu Schiffsstatus, Navigation und Gefechtsanalyse. Für den gewissenhaften Droiden mit »eigenem Kopf« gehören Raumjägerpflichten inzwischen zu den Jobs für langweiligere Tage.

CLEVERER FILOU
Geschickt wie ein Geheimdienstler versteht es R2-D2, mit seiner Umgebung zu verschmelzen. So wird er häufig übersehen, wenn Super-Kampfdroiden nach Feinden Ausschau halten oder Raumschiffkapitäne im Kopf ihren Droidenbestand überschlagen. Viele unterschätzen auch R2-D2s Geduld, eine Fähigkeit, die eines Tages die ganze Galaxis in Erstaunen versetzen soll.

Multitalent

Ursprünglich war es nur seine Farbe, die R2-D2 von anderen Astromechs unterschied. Dank seines neuen Besitzers verfügt er inzwischen aber über eine ganze Reihe von Zusätzen und Modifikationen. Anakin hat den Prozessor und die Speichermatrizen des Droiden optimiert sowie seine Austauschkomponenten und Werkzeuge aufgerüstet. Unter anderem ist R2-D2 nun in der Lage, Computer- und Raumjägerwaffensysteme blitzschnell zu analysieren.

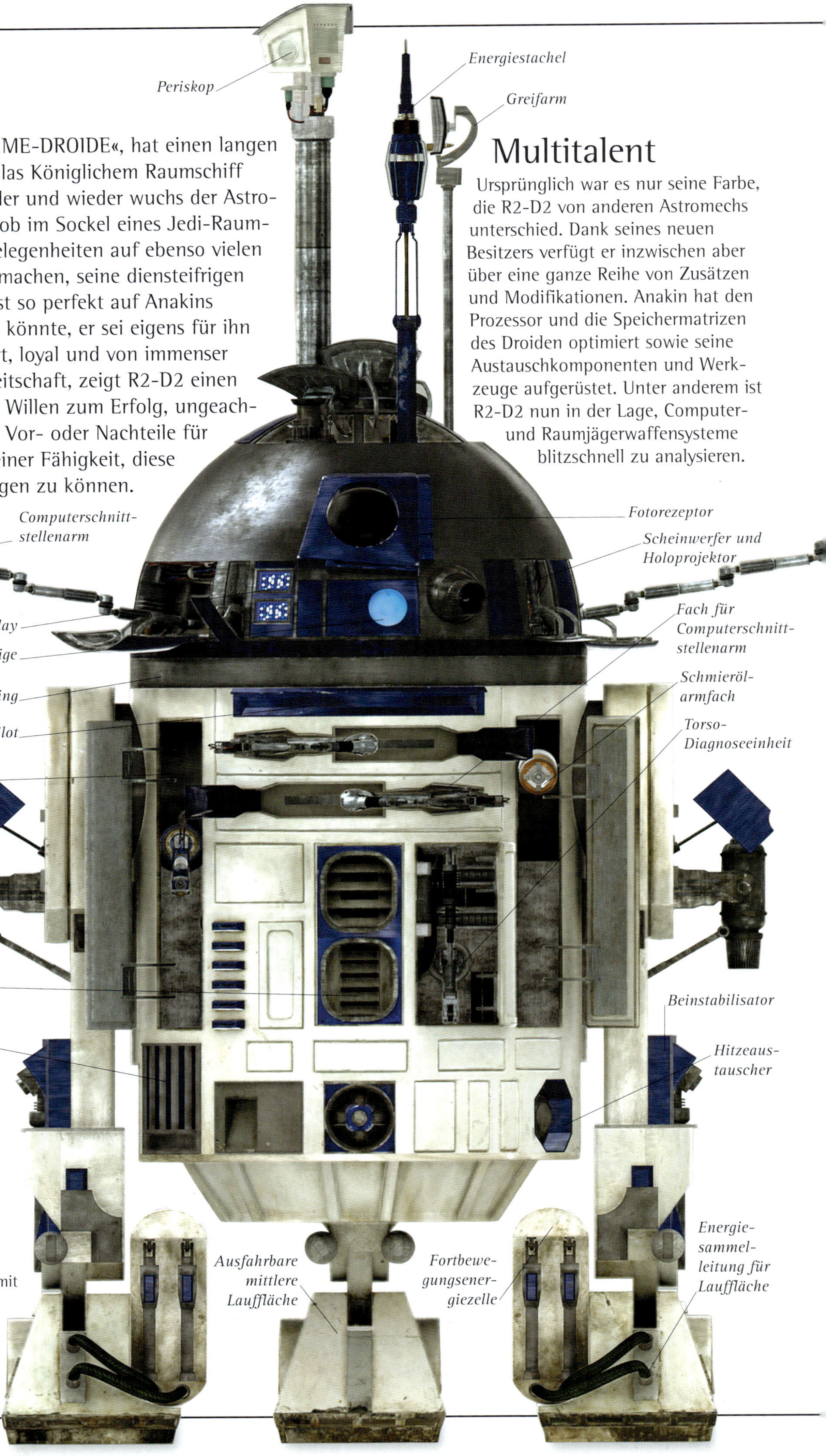

R4-G9

Auf Utapau gelingt es Obi-Wan mithilfe des Astromechdroiden R4-G9, die Magna-Wächter glauben zu lassen, er sei abgereist. Der Droidenpilot fliegt das Schiff fort, während Obi-Wan in den Schatten verschwindet.

Selbst Auge in Auge mit einem Super-Kampfdroiden im Hangar des Konföderationskreuzers zeigt sich R2-D2 unbeeindruckt. Obwohl an Kampfkraft unterlegen, trägt er dank des Einsatzes von Droidenreinigungsöl den Sieg davon.

Falls nötig, kann R2-D2 auch Ablenkungsmanöver durchführen. Auf der Flaggschiffbrücke aktiviert er seine lautesten und farbenprächtigsten Systeme, um ein Blendwerk zu erzeugen, das es Obi-Wan ermöglicht, an sein Lichtschwert zu gelangen.

R2-D2s Pfeifen und Gezwitscher, von vielen als störend empfunden, ergibt für Anakin einen Sinn – obgleich er sich bei der Übersetzung der Astromech-Soundeffekte lieber auf sein Datenpad verlässt.

R2-D2s gespanntes Verhältnis zu C-3PO ändert sich an Bord von Bail Organas Raumschiff, nachdem C-3POs Speicher zum Schutz von Padmés Zwillingen gelöscht wird.

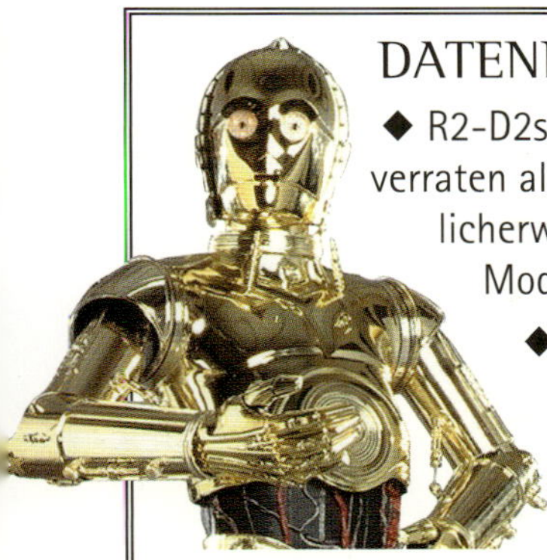

DATENBLATT

- ◆ R2-D2s Eigenschaft, nie mehr zu verraten als unbedingt nötig, ist möglicherweise eine Folge von Anakins Modifikationen.
- ◆ Nach der Löschung seines Speichers glaubt C-3PO, dass er ursprünglich mit binären Verladedroiden zusammengearbeitet hat.

Eine wunderbare Freundschaft

Was für R2-D2 und C-3PO auf Tatooine als zufällige Begegnung begann, wächst sich in Diensten des alderaanischen Kapitäns Raymus Antilles und Prinzessin Leia Organas zu einer beispiellosen Partnerschaft aus. Die Heldentaten der beiden Droiden, die sie durch die ganze Galaxis führen, werden zu Legenden. Doch nur R2-D2 besitzt vollen Zugriff auch auf die tragischsten Momente.

Oberster Kanzler Palpatine

UNERSCHÜTTERLICH IN SEINER BEHAUPTUNG, dass eine gespaltene Republik keinen Bestand haben kann, widmete Palpatine beinahe die Hälfte seiner beispiellosen 13 Amtsjahre dem Kampf gegen die Bedrohung durch die Separatisten. Zeichnete ihn zuvor noch vornehme Zurückhaltung aus, so wurde er mit Ausbruch der Klonkriege zu einem der leidenschaftlichsten Verfechter der Demokratie, der seine privaten Interessen ganz der schweren Bürde unterordnete, die Republik zum Sieg zu führen – zu seiner Rechten die Jedi, zur Linken die Große Armee der Republik. Entschlossen, die Staatsverfassung um jeden Preis aufrechtzuerhalten, würde er lieber heute als morgen auf die außerordentlichen Machtbefugnisse, mit denen er vom Senat bis zur Zerschlagung der Separatisten ausgestattet wurde, verzichten.

Das Quartier des Generals an Bord der *Invisible Hand* weist eine unheimliche Ähnlichkeit zu Palpatines Büro im Senatgebäude auf. Als Anakin und Obi-Wan dort eintreffen, werden sie bereits von Count Dooku erwartet. Keiner der beiden Jedi erkennt, dass Dooku und Palpatine keine Gegner, sondern Verbündete sind.

An Bord von Grievous' schwer angeschlagenem Flaggschiff beweist Palpatine viel Kraft und Geschicklichkeit angesichts eines instabilen Aufzugschachts und aufgrund ausgefallener Schwerkraftprojektoren heillos auf den Kopf gestellter Gänge.

Hinter der Maske

Einige glauben hinter Palpatines arglosem Lächeln das Gesicht eines undurchsichtigen, eigennützigen Politikers zu erkennen. Gedeckt durch eine Schar von Ratgebern, ist er mit dem Jedi-Rat oft uneins, was den Fortgang des Krieges betrifft. Als Experte darin, die öffentliche Meinung zu manipulieren, befördert er seine Sache, indem er Einfluss auf die HoloNet-Berichterstattung nimmt. Und so nutzt er den Krieg, um sein heimliches Ziel zu erreichen: sich in eine Position zu bringen, in der sein Wort Gesetz ist.

DATENBLATT

◆ Die Unterlagen über Palpatines Abstammung, seine Familienangehörigen und seinen Werdegang auf Naboo sind auf mysteriöse Weise verschwunden.

◆ Von Captain Panaka, vormals Sicherheitschef Königin Amidalas, erhielt Palpatine Informationen zu Anakins und Padmés heimlicher Hochzeit.

SLY MOORE

MAS AMEDDA

Palpatine beriet Anakin in weltlichen Dingen und lauschte seinen düstersten Geständnissen, erfuhr von dessen Zorn, dessen Vernarrtheit in Padmé, dessen Enttäuschung über den Rat der Jedi und selbst von dem Massaker an einer Sippschaft von Sandleuten auf Tatooine. Ihr fast familiäres Verhältnis zueinander gibt dem Jedi-Rat großen Anlass zur Sorge.

Heimliche Verbündete

Senatssprecher Mas Amedda und Kanzleradjutant Sly Moore sind nur zwei von einigen wenigen, die erkannt haben, dass Palpatine mehr ist, als er zu sein scheint, und dass dessen zur Schau gestellte Bescheidenheit lediglich den raffinierten politischen Drahtzieher kaschiert. Palpatines Doppelzüngigkeit könnte sie letzten Endes ihre Position kosten – und vielleicht sogar das Leben.

SITH-KELCH

Nach seinem Sieg über den Jedi, der für seine grässliche Entstellung verantwortlich ist, erklärt Palpatine die Republik zum Imperium und sich selbst zum Imperator.

IMPERIALE GARDE
Mit Gründung des Imperiums wird die Rote Garde zur Imperialen Garde. Ihre Mitglieder wurden von Palpatine aus nicht geklonten Militäreinheiten rekrutiert.

Obwohl auf alle Zeiten entstellt, zeigt Palpatine sich von ungebrochener Entschlossenheit und Integrität und wird zur personifizierten Autorität. Stabilität, Sicherheit, Gerechtigkeit und Frieden lauten die Schlagworte seiner ausgerufenen Neuen Ordnung.

General Grievous

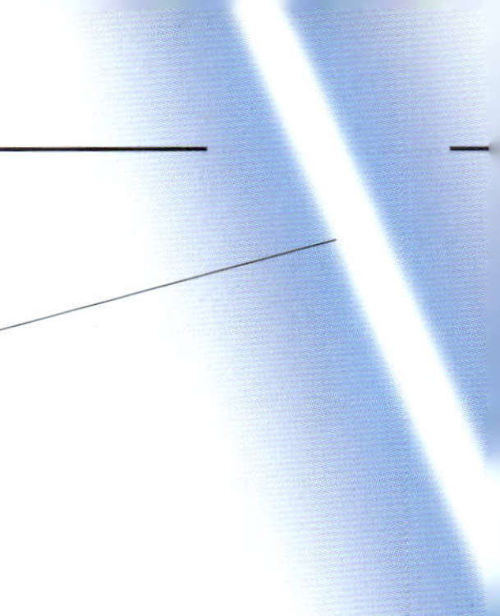

BEVOR ES AUF HYPORI, einer der Waffenschmieden der Separatisten, zur Konfrontation mit ihm kam, war der Cyborg-General den Jedi noch völlig unbekannt. Tatsächlich war Grievous schon bei der Schlacht um Geonosis präsent. Doch fand das Blutbad, das er anrichtete, tief in den Katakomben der stalgasinischen Stockkolonie von Erzherzog Poggle dem Geringeren statt. Nach diesem Ereignis zum Obersten Kommandanten der Droidenarmee befördert, hängte Grievous die Messlatte in puncto Kriegsmetzelei noch um einiges höher, indem er ganze Welten verwüstete und überall dort, wo er im Äußeren oder Mittleren Rand auftauchte, seine blutigen Spuren hinterließ. Obwohl er ein Cyborg ist, betrachtet Grievous sich selbst nicht als Droiden und reagiert ausgesprochen humorlos auf das Thema – wie seine Opfer bestätigen könnten, wenn sie noch lebten.

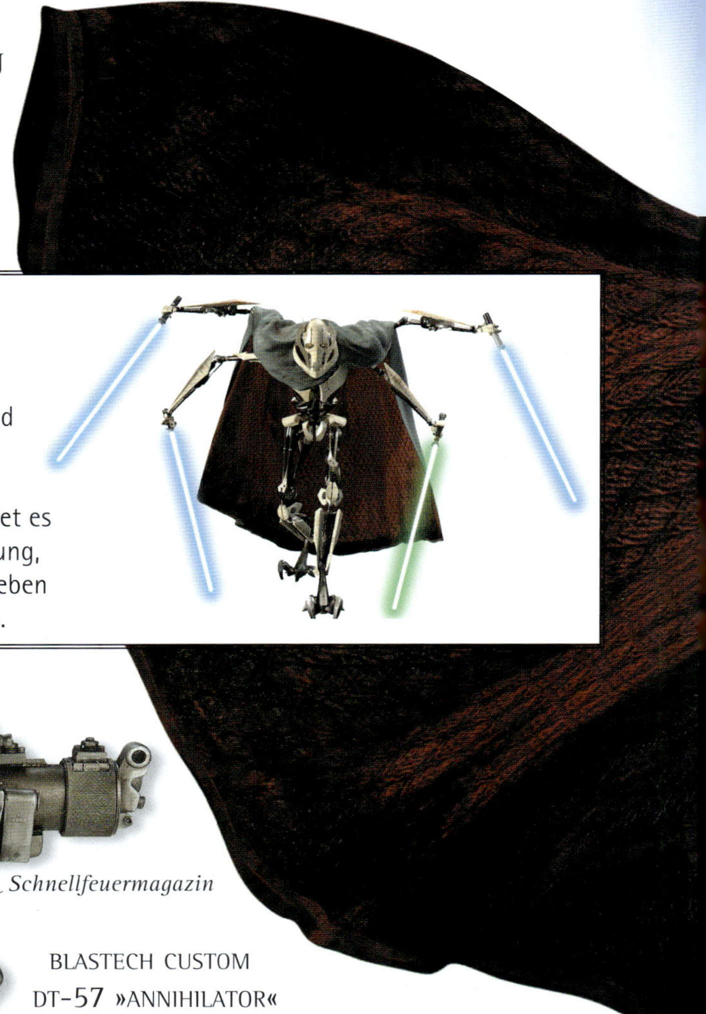

Unterstützt von Darth Sidious und Tyranus führt Grievous die Entführung Palpatines aus dem Kanzlerbunker auf Coruscant durch. Nicht ahnend, dass er damit sowohl Sidious' wie Palpatines Absichten dient, bringt Grievous wenig Verständnis dafür auf, dass er den Kanzler nicht einfach umbringen darf.

DATENBLATT

◆ Grievous kann seine Schultern ausklinken und beide Arme teilen.

◆ Der General empfindet es insgeheim als Demütigung, als Cyborg wieder ins Leben gerufen worden zu sein.

ENERGIESTAB

ENTER-
HAKEN

BLASTECH CUSTOM DT-57 »ANNIHILATOR«

Kriegswaffen

Das einrädrige Kampfvehikel, das Grievous auf Utapau benutzt, ist mit einer Vielzahl von Waffen ausgerüstet. Dazu zählen ein leistungsstarker Blaster, ein Energiestab, wie ihn seine Elitekämpfer, die Magna-Wächter, mit sich führen, und ein Enterhaken, ähnlich dem, den er über Coruscant benutzte, als er sich am Rumpf seines zerschossenen Flaggschiffs der Freiheit entgegenhangelte.

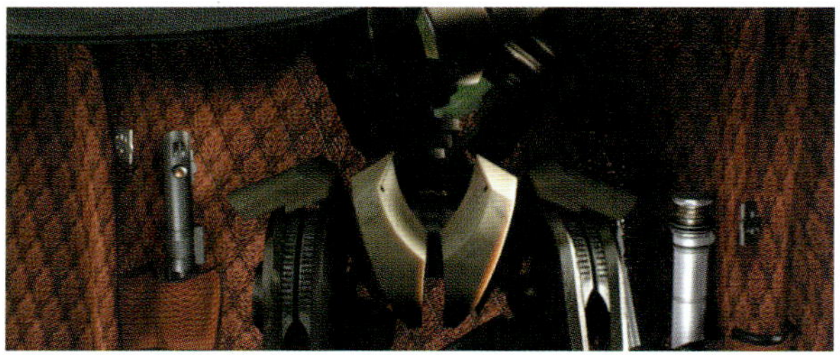

Palpatine lockt Obi-Wan auf die von Separatisten besetzte Welt Utapau. Nachdem Kenobi dort beschäftigt ist, muss Anakin ohne seinen Rat auskommen und ist daher umso anfälliger für die Zuflüsterungen der Dunklen Seite.

DRAUFSICHT

RAUMJÄGER
Während der Flucht von Utapau erkennt Obi-Wan, dass Grievous' Raumjäger hyperraumfähig ist. Nach dem Klonkriegerangriff sendet er einen 9-13-Jedi-Notfallcode über das HoloNet-Relais.

Grievous' Hass auf die Jedi geht auf sein früheres Leben als Kaleesh-Warlord zurück. Sein erstes Lichtschwert erbeutete er von einem Jedi, den er bezwang, und seine Sammlung ist seitdem stetig gewachsen.

Alien-Warlord

Grievous' Ruf als Warlord festigte sich während eines brutalen Krieges zwischen den Kaleesh und den Huk. Nach einem Shuttle-Crash nur knapp dem Tode entronnen, wurde Grievous wieder zusammengeflickt. Weder Macht-Adept noch Sith, erhielt der Cyborg-General seine Ausbildung im Lichtschwertkampf von Darth Tyranus und ist für die meisten Jedi mehr als ein ebenbürtiger Gegner.

Alien-Cyborg

WIEWOHL STETS AUF DER HUT vor Emporkömmlingen, zeigte Darth Sidious schon früh Interesse an dem Kaleesh-Warlord Grievous. Dieses Interesse hielt auch nach Grievous' Unfall und Rekonstruktion durch geonosianische Biotechniker an und äußerte sich darin, dass Sidious Medidroiden entsandte, um an den chirurgischen und kybernetischen Eingriffen teilzuhaben. Zum Schluss fanden lediglich Grievous' Gehirn, sein Rückenmark und einige innere Organe ihren Weg in den Cyborg-Panzerharnisch.

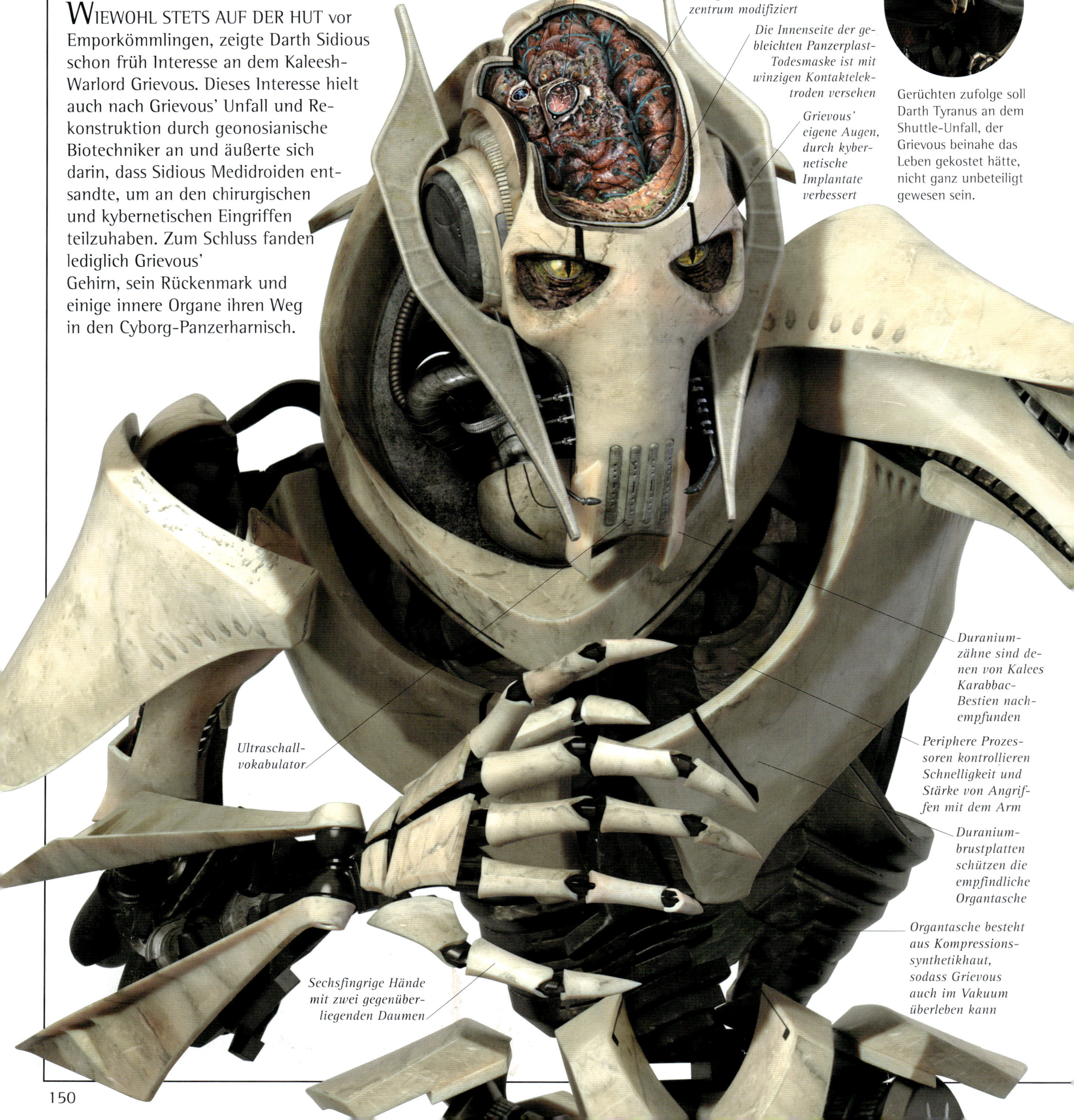

Gerüchten zufolge soll Darth Tyranus an dem Shuttle-Unfall, der Grievous beinahe das Leben gekostet hätte, nicht ganz unbeteiligt gewesen sein.

Handelsföderation

GRIEVOUS' FLAGGSCHIFF, die *Invisible Hand*, ist ein Kreuzer der Handelsföderation, ursprünglich bestimmt für den neimoidianischen Vizekönig Nute Gunray und seine Berater. Als Darth Tyranus den Neimoidianern befahl, ihre Kampfdroidenarmee dem alleinigen Kommando Grievous' zu unterstellen, protestierte Gunray vergeblich gegen die damit einhergehende Annektion seines persönlichen Kreuzers. Zum Trost gestattete Tyranus ihm, dem Kreuzer neimoidianische Navigatoren und Geschützoffiziere als Brückenbesatzung beizuordnen.

Grievous hätte Gunray möglicherweise getötet, hätte Tyranus den General nicht gewarnt, dass Sidious fest entschlossen sei, die Handelsföderation unter den Schutz der Separatisten zu stellen.

DATENBLATT

◆ Auf Geonosis ahnte Gunray nicht, dass Sidious die treibende Kraft hinter der Konföderation der Unabhängigen Systeme war.

◆ Die lineare Form der *Invisible Hand* soll die schwache Verteidigung der auf maximalen Profit ausgelegten Ringfrachter kompensieren.

Nute Gunray

Vizekönig Gunray und General Grievous hatten hinsichtlich ihres Verhältnisses einen ziemlich schlechten Start, als Count Dooku sie auf Geonosis einander vorstellte. Gewöhnt daran, in Droiden kaum mehr als Kanonenfutter zu sehen, beging Gunray den Fehler, Grievous wie eine jener zahllosen Offiziersdrohnen zu behandeln.

Magna-Wächter

AUF SEINEN RAUBZÜGEN über die verwüsteten Welten der Huk wurde der Kaleesh-Warlord Grievous stets von einer Elitetruppe aus Kriegern und Leibwächtern begleitet. Nach seiner »Wiederauferstehung« als Oberster Befehlshaber der Separatistenarmee muss er sich mit den Kampfdroiden der Handelsföderation begnügen, die von einem zentralen Computer abhängig und unfähig sind, aus ihren Fehlern zu lernen. Von Grievous' Abneigung gegen diese Einheit in Kenntnis gesetzt, genehmigt Darth Tyranus Holowan Mechanicals die Produktion eines »Selbstmotivierenden heuristikprogrammgestützten Gefechtsdroiden«, den IG-100-Magna-Wächter. Der Prototyp wurde nach Grievous' Vorgaben entwickelt und vom ihm selbst trainiert.

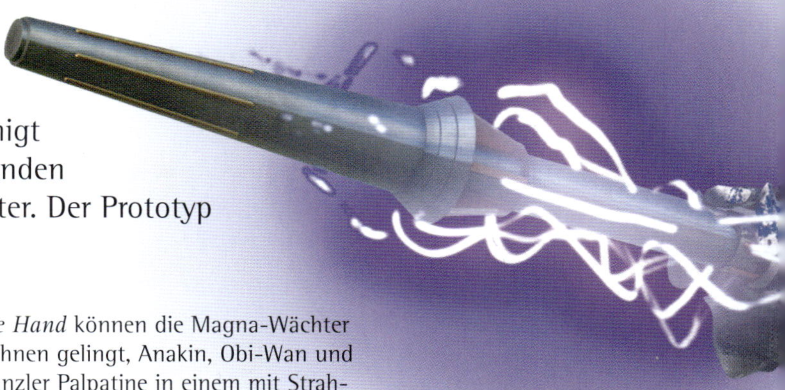

Auf der *Invisible Hand* können die Magna-Wächter punkten, als es ihnen gelingt, Anakin, Obi-Wan und den Obersten Kanzler Palpatine in einem mit Strahlenschilden versehenen Korridorbereich in Gewahrsam zu nehmen. Doch Grievous' Triumph ist nicht von Dauer, denn bald schon stürzt R2-D2s Gegenschlag die Brücke in heilloses Chaos.

Als der Rauch sich verzogen hat, ist von den Magna-Wächtern nicht mehr viel übrig. Dem Rest von Grievous' Elitetruppe wird auf Utapau seitens Obi-Wan ein ähnliches Schicksal zuteil, bevor er dem Cyborg-Kommandanten gegenübertritt.

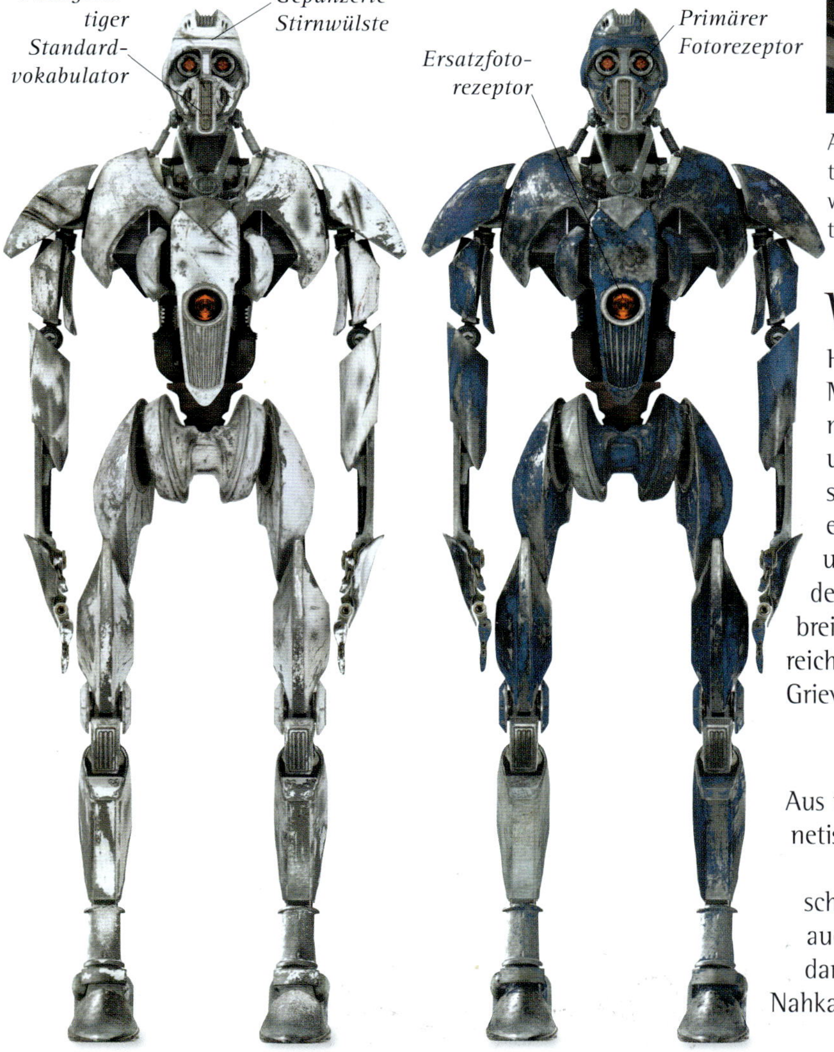

Wächter-Modelle

Holowan Mechanicals produzierten Magna-Wächter-Modelle in verschiedenen Farben: in Schwarz, Blau, Alabaster und exklusivem Grau. Jeder Farbtyp dieser zwei Meter großen Droiden ist auf eine bestimmte Kampfform spezialisiert und mit einem Energiestab oder besonderen Waffen ausgerüstet, deren Bandbreite von Granaten bis zu Raketenwerfern reicht. Der Kopfschutz ist ein Tribut an Grievous' Originalelitetruppe.

Electrostaffs

Aus teurer Phriklegierung gefertigt und mit elektromagnetischen Impulsspitzen versehen, sind die Energiestäbe der Magna-Wächter robust genug, um selbst Lichtschwerttreffern zu widerstehen. Obwohl einige Modelle auch Strahlenschilde neutralisieren können, ist die Standardausführung in erster Linie eine effektive Waffe für den Nahkampf, deren Einsatz bei nichtdroidischen Benutzern böse Verbrennungen an den Händen hinterlassen würde.

Magna-Wächter besitzen Ersatzprozessoren, die es ihnen erlauben, nach einer Enthauptung oder dem Verlust von Extremitäten weiterzukämpfen.

DATENBLATT

- Holowan Mechanicals erweist sich nach den Klonkriegen als ein von der Republik finanziertes Unternehmen. Die Firma führt die Killerdroiden der IG-Serie wieder ein.
- Ein Dutzend Magna-Wächter, handverlesen von Grievous, halfen dabei, Palpatine zu entführen.

Stress im Doppelpack

Magna-Wächter greifen oft paarweise an und sind in der Lage, sich dem Kampfstil des Gegners perfekt anzupassen. Nach drei Jahren zahlloser Stellungsgefechte zählen sie zu den Veteranen des Krieges, wie ihre abblätternden Beschichtungen, zahlreichen Kratzer und zerfetzten Feldumhänge belegen. Grievous lehnt es ab, auch nur einen von ihnen einer Runderneuerung zu unterziehen, da er findet, dass Magna-Wächter mit Kampfspuren auf einen Gegner noch bedrohlicher wirken.

Coruscant-Bodenpersonal

MIT EINER ABFERTIGUNGSKAPAZITÄT von über zehntausend Schiffen innerhalb kürzester Zeit verfügt Coruscant über ein ganzes Heer von Landeplattformpersonal, das beim Entladen, Auftanken und bei der Durchführung routinemäßiger Inspektionen und Wartungsarbeiten hilft. Da viele meinen, dieser Job sei eigentlich etwas für Droiden, sind die Mitarbeiter des Bodenpersonals nur schlecht ausgebildet und unterbezahlt.

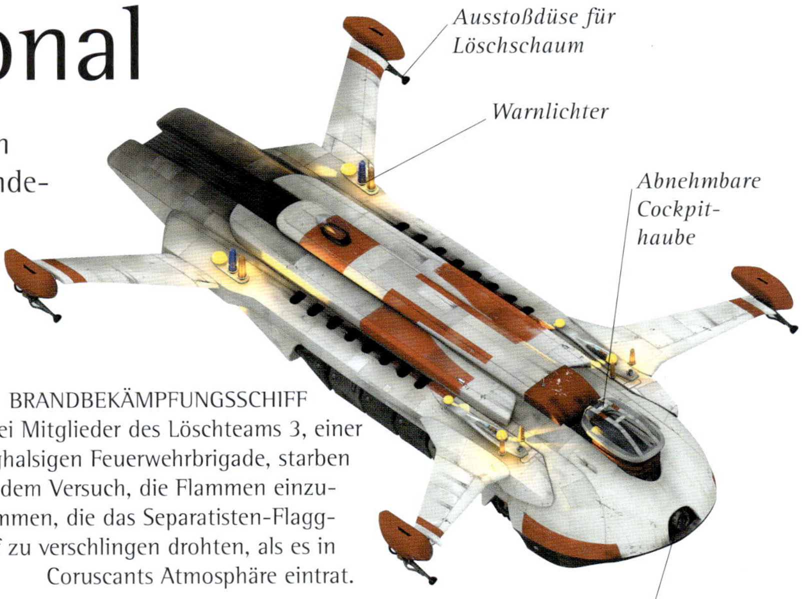

BRANDBEKÄMPFUNGSSCHIFF
Zwei Mitglieder des Löschteams 3, einer waghalsigen Feuerwehrbrigade, starben bei dem Versuch, die Flammen einzudämmen, die das Separatisten-Flaggschiff zu verschlingen drohten, als es in Coruscants Atmosphäre eintrat.

HARTE LANDUNG
Anakins Geschick, mit dem er das desolate Flaggschiff relativ sicher herunterbrachte, ist ohnegleichen. Um zu vermeiden, dass dem Schaden, den Coruscant bereits genommen hat, noch ein weiterer hinzugefügt wird, manövriert er die *Invisible Hand* zu einer selten benutzten Landeplattform im Industriesektor.

TORNISTER
Feuerbekämpfung ist ein hochgefährlicher Job. Aufgrund der fremdartigen Zusammensetzung der Treibstoffe, mit denen einige Frachter und Shuttles fliegen, wachsen sich an Bord entstandene Brandherde oft zu tödlichen Infernos aus.

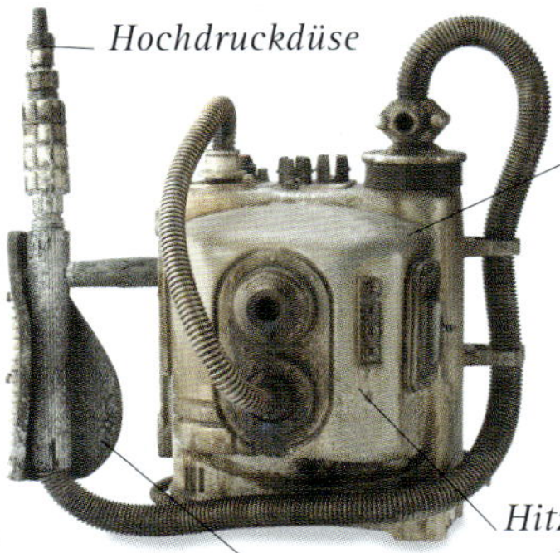

Feuerwehrbrigaden

Auf der Rangliste des Bodenpersonals belegen die gut geschulten Mitglieder von Coruscants Feuerwehr die ersten Plätze. Einige sind in den mittleren Ebenen der hoch aufragenden Stadt stationiert, während andere auf den Autonavigationsrouten patrouillieren, die bis in den Himmel über der Galaktischen Hauptstadtwelt hinaufreichen.

DATENBLATT
- ◆ Nach dem Krieg wurden viele Klontruppenangehörige aufgrund von Verletzungen, natürlichen Abnutzungserscheinungen oder aus Altersgründen in den Ruhestand versetzt.
- ◆ Diese Truppenmitglieder werden später wieder einberufen, um die Wartungsarbeiten auf Landeplattformen zu beschleunigen und Notrettungsmannschaften zu unterstützen.

Coruscants Jetset

CORUSCANT SCHEINT FAST noch genauso zu sein wie vor zehn Jahren, als noch niemand Count Dookus separatistische Bewegung als Bedrohung ansah – obschon heutzutage Klonkrieger Landeplattformen und öffentliche Gebäude bewachen und neue Gesetze die Beschlagnahmung von Privatvermögen erlauben. Indes hat der Krieg vielen Coruscanti zu Wohlstand verholfen, und so mancher Senator erfreut sich nach wie vor seiner Schmiergelder.

Mit viel Glück oder Umsicht verhindert Palpatine, dass die Kämpfe auf der Oberfläche eskalieren. Dennoch ist nach seiner Entführung die Stimmung auf Coruscant zunehmend gespannt, und beunruhigende Gerüchte machen die Runde.

Ebenso unechte wie geschmacklose Kommandanten-mütze

Künstlich gefärbte Lekku

GREEATA

CPT. FAYTONNI

KOYI MATEIL

OPERNGARDEROBE Opernabende bieten Gelegenheit zu Selbstdarstellung und Exzessen. Viele der Gäste tragen Kostüme, die mit denen der Darsteller konkurrieren können.

DELVA RACINE

WAKS TRODE

Weites Blickfeld

Sy-Myrthianische Mantille kaschiert unerlaubtes Aufnahmegerät

RYSTÁLL SANT

Hairstyling einer Verbrecher-syndikats-konkubine

BROOKISH BOONE

Wenige Privilegierte

Auf Coruscant haben viele neue Restaurants und Clubs eröffnet. Doch die Elite zieht es vor, sich in der »Galaxis-Oper« einzufinden, um die Auftritte von Künstlertruppen aus den verschiedensten Sternensystemen zu genießen. Auch Palpatine pflegt, wenn es sein Terminkalender zulässt, im »Galaxies« zu erscheinen, welches er dem alten Opernhaus vorzieht, das von den wohlhabenden Mitgliedern der Familie Valorum besucht wird.

DATENBLATT

◆ Während einer Mon-Calamari-Darbietung erscheint Anakin in Palpatines Privatloge, wo er erfährt, dass Klon-Geheimdienstler den Verbleib von Grievous in Erfahrung bringen konnten.

◆ Es wird vermutet, dass Baron Papanoida möglicherweise ein Doppelagent ist.

Padmé Amidala

IMMER WIEDER SAH Padmé sich in den Mittelpunkt galaktischer Ereignisse gezerrt. Ihre illegale Anwesenheit auf Geonosis, um die Befreiung Obi-Wan Kenobis herbeizuführen, wird von vielen als der Funke angesehen, der die Klonkriege entfacht hat. Padmé gilt als eine kühne und unerschrockene Frau, doch nun wird sie von Zweifeln, die ihr Privatleben betreffen, gequält, und bisweilen träumt sie davon, sich wieder in die Abgeschiedenheit auf Naboo zurückziehen zu können. Doch ihr Tatendrang ließe dergleichen niemals zu.

In den drei Jahren nach ihrer heimlichen Hochzeit auf Naboo fanden Padmé und Anakin oft Trost beieinander. Doch diese Treffen waren ebenso verstohlen wie kurz. Als Palpatines Verschleppung Anakin nach Coruscant führt, hat sich das Paar bereits seit fünf Monaten nicht mehr gesehen.

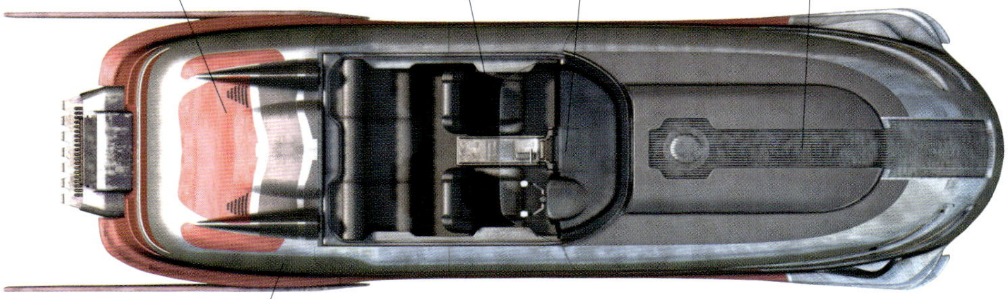

KLASSISCHER GLEITER
Padmés in klassischem Design gehaltener Gleiter bringt sie rasch von und zu der Landeplattform, auf der sich ihr Raumschiff befindet. Die Maschine des Gleiters wurde von Anakin modifiziert.

Senatorin

Padmés Stimme im Senat hat noch immer das gleiche Gewicht wie vor dem Ausbruch des Krieges. Während Anakin im Äußeren Rand Legionen von Klonkriegern kommandiert, versuchen Padmé und andere Mitglieder des Loyalistischen Komitees eine friedliche Lösung für den fortschreitenden Konflikt zu finden. Nichtsdestotrotz werfen Kritiker ihr vor, dass sie blind ist gegenüber dem zunehmend autoritärer werdenden Klima auf Coruscant, der Abschaffung vormals garantierter Rechte und Palpatines wachsender Macht.

DATENBLATT

◆ Die Dienerinnen Moteé und Ellé wurden aufgrund ihrer Ähnlichkeit mit Padmé ausgewählt. Sie wissen von deren Hochzeit mit Anakin und ermöglichen oft die Treffen des Paares, indem sie anderenorts als Doubles agieren.

◆ Nach dem Massaker beim Jedi-Tempel heißt es offiziell, dass Padmé und zahlreiche Senatoren von den Jedi niedergemetzelt worden seien.

Verborgen in Naboos Rednerpodium im Senatssaal wird Padmé Zeuge des Endes der Demokratie, als Palpatine das Imperium und sich selbst zum Imperator auf Lebenszeit ausruft. Die Beifallsstürme, die er erntet, zeigen einmal mehr, dass nur wenige gefeit sind vor den üblen Machenschaften eines teuflischen Politikers.

DIE SCHÖNSTEN MOMENTE
Mit der eigenen Landeplattform, dem hoch über der Stadt liegenden Balkon und mehreren Eingängen ist Padmés Penthouse im von Rundbögen gekrönten oberen Bereich des Senatorenwohnkomplexes perfekt für ihre Zusammenkünfte mit Anakin. Nach Senatorenmaßstäben ist das Domizil noch vergleichsweise bescheiden, was Größe und Ausstattung betrifft, obschon die meisten Coruscanti es wohl als in empörender Weise verschwenderisch bezeichnen würden.

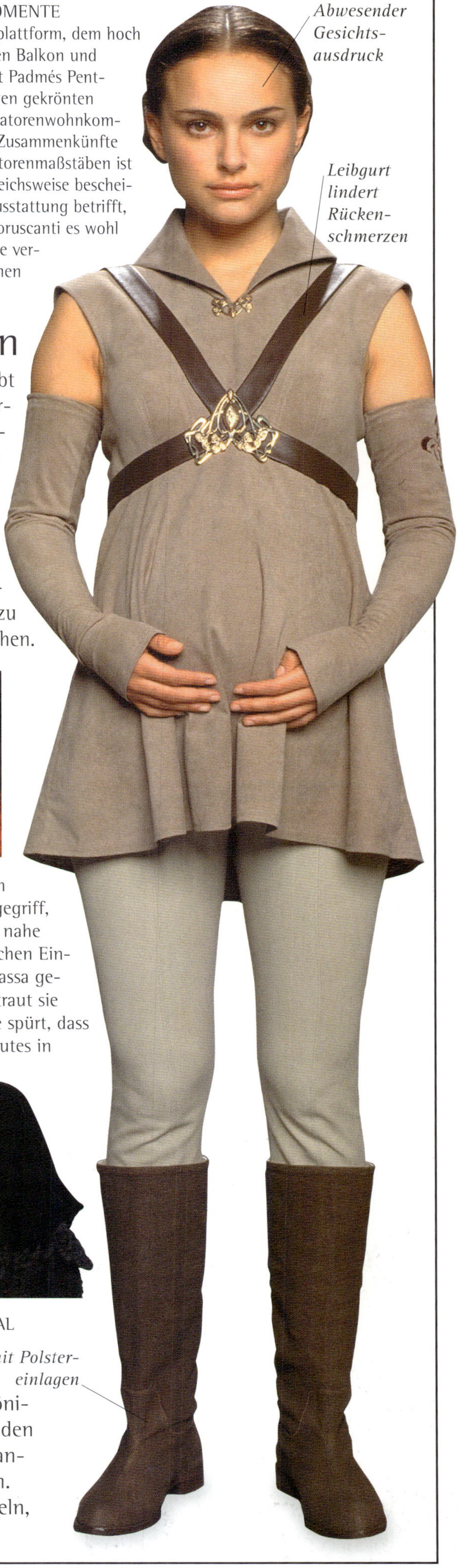

ZIMMERLAMPE

WUNSCHKUGEL

Padmé hat ihre Räume mit Gegenständen aus ihrem Domizil am See geschmückt.

SHIRAYA-STATUETTE

Doppelleben

Wie Anakin und Palpatine ist Padmé geübt darin, ihre wahre Befindlichkeit zu verbergen. Im Hinblick auf ihre Schwangerschaft jedoch lassen sich einige Dinge nur schwerlich verhehlen: die Fülle ihres Leibes und ihre häufige Geistesabwesenheit. Senatorenskandale sind nichts Neues, doch Padmés Geheimnis könnte Anakins Ruf als Nationalheld gefährden und seine Hoffnungen, einst in den Jedi-Rat aufgenommen zu werden, auf immer zunichte machen.

KÖNIGIN APAILANA

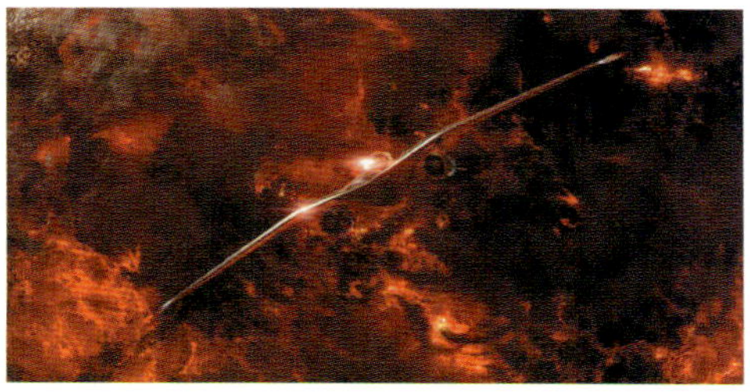

MUSTAFAR
Sich weigernd, Obi-Wan zu glauben, dass Anakin sich der Dunklen Seite zugewandt habe, eilt Padmé mit ihrem Raumschiff nach Mustafar.

Schwer verletzt durch Anakins Macht-Würgegriff, wird Padmé zu einer nahe gelegenen medizinischen Einrichtung auf Polis Massa gebracht. Sterbend vertraut sie Obi-Wan an, dass sie spürt, dass immer noch etwas Gutes in Anakin ist.

RUWEE

SOLA

JOBAL

Bestattung auf Naboo

Padmés Eltern Ruwee und Sola, ihrer Schwester Jobal und Königin Apailana wird mitgeteilt, dass Padmé auf Coruscant von den Jedi getötet worden sei. Kein Wort wird über Padmés Schwangerschaft oder den Verbleib von R2-D2 und C-3PO verloren. Eine Untersuchung, um den Vater der Zwillinge zu ermitteln, würde gegen die Traditionen Naboos verstoßen.

Der Senat

WAR DER SENAT vor dem Krieg bereits von Korruption und Habgier geprägt, so sind seitdem dessen Pflichtvergessenheit und Lethargie geradezu sprichwörtlich geworden. Ambitionierte Reden und gehaltvolle Debatten werden als lästig betrachtet, da sie den »effizienten Gang bürokratischer Verfahren« nur aufhalten. In dem Klima der Angst, das durch den Krieg hervorgerufen wurde, empfinden es die meisten Senatoren als leichter – einige sagen: sicherer –, ihre persönlichen Ansichten hintanzustellen. Und so wird jedes Gesetz ratifiziert, das zur Machtausweitung Palpatines oder irgendeines für die Kriegsanstrengungen zuständigen Komitees beiträgt. In aller Regel ist der Senat so sehr damit beschäftigt, die Verfassung umzuschreiben, dass er seine Funktion als ausgleichendes Regierungsorgan völlig aus den Augen verloren hat.

DAS SENATSGEBÄUDE
Der aus dem Zentrum des Regierungsdistrikts emporragende Senat wurde bei General Grievous' Überraschungsschlag auf Coruscant von Vulture-Jägern und Droiden-Kanonenbooten unter Beschuss genommen. Während das Senatsgebäude unversehrt blieb, mussten umliegende Bauten, Landeplattformen und Plazas schwere Schäden hinnehmen. Allein im Gebäude der Gedenkstätte für die Väter der Nicandra-Konterrevolution ging die Zahl der Todesopfer in die Tausende.

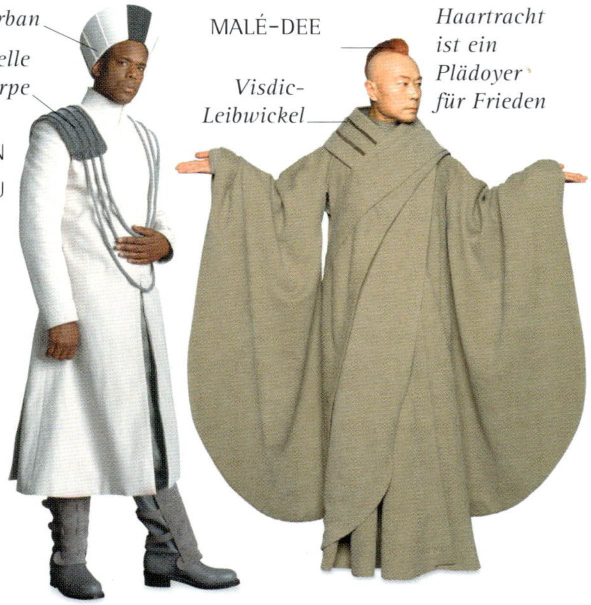

GIDDEAN DANU

MALÉ-DEE

Giddean Danu und Melé-Dee gehören zu jenen Senatoren, die gegen Palpatine opponieren. Sie hoffen auf sein Einlenken, wenn er erfährt, dass noch mehr Senatoren unzufrieden sind.

FANG ZAR

TERR TANEEL

CHI EEKWAY

Ehrbare Politiker

Weder Palpatine noch seine Unterstützer, noch seine rot gekleideten Garden haben alle Senatoren einschüchtern können. Eine Gruppe loyaler Republikaner hat die »Petition der Zweitausend« unterzeichnet, in der unmissverständlich zum Ausdruck gebracht wird, es sei allmählich an der Zeit, dass der Oberste Kanzler auf einige der Notstandsbefugnisse, mit denen er ausgestattet wurde, wieder verzichte. Weiterhin wird er aufgefordert, mit Vertretern der Konföderation der Unabhängigen Systeme über ein Waffenstillstandsabkommen zu verhandeln.

ÜBERWACHUNGSKAMERA
Die Coruscanti waren sehr duldsam, als es darum ging, die Freiheit des Einzelnen dem Schutz der Allgemeinheit unterzuordnen. Selbst diverse Sicherheitseinrichtungen werden inzwischen widerspruchslos akzeptiert, und im Senatsgebäude ist neuerdings eine Überwachung durch schwebende Kameras erlaubt.

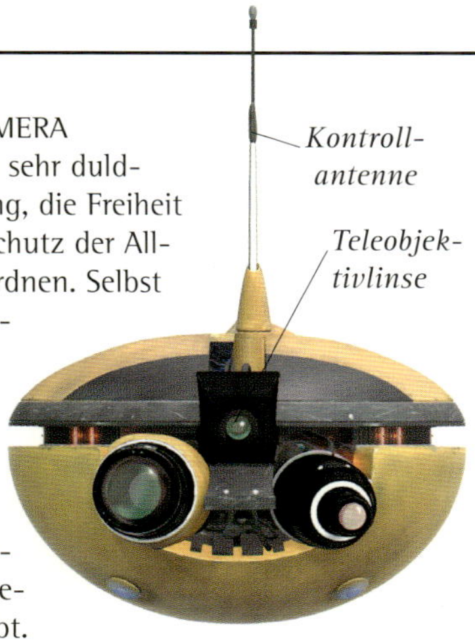

Mon Mothma

Ohne dass Palpatine davon wusste, waren die beiden für die »Petition der Zweitausend« hauptverantwortlichen Senatoren der Vertreter Alderaans, Bail Organa, und Mon Mothma, die Tochter eines ehemaligen Gouverneurs von Chandrila. In politischer Hinsicht ein durchaus kluger, wenngleich recht eigensinniger Kopf, bestärkte Mon Mothma Bail in dem Vorhaben, Padmé Amidala ins Vertrauen zu ziehen, überzeugt davon, dass Padmés vermeintlicher Einfluss auf Palpatine der Sache der Antragsteller dienlich sein könnte.

Private Bildschirmkonferenzen sind im Senatssaal nicht mehr möglich. Viele Abgeordnete fürchten sich daher, ein Veto im Flüsterton, geschweige denn laut kundzutun. Überall umherschwirrende Flugkameras senden sämtliche Äußerungen an Sicherheitschef Armand Isard weiter.

VEEDAAZ AWMETTH

MEENA TILLS

GUME SAAM

ASK AAK

SOLIPO YEB

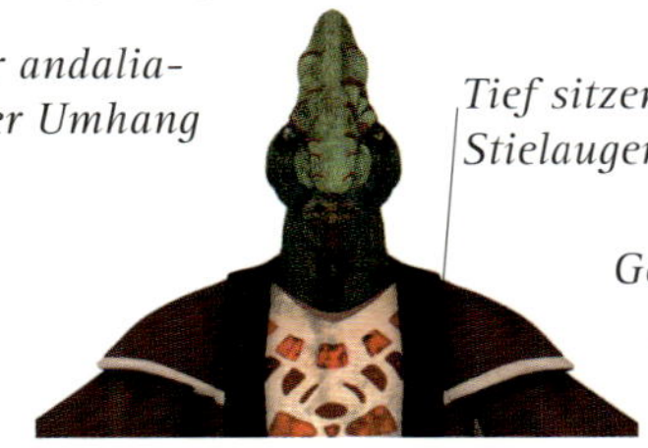

SWEITT CONCORKILL

Staatsoberhäupter

Schon vor dem abrupten Ende der Klonkriege wurde Coruscant von vielen Senatoren, welche die Welten des Äußeren Rands repräsentierten, verlassen. Sie fürchteten Sanktionen wegen Handelsbeziehungen, die sie zu Spezies unterhalten hatten, denen Kontakte zur Separatistenbewegung nachzuweisen waren. Im Gegensatz dazu sahen sich Senatoren, die klug genug waren, auf Coruscant zu bleiben und Partei für Palpatine zu ergreifen, in den Nachkriegsjahren reichlich belohnt.

DATENBLATT

◆ Bis zur Wahl Prinzessin Leia Organas in den Imperialen Senat ist Mon Mothma die jüngste Senatorin, die jemals dieses Amt bekleidete.

◆ Mon Mothma, Bail Organa und dessen Adoptivtochter Leia werden bei der Gründung der Rebellenallianz entscheidende Rollen spielen.

Yoda

ALS YODA VOR über 800 Jahren zum ersten Mal im Jedi-Tempel eintraf, waren die Erinnerungen an den Krieg zwischen Jedi und Sith und die im Schwinden begriffenen Dunklen Zeiten noch frisch. Seither wurde der Jedi-Meister Zeuge eines Aufblühens des Jedi-Ordens sowie der Republik selbst. Dennoch war Yoda sich in den letzten beiden Jahrhunderten stets bewusst, dass die Dunkle Seite eines Tages wieder hervortreten würde. Als das Ende der Klonkriege naht, sieht er voraus, dass dem Orden nun erst die größten Gefahren drohen.

Endlich akzeptierend, dass der Krieg nichts anderes als ein Schachzug der Sith war, um den Jedi-Orden zu schwächen, beschließt Yoda, seinen Instinkten zu folgen.

GIMERSTOCK

Meister

Yoda hat Hunderte von Jedi zur Ritterschaft geführt. Dennoch sind einige Jedi der Ansicht, dass er darin versagt hat, dem Orden mit erleuchteter Führerschaft zu dienen. Für sie hat Yoda zu viel Vertrauen in die prophezeite Berufung des Auserwählten, die Macht wieder ins Gleichgewicht zu bringen, gesetzt.

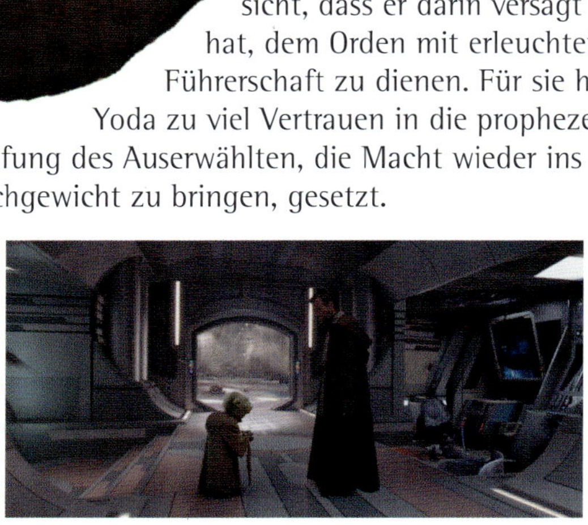

Sicher an Bord der *Tantive IV*, erfährt Yoda vom Angriff der Klonkrieger auf den Jedi-Tempel. Er zieht daraus den Schluss, dass es Mace und den anderen nicht gelungen ist, Darth Sidious zu bezwingen.

Als Yoda in Palpatines Amtsräumen neben dem Senatssaal eintrifft, lässt er sich nicht mehr aufhalten. Noch bevor die Roten Garden des Kanzlers dazu kommen, ihre Energiepiken zu heben, setzt er sie mit einem Machtstoß außer Gefecht.

DATENBLATT

◆ Jedi-Schüler Zett Jukassa ist eines der vielen Opfer, die bei dem Angriff auf den Tempel ums Leben kamen.

◆ Während seines langen Lebens hat Yoda unzählige Welten besucht, einige davon so abgelegen, dass sie de facto unbekannt sind. Einer dieser Orte ist der Sumpfplanet Dagobah.

In seinem Konflikt mit Sidious erkennt Yoda, dass er unterliegen wird, und entflieht dem Duell, vielleicht weil sein Kampfgeist erschüttert ist vom Tod so vieler Jedi. Dennoch bleibt er standhaft genug, um den Sieg über die Dunkle Seite zu erringen.

Zunehmend besorgt über die den Kanzler umgebende Konzentration der Dunklen Seite, fasst der Jedi-Rat den Entschluss, General Grievous gefangen zu nehmen und Palpatine zum Abdanken zu zwingen.

Das zweite Herz ist nötig, um das große Gehirn zu versorgen

Antitoxische Atemmaske

PLO KOON

KI-ADI-MUNDI

Hohe-Parade-Stellung

LUMINARA UNDULI

Djem-So-Angriffshaltung

AAYLA SECURA

Kai-Kan-Blocktechnik

BARRISS OFFEE

KRIEGERINNEN
Die Jedi Aayla Secura und Barriss Offee starben während Klonkrieger-Angriffen auf der düsteren Welt Felucia. Lichtjahre entfernt ließ Luminara Unduli auf dem Wookiee-Heimatplaneten Kashyyyk ihr Leben.

Jedi-Anführer

Seit Geonosis haben die Jedi Legionen von Klonkriegern auf Hunderten von Welten in den Kampf geführt. Infolgedessen wurden sie in kleinen Gruppen über die Galaxis verstreut. Als Palpatines infame Order 66 an die Klonkommandanten ergeht, waren weder Meister, Ritter noch Padawane darauf vorbereitet. Sie wurden von Soldaten getötet, mit denen sie zuvor gemeinsam gekämpft hatten.

Fluchtkapseln brachten Yoda auf Kashyyyk in Sicherheit und ließen ihn Dagobah erreichen. Auf Polis Massa erteilt der verstorbene Jedi-Meister Qui-Gon Jinn Yoda Lehrstunden darin, wie man allein kraft seines intakten Bewusstseins dem Tode entgeht. Yoda erzählt Obi-Wan davon und kündigt an, dass auch er bald von Qui-Gon unterrichtet werde.

Sensorprozessor und Flugleitcomputer

FLUCHTKAPSEL

Mace Windu

BEFÄHIGT DAZU, tief ins Herz der Dinge zu blicken, hegt Mace Windu bereits seit längerem einen Argwohn gegen Palpatine. Kurz bevor der Kanzler entführt wird, äußert Mace öffentlich die Befürchtung, dass Palpatine dem Einfluss eines bis dato unidentifizierten Sith-Lords, Darth Sidious, erlegen sei. Doch Yoda wendet ein, dass der Senat Beweise für die Treulosigkeit des Kanzlers sehen wolle. Maces Verdacht wird zur Gewissheit, als Palpatine es ablehnt, den Separatisten ein Friedensangebot zu unterbreiten, selbst nachdem Count Dooku getötet wurde.

Traditionelle Kapuzenrobe

Finsterer Gesichtsausdruck

Grob gewebter Waffenrock

Nachdem Palpatine entgegen allen Gepflogenheiten Anakin beauftragt, vor dem Jedi-Rat für ihn zu sprechen, erörtern Mace, Obi-Wan und Yoda die Gefahr, die von den Sith für die Republik ausgeht. Widerwillig beschließen sie, Anakin zu beauftragen, im Kanzleramt als Doppelagent für sie zu agieren.

Modulationsschaltkreis für Amethyst-Klinge

Energiezelle

WINDUS LICHTSCHWERT Maces Lichtschwert-Kampftechnik ist eine Synthese aus der tödlichen Form VII und einem neu entwickelten Stil namens »Vaapad«. Ein Anwender der Macht, der diese Kampfform praktiziert, gerät unter Umständen sehr nah an die Dunkle Seite heran.

Entschlossener Jedi

Anakins Eröffnung – dass Palpatine und Darth Sidious ein und dieselbe Person sind – erschüttert Mace zutiefst. Kurz zuvor hatten er und andere Jedi ihr Leben im Kampf gegen Grievous' Droidenstreitkräfte riskiert, um Palpatines Entführung zu verhindern. Jäh erkennend, dass das Kidnapping und der Krieg nichts als Täuschungsmanöver waren, schreitet Mace zur Tat und verspricht, Palpatine in Gewahrsam der Jedi zu bringen, tot oder lebendig.

DATENBLATT

- Maces präkognitive Fähigkeiten erlauben ihm tiefe Einblicke in das Wesen von Personen und Ereignissen. Er gehört zu jenen, die als »Fels in der Brandung« im Zentrum historischer Veränderungen stehen.
- Die Vaapad-Kampftechnik verdankt ihren Namen einer mehrarmigen Bestie vom Planeten Sarapin.

Lichtschwert-Meister

Die meisten Jedi sind auf fernen Welten eingesetzt, doch Mace gelingt es, ein Trio gefeierter Schwertmeister um sich zu versammeln, das ihm dabei helfen soll, Palpatine dingfest zu machen: Agen Kolar, ein Zabrak, der dafür bekannt ist, dass er erst zuschlägt und später Fragen stellt; Saesee Tiin, ein zurückgezogen lebender Iktotchi, der niemals einen Padawan erwählte; und Kit Fisto, ein nautolanischer Meister des Form-I-Lichtschwertkampfes, der sich sowohl auf Geonosis wie auf Mon Calamari verdient gemacht hat und Maces Partner im Kampf gegen Grievous auf Coruscant war.

Als Anakin noch ein Kind war, lernte Mace zu akzeptieren, dass dieser der Auserwählte sein könnte und vermutlich einen Fürsprecher benötigt, um eine Ausbildung zum Jedi zu erhalten. Zehn Jahre später hat Mace seine Zweifel, was den jungen Skywalker betrifft, und zeigt sich über dessen Beziehung zu Palpatine beunruhigt.

Als er Palpatines Räume im Senatskomplex betritt, ist Mace sich nicht ganz darüber im Klaren, dass Palpatine lange auf solch eine Gelegenheit des Kräftemessens gewartet hat. Den Jedi des Verrats bezichtigend, zaubert er ein Lichtschwert aus dem Ärmel seiner Robe hervor, und der Kampf beginnt.

Maces Jedi-Team geht entschlossen zum Angriff gegen Palpatine über, überzeugt davon, dass sie Sidious besiegen können. Indem er es zulässt, dass die Kraft des Vaapad ihn durchströmt, stürzt sich Mace in den Kampft mit dem Sith-Lord, nicht ahnend, dass derjenige, der für seinen Tod verantwortlich sein wird, nicht Sidious, sondern Anakin ist.

Tödliche Konfrontation

Nur vier Jedi aus Maces Generation haben jemals gegen einen Sith-Lord gekämpft: Qui-Gon ist tot; Yoda und Obi-Wan befinden sich auf Kashyyyk und Utapau; und auf Anakins Hilfe kann er nicht bauen, nun, da Sidious diesen mit der Aussicht auf Ausbildung korrumpiert hat. Noch bevor Mace es richtig realisiert, sind Kolar, Tiin und Fisto bereits Sidious' Klinge zum Opfer gefallen.

Zur Tarnung aufgestellte Kapuze

Anakin – ein gefallener Jedi

OBWOHL ANAKIN SKYWALKERS HINWENDUNG zur Dunklen Seite sich relativ rasch vollzieht, liegen die Ursprünge der Tragödie in seiner Kindheit als Sklave auf Tatooine und im Tod seiner Mutter begründet, die von Tuskenräubern verschleppt und misshandelt wurde. Die Erfahrungen, die er während der Klonkriege machen musste, haben sein Vertrauen sowohl in die Jedi wie auch in den Senat zerstört, von denen er weder die einen noch den anderen für fähig hält, Frieden und Ordnung in der Galaxis wiederherzustellen. Obwohl von Kanzler Palpatine manipuliert und ausgenutzt, stimmt Anakin am Ende zu, der Schüler des Sith-Lords zu werden, nicht zuletzt um zu verhindern, dass Padmé Amidala stirbt.

Als er an Bord des Separatisten-Flaggschiffs den besiegten Count Dooku tötet, vollzieht Anakin einen entscheidenden Schritt in Richtung der Dunklen Seite. Von Palpatine zu äußerster Härte gedrängt – die dieser Anakin später gnädig verzeiht –, gibt sich Anakin ganz seinem Zorn und seiner Gier nach Rache hin.

Die Dunkle Seite

Verblendet von Furcht und Zorn erkennt Anakin nicht, wie er Palpatine in die Hände gespielt hat. Anakin verpflichtet sich zur Treue gegenüber dem Obersten Kanzler – nun Darth Sidious – und den Sith. Gleichzeitig ist dies der Moment, in dem er seine Bestimmung als Auserwählter verneint und das Schicksal der Jedi besiegelt.

In beängstigenden Visionen sieht Anakin Padmés Tod während ihrer Niederkunft auf einem weit von Coruscant entfernten Planeten voraus.

Wie eine Festung anmutend, galt der Jedi-Tempel mehr als 40 Generationen lang als Symbol für Frieden und Gerechtigkeit. Doch da die meisten Jedi auf weit entfernt liegenden Welten eingesetzt sind, ist der Tempel nun relativ ungeschützt.

Im Computerraum befinden sich die Hauptkontrollen für das Netzwerk und das Kommunikationssystem des Tempels. Ohne auf das HoloNet angewiesen zu sein, ermöglicht die Signalstation nahezu verzögerungsfreien Kontakt zwischen dem Tempel und den im Einsatz befindlichen Jedi.

Als Darth Vader – sein neuer, von Sidious verliehener Name – richtet Anakin im Tempel, der ihm 13 Jahre lang ein Zuhause war, ein grausiges Gemetzel an. Er und Hunderte von Klonkriegern töten den Jedi-Schwertmeister Cin Dralling ebenso gnadenlos wie Lehrer, Adepten und Kinder.

Anakins blutiges Massaker entweiht die altehrwürdigen Hallen des Tempels. Die Archivare und Studenten stellen keine wirkliche Bedrohung für Palpatines Pläne dar, doch Anakin kümmert das nicht. Ihre Exekution ist Anakins Art und Weise, der Dunklen Seite Treue zu schwören und damit das Überleben seiner Familie zu sichern.

Das Blutbad im Jedi-Tempel

Da fast alle wehrfähigen Jedi-Ritter außerhalb Coruscant stationiert sind, findet die Ausbildung junger Jedi quasi nicht statt. Diejenigen, die im Tempel zurückblieben, sind daher auf sich alleine gestellt, und selbst der beste anwesende Schwertmeister stellt für Anakin und die Klonkrieger der 501. Legion keine Herausforderung dar. Nicht ein Jedi-Ritter oder Eleve soll das entsetzliche Blutbad überleben.

Sidious beteuert seinem neuen Schüler, dass die Ermordung derer, die er liebt, es ihm gestatten wird, tief in die Mysterien vorzudringen, welche die Dunkle Seite der Macht birgt. Die Jedi sind die Ersten, die sterben müssen – und nicht einer von ihnen darf verschont werden.

DATENBLATT

- Anakin weiß, dass seine Gräueltaten aufgezeichnet werden, doch er vertraut darauf, dass sie ihm zu einer Machtposition verhelfen, in der er sich vor niemandem außer Palpatine verantworten muss.
- Yoda und Obi-Wan rekalibrieren den Code für das Rückkehr-nach-Coruscant-Leitsignal, um überlebende Jedi zu retten.

Elite-Klone

ALS DIE KAMINOANER die Klonarmee schufen, hielten sie die Jedi-Ritter für zu gering an Zahl, um als Elitetruppe oder Feldkommandanten für Millionen von Soldaten in Frage zu kommen. Daher rüsteten sie einige der Klone mit optimierter Programmierung aus und ließen sie ein Sondereinsatztraining durchlaufen, um als Spezialeinheiten oder Verbindungsleute in der Befehlskette zwischen Jedi und Standardsoldaten zu dienen. Diese Klone zeichnen sich durch verbesserte Entschlusskraft und Führungseigenschaften aus und reichen damit nah an ihre Kopfgeldjäger-Vorlage heran.

POLARISIERTES MAKROBINOKULAR

Wärmedispersionsschlitze

ARC-Schulterstück

Reserve-Blastermagazine

Zur Standardausrüstung gehörendes DC-15A-Gewehr

Verbesserte Aufklärung

Die Kaminoaner schufen eine Anzahl von Klonkriegern, deren Ausbildung der Kopfgeldjäger Jango Fett persönlich übernahm. Unter der Bezeichnung »Elite- Aufklärungskommandos« (Advanced Recon Commandos bzw. ARCs) führten sie in Teams Sondereinsätze durch. ARC-Truppen wurden kurz nach Ausbruch des Krieges auf Muunilinst und anderen strategisch wichtigen Welten stationiert. Sie operierten unabhängig, mussten allerdings einem vorgesetzten Jedi-General Meldung machen.

Neben ihren numerischen Bezeichnungen besitzen Klonkommandanten richtige Namen. Diese Praxis geht auf die Initiative der Jedi und einiger anderer fortschrittlich denkender Würdenträger der Republik zurück und soll nicht zuletzt die Kameradschaft fördern. So durfte sich CC 2224 fortan Cody nennen, 1004 wurde zu Gree und 1138 zu Bacara.

DC-15A-Standard-Blaster

Farbe kennzeichnet Legionszugehörigkeit

Verstärkte Einsatzstiefel

COMMANDER CODY

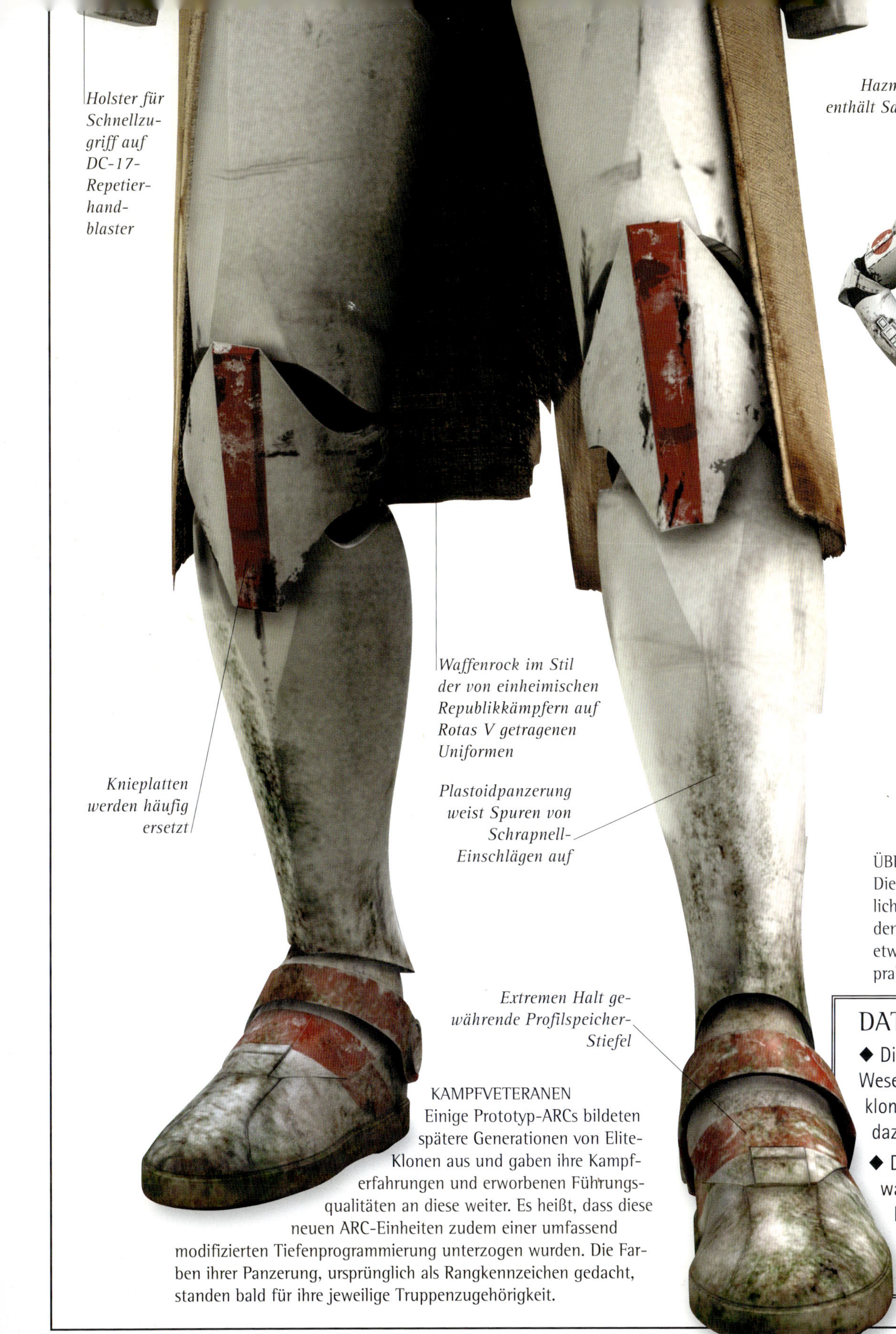

COMMANDER NEYO

COMMANDER BLY

KAMPFVETERANEN
Einige Prototyp-ARCs bildeten spätere Generationen von Elite-Klonen aus und gaben ihre Kampferfahrungen und erworbenen Führungsqualitäten an diese weiter. Es heißt, dass diese neuen ARC-Einheiten zudem einer umfassend modifizierten Tiefenprogrammierung unterzogen wurden. Die Farben ihrer Panzerung, ursprünglich als Rangkennzeichen gedacht, standen bald für ihre jeweilige Truppenzugehörigkeit.

ÜBERRAGENDE FÄHIGKEITEN
Die Instinktebenen-Programmierung ermöglicht ARC-Einheiten, intuitiv zu reagieren. In den Augen der Klone stellt diese Befähigung etwas Ähnliches dar wie die von den Jedi praktizierte Anwendung der Macht.

SPEZIALISTENAUSSTATTUNG
Als ihre Kampferfahrung die Charaktere der Klone zu verändern beginnt, sieht man sie auf Welten wie Felucia und Mygeeto in Waffenröcken, Umhängen und anderen Accessoires kämpfen.

DATENBLATT

- Die Kaminoaner sind besessen von der Idee, ein Wesen mit hohem midichlorianischen Anteil zu klonen, doch erhielten sie niemals die Gelegenheit dazu.
- Die Kaminoaner wollten von Tyranus wissen, warum er ihnen keinen Jedi als Vorlage für die Klonarmee überließ, doch dieser teilte ihnen mit, dass er dafür bereits einen geeigneten Krieger im Auge habe.

Spezialisierte Klone

DER BEDARF DER GROSSEN ARMEE an Spezialeinheiten ist nicht allein auf die Droidenproduktion beschränkt. Ausgewählte Klonkrieger werden in der Handhabung neuer Speeder Bikes, Geschützsysteme und von Geländefahrzeugen trainiert. Andere erhalten Schulungen in Fernaufklärung, Personenexekution, Unterwasserkampf und Computertechnologie. Rekrutiert aus Söldnertruppen und Verbrecherkartellen, setzen die Ausbilder die Soldaten realistischen Gefechtsübungen aus, bei denen viele Klone ihr Leben lassen. Dennoch gehen aus diesem harten Ausleseverfahren Teams von Kampfspezialisten hervor, die in unterschiedlichstem Gelände und gegen nichtdroidische Separatisten-Streitkräfte bestehen können.

ARC-170

Klonpiloten

LAAT-Kanonenboot-Piloten waren im Krieg von Beginn an dabei, doch um den hyperraumfähigen ARC-170- oder den V-Wing-Jäger zu fliegen, bedurfte es einer neuen Pilotenklasse. Geschwaderpiloten wurden gemeinsam trainiert, auf Kamino programmiert und anschließend für Spezialschulungen auf die Coruscant-Welten geschickt.

Unter Klonkommandant Odd Ball fliegen ARC (Aggressive ReConaissance)-170-Jäger während der Schlacht von Coruscant an Skywalkers und Kenobis Seite.

POD-LÄUFER
Im Gegensatz zum Allterrain-Personentransporter ist der AT-AP (All Terrain Attack Pod) mit Blasterkanonen bestückt. Zudem verfügt das im Verbund mit mechanischen Infanteriezügen eingesetzte Aufklärungsvehikel aufgrund seiner verstellbaren Beinaufhängung über ausgezeichnete Standfestigkeit und Manövrierfähigkeit.

DATENBLATT

◆ In Katarn-Schutzpanzern und von mandalorianischen Ausbildern trainiert, operieren die Republik-Einsatzkommandos in Teams, um im Hinterland Truppen zu rekrutieren und aufzubauen oder Sabotageaufträge durchzuführen. Auf Kashyyyk sind es Einsatzkräfte des Delta-Kommandos, die Tarfful aus trandoshanischer Gefangenschaft befreien.

Stoßtrupps

Sehr zum wachsenden Unmut der Jedi werden auf Veranlassung von Palpatines Kriegsberatern – im Verbund mit Senatsausschüssen unter der Ägide der Heimatweltsicherheitsabteilung – allerorten Spezial-Kloneinheiten stationiert. Auf Coruscant patrouillieren rot gekennzeichnete Stoßtrupps auf Plätzen, Landeplattformen und in Regierungsgebäuden. Bürger der Hauptstadtwelt sind gehalten, auf Aufforderung ihre ID-Karte vorzuzeigen.

GLEITERMODELLE
Bis zum Ende des Krieges wurden einige Varianten von Speeder Bikes eingeführt, etwa der Sumpfgleiter oder der BARC. Von einem Turbogebläse angetrieben, bietet der Sumpfgleiter Platz für zwei nebeneinandersitzende Klone.

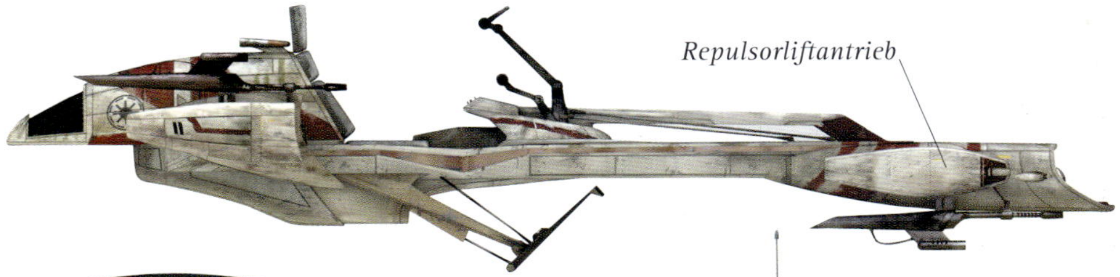

Nach dem gescheiterten Versuch der Jedi, Palpatine unter Arrest zu stellen, begleiten ihn Stoßtrupps zum Senat. Eine Liste eventuell illoyaler Senatoren ist bereits erstellt.

Für Dschungelwelten wurden spezielle Tarnpanzerungen entwickelt. Einige Klone sind geradezu entsetzt darüber, dass es nicht überall so sauber ist wie auf Kamino.

AT-RT
Der schnelle AT-RT (All Terrain Recon Transport) ist ein essenzieller Bestandteil der mechanischen Streitkräfte und Aufklärungseinheiten der Großen Armee. Ausgestattet mit einer verbesserten Kommunikationsphalanx, versorgt er frontnahe Kommandobasen mit aktuellen Lageberichten.

Klonkrieger

DIE KLONKRIEGER GELTEN nach wie vor als Symbol für die enormen Kriegsanstrengungen und als Rückgrat der Armee. Doch mit ihren zerkratzten, verbeulten und mit dem Schlamm Hunderter von Welten bedeckten Panzerungen sind sie inzwischen nicht mehr ganz die weißen, strahlenden Ritter, die sie einst waren. Immer wieder repariert und zusammengeflickt, kehren sie unverdrossen an die Front zurück, um für Recht und Gerechtigkeit zu kämpfen – und, natürlich, für den Fortbestand der Republik.

DATENBLATT

◆ Einem Alterungsprozess unterworfen, der etwa doppelt so schnell verläuft wie der eines normalen Menschen, sind inzwischen nur noch zwei Drittel der ursprünglichen Klonkrieger am Leben. Auch anderenorts werden Klone herangezüchtet, mit dem Zellmaterial neuer Klonvorlagen.

Ungeachtet dessen, dass Klonkrieger gelegentlich als »Blechbüchsen« bezeichnet werden, stellt ihre Plastoidpanzerung für sie selbst in erster Linie einen portablen Schutz vor Laserkanonenfeuer dar.

Klonkrieger erhalten ihre Ordern von den für sie zuständigen Jedi-Generälen, doch in letzter Instanz sind sie dem Republikkanzler und Obersten Befehlshaber Palpatine unterstellt. Dem Befehl, den Jedi-Tempel zu verwüsten, leisten sie daher prompt Folge, zumal sie dabei von einem Jedi-Ritter angeführt werden.

Charakterbildung

Wie ihr Klonvorbild, Jango Fett, sind alle Klonkrieger 1,78 Meter groß, und ihr gemeinsames Credo bleibt: »Ein Mann, aber der richtige für den Job!« Jedoch haben drei Jahre des permanenten Kampfs bei vielen zu einer Art Persönlichkeitsentwicklung geführt. Geprägt durch die Feldzüge, an denen sie teilnahmen, die Verletzungen, die sie davontrugen, und die Narben, die sie zurückbehielten, unterscheiden sich Klonkrieger in Ausdrucksweise, Verhalten und Geruch und haben sich jeweils unverwechselbare Fähigkeiten angeeignet.

Tapferkeit, Loyalität, Gehorsamkeit und Sieg sind die Ideale, für die Klonkrieger leben und sterben. Obwohl ihr Offiziersrang durch die Kaminoaner vorgegeben ist, stellen Beförderungen auf dem Schlachtfeld keine Seltenheit dar.

Versorgungsdroiden

ALS DIE KAMINOANER die Klonarmee schufen, entwickelten sie gleichzeitig Schiffe und Vehikel zu deren Unterstützung. Die neuen Technologien, die hierbei zur Anwendung kamen, basierten auf umfassenden Analysen bereits bestehender Armeen, wie die Handelsföderation, -allianz und -gilde sie in aller Heimlichkeit aufgebaut hatten, aber auch von Planetensektoren, die prädestiniert waren für einen jäh ausbrechenden Konflikt. In dem Maße, wie der Krieg immer mehr Welten mit verschiedensten klimatischen und geologischen Bedingungen in Mitleidenschaft zog, wuchs auch der Bedarf an größeren Schiffen, schlagkräftigerer Artillerie und einer größeren Bandbreite von Logistik- und Versorgungsdroiden.

GREIFZANGENVERLADER
Mit seinem massigen, aus mehreren Durastahl-Schichten bestehenden Korpus wird der IW-37-Greifer – auch bekannt als Bergungsdroide – vor allem eingesetzt, um Güter oder Waffen in engen Laderäumen zu verstauen, wie etwa an Bord der Jedi-Abfangjäger.

SCHWEBEVERLADER
Wie auf Coruscants Landeplattformen ist der Schwebeverlader auch im Hangar des Jedi-Tempels ein altvertrauter Anblick, wo er zum Löschen leichter Ladung oder zur Regelung des Droidenverkehrs eingesetzt wird. Schwebeverlader arbeiten auch auf Hyperraum-Ringstationen, wo sie sich um das Auftanken von Jedi- und Klonpiloten-Abfangjägern kümmern.

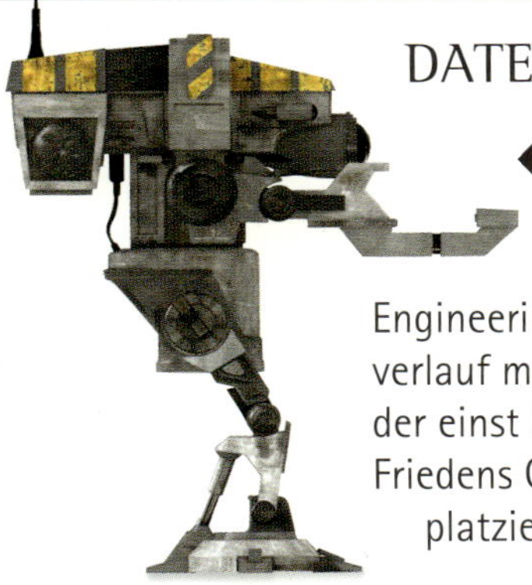

DATENBLATT

◆ Die Eigner von Sienar Systems, Kuat Drive Yards, Baktoid Armor Workshops und Haor Chall Engineering verfolgen den Kriegsverlauf mit Interesse, um sich in der einst kommenden Zeit des Friedens Gewinn bringend platzieren zu können.

Armierungsdroide

Cybot Galacticas Militär-Variante des binären Gabelstaplerdroiden, der Armierungsdroide, ragt auf seinen mächtigen, mit Magnetscheiben verankerten Durastahl-Beinen drei Meter in die Höhe. Arme, zum Greifen von Paletten und Missiles konstruiert, werden von simplen kognitiven Modulen gesteuert, die verbale Befehle verstehen können.

Die Utapau

DIE FRIEDLICHE WELT UTAPAU im Äußeren Rand wird von zwei symbiotischen humanoiden Spezies bewohnt. Mit einem Bevölkerungsanteil von dreißig Prozent stellen die phlegmatischen Pau eine Art Aristokratenklasse dar, welche Regierung und Verwaltung stellt, während die von Natur aus eher anspruchslosen, stämmigen Utai die Arbeiterklasse des Planeten bilden. Weder der Republik noch der CIS angeschlossen, nehmen die Utapau im Krieg eine neutrale Haltung ein, bis zu jenem Tag, als Darth Sidious General Grievous und den Separatisten-Rat auf ihre Welt schickt und diese als vorläufigen Unterschlupf okkupiert. Scheinbar resigniert nehmen die Utapau die Besatzung hin, während sie insgeheim eine Rebellion vorbereiten.

Der Planet Utapau mit seinen zahlreichen Monden zieht im fernen Tarabba-Sektor seine Bahn. Die Städte in den riesigen Schluchten schmiegen sich an die felsigen Wände der Erdspalten, die den größten Teil der unwirtlichen Planetenoberfläche zerfurchen.

MANKVIM-814-ABFANGJÄGER
Die Separatisten verteidigen ihre Position gegen die vorrückenden Streitkräfte der Republik mithilfe eilig produzierter Technologie-Union-Jäger. Die Mankvims sind mit Zwillingslaserkanonen bestückt.

LANDEPLATTFORM
Obi-Wan landet in Pau City und wird von Tion Medon empfangen, der ihm versichert, dass nichts Ungewöhnliches vorgefallen ist. Doch während Obi-Wans Abfangjäger vollgetankt wird, raunt Tion ihm zu, dass die Separatisten die Kontrolle über Utapau übernommen haben.

Utai

Die gewaltigen Schluchten Utapaus waren schon die Heimat der Utai, lange bevor Klimaveränderungen die hochmütigen Pau von der Oberfläche vertrieben. Mit ihren Stielaugen können sie auch bei Nacht gut sehen, was von unschätzbarem Vorteil in den Erdspalten ist, die Utapau durchziehen. Die Utai haben das Varactyl domestiziert und fungieren nach wie vor als Dresseure dieses drachenartigen Reittiers.

Das Varactyl, ein gutmütiger Pflanzenfresser, hat eine Schulterhöhe von vier Metern. Utai-Sattler fertigen bequeme Reitsitze an, die für Pau und Utai gleichermaßen geeignet sind und jede Haltung erlauben.

Tion Medon

Die Pau sind eine langlebige Spezies, und Tion Medon hatte die Leitung der Pau-City-Raumhafenbehörde für mehr als 200 Standardjahre inne. Als Nachfahre von Timon Medon, dem das Verdienst der Einigung Utapaus zukommt, muss Tion Medon entsetzt mit ansehen, wie seine Komiteemitglieder von Magna-Wächtern niedergemetzelt werden. Wie alle Pau zieht Tion Medon die Dunkelheit dem Sonnenlicht vor, und rohes Fleisch gekochtem.

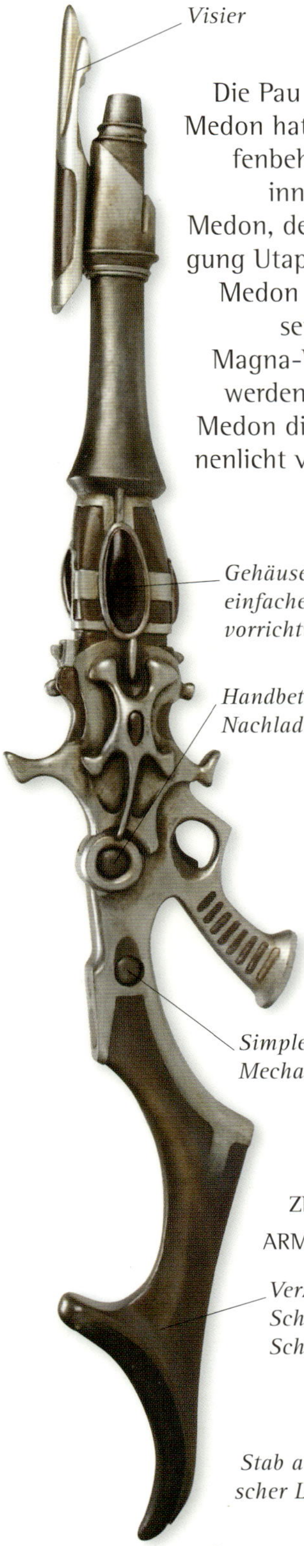

ZENOTI ARMS HB-9

LAMPAY FAY
Auch Medons Feldadjutant entstammt einer angesehenen Familie, deren Patriarch zu den Pionieren des interstellaren Handels zählte.

DATENBLATT

◆ Aufgrund der Porosität von Utapaus felsiger Planetenhülle ist Wasser auf der Oberfläche selten zu finden, doch am Grund vieler Schluchten sind reichlich Reservoirs vorhanden.

◆ Die Sprache der Pau war einst von vielen Dialekten geprägt, und Konflikte zwischen unterirdischen Städten waren an der Tagesordnung.

Schlacht von Utapau

ALS TION MEDON Obi-Wan Kenobi insgeheim davon unterrichtet, dass General Grievous und seine Droidenstreitmacht Pau City okkupiert haben, geht Utapaus lange Geschichte politischer Neutralität abrupt zu Ende. Obi-Wan nimmt sich ein Varactyl-Drachenross, dringt in den geheimen Stützpunkt der Droidenarmee ein und fordert Grievous heraus, der nicht weiß, dass sein Jedi-Gegner bereits die Große Armee nach Utapau beordert hat, der sich die einheimischen Pau und Utai zur Verteidigung ihres Planeten anschließen.

Ein verbissener Kampf

Nachdem Obi-Wan mit vier Magna-Wächtern kurzen Prozess gemacht hat, zieht General Grievous seine Kampfdroiden zurück, um selbst gegen den Jedi anzutreten. Da Grievous dank seiner Ausbildung durch den Schwertmeister Count Dooku mit vier Lichtschwertern zugleich kämpfen kann, ist er davon überzeugt, dass sein Zweikampf mit Obi-Wan mit dem Tod des Jedi enden wird.

DACTILLION
Das Dactillion, ein auf Utapau heimisches Fleisch fressendes Reptil, ist eine vierbeinige, flugfähige Echse. Die Bewohner Utapaus fürchteten diese Geschöpfe zu Recht, haben aber gelernt, sie mithilfe von Frischfleisch zu domestizieren.

Ein Dactillion erhebt sich über den Felsschlund, in dem Pau City liegt, und trägt seinen Reiter in die Schlacht.

DACTILLION STÄLLE
Die Städte auf Utapau erstrecken sich weit über die Ränder tiefer Felsschlünde hinein in riesige unterirdische Höhlen. Da Utapau eine baumlose Welt ist, verwenden die Bewohner als Baumaterial die Gebeine gewaltiger Tiere. Wenn die Dactillions nicht die Hafenanlagen am Rande der Felsschlünde bewachen, ruhen sie in von Knochen gestützten Ställen in der Nähe ihrer Landeplätze.

DATENBLATT

◆ Die Dactillions spüren Veränderungen des Luftdrucks und verlassen die Felsschlünde nur, wenn der Wind besonders schwach weht. Ihre Wanderungsrouten geben Aufschluss über das Wetter auf Utapau.

GINNTHO

UTAPAUANISCHE SPINNE

Ginnthos sind große Spinnen, die sechs Spinndrüsen besitzen und so bemerkenswert starke Spinnfäden weben können. Sie werden auf Utapau als Haustiere gehalten. Ihre Herren dressierten sie darauf, auf Kommando Netze auszubreiten, die als Fallen für die angreifenden Droiden dienten.

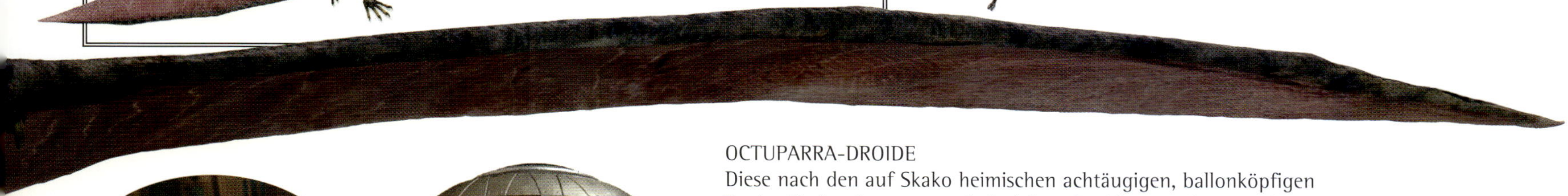

Auf Utapau kämpfen die Klonkrieger gegen Octuparra- und LM-432-Krabbendroiden.

OCTUPARRA-DROIDE

Diese nach den auf Skako heimischen achtäugigen, ballonköpfigen Rankenläufern benannten dreibeinigen Droiden aus der Produktion der Techno-Union werden allgemein als Tridroiden bezeichnet. Im Inneren der zentralen ballonförmigen Kognitiveinheit befinden sich gasförmige Viren, die gegen Klonkrieger eingesetzt werden, weshalb diese Droiden den Spitznamen Virusdroiden erhielten.

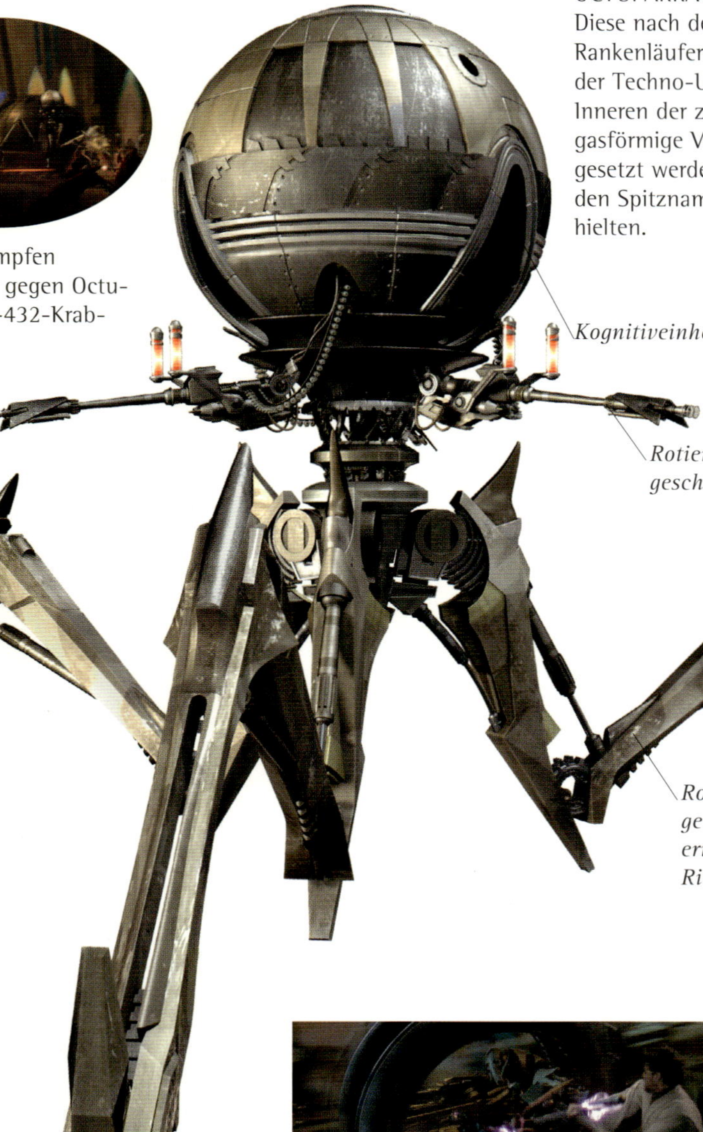

BERITTENE VERFOLGUNGSJAGD

Grievous versucht nach der Ankunft der republikanischen Streitkräfte von Utapau zu entkommen. Doch Obi-Wan besteigt sein treues Reittier, ein kaltblütiges Varactyl-Drachenross namens Boga, das ihm in den Straßen von Pau City, während es Soldaten ausweicht und sich an Grievous' krallenfüßiges Wheel Bike heftet, eine unverzichtbare furchtlose Hilfe ist.

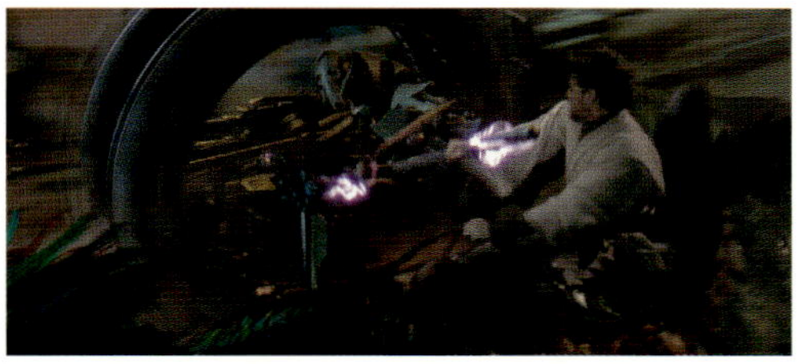

HOCHGESCHWINDIGKEITSDUELL

General Grievous jagt auf dem Weg zur Andockbucht auf Level 10, wo sein kampferprobter Sternjäger auf ihn wartet, durch die Fallwinde und Abgründe von Pau City. Als Obi-Wan und sein Reitdrache näher kommen, holt er mit einem Elektrostab aus, doch Obi-Wan weicht nicht bloß dem Hieb aus, sondern reißt Grievous auch von seinem Wheel Bike.

GRIEVOUS' TOD

Da General Grievous noch über seine wichtigsten inneren Organe verfügt, ist er ungeachtet seines Cyborg-Panzerharnischs ebenso verwundbar wie jedes andere Lebewesen. Als Obi-Wan die Duraniumrüstung durchdringt, die die Eingeweide des Kaleesh-Cyborgs schützt, gelingt es ihm, der Schreckensherrschaft des Generals mit dessen eigenem Blaster ein jähes Ende zu bereiten.

Chewbacca

FÜR EINEN WOOKIEE von vergleichsweise zwergenhaftem Wuchs erblickte der 200 Jahre alte Chewbacca in der Stadt Rwookrrorro – einige hundert Kilometer von Kachirho entfernt und inmitten eines Gebiets von hohen Wroshyrbäumen - das Licht seiner Welt. Seine Eltern und einige Cousins leben immer noch dort. Als Mechaniker, Holo-Game-Champion und Katamaran- und Fluttercraft-Pilot erlernte Chewbacca sein Handwerk auf der Landeplattform von Rwookrrorro und war darüber hinaus maßgeblich an der Entwicklung und Produktion der Wookiee-Fluchtkapseln beteiligt. Als es gilt, Droiden und Klonkrieger zu überlisten, hat Chewbacca bereits einen Plan parat.

Kashyyyk ist weit von Coruscant entfernt, doch nah genug an Hyperraumrouten gelegen, um Geschäftsleuten als Wegstation zu dienen. Die Wookiees handeln mit edlen Harthölzern im Austausch gegen technologische Produkte.

Wookiee-Forscher

Chewbacca hat seine Heimatwelt von Pol zu Pol erforscht und kennt sich selbst in den wildesten Ecken von Kashyyyks gigantischen Wäldern aus. Von Natur aus rastlos, hat er zudem eine Menge Planeten besucht und zahlreiche Abenteuer überlebt, einschließlich einiger Auseinandersetzungen mit trandoshanischen Sklavenhändlern. Von eher sanftem als aufbrausendem Gemüt, würde er sich nie als einen geschickten und verwegenen Kämpfer bezeichnen.

Vom Boden und von Kachirhos Baumplattformen aus starren besorgte Wookiees in den nächtlichen Himmel, der von den grellen Lichtern der Separatistenflotte erleuchtet wird. Chewbacca ist Schlachtengetümmel nicht fremd, doch er fürchtet, dass Kashyyyk vielleicht nicht in der Lage ist, die Invasoren aus eigener Kraft zurückzuschlagen, und in die Hände der Konföderation fallen wird.

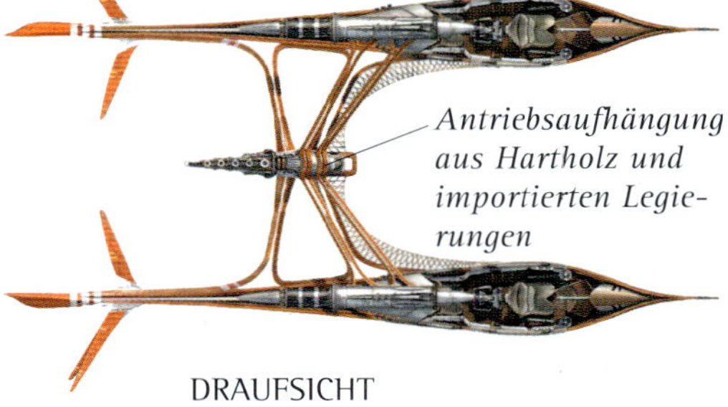

DRAUFSICHT

OEVVAOR-KATAMARAN
Der Oevvaor-Katamaran, ein hervorragendes Beispiel für die Fähigkeit der Wookiees, heimische und fremde Technologien miteinander zu verbinden, wird aus wasserbeständigem Hartholz gefertigt und von zwei leistungsstarken Turbinen angetrieben. Hauptsächlich von zahlungskräftigen Kunden verlangt, gleicht kein Katamaran dem anderen, und viele haben ein ganzes Jahrtausend überdauert.

DATENBLATT

◆ Mit dem Tod des Imperators und der Zerstörung des zweiten Todessterns soll Chewbacca seine Genugtuung dem Imperium gegenüber erhalten. Unter seinem und General Han Solos Befehl wird ein Sondereinsatzkommando der Allianz den Frieden auf Kashyyyk wiederherstellen.

KASHYYYK-KRIEGSHORN

Immense Lungenkapazität ist vonnöten, um den Ruf ertönen zu lassen

Gehämmerte, mit kostbaren Edelsteinen verzierte Bronziumeinfassung

Horn erzeugt ein blökendes Signal, das noch in einer Entfernung von 20 Kilometern zu hören ist

ÄLTESTEN-STAB

Holz ist mehr als sechs Jahrhunderte alt

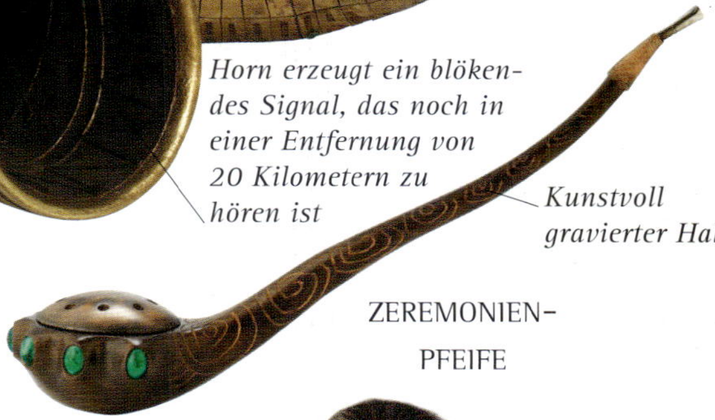

ZEREMONIEN-PFEIFE

Kunstvoll gravierter Hals

MEISTERHAFTE KUNSTSCHNITZER
Schon in jungen Jahren üben sich Wookiees darin, mit ihren geschickten Händen allerlei Bedarfsgüter zu schnitzen, von Haushaltsutensilien über Musikinstrumente bis hin zu diversem Werkzeug. Das Kashyyyk-Kriegshorn ist aus dem Horn eines Banthas gefertigt und in gehämmertes Bronzium gefasst.

Wookiees werden von Sklavenhändlern sowohl ihres kräftigen Körperbaus als auch ihres scharfsinnigen Intellekts wegen geschätzt. Diese erfindungsreiche und unbeirrbar loyale Spezies wird zwar nicht so alt wie manch andere in der Galaxis, doch können sich einige Bewohner von Kachirho und Rwookrrorro noch gut daran erinnern, wie Yoda als einfacher Jedi-Ritter zu ihnen kam.

Fänge durchdringen selbst widerstandsfähige Trandoshaner-Haut

Geachteter Ältester

Zeichen des Kachirho-Clans

Wookiees können einer Person mit Leichtigkeit den Arm auskugeln

Wasserabweisendes Fell schützt wie ein Umhang

GUANTA LACHICHUK MERUMERU

Brüder im Kampf

Das Kriegshorn ruft Jung und Alt aus ganz Kashyyyk zusammen, um bei der Verteidigung Kachirhos mitzuwirken. Doch trotz ihres Sieges bei der Baumstadt wird Kashyyyk kurz nach Kriegsende durch das Imperium versklavt, und Tausende von Wookiees, unter ihnen Chewbacca, werden als Arbeitskräfte auf ferne Welten verschleppt. Aber selbst die Gefangenschaft kann Chewbaccas Treue und Freundschaft zu den Menschen nicht schmälern.

Tarfful

LÄNGER ALS EIN MENSCHENLEBEN währt, hat Tarfful der Stadt Kachirho als Anführer gedient. Auch musste er schon die bittere Erfahrung der Gefangenschaft machen, als er trandoshanischen Sklavenhändlern in die Hände fiel, die eine alte Feindschaft zu den Wookiees hegten und sich auf einen fragwürdigen Deal mit Count Dooku eingelassen hatten. Mit einer Größe von über zwei Metern zählt Tarfful zu jenen Persönlichkeiten, zu denen viele buchstäblich aufblicken, was mit ein Grund dafür sein mag, warum er bei der Abwehr der separatistischen Invasionskräfte die Rolle eines Oberbefehlshabers einnimmt.

Landung auf Kashyyyk

Tarfful ist auf dem Planeten Kashyyyk weithin bekannt. Als sich herumspricht, dass Kachirho von Droidenstreitkräften der Konföderation belagert wird, eilen Wookiees von nah und fern herbei, um die sich um den Stamm eines 300 Meter hohen Wroshyrbaums windende Stadt zu verteidigen.

Anders als die meisten Städte auf Kashyyyk, die in Gebieten liegen, wo die Wroshyrbäume so hoch in den Himmel ragen, dass die Bewohner ihre Baumhöhlen nur selten verlassen, erhebt sich Kachirho an den Ufern einer großen Süßwasserlagune.

KRIEGSSCHILD

Tüchtiger Anführer

Nachdem Klon-Einsatzkommandos ihn aus der Gefangenschaft befreit hatten, schwor Tarfful, gegen alle, die versuchen sollten, die Wookiees zu unterjochen oder Kashyyyk zu besetzen, bis zum letzten Atemzug zu kämpfen. Und so wird Yoda auf Kashyyyk mit offenen Armen empfangen, da er aufgrund seiner Verdienste bei der Vereitelung eines Plans der Trandoshaner, Hunderte von Wookiees zu versklaven, unter den Bewohnern hohes Ansehen genießt. Der Jedi gilt sogar als Anwärter auf die Ehrenmitgliedschaft in deren großer, ruhmreicher Familie.

DATENBLATT

- Die Trandoshaner sind eine humanoide Reptilienspezies, deren Heimatwelt im gleichen Planetensystem wie Kashyyyk liegt.
- Wookiees können kein Basic sprechen, und nur wenige Spezies sind in der Lage, die komplexen Brüll- und Belllaute nachzuahmen, aus denen ihre Sprache, Shyriiwook, besteht. Gleichwohl gelingt es den Wookiees in aller Regel, ihre Absichten klar zum Ausdruck zu bringen.

Wookiee-Waffen

DIE WOOKIEE-SPRACHE verfügt über 150 Ausdrücke für Holz; viele davon bezeichnen Maserung, Feuchtigkeitsgehalt und Eigenschaften, die Biegsamkeit und Festigkeit betreffen. Diverse Bordlogbücher berichten von Wookiees, die mithilfe von Holzteilen selbst die Triebwerke ihrer Raumschiffe provisorisch reparierten. Manche bezeichnen die Blaster der Wookiees sogar als »Kunst«, obwohl in der Sprache dieser Spezies ein Wort für »Kunst« nicht einmal existiert. Die Wookiees dagegen sehen ihre handwerklichen Talente als reine Überlebensfähigkeiten an.

KLORRI-CLAN-KAMPFSCHILD
Mit geschnitzten Motiven und Bronziumbeschlägen versehen, sind die 2000 Jahre alten Klorri-Clan-Kampfschilde normalerweise nur noch bei wichtigen Ritualen und Zeremonien zu sehen.

SCHULTERSTÜCK

HELM

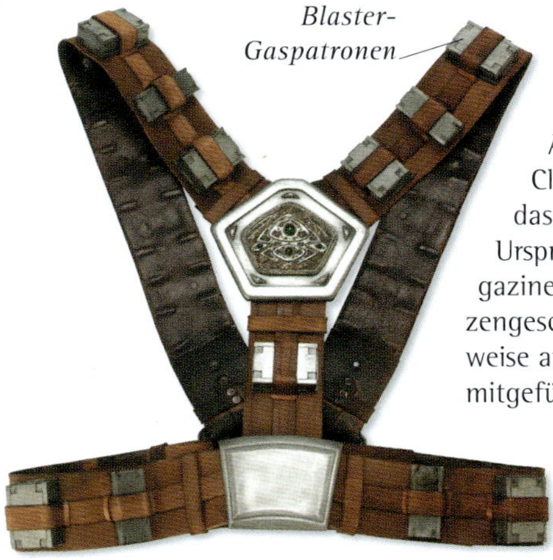

MUNITIONSGÜRTEL

KAMPFAUSRÜSTUNG
Harnische, Gurtzeug und andere militärische Ausrüstung haben sich aus zeremoniellen Clan-Insignien heraus entwickelt, ebenso wie das meiste Kampfgerät der Wookiees seinen Ursprung in Jagdwaffen hat. Energiemagazine, Blaster-Gaspatronen und Bolzengeschosse werden typischerweise an Waffengurten mitgeführt.

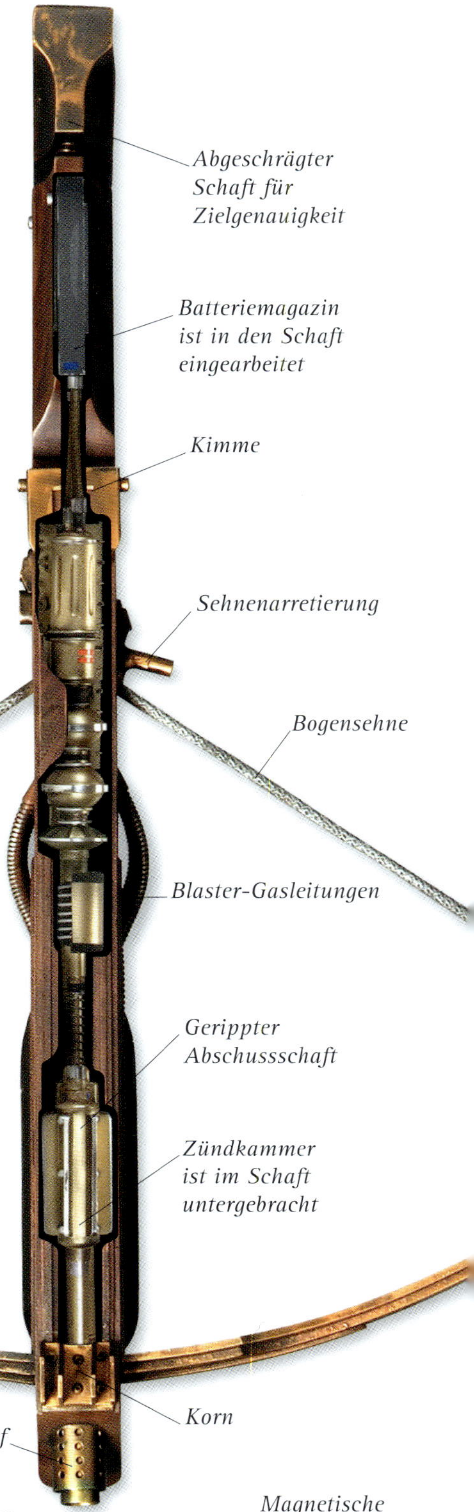

BOWCASTER-MECHANIK
Die Funktionsweise des Bowcasters basiert auf dem magnetischen Beschleunigungsprinzip. Ein Paar kugelförmiger Polarisatoren erzeugt positive und negative Impulse, welche die Kraft für die Metallbogensehne liefern. Der bei Verlassen des Laufes von Energie umhüllte Bolzen ist leicht mit einem Blastergeschoss zu verwechseln.

Bowcaster

Die Wookiee-Armbrust, auch »Bowcaster« genannt, erfreut sich als Fernwaffe ungebrochener Beliebtheit. Der ursprüngliche Bowcaster besaß nur wenige Metallteile und arbeitete mithilfe eines Strangs aus verflochtenen Kshyyk-Ranken, um einen hölzernen Bolzen abzufeuern. Der Schaft war mit Clan- oder Stadtwappen, mit Halbedelstein-Mosaiken oder Intarsien aus unterschiedlichen Hölzern verziert.

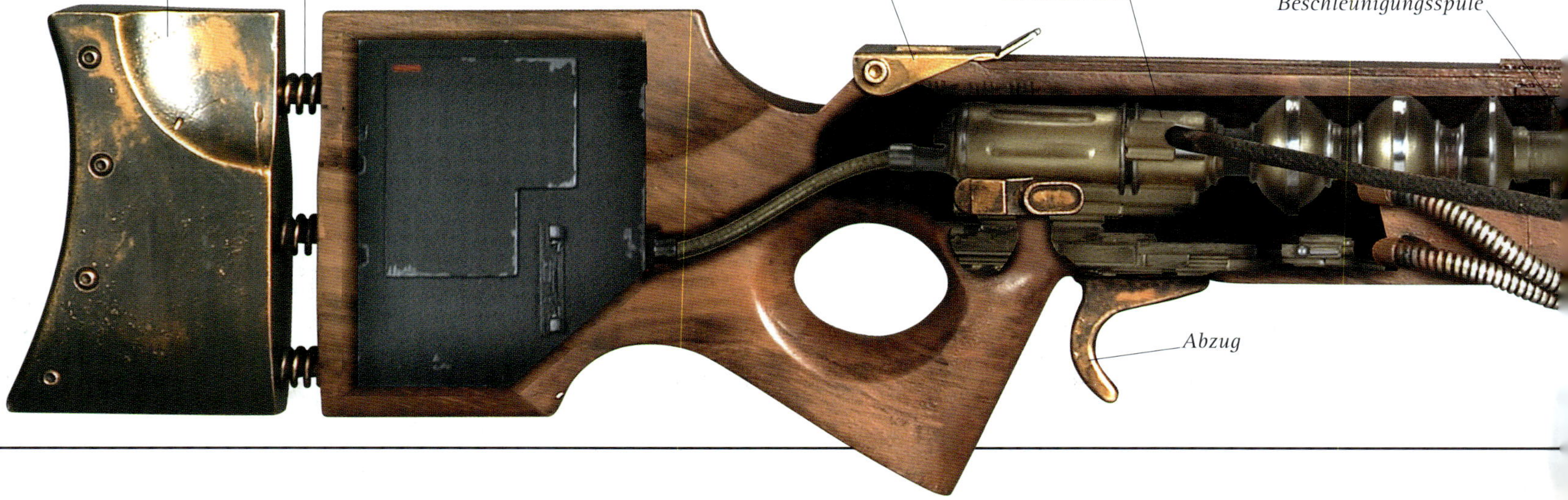

DATENBLATT

◆ Die Schlacht um Kachirho hätte für die Wookiees möglicherweise einen bösen Ausgang genommen, hätte Yoda ihnen nicht mit seinem Lichtschwert beigestanden. Andererseits wäre die Sache wohl auch für Yoda schlecht verlaufen, hätten die Wookiees nicht rund um die Baumstadt startbereite Fluchtkapseln deponiert für den Fall, dass die Bewohner Kachirhos evakuiert werden müssen.

Präzisionswaffe

Um einen Bowcaster zu spannen und sicher zu beherrschen, bedarf es enormer Kraft. Auf Jahrmärkten werden mit ihm gar Stärke- und Geschicklichkeitswettbewerbe ausgetragen. Chewbaccas Bowcaster indes trägt mehr praktischen denn traditionsbewussten Erwägungen Rechnung und besitzt eine Spannvorrichtungsautomatik sowie einen Restlichtverstärker. Konsequenterweise befinden sich in seinem Schultergurt mehr Energiemagazine als normalerweise üblich.

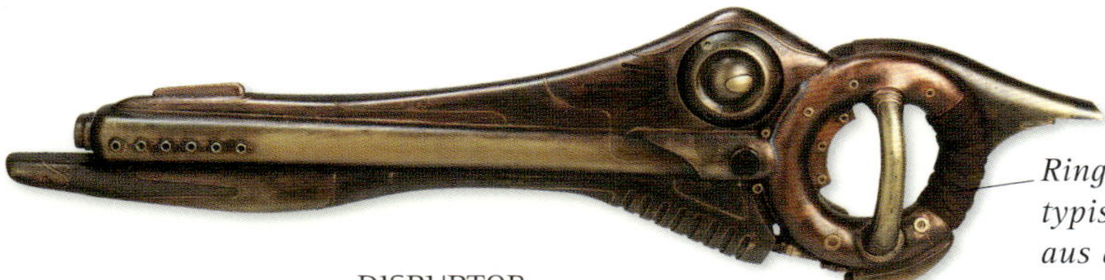

DISRUPTOR

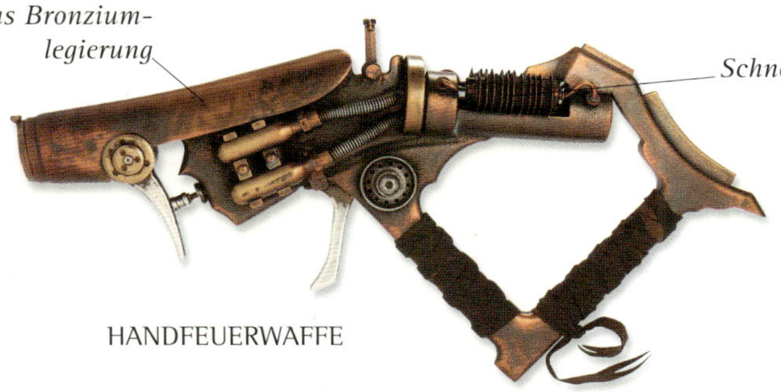

HANDFEUERWAFFE

BLASTER
Unter all den Blastertypen aus den Waffenschmieden der Wookiees haben sich einige Modelle als besonders zweckmäßig erwiesen und werden nun in den Fabriken auf Kashyyyk in Serie produziert. Auch wurde die Wookiee-Blastertechnologie von herkömmlichen Waffenarten wie etwa dem bewährten Bowcaster beeinflusst, dessen moderne Ausführung über einen integrierten Blaster verfügt.

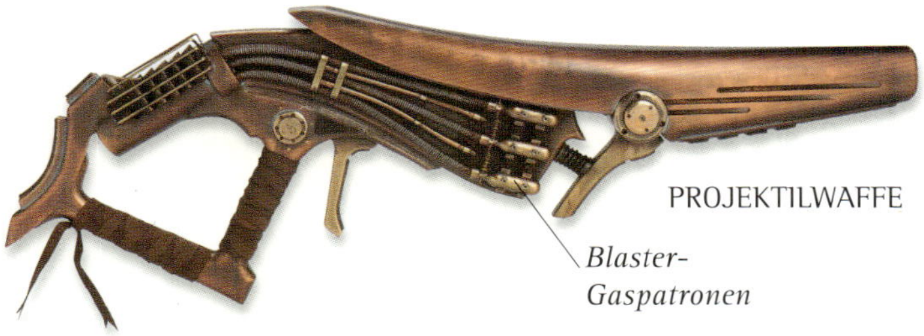

PROJEKTILWAFFE

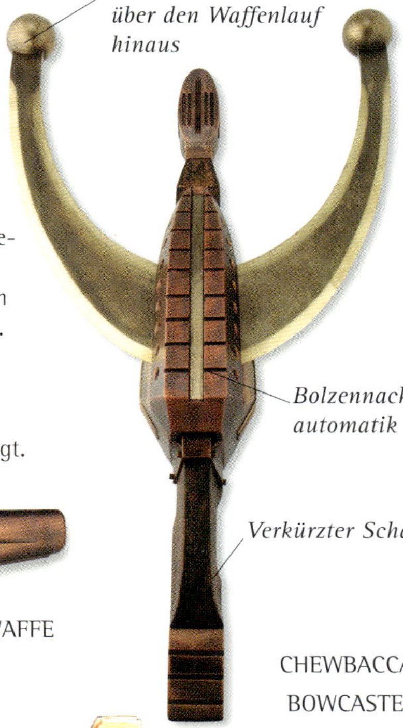

CHEWBACCAS BOWCASTER

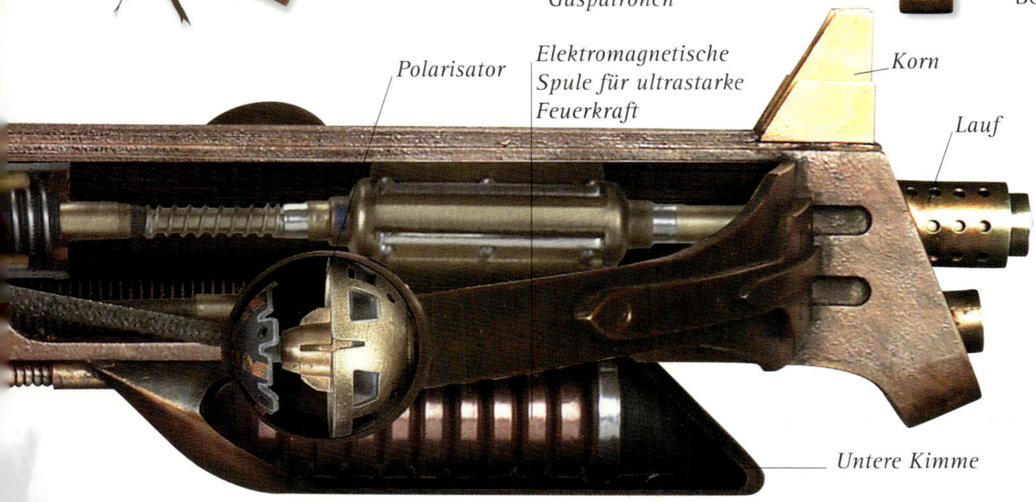

Order 66

UNGEACHTET IHRER STARKEN INTUITIVEN GABE hatten die Jedi keine Ahnung, dass die Klonkrieger der Großen Armee darauf gedrillt waren, einer Reihe von Notfallprotokollen zu gehorchen, die nur von dem Obersten Kanzler Palpatine aktiviert werden konnten. Nachdem Palpatine fast durch den Jedi-Rat auf Coruscant festgesetzt worden wäre, löste er die Order 66 aus - ein Geheimbefehl zur Vernichtung sämtlicher Jedi der Galaxis. Die Order 66 veranlasste die Klonkommandanten, alle Jedi-Ritter als Verräter an der Republik einzustufen und sie unverzüglich zu eliminieren.

Die Jedi Aayla Secura gerät auf Felucia in einen Hinterhalt ihrer eigenen Truppen.

Felucia

Die Klonkrieger verwendeten auf zahlreichen Welten einheimische Geschöpfe als Reit- und Lasttiere, zum Beispiel die großen Erdkäfer von Felucia. Aufgrund ihrer Sorgfalt im Umgang mit diesen Kreaturen nahmen manche Jedi an, dass die Klone zu Empfindungen fähig waren, die an Mitgefühl grenzten. Doch die Order 66 bewies, dass die Klonkrieger trotz derartiger Gefühle Palpatine bedingslos gehorchten.

4 Meter

Cato Neimoidia

Cato Neimoidia, eine der reichsten Welten der Galaxis, ist der Hauptstützpunkt der Streitkräfte im Dienst der mit der Konföderation Unabhängiger Systeme verbündeten Handelsföderation. In den Klonkriegen hilft der Jedi-Meister Plo Koon bei der Sicherung des Planeten.

Der Jedi-Meister Plo-Koon steuert seinen umgebauten Delta-7-Jedi-Sternjäger, als seine Flügelmänner ihn auf Cato Neimoidia angreifen.

Palpatine nimmt Kontakt zu Captain Jag auf, der während des Einsatzes auf Cato Neimoidia unter Plo Koon dient. Als Jag im Cockpit seines ARC-170 die Geheimdirektive empfängt, befiehlt er seinem Geschwader den Abschuss des Jedi-Meisters.

Nach dem Überfall seiner Flügelmänner gerät Plo Koons Sternjäger außer Kontrolle und stürzt in das neimoidianische Stadtgebiet ab.

Mygeeto

Mygeeto, die Festung des Intergalaktischen Bankenverbands, ist eine eisige, mit kristallisierten Gletschern bedeckte Welt. Palpatine setzt Einheiten der auf Coruscant ausgebildeten 501. Legion in Marsch, um die in Schneerüstungen gehüllten Galaktischen Marineinfanteristen auf Mygeeto zu ersetzen.

Als der Klonkommandant Bacara auf Mygeeto die Order 66 erhält, befiehlt er seinen Galaktischen Marineinfanteristen, den Jedi-Meister Ki-Adi-Mundi zu erschießen. Dank ihrer Tiefenkernlernprogramme zögern die Klonkrieger keine Sekunde und empfinden keinerlei Bedauern über den Tod ihres Anführers.

DATENBLATT

◆ Die Order 66 löst den Tod Tausender Jedi in der gesamten Galaxis aus, ein Ereignis, das als Jedi-Säuberung in die Geschichte einging. Zu den Opfern zählte auch die Jedi-Meisterin Stass Allie, die von ihren Kameraden auf dem zurückeroberten Planeten Saleucami getötet wurde.

Klon-Kampfpanzer

OBWOHL DIE GROSSE ARMEE DER REPUBLIK über Raumschiffe verfügt, mit denen sie sogar Planeten bombardieren kann, erschöpfen solche Angriffe gewöhnlich die Energieversorgung der Schiffe. Um ihre Ressourcen aufzufrischen und ihre Einsätze zu präzisieren, benutzt die Große Armee Landungsboote, die Panzerfahrzeuge auf der Planetenoberfläche aussetzen. Da die schwer gepanzerten Fahrzeuge für unterschiedliche Umweltbedingungen und Gelände angelegt sind, greifen die Strategen auf alle verfügbaren Informationen zurück, um das jeweils passende Fahrzeug einzusetzen. Viele der gewaltigen Vehikel bewegen sich auf hydraulischen Beinen fort, doch deren offensichtliche Nachteile führten zur Entwicklung von Repulsor- und Radpanzern.

Die Klontruppen benutzen zur Ausforschung feindlicher Aktivitäten BARC-Speeder, die den Panzern der Großen Armee überlegen sind.

Die Klontruppen kämpfen unter dem Befehl des Jedi-Meisters Ki-Adi-Mundi auf Mygeeto, der Hauptwelt des Bankenverbands, gegen die Separatisten.

Obwohl über Repulsorantrieb verfügende Zivilisationen Radfahrzeuge meistens für archaisch halten, bewältigen die Klon-Turbopanzer der Republikanischen Armee schwieriges Gelände mit höherer Geschwindigkeit als jeder Kampfläufer und besitzen einen kleineren Wendekreis als vergleichbare Repulsorfahrzeuge.

UT-AT »Trident«

Nach einer verheerenden Kampagne, bei der unter dem Gewicht der stampfenden Republikanischen Läufer eine Brücke einstürzte, setzte die Große Armee Repulsorpanzer wie den UT-AT-Transporter ein, der wegen seiner drei Frontwaffen den Spitznamen »Trident« erhielt.

AT-OT-LÄUFER

Der 14,30 Meter lange, von Kuat Drive Yards gebaute AT-OT-Läufer ist ein massiv gepanzerter offener Frachtläufer. Das Gefährt misst 5,80 Meter in der Höhe und verfügt über zwei Laserkanonen vorne sowie über zwei Heckgeschütze zur Verteidigung.

Da der Laderaum des AT-OT offen liegt, sind Passagiere Angriffen von oben schutzlos ausgesetzt. Trotzdem eignen sich die Vehikel bestens für Truppentransporte durch dichte Bewaldung bis an die Grenzen der Kampfzone. Auf Felucia lenkten die AT-OT-Navigatoren ihre Läufer im Schutz leuchtender Pilzwälder.

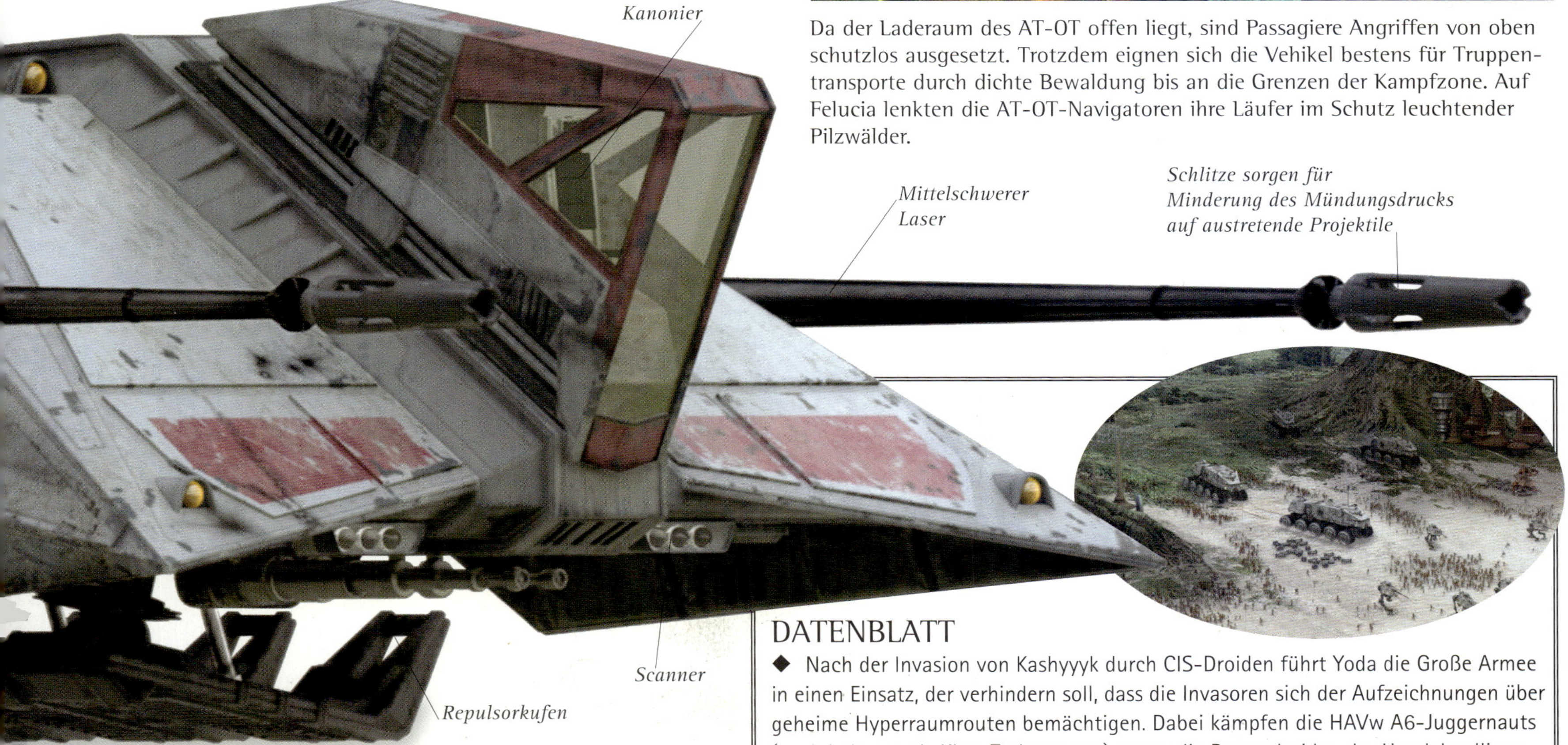

DATENBLATT

◆ Nach der Invasion von Kashyyyk durch CIS-Droiden führt Yoda die Große Armee in einen Einsatz, der verhindern soll, dass die Invasoren sich der Aufzeichnungen über geheime Hyperraumrouten bemächtigen. Dabei kämpfen die HAVw A6-Juggernauts (auch bekannt als Klon-Turbopanzer) gegen die Panzerdroiden der Handelssallianz.

Bail Organa

HIN UND WIEDER vermutet Alderaans Senator Bail Organa, dass sein wachsendes Unbehagen hinsichtlich des Coruscant-Konflikts damit zu tun hat, dass seine Heimatwelt bisher stets ein Hort des Friedens war. Davon abgesehen bereiten ihm die beträchtlichen Machtbefugnisse, mit dem der Senat Palpatine ausgestattet hat, und die zunehmende Beschneidung freiheitlicher Rechte in der Hauptstadtwelt Kummer. Im Senat gilt Bail als eine Stimme der Vernunft, ungeachtet der vielen Male, die er von Kriegsbefürwortern niedergebrüllt worden ist.

Als Palpatine sich zum Imperator ernennt, bittet Padmé Bail darum, mit seiner Meinung hinterm Berg zu halten und auf den rechten Zeitpunkt zu warten. Doch am wichtigsten sei es, so sagt sie, nicht das Vertrauen in die Zukunft und in die Macht zu verlieren.

Aufrechter Senator

Gemeinsam mit Padmé, Mon Mothma, Fang Zar und anderen Loyalisten kritisiert Bail öffentlich die Militärmaßnahmen, nur um nach der Schlacht um Geonosis seine Gefühle hintanzustellen und die Kriegsbemühungen zu unterstützen. Vergeblich spricht sich Bail gegen die Installation von Holokameras im Senatsgebäude und, später, gegen die reaktionären Gesetzesänderungen aus, die Palpatines Befugnisse um ein bedenkliches Maß erweitern.

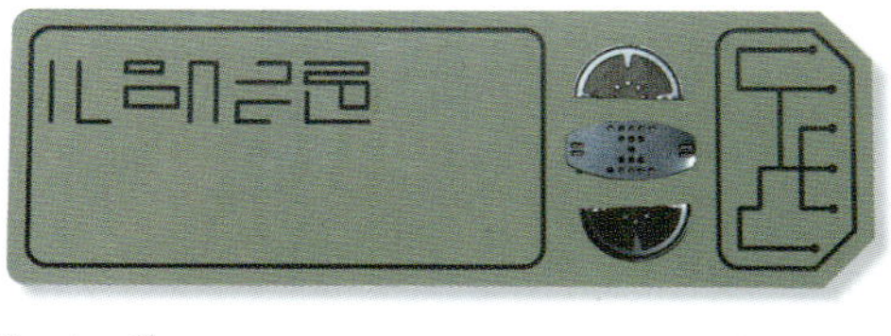

BAIL ORGANAS ID-KARTE

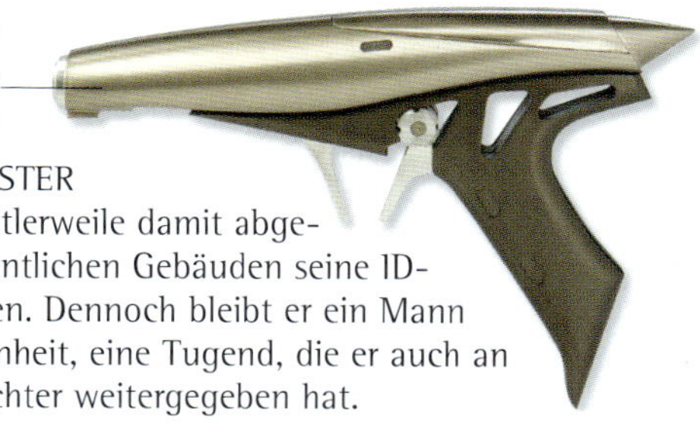

PRÄZISIONSBLASTER
Bail hat sich mittlerweile damit abgefunden, vor öffentlichen Gebäuden seine ID-Karte vorzuzeigen. Dennoch bleibt er ein Mann von Entschlossenheit, eine Tugend, die er auch an seine Adoptivtochter weitergegeben hat.

Ein Freund der Jedi

Schon vor Kriegsbeginn war Bail mit einigen Jedi-Meistern bekannt. Seitdem hatte er ausreichend Gelegenheit, sie immer besser kennen zu lernen. Häufig erörtet er mit Yoda oder Mace Windu Palpatines Kriegsmaßnahmen und das wachsende Misstrauen des Jedi-Ordens gegenüber der Republik. Besser als viele andere erfasst Bail, dass der Krieg die Jedi in eine untragbare Situation gebracht hat.

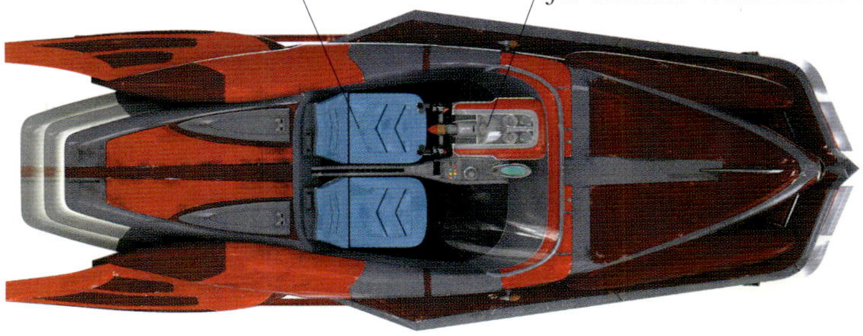

SPEZIALGLEITER
Mit seinem auf älteren Modellen basierenden Design erweist sich Bails Gleiter als äußerst nützlich, als es gilt, Yoda nach seinem Rückzug im Kampf gegen Darth Sidious in Sicherheit zu bringen.

Bail setzt große Hoffnung in die Macht und ist der erste Zivilist, der beim Jedi-Tempel eintrifft, als Anakin und seine Klontruppen im Begriff sind, dort ein blutiges Massaker anzurichten. Nachdem er Zeuge wird, wie ein junger Jedi in einem Hagel aus Blasterschüssen umkommt, entrinnt Bail selbst nur knapp dem Tode.

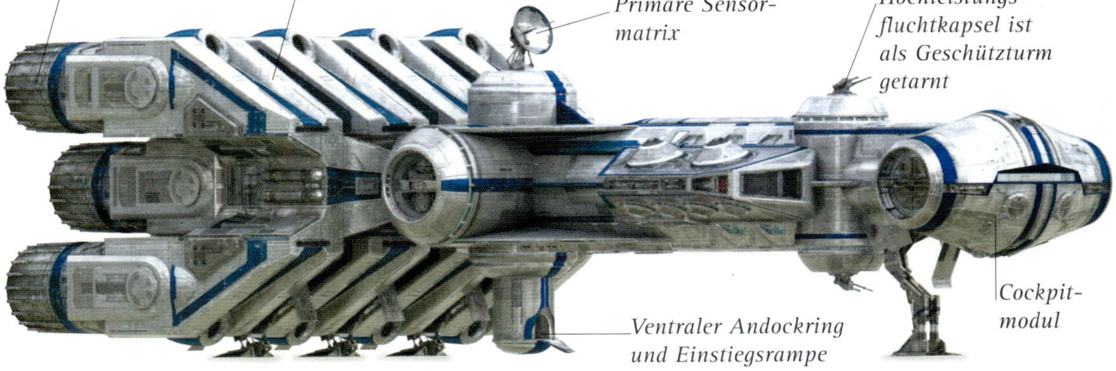

DIPLOMATENSCHIFF
Bails corellianischer Kreuzer, die *Tantive IV*, wird von Captain Raymus Antilles befehligt. Um den Status eines Diplomatenschiffes zu erhalten, lehnt Bail es ab, die *Tantive IV* mit Langstreckenwaffen auszurüsten. In den kommenden 20 Jahren soll das Schiff C-3PO und R2-D2 zuweilen eine Heimstätte sein.

Um Obi-Wans und Yodas Aufenthaltsorte im Exil geheim zu halten, gibt Bail den Befehl, 3-CPOs Gedächtnisspeicher zu löschen.

DATENBLATT

- ◆ Bail wird sterben, nachdem Großmufti Tarkin dem Todesstern die Order erteilt, Alderaan zu zerstören.
- ◆ Dank eines Jedi-Notfallpeilsignals kann Bail Kontakt mit Yoda und Obi-Wan aufnehmen, nachdem sie von den Klonkommandanten Gree und Cody verraten worden sind.
- ◆ Bail und seine Frau Breha haben keine Kinder.

Überwältigt von Zorn, angesichts der Ereignisse seit Palpatines Entführung, schaut Bail den Medidroiden in der Polis-Massa-Einrichtung ohnmächtig zu, die versuchen, Padmé nach der Geburt ihrer Zwillinge am Leben zu erhalten. Nach Padmés Tod bietet Bail an, Leia Amidala Skywalker am Hof seiner Frau, der Königin von Alderaan, aufziehen zu lassen.

Rat der Separatisten

SCHON IN DER ANFANGSPHASE des Krieges, nach der ersten Eroberungswelle der Separatisten, eröffnete Count Dooku den Ratsmitgliedern, dass die treibende Kraft hinter der Konföderation der Unabhängigen Systeme der Sith-Lord Darth Sidious ist. Drei Jahre später – während der Belagerungsfeldzüge im Äußeren Rand, bei denen sich ein Sieg der Republik über die Separatistenbollwerke abzeichnet – erlässt Sidious die Order, dass die Ratsmitglieder unter den persönlichen Schutz von General Grievous zu stellen sind. Einstweilen auf Utapau in Sicherheit gebracht, während Grievous seinen Anschlag auf Coruscant unternimmt, wird der Rat schließlich auf den Vulkanplaneten Mustafar verlegt.

Die Mentalität vieler Separatisten, mit dem Strom zu schwimmen, kommt Sidious' Strategie sehr entgegen. Er zählt darauf, dass, hat er erst einen ihrer Anführer für seine Sache gewonnen, die anderen dieser Spezies bald folgen werden. Angesichts dieser Rückgratlosigkeit fällt es dem Sith-Lord nicht schwer, den Befehl zur Ermordung seiner ehemaligen Verbündeten zu geben.

TECHNOLOGIE-UNION
Wat Tambor hatte während des Krieges einige heikle Begegnungen, geriet auf Metalorn in die Gefangenschaft der Republik und entkam auf Xagobah nur knapp einem Anschlag Boba Fetts. Da sich seine Heimatwelt Skako in Händen der Republik befindet, bleibt Tambor keine andere Wahl, als all seine Hoffnung in Sidious zu setzen.

HANDELSALLIANZ
Passel Argente hatte sich vom Krieg eigentlich eine ranghohe Stellung erhofft, sah sich jedoch schon bald den Diensten Dookus unterworfen. Ohne Passels Wissen haben viele seiner Untergebenen in der Allianz ihre Vertriebsgesellschaften in einen Cluster im Tingel-Arm der Galaxis verlagert, auch als Korporationssektor bekannt.

HYPERKOMMUNIKATIONSKARTELL
Der Aqualishaner Po Nudo war maßgeblich an der Korrumpierung Dutzender skrupelloser Senatoren beteiligt und sorgte vor der Schlacht um Geonosis durch geschicktes Taktieren dafür, dass die Separatisten Zugriff auf das ressourcenreiche Ando erhielten. Zum Dank dafür wurde er vom Bankenverband und von der Technologie-Union zum Chef des Hyperkommunikationskartells ernannt. Dieses hat die Aufsicht über die CIS-Variante des Republik-HoloNets.

Endspiel

Mustafars Separatisteneinrichtungen galten als uneinnehmbar – bis zu dem Zeitpunkt, da Darth Sidious seinen neuen Schüler, Darth Vader, entsandte, um sich der Ratsmitglieder zu entledigen. Nachdem zuerst die Jedi und kurz darauf die Separatistenanführer aus dem Weg geräumt sind, gibt es niemanden mehr, der sich Sidious' und Vaders Plänen zur völligen Kontrolle über die Galaxis entgegenzustellen vermag.

DATENBLATT

- ◆ Die Separatisten setzten sich über sämtliche Gesetze der Republik hinweg, die eine Anhäufung von Waffen, Kriegsschiffen und Soldaten verbot.
- ◆ Die Separatisten umgingen Abhörversuche seitens der Republik, indem sie einen Geheimcode des Intergalaktischen Bankenverbands benutzten.

BANKENVERBAND
San Hill wurde von der Republik gefangen genommen, die kurz darauf seine Flucht zuließ. Da er die Wiederbelebung des Gen'dai-Kriegers Durge sowie die Rehabilitierung von General Grievous finanzierte, meint er, dass Sidious ihm einen großen Gefallen schuldet.

GEONOSIAN INDUSTRIES
Nachdem Hunderttausende seiner geonosianischen Landsleute an der Konstruktion von Darth Sidious' Kampfstation beteiligt waren, ist Poggle der Geringere fest davon überzeugt, dass das Beste erst noch kommen wird.

HANDELSFÖDERATION
Mehr als alle anderen Ratsmitglieder glauben der neimoidianische Vizekönig Nute Gunray und sein Chefattaché Rune Haako, dass sie eine Sonderstellung bei Darth Sidious einnehmen. Dies ist in erster Linie darauf zurückzuführen, dass die Handelsföderation die erste Organisation war, die als Helfershelfer bei den üblen Machenschaften des Sith-Lords fungierte.

HANDELSGILDE
Da ihre Heimatwelt Castell der Republik angegliedert wurde, sind die Bestechungskünste der Gossam-Präsidentin Shu Mai obsolet geworden.

Die Polis Massa

DUNKLE GEHEIMNISSE ranken sich um die Überschwemmungskatastrophe, die den inzwischen als Polis Massa registrierten Planeten im Äußeren Rand dereinst ereilt hat. Die Hinterlassenschaften der Zivilisation, die es auf der vormals wasserarmen Welt gab, sind spärlich, doch auf einer der größten Landmassen des Planeten existiert schon so lange eine archäologische Grabungsstätte, dass die humanoiden Aliens, welche die Ausgrabungen leiten, inzwischen selbst als »Polis Massa« bezeichnet werden. Die meisten der bislang ans Tageslicht beförderten und hoch gehandelten Artefakte stammen tief aus dem Innern des Himmelskörpers und erklären somit den Umstand, dass der Großteil des Archäologenteams aus erfahrenen Höhlenforschern besteht. Die medizinische Einrichtung, zu der Padmé gebracht wird, dient daher in erster Linie der Versorgung der ansässigen Forscher. Bekannt für ihre Diskretion, stellen die Polis Massa wenig Fragen, was Bail und die Jedi-Meister betrifft.

Obi-Wan, Padmé, R2-D2 und C-3PO treffen auf Polis Massa mit Yoda und Bail Organa zusammen. Die Abgelegenheit der Station kommt den Plänen der Jedi entgegen, dass möglichst wenige von der Geburt von Padmés Kindern erfahren. Die Meditechniker, die bei der Entbindung der Zwillinge assistieren, stehen angesicht ihres Unvermögens, Padmés Leben zu retten, vor einem Rätsel. Doch manchmal lässt sich ein gebrochenes Herz nicht wieder heilen.

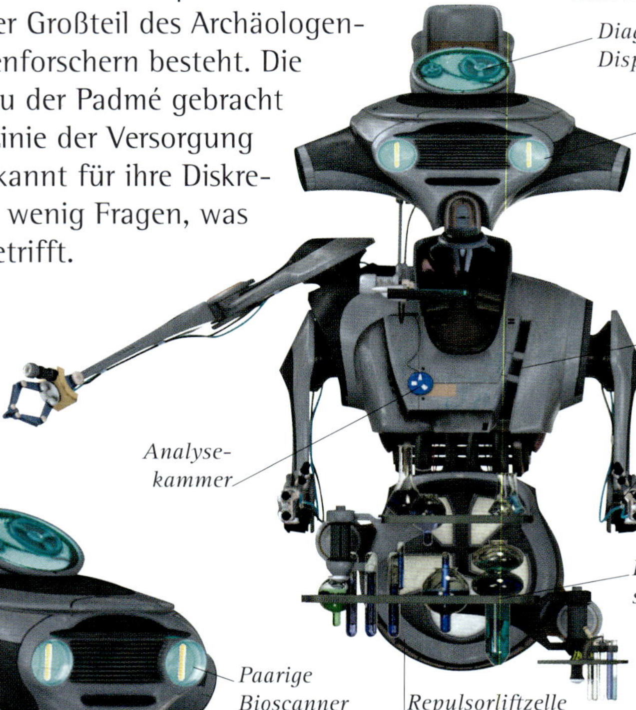

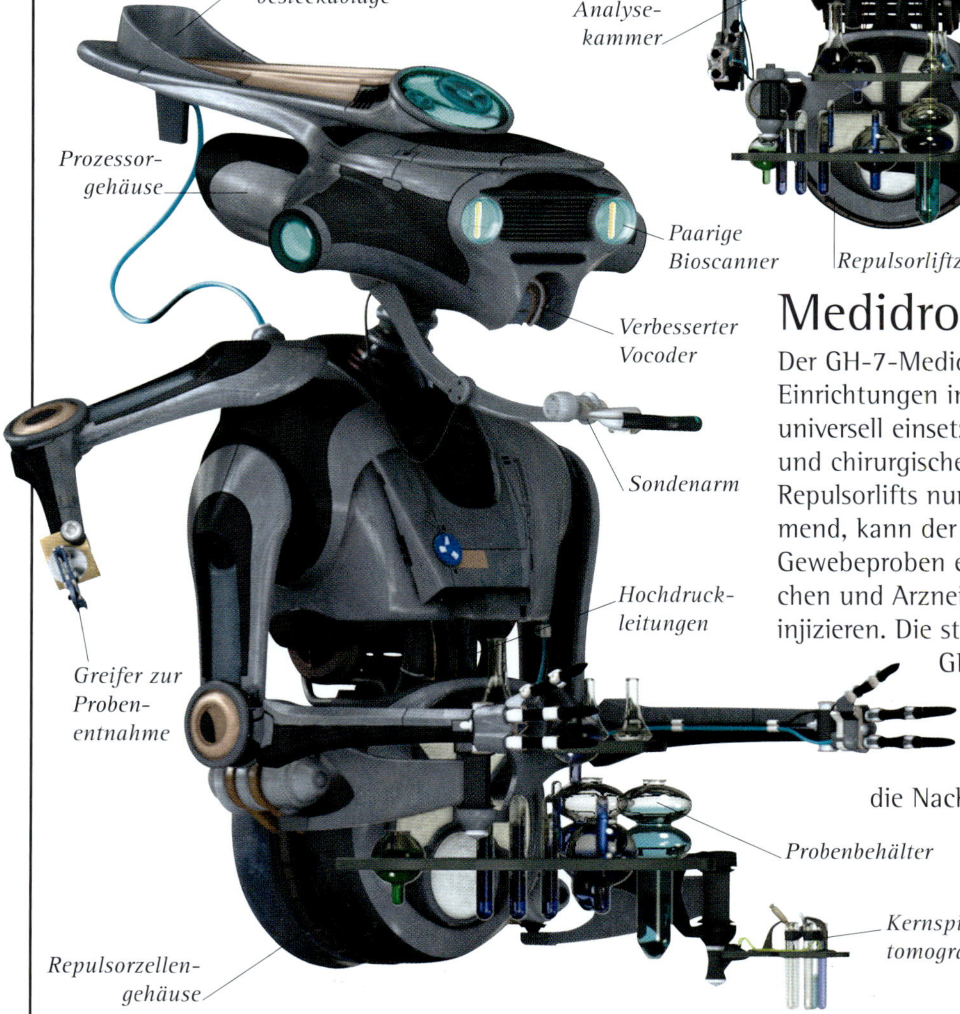

Medidroide

Der GH-7-Medidroide ist in vielen medizinischen Einrichtungen im Äußeren Rand vertreten und ein universell einsetzbarer Diagnostiker, Hämatologe und chirurgischer Assistent. Dank eines starken Repulsorlifts nur selten in Bodenkontakt kommend, kann der GH-7 mithilfe seiner Servoarme Gewebeproben entnehmen, Narkosen verabreichen und Arzneimittel oder Plasmawirkstoffe injizieren. Die stereoskopischen Bioscanner des GH-7 sind mit einem Computer verbunden, der die Daten auswertet und dem Droiden sodann Instruktionen für die Nachbehandlung übermittelt.

OSH SCAL

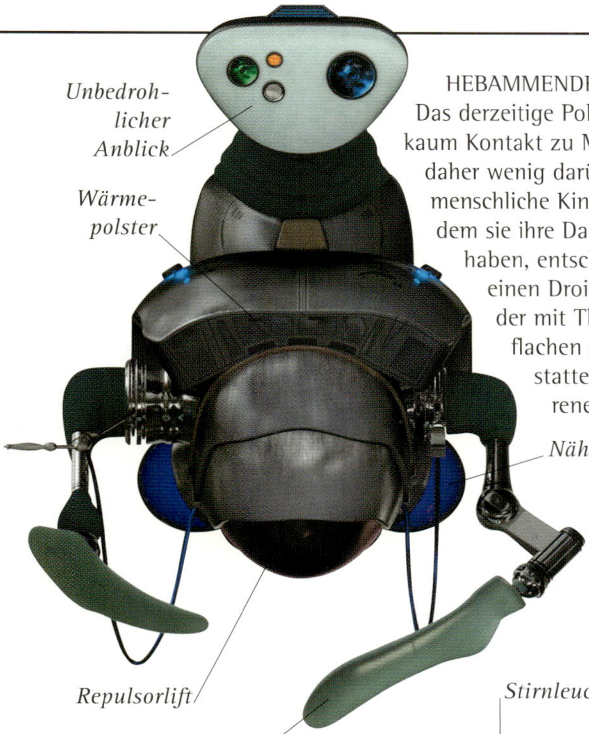

HEBAMMENDROIDE
Das derzeitige Polis-Massa-Team hatte kaum Kontakt zu Menschen und weiß daher wenig darüber, wie man menschliche Kinder entbindet. Nachdem sie ihre Datenbanken konsultiert haben, entscheiden sie sich für einen Droiden als Geburtshelfer, der mit Thermopolstern und flachen Armaufsätzen ausgestattet ist, um die Neugeborenen wiegen zu können.

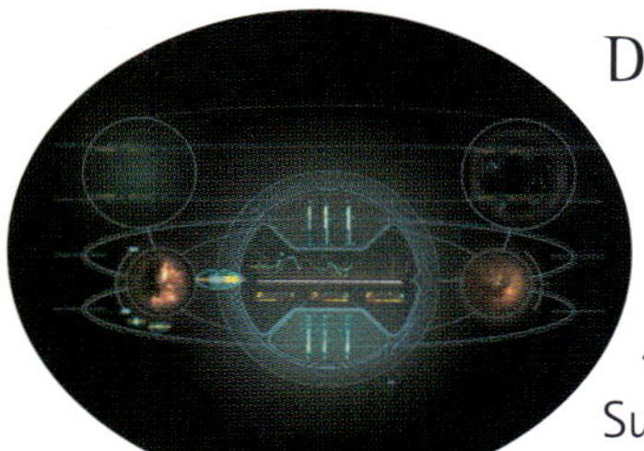

DATENBLATT

◆ Die Exobiologen von Polis Massa erlernten das Klonen von den Kaminoanern.

◆ Bei der Erforschung eines Planeten im Subterrel-Sektor trafen die schmächtigen Aliens zufällig auf den Besalisken Dexter Jettster, der sich von den kaminoanischen Wurfmessern, mit denen sich das Team der räuberischen Tier- und Pflanzenwelt erwehrte, sehr beeindruckt zeigte.

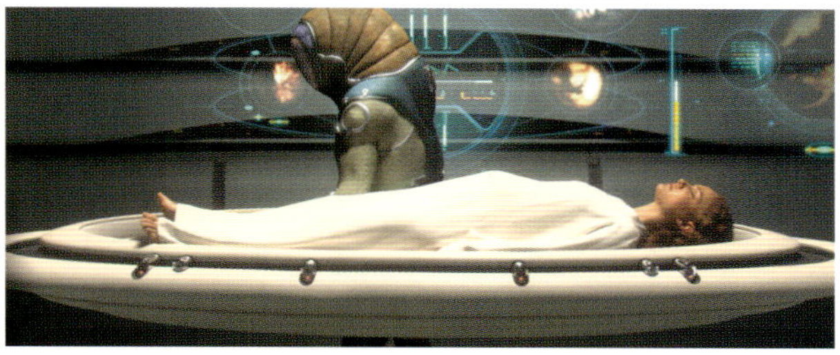

Für Padmé das Schlimmste befürchtend, befiehlt Bail Captain Antilles, sämtliche Daten über Mustafar aus Padmés Schiffscomputer zu löschen. Da Anakin für tot gehalten wird, fragt sich Bail, was die Jedi mit den Zwillingen machen werden, denen Padmé die Namen Luke und Leia gab.

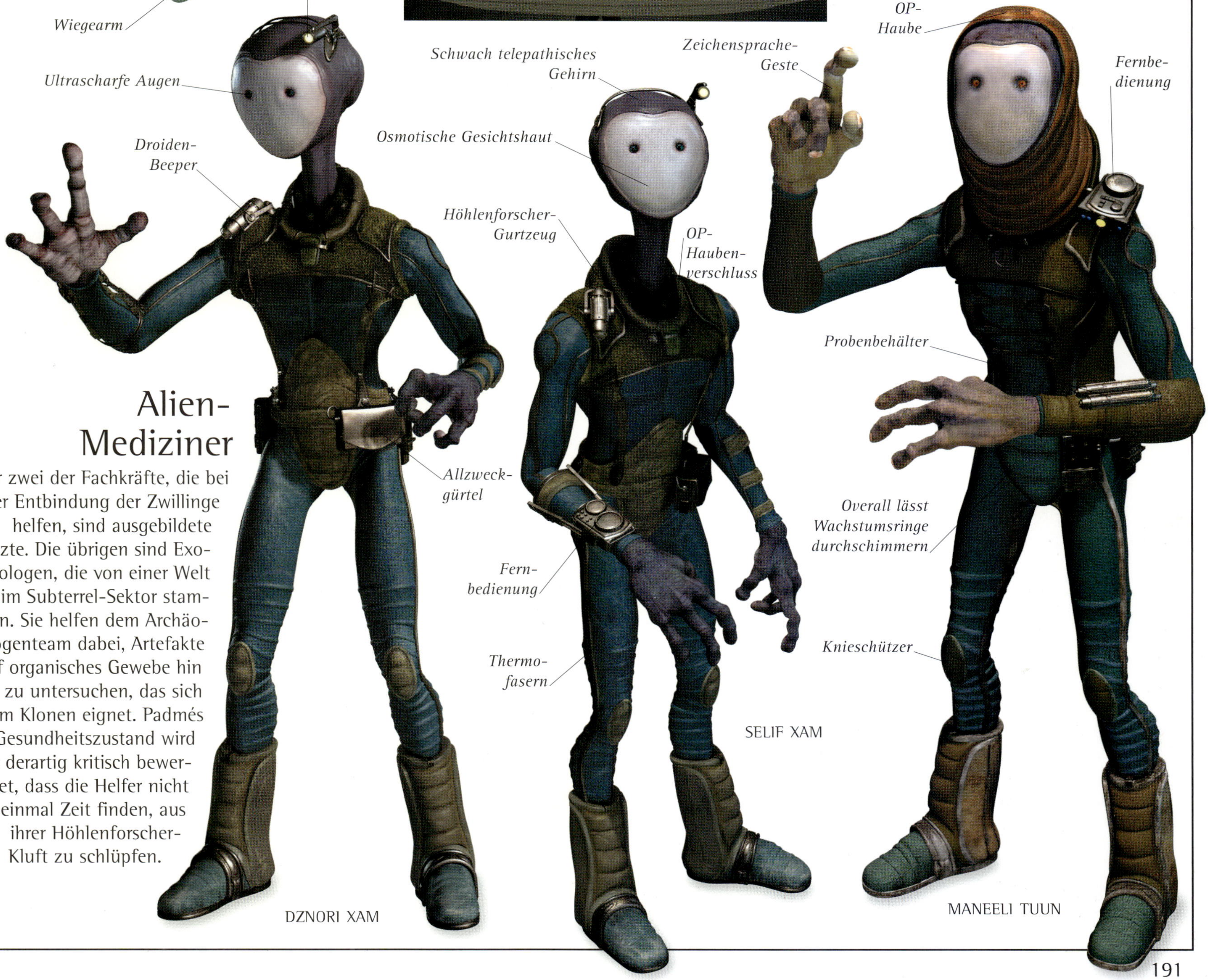

DZNORI XAM

SELIF XAM

MANEELI TUUN

Alien-Mediziner

Nur zwei der Fachkräfte, die bei der Entbindung der Zwillinge helfen, sind ausgebildete Ärzte. Die übrigen sind Exobiologen, die von einer Welt im Subterrel-Sektor stammen. Sie helfen dem Archäologenteam dabei, Artefakte auf organisches Gewebe hin zu untersuchen, das sich zum Klonen eignet. Padmés Gesundheitszustand wird als derartig kritisch bewertet, dass die Helfer nicht einmal Zeit finden, aus ihrer Höhlenforscher-Kluft zu schlüpfen.

Mustafar

HARTE ARBEIT
Unterstützt von Lavasammeldroiden und anderen Geräten der Techno-Union, tragen die Minenarbeiter von Mustafar auf Repulsorplattformen die Lava ihres Planeten zusammen. Neben wertvollen Mineralien liefern die Lavaströme die Energie für die Erzgewinnungsanlagen von Mustafar.

Mustafar, ein winziger vulkanischer Planet im Outer Rim, dem äußeren Rand der Galaxis, kreist auf einer unregelmäßigen Bahn zwischen den Gasriesen Jestefad und Lefrani. Obwohl die Gravitationskräfte der größeren Himmelskörper auf dem Planeten ein permanentes geologisches Chaos auslösen, besitzt Mustafar zahlreiche seltene mineralische Bodenschätze, die seit langem von der Techno-Union abgebaut werden. Diese Verbindung, sowie der störende Einfluss der unruhigen Oberfläche und der Atmosphäre auf Standardscanner und Navigationssysteme, macht Mustafar zum idealen Unterschlupf der Separatistenführer.

Die Bewohner von Mustafar

Die Mustafarianer haben sich in den Höhlen nichtaktiver Vulkane aus extrem anpassungsfähigen Gliederfüßlern entwickelt. Die Mustafarianer des Nordens sind groß und schlank, während die gedrungenen Körper der südlichen Planetenbewohner höhere Temperaturen ertragen. Obwohl ihre Haut sogar dem Beschuss durch Standardblaster widersteht, benötigen die Mustafarianer Schutzkleidung, die sie vor der Hitze der Lavaströme schützt.

Der Begriff »Lavaschöpfer« passt zu den mustafarianischen Minenarbeitern genauso gut wie zu ihren an Stangen befestigten Kesseln, in denen sich die Funktionen eines Schmelztiegels mit denen einer Greifzange verbinden. Die körperlich besonders kräftig entwickelten Mustafarianer des Südens stemmen die mit Lava gefüllten Kessel ohne große Mühe.

SÜDLICHER MUSTAFARIANER

DATENBLATT

◆ Aufgrund der auf Mustafar tobenden elektromagnetischen Stürme verfügen die Schürfanlagen der Techno-Union über Leit- und Traktorstrahlen, um den Schiffsverkehr von und zu den abgeschirmten Landeplattformen des Planeten zu lotsen.

MUSTAFARIANISCHER LAVAFLOH
Die Lavaflöhe, riesige hartschalige Gliederfüßler, die von den Mustafarianern als Reittiere domestiziert wurden, zählen zu den ersten Höhlenbewohnern, die sich auf die lebensfeindliche Planetenoberfläche wagten. Die Flöhe ernähren sich von weichem Gestein und werden bis zu 4,30 Meter groß; sie springen mit einem Satz bis zu 30 Meter hoch.

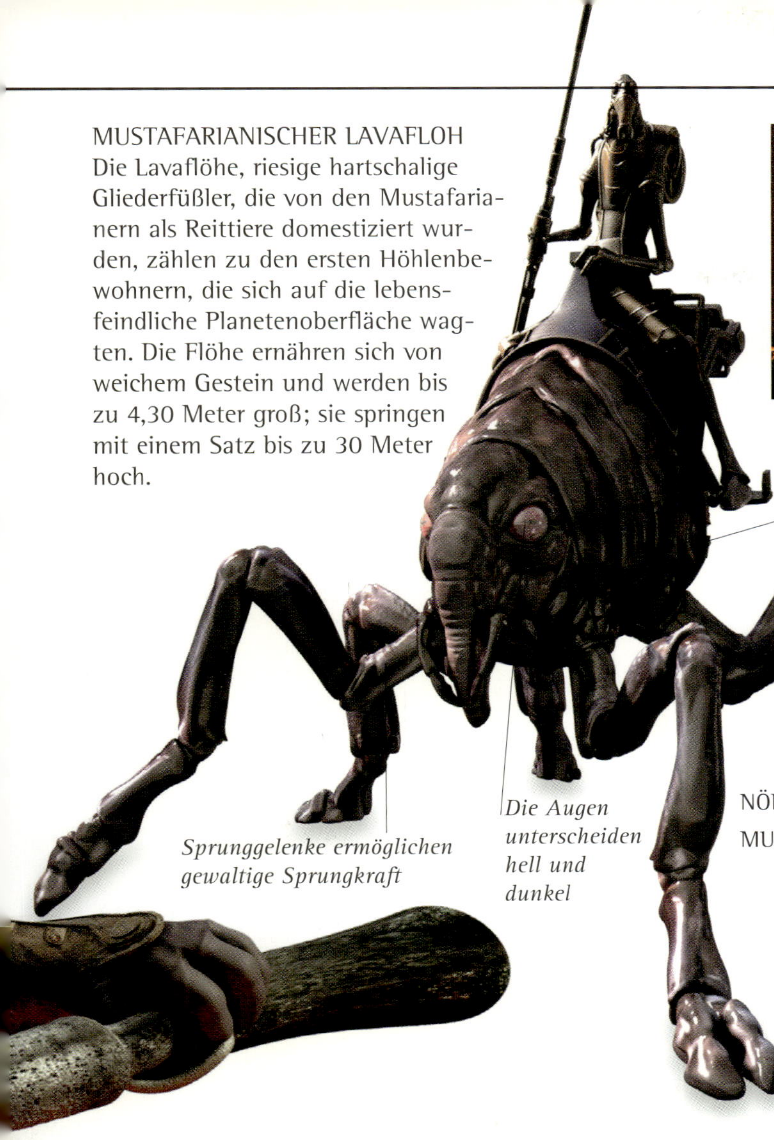

Obwohl sie über die Repulsortechnik verfügen, reiten die meisten Mustafarianer lieber auf Lavaflöhen. Während der über 300 Jahre, in denen Mustafar im Besitz der Techno-Union ist, haben sie bereits so viele versagende Gerätschaften erlebt, dass sie jeder Technik mit einem bestimmten Schmelzpunkt misstrauen.

Lavaresistente Technik ist teuer, und der Preis der Techno-Union-Lavasammeldroiden steht in keinem Verhältnis zu ihrer Größe. Dennoch fallen diese Investitionen gegen die riesigen Gewinne durch den Abbau seltener Bodenschätze kaum ins Gewicht.

LAVASAMMELDROIDE
Um ihre geschmolzene Ladung sicher zu den Minenanlagen transportieren zu können, verfügen die auf Mustafar gebauten Lavasammeldroiden über Repulsortechnik, Energieschilde und belastbare Panzerung. Die Lavasammeldroiden werden wie die Kampfdroiden der Handelsföderation ferngesteuert.

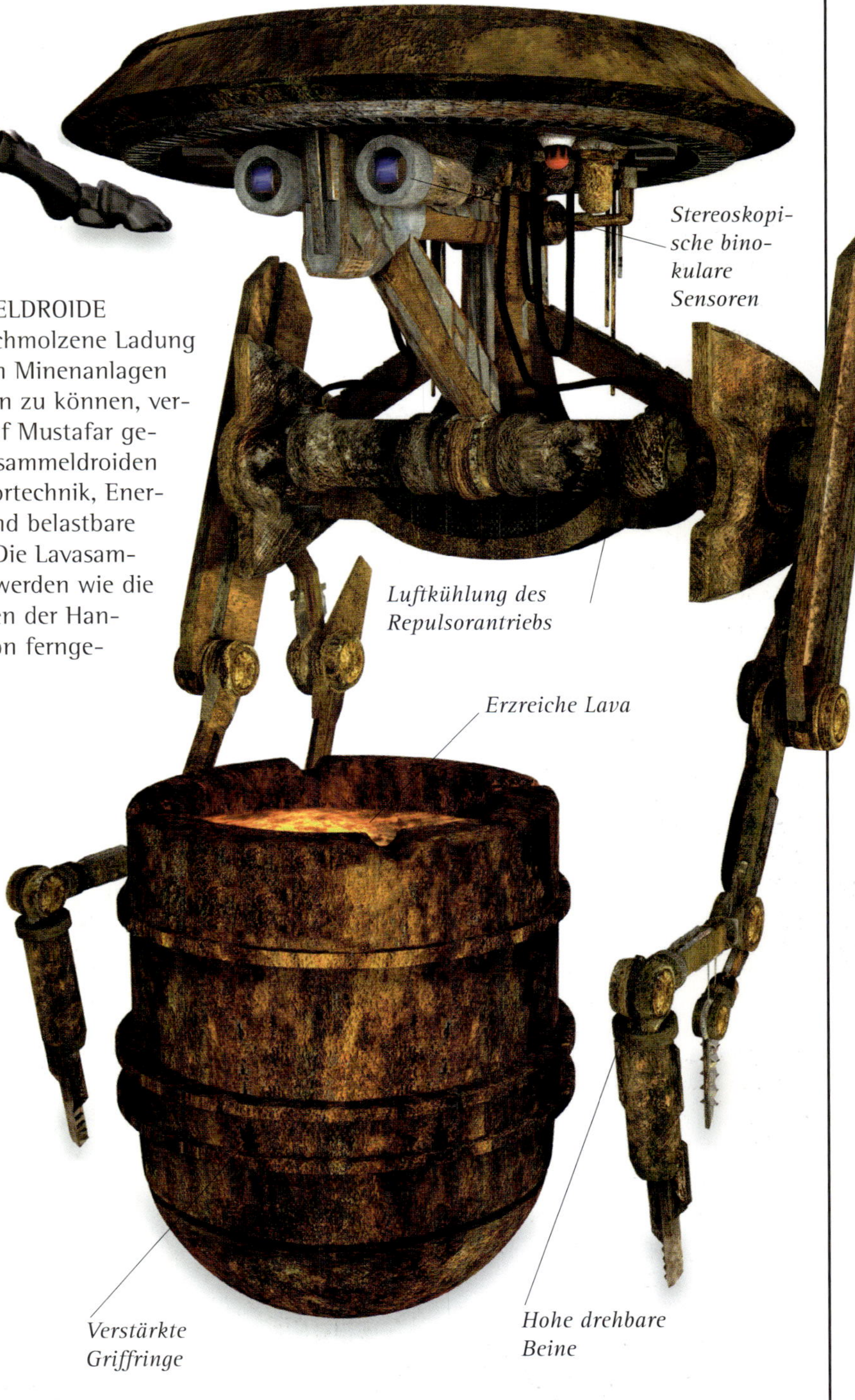

SCHICKSALSSCHLACHT

Als Obi-Wan Kenobi bewusst wird, dass Anakin Skywalker zu Darth Vader geworden ist, verfolgt er seinen ehemaligen Freund zu den Schürfanlagen der Techno-Union auf Mustafar. Das anschließende Lichtschwertduell geht über mehrere Ebenen der Anlage und endet am Ufer eines Lavastroms, wo Obi-Wan den neu erstandenen Sith-Lord besiegt und seinem Schicksal überlässt.

Darth Vader bleibt nach seinen tödlichen Verwundungen nur dank der Dunklen Seite der Macht am Leben. Als Darth Sidious seine verkohlten Überreste birgt, ist jener mehr tot als lebendig.

Darth Sidious

EIN GANZES JAHRTAUSEND haben die Sith auf das Erscheinen des Einen gewartet, der sie aus ihrem Schattendasein herauszuführen vermochte. Darth Sidious ist dieser Eine – die personifizierte Rache der Sith am Jedi-Orden, der die Anwender der Dunklen Seite der Macht fast völlig ausgerottet hatte. Sidious, Schüler von Darth Plagueis, erkennt in seiner Rolle als Palpatine rasch, dass die von Korruption ausgehöhlte Republik mitsamt ihrer dienstbaren Jedi am ehesten zu Fall gebracht werden kann, indem er sich ihre alten Schwächen zunutze macht: hirnlose Bürokratie und Machthörigkeit.

Sidious sieht sich selbst weniger als Inkarnation des Bösen denn als Erlöser. Nach der Zerschlagung des Jedi-Ordens muss er seine wahre Identität als Sith nicht länger verbergen, ist er doch nun der von allen geliebte Imperator Palpatine, welcher der Galaxis den Frieden brachte.

Um seinen Sieg zu vollenden, muss Sidious nur noch eine einzige Aufgabe erledigen: die Tötung Yodas. Erst dann wird die Helle Seite der Macht der Vergessenheit anheimfallen und der Jedi-Orden aufhören zu existieren.

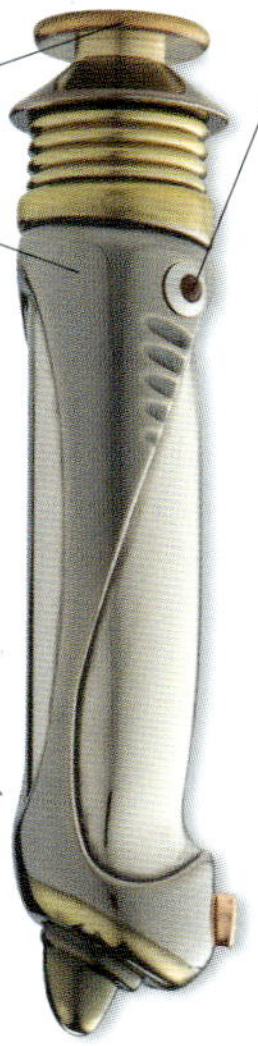

LICHTSCHWERT
Sidious' Sith-Lichtschwert ist für gewöhnlich in einer Neuranium-Skulptur verborgen, die seine Räume im Senatsgebäude ziert. Eine Wandtafel in seinem Amtszimmer zeigt eine legendäre Schlacht zwischen den Sith und den Jedi.

Zwei Gesichter

»Immer zwei es gibt« – nicht nur einen Meister und seinen Schüler, sondern auch eine Person und deren wahres Gesicht. Das wahre Gesicht des Sith-Lords offenbart sich, als während seines Duells mit Mace Windu die Maskerade durch abgelenkte Machtblitze auffliegt. Doch selbst dies kann Palpatines Reputation beim Senat nicht nachhaltig erschüttern.

DATENBLATT

- Als erfahrener Adept der Dunklen Seite rückt Sidious seinen Gegnern mit Sith-Machtblitzen zu Leibe. Sie verursachen entsetzliche Schmerzen.
- Sidious' Vorstellung als huldvoller Kanzler Palpatine ist so überzeugend, dass selbst die Jedi darauf hereinfallen.

Darth Vader wird als Sith-Repräsentant und Palpatines Verbindungsmann zu den Planetensystem-Regierungen fungieren, die dieser eingesetzt hat. Darüber hinaus wird es Vaders Aufgabe sein, die Oberkommandeure auf Linie zu halten – zumindest so lange, bis die Arbeiten am Todesstern abgeschlossen sind.

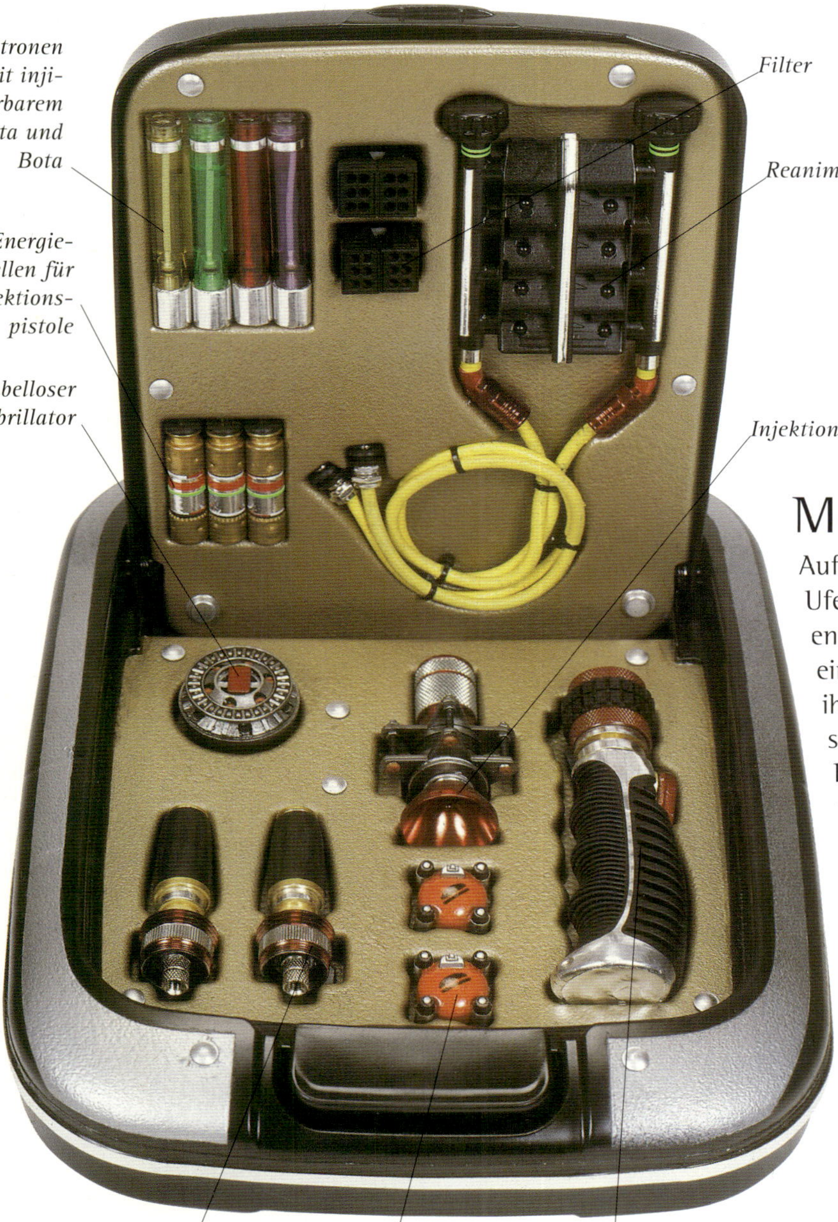

Medikit

Auf Mustafar am schwarzsandigen Ufer eines Lavastroms dem Tode entrissen, wird Darth Vader in eine Medikapsel verfrachtet, die ihn während des Hyperraumsprungs nach Coruscant am Leben erhalten soll. Unterwegs macht Darth Sidious von diversen Spezialtränken und -utensilien Gebrauch, um die Transformation Vaders in die menschliche Maschine einzuleiten, die er einmal werden soll.

Sith-Lord

Darth Sidious bleibt relativ gelassen angesichts der Möglichkeit, dass irgendein Jedi die Order 66 überlebt haben könnte. Selbst im Verbund stellen Yoda und Obi-Wan keine Gefahr für die Dunklen Sith-Lords dar. Bald schon wird man sich der Jedi nur mehr als archaische Krieger entsinnen, die einer kläglichen Religion anhingen, und die Erinnerungen an die Republik werden erlöschen. Für Sidious verläuft alles nach Plan.

Imperator Palpatines Shuttle ist in der Lage, ohne Zuhilfenahme eines Hyperraumrings auf Lichtgeschwindigkeit zu springen. Das Gleiche gilt für die V-Wings, die seine Sondereskorte bilden.

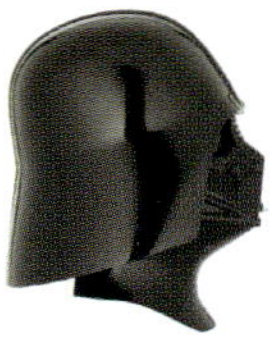

Darth Vader

IM ANSCHLUSS an seine Gräueltaten auf Coruscant wird Darth Vader nach Mustafar entsandt mit dem Auftrag, sich »um den Rat der Separatisten zu kümmern«. Dort erledigt er seinen Job mit buchstäblich »mörderischer« Freude, indem er ein Ratsmitglied nach dem anderen exekutiert, wobei er sich Nute Gunray für zuletzt aufspart. Nachdem sein Blutdurst fürs Erste gestillt ist, erfährt Vader, dass Padmé ihm auf seinem Flug durch den Weltraum gefolgt ist. Doch als sie sein Angebot, an seiner Seite über die Galaxis zu herrschen, ausschlägt und ihm klar wird, dass sie in Begleitung Obi-Wans erschienen ist, erdrosselt er seine Frau beinahe mithilfe der Macht. Sodann liefert er sich mit seinem einstigen Meister ein tödliches Duell über den Lavaströmen des Planeten.

MUSTAFAR
Gegen Ende der Klonkriege als Zufluchtsstätte für den Separatistenrat gedacht, werden die Anlagen auf Mustafar für ein halbes Dutzend irregeleiteter Separatisten zu einem opulenten Grab, an dessen Errichtung sie selbst beteiligt gewesen sind.

Dreifuß-Medidroide

Der Prototyp des ubrikkianischen Modells DD-13 »Galactic Chopper« wurde entwickelt, um die Verpflanzung kybernetischer Implantate, Prothesen und synthetischer Organe zu überwachen. Dieser Medidroide ist es auch, der Anakins ursprüngliche Armprothese durch eine wesentlich haltbarere ersetzt.

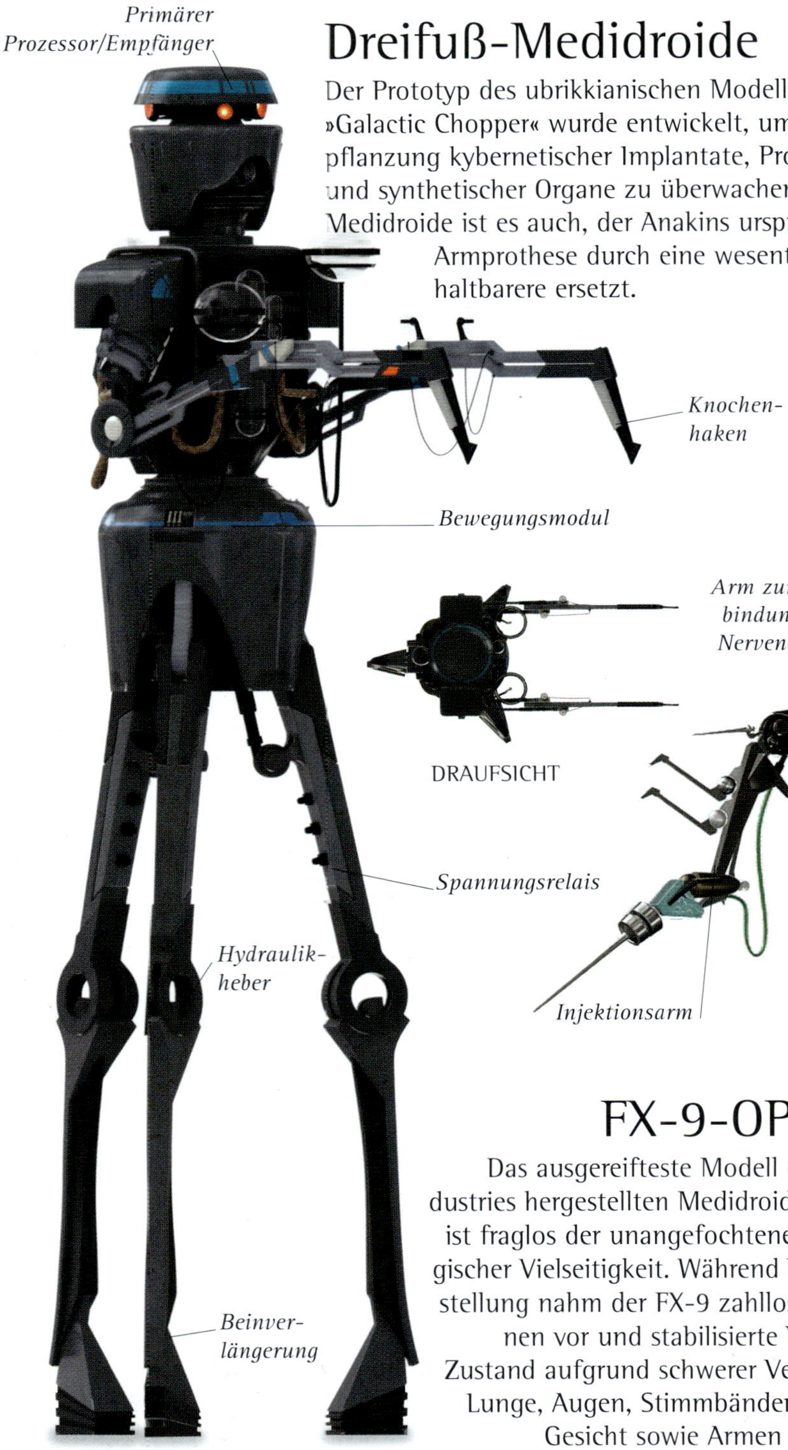

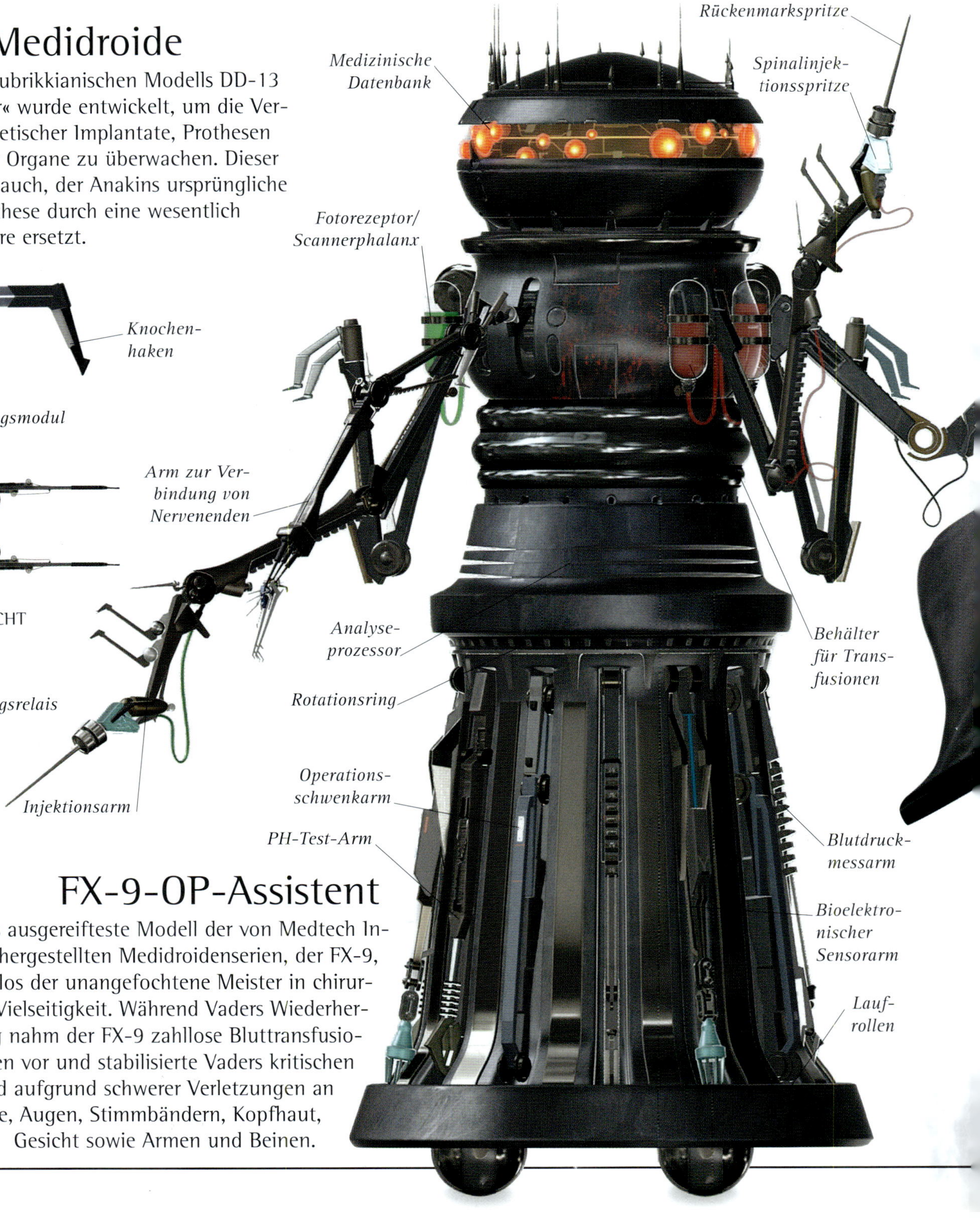

FX-9-OP-Assistent

Das ausgereifteste Modell der von Medtech Industries hergestellten Medidroidenserien, der FX-9, ist fraglos der unangefochtene Meister in chirurgischer Vielseitigkeit. Während Vaders Wiederherstellung nahm der FX-9 zahllose Bluttransfusionen vor und stabilisierte Vaders kritischen Zustand aufgrund schwerer Verletzungen an Lunge, Augen, Stimmbändern, Kopfhaut, Gesicht sowie Armen und Beinen.

Dunkler Lord der Sith

Als er nach seiner lebensverändernden Wiederherstellung auf einem hell erleuchteten Tisch in Sidious' Labor erwacht, erfährt Anakin, dass Padmé den Tod gefunden hat – und das durch seine eigene Hand. Sein dieser Eröffnung folgender Schrei zerstört beinahe alles im Labor, so auch fast alle Medidroiden. Die entsetzliche Erkenntnis, dass er die Person getötet hat, die er am meisten liebte, wird ihn bis an sein Lebensende verfolgen.

NEUES LICHTSCHWERT
Vader wird sich ein neues Lichtschwert konstruieren, mit der Energie eines Synthkristalls, der eine blutrote Klinge erzeugt.

SYSTEMSTATUS-GÜRTEL

DATENBLATT

◆ Aufgrund seiner künstlichen Arme wird Darth Vader weder Sith-Machtblitze heraufbeschwören können noch abwehrfähig gegen sie sein.

◆ Nach der Gründung des Imperiums durch Palpatine werden Akademien entstehen, die nichtgeklonte imperiale Offiziere ausbilden.

Obschon Sidious befriedigt feststellt, dass Anakins Zorn ungebrochen scheint, ist Darth Vader noch längst nicht das, was Sidious sich erhofft hat, und mitnichten der perfekte Schüler, der das Erbe der Sith weiterzuführen vermag.

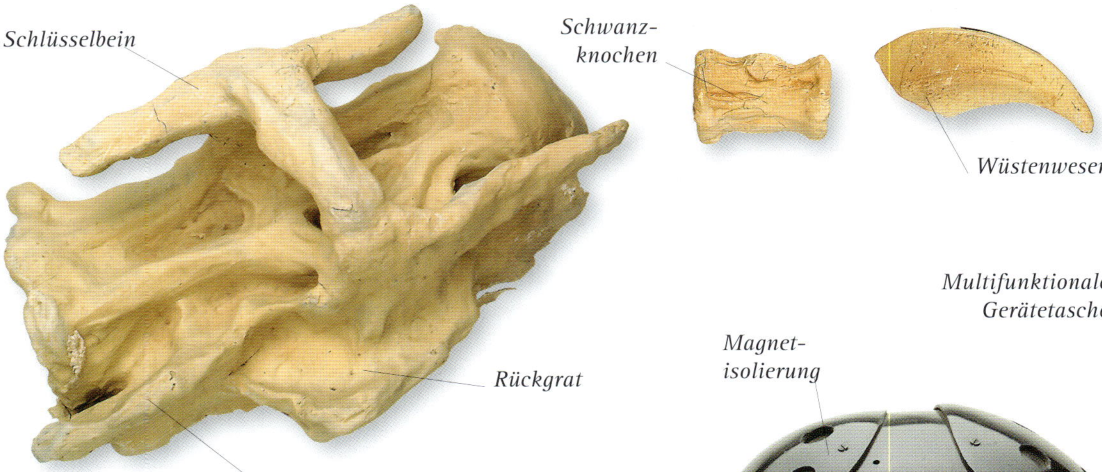

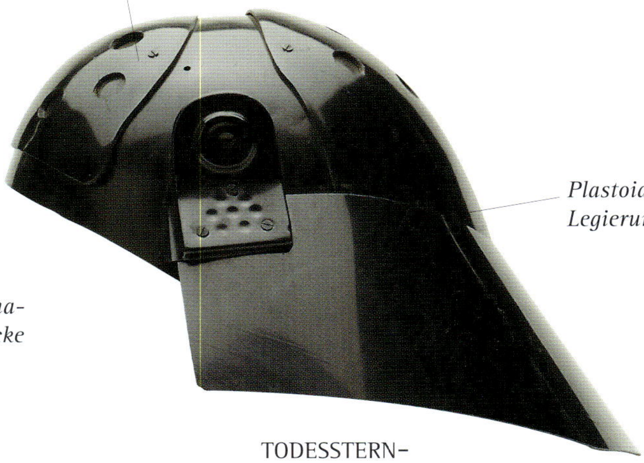

TODESSTERN-TRUPPENHELM

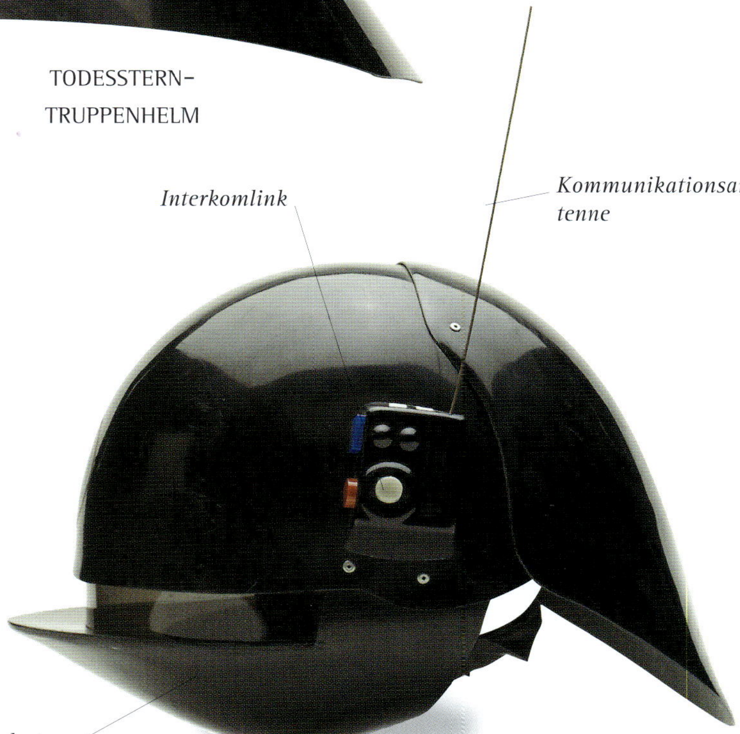

TODESSTERN-SCHÜTZENHELM

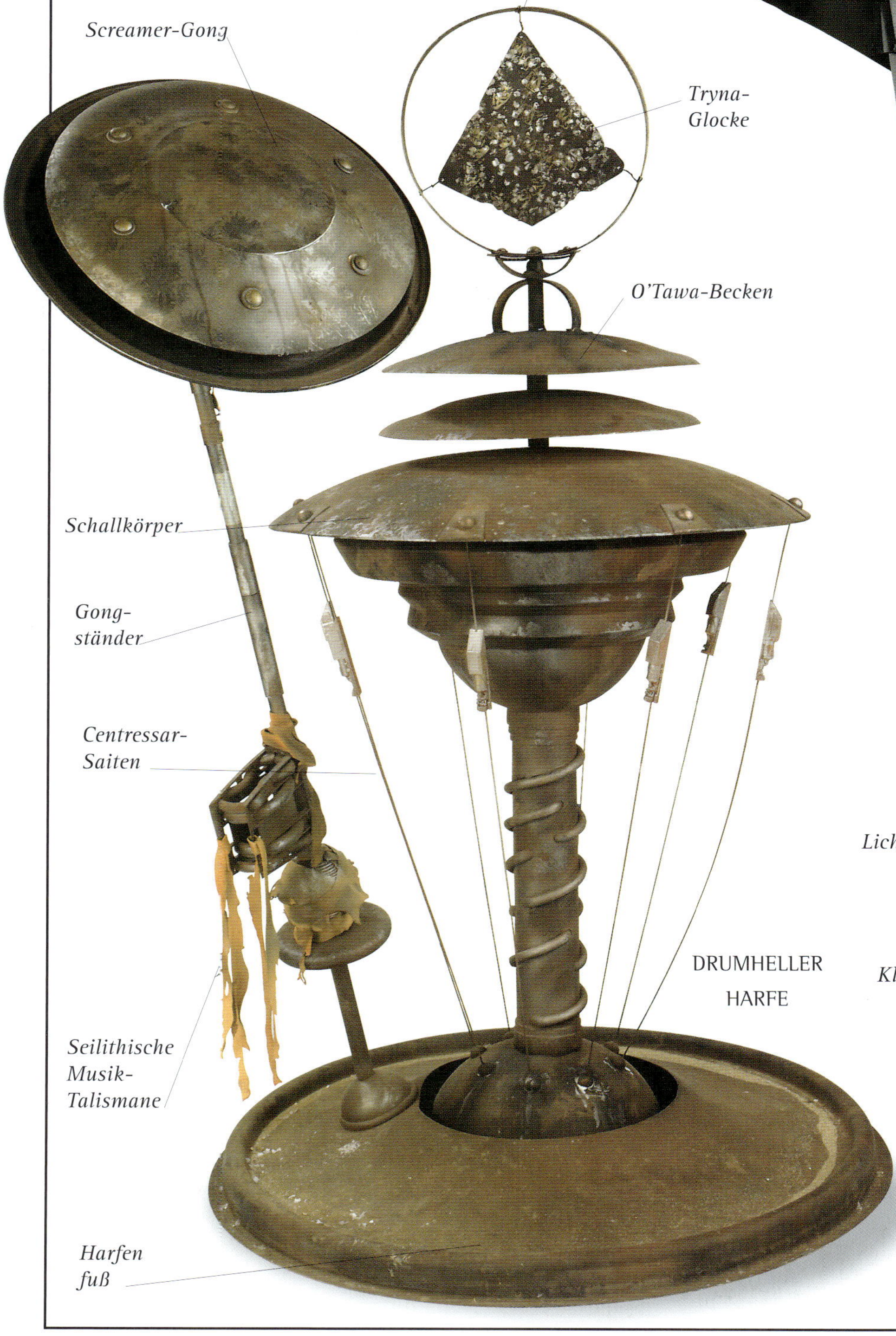

DRUMHELLER HARFE

DARTH VADERS LICHTSCHWERT

EPISODEN IV–VI

DIE KLASSISCHE TRILOGIE

EPISODE IV: *STAR WARS - EINE NEUE HOFFNUNG* stellt eine neue Generation von Helden vor, die unter der eisernen Faust des Imperators Palpatine aufwuchsen. Luke Skywalker ist ein ungewöhnlicher junger Mann, der die Wüsten seines verschlafenen Heimatplaneten Tatooine nie verlassen hat. Als ihm ein Notruf der schönen Prinzessin Leia in die Hände fällt, wendet er sich an Obi-Wan Kenobi, Han Solo und Chewbacca, um die Prinzessin mit ihrer Hilfe aus den Fängen des Imperiums zu befreien. Während seiner weiteren Abenteuer löst er das Rätsel seiner Vergangenheit und muss sich, wie schon sein Vater vor ihm, seinem Schicksal als Jedi-Ritter stellen.

In Episode V *Das Imperium schlägt zurück* geht die Schlacht um die Republik weiter. Nach der Vernichtung des Todessterns sinnt der Imperator auf Rache. Unterstützt durch seine rechte Hand Darth Vader, setzt er den Kampf um die Macht unerbittlich fort, als Vader und Luke Skywalker die Wahrheit über ihre Verbindung herausfinden.

In Episode VI *Die Rückkehr der Jedi-Ritter* ringt Luke mit seinen Gefühlen. Als er lernt, Zorn und Hass zu beherrschen, gewinnt er die Kontrolle über die Macht und nimmt sein eigenes Schicksal und das der ganzen Galaxis in die Hand . . .

STOCK DES IMPERATORS

LICHT-SCHWERT-ENERGIE-KERN

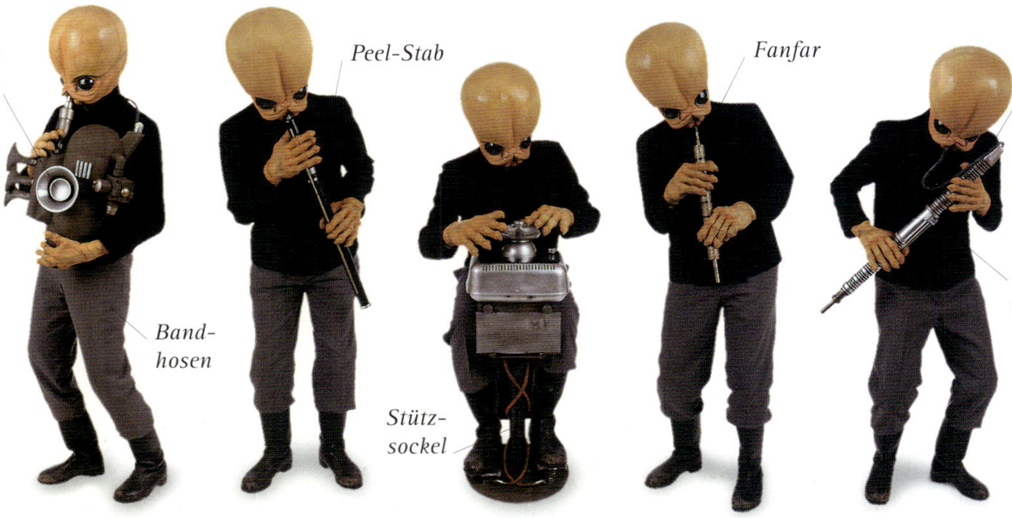

FIGRIN D'AN UND DIE MODAL NODES

Spezialtechnik

UNGEACHTET DES AUFSTIEGS und Untergangs von Zivilisationen existiert Hochtechnologie in der Galaxis bereits seit Tausenden von Jahren. Doch ihre Entwicklung hat unterschiedliche und teilweise verschlungene Wege eingeschlagen; was in der einen Kultur als selbstverständliche Bereicherung gilt, wird von einer anderen vielleicht jahrhundertelang missachtet. Traditionelle Techniken wie das Jedi-Lichtschwert verändern sich so gut wie gar nicht, während militärischer Druck dort, wo sich jahrtausendelang nichts getan hat, zu plötzlichen Durchbrüchen führt. Beim Aufeinandertreffen von Kulturen fallen komplizierte Gerätschaften in die Hände Primitiver, und viele Geschöpfe benutzen Technik, die sie nicht einmal richtig verstehen.

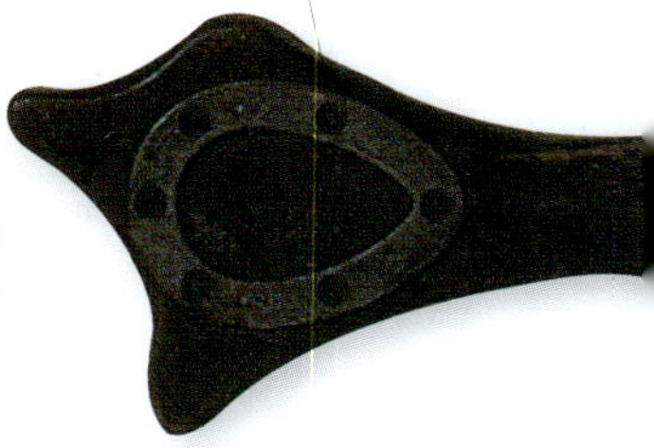

IONENBLASTER
Komplexe Elektronik versagt unter Ionenbeschuss. Daher können Raumschiffe von Ionenblastern ohne Zerstörung außer Gefecht gesetzt werden, während die speziellen Ionisierungs-Blaster der Jawas Droiden lähmen.

DARTH VADERS LICHTSCHWERT

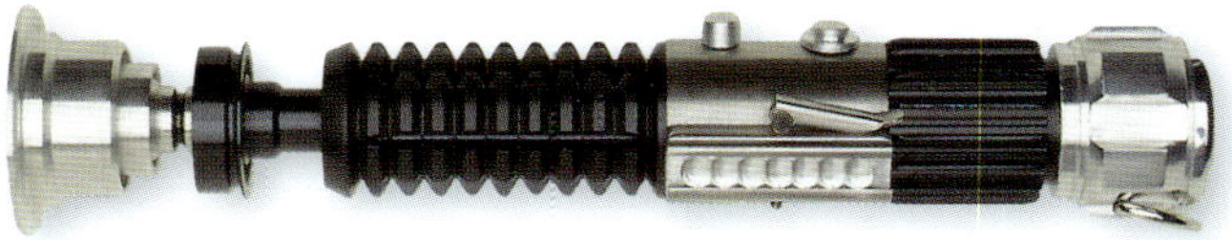

OBI-WAN KENOBIS LICHTSCHWERT

LUKE SKYWALKERS ZWEITES LICHTSCHWERT

Oft hängt das Aussehen des Lichtschwertes von der Biografie des Trägers ab. So ähnelt Darth Vaders Waffe der, die er schon als Jedi-Schüler führte, mit dem Unterschied, dass seine Waffe dunkler ist, während Luke Skywalkers Lichtschwert an das seines Lehrers Obi-Wan Kenobi erinnert.

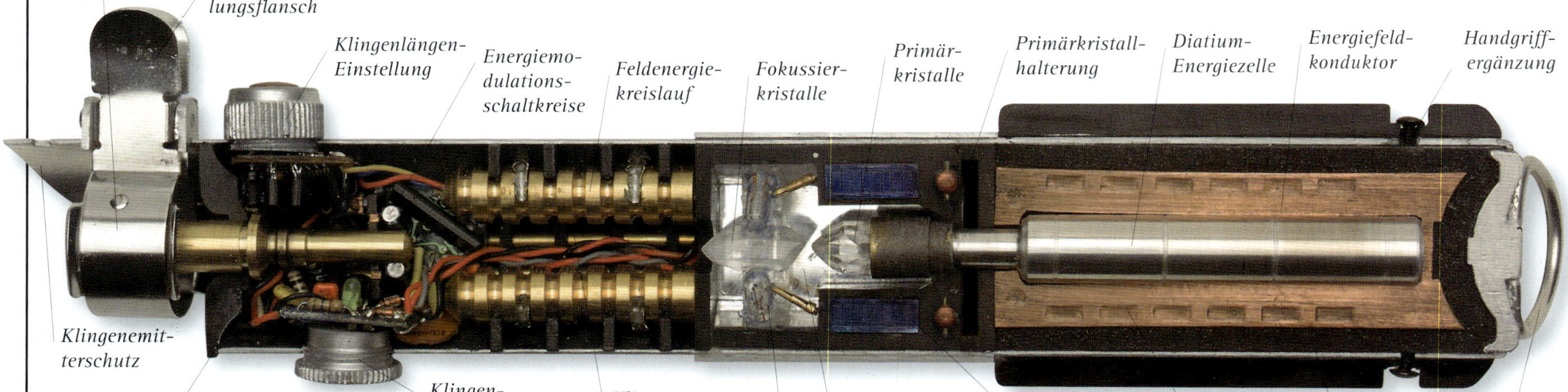

Lichtschwerter

Lichtschwerter folgen meistens demselben Grundmuster, auch wenn viele von ihren Jedi-Erbauern eine eigene Note erhalten. Da ihre Energieklinge keine Masse besitzt, erzeugt der elektromagnetische Lichtbogen einen starken gyroskopischen Effekt, der das Lichtschwert zu einer schwer handhabbaren Waffe macht. Das komplexe Prinzip kontrollierter Wellenenergie erfordert ein fokussierendes Element aus natürlichen oder synthetischen Kristallen, wobei Letztere gewöhnlich von den Sith benutzt werden. Ein Lichtschwert muss handgemacht sein, weil keine Form für die wesentliche Anordnung der ungewöhnlichen Kristalle existiert. Der geringste Fehlgriff, und die Waffe explodiert bei ihrer ersten Aktivierung.

Luke Skywalker und Darth Vader kämpfen in Cloud City

Das legendäre Lichtschwert ist die traditionelle Waffe der Jedi-Ritter, der Hüter der Gerechtigkeit seit Generationen. Der Bau des eigenen Lichtschwerts zählt zu den Prüfungen der Jedi-Schüler, die unglaublich schwierige Montage stellt ihre Machtsensibilität auf die Probe.

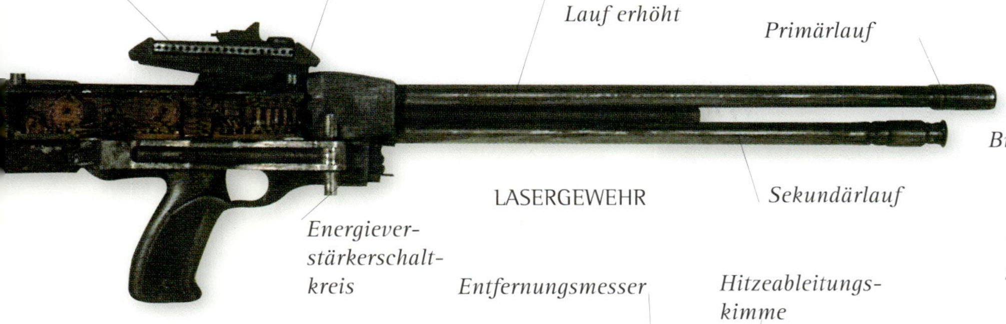

LASERGEWEHR

LASERKARABINER

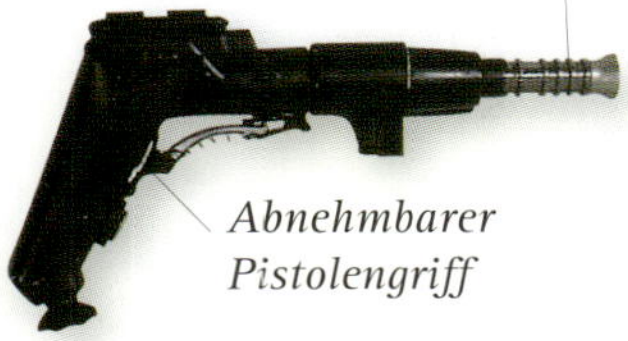

SPEZIELLE KURZDISTANZWAFFE

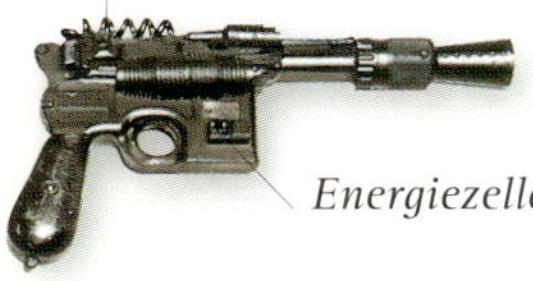

HANDBLASTER

Blaster

Blaster verwenden allgemein Hochenergie-Gasmunition, die von einer Energiezelle ausgelöst und in Plasma umgewandelt wird. Das Plasma wird durch einen Magneteffekt komprimiert und als kohärenter Energiestrahl abgefeuert. Eine dem Vorgang eigene Instabilität verhindert zielgenaues Blasterfeuer, doch wer seine Waffe gut genug kennt, kann diesen Nachteil leicht ausgleichen. Der ausgetretene Blasterschuss verliert Energie, sodass der Energiestrahl sich abschwächt und die Wirkung über große Distanzen abnimmt. Größere Reichweite wird durch längere Waffen erzielt, in denen die Plasmaträgerwelle verdichtet und durch zusätzliche Schaltkreise, Linsenkristalle oder andere Vorrichtungen geleitet wird.

Droiden

Erste mechanische Geschöpfe wurden schon in ferner Vergangenheit gebaut. Während ihre Verwendungsmöglichkeiten immer spezieller wurden, hat sich die Nachahmung echter Empfindungsfähigkeit als großes Problem und Risiko erwiesen, daher werden die meisten Droiden mit Prozessoren ausgerüstet, die lediglich ihren jeweiligen Aufgaben entsprechen. Die meisten verständigen sich untereinander nur mit elektronischen Akustiksignalen, ohne sich direkt mit Menschen verständigen zu können. Ihre Herren passen sie allgemein ihrer neuen Umgebung an und löschen für den »Neustart« ihre Gedächtnisspeicher. Droiden haben daher normalerweise viele Leben, ohne ihren Ursprung zu kennen. Wer sich wirklich für Droiden interessiert, wird feststellen, dass Droiden ohne Speicherlöschung eine eigene Persönlichkeit und auf Erfahrung basierende Gefühle entwickeln. Im Imperium existiert kein gesetzlicher Schutz der Droiden vor Missbrauch, und wer ihnen mit Respekt begegnet, ist eindeutig in der Minderheit.

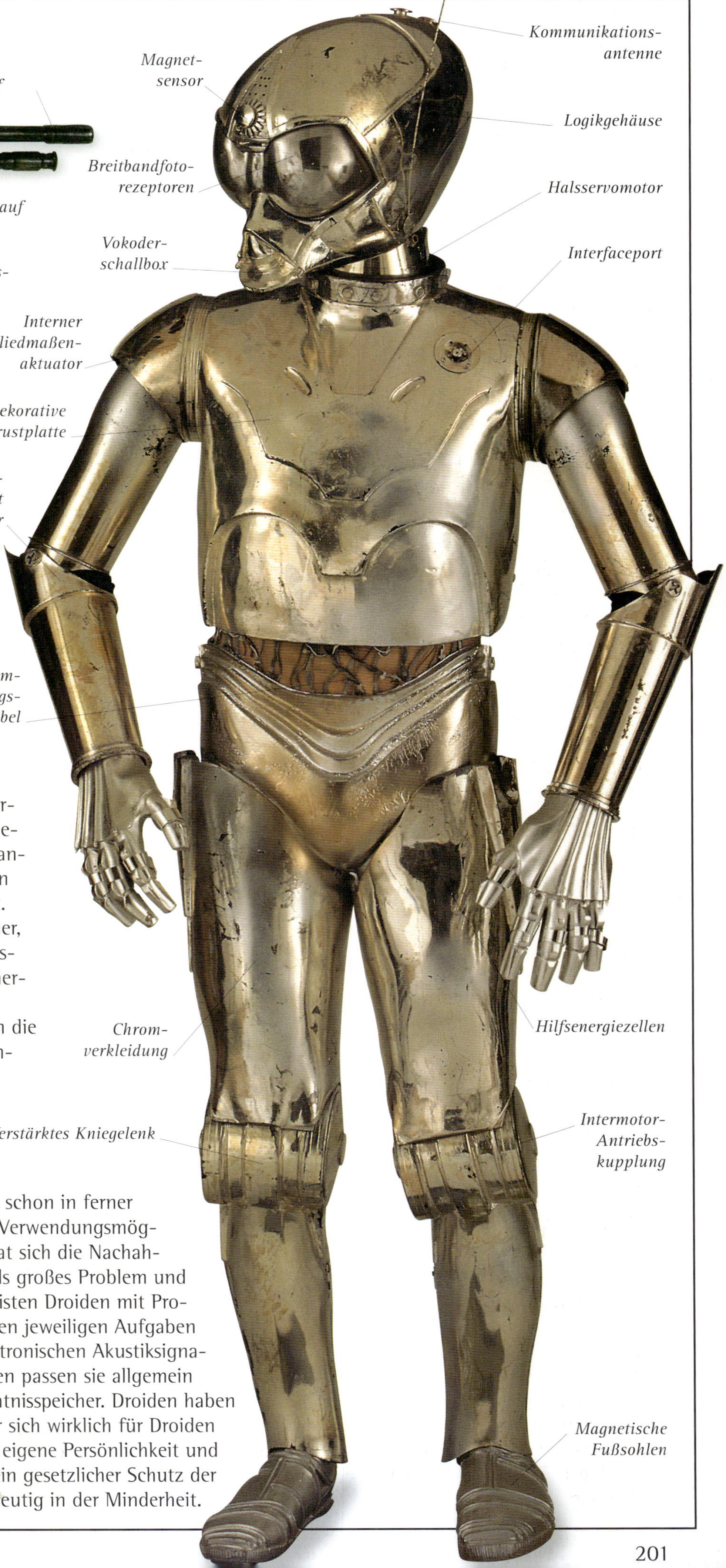

Luke Skywalker

LUKE UND BIGGS DARKLIGHTER

DER AUF DEM ENTLEGENEN Wüstenplaneten Tatooine lebende Farmerjunge Luke sehnt sich danach, seinen langweiligen alltäglichen Pflichten auf der Feuchtfarm seines Onkels zu entfliehen. Er träumt davon, Raumpilot zu werden, fühlt sich jedoch zwischen seinem Wunsch, die Akademie zu besuchen, und der Treue zu Onkel und Tante hin- und hergerissen. Als Luke in einem neu gekauften Droiden eine geheimnisvolle Nachricht entdeckt, gerät er unversehens in das Abenteuer seines Lebens und erfährt von seiner wahren Bestimmung.

Lukes Zuhause befindet sich zum Schutz vor der brennenden Doppelsonne von Tatooine überwiegend unter der Planetenoberfläche. Tunnel verbinden den Haupthof mit den Hangars sowie der gedeckten Garage.

Die Tosche-Energiestation in der Kleinstadt Anchorhead ist Lukes einzige Abwechslung vom Farmerleben, hier trifft er sich mit seinen Freunden, um zu reden, elektronisches Billard zu spielen oder an seinem Landgleiter und Skyhoppern herumzuschrauben.

Luke erfährt von dem Geheimnis seines Vaters, als Ben Kenobi ihm dessen Jedi-Lichtschwert übergibt. In Lukes Händen erwacht die Waffe zum ersten Mal seit Jahren wieder zum Leben.

TANTE BERU LARS

ONKEL OWEN LARS

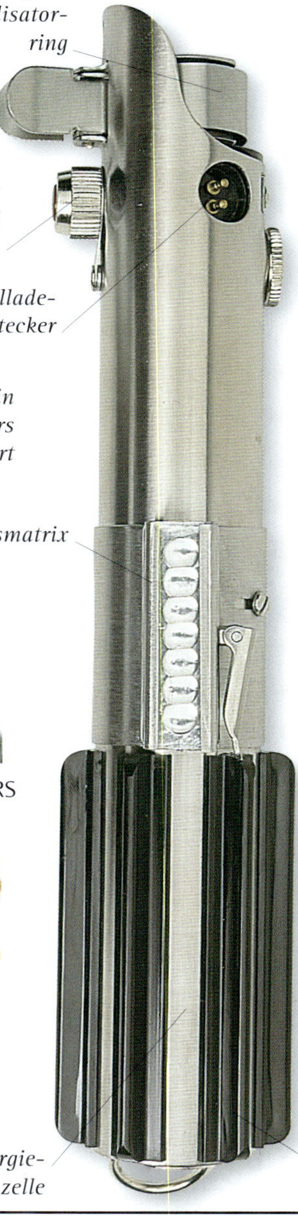

Lichtschwert

Lukes Lichtschwert, ein Geschenk aus einer anderen Zeit, ist das Vermächtnis seines Vaters Anakin, einem Jedi-Ritter der Alten Republik und Kämpfer in den Klonkriegen. Das Lichtschwert, ein Symbol seines Schicksals, gleicht keiner anderen Waffe, doch Luke besitzt eine natürliche Begabung und lernt schnell die Lektionen seines Mentors Ben Kenobi.

DATENBLATT

◆ Lukes bester Freund ist Biggs Darklighter, der Tatooine verließ und die Akademie besuchte, die er mit einem Kommando auf dem Frachtraumschiff Rand Ecliptic abschloss. Luke begegnet Biggs auf dem Flugdeck der Rebellenbasis auf Yavin 4 wieder, wo er erfährt, dass sein Kumpel jetzt für die Rebellen fliegt. Gemeinsam kämpfen sie in der Schlacht um den Todesstern.

◆ Auf Tatooine wüten oft tagelange Sandstürme, doch die Arbeit auf den Feuchtfarmen muss trotzdem erledigt werden. Luke trägt dann einen Wüstenponcho und eine Schutzbrille gegen den Flugsand.

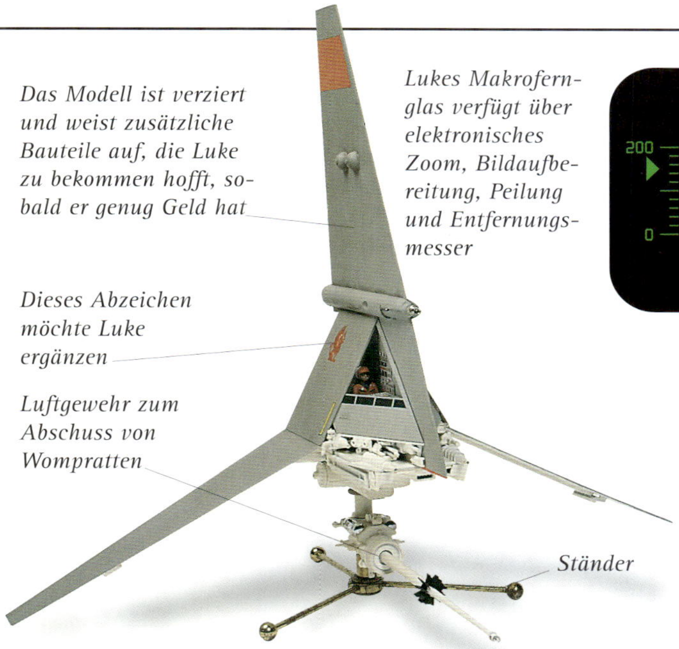

Lukes Makrofernglas verfügt über elektronisches Zoom, Bildaufbereitung, Peilung und Entfernungsmesser

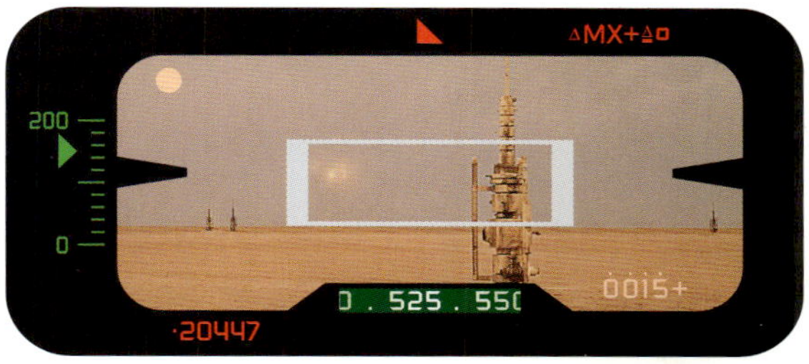

Während der Arbeit an den Kondensatoren beobachtet Luke mit dem Makrofernglas einen Kampf zwischen zwei Raumschiffen.

Lukes besitzt einen suborbitalen T-16-Skyhopper (das Modell ist oben zu sehen), mit dem er und seine Freunde durch den Beggar's Canyon rasen und auf Wompratten in ihren Verstecken schießen. Luke hat sich mit seinen messerscharfen Jagden durch die Teufelsschlucht und die Steinnadeln als ausgezeichneter Pilot erwiesen. Für die Suche nach R2-D2 kann er den Skyhopper nicht benutzen, weil sein Onkel ihm wegen seiner Eskapaden Flugverbot erteilt hat.

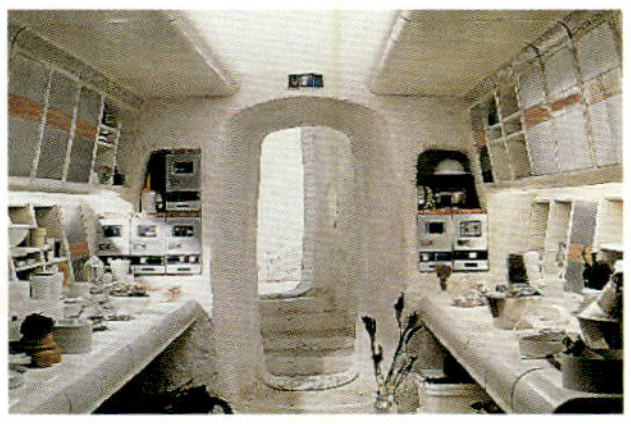

Die Küche der Lars ist mit ihren zahlreichen wassersparenden Einrichtungen typisch für Feuchtfarmen. Der Durchgang führt ins Esszimmer, das sich auf den Haupthof öffnet.

Lukes Landgleiter

Lukes X-34-Landgleiter schwebt auf Niedrigenergierepulsoren, die das Fahrzeug auch geparkt in der Luft halten, dicht über dem Boden. Drei Turbinen verstärken den Repulsorantrieb und bewegen den Gleiter über die weiten Wüstenebenen. Die Windschutzscheibe lässt sich zu einer dichten Blase verschließen, doch Luke konnte den hinteren Teil nicht reparieren, sodass er mit offener Kanzel fliegt.

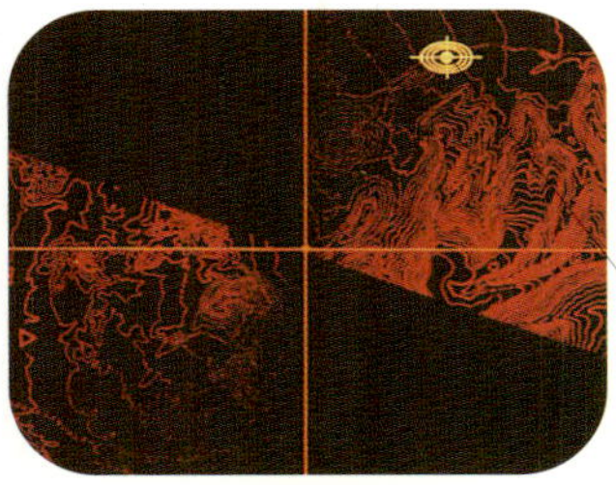

R2-D2 erscheint auf dem Landgleiter-Scanner

LANDGLEITER-SCANNER

LANDGLEITER – VORDER- UND SEITENANSICHT

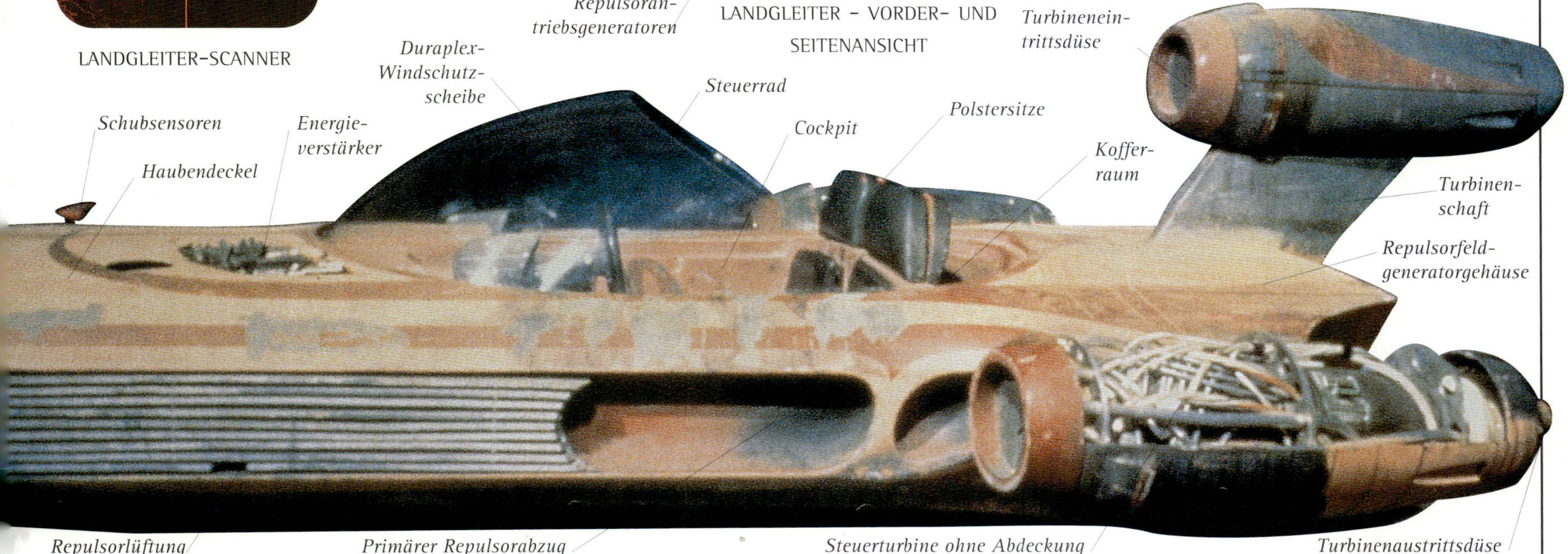

Skywalker: Pilot und Jedi

LUKE SKYWALKER steigt zum ersten Mal vor dem Angriff auf den Todesstern als »Rot Fünf« in die Kanzel eines X-Wing-Sternjägers. Im Kampf für die Rebellion fliegt er in den Jahren darauf mit seinem X-Flügler und anderen Maschinen Einsätze gegen Raumpiraten und Imperiale Raumschiffe, erringt Siege für die Rebellen und wird einer ihrer erfindungsreichsten Anführer. Meister Yoda weckt seine Fähigkeiten als Jedi, und mit den Jahren entwickelt sich Luke selbst zu einem Jedi-Ritter.

Obwohl die Zielerfassungssysteme der X-Wings nicht so fortschrittlich sind wie die des Imperiums, zeigt das Display Ziele innerhalb des Schussfelds der vier weit reichenden Lasergeschütze.

T-65 X-Wing

Die X-Wing-Sternjäger verfügen über einen Sockel für einen Astromechdroiden, der für Flugüberwachung und Reparaturen zuständig ist. Der Sternjäger hat außer Laserkanonen einen kleinen Vorrat an Protonentorpedos an Bord, doch die Allianz verfügt insgesamt nur über wenige der kostspieligen Torpedos, sodass Luke nur mit einem einzigen Paar in die Todesstern-Schlacht fliegt.

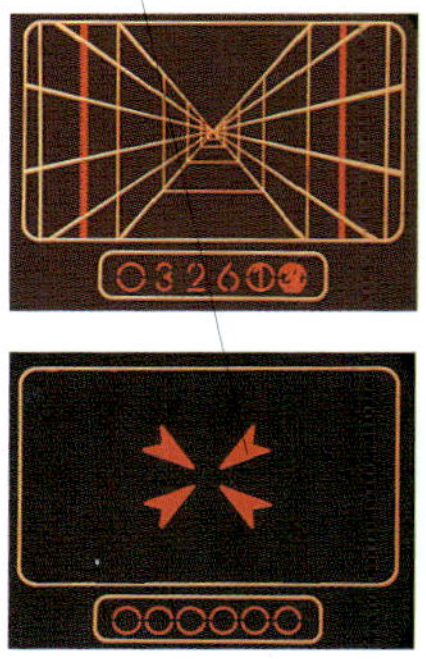

X-WING ZIELERFASSUNGS-ANZEIGEN

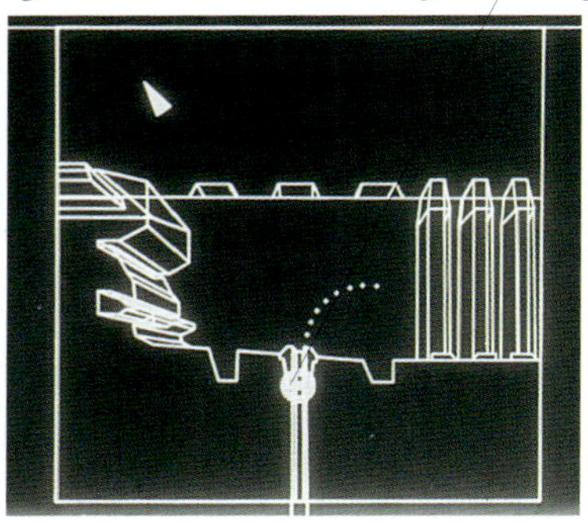

Dank der gestohlenen Baupläne des Todessterns können die Rebellen die Wirkung verschiedener Angriffsarten auf die Kampfstation simulieren.

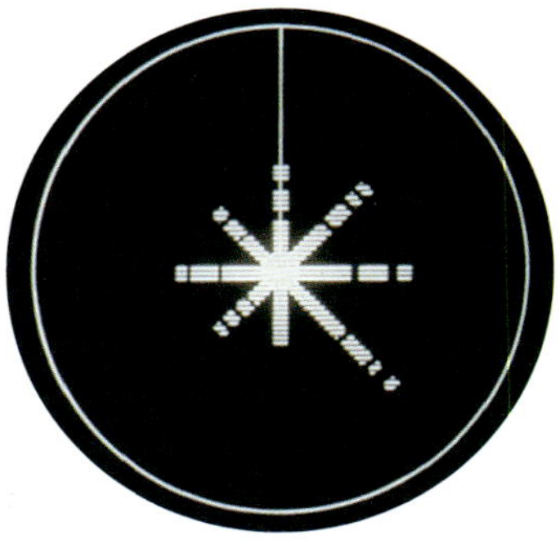

Der Abwärmeschacht führt direkt zum Hypermateriereaktor im Innersten des Todessterns. Luke erzielt seinen Treffer mithilfe der Macht und vernichtet siegreich die gesamte Kampfstation.

Schneegleiter

Luke half der Allianz bei der Beschaffung ihrer gepanzerten und mit schweren Blasterkanonen ausgerüsteten Defensivgleiter. Die für den Einsatz in den Eiswüsten von Hoth umgebauten Schneegleiter besitzen keine Schutzschilde und müssen sich im Kampf daher auf ihre Schnelligkeit verlassen. Luke führt die Renegaten als Einsatzleiter in den Kampf gegen die Imperialen AT-AT-Blizzard-Kampfläufer.

Lukes Tapferkeit führt manchmal zum Verlust seiner Ausrüstung, aber er gibt niemals auf. Nach seinem Absturz auf Hoth krabbelt er aus der Pilotenkanzel, bevor sein Schneegleiter von einem AT-AT zermalmt wird.

Jedi-Ritter

Nachdem er erfahren hat, wer sein Vater ist, entwickelt Luke unter der Anleitung seiner Lehrer Ben Kenobi und Yoda Fähigkeiten in der Macht. Obwohl er ohne Weggefährten auskommen muss, bemüht er sich, sein Schicksal zu erfüllen und ein Jedi zu werden. Bei seiner Rückkehr nach Dagobah teilt Yoda ihm mit, das er dieses hohe Ziel beinahe erreicht hat. Seiner Bestimmung folgend, stellt sich Luke mit den Hoffnungen der Galaxis auf Freiheit im Herzen der dunkelsten Herausforderung durch den Imperator und Darth Vader.

Luke nimmt es nach der Flucht vom Todesstern dank der Vierlingslaser des *Millennium Falken* mit einem ganzen TIE-Geschwader auf. Er lernt trotz seiner Unerfahrenheit schnell und schießt zwei TIE-Jäger ab, so viele wie Han Solo, der ihn daraufhin endlich respektiert.

Zuerst beklagt sich Luke über Yodas anstrengende Trainingsmethoden

Obwohl Luke nur kurz bei dem weisen Jedi-Meister verweilt, lernt er viel von ihm, erkennt seine Fähigkeiten und seine Sensibilität für die Macht. Luke hat den Unterricht des Jedi-Meisters verinnerlicht, und seine Lektionen begleiten ihn für den Rest seines Lebens auf dem Weg der Macht.

DATENBLATT

◆ Luke lässt sich auf seiner Suche nach Yoda nur von seinen Gefühlen und einer Vision seines abgeschiedenen Lehrers Ben Kenobi nach Dagobah leiten.

◆ Nach der Rückkehr auf seine Heimatwelt Tatooine führt Luke die Aktion zur Befreiung Han Solos an. Im Kampf gegen die Streitmacht von Jabba dem Hutt kann Luke die Zweifel von Freund und Feind zerstreuen, seine außerordentlichen Fähigkeiten beweisen und aufs Neue die Fackel der Jedi in der Galaxis entzünden.

Darth Vaders Schatten

Als Kind wusste Luke nicht viel über seinen Vater, aber Ben Kenobi eröffnete ihm, dass sein Vater ein Jedi-Ritter, Raumpilot und Kämpfer war, doch das Geheimnis seines Todes bleibt weiter von der finsteren Gestalt Darth Vaders überschattet. Erst im Zweikampf gegen Vader erfährt Luke die Wahrheit, die seine Fähigkeiten in der Macht auf eine harte Probe stellt.

Prinzessin Leia Organa

DIE WILLENSSTARKE UND TATKRÄFTIGE Prinzessin Leia Organa von Alderaan benutzt ihre Position im Galaktischen Senat als Deckung für die diplomatische Unterstützung der Rebellen-Allianz. Da sie sich mit ihrem Konsularschiff *Tantive IV* frei in der Galaxis bewegen darf, kann sie bedrängten Planeten beistehen oder für die Rebellion nützliche Verbindungen anknüpfen. Als ebenso kluge wie schöne Frau begreift sie ihre herausgehobene Stellung in schwerer Zeit nur zu gut, verbirgt ihre Gefühle hinter strenger Disziplin und verschreibt sich ganz ihrer Sache. Die Adoptivtochter des Vizekönigs Bail Organa wurde von den besten Köpfen Alderaans auf ihr zukünftiges Leben vorbereitet und genoss eine fundierte militärische und politische Ausbildung.

Tantive IV

Die *Tantive IV*, die vor Leia auch schon ihrem Vater diente, ist eine corellianische Korvette, ein in der ganzen Galaxis verbreiteter Schiffstyp. Die im galaktischen Raumschiffsverkehr unauffälligen Schiffe wurden in so großer Zahl für den Schmuggel oder verdeckte Operationen umgebaut, dass sie auch als »Blockadebrecher« bekannt sind.

Während Leia in geheimer Mission die Unterstützung des Jedi Obi-Wan Kenobi zu gewinnen versucht, wird sie an Bord ihres Diplomatenschiffs in die Enge getrieben. Trotz drohender Gefangennahme kämpft sie weiter, damit ihr Hilferuf Obi-Wan dank R2-D2 auch ohne ihr Zutun erreicht.

Eine einsame Prinzessin in den Abgründen des Todessterns. Nach ihrer Gefangennahme durch Darth Vader widerstand sie tapfer jeder Folter.

Dank Prinzessin Leias Einfluss, ihrer Verbindungen und ihrem diplomatischen Geschick erhielten die Rebellen zu einem nicht unbeträchtlichen Teil die Kommunikations- und Scannereinrichtungen in ihrer Kommandozentrale auf dem vierten Mond der Welt Yavin.

In der eisigen Kommandozentrale Echo Basis auf Hoth sucht Leia, deren Sorge ihren Kameraden gilt, die Scanner nach Anzeichen ihrer Entdeckung durch das Imperium ab.

Als die Echo-Basis von den Imperialen entdeckt und angegriffen wird, inspiziert Leia die Rebellenpiloten, hält ihre Kommandostellung und leitet die Evakuierung, während die Station um sie herum zusammenbricht.

Obwohl ihre Herkunft sie kaum auf die Reparatur technischer Geräte vorbereitet hat, unternimmt Leia alles, um bei der Wiederherstellung des *Falken* zu helfen.

Leia findet inmitten der Schönheit von Cloud City nur einen Moment des Alleinseins mit dem draufgängerischen Captain des *Falken*, bevor Darth Vaders Falle zuschnappt.

Eisprinzessin

Auch nachdem sie ihr zeremonielles Gewand gegen einen Isolieroverall getauscht hat, trägt Leia in den Korridoren der Echo-Basis auf Hoth noch immer das symbolische Weiß der Prinzessin eines untergegangenen Planeten. Auch als die Allianz neuen Herausforderungen begegnet, bleibt sie eine Schlüsselfigur, die zusammen mit General Rieekan und anderen Allianz-Führern Einsätze leitet und die strategische Line vorgibt.

Jabbas Sklavin

Als sie sich in Jabbas Palast wagt, um Han Solo zu befreien, ist Leia klar, dass sie im Fall ihrer Gefangennahme mit Folter und Tod rechnen muss. Die furchtbare Erfahrung, Jabba als Sklavin dienen zu müssen, hat sie nicht vorausgesehen, dennoch erträgt sie die Gefangenschaft geduldig und wartet den richtigen Zeitpunkt ab, sich gegen ihren Peiniger zu wenden.

Wo Dutzende gedungener Mörder versagt haben, hat Leia Erfolg und erledigt den verachtenswerten Verbrecherlord Jabba.

Rebellenführerin

Nachdem Leia als Rebellin enttarnt ist, nimmt ihre diplomatische Karriere ein jähes Ende, doch der Allianz nutzt sie fortan mehr denn je. Als sie nicht länger lediglich Symbol und Verhandlungsführerin sein muss, bewährt sie sich auch als Kämpferin und zeigt, dass sie immer noch eines der wichtigsten Mitglieder der Allianz ist.

DATENBLATT

◆ Prinzessin Leia ist das jüngste Mitglied des Galaktischen Senats. Sie ist intelligent, führungsstark und daran gewöhnt, Verantwortung zu übernehmen und Dinge ins Rollen zu bringen.

◆ Die in militärischer Disziplin, Kriegführung und Strategie ausgebildete Prinzessin ist eine ausgezeichnete Taktikerin und eine fast immer treffsichere Schützin.

◆ Als Prinzessin von Alderaan ist Leia die Führerin ihres Volkes, die ihren Heimatplaneten im Galaktischen Senat als Senatorin vertritt und um Sympathien für die Rebellion wirbt. Und der Rebellen-Allianz ist sie eine beliebte Anführerin und ein Symbol der Hoffnung.

Walddiplomatie

Leias fröhliches Wesen und ihr Talent als Diplomatin verschaffen ihr das Vertrauen der Ewoks von Endor. Sie tauscht ihren Kampfanzug (rechts) gegen ein Ewok-Gewand und gewinnt neue Verbündete im Kampf gegen das Imperium.

Han Solo

Der Söldner, Raumpirat, Schmuggler und Aufschneider Han Solo ist einer der hartgesottenen Einzelgänger im Äußeren Rand. Aus dürftigen Verhältnissen stammend, hat er sich über kleine Diebstähle bis in die Akademie hochgearbeitet, die er jedoch später wieder verlassen musste. Das corellianische Fliegerass wurde erst Herr seiner Geschicke, als er in seiner besten Sabacc-Partie sein Raumschiff, den *Millennium Falken*, gewann. Seither ist er als dessen Captain ebenso berüchtigt wie als Blasterschütze. Er ist skrupellos, verwegen, wagemutig und tapfer und lässt kein Abenteuer aus.

Umgebaute Blaster-Pistole

Schwarze corellianische Fliegerweste und dünnes Hemd

Droidenrufer

Blasterenergiezelle

Hosen eines Captains

correlianische Blutstreifen

Tief hängendes Holster

Holster-Riemen

Belastbare Stiefel

Als in der Mos-Eisley-Bar einer von Jabbas Kumpanen auf ihn zielt, bleibt Han Solo cool und zieht unter dem Tisch ganz langsam seinen Blaster. Die Stammgäste hätten Greedo warnen können, sich lieber nicht mit Han anzulegen und dass nur einer von ihnen mit dem Leben davonkommen würde.

Zielfernrohr

Zielfernrohreinstellung

Mündungskompression

Verstärkte Blasterschaltkreise

Kühleinheit

Finalkompression

Magazinwechslerhebel

Abzug

Energiemagazin

Niedrigenergieanzeige

HAN SOLOS DL-44-PISTOLE

Captain Solos treuer Gefährte und Erster Maat ist der imposante Wookiee Chewbacca. Beide haben in brenzligen Situationen ihr Leben für den anderen aufs Spiel gesetzt. Dank Hans schneller Schusshand und Chewies Schlagkraft ist mit den beiden nicht zu spaßen.

Einer von Solos regelmäßigen Auftraggebern war Jabba der Hutt. Als Han, um der Gefangenschaft zu entgehen, eine Ladung aufgeben musste, zog er Jabbas Zorn auf sich und blieb ihm den Gegenwert schuldig. Der Hutt-Lord setzte darauf ein Kopfgeld auf ihn aus, das erst verfällt, wenn er die Sache endgültig bereinigt hat.

DATENBLATT

◆ Han Solo wurde von Weltraumvagabunden aufgezogen, ohne seine leiblichen Eltern zu kennen. Seine Adoptiveltern lehrten ihn, sich trickreich auf eigene Faust durchzuschlagen.

◆ Als Solo Luke Skywalker befreite, rettete er damit auch die Rebellen-Allianz. Dafür wurde er gemeinsam mit Chewbacca und Luke mit einem der höchsten Orden der Rebellion ausgezeichnet.

VIERLINGSLASER-DISPLAY DES FALKEN

Als der Falke repariert werden muss, flieht Han Solo nach Bespin, um dort den früheren Schiffseigner Lando Calrissian zu treffen, ohne genau zu wissen, wie Lando ihn empfangen wird.

Der Millennium Falke

Dieser ramponierte und betagte YT-1300-Raumfrachter hat in seiner langen Laufbahn mehrfach den Besitzer gewechselt. Hans zahlreiche Modifikationen haben ihn zu einem der schnellsten Schiffe der Galaxis gemacht. Tempo und Wendigkeit sind für ein Schiff seiner Klasse sogar im Sublichtflug bemerkenswert. Der Falke verfügt über militärische Panzerung, Vierlingslaser, eine hervorragende Sensorantenne sowie viele andere spezielle, auch illegale Zusatzkomponenten. Das Schiff dient seinem Besitzer als Arbeitspferd und Zuhause.

Han zeigt Leia, dass ein Halunke mehr drauf haben kann als eine zwielichtige Vergangenheit. Aber haben eine Prinzessin und ein Typ wie er eine Zukunft?

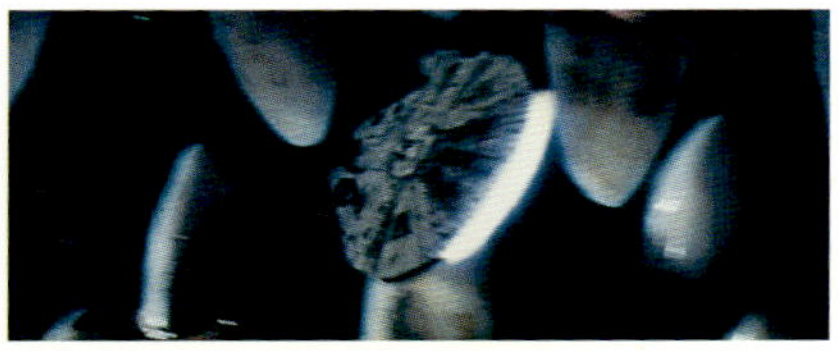

Han kennt die Erzählungen über die legendäre Weltraumschnecke, hat sie aber immer als Gruselgeschichten abgetan. Doch als er nur knapp aus dem Bauch einer Raumschnecke entkommt, muss er seine alten Gewissheiten auf die Probe stellen.

Han in Karbonid

Als Han Darth Vader, der es auf seinen Freund Luke Skywalker abgesehen hat, in die Falle geht, wird er in die industriellen Eingeweide von Cloud City verschleppt und in einen Karbonidblock eingefroren, um den Luke zugedachten Vorgang zu testen. Die Karbonidblöcke dienen normalerweise dem Transport von verdichtetem Tibannagas, sie können aber auch Lebewesen paralysieren, sofern der schmerzhafte Gefrierungsprozess sie nicht umbringt.

Rebellenführer

Nach dem Sieg von Yavin akzeptiert Han seine Ernennung zum Captain der Rebellen-Allianz. In der Echo-Basis auf Hoth meldet er sich freiwillig für schwierige Überwachungspatrouillen, obwohl er weder Tauntauns noch die eisige Kälte liebt. Han erweist sich als geborener Anführer und dient vielen Kämpfern als Vorbild.

REBELLEN-SENSORPACKET

HOTH-AUSRÜSTUNG
Da ihre Patrouillenfahrzeuge in der Eiseskälte nicht funktionieren, müssen die Rebellen die Schneewüsten von Hoth mit Handgeräten überwachen. Han Solo ist ein Meister der Tarnung und darin, seinen Gegner zuerst zu entdecken, daher hat er bei der Erstellung der Überwachungspläne für Hoth geholfen.

Chewbacca

WOOKIEE-KOPILOT

DER MÄCHTIGE WOOKIEE CHEWBACCA vom Planeten Kashyyyk wurde von Han Solo aus der Sklaverei befreit. Chewie tat sich mit ihm zusammen, um seine traditionelle Wookiee-Lebensschuld zurückzuzahlen, er nahm sich des streunenden Corellianers später an und wurde sein bester Freund. Seitdem sorgt er mit seinen Gaben als Bordmechaniker für die Flugtüchtigkeit von Solos gründlich umgekrempeltem Raumer, dient ihm als treuer Kopilot und als Gefährte zahlloser Abenteuer. Chewie kämpft gerne und liebt die Verwicklungen, in die die Gefährten immer wieder geraten, manchmal jedoch muss er seinen Partner zur Vernunft bringen.

Han Solo und Chewbacca sind unerschrockene Weltraumreisende, die sich bereitwillig in jedes Abenteuer stürzen. Beide kennen die Stärken des anderen und können sich immer aufeinander verlassen. Manchmal bringt ihnen Hans Ego Ärger ein, oder Chewie bricht einen Streit vom Zaun, aber die Gefährten wissen genau, wann es sich zu kämpfen lohnt und wann sie besser die Flucht ergreifen.

Obwohl das Cockpit des *Millennium Falken* zu klein für ihn ist, bedient Chewbacca die Myriaden Kontrollen mit Leichtigkeit und steuert das Raumschiff ohne Probleme. Da Han der bessere Bordschütze ist, fliegt Chewie normalerweise das Schiff, während Han im Weltraumgefecht einen der Geschütztürme besetzt.

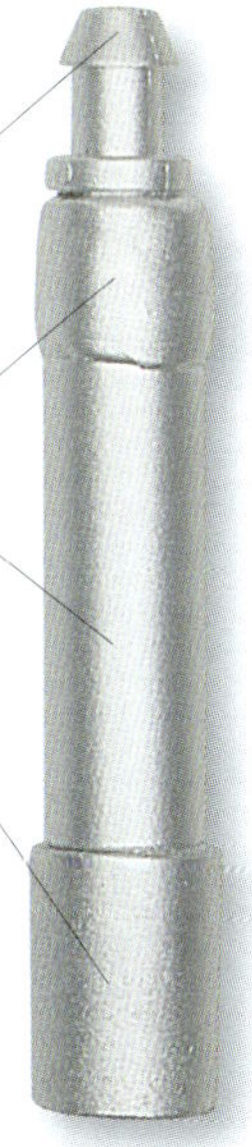

BOLZEN

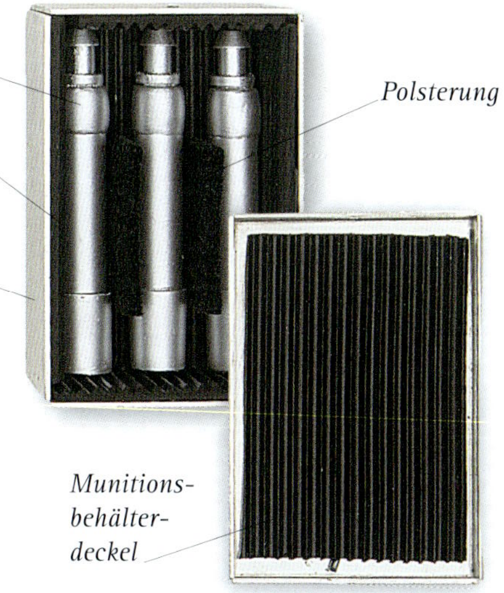

BLITZWERFERMUNITION
Der traditionelle Wookiee-Blitzwerfer verwendet, um Explosivbolzen abzufeuern, die beim Abschuss von einer Energieladung umgeben sind, einen magnetischen Beschleuniger. Blitzwerfer haben eine Reichweite von 50 Metern und können nur mit großer Körperkraft abgefeuert werden.

Dichtes Zottelfell

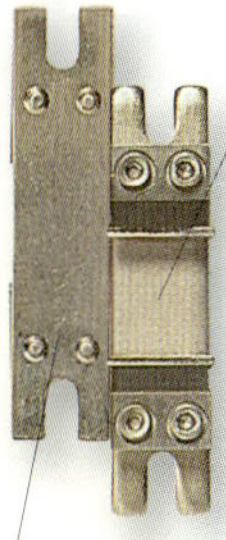

Wellendämpfer

Kontrollverbindungsplatten

Abstufungsaktivator

Polaritätsprüfer

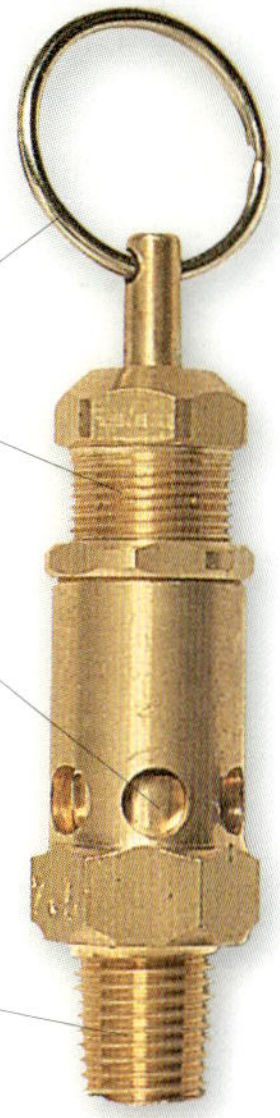

Abzugsring

Schraubverschluss

Lufteinlass

Lebenserhaltungsluftzufuhr

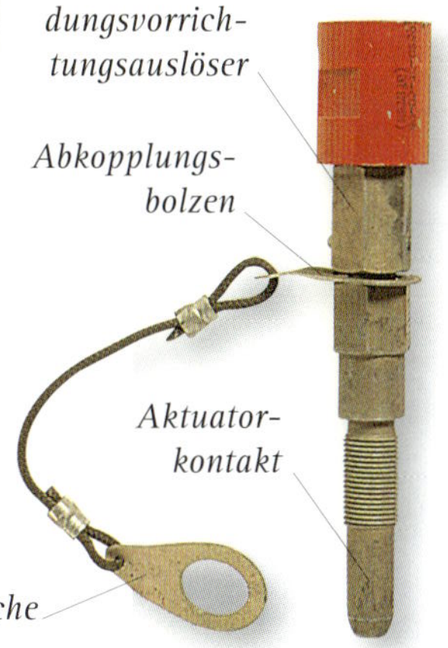

Manueller Landungsvorrichtungsauslöser

Abkopplungsbolzen

Aktuatorkontakt

Abzugslasche

RAUMSCHIFFWERKZEUG
Als Bordmechaniker hat Chewbacca immer Werkzeug in seiner Tragetasche am Munitionsgürtel oder ein paar Sachen, an denen er in seiner Freizeit herumbastelt.

CHEWBACCAS UMHÄNGETASCHE

Chewbacca ärgert sich über einige Modifikationen, die Han Solo auf der Echo-Basis am *Millennium Falken* vornimmt, da das Raumschiff unmöglich vor der Invasion der Imperialen fertig werden kann. Bei ihrer Flucht funktionieren nicht mal die Bordgeschütze. Doch als Han auf Bespin von Lando Calrissian verraten wird, verhält sich Chewie so loyal wie immer und bringt Lando im Zorn beinah um.

DATENBLATT

- ◆ Chewbacca hat auf seiner Heimatwelt Kashyyyk eine Familie, seine Frau Mala, seinen Sohn Lumpy und seinen Vater Itchy. Wookiees haben eine lange Lebensdauer, und Chewie ist mit 200 Jahren noch im besten Wookiee-Alter.

- ◆ Chewbacca liebt Strategiespiele, verliert aber nur ungern, vor allem, wenn er den Gegner nicht kennt.

C-3PO

PROTOKOLLDROIDE

IN EINER GALAXIS zahlloser Kulturen und Sprachen stehen Protokolldroiden ihren Herren in Fragen der Etikette und als Dolmetscher bei, damit interkulturelle Begegnungen nach Möglichkeit friedlich verlaufen. C-3PO beherrscht fließend über sechs Millionen Kommunikationsformen, dank seiner Programmierung legt er größten Wert auf die Vermeidung von Konflikten. Leider bereitet ihn keine dieser Eigenschaften darauf vor, unversehens in eine Welt turbulenter Abenteuer geworfen zu werden. Aber obwohl sein nüchterner Charakter von den Ereignissen ringsum überrollt wird, lässt er seinen Herrn niemals im Stich.

DIVERSE VISUELLE SYSTEME - MK. 2

Immer ein wachsames Auge: C-3PO scheint keines seiner Abenteuer ganz unbeschadet zu überstehen. Zum Glück lassen sich seine robusten Einzelteile leicht reparieren oder ersetzen.

TRANLANG-III-KOMMUNIKATIONS-MODUL (VERGRÖSSERUNG)

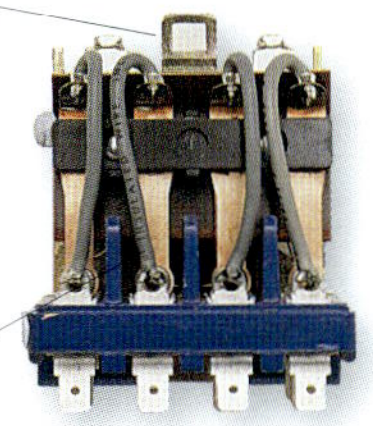

BEWEGUNGSSYSTEM-KONTROLL-INTERFACE (VERGRÖSSERUNG)

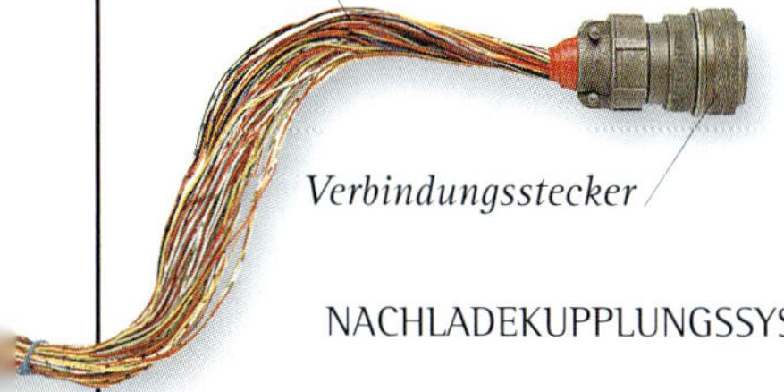

NACHLADEKUPPLUNGSSYSTEM

TERTIÄRER GLIEDMASSENANTRIEB

Protokolldroiden arbeiten häufig mit Wartungs- oder Mehrzweckdroiden zusammen, die meistens nur beschränkte kommunikative Fähigkeiten besitzen, sodass die Protokolldroiden ihre Äußerungen übersetzen müssen. C-3PO und sein Gegenstück R2-D2 bilden dank ihrer vielfältigen Begabungen ein tüchtiges Team.

BECKENSERVOMOTOR (VERGRÖSSERUNG)
Der Bewegungs- und Ausgleichsprozessor versetzt 3PO in die Lage, menschliche Bewegung annähernd zu imitieren, was ihm bei der Anpassung an seine Aufgaben als Protokolldroide hilft.

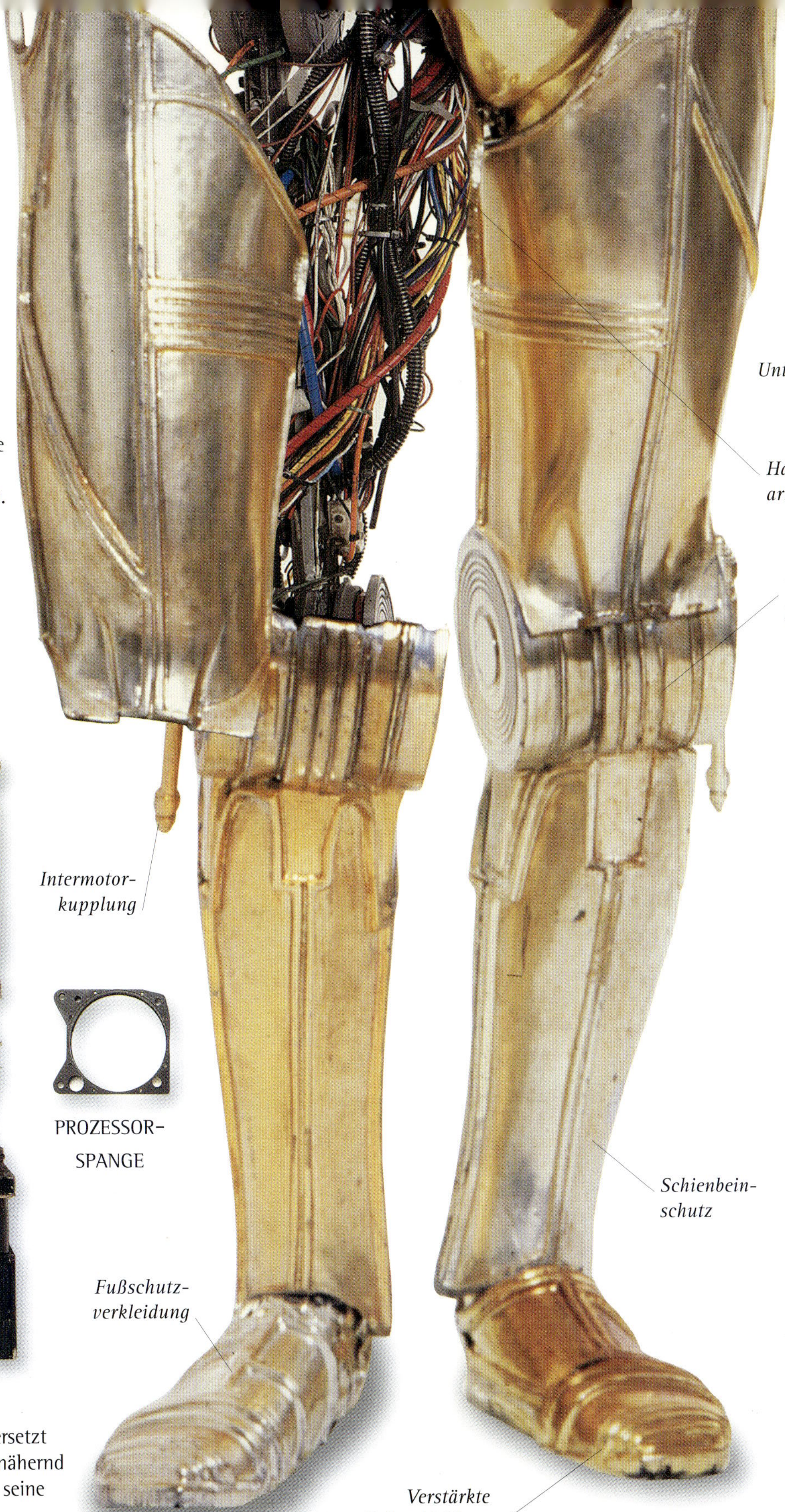

PROZESSOR-
SPANGE

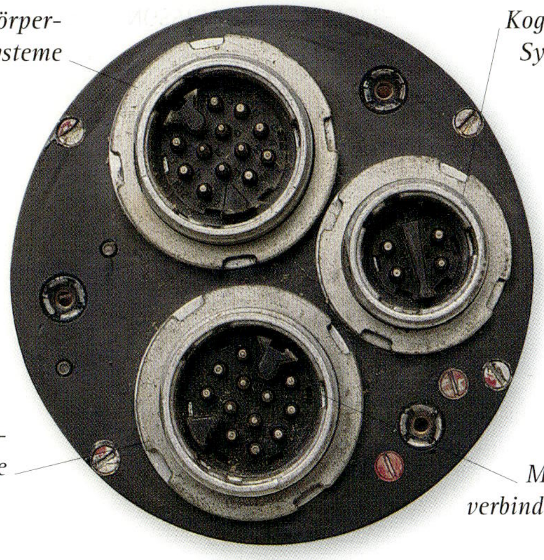

ENERGIEKUPPLUNG
Dieser Verteiler weist C-3POs Energieimpulse drei Subsystemen zu, wobei jeder Stift mit einem Modul innerhalb des jeweiligen Subsystems verbunden ist. Energieüberladungen und Problembereiche werden isoliert, sodass Beschädigungen eines Bereichs sich nicht auf andere Komponenten auswirken.

DATENBLATT

◆ C-3PO hat vielen Diplomaten und wichtigen Personen gedient, dabei wurden sie einmal für längere Zeit von Captain Antilles und der *Tantive IV* getrennt.

◆ Ein Metallring aus C-3POs Kniegelenk half Darth Vaders Sturmtruppen, die Droiden auf Tatooine aufzuspüren.

◆ Der an eine kultivierte Umgebung gewöhnte C-3PO verabscheut Sand und Schmutz, die an der frischen Luft seine Gelenke verstopfen.

◆ C-3POs Gedächtnisspeicherlöschung verhindert, dass er sich an Tatooine erinnert, wo er bereits zehn Jahre zugebracht hat. Auch Owen Lars kam nicht in den Sinn, dass es sich um denselben Droiden handelte, der Tatooine mit Anakin verließ.

R2-D2

ASTROMECHDROIDE

Als R2 auf Dagobah in einem Sumpf versinkt, glaubt Luke seinen Gefährten für immer verloren ... bis R2s Periskop aus dem schlammigen Wasser lugt.

ALS FORTSCHRITTLICHER Wartungs- und Speicherdroide ist R2-D2 eine äußerst nützliche, mit Gerätschaften aller Art vollgestopfte Astromech-Einheit. Im Laufe seiner zahlreichen Abenteuer hat er eine eigenwillige, kauzige Persönlichkeit entwickelt, die Wert darauf legt, alle Herausforderungen erfolgreich zu bestehen, sich durch unerschütterliche Entschlussfreudigkeit und einen für Mehrzweckdroiden ungewöhnlichen Einfallsreichtum auszeichnet. Der Protokolldroide C-3PO muss sein elektronisches Zwitschern für ihre menschlichen Herren übersetzen, was R2 jedoch nicht von seiner Kommunikationsfreudigkeit abhält. Und meistens gelingt es ihm auch ohne Dolmetscher, seinen Standpunkt klarzumachen. R2 ist ein treuer Gefährte, der, um seine Aufgabe zu erfüllen, nicht vor Beschädigungen oder seiner völligen Zerstörung zurückschreckt.

Prinzessin Leia vertraute R2-D2 die gestohlenen Todesstern-Baupläne und ihre Botschaft für Obi-Wan Kenobi an, die der Droide verlässlich übermittelte. Holografische Aufzeichnungen und Projektionen zählen zu seinen Standardfähigkeiten.

Die R2-Einheit an Bord ist ein wesentlicher Bestandteil aller Incom-T-65-X-Wings. Die Flugüberwachung der Droiden ermöglicht optimale Kampfleistung. Während die meisten Piloten sich mit irgendeinem verfügbaren einsatzbereiten Astromech zufriedengeben, hat sich Luke Skywalker an R2-D2 gewöhnt und wählt ihn daher für den Angriff auf den Todesstern aus.

COMPUTERINTERFACE-ARM
Mit diesem Interfacearm kann R2 mit anderen Computersystemen kommunizieren, Informationen austauschen und Befehle übermitteln.

GREIFARM
Dank seines Greifarms kann R2-D2 Gegenstände bewegen und Energieleitungen in Lukes X-Wing-Sternjäger warten.

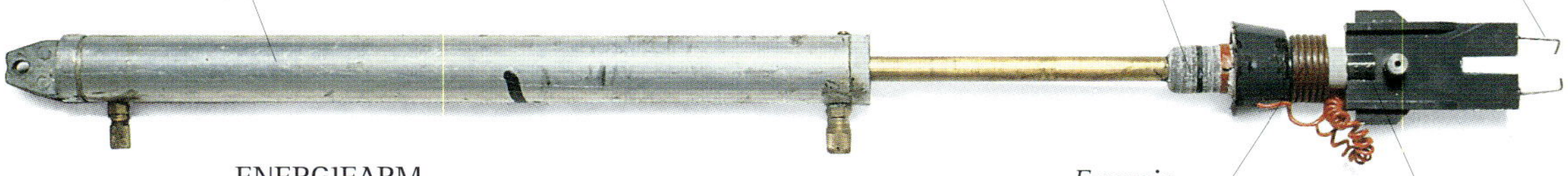

ENERGIEARM
Mit diesem Energieversorgungsarm lädt R2-D2 erschöpfte Maschinen wieder auf und leitet für Diagnosetests Elektrizität in beschädigte Stromkreise.

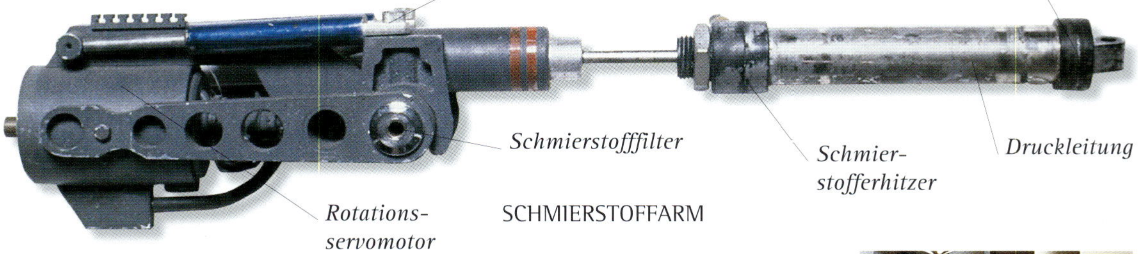

SCHMIERSTOFFARM

DATNBLATT

◆ Der zuverlässige, widerstandsfähige R2-D2 ist noch älter als sein Gefährte C-3PO.

◆ R2-D2 greift im Notfall auch zu List und Tücke, worauf C-3PO nur vor Abscheu die Arme hochwerfen kann. Luke Skywalkers Abenteuer begannen mit einem solchen Täuschungsmanöver.

Manipulatorarme

R2-D2 verfügt über zahlreiche Manipulatorarme von Schweißgeräten bis zu Schneidwerkzeugen, Klammern und magnetischen Depolarisierungseinheiten. Viele Geräte sind in seinen diversen Innenfächern verborgen, seine Modulbauweise gestattet die Verwendung zahlreicher weiterer Spezialwerkzeuge.

R2-D2 setzt seinen Feuerlöscher ein, um seine Freunde vor Imperialen Sturmtruppen zu schützen.

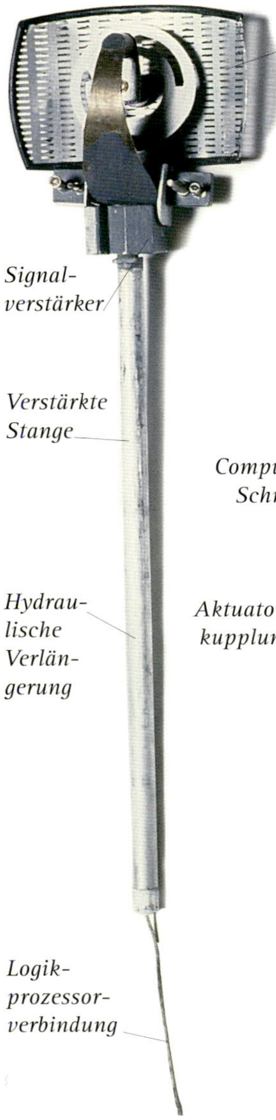

SCANNERANTENNE

HOLOGRAMM-PROJEKTORBIRNE

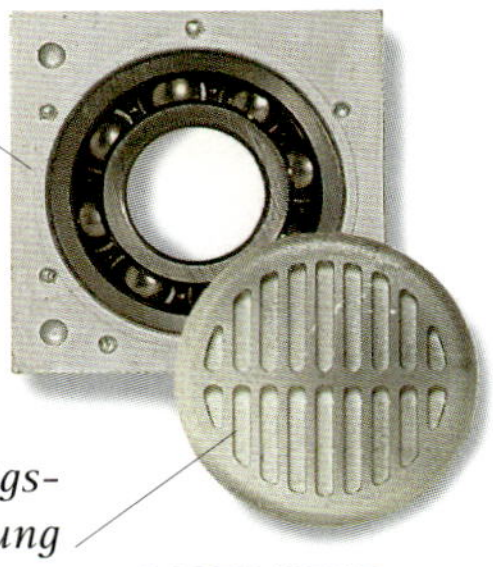

MOTIVATOR-GEHÄUSE UND -LÜFTUNG

GEDÄCHTNIS-CHIP

HAUPTENERGIE-KUPPLUNG

Astromechs sind Standarddroiden, sodass Jabbas Bedienstete R2-D2 so nachrüsten konnten, dass der Droide auf Jabbas Segelbarke Getränke servierte.

Lando Calrissian

DER FORSCHE BARONADMINISTRATOR von Cloud City blickt auf eine für viele in Bespin erstaunliche Vergangenheit zurück. Nach bescheidenen Anfängen versuchte er sein Glück zuerst als Schwindler und Schurke, später wurde er ein tollkühner Schmugglerkapitän, cleverer Geschäftsmann und notorischer Spieler. Bevor er das Schiff an Han Solo verlor, war er der Besitzer des *Millennium Falken*. In einer anderen Sabacc-Partie gewann er die sagenumwobene Gasminenkolonie von Bespin. Als extravaganter Führer von Cloud City mischt er sein Stilempfinden mit einem neu entdeckten Verantwortungsgefühl und genießt seine Rolle als Baronadministrator.

Cloud City

Die hoch über dem Kern des Gasriesen Bespin gelegene Wolkenstadt war einst die Residenz von Königen. Der großen Vergangenheit verdankt Cloud City ihre gleichermaßen majestätische und ätherisch schöne Skyline. Die Stadt ruht auf einem einzigen riesigen Pfeiler, der aus einem Umwandlungsreaktor an der Basis erwächst. Gigantische Steuerrotoren im Innern des zentralen Lüftungsschachts regulieren den Standort der Maschinerie.

KOMLINK

Die Bewohner von Cloud City arbeiten mit hoch entwickelter Technik. In den Industrieanlagen der Stadt wird das Antigravitationsgas Tibanna in der exotischen Atmosphäre von Bespin für den Export aufbereitet.

Um Cloud Citys Freiheit zu erhalten, ist Calrissian gezwungen, Han Solo und seine Freunde an Darth Vader zu verraten. Als Lando erfährt, dass Vader nicht daran denkt, sich an ihr Abkommen zu halten, plant er mit seinem Adjutanten Lobot die Flucht.

VIBROBEIL-ELEKTROWAFFE

General Lando

Nachdem Lando bei den Imperialen in Ungnade gefallen ist, verlässt er Cloud City und schließt sich den Rebellen an. Seine Entschlusskraft in der Schlacht von Taanab trug ihm eine Beförderung ein, und der ehemalige Schwindler und Baronadministrator stieg zum Allianz-General auf. Als Zeichen seines Rangs trägt er abermals einen Umhang, doch da er seine frühere Selbstsucht überwunden hat, stellt er seine Abenteuerlust fortan in den Dienst der Sache.

Lobot

Der mit kybernetischen Implantaten ausgerüstete Chefadjutant von Cloud City steht in ständigem Kontakt mit dem Hauptcomputer der Stadt. Da er eine Vielzahl von Vorgängen gleichzeitig überwachen kann, ist Lobot Lando Calrissians idealer Assistent, denn der reibungslose Betrieb von Cloud City ist für Lando von immenser Bedeutung.

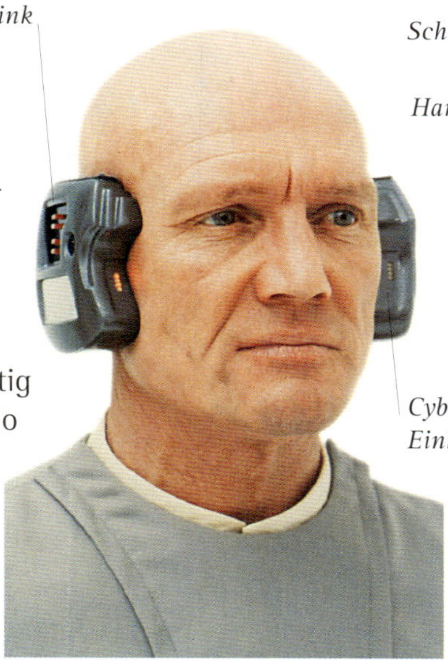

Als Lando sich gegen Darth Vaders Imperiale stellt, verliert er alles, was er sich als Baronadministrator von Cloud City aufgebaut hat. Während er mit Leia und Chewbacca durch endlose Korridore flieht, sieht er, wie Boba Fett mit Han Solo verschwindet, bevor er die Stadt verlässt, die er einmal beherrschte.

In der Verkleidung eines einfachen Skiff-Wächters in Jabbas Palast setzt Lando, um Han Solo zu befreien, sein Leben aufs Spiel. Dabei hilft ihm seine Erfahrung als Schwindler, und niemand im Palast erkennt ihn, ehe es zu spät ist.

DATENBLATT

- Mit seinem Komlink und seinem Sicherheitscode kann Lando von jedem zentralen Computerterminal sämtliche Bereiche von Cloud City erreichen.
- Um sich einen Wächterposten in Jabbas Palast zu sichern, nutzt Lando einen alten Unterweltkontakt auf Tatooine.

Obi-Wan Kenobi

JEDI IM EXIL

IN DER ABGELEGENEN Jundland-Wüste lebt der Einsiedler Ben Kenobi. Ben gibt den Siedlern von Tatooine Rätsel auf, viele halten ihn für einen verrückten Zauberer. In Wahrheit ist Kenobi jedoch ein Jedi-Ritter, ein Krieger der Alten Republik, der in den Klonkriegen gekämpft hat. Doch einer seiner Schüler wandte sich der Dunklen Seite zu, verriet die Jedi und verhalf dem Imperator auf den Thron. Nachdem er an dem Mann, der zu Darth Vader wurde, versagt hatte, zog sich Kenobi nach Tatooine zurück, wo er über den jungen Luke Skywalker wachte, bis die Zeit kam, Luke sein Schicksal als Jedi-Ritter zu offenbaren. Dank seiner Jedi-Gaben stellt Kenobi sogar im Alter noch eine Gefahr für das Imperium dar.

Kenobi lebt ein einfaches Leben in Übereinstimmung mit den Jedi-Lehren. In seiner Hütte erinnert nur wenig an seine Vergangenheit und seine Heldentaten. In dieser Hütte überreicht er Luke das Lichtschwert seines Vaters.

Jedi und Blaster-Schützen benutzen schwebende Übungseinheiten, um ihre Reflexe zu trainieren und ihre Bewegungsabläufe zu verbessern. Die Aggressivität der Geräte lässt sich abstufen, und ihre Schockstrahlen variieren von harmlos bis schmerzhaft.

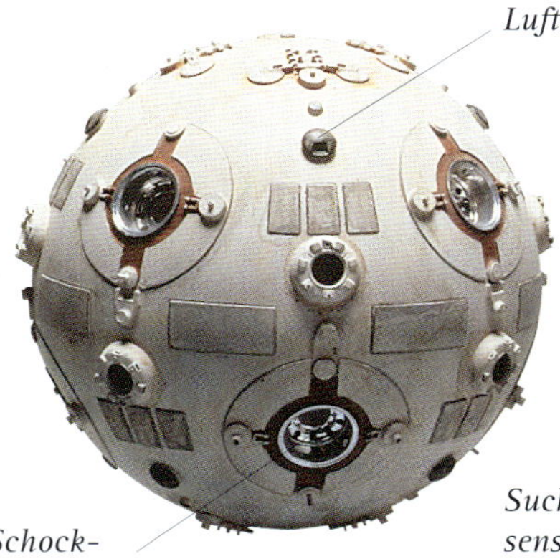

ÜBUNGSEINHEIT

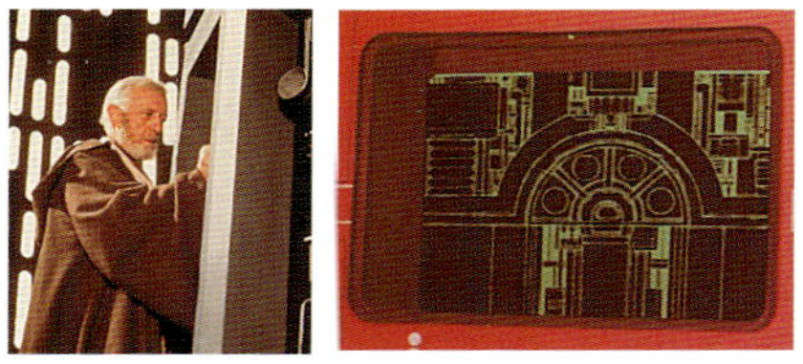

Auf dem Todesstern nutzt Kenobi sein technisches Wissen und seine Jedi-Gedankenkraft, um unauffällig einen Traktorstrahl abzuschalten. Dies ist seine erste Heldentat seit vielen Jahren.

Nachdem Vader ihn erschlagen hat, kehrt Kenobi als Geistwesen zurück und geleitet Luke auf seinem Weg zum Jedi-Ritter. Auf Hoth erscheint er Luke, der dem Tode nah ist, kurz vor seiner Rettung durch Han Solo.

Kenobi weckt die ersten Jedi-Gaben in Luke und lehrt ihn ihren Gebrauch, doch kurz darauf muss sich Obi-Wan seinem letzten Lichtschwertkampf stellen. Als Luke später seine Machtsensibilität voll entwickelt, erscheint ihm Kenobi wiederholt als Geist.

DATENBLATT

◆ Als Luke sich einst mit seinem Freund Windy in der Tatooine-Wüste verirrte, rettete Kenobi dem Jungen das Leben. Trotzdem untersagte Onkel Owen dem Alten, sich seiner Farm jemals wieder zu nähern.

◆ Luke Skywalker kehrt in Ben Kenobis Hütte zurück, um sein Lichtschwert zu konstruieren, nachdem er die Waffe seines Vaters auf Cloud City verloren hat.

Yoda

SKYWALKERS LEHRMEISTER

YODA IST UNGEACHTET SEINER geringen Körpergröße ein mächtiger Jedi-Meister. Mit fast 900 Jahren haben ihm die Jahre der Stille und steter Übung tiefe Einsicht und große Gaben verliehen. Doch eine seiner größten Herausforderungen ist die Ausbildung von Luke Skywalker, der als ungeduldiger Möchtegern-Jedi nach Dagobah kommt. In der kurzen Zeit, die ihnen bleibt, muss Yoda ihm den Glauben an den Frieden und die Harmonie der Macht einprägen, die Lukes Schicksal bestimmen und ihn vor dem dunklen Pfad der Versuchung, des Zorns und des Bösen bewahren werden. Yoda vertraut seinem letzten Schüler die uralten Jedi-Lehren an, die die letzte Hoffnung der Galaxis sind.

Luke Skywalker erblickt durch die Macht seine Lehrer Yoda und Obi-Wan sowie die jugendliche Erscheinung seines Vaters Anakin, die durch Lukes heroische Taten endlich Frieden gefunden haben. Durch ihre Vereinigung in der Macht sind ihre Jedi-Kräfte vollständig wieder hergestellt.

Yoda lebt dank seiner Harmonie mit der Natur auf Dagobah im Einklang mit den verfügbaren Ressourcen. Sein Gimer-Stock zum Beispiel dient ihm als Gehhilfe und als Quelle für den leckeren Gimer-Saft, den er gewinnt, wenn er die Rinde kaut.

HEILENDER MUTTERSTEIN

Dagobah

Der abgelegene und neblige Sumpfplanet beherbergt eine Vielzahl von Lebensformen, darunter Gnarl-Bäume, Schlächterkäfer und Sumpfschnecken. Die unwirtliche Welt bietet während der dunklen Zeit des Imperiums einen perfekten Unterschlupf.

YARUM-SAMEN
Ergibt schmackhaften Tee

PILZSPOREN

GALLA-SAMEN

SOHLI-BORKE

Yoda verbringt seine Tage meditierend, dabei dringt er immer tiefer in das Gewebe der lebendigen, vielfältigen Macht ein. Wie Obi-Wan gibt er vor, ein harmloser verwirrter Narr zu sein. Auf diese Weise stellt Yoda auch Luke nach dessen Ankunft auf Dagobah auf die Probe, ganz in Obi-Wans Sinn, der gesagt hat: »Deine Augen können sich täuschen. Traue ihnen nicht!«

DATENBLATT

- Yodas Hütte, in der es keinerlei technische Vorrichtungen gibt, drückt seine Naturverbundenheit aus. Alle Einrichtungsgegenstände aus Ton, Holz und Stein hat Yoda selbst hergestellt.

- Bevor das finstere Imperium die Republik stürzte, saß Yoda auf der Hauptwelt Coruscant im Hohen Rat der Jedi-Ritter.

Rebellenführer

DA ES IHR STÄNDIG AN RAUMSCHIFFEN UND WAFFEN mangelt, muss sich die Rebellen-Allianz ganz auf die Fähigkeiten ihrer Anführer verlassen. Die im höchsten Maße pflichtbewussten und tugendhaften Leitfiguren stammen aus den unterschiedlichsten Milieus, sie waren Adlige oder hochrangige Regierungsbeamte, Mechaniker, Piloten oder Händler, und alle folgten dem Ruf der Freiheit und Gerechtigkeit. Die Besten gleichen die Überlegenheit des Imperiums mit ihrem Einfallsreichtum aus oder finden die richtigen Worte, um neue Verbündete zu werben. Und die Allianz erkennt ihre Verdienste an und befördert sie rasch in verantwortungsvolle Positionen.

DH-17 REBELLEN-BLASTER (ANDERE SEITE)

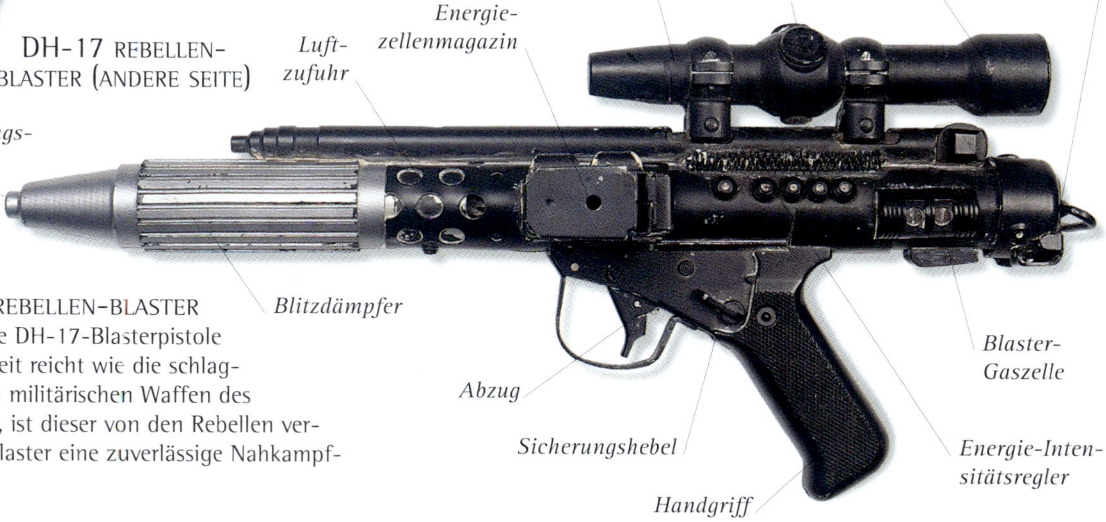

DH-17 REBELLEN-BLASTER
Obwohl die DH-17-Blasterpistole nicht so weit reicht wie die schlagkräftigeren militärischen Waffen des Imperiums, ist dieser von den Rebellen verwendete Blaster eine zuverlässige Nahkampfwaffe.

Carlist Rieekan

Da er jeden Moment mit dem Auftauchen der Imperialen rechnet, hält der entschlossene General Rieekan die sieben verborgenen Ebenen der Echo-Basis in permanenter Alarmbereitschaft. Wegen der furchtbaren Kälte auf Hoth war die Überwachung der Umgebung vor der Anpassung der Rebellenfahrzeuge an das Eis sehr schwierig.

Auf der Eiswelt Hoth befindet sich die Echo-Basis, auf die sich die Rebellen nach der Entdeckung ihres Stützpunkts auf Yavin 4 zurückziehen. Doch Hoth bietet ihnen nur so lange Schutz, bis ein Imperialer Sondendroide ihr Versteck entdeckt.

Jan Dodonna

General Jan Dodonna ist der unerschrockene kommandierende Taktiker des Angriffs auf den Todesstern während der Schlacht von Yavin. Obwohl die gestohlenen Baupläne einen kompletten Überblick über ihre Technik lieferten, schien die Kampfstation zunächst unverwundbar. Doch Dodonna fand die einzige Möglichkeit, die Verteidigung des Todessterns durch die Bombardierung eines winzigen Abwärmeschachts zu durchbrechen. Sein Plan führte zur Vernichtung einer 160 Kilometer großen Kampfstation durch 30 kleine Einmannjäger.

Die Rebellen besiegten die Imperialen Streitkräfte erstmals aus den in uralten Tempeln verborgenen Hangars auf dem vierten Mond von Yavin heraus.

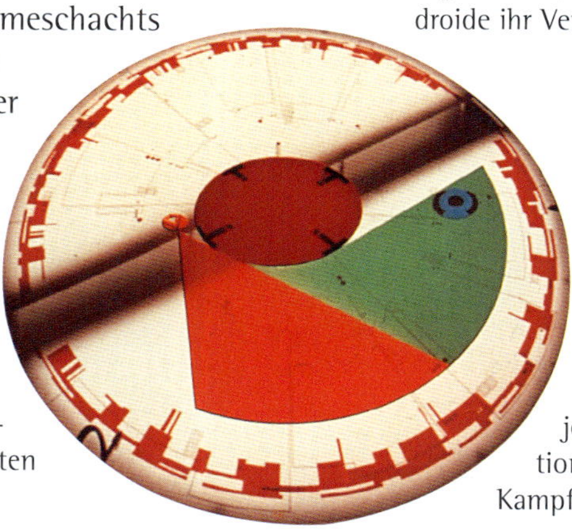

Das taktische Display der Massassi-Basis auf Yavin 4 verfolgt den Todesstern, der sich im Orbit um Yavin langsam dem freien Schussfeld auf ihrem Stützpunkt annähert. Das Display verfügt jedoch über keine Zoomfunktion zur Beobachtung feindlicher Kampfschiffe.

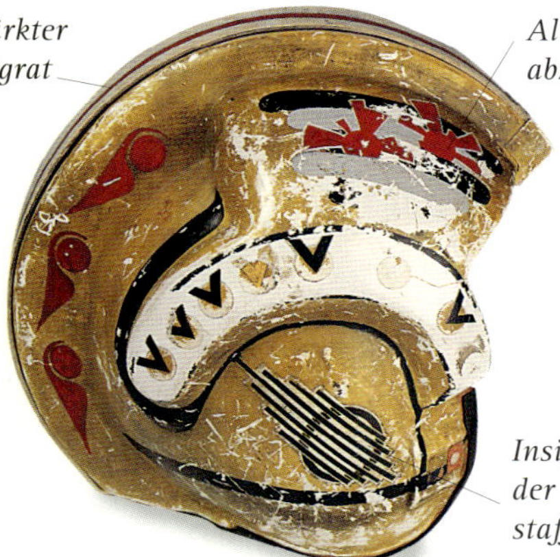

REBELLENHELM

Die Anführer sind für die Rebellion ebenso wichtig wie ihre strategischen Köpfe. Der zerschrammte Helm des X-Wing-Staffelführers Rot Garven Dreis zeugt von seinen zahlreichen Kampfeinsätzen.

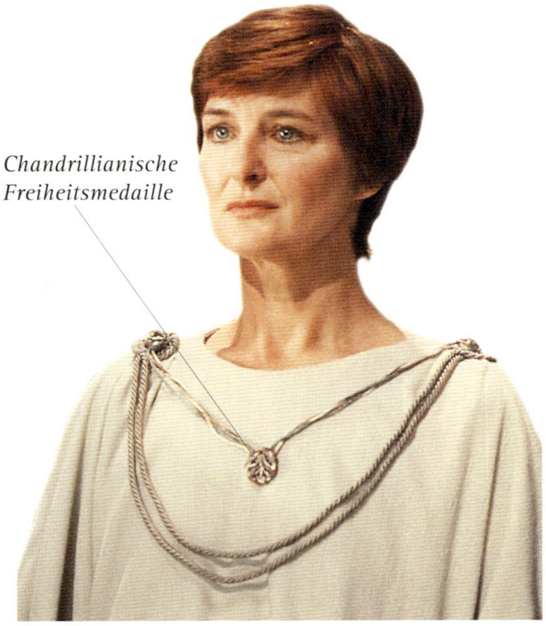

Mon Mothma

Mon Mothma ist die hochrangigste Anführerin der Rebellion. Als Angehörige des Galaktischen Senats vertrat sie die Sache der Freiheit, bis die Bösartigkeit des Imperiums über ihr zusammenschlug. Sie verließ den Senat, gründete die Rebellen-Allianz und stärkt sie seither durch großes Verhandlungsgeschick.

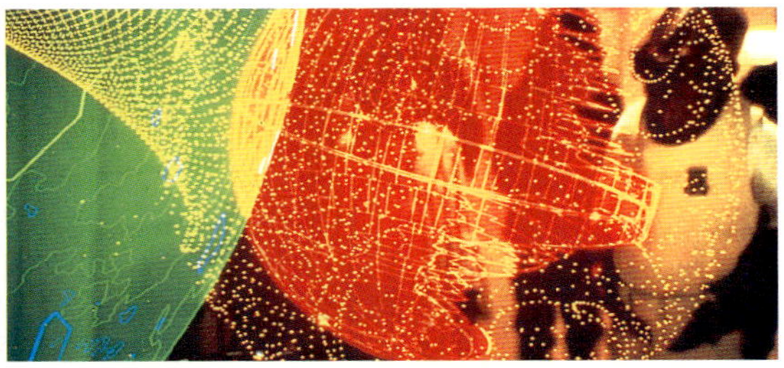

Ein taktischer Monitor in der Allianz-Kommandozentrale zeigt den vom Waldmond Endor abgestrahlten Schutzschild um den zweiten Todesstern sowie die Innenaufteilung der Kampfstation.

Admiral Ackbar

Der vorsichtige Kommandeur der Rebellenflotte stammt von der Wasserwelt Mon Calamari. Nach seiner Befreiung durch die Rebellen überzeugte der ehemalige Sklave von Großmufti Tarkin die Bewohner seiner Heimatwelt davon, sich der Allianz anzuschließen. Ihre riesigen Mon-Cal-Sternkreuzer gehören zu den größten Schlachtschiffen der Rebellenflotte.

Admiral Ackbar befehligt die Rebellenflotte von seinem Sessel in seinem Flaggschiff aus, einem Mon-Calamari-Sternkreuzer, den sein Volk der Allianz als Führungsfregatte zur Verfügung gestellt hat.

Wann immer ihre Geheimbasen entdeckt oder vernichtet werden, ziehen sich die Rebellen in den Weltraum zurück. Die Allianz unterhält daher eine mobile Kommandozentrale an Bord der Mon-Calamari-Führungsfregatte, von der aus die Einsätze der Flotte geleitet werden.

DATENBLATT

◆ Die Rebellion erhält die Unterstützung des Bothan-Spionagenetzwerks, einer galaxisweiten Organisation wagemutiger Geheimagenten, die behaupten, gegen Bezahlung jede Information beschaffen zu können, und dafür sogar ihr Leben aufs Spiel setzen.

◆ Dieses 300 Meter lange Nebulon-B-Geleitschiff dient den Rebellen als Lazarettfregatte.

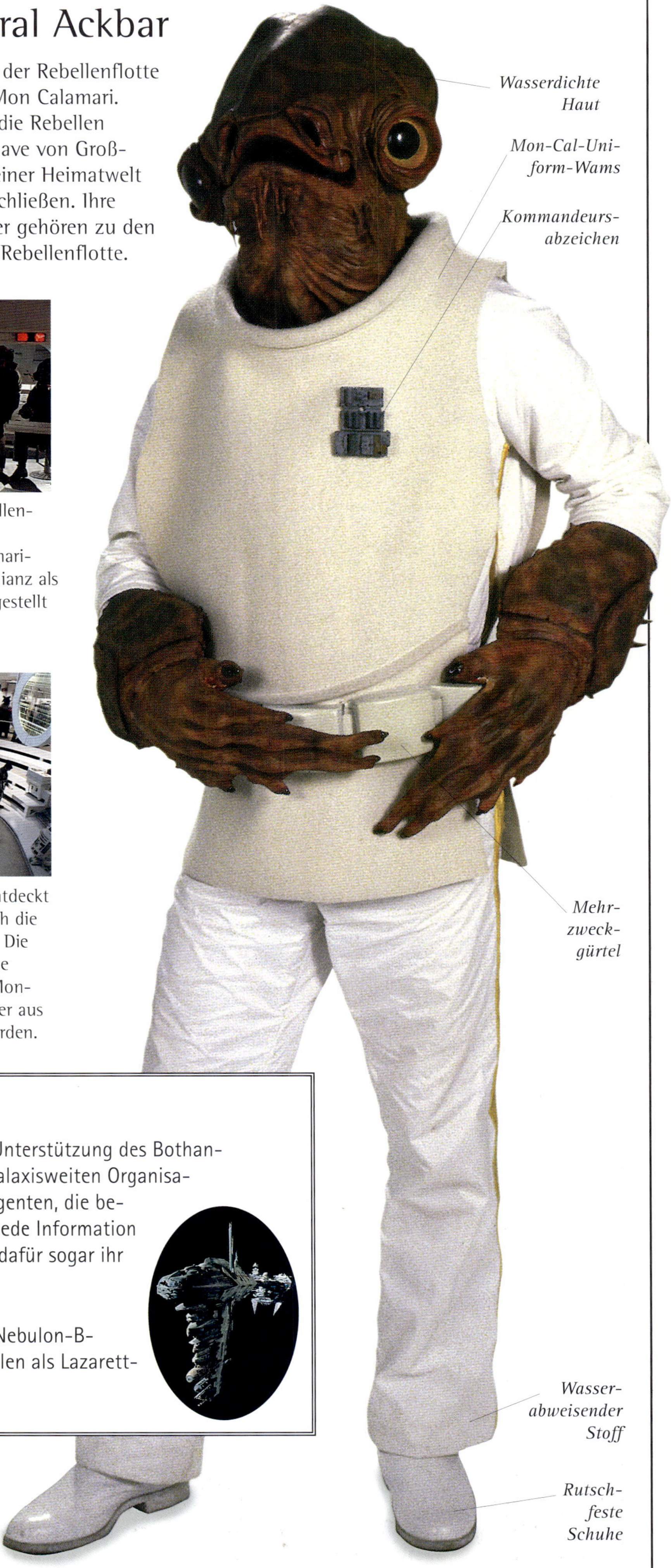

Rebellensoldaten

AUCH WENN EINIGE ANGEHÖRIGE der Rebellen-Allianz von den Imperialen Streitkräften und Militärakademien desertierten, handelt es sich bei vielen um junge Freiwillige mit wenig oder keiner Kampferfahrung. Manche haben ihre Heimatwelten erst kürzlich verlassen, denn die meisten von ihnen konnten die Gewaltherrschaft des Imperiums nicht länger ertragen. Doch die Führung der Rebellion weiß jeden, der sich dem Kampf stellen will, zu schätzen, vor allem all jene mit besonderen Kenntnissen und Fähigkeiten. Die Rekruten erhalten eine Grundausbildung in der Handhabung von Waffen, in Kommunikationstechnik und Erster Hilfe und werden dann auf eine Vielzahl von Aufgaben als Techniker, Fahrzeugmechaniker, Sicherheitskraft oder Truppeneinkäufer vorbereitet.

Besprechungsraum der Yavin-Basis

Als sich der Todesstern dem geheimen Stützpunkt der Rebellen-Allianz auf Yavin 4 nähert, versammeln sich die Rebellensoldaten in einer umfunktionierten Kammer eines alten Massassi-Tempels. Hier verpflichten die Kommandeure in Simulatoren ausgebildete Neulinge sowie jeden Piloten, der über suborbitale Flugerfahrung mit X- und Y-Wing-Sternjägern verfügt.

BIGGS DARKLIGHTER
Auf Yavin traf Biggs seinen alten Freund Luke Skywalker wieder und nahm an dem Angriff auf den ersten Todesstern teil.

WEDGE ANTILLES
Der auf Corellia geborene Wedge kämpfte in den Schlachten von Yavin, Hoth und Endor.

DOROVIO BOLD
Dorovio verließ die Imperiale Akademie, als sie von der Vernichtung Alderaans durch das Imperium erfuhr.

GRIZZ FRIX
Der vom Nachschub der Allianz abgeworbene Grizz verfeinerte seine Flugkünste auf Devaron in einem alten Luftgleiter.

DEREK »HOBBIE« KLIVIAN
Kämpft als abtrünniger Absolvent der Imperialen Akademie seinen Kampf nach der Schlacht von Hoth im Renegaten-Geschwader fort.

DAK RALTER
Der idealistische junge Pilot von Kalist VI war in der Schlacht von Hoth Lukes Rückendeckung.

ZEV SENESCA
Als Luke Skywalker und Han Solo vermisst wurden, war Zev der Pilot, der sie entdeckte.

KEIR SANTAGE
Der Veteran des Renegaten-Geschwaders wurde einst von Wedge Antilles aus einem Imperialen Straflager befreit.

Cal Alder (oben links) dient gemeinsam mit Major Bren Derlin (oben rechts) als Kundschafter der Rebellion auf der Echo-Basis. Als das Imperium die Rebellen-Basis entdeckt, hilft Derlin bei der Massenevakuierung von Hoth.

TRUPPEN DER ECHO-BASIS
Nach der Schlacht von Yavin verlegt die Allianz ihr Hauptquartier auf den Eisplaneten Hoth. Da sie mit einer Invasion des Imperiums rechnen, modifizieren die Rebellen ihre Bewaffnung (zum Beispiel Blaster auf Dreifüßen) für den Einsatz unter dem Gefrierpunkt.

GEHEIMAGENT
Der Allianz-Kundschafter und Spion Colonel Airen Cracken (der später zum General befördert wird) unternimmt Versorgungsflüge für General Madines Kommandounternehmen. In der Schlacht von Hoth dient er unter dem Befehl von General Calrissian als Kanonier an Bord des *Millennium Falken.*

DL-21-BLASTER-PISTOLE

Rebellen-Blaster

Da BlasTech Industries sich gegen einen Exklusivvertrag mit dem Imperium wehrt und weiter Waffen an Privatabnehmer verkauft, ist die Ähnlichkeit zwischen manchen Blastern des Imperiums und der Rebellion kein Zufall. So werden die BlasTech DL-21-Blasterpistole und das A-280-Blastergewehr auf Hoth und Endor auch von den Rebellen benutzt.

A-280-BLASTER-GEWEHR

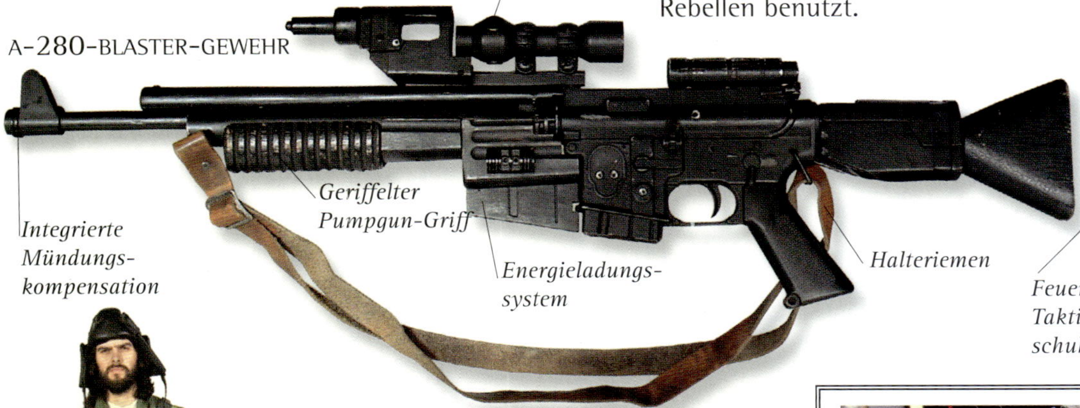

SOLDAT DER BODENTRUPPEN

Spezialeinsatzkräfte

Die mit besonderen militärischen Operationen betrauten Spezialeinsatzbrigaden der Allianz (SpecForces) sind für Spezialeinsätze von Kämpfen in Nullschwerkraft bis zu Sabotageaktionen ausgebildet. Die Bodentruppen der SpecForces verstehen sich auf optimale Ausnutzung des Terrains. In der Schlacht von Endor tragen sie waldtaugliche Tarnung, um unbemerkt die Imperiale Basis zu infiltrieren.

DATENBLATT

◆ General Cracken bedient in der Schlacht von Endor den oberen Vierlingslaser des *Millennium Falken.*

Tauntauns

DIESE SCHNEE-ECHSEN gehören zu den wenigen Lebewesen, die auf dem Eisplaneten Hoth überleben. Mehrere Arten Tauntauns leben in verschiedenen Gebieten von Hoth, darunter Herdentiere, die die moosige Tundra durchstreifen, einzelgängerische Gebirgs-Tauntauns sowie eine Flechten fressende Art, die in Höhlen lebt. Tauntauns überstehen die eisigen Nächte, indem sie ihren Kreislauf auf die niedrigste Stufe herunterfahren. Wenn sie nachts aufgestört werden, können sie leicht den Tod finden.

TAUNTAUN-KOPF

TAUNTAUN-SCHÄDEL

Tauntaun-Patrouilllen

Die Tauntauns dienen den Rebellen auf Hoth zuverlässiger als ihre Fahrzeuge, die im eisigen Wind oft versagen. Die Schnee-Echsen wurden während der Aufbauphase der Echo-Basis domestiziert, sie sind gehorsame und zähe Reittiere, sondern aber ein dickflüssiges, übel riechendes Körperfett ab. Die Patrouillenreiter müssen den Gestank ignorieren, um ungestört Ausschau nach Imperialen Streitkräften halten zu können.

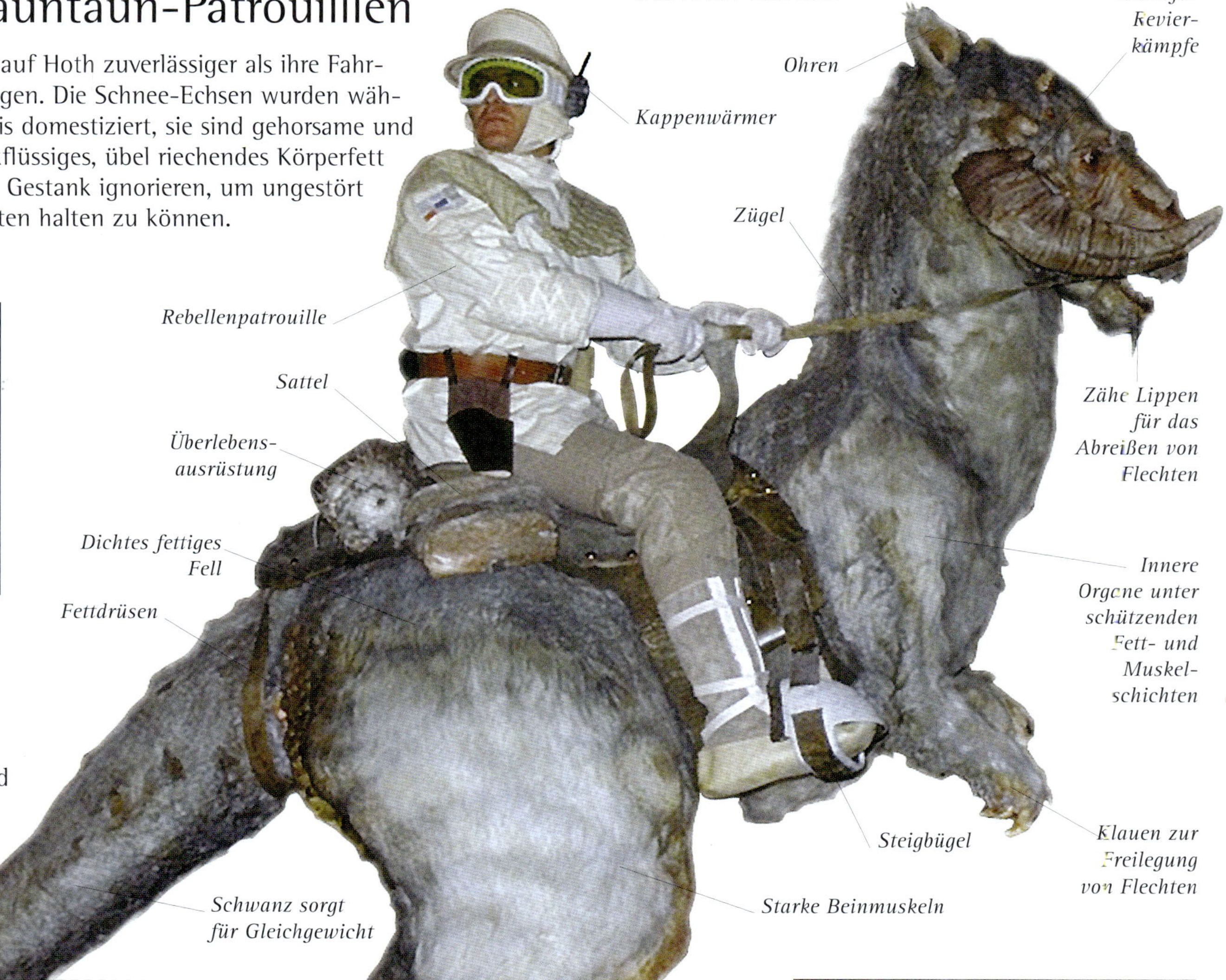

Hoth

Hoth ist bis auf ein subarktisches Band um den Äquator unbewohnbar. Der Rebellenstützpunkt Echo-Basis liegt am verschneiten Nordrand des Bandes. Die meisten Tauntauns leben in der Äquatortundra und ernähren sich von Flechten und Eiswürmern.

DATENBLATT

- ◆ Die Ultraschallfrequenzen mancher Droiden wie dieser taktischen C-3PO-Einheit irritieren die Tauntauns, daher schlagen sie mit dem Schwanz nach ihnen. Doch die Droiden der Echo-Basis haben sich daran gewöhnt.
- ◆ Viele Reittiere der Rebellen wurden in den Eishöhlen entdeckt, in denen anschließend die Echo-Basis untergebracht wurde.

Manchmal wurden Tauntauns in den Ställen der Echo-Basis von Wampa-Eiskreaturen gerissen, die nachts in den Höhlen jagen. Die Medidroiden untersuchten dann ihre Wunden und erkannten die Ursache.

Medizinische Droiden

JEDER VERWUNDETE REBELLENSOLDAT freut sich über den beruhigenden Anblick eines Medidroiden. Die Medidroiden sind mit einer enzyklopädischen Datenbank sowie statistischen Analysealgorithmen ausgestattet, die die jeweils beste Behandlungsmethode gewährleisten. Die ebenso zuverlässigen wie beschlagenen Helfer können oft sogar lebensgefährlich Verletzte heilen.

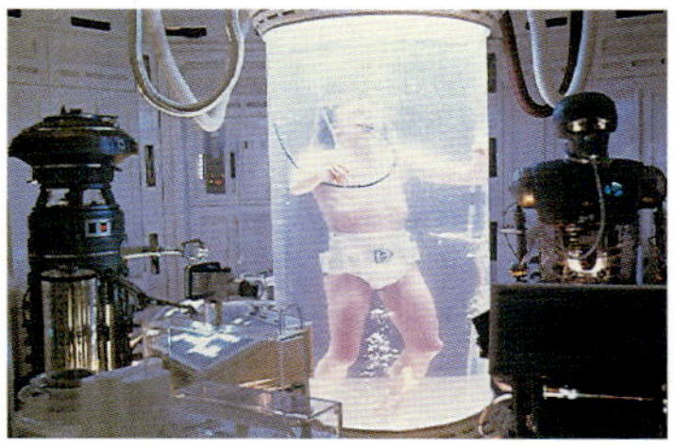

Die synthetische Chemikalie Bacta heilt auch ernste Fleischwunden. Die Patienten werden in Bacta-Tanks getaucht, deren Inhalt ständig gefiltert und revitalisiert wird.

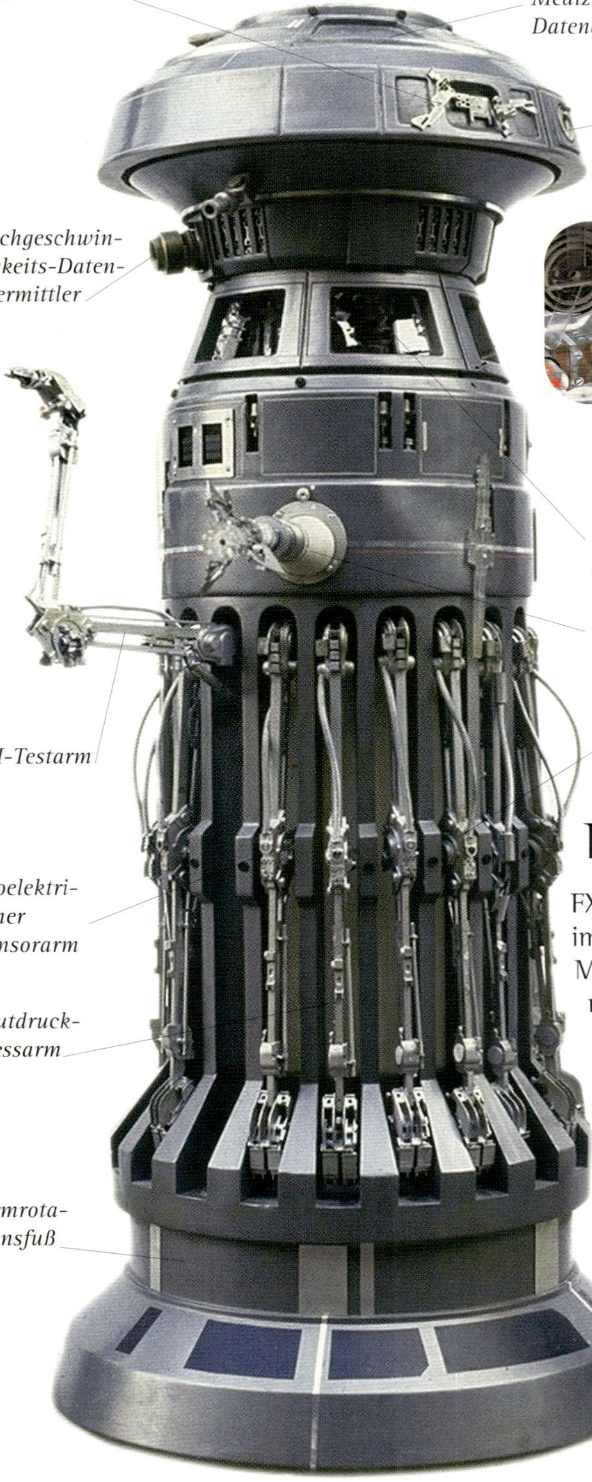

INTERNE SYSTEME

FX-7

FX-7 ist ein altes, aber immer noch taugliches Modell, das vor allem als medizinischer Assistent dient. Seine vielen Arme prüfen mithilfe zahlreicher auf verschiedene Spezies anwendbare Tests den Zustand seiner Patienten. Außerdem versteht sich der Droide auf die Handhabung medizinischer Instrumente, und seine genauen Daten versorgen Chirurgen mit den für die angemessene Behandlung erforderlichen Informationen.

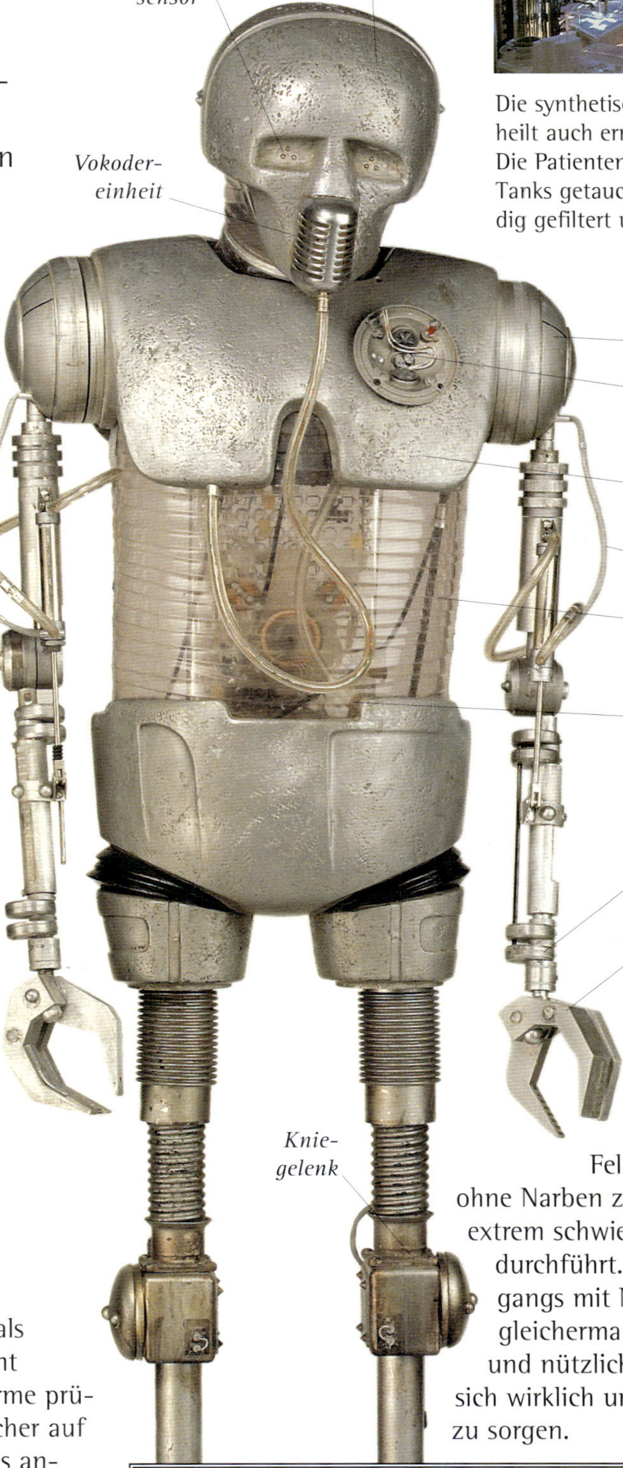

2-1B

2-1B ist ein ausgezeichneter Chirurg und Feldarzt, der, fast ohne Narben zu hinterlassen, extrem schwierige Operationen durchführt. Dank seines Umgangs mit Menschen ist er gleichermaßen rücksichtsvoll und nützlich und scheint sich wirklich um seine Patienten zu sorgen.

DATENBLATT

◆ Präzise Hydraulikflüssigkeiten unterschiedlicher Temperaturen verleihen 2-1B eine besonders ruhige und sanfte Hand.

◆ 2-1B heilte Luke Skywalkers Verwundungen aus der Schlacht von Hoth. Als er in Cloud City seine Hand verlor, wollte Luke wieder nur von diesem Droiden behandelt werden.

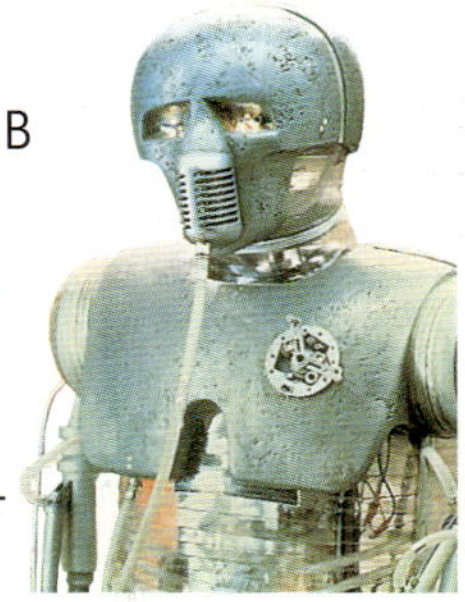

Darth Vader

DER FURCHTERREGENDE Darth Vader stapft grimmig durch die Korridore der Imperialen Raumflotte. Tödlich verwundet, nahm ihn der Imperator unter seine Fittiche und machte ihn zu einem mächtigen und gefürchteten Militärkommandeur. Großmufti Tarkin war einer der wenigen, die ungeachtet seiner bizarren Erscheinung und seines exzentrischen Auftretens seine ungewöhnlichen Fähigkeiten erkannten. Als Tarkins rechte Hand gewann Vader den Respekt der Imperialen Führungselite und wurde, obwohl er nur dank seiner Lebenserhaltungssysteme existieren kann, zu einem Machtfaktor, dessen Vertrautheit mit der Dunklen Seite der Macht ihn zu einer konstanten Bedrohung werden ließ.

Vader ist nicht erfreut, als ihn die Verfolgung von Prinzessin Leia zu seiner ehemaligen Heimatwelt Tatooine führt, wo er seine Mutter zum letzten Mal sah. Während Lea keine Ahnung von ihrer wahren Herkunft hat, erkennt auch Vader nicht, dass er seine Tochter gefangen genommen hat.

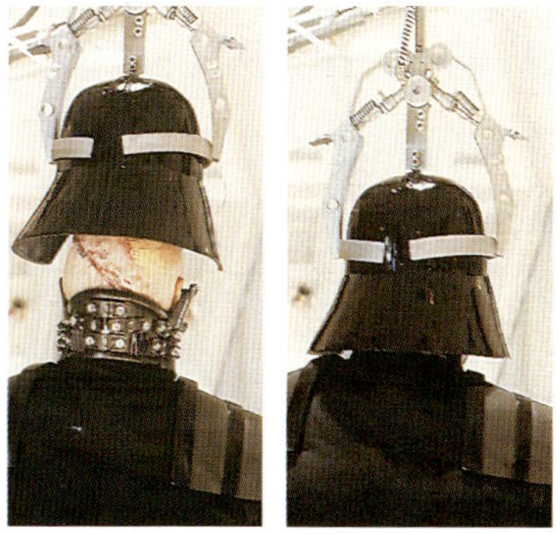

Vader gestattet niemand, ihm bei seiner Ausrüstung zu helfen. Mechanische Arme in einer Isolierkammer entfernen oder ersetzen bestimmte Teile seines Lebenserhaltungssystems.

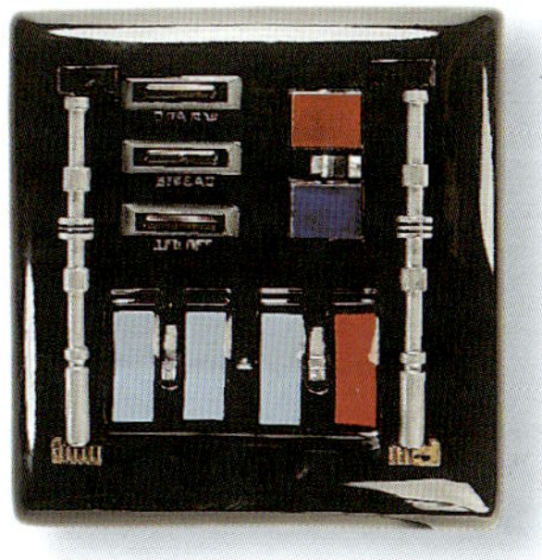

BRUSTPLATTE
Vaders Lebenserhaltungssystem wird von diesem Zentralpaneel der Brustplattenkontrollen überwacht und gesteuert. Schächte für Diagnosekarten gewährleisten regelmäßige Untersuchungen, während mittels Kippschalter die Funktionen modifiziert werden können.

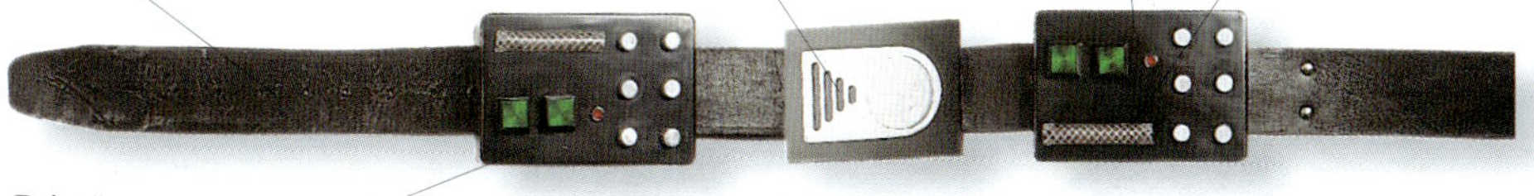

DARTH VADERS GÜRTEL

Vader und der Imperator wollten Luke auf die Dunkle Seite ziehen. Während ihres verbissenen Lichtschwertkampfs versuchte Vader Luke mit dem Vorschlag zu locken, gemeinsam den Imperator zu stürzen. Wem Vaders Loyalität in dem Moment wirklich gehörte, bleibt in den Abgründen seiner Seele verborgen.

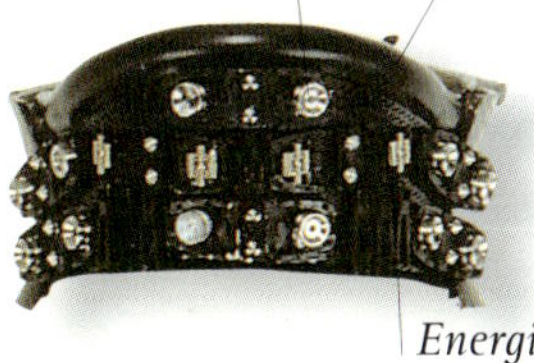

VADERS HELMINNENLEBEN
Vaders Helm, der mit einem flachen Tornister für die Luftzirkulation in seinen zerstörten Lungen gekoppelt ist und seinen deformierten Schädel stützt, ist der wichtigste Bestandteil seines Lebenserhaltungssystems.

Gepanzerte Stiefel verbinden Cyborg-Elemente und Gewebe

Anakin Skywalker

Darth Vaders tragisches Schicksal wird offenbar, als er sich als Luke Skywalkers Vater zu erkennen gibt. Vader will Luke zuerst auf denselben dunklen Pfad des Hasses und Zorns locken, der schon Anakin Skywalker zerstört hat. Doch dann erkennt Vader, dass Luke trotz seiner Vaders Missetaten Wiedergutmachung für seinen Vater sucht.

DATENBLATT

- Mit der Zeit vermag Vader die Dunkle Seite immer besser zu beherrschen, durch sie erhält er seinen verwüsteten Körper am Leben und zwingt Gegnern seinen Willen auf. Unter der Anleitung des Imperators lernt er sogar, durch schiere Willenskraft zu töten.
- Obwohl ein Großteil seines Körpers nach seinem Zweikampf mit Obi-Wan Kenobi auf Mustafar durch Maschinenteile ersetzt wurde, verfügt Darth Vader noch über eine ungewöhnlich hohe Zahl Midi-Chlorianer.
- Vader erregt den Zorn ranghoher Offiziere, als er im Kampf seinen eigenen TIE-Jäger fliegt.

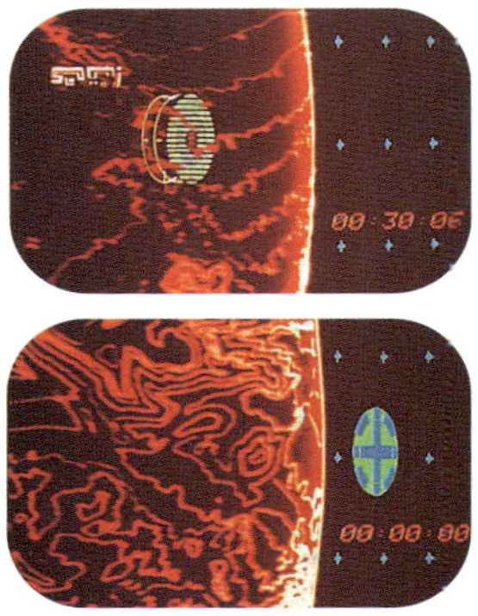

SUCHMONITOR
Der Suchmonitor des Todessterns zeigt den vierten Mond der Welt Yavin, der hinter dem Planeten langsam ins Schussfeld gleitet.

Imperiale Führer

DIE IMPERIALE RAUMFLOTTE und die Sturmtruppen haben die Aufgabe, mit ihrer Schlagkraft den Willen des Imperators auszuführen. Die Kommandeure setzen die Befehle des Imperators um und verkörpern die eigentliche Macht der Neuen Ordnung. Für ihr Versagen zahlen sie mit dem Tod, trotzdem kämpfen die Offiziere verbissen um die höchsten Ränge. Während Bürokratie und politische Willkür auch Unfähigkeit belohnen, bevorzugt die rücksichtslose Effizienz der Raumflotte ausgezeichnete militärische Talente.

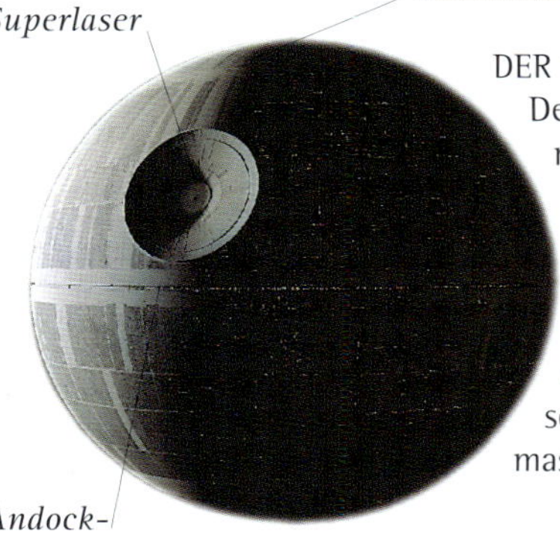

DER ERSTE TODESSTERN
Der Todesstern birgt einen Hypermaterie-reaktor, der genug Energie erzeugt, um einen ganzen Planeten zu vernichten. Die gegen Großangriffe unverwundbare Kampfstation hat eine Schwachstelle in Gestalt eines winzigen (mit dem Reaktor verbundenen) Abwärmeschachts, der von einer kleinen Jagdmaschine bombardiert werden kann.

Im Konferenzraum an Bord des Todessterns werden zur Auswertung durch Tarkin und seine Imperialen Strategen taktische Holoprojektionen verwendet.

Großmufti Tarkin

Wilhuff Tarkin, der Gouverneur der Äußeren Raumregionen, betrachtet den Todesstern als Teil seiner Herrschaft-durch-Furcht-Doktrin. Da die Sternsysteme der Randregionen für eine dichte Überwachung zu weit voneinander entfernt sind, garantiert die Angst vor dem Todesstern die Kontrolle über alle Systeme der Galaxis.

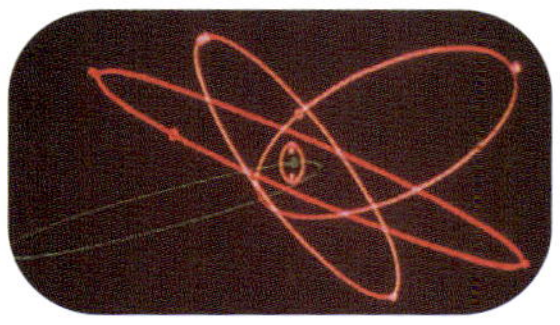

SUPERLASER-ZIELERFASSUNG

TODESSTERNKANONIERE
Unter den Augen ihrer Befehlshaber achten die Geschützmannschaften darauf, dass die Lasersysteme des Todessterns nicht überlastet werden, und verhindern Phasenverschiebungen, die zu gewaltigen internen Explosionen führen könnten.

KANONIERSHELM

General Veers

General Maximilian Veers ist der Kopf des verheerenden Angriffs auf die Echo-Basis, den er an Bord des führenden Kampfläufers auch persönlich leitet. Als fähiger und gerissener Offizier ist er das Muster des Imperialen Militärführers.

ADMIRAL PIETT

ADMIRAL OZZEL

CAPTAIN NEEDA

MOFF JERJERROD

Imperator Palpatine

IN DER ENDPHASE der Republik wurde Senator Palpatine nach einem Täuschungsmanöver zum Obersten Kanzler des Galaktischen Senats gewählt. Sofort verhängte er das Kriegsrecht über die Galaxis und herrschte fortan durch die militärische Schlagkraft der neu gebildeten Imperialen Raumflotte. Palpatine bevorzugte die Kleidung eines einfachen Mannes, bezog seine Verführungs- und Überwältigungsmacht jedoch aus den schwärzesten Tiefen der Dunklen Seite. Obwohl die Macht sein Gesicht entstellt hat, verlängert sie auch sein Leben, sodass der Imperator auch als alter Mann noch eine furchterregende Gestalt ist.

DER ZWEITE TODESSTERN
Der Imperator plante den zweiten Todestern als riesige Falle, dessen vermeintliche Verwundbarkeit die Rebellen zu einer selbstmörderischen Attacke verlocken sollte.

Die zeremonielle Ankunft des Imperators wird von Tausenden Sturmtruppen und einer Parade seiner Jagdgeschwader begleitet.

IMPERIALE RAUMFÄHRE

An Bord des zweiten Todessterns behält der Imperator von seinem Thron in einem isolierten Aussichtsturm aus die Sterne im Auge.

Imperiale Würdenträger

Die Gunst des Imperators befördert manchen in Positionen fantastischer Macht. Viele Regierungsbeamte verdanken ihre Stellung seiner Willkür und bilden eine Gesellschaft von Hofschranzen und Meuchelmördern.

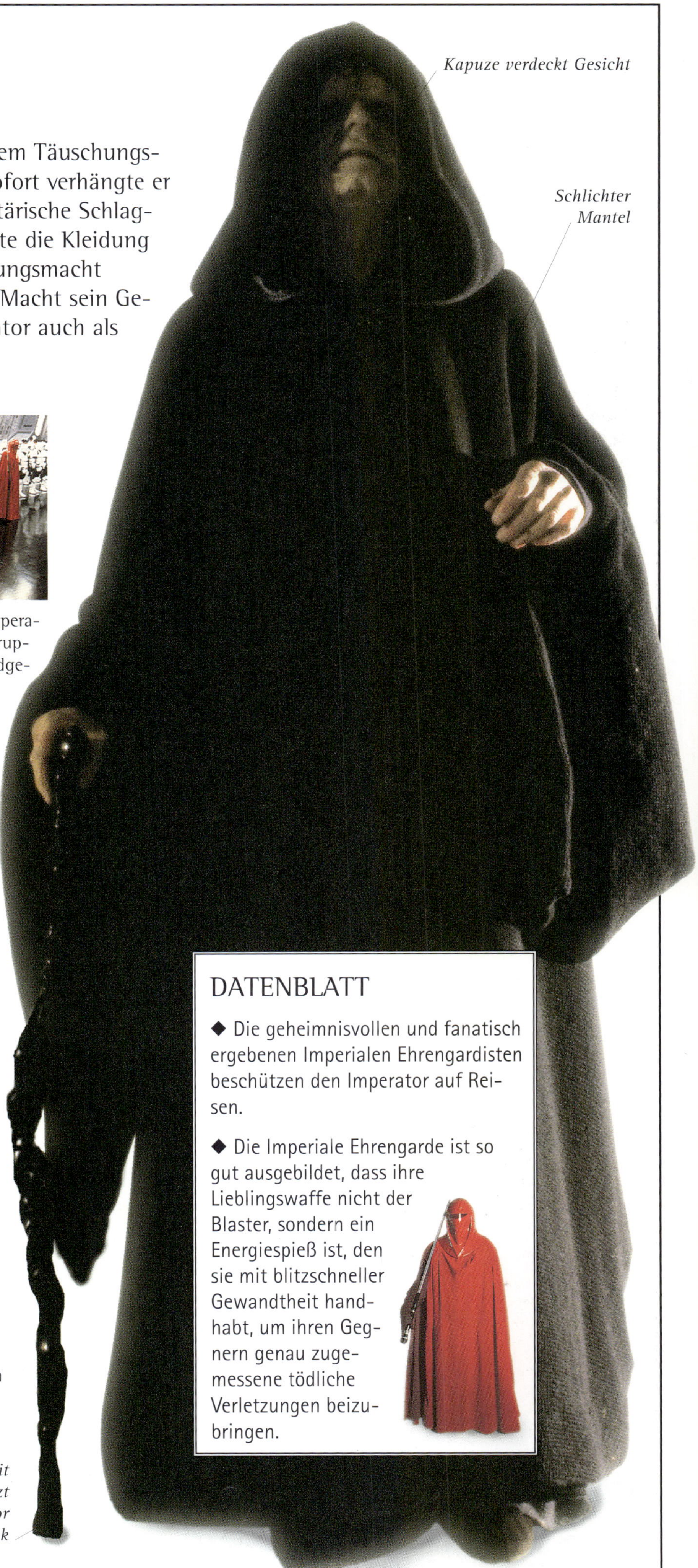

DATENBLATT

◆ Die geheimnisvollen und fanatisch ergebenen Imperialen Ehrengardisten beschützen den Imperator auf Reisen.

◆ Die Imperiale Ehrengarde ist so gut ausgebildet, dass ihre Lieblingswaffe nicht der Blaster, sondern ein Energiespieß ist, den sie mit blitzschneller Gewandtheit handhabt, um ihren Gegnern genau zugemessene tödliche Verletzungen beizubringen.

Imperiales Personal

PALPATINE UNTERNAHM NACH den Klonkriegen nichts, um die militärische Aufrüstung, durch die eine gewaltige Streitmacht sowie furchtbare Vernichtungswaffen entstanden waren, einzudämmen. Bewohner zahlreicher Welten drängten in die neu gebildete Imperiale Weltraumflotte. Zunächst fand das Imperium zahllose Rekruten unter den Absolventen der Militärakademie, einer elitären Lehr- und Ausbildungsanstalt, deren Einrichtungen über die gesamte Galaxis verstreut waren.

Die Befehlskette

So wie Darth Vader dem Imperator als Leutnant dient, so ist Chief Bast der Chefadjutant von Großmufti Gouverneur Tarkin an Bord des ersten Todessterns. Während einige selbstherrliche Offiziere dem Irrtum erliegen, dass Darth Vader Tarkin untergeordnet ist, muss Bast mit ansehen, wie Vader mit solchen Narren verfährt, und erweist ihm daher den schuldigen Respekt.

ZELLENBLOCK-WÄRTER
Während sich die Rebellen-Allianz gegen die Unterdrückung nichtmenschlicher Rassen zur Wehr setzt, nehmen Imperiale Soldaten wie Leutnant Shann Childsen jede Gelegenheit wahr, die Ideale des Imperiums hochzuhalten. Childsen beaufsichtigt Wärter und Gefangene im Zellenblock AA-23 an Bord des ersten Todessterns.

STURMTRUPPEN-KOMMANDANTEN
Da der Imperator seinen Palast auf Coruscant nur selten verlässt, haben nur wenige Imperiale ihren Führer jemals persönlich getroffen. Darth Vader befehligt beim Empfang der Raumfähre des Imperators auf dem zweiten Todesstern eine Abordnung Imperialer Offiziere und Sturmtruppen.

Imperialer Offizier

Viele Imperiale Offiziere erhielten ihre Ausbildung auf einer Imperialen Akademie wie der Raithal-Akademie im Galaktischen Kern. Die Kadetten dort sind strenger Disziplin unterworfen, absolvieren ausgedehnte Manöver und werden auf die Ideologie des Imperiums eingeschworen. Imperiale Offiziere haben eine rassistische Grundhaltung, die Palpatines Politik der Unterdrückung aller Nichtmenschen voll unterstützt.

TODESSTERNSOLDATEN
Die aus den Mannschaften der Imperialen Raumflotte ausgewählten Soldaten des Todessterns wie Sergeant Torent dienen als Sicherheitswachen, kontrollieren die technischen Daten auf Monitoren oder wickeln den Verkehr in den Stationshangars ab.

Kommandokonsole

Die in den Raumschiffwerften von Fondor gebaute *Executor* ist Darth Vaders persönliches Flaggschiff und dient ihm während der Suche nach Luke Skywalker und dem Versteck der Rebellen-Allianz als Hauptquartier. Mithilfe von Sondendroiden und hochempfindlichen Langstreckenscannern fängt die Besatzung der *Executor* ein Signal aus dem Hoth-System ab, das sie direkt zum Geheimstützpunkt der Rebellen führt.

BRÜCKENCREW
Flugdaten-Offiziere, Suchsystem-Spezialisten und Kampfbeobachter arbeiten in Datengruben auf beiden Seiten der erhöhten Plattform, die die Kommandobrücke der *Executor* zweiteilt. Da der Standort ihrer Stationen keine freie Sicht aus den Sichtfenstern der Brücke gewährt, können sich die Besatzungen ohne unnötige Ablenkung auf ihre Konsolen konzentrieren.

DATENBLATT

◆ Die Imperiale Raumfähre bringt Darth Vader zu seinem Flaggschiff, dem 19.000 Meter langen Supersternzerstörer *Executor*.

IMPERIALER GEHEIMDIENST
Colonel Wulff Yularen ist Offizier des Imperialen Sicherheitsbüros (ISB) und steht im Dienst von Gouverneur Tarkin. Seine Aufgabe ist die Gewährleistung absoluter Loyalität gegenüber dem Imperator.

TESTPILOT
Nach der Schlacht von Yavin werden Tausende von Kadetten der Imperialen Akademie dienstverpflichtet, sodass die Veteranen sich an neue Offiziere gewöhnen müssen. Captain Yorr dient als Testpilot diverser TIE-Jäger-Prototypen.

SICHERHEITSOFFIZIERE
Imperiale Raumschiffe und Kampfstationen benötigen Sicherheitskräfte zur Kontrolle von Zugangsbeschränkungen. Auf dem ersten Todesstern befehligt Captain Khurgee eine Suchmannschaft, die jeden Winkel des gefangenen *Millennium Falken* durchkämmt.

Imperiale Sturmtruppen

Während die Streitkräfte der Imperialen Armee und Raumflotte die Ordnung aufrechterhalten, kämpfen die Sturmtruppen ohne jede Rücksicht und ersticken Unruhen schon im Keim. Mit systematischen, professionellen Enteraktionen übernehmen sie die Macht über eroberte Raumschiffe.

DIE AUS KLONKRIEGERN und menschlichen Rekruten zusammengesetzten Sturmtruppen sind Erstschlagskräfte, die zur Entlastung der Imperialen Raumflotte und der Imperialen Bodentruppen in kritische Kampfsituationen geschickt werden. Die äußerst disziplinierten und dem Imperator treuen Sturmtruppen befolgen, ohne zu zögern und ohne Rücksicht auf ihr Leben, jeden Befehl. Die grimmigen, anonymen Kämpfer setzen ihre Schlagkraft skrupellos gegen alle Gegner des Imperiums ein. Ihre über eng anliegendem Unterzeug getragenen weißen Rüstungen schützen sie vor unwirtlichen Umweltbedingungen, Projektilen, Schlägen und Blasterstreifschüssen. Ausgestattet mit der besten Bewaffnung und Ausrüstung, sind sie die zuverlässigste Truppe des Imperialen Militärs und der am meisten gefürchtete Gegner der Rebellion.

Sturmtruppen-Blaster

Der Imperiale E-11-Standard-Blaster verbindet große Reichweite und tödliche Feuerkraft im Gefecht mit schlichter Bauweise. Die Standard-Energiezelle liefert Energie für 100 Schuss, die Ersatzmagazine tragen die Sturmtruppen an ihren Mehrzweckgürteln. Die Plasmagaspatronen reichen für über 500 Schuss. Ein hoch entwickeltes Kühlsystem garantiert überlegene Feuerkraft. Ein dreifach faltbarer Kolben verwandelt den Blaster im Distanzgefecht in ein Gewehr.

MEHRZWECKGÜRTEL-AUSRÜSTUNG

Zur Standardausrüstung des Mehrzweckgürtels gehören Energiemagazine, Notfallrationen und ein kompakter Werkzeugkasten. Ausrüstung wie Enterhaken, Komlink, Ferngläser, Handschellen oder dieser Deionisator kann zusätzlich am Gürtel getragen werden.

Sturmtruppen erscheinen häufig in erdrückender Übermacht, in der Anonymität ihrer Kampfmonturen wirken sie einschüchternd und alles beherrschend.

STORMTRUPPEN-OFFIZIERSMÜTZE

GÜRTELSCHNALLE

OFFIZIERS-RANGABZEICHEN

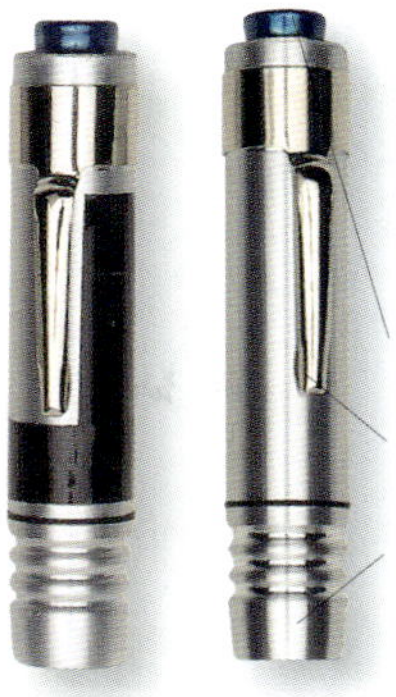

KODEZYLINDER

KODE-TRANSMITTER

Sturmtruppen-Offiziere

Außerhalb von Gefechten tragen Sturmtruppenoffiziere schwarze Uniformröcke und Kappen. Ihre Insignien – Offiziersscheibe, Rangabzeichen, Codezylinder – entsprechen dem Standard der Imperialen Raumflotte. Die Codezylinder verschaffen den Offizieren Zugang zu Sicherheitszonen und Computersystemen. Alle Sturmtruppenoffiziere sind kampferprobte Soldaten, die im Gefecht die Körperpanzer der Sturmtruppen anlegen. Die Vorgesetzten der Kampfeinheiten tragen als gut sichtbares Rangabzeichen auch farbige Schulterklappen.

Die Sturmtruppen kämpfen diszipliniert und ohne Rücksicht auf eigene Verluste, die nur aus taktischen Erwägungen ins Gewicht fallen. Gefühle spielen dabei keine Rolle.

STURMTRUPPENRÜSTUNG
Sämtliche Komponenten der Sturmtruppenrüstung und der Bewaffnung genügen den höchsten Anforderungen des Imperiums. Die Körperpanzer verfallen praktisch nie und werden sogar noch halb vergraben auf uralten Schlachtfeldern gefunden.

DATENBLATT

◆ Durch ein Energiemagazin und hochverdichtetes Gas im Rückenpanzer können die Sturmtruppen sogar kurze Zeit im Vakuum überleben. Bei längeren Einsätzen im All tragen sie jedoch Weltraumtornister mit einem erweiterten Lebenserhaltungssystem.

◆ Die Sturmtruppenrüstung hält Projektilen und Granatsplittern stand. Während direkter Blaster-Beschuss den Panzer durchschlägt, lenkt dieser Streifschüsse ab und begrenzt Schäden durch absorbierte Treffer.

Sturmtruppen-Ausrüstung

WÄHREND DER HARTE DRILL und die intensive Konditionierung der Imperialen Sturmtruppen bereits einen Großteil ihrer Schlagkraft ausmacht, werden sie erst durch ihre Ausrüstung zu den schrecklichsten Soldaten der Galaxis. Die Gefechtseinheiten tragen Reservemunition (Energiemagazine und Blaster-Gaspatronen) sowie Lebenserhaltungssysteme am Gürtel. Mit ihren Standardrückentornistern können sie unter extremen Klimabedingungen oder sogar im Weltraum operieren. Die Modulbauweise erlaubt die Ausstattung mit je nach Einsatz erforderlichen Gerätschaften wie Mikrokondensatoren zur Wassergewinnung, erweiterte Kühlmodule oder eine Vielzahl an Basiscamp- und Kampfausrüstung.

Unter dem Kommando fähiger Offiziere wie Commander Praji passen sich die Sturmtruppen an das jeweilige Gelände an. Die unvorhersehbaren Sandstürme von Tatooine beschädigen Landungsboote, und stattdessen transportieren einheimische Tau die Wüstentruppen und ihre Ausrüstung.

Mit den Hochleistungskommunikatoren ihrer Rückentornister alarmierten die Sturmtruppen in Mos Eisley die Sternzerstörer im Orbit, den startenden *Millennium Falken* abzufangen.

Komlink

Das Hand-Komlink ergänzt die in den Sturmtruppenhelm eingebaute Sender/Empfängereinheit, hat eine größere Reichweite und ist sicherer. Das Komlink kann zur eingeschränkten Kommunikation auf anspruchsvolle Entschlüsselungsalgorithmen abgestimmt werden. Innerhalb oder in der Nähe Imperialer Stützpunkte werden die Signale verstärkt und automatisch zur optimalen Übertragung weitergeleitet.

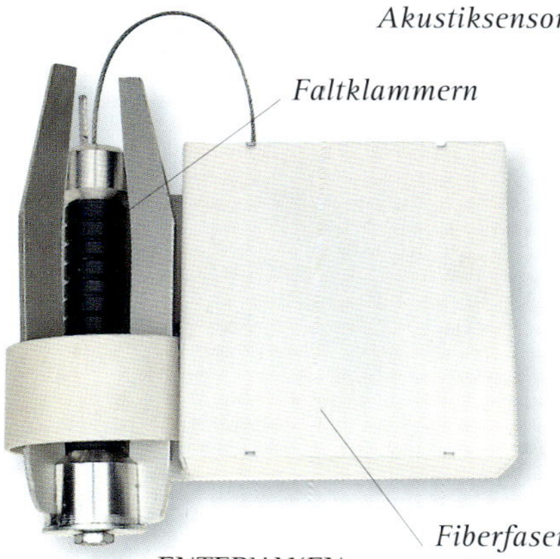

ENTERHAKEN

Thermaldetonator

Normalerweise tragen die Sturmtruppen einen Thermaldetonator hinten am Gürtel. Die Zündkontrollen sind nicht beschriftet, sodass die Explosionsvorrichtungen im Falle der Gefangenschaft für den Gegner nutzlos sind. Obwohl die Detonatoren gewöhnlich nicht gegen Eindringlinge an Bord imperialer Schiffe und Stationen eingesetzt werden, sind die Sturmtruppen ständig voll ausgerüstet, damit sie immer kampfbereit sind und sich an ihre Bewaffnung gewöhnen.

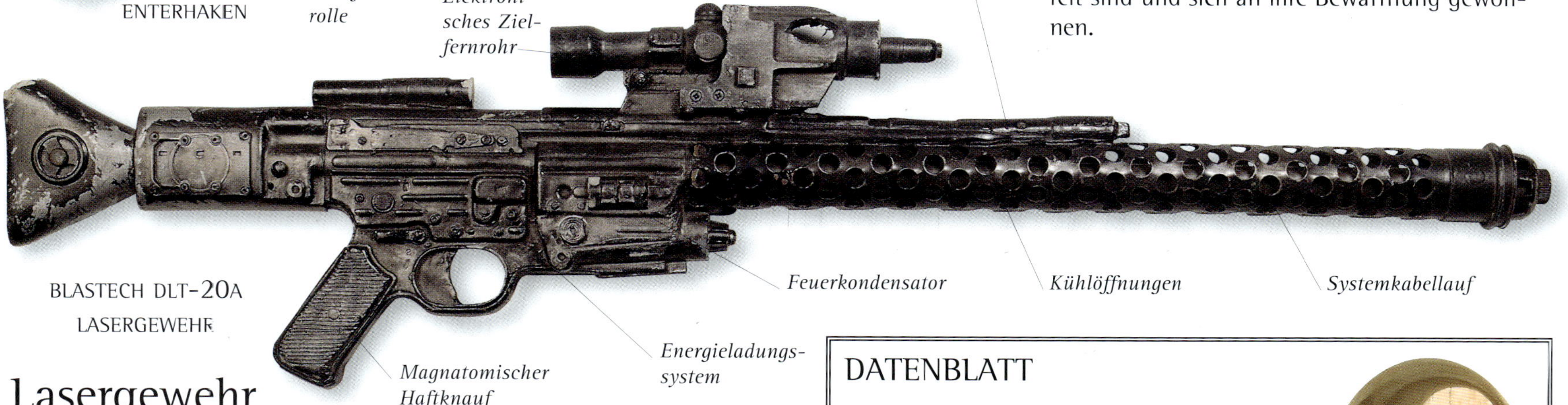

BLASTECH DLT-20A LASERGEWEHR

Lasergewehr

Im Gefecht gewährleistet das Standardseitengewehr der Imperialen Zielgenauigkeit auf große Distanzen. Die Sturmtruppen sind mit Lasergewehren ausgerüstet, die die Zuverlässigkeit von Blastern durch zusätzliche Verdichtungsringe und längere Kabelkanalläufe verbessern. Imperiale Blaster sind äußerst robust, geben den Sturmtruppen einen tödlichen Vorsprung und erzielen Höchstpreise auf dem Schwarzmarkt.

DATENBLATT

- ◆ Die Tornisterausrüstung der Sturmtruppen umfasst verstärkte Feldkommunikationsgeräte, Mörser sowie Equipment zur Errichtung von Sicherheitszonen.
- ◆ Die Anführer siebenköpfiger Sturmtruppeneinheiten sind an orangefarbenen Schulterklappen zu erkennen.

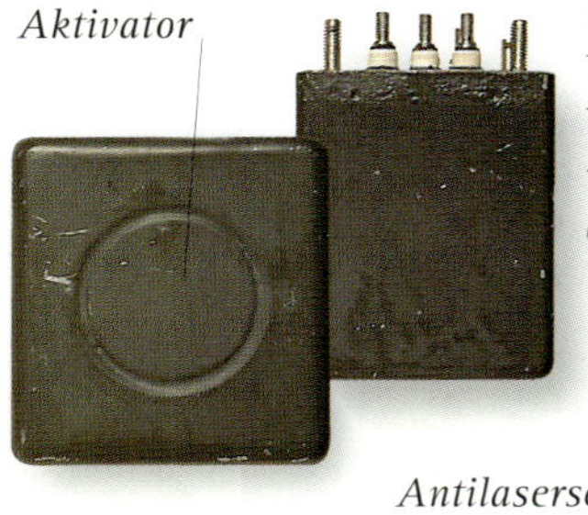

ENERGIEZELLEN

Kleine Energiezellen können mit der Standardausrüstung, den Helmen und Rückentornistern sowie den Kommunikationseinheiten der Sturmtruppen gekoppelt werden. Komplexe Schaltkreise entziehen den Zellen ein Höchstmaß an Energie.

Sturmtruppenhelm

Es gibt eine Vielzahl von Varianten des Standardsturmtruppenhelms mit verschiedenen integrierten Spezialkomponenten sowie permanenten Neuentwicklungen. In diesem Modell erzeugt die verbesserte Optikausstattung holografische Umgebungsbilder, schützt das Auge vor extremer Helligkeit und sorgt durch Rauch, Dunkelheit und Feuer hindurch für klare Sicht. Die Optikausstattung der Helme reicht von einfachen Augengläsern bis zu ausgefeilten visuellen Prozessoren. Die Helme sind klimatisiert und filtern die Atmosphäre, damit der Benutzer stets voll einsatzbereit bleibt.

Elite-Sturmtruppen

Es gibt entsprechende Sturmtruppen für alle militärischen Anforderungen und jedes Standardsturmtruppen überfordernde Gelände. Bestimmte Imperiale Soldaten werden schon zu Beginn ihrer Ausbildung für Spezialeinheiten ausgewählt und mit dem nötigen Wissen und psychologischen Training auf ihre Aufgabe vorbereitet. Ihre Konditionierung ist so stark, dass die betreffenden Soldaten fast nie ihre Division wechseln wollen.

Der E-Web-Repetier-Blaster kann in seine Bestandteile zerlegt werden und von einer Handvoll Soldaten durch verschneites Gelände oder über vereiste Pässe transportiert werden. Dank dieser Bewaffnung sind die Elitestreitkräfte in der Lage, den vermeintlichen Geländevorteil der Rebellen auszugleichen.

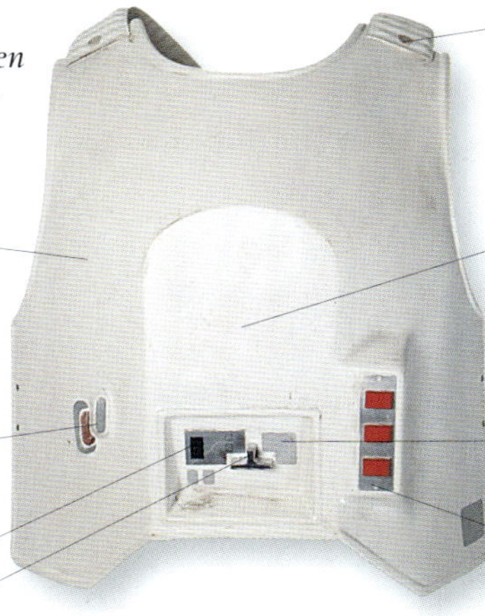

SCHNEETRUPPEN-BRUSTPANZER

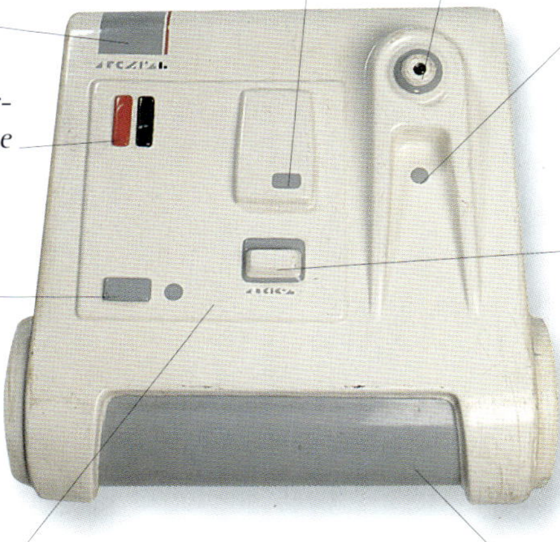

SCHNEETRUPPEN-TORNISTER

Schneetruppen

Die mit Atemluftheizung unter ihrer Gesichtsmaske ausgestatteten Schneetruppen sind selbstständige mobile Gefechtseinheiten. Ihre Tornister und Anzugsysteme sorgen für Wärme und außergewöhnliche Beweglichkeit in vereistem Gelände. Allein mit der Energie ihrer Kampfmontur können sie bis zu zwei Wochen überleben.

Die Bodentruppen von General Veers auf Hoth betreten die Echo-Basis in Begleitung des unheimlichen Darth Vader, der ihren Einsatz an vorderster Front überwacht.

Düsenschlitten

Der leichte Imperiale Düsenschlitten trägt mit hoher Geschwindigkeit ein oder zwei Mann in Aufklärungsmissionen oder Kampfeinsätze gegen Bodentruppen. Der ungewöhnliche Turbinenrepulsor verleiht dem Gefährt auch in extremen Flugmanövern Stabilität. Die nach vorne ausgerichteten Repulsorfelder gewährleisten die Bewältigung von Hindernissen, die Steuerung erfordert jedoch Fingerspitzengefühl, da der Düsenschlitten selbst keinem Aufprall standhält.

In den dichten Wäldern von Endor überwachen Düsenschlittenpatrouillen die Umgebung des Imperialen Schildgenerators und ihrer Garnison. Dabei achten sie ebenso auf gefährliche Waldgeschöpfe wie auf Eindringlinge. Die zwei oder vier Mann starken Einheiten koordinieren Patrouillen, um ein größeres Gebiet abzudecken.

Scouttruppen

Die Scouttruppen sind besonders für Beweglichkeit und lange Phasen ohne Nachschub ausgerüstet. Die für Imperiale Streitkräfte ungewöhnlich unabhängig operierenden Soldaten sind gleichwohl für Teamarbeit ausgebildet, wo immer diese möglich ist. Scouttruppen tragen lediglich Helme und Oberkörperschutzpanzer und sind mit ausreichend Verpflegung, Mikrofasern und Equipment ausgerüstet, um sich ohne Verstärkung durch Imperiale Bodentruppen jedem Ziel unauffällig zu nähern.

DATENBLATT

◆ Zu den übrigen Imperialen Spezialsturmtruppen zählen die Lufttruppen, die Seetruppen, Pioniertruppen sowie die Magmatruppen, zur Niederschlagung von Aufständen auf Vulkanplaneten.

◆ Die Scouttruppen verfügen über Bewegungssensoren und Nachtsichthelme, mit denen sie auch Energie-Emissionen wahrnehmen und Ziele vergrößert anvisieren können.

SCOUTTRUPPEN-BLASTER

Imperiale Piloten

DIE IMPERIALEN JAGDFLIEGER bilden die absolute Elite der Imperialen Raumflotte. Gerade mal zehn Prozent der Ausbildungsabsolventen gelangen in den aktiven Dienst. Dank ihrer intensiven psychologischen Konditionierung sind die Piloten ganz auf die Vernichtung ihrer Angriffsziele fixiert und wissen, dass ihre Mission wichtiger ist als ihr Überleben oder die Unterstützung in Not geratener Flügelmänner. Die Piloten wissen um ihre Ersetzbarkeit und betrachten ihre TIE-Jäger als das stärkste Instrument Imperialer Militärmacht. Sie genießen ihre Rolle und sind stolz auf ihre Abhängigkeit von einem höheren Willen.

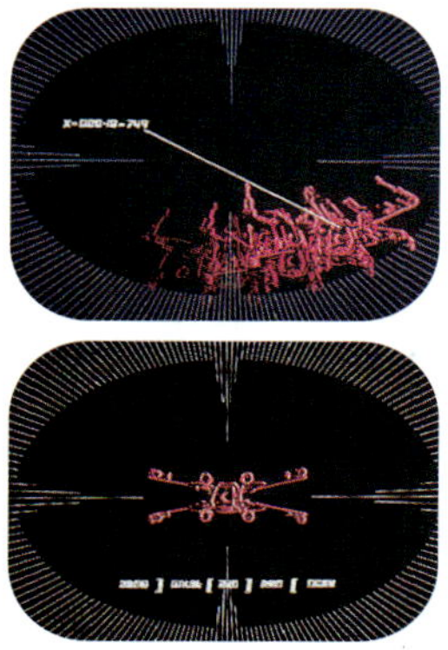

ZIELLERFASSUNGS-ANZEIGEN
Die Zielerfassungssysteme der TIE-Jäger sind denen der Rebellen überlegen. Die Anzeigen ihrer Seinar-Systeme bilden ihr Ziel in höchster Auflösung ab.

TIE-Jäger

Der Standard-TIE-Jäger besitzt keinen Deflektorschild und keinen Hyperantrieb, dafür jedoch Hochleistungs-Ionentriebwerke, die von »Sonnenflügeln« mit Energie versorgt werden. Dank ihrer Leichtbauweise ist die Maschine äußerst wendig, während der Pilot schutzlos bleibt und sich nie weit von seiner Basis entfernen kann. TIE-Piloten betrachten den Einsatz von Schutzschilden als Feigheit.

STÖRSENDER

TIE-JÄGER-TANKSTUTZEN
Die TIE-Jäger werden von radioaktivem Hochdruckgas angetrieben. Die Zwillings-Ionentriebwerke besitzen keine beweglichen Teile, sodass die Jagdmaschine einfach zu warten ist.

DATENBLATT

- Da ihre Maschinen kein Lebenserhaltungssystem besitzen, müssen sich die Piloten im Weltraum auf ihre autarken Fliegermonturen verlassen.
- TIE-Jäger besitzen keine Landevorrichtung und werden aus Hangarhalterungen katapultiert.

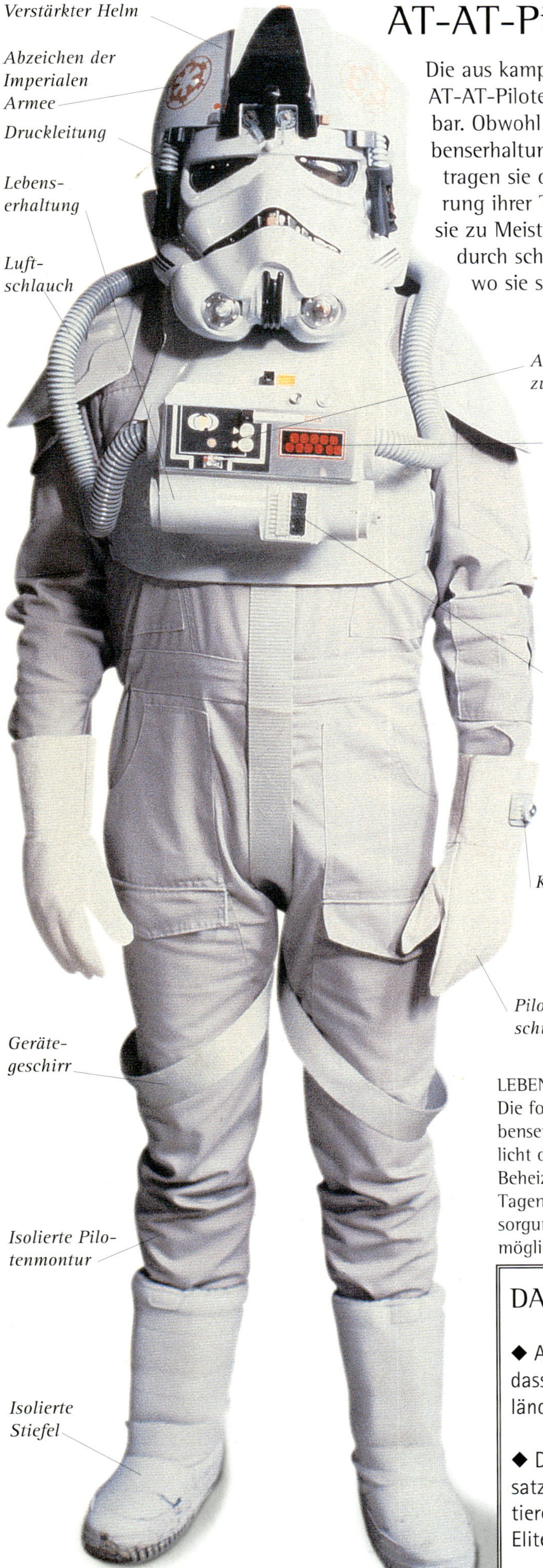

AT-AT-Piloten

Die aus kampferprobten Soldaten ausgewählten AT-AT-Piloten halten sich selbst für unverwundbar. Obwohl sie ihre Kampfrüstungen und Lebenserhaltungssysteme eigentlich nicht brauchen, tragen sie diese weiter – vielleicht als Weiterführung ihrer Traditionen. Ihre Ausbildung macht sie zu Meistern in der Lenkung ihrer Kampfläufer durch schwieriges Gelände oder Straßenzüge, wo sie stets Angst und Schrecken verbreiten.

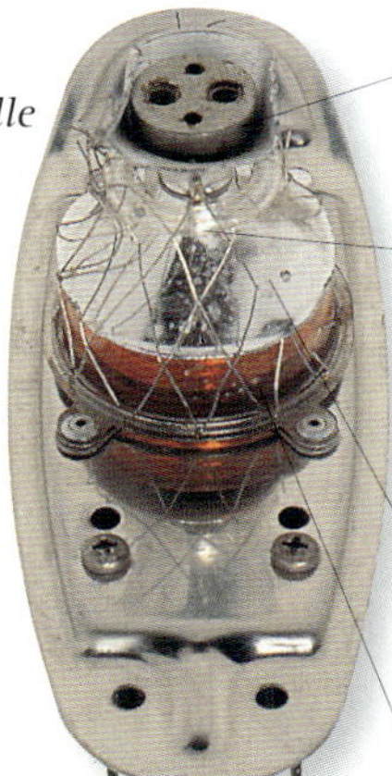

AT-AT-ZIEL-ERFASSUNGSSENSOR

ENERGIEKONTROLLEN

LEBENSERHALTUNGSENERGIE
Die fortschrittliche Konstruktion des Imperialen Lebenserhaltungssystems der AT-ST-Piloten ermöglicht den Betrieb der Anzugsysteme sowie deren Beheizung mit einer Energiezelle, die erst nach fünf Tagen nachgeladen werden muss. Die Energieversorgung funktioniert unabhängig und mit höchstmöglicher Leistung.

DATENBLATT

◆ AT-ATs haben keine Klimaanlage, sodass die Besatzung in verschneitem Gelände Isolieranzüge anlegen muss.

◆ Die AT-AT-Besatzungen rekrutieren sich aus Elitestreitkräften.

AT-ST-Läufer-Piloten

Der AT-ST bewegt sich durch Gelände, das für die regulären imperialen AT-ATs zu unwegsam ist. Da die Scoutläufer sich in Aufklärungs- und Jagdeinsätzen auch in unübersichtlicher Umgebung schnell fortbewegen müssen, werden die Piloten wegen ihres Gleichgewichtssinns und der Gewandtheit ihrer Steuerung ausgewählt.

Wälder und Hänge stellen für die kleinen, gyroskopisch stabilisierten AT-ST-Scoutläufer kein Problem dar, deren Reichweite in Ermangelung eines großen Antriebsgenerators sowie des nötigen Treibstoffs begrenzt ist.

AT-AT-Läufer

Diese Riesenmaschinen werden zur Abschreckung eingesetzt, ihre mächtigen Laufbeine können nur von körperlich starken Piloten kontrolliert werden. Bis zur Schlacht von Hoth galten die AT-ATs als unschlagbar, manchmal genügte schon ihr bloßes Erscheinen, um die Truppen des Gegners in die Flucht zu schlagen.

Imperiale Droiden

DIE IMPERIALE MILITÄRMASCHINERIE passt Standarddroiden bestimmten Erfordernissen an, stellt aber auch neue Spezialmodelle wie die illegalen Attentäter- und Folterdroiden in ihren Dienst. Die imperialen Droiden sind auf extrem strenge Identitätsparameter programmiert, die kaum unabhängiges Handeln erlauben und nur den jeweiligen Aufgabenbereich im Auge behalten. Die Maschinen entwickeln kaum Persönlichkeit und schenken ihrer Umgebung häufig keinerlei Beachtung.

Als Prinzessin Leia sich weigert, den Standort der Rebellenbasis preiszugeben, konfrontiert Darth Vader sie mit einem Folterdroiden. Leia hatte von diesen unglaublichen Gräueln gehört, sie blieb daher trotz der furchtbaren Apparaturen standhaft und bewahrte ihr Geheimnis auch im Angesicht tödlicher Qualen.

Mausdroiden

Die oft als Überbringer von Nachrichten eingesetzten MSE-Droiden (»Mausdroiden«) führen auch Truppen durch die labyrinthischen Korridore der großen Imperialen Schlachtschiffe und Kampfstationen zu ihren Einsatzorten. Da sie stets auf die Lagepläne ihrer jeweiligen Einsatzbereiche zugreifen können, sind sie darauf programmiert, ihre Prozessoren bei Gefangennahme sofort einzuschmelzen - daher verhalten sie sich ebenso paranoid wie wichtigtuerisch.

R4-19

Die in den Gängen des Todessterns patrouillierenden Computer-Wartungs- und Reparatureinheiten verrichten ihre Aufgaben automatisch und kümmern sich nur um die ihnen zugewiesenen Bereiche. Ihre aus Sicherheitsgründen beschränkte Wahrnehmung blendet alles jenseits ihrer Pflichten aus.

Verhördroiden

Der nach den Gesetzen der Republik illegale Verhördroide zählt zu den technologischen Schrecken der imperialen Geheimhaltungsstrategie. Diese vollkommen mitleidlose Alptraummaschine erkennt chirurgisch mithilfe von Fleischschälern, Gelenkbrechern, Knochenzertrümmerern, Elektroschock-Nervensonden und anderen unaussprechlichen Apparaturen jeden physischen und psychischen Schwachpunkt. Um die Qualen seiner Opfer bei vollem Bewusstsein zu verschlimmern und den inneren Widerstand zu brechen, injiziert er ihnen Drogen.

Sondendroiden (Sobot)

Die intelligenten Sondendroiden erreichen ihren Zielplaneten in Hyperantriebskapseln und suchen unnachgiebig nach Rebellenstützpunkten. Sie schweben in unheimlicher Schweigsamkeit auf Repulsoren über den Boden und sind mit Myriaden von Sensoren und erstaunlichem Spürsinn ausgestattet. Ihre Programmierung deckt die Geheimnisse ihres Einsatzgebiets auf und gibt sie über Hochfrequenz-HoloNetz-Sender an ferne Sternzerstörer weiter.

Der Imperiale Mark IV-Patrouilledroide IM4-099 huscht auf der Suche nach kriminellen Aktivitäten oder illegalen Funksignalen durch die Straßen von Mos Eisley. Er verfügt über keinerlei Bewaffnung, schlägt jedoch Alarm und verlangt im Notfall Verstärkung.

DATENBLATT

◆ Viele imperiale Droiden sind mit Spionagevorrichtungen ausgestatt, damit ihre Aufseher die Aktivitäten des militärischen Personals überwachen und für Disziplin sorgen können.

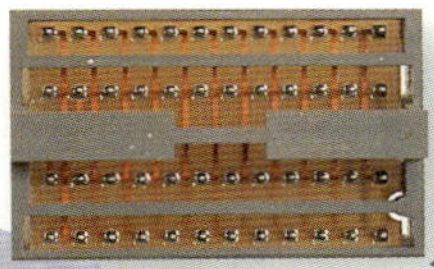

SOBOT SENSORPLATINE

Ein vom Sternzerstörer *Avenger* ausgesetzter Sondendroide entdeckt den Rebellenstützpunkt auf Hoth und übermittelt Darth Vader die Aufnahmen des Energie-Generators.

VISUELLE AUFNAHME

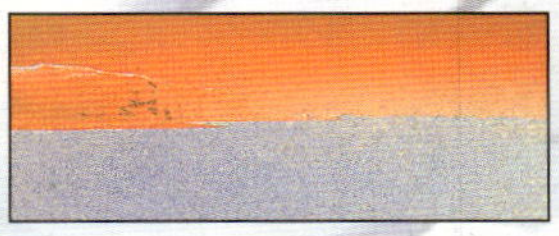

ULTRAVIOLETT-SCAN

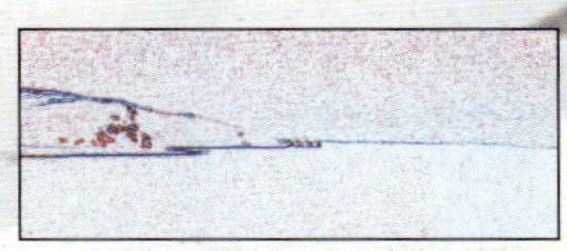

MAGNETBILD-SCAN

Jabba der Hutt

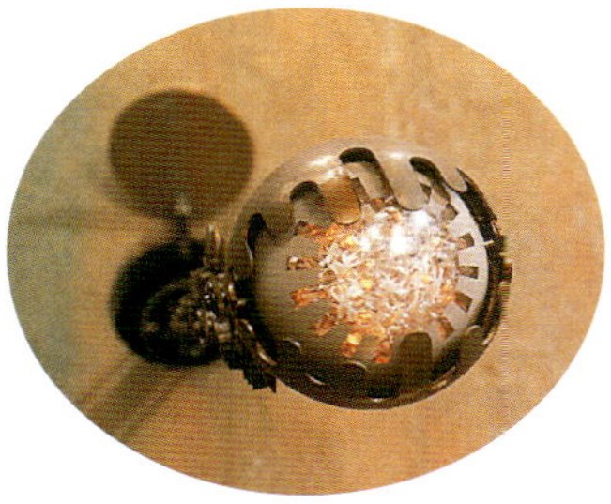

Jabbas Palast ist mit zahlreichen Sicherheitsvorkehrungen ausgestattet, darunter halbintelligente Türwächterdroiden an mehreren Eingängen.

DER VERBRECHERLORD JABBA sitzt im Zentrum eines ausgedehnten kriminellen Imperiums. Der mit einem verschlagenen Verstand ausgestattete Hutt hat sein Syndikat während einer langen Zeitspanne von Geschäften, Einschüchterungspraktiken, Erpressung, Mord und klugen Abmachungen aufgebaut, und im Unterschied zu vielen seiner Konkurrenten ist er hochintelligent und übersieht kein Detail oder Risiko. Nach Jahren wagemutiger Geschäfte hat er sich im Alter in seinen Palast auf Tatooine zurückgezogen und führt dort ein ausschweifendes Leben. Brutale Vergnügungen machen ihm fast ebenso viel Spaß wie Gewinne, daher veranstaltet er regelmäßig mörderische Gladiatorenkämpfe und außergewöhnliche Hinrichtungen.

JABBAS TÄTOWIERUNG AUS YOROWURZEL-FARBE

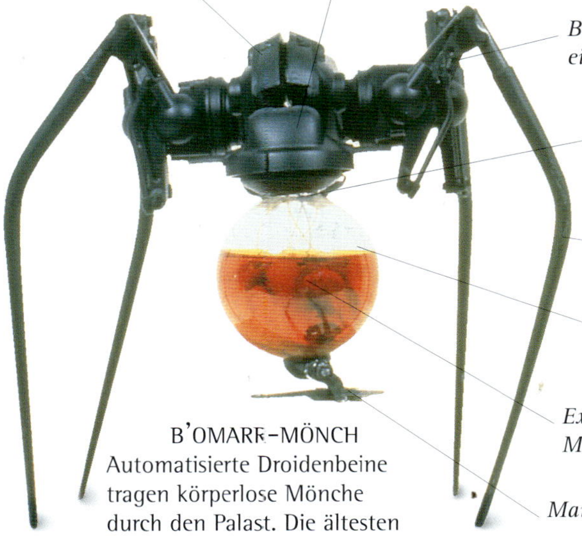

B'OMARR-MÖNCH
Automatisierte Droidenbeine tragen körperlose Mönche durch den Palast. Die ältesten Spinnendroiden besitzen vier Beine, die jüngeren Modelle sechs.

Der Wüstenpalast von Jabba dem Hutt war vor langer Zeit ein von den rätselhaften B'omarr-Mönchen erbautes Kloster. Mit den Jahren fielen Teile der Zitadelle Banditen in die Hände, die sie weiter ausbauten, während die Mönche in den unteren Bereichen ungestört ihre Geheimexistenz fortsetzten. Als Jabbas Festung beherbergt das Gebäude eine breite Palette an Gangstern, Meuchelmördern, Reisenden, korrupten Beamten, Unterhaltungskünstlern und Dienern.

Oola

Oola wurde von Jabbas Hausmeier Bib Fortuna aus ihrem primitiven Clan verschleppt und von anderen Twi'lek-Mädchen in der Kunst des Verführungstanzes unterrichtet. Obwohl Jabba sie sehr begehrenswert findet, weigert sie sich, sich ihm hinzugeben.

DATENBLATT

◆ Jabba unterhä t ein Stadtdomizil in Mos Eisley, wo er übernachtet, wenn er geschäftlich am Raumhafen zu tun hat. Aber wo immer er ist, er besteht auf neun Mahlzeiten am Tag.

◆ Auch wenn niemand es vermuten würde, ist das auf den Namen Buboicullar oder Bubo (rechts) hörende Geschöpf intelligent. Einst fraß es den Zünder einer Bombe und vereitelte so einen Mordanschlag auf Jabba.

Jabba der Hutt

Jabba Desilijic Tiure, allgemein als Jabba der Hutt bekannt, stammt von dem Planeten Nal Hutta, wo sein krimineller Vater ihn zum Verbrecherlord erzog. Die Hutts sind für ihr unmoralisches und skrupelloses Verhalten bekannt, setzen ihre Körperkraft ein, um Schwächere zu beherrschen, und befehligen die meisten Verbrechersyndikate der Galaxis.

Unter dem Geleitschutz von Sandskiff-Wächtern transportiert Jabbas Segelbarke Khetanna den Hutt nach Mos Eisley sowie zu Hinrichtungen oder Gladiatorenkämpfen zum Vergnügen des Verbrecherlords.

In Jabbas Palast wimmelt es von bizarren Geschöpfen wie seinem Leibwaffenmeister, dem Bragwin Hermi Odle. Der ehemalige Waffenschmuggler Ephant Mon, dem der Hutt einst das Leben rettete, ist Jabbas einziger echter Freund.

Salacious Crumb

Als Jabba diesen kowakianischen Eidechsenaffen erstmals beim Stehlen seines Mahls ertappte, versuchte er ihn zu essen, amüsierte sich dann aber über die Späße des Geschöpfs. Seitdem verdingt sich Salacious als Jabbas Hofnarr.

Jabbas Hofstaat

JABBA IST VON EINER VIELFALT unterschiedlicher Gestalten umgeben – Speichellecker, Mitverschwörern, Mietganoven und manch geheimnisvoller Kreatur. Das Hutt-Verbrechersyndikat zieht zwielichtige Gestalten jeder Art an, die sich bisweilen von seinem Reichtum und seiner Macht verführt zu einem Komplott gegen ihn verlocken lassen. Doch der Hutt betrachtet solche unvermeidlichen Verschwörungen als Abwechslung, hetzt die Verschwörer gegeneinander und lässt sie schließlich exekutieren. Zwischen all den Ränkeschmieden und Ehrgeizlingen gehen einige nur ihrer Arbeit nach und ignorieren das Intrigenspiel. Doch jeder in Jabbas Gefolge hat seine Geschichte und ist auf seinem eigenen, seltsamen Lebensweg in Jabbas Palast geraten.

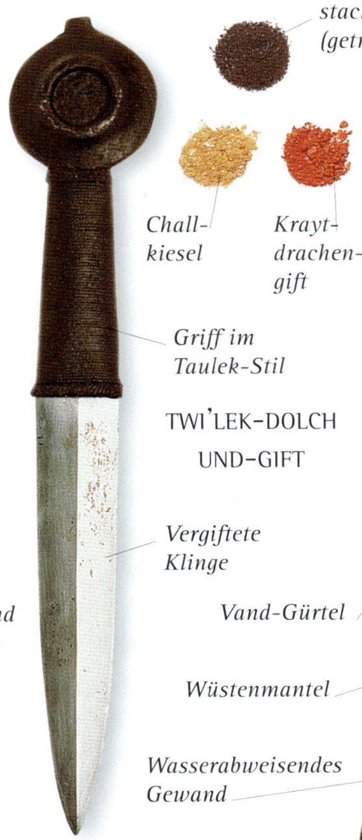

TWI'LEK-DOLCH UND-GIFT

Bib Fortuna

Jabbas Hausmeier wacht sowohl über den Wüstenpalast als auch über die Stadtwohnung in Mos Eisley. Vor seiner Anstellung bei Jabba kam Bib als Twi'lek-Sklavenhändler zu Reichtum und wurde als Gewürzschmuggler gesucht. Als Jabbas Cheflieutenant plant er hinter einer unterwürfigen Fassade die Ermordung seines Vorgesetzten. Fortunas Stellung in der Organisation und seine Hinterhältigkeit gegenüber Freund und Feind machen ihn zu einer ebenso mächtigen und gefürchteten wie heimtückischen Figur.

Tessek, ein kluger Quarren von Mon Calamari, betrachtet Jabbas Palast mit kalter Berechnung. Als Jabbas Buchhalter lenkt er Gelder in einen Geheimfonds um und plant (wie viele andere), Jabba zu ermorden und seine Organisation zu übernehmen.

Jabba hält Bib Fortuna für durchaus nützlich, aber nicht so sehr wie seinen Lieblingshausmeier Sevan Domna, der bei einem Attentat auf Jabba vor Jahrzehnten ums Leben kam.

SKIFFWÄCHTER-BLASTER

Die meisten Eloms sympathisieren mit der Rebellion, doch dieser Opportunist macht Jabbas Drecksarbeit und hält sich von den meisten anderen Palastbewohnern fern.

Jabbas Skiff-Wächter dienen als Geleitschutz und Beobachter, die auf den Skiffs schutzlos Wind, Sonne und Feindfeuer ausgesetzt sind. Neulinge werden meistens zuerst auf einem Skiff eingesetzt.

DATENBLATT

◆ Jabba weiß, was Tessek gegen ihn im Schilde führt, da ein B'omarr-Mönch, mit dem Jabba sich manchmal insgeheim bespricht, ihm die Verschwörung offenbart hat.

◆ Bib Fortuna und ein später ermordeter Partner haben Jabba den Rancor gebracht, den sie in einem geheimnisvollen havarierten Raumschiff auf Tatooine gefunden hatten.

◆ Jabba kann Menschen nicht ausstehen, und nur wenige haben es lange in seinem Hofstaat ausgehalten. Willkommen sind ihm dagegen Gestalten wie rodianische Jäger, die manchmal soziopathischen Snivvianer (rechts) oder die brutalen Weequays.

J'Quille ist ein gewalttätiger Whiphid von der kalten Welt Toola und arbeitet als Menschenjäger für Jabba. In Wahrheit dient er einem anderen Verbrecherlord als Spion und beabsichtigt, Jabba mit einem langsam wirkenden Gift zu töten.

Gamorreanische Wächter

Die zähen, ungeschlachten gamorreanischen Wächter bewachen Jabbas Palast. Diese gewaltbereiten, geistig langsamen Kreaturen sind gleichermaßen stur und loyal. Die geringe Intelligenz der männlichen Gamorreaner, die Nahkampfwaffen Blastern vorziehen, kommt ihren Arbeitgebern gelegen, da sie sich weder bestechen noch zum Verrat überreden lassen.

Yarna d'al Gargan hat jahrelang in Jabbas Palast getanzt. Sie ist die Tochter eines Askaji-Stammeshäuptlings, die von Sklavenhändlern nach Tatooine verschleppt und von Jabba gekauft wurde. Während sie dem Hutt widersteht, sucht sie die Nähe einiger Höflinge.

Jabbas Entertainer

JABBA VERBRINGT DIE MEISTE ZEIT in seinem Palast, wo eigens herbeigeschaffte Unterhaltungskünstler für höfische Zerstreuung sorgen. Manchmal zieht seine Verschwendungssucht echte Talente an, doch da seinem Palast der Ruf anhängt, ein Hort der Gefahr und des Chaos zu sein, fühlen sich nur Verzweifelte zu ihm hingezogen. Die Bands, die dort landen, sind meistens verschuldet, schwer gewürzabhängig oder der Bodensatz der Galaxis. Ein paar sind durch Missverständnisse hierher gelangt, und die wenigen, die heil davonkommen, feuern oder verspeisen ihr Management. Jabbas Launenhaftigkeit hilft den bedauernswerten Tänzern und Musikern jedenfalls buchstäblich auf die Sprünge.

Diese Sänger fanden bald entsetzt heraus, wie es sich in Jabbas Palast wirklich lebt. Sie absolvieren ihre Auftritte mit aufgesetzter Begeisterung, während sie in Wahrheit verzweifelt zu entkommen versuchen.

Umpass-Stay

Energietrommel

Ak-rev

Jabbas Trommelkünstler Ak-rev wuchs in einem sriluurianischen Kloster auf, das dem Donnergott Am-Shak geweiht war. Dort lernte er die Donnertrommeln des Tempels spielen. Ak-rev wird von dem Klatooinianer Umpass-Stay begleitet, einem geheimen Leibwächter Jabbas.

Der Rodianer Doda Bodonawieedo war der Liebling der gamorreanischen Palastwächter. Manchmal tritt er mit den Palastbands auf. Barquin D'an ist der Bruder des Bith Firgrin D'an von den Modal Nodes.

Barquin D'an mit Kloo-Horn

Traz

Lekku (Kopfschwanz)

Sensua-Riemen

Tanzschuhe

Anpassungsfähiger Szona-Body

Hufe

RYSTÁLL SANT

Saugnapffinger

GREEATA

Radionmodulator

Resonator

Klangbecken

Plandl-Horn

Xloff-Horn

Troomic-Klangrohr

Subtieftönerfuß

BONTORMIANISCHES KLESPLONG

Wenn Jabba ein bestimmter Sound gefällt, behält er die Instrumente der Bands, die sie nicht mehr brauchen. Die exotischen Instrumente sammelt er in seinem Palast und befielt neuen Bands manchmal, sie zu benutzen, auch wenn sie sie gar nicht beherrschen.

Die Leibesfülle der Hutts hindert diese an schwierigen Tänzen, doch Jabba hat trotzdem eine Vorliebe für die geschmeidigen, rhythmischen Bewegungen fremder Tänzerinnen. Eine gute Tänzerin kann leicht die Gunst des Hutts gewinnen, wenn sie zudem die Kunst der Manipulation beherrscht, bieten sich ihr in seinem Hofstaat ungeahnte Möglichkeiten, sich zu bereichern.

Lyn Me

Eine Twi'lek von dem unwirtlichen Nordkontinent auf Ryloth, die Verführungstänzerin wurde, um ihrem Planeten zu entfliehen. Max Rebo überredete sie dazu, Jabbas Palast aufzusuchen.

DATENBLATT

- Es haben mehr Bands Jabbas Palast betreten als verlassen. Wenn Jabba nicht zufrieden ist, verfüttert er vermeintlich schlechte Musiker an den Rancor.
- Der auf seiner Heimatwelt als Rapotwanalantonee bekannte Shawda Upp spielt in der Max Rebo Band eine Mischung aus Flöte und Wasserorgel.

Droopy McCool

Der von den Vorgängen ringsum total unbeeindruckte Kitonak kennt kaum seinen von Max Rebo erfundenen Bühnennamen. Als Quasimystiker passt er nicht recht in die Max-Rebo-Band, was ihn aber nicht stört, er spielt einfach, was ihm in den Sinn kommt. Seit er die Gesellschaft seiner Artgenossen vermisst, behauptet er, in der Wüste von Tatooine die Stimmen anderer Kitonaks zu hören.

Sy Snootles

Die von Jabbas Begeisterung getäuschte egozentrische Sängerin schätzt ihre Möglichkeiten falsch ein. Ihre Vorstellungen sind viel zu sonderbar für große Erfolge, aber da Jabba seine Lieblingssängerin niemals gehen lassen wird, bleibt ihr der ernüchternde Sprung ins kalte Wasser ohnehin erspart.

Max Rebo

Der in der Branche als Max Rebo bekannte blaue Ortoloaner ist ein halb verrückter, vom Essen besessener Keyboardspieler. Sein Vertrag mit Jabba sieht zum Verdruss seiner Bandkollegen ausschließlich freie Verpflegung vor. Auch wenn er als Bandleader wenig taugt, liebt er die Musik und beherrscht leidlich das Instrument seiner Wahl.

RED BALL JETORGEL

Der Sarlacc

DIE WISSENSCHAFT hat die Rätsel zahlreicher Lebensformen in der Galaxis gelöst, aber manche Geschöpfe wie der Sarlacc sperren sich weiter gegen jegliche Erforschung. Der selten vorkommende Sarlacc ist eine gewaltige Bestie und lauert auf dem Grund der Großen Grube von Carkoon auf Tatooine. Sein drei Meter messender Schlund ist der einzige an der Oberfläche sichtbare Teil, der Rest ist vollständig im sandigen Untergrund verborgen. Während sich die Xenobiologen noch streiten, ob der Sarlacc Pflanze oder Tier ist, stimmen sie darin überein, dass er für weitere Forschungen viel zu gefährlich ist.

Der Sarlacc ernährt sich von Geschöpfen, die in den Sandtrichter geraten, der seinen Schlund umgibt, doch nicht alle seine Mahlzeiten sind dem Zufall geschuldet. Jabba der Hutt machte dem Sarlacc jahrelang seine Feinde zum Geschenk. Einer der wenigen, die diese Begegnung überlebten, war Luke Skywalker.

Jabba wurde von der koordinierten Gegenwehr seiner Rebellen-Gefangenen überrumpelt. Während der Kämpfe über der Großen Grube von Carkoon wartete der Sarlacc geduldig auf für ihn abfallende Körper.

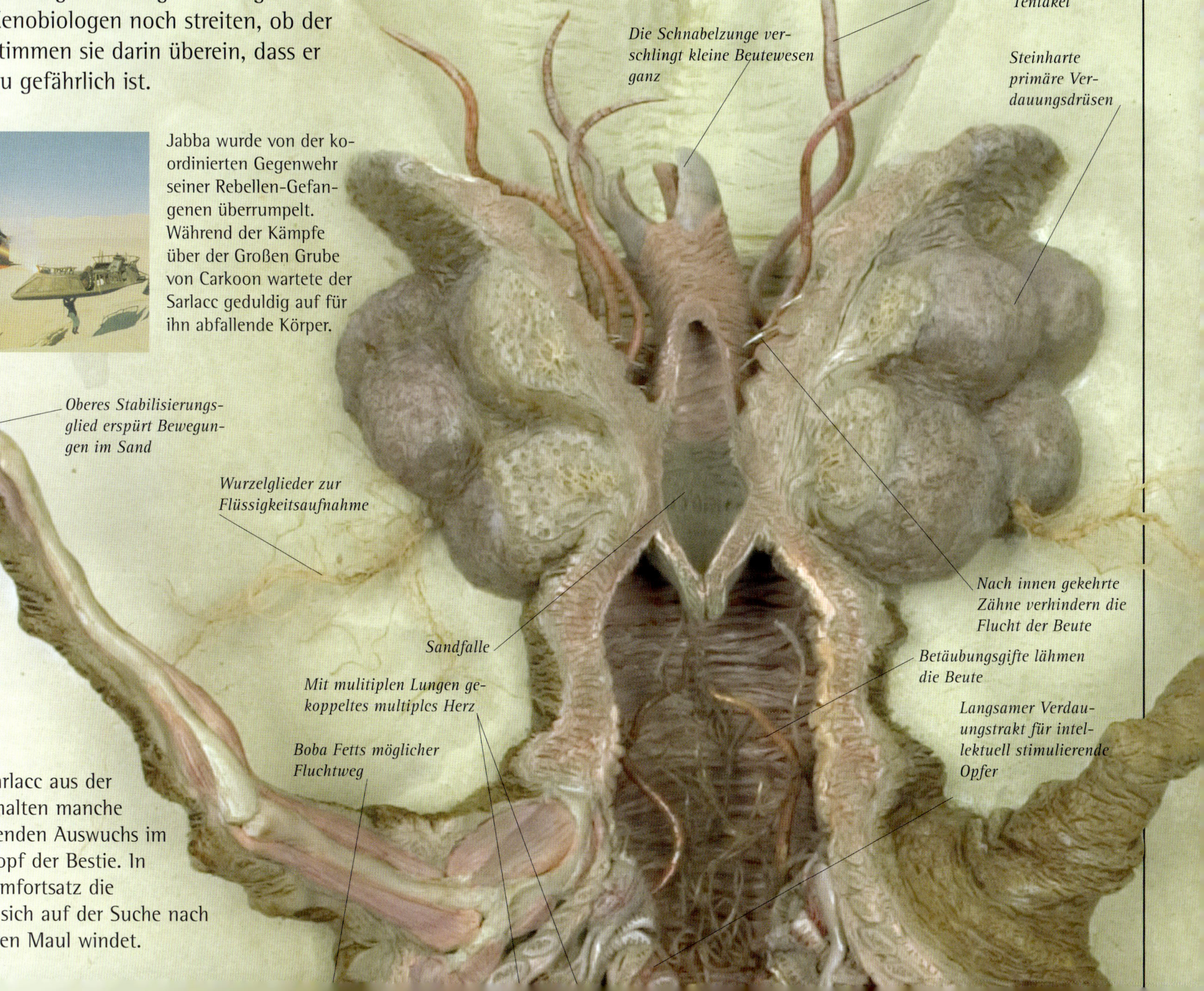

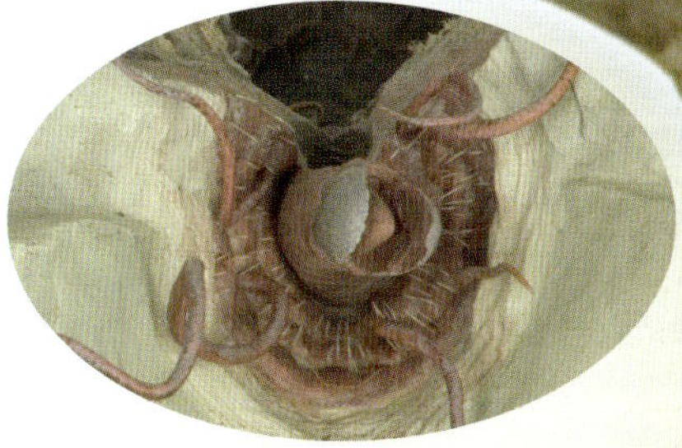

Tödliche Zunge

Da der einzig sichtbare Teil des Sarlacc aus der Großen Grube von Carkoon ragt, halten manche den in eine Art Schnabel übergehenden Auswuchs im Zentrum des Schlundes für den Kopf der Bestie. In Wahrheit ist dieser augenlose Wurmfortsatz die muskulöse Zunge des Sarlacc, die sich auf der Suche nach Leckerbissen aus seinem schleimigen Maul windet.

Nach dem Verschlingen verleibt sich das Biosystem des Sarlacc die Beute ein. Biologen nehmen an, dass der Sarlacc den Intellekt seiner Opfer absorbiert und ihre Qualen um Jahrtausende verlängern kann.

Während der als Schlacht von Carkoon bekannten Kampfhandlungen verschlang der Sarlacc zahlreiche Lebewesen, viele entkamen jedoch der Feuersbrunst, die Jabbas Segelbarke verschlang. Niemand weiß bis heute, ob die Bestie ihre Beute roh oder gegrillt bevorzugt.

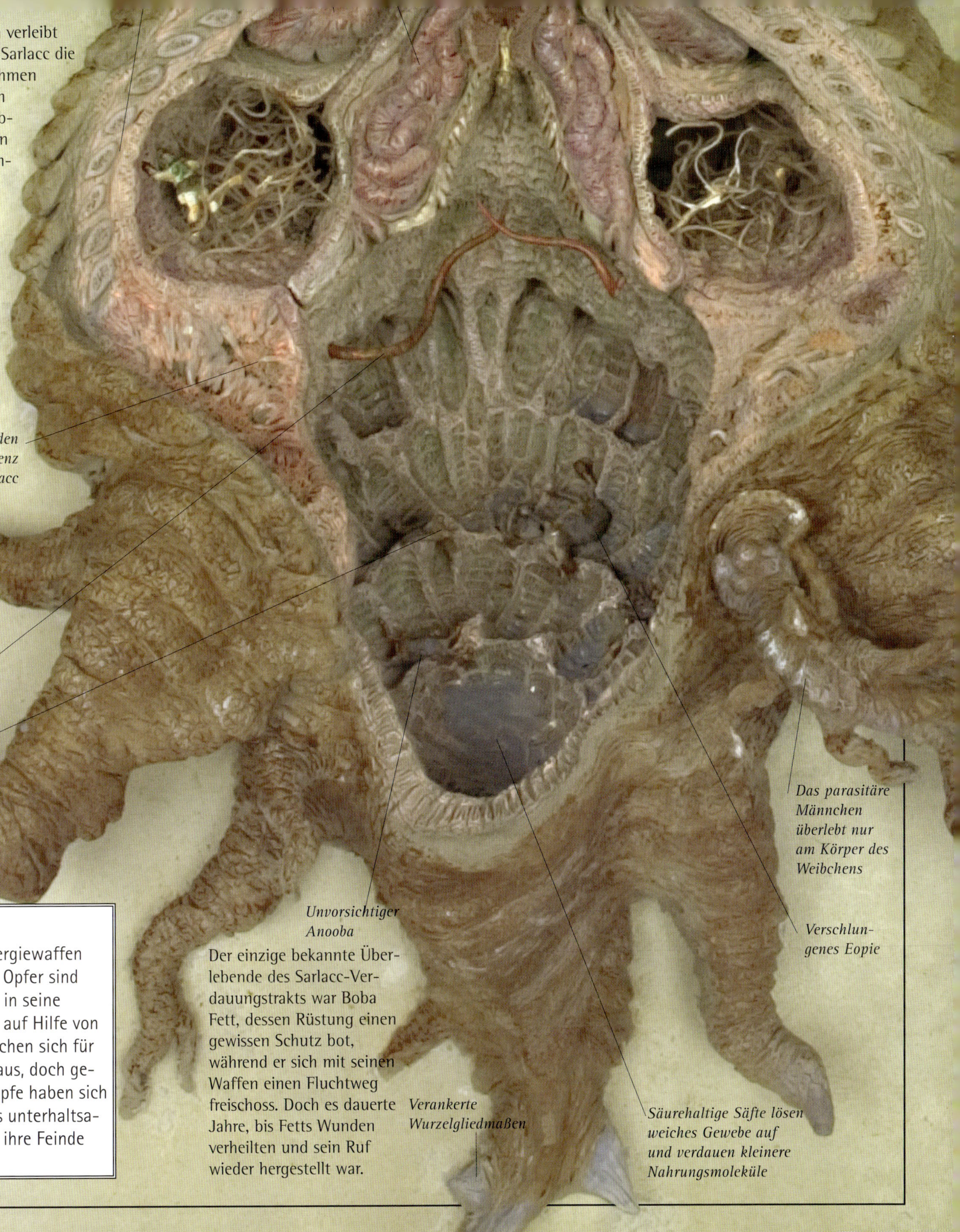

Der einzige bekannte Überlebende des Sarlacc-Verdauungstrakts war Boba Fett, dessen Rüstung einen gewissen Schutz bot, während er sich mit seinen Waffen einen Fluchtweg freischoss. Doch es dauerte Jahre, bis Fetts Wunden verheilten und sein Ruf wieder hergestellt war.

DATENBLATT

◆ Der Sarlacc kann von Energiewaffen verletzt werden, doch seine Opfer sind meistens unbewaffnet. Wer in seine Fänge gerät, kann nur noch auf Hilfe von außen hoffen. Manche sprechen sich für die Vernichtung der Bestie aus, doch gewisse einflussreiche Geschöpfe haben sich seiner weiteren Nutzung als unterhaltsames Entsorgungssystem für ihre Feinde versichert.

Boba Fett

BOBA FETT BENUTZT die von seinem Vater Jango Fett übernommene mandalorianische Kampfrüstung und sein exotisches Waffenarsenal, um das väterliche Erbe als berüchtigter und geheimnisvoller Kopfgeldjäger anzutreten. Mit den Jahren hat er einen eigenen Ehrenkodex entwickelt und erledigt die wenigen Aufträge, die er annimmt, mit unnachgiebiger Härte. Seine kalt berechnende Art in Kombination mit einer Vielzahl verborgener Fähigkeiten hat ihm zahlreiche unmögliche »Abschüsse« eingebracht und ihm zum besten Kopfgeldjäger der Galaxis gemacht. Dank der Geheimwaffen seiner Rüstung sowie der getarnten Bewaffnung seines Raumschiffs *Slave I* ist Boba Fett der Alptraum all seiner Opfer.

Boba Fett hat so oft für Darth Vader gearbeitet, dass er auch als dessen Handlanger galt. Vader sieht in ihm einen intelligenten, skrupellosen, fähigen Verbündeten, der für ihn Rebellen aufspürt und Luke Skywalker jagt.

Slave 1

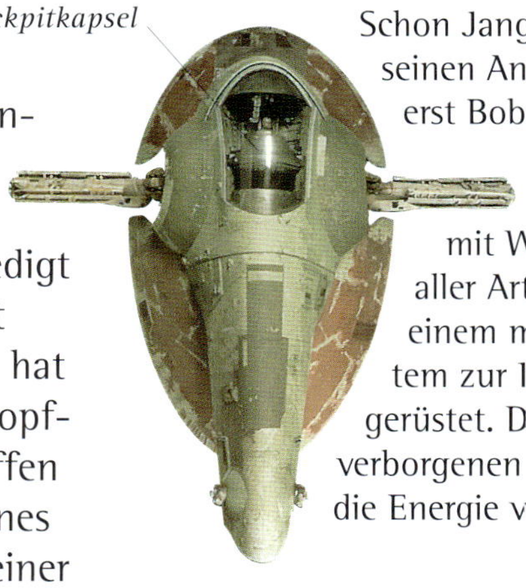

Schon Jango Fett hatte das Raumschiff seinen Ansprüchen angepasst, aber erst Boba Fett hat den betagten Raumer auf Vordermann gebracht. Die *Slave I* ist mit Waffen und Suchsystemen aller Art vollgestopft sowie mit einem militärischen Sensortarnsystem zur Irreführung ihrer Beute ausgerüstet. Die vielen im Schiffsrumpf verborgenen Waffensysteme benötigen die Energie von vier Bordgeneratoren.

Raketentornister

Fetts Tornister ist eine Kombination aus Springerrucksack und Raketenwerfer. Der Werfer kann mit einer Lenkrakete oder einem (mit einer Seilwinde verbundenen) Enterhaken ausgerüstet werden, während das Raketentornistersystem zur Überraschung für Fetts Beute Energieschübe für kurze Sprungdistanzen auslöst.

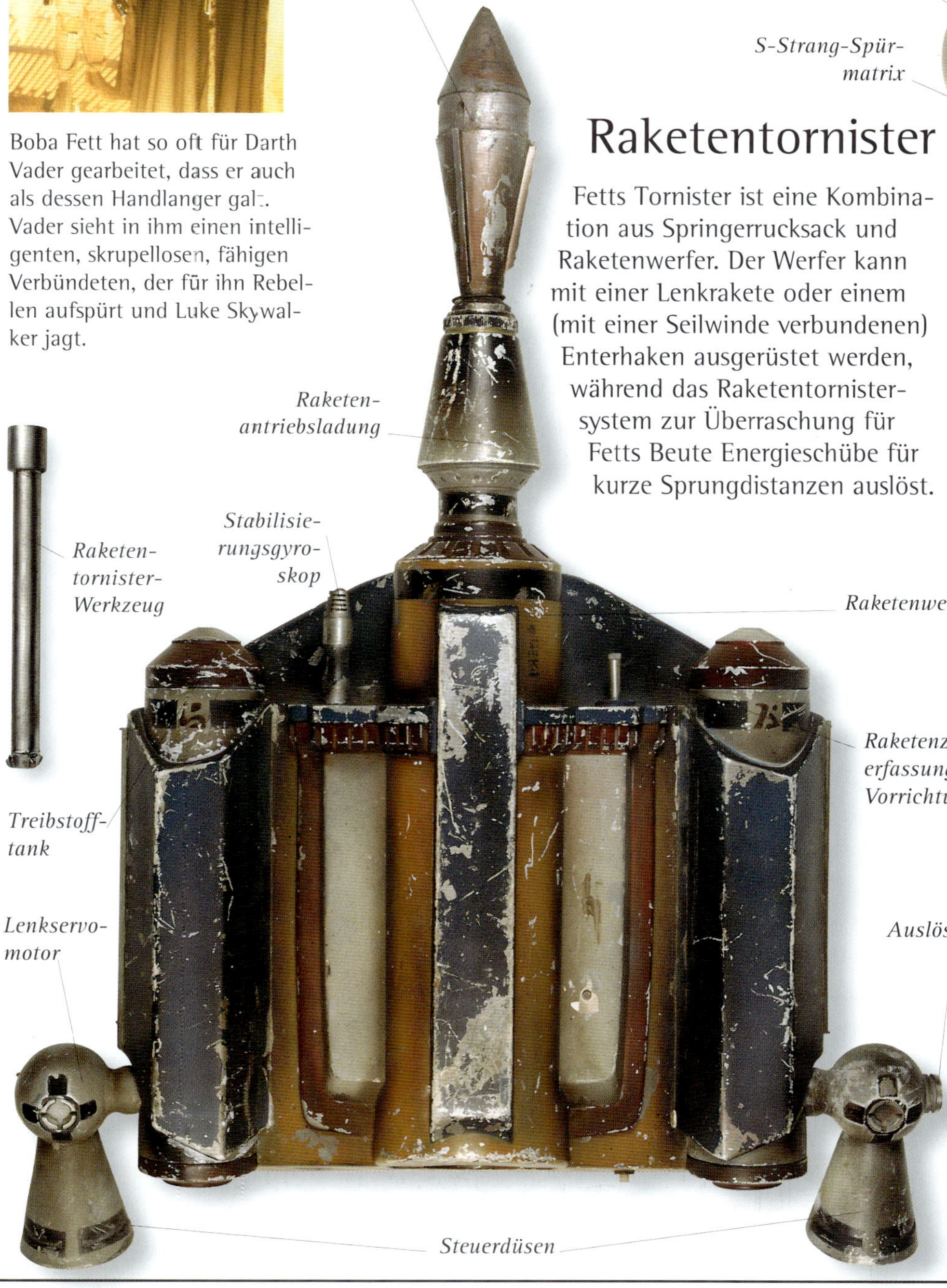

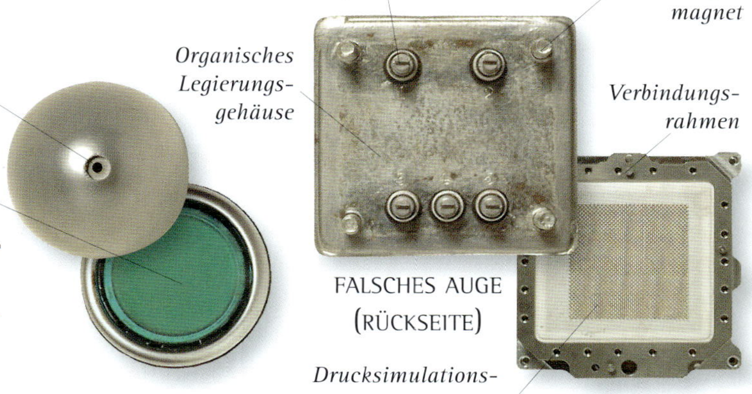

IONEN-HAFTPFEIL-SENDER

FALSCHES AUGE (RÜCKSEITE)

DRUCKSIMULA-TIONS-POLSTER

Boba Fett verwendet diese Geräte, um seine Opfer aufzuspüren und sich unauffällig in Sicherheitszonen zu schleichen. Drucksimulations-Polster werden an Verriegelungen angebracht, die auf Berührung reagieren, um bioelektrische Felder und Fingerabdrücke fast jeder Person nachzuahmen. Mit dem Falschen Auge lassen sich ähnliche Netzhautscanner überlisten. Der Ionen-Peilsender nutzt insgeheim das galaxisweite HoloNetz, um Raumschiffe aufzuspüren.

DATENBLATT

◆ Fett ist dafür berüchtigt, seine Opfer vollständig aufzulösen.

◆ Boba Fett begegnet Luke Skywalker erstmals als Darth Vaders Spion auf einem Mond des Panna-Systems, wo es ihm fast gelingt, Luke den Standort des Hauptstützpunkts der Rebellen zu entlocken.

◆ Fetts Dienste sind kostspielig, aber seine Ehre bleibt unverkäuflich. Er nimmt nur Aufträge an, die seinem Gerechtigkeitsempfinden genügen.

Nicht einmal der corellianische Schmuggler Han Solo kann Boba Fetts Hartnäckigkeit entkommen. Fett legt seine Kopfgeldjägerkollegen herein und folgt Solo nach Bespin, wo er sein Opfer stellt und seinen in Karbonid eingefrorenen Körper im Frachtraum der *Slave I* verstaut.

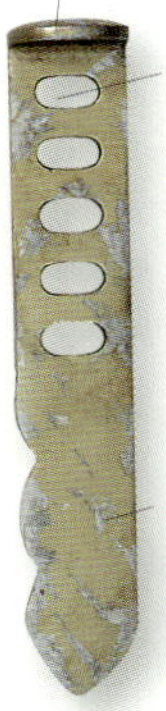

ÜBERLEBENSMESSER

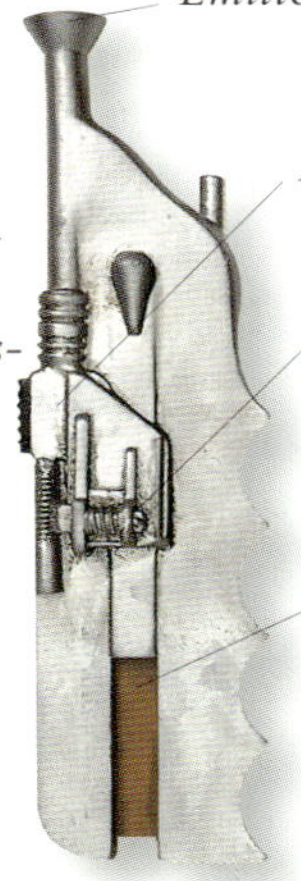

SCHALLSTRAHLWAFFE

KNIESCHONER-RAKETENPFEILE

Da er schon in der Vergangenheit für den Verbrecherlord tätig war, nahm Boba Fett als Gegenleistung für einen Zuschlag auf die Belohnung für Han Solo einen weiteren Auftrag von Jabba dem Hutt an. Mancher in Jabbas Palast glaubte jedoch, dass er nur blieb, um seine eingefrorene Trophäe in Jabbas Thronsaal bewundern zu können, aber niemand wird das je herausfinden.

ANTISICHERHEITS-SCHEIBEN

Diese in Fetts Schienbeinfächern steckenden elektronischen Vorrichtungen schalten mithilfe von starken Störungswellen Schutzschirme, Überwachungskameras und andere Sicherheitseinrichtungen aus. Bei hoher Intensität öffnen sie Magnetschlösser und verschaffen dem Benutzer fast überall Zutritt. Boba Fett verbindet manchmal mehrere dieser Geräte, um ein Antisicherheitsfeld zu erzeugen und sich unbemerkt irgendwo einzuschleichen.

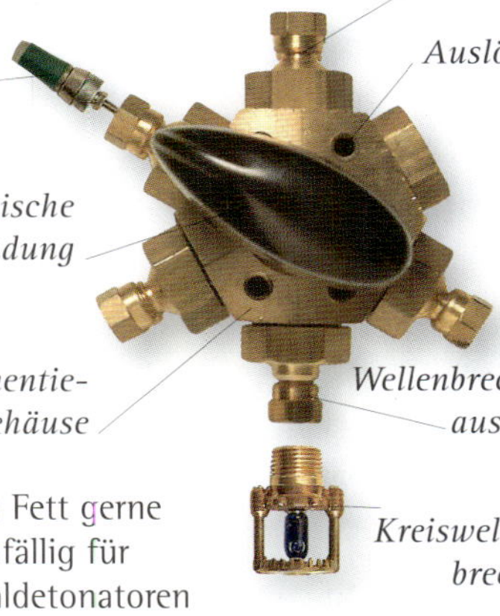

Für umfassendere Zerstörungswerke benutzt Boba Fett gerne einen antiquierten Multidetonator, der weniger anfällig für Eindämmungsschilde ist als herkömmliche Thermaldetonatoren und leicht jeden Raumschiffantrieb zerfetzen kann.

MULTIDETONATOR

Kopfgeldjäger

DIE GEWALTHERRSCHAFT DES IMPERIUMS hat viele in Verbrecher und Schwarzhändler verwandelt und zahlreiche Bürger in die Illegalität getrieben. Die von den imperialen Behörden ausgesetzten Belohnungen für derartige »Staatsfeinde« haben die Kopfgeldjagd zu einem einträglichen Geschäft gemacht. Die häufig selbst kriminellen Kopfgeldjäger verschaffen den imperialen Gesetzen oft äußerst brutal Geltung. Nur wenigen geht es um die legitime Überführung von Straftätern, die meisten sind kaum mehr als Abschaum.

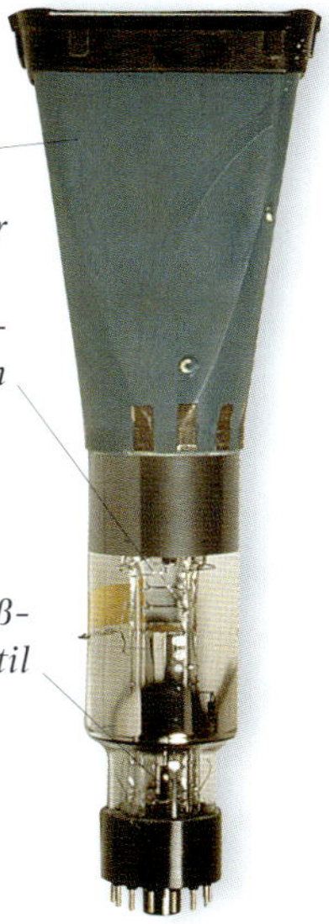

IG-88-TRION GASZERSTÄUBER

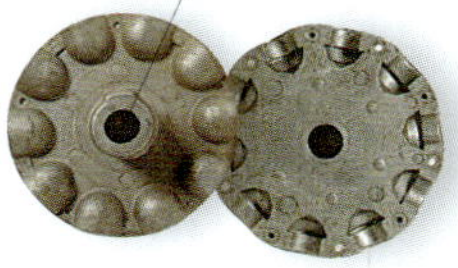

IG-88-VIBROSCHEIBEN

IG-88-KLINGENVERLÄNGERUNGSSET

IG-88

Der furchterregende Attentäterdroide ist einer von fünf identischen Robotern, die sofort nach der Aktivierung ihre Erbauer abschlachteten und in die Galaxis entkamen. Da seine Persönlichkeit unausgereift blieb, ist IG-88 nur von der Beutejagd besessen. Die Attentäterdroiden sind schwer zu kontrollieren und waren, da sie für jedermann eine Bedrohung darstellen, lange verboten.

Ein IG-88-Droide verfolgte die *Slave I* nach Cloud City, um dort Boba Fett zu töten. Doch Fett legte in der Abfallverarbeitungsebene einen Hinterhalt, er paralysierte den Droiden mit einer Ionenkanone, zerstörte ihn und überließ die Überreste der Schrottpresse.

Dengar

Der als imperialer Attentäter ausgebildete Dengar unterzog sich einer Gehirnoperation, bei der sein Hypothalamus durch Schaltkreise ersetzt und er in einen fast gefühllosen Killer verwandelt wurde. Als unabhängiger Kopfgeldjäger hat er 23 Gegner zur Strecke gebracht. Er verfolgt Han Solo mit unerbittlichem Hass, weil dieser ihn während einer Verfolgungsjagd durch die Kristallsümpfe von Agrilat am Kopf verletzte.

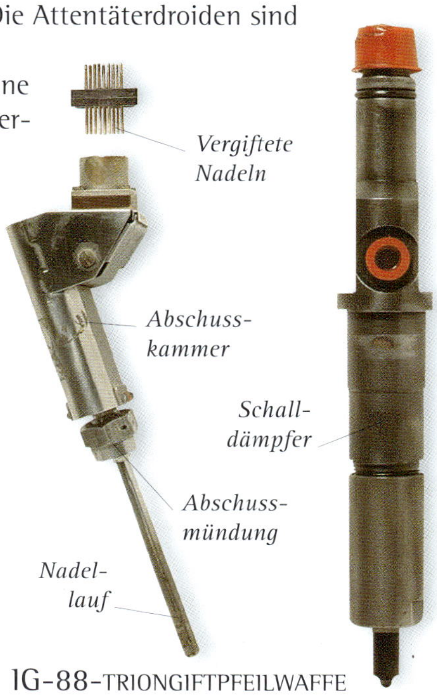

IG-88-TRIONGIFTPFEILWAFFE

DATENBLATT

◆ Boba Fett wurde mehrere Male von IG-88-Droiden angegriffen, die seine *Slave I* beschädigten, ihn selbst aber nicht erwischten. Fett hat später drei von ihnen zerstört.

◆ Rodianer wie Greedo entstammen einer Kultur, die Kopfgeldjagd als Sport schätzt, doch Greedo fand in Han Solo seinen Meister.

4-LOM

Der ehemalige Protokolldroide, dessen Äußeres der Spezies gleicht, der er diente, wurde nach einem Programmschaden zum Verbrecher, der sich auf die Vorwegnahme gegnerischen Handelns spezialisierte. Seitdem versorgt er seinen mysteriösen Partner, den Finder Zuckuss, mit Informationen und deren Auswertung.

Zuckuss

Der Kopfgeldjäger Zuckuss nutzt die religiösen Rituale der jahrhundertealten Finder-Traditionen seiner Gaswelt Gand. Seine Fähigkeiten sind anderen Kopfgeldjägern unheimlich, er ist ein unermüdlicher Spürhund und hat meistens Erfolg.

Bossk

Der zähe, unverwüstliche Trandoshaner Bossk hat entlaufene Sklaven aufgespürt und später, zwölfmal erfolgreich, als Kopfgeldjäger im Auftrag des Imperiums gearbeitet. Die reptilienartigen Trandoshaner können bis ins Erwachsenenalter verlorene Hautpartien, Finger und Gliedmaßen nachwachsen lassen. Da er seiner Beute gerne die Haut abzieht, gilt er als besonders gemeingefährlich.

BOUSHH'S THERMAL-DETONATOR

BOUSHH'S LANZENKLINGE UND SCHOCKERAUFSÄTZE

Da Jabba der Hutt häufig Belohnungen für die Ergreifung oder Ermordung von Feinden aussetzt, treffen in seinem Palast häufig Kopfgeldjäger aufeinander.

Boushh

In einer Galaxis, in der so viele seltsame Geschöpfe als Kopfgeldjäger auftreten (oder wenigstens so tun), fiel es Prinzessin Leia leicht, sich den Helm und die Kleidung eines Toten zu verschaffen und in die Rolle eines ubesischen Menschenjägers zu schlüpfen. Ihre militärische Ausbildung kam ihr dabei zustatten, sodass nur Jabba sie von Anfang an in Verdacht hatte.

Sandleute

TUSKENRÄUBER

DIE SANDLEUTE ODER TUSKENRÄUBER sind Nomaden, die im Dünenmeer von Tatooine oder der Jundland-Wüste umherstreifen und sich ihrer Umgebung kaum sichtbar anpassen. Als Herren der Wüste und unter dem Sonnenschutz ihrer dichten Kleidung überleben sie an den unwirtlichsten Orten. Ihre Wildheit macht sie zu Feinden der Feuchtfarmer und Siedler in abgelegenen Gegenden. Sie meiden Städte, dringen jedoch im Hochsommer nach Sonnenuntergang bis an die Siedlungsränder vor, um zu stehlen und zu plündern. Da die Sandleute einsame Nachtschwärmer erschlagen, sollten sich die Bewohner besser in ihren Häusern einschließen, wo sie vor ihnen sicher sind.

Banthas

Die Banthas wandern in Herden durch die Wüsten von Tatooine. Die Sandleute nutzen die riesigen Geschöpfe als Reit- und Lasttiere, leben eng mit ihnen zusammen und nehmen sie sogar in ihren jeweiligen Clan auf. Um ihre Anzahl zu verschleiern, reiten die Sandleute stets hintereinander.

BLUTKLINGE
Zu den Clanritualen der Tuskenräuber gehört die Opferung von Tieren, Gefangenen oder sogar ausgestoßenen Sandleuten.

Die wenigen Quellen wie die in der Gafsa-Schlucht sind den Tuskenräubern heilig. Wer sich ihnen nähert, muss mit einen sofortigen Angriff und als Eindringling mit seiner Ermordung oder Opferung rechnen.

DATENBLATT

- Die Tuskenräuber schlachten Wracks aus und machen aus den Metallteilen ihre gefürchtete Waffe, den Gaderffi- oder Gaffi-Stock.
- Obwohl die Sandleute Nomaden sind, verfügen einzelne Clans über Höhlen oder Erdlöcher, in denen sie Zeremonien abhalten oder ihre Toten begraben.

Jawas

DIE ÄNGSTLICHEN und geschäftstüchtigen Jawas, die zum Schutz vor der Tatooine-Doppelsonne in dunkle Kapuzenmäntel gehüllt sind, sammeln Metallschrott, verirrte Droiden sowie Abfall oder Teile der zahlreichen in der Wüste abgestürzten Raumschiffe. Mit ihren leuchtenden Augen sehen sie auch in ihren Felsverstecken, ihre nagetierartigen Gesichter sind bemerkenswert hässlich. Es gibt nur wenige Jawa-Siedlungen, die meisten Jawas patrouillieren in riesigen Sandkriechern, Relikten einer längst vergangenen Bergbauepoche, durch die Sanddünen. Den aufbereiteten Schrott bieten sie günstig an, gelten aber als verschlagene Händler, die unachtsame Käufer gern übers Ohr hauen.

Verirrte oder weggeworfene Droiden sind eine Lieblingsbeute der Jawas, die stets mit Hemmbolzen zur Beschlagnahmung vagabundierender Droiden ausgerüstet sind. Ein magnetischer Saugrüssel befördert die Beute dann in den Bauch ihres Sandkriechers.

Die von zahllosen Sandstürmen und der Sonnenhitze verschrammten rostigen Sandkriecher bergen Droidenkerker, Mineralerz- und Metallverarbeitungsanlagen sowie Wrackteile und Schrott aller Art.

IONENENERGIE-ZELLE

IONISATIONS-BLASTER

DROIDENTEILE
Die Recycling-Talente der Jawas sind legendär. Wenn selbst sie einen Droiden nicht mehr reparieren können, zerlegen sie ihn in seine Einzelteile (oben). Neubesitzer, die ins Innere eines von Jawas gekauften Droiden blicken, stoßen manchmal auf ungeahnte Bauteile.

DROIDENRUFER

DATENBLATT

◆ Einmal im Jahr versammeln sich die Jawas zu einem großen Trödelmarkt, wo sie mit Droiden und Ausrüstung handeln und von ihren Abenteuern berichten.

◆ Wenn am Stadtrand ein Jawa-Sandkriecher erscheint, gehen die Droiden in Deckung, und die Bewohner behalten ihre Landgleiter im Auge, da in der Nähe von Jawas ständig etwas verschwindet.

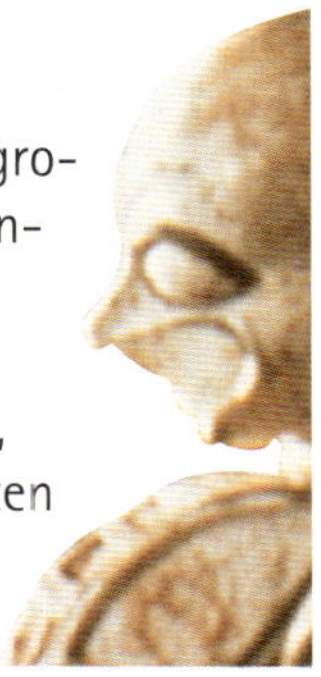

Ewoks

DIE KLEINEN, PELZIGEN Ewoks leben in den Wäldern des Smaragdmondes Endor in Eintracht mit der Natur. Sie errichten ihre Dörfer in den Wipfeln der höchsten Bäume und verbinden ihre auf Plattformen ruhenden Behausungen mit Holzbrücken. Sie sind Jäger und Sammler, die bei Nacht, wenn der Wald für sie zu gefährlich wird, in ihre luftigen Siedlungen zurückkehren.

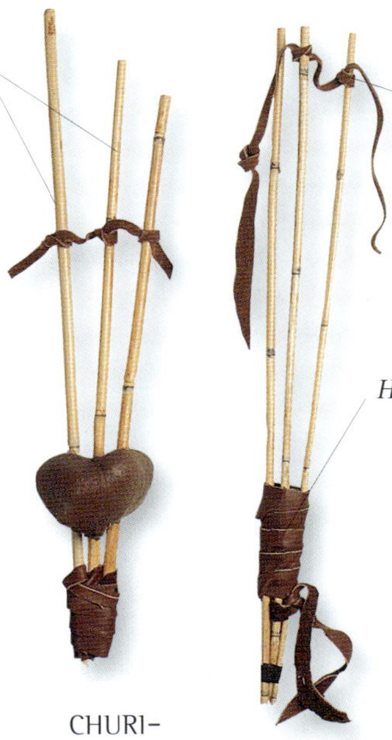

CHURI-VOGELRUFER

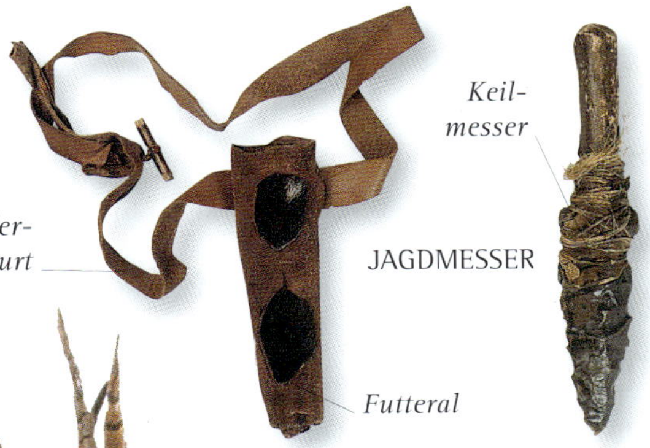

JAGDMESSER

Wicket W. Warrick

Als der junge Einzelgänger mal wieder alleine durch die Wälder stromert, stößt er dort auf Prinzessin Leia Organa. Da er ihre Güte spürt, vertraut er ihr und führt sie in die relative Sicherheit seines Dorfes. Als Leias Freunde auftauchen, spricht er sich dagegen aus, sie zu misshandeln, hat aber wegen seiner Eigenarten wenig Einfluss auf die Ältesten des Dorfs. Wickets genaue Kenntnis der Wälder hilft den Rebellen bei ihrem Angriff auf die Imperialen Streitkräfte.

Teebo

Teebo, ein Sterngucker und Dichter im Herzen, ist auf geheimnisvolle Weise mit den Naturkräften verbunden. Dank seiner Gaben nimmt er mehr wahr, als seine verträumten Augen sehen, dennoch besitzt er Sinn fürs Praktische. Sein Verstand hat ihn sogar zum Stammesführer gemacht.

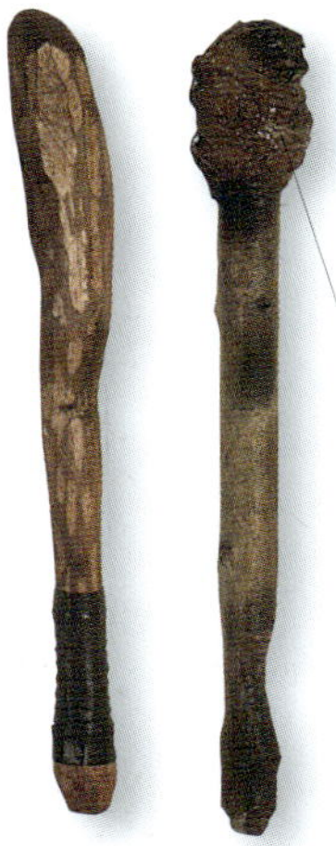

SCHLAGSTÖCKE

SCHAMANENUTENSILIEN

Ewok-Schamanen fertigen für ihre Arbeit eine Reihe magischer Gerätschaften und Heilmittel an. Ein Geisterstab hilft bei der Anrufung der Ahnen, während Kranke oder Verletzte mit einem mächtigen Zauberstab berührt werden. Der Wald liefert ihnen zahllose Heilpflanzen, die sie zusammen mit Glücksbringern in einem Talismanbeutel aufbewahren.

GEISTERRASSEL

Logray

Der Stammesschamane und Medizinmann hilft seinem Volk mit seinem beeindruckenden Wissen um Rituale und Zauberei. Er pflegt die alten Traditionen der Initiation und des Lebensopfers. Zu den Trophäen an seinem Machtstab gehören die Überreste alter Feinde, er misstraut Außenseitern, eine Haltung, die durch die Ankunft der Imperialen bekräftigt wird.

Häuptling Chirpa

Chirpa führt seinen Stamm seit 42 Jahresläufen, seine jahrelange Erfahrung macht ihn zu einem verständigen Anführer seines Volkes, obwohl er im Alter ein wenig vergesslich geworden ist. Seine Autorität schwört die Ewoks auf den gefährlichen Kampf gegen das Imperium ein.

DATENBLATT

◆ Ungeachtet ihrer primitiven Technologie verfügen die Ewoks über großen Einfallsreichtum und bauen Hänggleiter und komplizierte Fallen für die Imperialen Besatzungstruppen.

◆ Die Ewoks tragen häufig die Zähne, Hörner oder Schädel von erlegten Tieren als Trophäen.

Mos-Eisley-Bar

SCHON DER RAUMHAFEN VON MOS EISLEY ist ein Ort, wo es von seltsamen Geschöpfen und Dingen wimmelt, in der Mos-Eisley-Bar jedoch kommen die verrücktesten Gestalten der Stadt zusammen, hier trifft man abgehärtete Berufsraumfahrer und bizarre Aliens aus den hintersten Winkeln der Galaxis. Die Bar eignet sich nicht für Ängstliche, den Stammgästen aber bietet sie eine pangalaktische Atmosphäre, die sie von ihren unterschiedlichen Missgeschicken und dem Elend von Mos Eisley ablenkt. Die Hausband bedient fast alle Geschmäcker, und solange unvorsichtige Außenseiter sich dort nicht den Schädel wegblastern lassen, kann hier jeder nach seiner Fasson selig werden. Man handelt, man betrinkt sich, selbst die zwielichtigsten Geschäfte finden einen angemessenen Abschluss, und der Barmann hält so was wie Ordnung aufrecht, indem er damit droht, Unruhestiftern Gift in den Drink zu mischen.

Der Eingangsbereich dient als Pufferzone zwischen der unerträglichen Hitze draußen und der relativen Kühle im Innern der Bar. Außerdem müssen sich Neuankömmlinge dadurch vor dem Eintreten den prüfenden Blicken der Gäste aussetzen.

Hrchek Kal Fas ist ein zäher Saurin-Droidenhändler, der die Bar nur mit seinem Leibwächter betritt.

Die Duros bereisen den Weltraum dank ihrer natürlichen Begabung als Piloten und Navigatoren schon seit langer Zeit. Die Tiefraumrouten dieser beiden führen sie regelmäßig nach Mos Eisley.

Dieser Devaronianer, dessen Verbrechen ihm das höchste Kopfgeld in der Geschichte der Galaxis eingebracht haben, versteckt sich auf der Flucht vor seiner üblen Vergangenheit unter dem Namen Labria.

TECH M'OR

TEDN DAHAI

DATENBLATT

◆ Als Luke und Ben die Bar verließen, entging ihnen, dass sie von dem Insektenesser Garindan beobachtet wurden, einem zwielichtigen Informanten mit einem Imperialen Komlink.

◆ Leichen oder abgetrennte Glieder lösen sich beim Erscheinen der Behörden nach Auseinandersetzungen stets in Luft auf ... und niemand kennt ihren genauen Verbleib.

Figrin D'an und seine Band

Die meistens in der Mos-Eisley-Bar spielende Band Modal Nodes besteht aus hochintelligenten, außergewöhnlich musikalischen Bith. Obwohl sich die Bandmitglieder häufig beklagen, gefällt ihnen ihr ungewöhnliches Engagement, das sie von ihrer Heimatwelt Clak'dor VII weggeführt hat. Der Bandleader ist ein Glücksspieler, der es sich gut gehen lässt und seine gelegentlichen Schulden mit seiner Musik abbezahlt, während er gleichzeitig seine Mitmusiker vor Ärger bewahrt. Die Band war schlau genug, ein Angebot aus Jabbas Palast auszuschlagen.

Dieser in verlassenen Gängen unter Mos Eisley lebende Talz namens Muftak betätigt sich als Taschendieb. Talz sind Primitive, die kaum Werkzeug benutzen und nur als Sklaven in den Weltraum gelangen.

Die Auswahl diverser legaler und verbotener Getränke zieht viele ungewöhnliche Gäste an. Lamproiden und anderen Spezies serviert man hier Blutcocktails unklarer Herkunft.

In einer Nische in der Nähe der Bar tauschen der Talz-Taschendieb Muftak, der Bith-Söldner und Kloo-Horn-Spieler Lirin Car'n, der sakiyanische Kopfgeldjäger Djas Puhr sowie der immer zu Kämpfen aufgelegte Myo Neuigkeiten aus und lauschen der Musik.

Mos-Eisley-Bargäste

AUFGRUND DER TYRANNISCHEN KONTROLLE der Kernwelten durch das Imperium und der Unterdrückung aller Nichtmenschen suchten viele Bürger Zuflucht auf Planeten im Äußeren Rand wie Tatooine, die der Imperator kaum seiner Aufmerksamkeit wert erachtete. Auch wenn manche Auswanderer sich in diesem relativ gesetzlosen Weltraumareal zusammengeschlossen haben, sind andere zu Zynikern geworden und kümmern sich nur noch um sich selbst. Einige Einheimische und Raumfahrer kennen die Mos-Eisley-Bar auch als Chalmun's Cantina, nach ihrem Inhaber Chalmun benannt, einem grimmigen Wookiee und ehemaligen Straßenkämpfer, und außer Droiden ist hier jeder willkommen, der über ausreichend Bares verfügt. Doch Neulinge sollten sich vor manch gefährlichem Stammgast in Acht nehmen.

Gemischte Kundschaft

Von den wenigen Orten, an denen ein Methan atmender Morseerianer, ein Jawa sprechender Bimm-Schmuggler, ein Saurin-Leibwächter und ein blutsaugender Anzati zusammenfinden können, gehört Chalmun's Cantina zu den beliebtesten. Die große Vielfalt von Lebewesen, die zu seinen Gästen zählen, ermutigt den Barbesitzer zu einem vergleichbar vielfältigen Angebot an geistigen Getränken.

Der Imperiumsflüchtling Yerka Mig

Die Mistryl-Schattenwächterinnen Shada D'ukal und Karoly D'ulin in ihrer Verkleidung als hochstaplerische Tonnika-Zwillinge

Der morseerianische Pilot Nabrun Leids

Der Bimm-Schmuggler Ryar Ryjerd

Der Saurin-Leibwächter Sai'torr Kal Fas

Der Anzati-Kopfgeldjäger Dannik Jerriko

MOMAW NADON
Der von seiner Heimatwelt Ithor verbannte »Hammerkopf« Momaw Nadon unterstützt insgeheim die Rebellion.

DJAS PHUR
Der sakiyanische Kopfgeldjäger Phur ließ sich gelegentlich von Jabba dem Hutt als Meuchelmörder anheuern.

BOM VIMDIM
Der Advosze-Schmuggler Bimdim arbeitet für korrupte Beamte und verachtet seine eigene Spezies.

„BRAINIAC"
Der Siniteen mit dem Spitznamen »Brainiac« kann im Kopf Hyperraumkoordinaten berechnen.

MYO
Der bei der Galaktischen Outdoor-Survival-Schule angestellte Myo ist ein selbstregenerativer Abyssiner vom Planeten Byss.

Blaster

Obwohl Schießereien in Chalmun's Cantina nicht gerne gesehen werden, meinen selbst die hartgesottensten Stammgäste, dass es unklug wäre, die Bar unbewaffnet zu betreten. Sowohl Dr. Evazan als auch Ponda Baba, der zusätzlich einen modifizierten DL-21 trägt, bevorzugen den BlasTech SE-14C.

MODIFIZIERTER DL-21

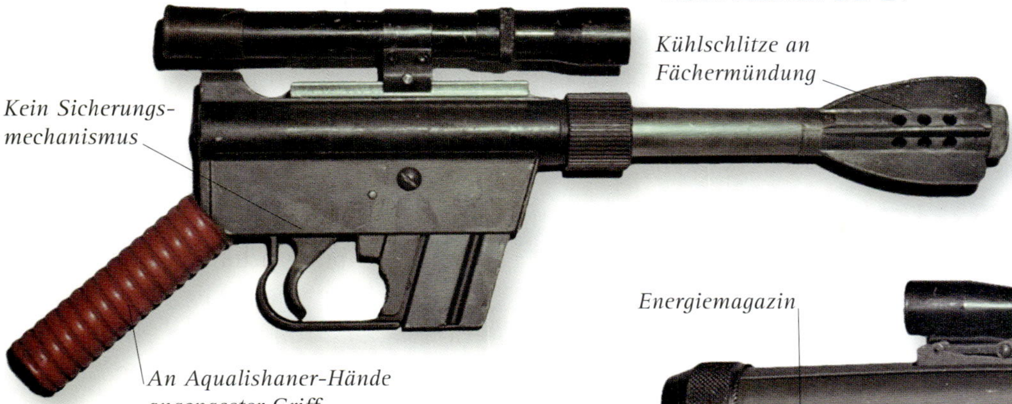

SE-14C

DR. EVAZAN
Der mehrfach zum Tode verurteilte mörderische Dr. Evazan ist dafür berüchtigt, die Körperteile lebender Geschöpfe umzugruppieren. Außerdem bereitet es Evazan und seinem Partner Ponda Baba Freude, sich zu prügeln und wehrlose Lebewesen niederzuschießen.

Der Barkeeper Wuher geht in Deckung, als Dr. Evazan und Ponda Baba (denen es nicht gelang, Luke zu provozieren) den Fehler begehen, Luke anzugreifen und ihre Blaster auf Ben Kenobi zu richten.

Teak Sidbam

Das auf Ando geborene flossenhändige Amphibienwesen Teak Sidbam wurde gelegentlich mit dem Aqualishaner Ponda Baba verwechselt, der als Angehöriger einer anderen Rasse Finger an den Händen hat. Der Wiederbeschaffungsagent Sidbam fahndete nach einem gestohlenen Frachter, als er die Mos-Eisley-Bar betrat.

DATENBLATT

◆ Der Söldner Arleil Schous ist ein Defel, eine Spezies zwielichtiger Aliens, die über die Gabe verfügen, sichtbares Licht zu absorbieren.

Lebensformen

Die mit grässlichen Zähnen bewehrten Wüstenwesen von Tatooine werden über 100 Meter lang.

DIE GALAXIS IST VON zahllosen Lebensformen bewohnt, von denen viele nur jenen bekannt sind, die ihnen begegneten, und unzählige nie wissenschaftlich klassifiziert wurden. Nach Einbruch der Dunkelheit erzählen sich betrunkene Raumfahrer Geschichten über seltsame, schreckliche Kreaturen auf entlegenen Welten oder in den Winkeln der Galaxis. Schon oft haben sich diese Geschichten, vom Heulen der Schneeungeheuer auf Hoth bis zu den unvorstellbar riesigen Asteroidenschnecken, die ganze Raumschiffe verschlingen, als wahr erwiesen. Skeptische Reisende bemerken häufig zu spät, wie sich ein Fangarm um ihre Beine legt, um ihnen einen grauenvollen Tod zu bereiten. In einer Galaxis, in der es von solchen Geschöpfen wimmelt, sollte man lieber vorsichtig sein.

Weltraumschnecke

Die auf Silikon basierenden Weltraumschnecken existieren im Vakuum, ihr Verdauungstrakt zersetzt mithilfe von Uran sogar Mineralien. Ein Imperialer Sternzerstörer, der in einem Asteroidenfeld operierte, wurde von einer gigantischen Weltraumschnecke angegriffen und, ehe das Monster abgewehrt werden konnte, zur Hälfte verschlungen und verdaut.

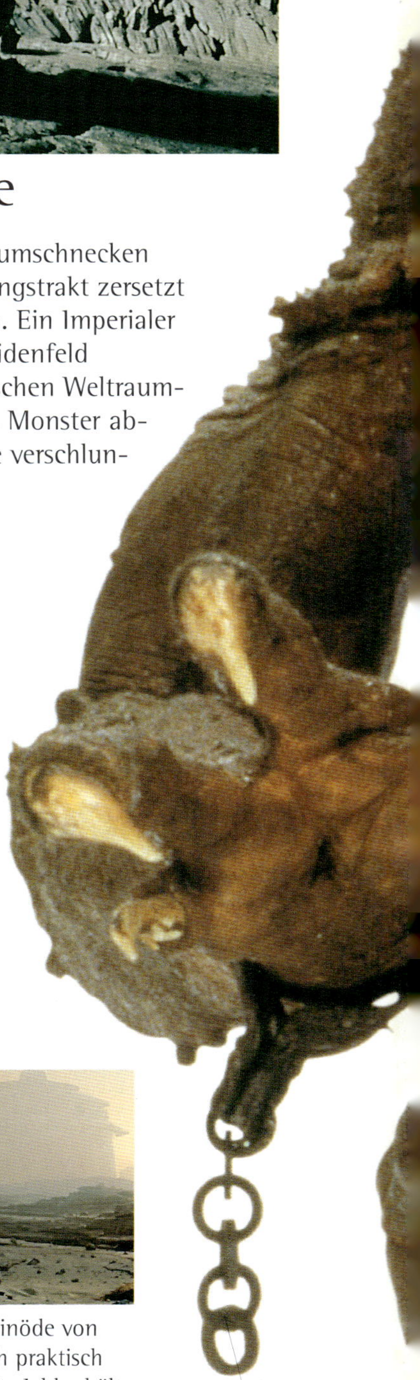

Sesshafte Jawa-Clans auf Tatooine benutzen zahme Rontos als Lasttiere, die ihre Waren auf die städtischen Märkte tragen.

Dianoga

Dianogas (oder Müllschlangen) haben sich über die ganze Galaxis ausgebreitet. Sie werden bis zu zehn Meter lang und leben bevorzugt in der Kanalisation. Die von Abfällen lebenden Geschöpfe werden auf Raumstationen manchmal zur Abfallverarbeitung herangezüchtet. Die älteren Exemplare sind aggressiv und fallen ihre Beute mit sieben kräftigen Tentakeln an.

Mynocks sind Silikonwesen, die Signalemitter und Energiekabel von Raumschiffen befallen, sich von deren Energieemissionen ernähren und dabei beträchtlichen Schaden anrichten können.

Wampa

Die bis zu drei Meter großen Wampa-Eisungeheuer jagen Tauntauns und andere Lebewesen in den Eiswüsten von Hoth, wo sich ihr Heulen bei Nacht mit dem eisigen Wind vermischt. Die gewieften Raubtiere jagen gewöhnlich allein, im Angesicht von Gefahren wie menschlichen Siedlungen schließen sie sich jedoch manchmal zu einer nicht zu unterschätzenden Bedrohung zusammen.

Die Worrts leben in der Einöde von Tatooine und stürzen sich praktisch auf alles, was sich bewegt. Jabba hält sich einige Wortts im Umkreis seines Palastes.

Der Biss einer Steinwarze von Tatooine appliziert ein schmerzhaftes Nervengift, das selbst größere Opfer umbringen kann.

Rancor

Dieser fünf Meter große furchterregende Fleischfresser verfügt über eine Panzerhaut und kolossale Kräfte. Jabba hält die Bestie in einer Grube unter seinem Thronsaal und wirft ihr bei lebendigem Leib unglückliche Opfer zum Fraß vor, um sich an ihren Qualen zu delektieren. Die Herkunft seines bizarren Haustiers behält er jedoch für sich, obwohl es Legenden über rancorähnliche Geschöpfe auf dem Planeten Dathomir gibt.

DATENBLATT

◆ Dianogas passen die Körperfarbe ihrer letzten Mahlzeit an und werden durchsichtig, wenn sie längere Zeit hungern mussten.

◆ Jabbas Schoßtier Hoover (unten) wirkt harmlos, schleicht sich aber gerne nachts an schlafende Opfer an, schiebt den langen Rüssel unter ihre Kleidung und Decken und trinkt ihr Blut.

Der Tierhändler Malakili geriet mit dem Gesetz in Konflikt, als einige seiner Zirkustiere während einer Vorstellung entflohen und viele Zuschauer zerfleischten. Jabba gab ihm eine Stellung als Hüter des Rancor, den Malakili bald ins Herz schloss.

Rancoren sind im Grunde gutmütig und wurden von den Hexen von Dathomir sogar domestiziert. Doch Jabba unternimmt alles, um seinen Rancor zur Bestialität anzustacheln. Jabbas vor Hunger rasendes Ungeheuer widerstand während des Kampfes in der Rancor-Grube selbst Luke Skywalkers eindringlichen Jedi-Kräften.

Droidentechnologie

MECHANISCHE DROIDEN unterschiedlichster, ihrer jeweiligen Aufgabe angemessenen Bauarten erledigen Tausende von Dienstleistungen oder übernehmen gefährliche und Präzision erfordernde Arbeiten. Ihre Intelligenz und Kommunikationsfähigkeit variiert von Protokolldroiden, die sich in jeder Zivilisation zurechtfinden müssen, bis hin zu Mehrzweckrobotern, die nicht direkt mit Menschen kommunizieren können. Droiden gelten als Sklavenarbeiter und Bürger dritter Klasse, die von allen, die etwas »gegen Maschinen haben, die einem widersprechen«, mit Verachtung gestraft werden. Wer ihnen indes mit Respekt begegnet, findet rasch heraus, dass viele von ihnen eine eigene Persönlichkeit besitzen.

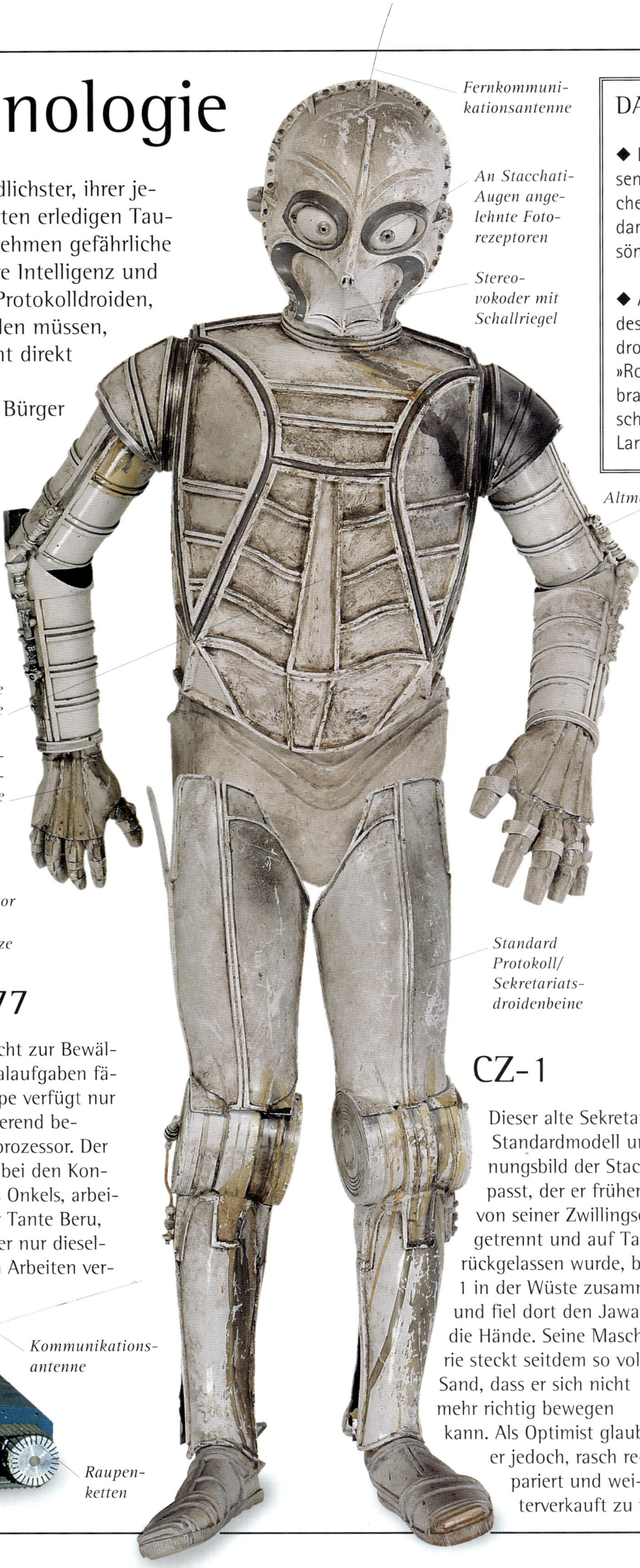

DATENBLATT

◆ Die meisten Droiden müssen sich regelmäßigen Speicherlöschungen unterziehen, damit sie keine eigene Persönlichkeit entwickeln.

◆ Als der Motivator des Agromechdroiden R5-D4 »Rot« durchbrannte, entschied sich Owen Lars für R2-D2.

WED-15-77

Diese unter Aufsicht zur Bewältigung von Spezialaufgaben fähige Fernsichtraupe verfügt nur über einen frustrierend beschränkten Denkprozessor. Der Droide hilft Luke bei den Kondensatoren seines Onkels, arbeitet aber lieber für Tante Beru, weil er für sie immer nur dieselben vorhersehbaren Arbeiten verrichten muss.

Jawas handeln mit allem, was sie in die Finger kriegen. Owen Lars boten sie sogar diesen antiquierten R1-G4-Droiden an. Doch eine Reaktordrone wie dieser Veteran würde sich eher im Maschinenraum eines Großraumschiffs wohl fühlen als auf einer Feuchtfarm.

CZ-1

Dieser alte Sekretariatsdroide basiert auf einem Standardmodell und wurde an das Erscheinungsbild der Stacchati-Spezies angepasst, der er früher diente. Als er von seiner Zwillingseinheit CZ-3 getrennt und auf Tatooine zurückgelassen wurde, brach CZ-1 in der Wüste zusammen und fiel dort den Jawas in die Hände. Seine Maschinerie steckt seitdem so voller Sand, dass er sich nicht mehr richtig bewegen kann. Als Optimist glaubt er jedoch, rasch repariert und weiterverkauft zu werden.

AV-6R7

AV-6R7, ein imperiales Aufsehermodell der V-Serie, beaufsichtigt für Mufti Jerjerrod die Arbeitsdroiden beim Bau des zweiten Todessterns. Als ihm ein fehlerhafter Energiedroide entwischt, werden ihm beide Arme amputiert.

EV-9D9

Jabbas Aufseherdroide plagt die Dienstdroiden seines Herrn, bis sie auseinanderfallen, und erfindet in den Mauern des Palastes immer neue bizarre Foltermethoden für Roboter, um sie zur Arbeit anzustacheln.

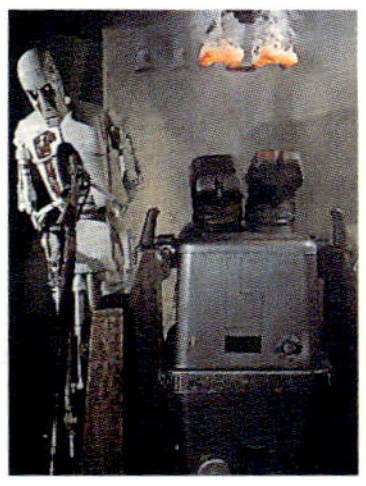

Unter dem Einfluss der Grausamkeiten an Jabbas Hof demolieren die Wächterdroiden des Palastes aufmüpfige Droiden.

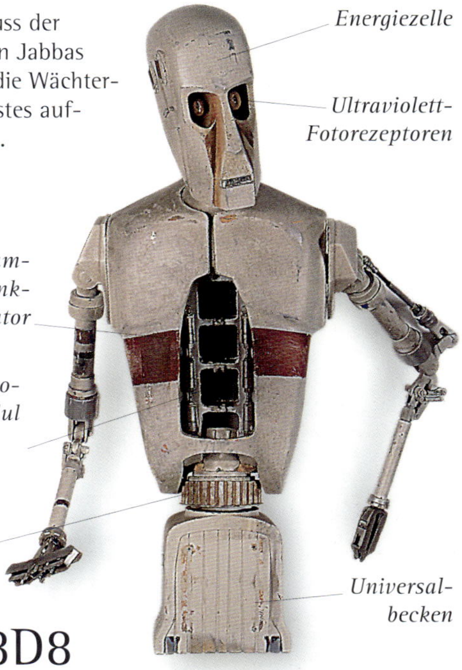

8D8

Dieser von den insektoiden Verpinen gebaute ehemalige Schwerindustriedroide wurde einer Gehirnwäsche unterzogen und neu programmiert und dient seitdem in Jabbas Droidenfolterkammer.

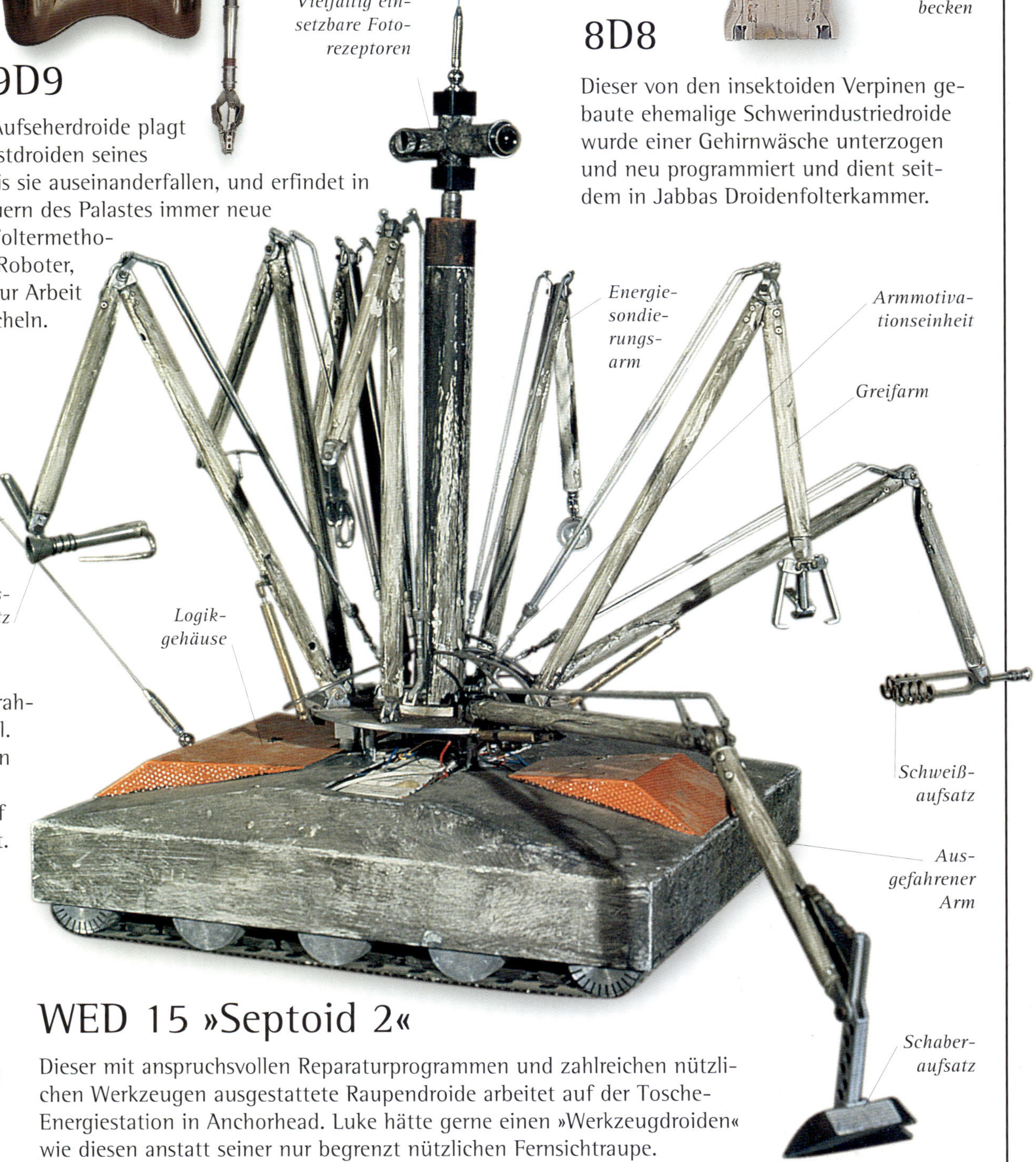

WED 15 »Septoid 2«

Dieser mit anspruchsvollen Reparaturprogrammen und zahlreichen nützlichen Werkzeugen ausgestattete Raupendroide arbeitet auf der Tosche-Energiestation in Anchorhead. Luke hätte gerne einen »Werkzeugdroiden« wie diesen anstatt seiner nur begrenzt nützlichen Fernsichtraupe.

LIN-V8K

Dieser gepanzerte Bergbaudroide bringt Sprengladungen an und durchdringt Strahlung, Nebel und sogar Sand und Geröll. LIN wurde aus einer verlassenen Militärgarnison geborgen und von den Jawas auf Tatooine aufbereitet.

R2-D2 Erweitert

DIVERSE BESITZERMODIFIKATIONEN sowie gelegentliche Engpässe bei nicht standardisiertem Zubehör haben den älteren Astromechs von Industrial Automaton den Ruf eingetragen, mit improvisierten, exotischen und überflüssigen Bauteilen vollgestopft zu sein. Wenn der Gedächtnisspeicher intelligenter Droiden nicht regelmäßig gelöscht wird, kann nicht ausgeschlossen werden, dass mit der Zeit gewisse Charakterauffälligkeiten entstehen. Bei dem betagten Astromech R2-D2 hat dieses Versäumnis zu extremer Schrulligkeit geführt. Ungeachtet seiner Loyalität ist R2 ein notorischer Geheimniskrämer und gibt nur ungern seine sämtlichen technischen Möglichkeiten preis.

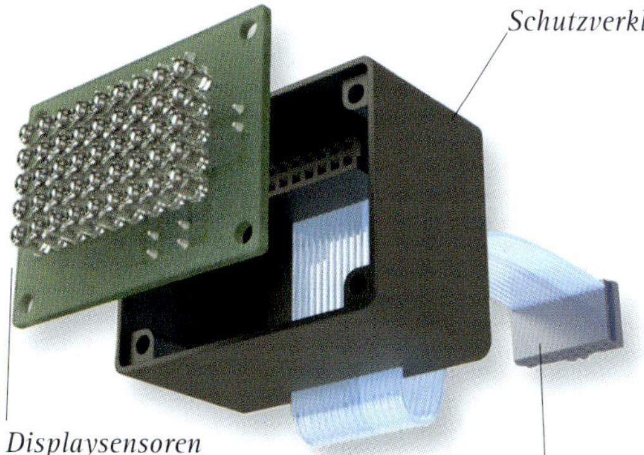

DROIDENLOGIK
R2 fehlen die intuitiven und assoziativen Fähigkeiten vieler organischer Lebewesen, doch seine Erfahrungen, Beobachtungen und Erinnerungen haben seine hoch entwickelten Logikschaltkreise in einzigartiger Weise geprägt. Er ist daher ungewöhnlich einfallsreich und ent-schlossen.

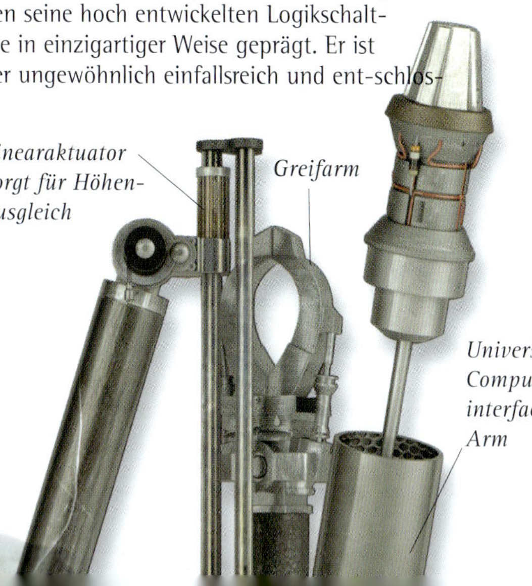

Holoprojektor

Bei entsprechendem Datenzugriff kann R2-D2 dreidimensionale Ansichten von Raumschiffsystemen projizieren. Um holografische Aufzeichnungen von Lebewesen oder Gegenständen anzufertigen, setzt der Droide seine visuellen Sensoren in Kombination mit seinem akustischen Signalgeber ein. Die automatische Analyse reflektierter Schallwellen erzeugt ein sichtbares Muster, das alle für R2 unsichtbaren Bereiche »auffüllt«.

AUFGEZEICHNETE ERINNERUNGEN
Durch Preisgabe freier Gedächtnisspeicherkapazität bewahrt R2 einige holografische Aufzeichnungen in seinem System auf, darunter Prinzessin Leias verzweifelten Hilferuf an Obi-Wan Kenobi sowie andere Botschaften von besonderer historischer oder persönlicher Bedeutung.

AUSFAHRBARE KOPFKUPPEL
R2-D2 hat die Möglichkeit, seinen Kopf auszufahren, dank derer er in den Droidensockel eines Naboo-N-1-Sternjägers passt, lange nicht genutzt, weil dabei leicht unerwünschte Partikel in seine Systeme eindringen können.

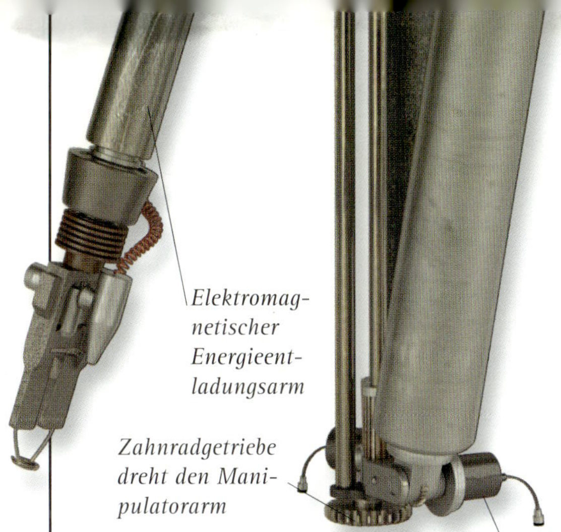

DREHBARE MANIPULATORARME
Um im Zylinderrumpf der Astromech-droiden Platz zu sparen, sind die aus-wechselbaren Manipulatorarme auf rotierenden Sockeln montiert. Daher kann R2 rasch auf den erwünschten Manipulatorarm zugreifen und die Illusion eines unerschöpflichen Vorrats an Gerätschaften erzeugen.

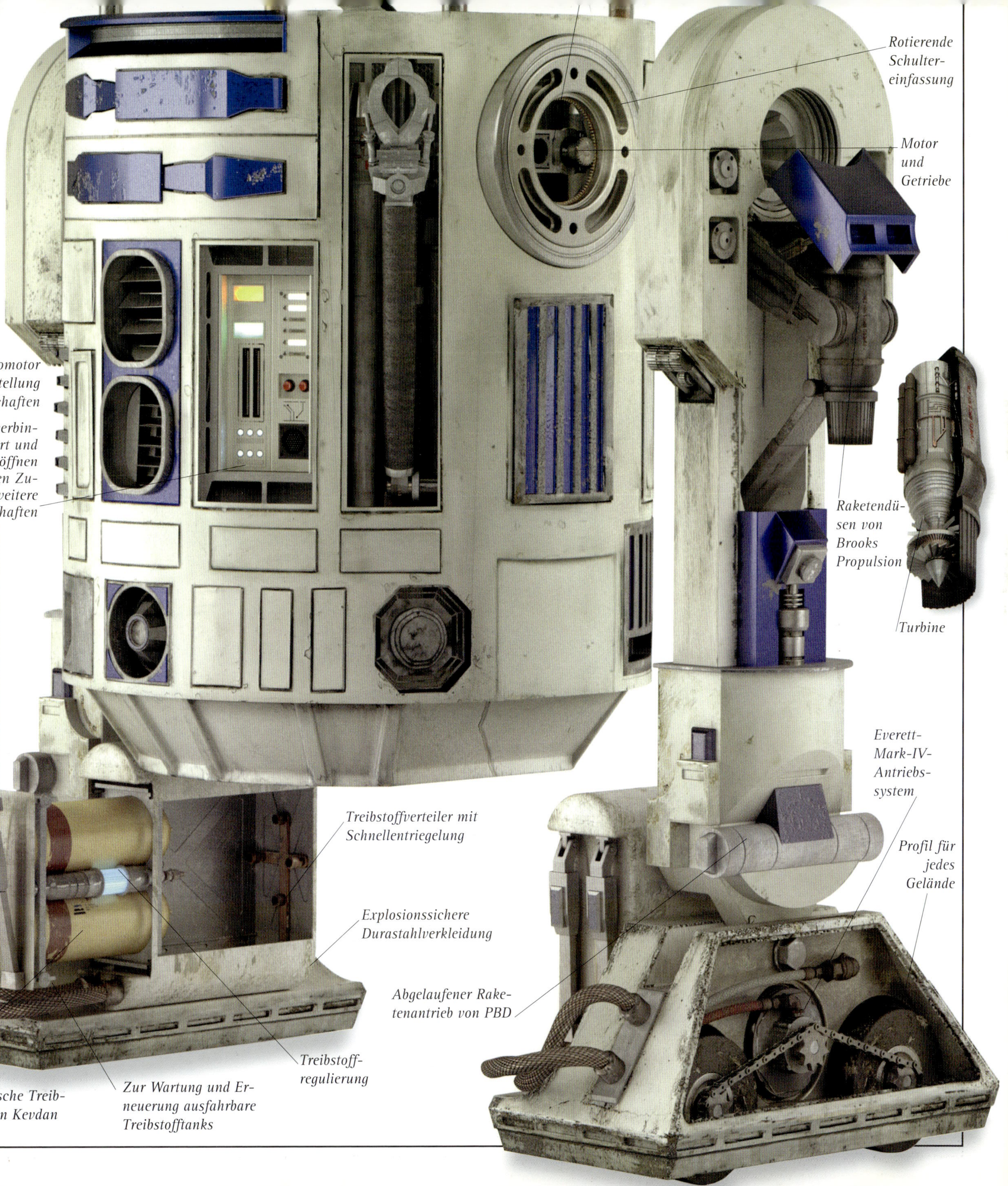

DATENBLATT
◆ C-3PO ist weniger hart im Nehmen und bedarf daher regelmäßiger Wartung und Reparatur. Zum Glück kann R2 Reparaturen schnell durch-führen.

ASTROMECH AM BODEN
Das Unternehmen Brooks Propul-sion Devices (BPD), das den Rake-tenantrieb der Astromechs baute, wurde nach den Klonkriegen durch das Imperium geschlossen. R2-D2s BPD-Bauteile waren letztlich beschädigt worden, doch seine Flugtüchtigkeit hat er seit-her aber nur selten vermisst.

Glossar

AKADEMIE Ausbildungsinstitut für Forschung, Militärwesen und Handel.

ASTROMECH Allzweckdroiden, die Computer reparieren und Informationen wiederbeschaffen. Die gewöhnlich kleinen, zylindrischen und dreifüßigen Astromechs sind auf die Wartung von Raumschiffen spezialisiert.

ÄUSSERER RAND Eine Gruppe von Sternsystemen jenseits der Kernwelten.

BLASTER Allgemein gebräuchliche Energiewaffen, die je nach Bauweise stark gebündelte tödliche, lähmende oder verdampfende Lichtstrahlen verschießen. Es gibt sie als Handfeuerwaffen, Gewehre und schwere Blastergeschütze, die von mehreren Kanonieren bedient werden.

CREDITS Die Basiswährungseinheit der Galaxis.

CYBORG Ein kybernetischer Organismus aus technologischen und lebenden Teilen.

FOTOREZEPTOR Eine Vorrichtung zur Aufnahme von Lichtstrahlen, die in elektronische Signale umgewandelt und von Videocomputern verarbeitet werden. Die meisten Droiden verwenden Fotorezeptoren anstatt Augen.

GEWÜRZE Sammelname für eine Vielzahl von Drogen, darunter das unter der Oberfläche des Planeten Kessel abgebaute Glitzerstim.

HANDELSFÖDERATION Die mit der Konföderation verbündete Handelsgesellschaft unter der Herrschaft der Neimoidianer war der größte kommerzielle Verband der Galaxis.

HOLOCRON Speicher- und Informationsmedium machtsensitiver Lebewesen.

HOLOGRAMM Aus Lichtwellen gebildete dreidimensionale Abbildung für die Übermittlung und Aufzeichnung von Daten.

HYPERRAUM Eine Dimension der Raumzeit, die nur mit Überlichtgeschwindigkeit erreichbar ist.

IMPERIUM Der allgemein verwendete Ausdruck für die Republik des Galaktischen Imperiums unter der Herrschaft des Imperators Palpatine.

IONENKANONE Eine ionisierte Energie abfeuernde Waffe, die Maschinen und Computersysteme lahmlegt, ohne äußere Schäden zu verursachen.

JEDI Die ehemaligen Hüter der Republik sind machtsensibel und können die Macht im Dienst für andere sogar manipulieren.

KARBONID Ein starkes, aber unbeständiges Metall, das dem gefrorenen Transport von Materialien wie Tibannagas in Karbonidblöcken dient.

KERNWELTEN Die angesehenen, dicht besiedelten Kernwelten grenzen ans Zentrum der Galaxis und gehörten vor dem Aufstieg des Imperators zur Galaktischen Republik.

KLONKRIEGE Der interstellare Krieg zwischen der Galaktischen Republik (die Klonkrieger unter dem Befehl von Jedi-Generälen einsetzte) und der Konföderation Unabhängiger Systeme.

KOMLINK Ein Kommunikationsgerät, das aus einem Transmitter, einem Empfänger und einer Energiequelle besteht.

KONFÖDERATION Kurzform für Konföderation Unabhängiger Systeme, ein Bündnis interstellarer Handelsgesellschaften zur Durchsetzung schrankenloser kapitalistischer Marktwirtschaft.

KOPFGELDJÄGER Kopfgeldjäger stellen für eine Belohnung Kriminelle, Gesetzeslose und Raubtiere. Die Kopfgeldjägergilde wacht über ihren Ehrenkodex, der besagt, dass kein Jäger einen anderen töten oder sich dessen Beute bemächtigen darf.

LANDGLEITER Ein von Repulsoren angetriebenes Fahrzeug für den Landverkehr in geringer Höhe.

LASERKANONE Diese auf Raumschiffen oder Fahrzeugen montierte Waffe verschießt in schnel-

GROSSMUFTI TARKINS KODEZYLINDER

ADMIRAL MOTTIS KODE-ZYLINDER

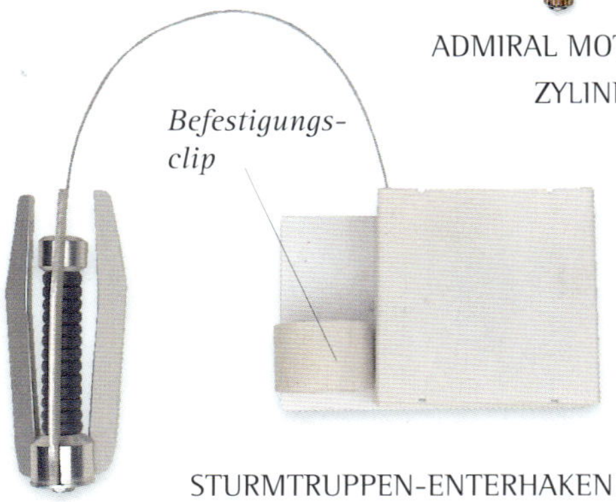

STURMTRUPPEN-ENTERHAKEN

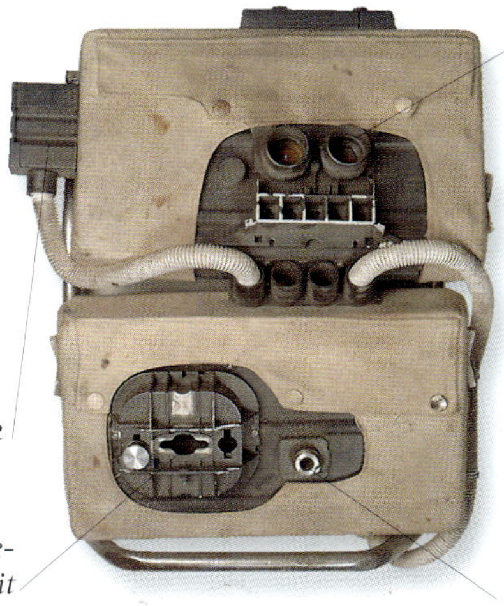

HOTH-REBELLENTORNISTER

STURMTRUPPEN-SERGEANT-SCHULTERSTÜCK

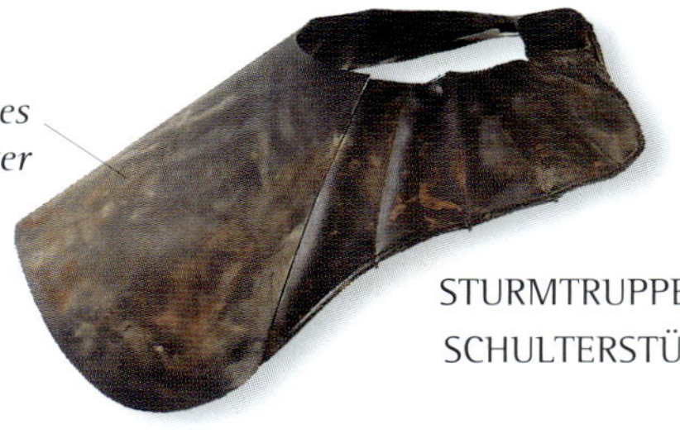

STURMTRUPPEN-SCHULTERSTÜCK

ler Folge sichtbare Blitze kohärenten Lichts und ist schlagkräftiger als Blaster.

LICHTSCHWERT Die elegante Waffe der Jedi ist ein Schwert mit einer Klinge aus reinem Licht, die fast jedes Material durchdringt. Auch Energstrahlen lassen sich mit dem Lichtschwert ablenken.

LUFTGLEITER Von Repulsoren betriebene Fahrzeuge für den Verkehr in der Planetenatmosphäre. Manche Luftgleiter erreichen eine Flughöhe von 250 Kilometern und Geschwindigkeiten von über 900 Stundenkilometern. Verbreitete Modelle sind der T-16-Lufthüpfer und der Schneegleiter der Rebellen.

MACHT Ein von allem Lebendigen erzeugtes Energiefeld, das die gesamte Galaxis durchdringt.

MIDI-CHLORIANER Mikroskopisch kleine Organismen, die in allen Lebewesen existieren und durch einfache Untersuchungen von Blut oder Gewebe nachgewiesen werden können. Die Midi-Chlorianer kommen besonders zahlreich in Machtsensiblen wie den Jedi und Sith vor, die durch sie mit der Macht kommunizieren.

MUFTI Titel imperialer Militärkommandanten, die über bestimmte Sektoren der Galaxis herrschten und den Großmuftis unterstellt waren.

NAV-COMPUTER Der auch Navicomputer genannte Computer ist ein spezieller Prozessor zur Berechnung von Überlichtgeschwindigkeitssprüngen sowie Routen und Flugbahnen durch Hyperraum und Normalraum.

PODRACER Eine mit zwei großen Repulsortriebwerken verbundene Steuerkapsel für Hochgeschwindigkeitsrennen, deren Piloten bisweilen auch Podracer genannt werden.

PROTONENTORPEDO Eine Projektilwaffe mit einem Protonengefechtskopf, die von Sternjägern oder von transportablen Raketenwerfern abgefeuert wird.

REBELLEN-ALLIANZ Kurzform für die Allianz zur Wiederherstellung der Republik, die sich gegen Palpatines Galaktisches Imperium auflehnte.

REPUBLIK Allgemeinbegriff für die Galaktische Republik, die vereinten Welten der Galaxis, die schließlich dem Galaktischen Imperium in die Hände fielen.

REPULSOR Ein Antigravitationsantrieb für Landgleiter und Luftgleiter, aber auch für Kleinraumschiffe bei Andock- oder Atmosphärenflugmanövern.

RETTUNGSKAPSEL Ein vollautomatisches Rettungsboot, mit dem Passagiere und Besatzung ein Raumschiff verlassen können.

SANDKRIECHER Die als Erzfrachter und mobile Raffinerien gebauten Sandkriecher sind riesige Kettenfahrzeuge. Verlassene Sandkriecher werden gewöhnlich von Einheimischen übernommen oder ausgeschlachtet.

SEPARATISTEN Ursprünglich eine Bewegung zur Loslösung von der Galaktischen Republik, die später in die Konföderation mündete.

SITH Eine uralte Sekte machtsensibler Lebewesen, die ihre Gaben in den Dienst des Bösen stellte. Ihr Ziel war die Vernichtung der Jedi und die Eroberung der Galaxis.

STERNJÄGER Eine gewöhnlich von einem Piloten gesteuerte Jagdmaschine.

THERMALDETONATOR Eine explosive handgroße Bombe, die alles in einem Radius von 20 Metern spurlos vernichtet.

TIBANNAGAS Ein seltenes Gas, das die Energieeffizienz von Blastern erhöht und das für den Transport aus den Raffinerien in Karbonid eingefroren wird.

TODESSTERN Eine Imperiale Kampfstation von Mondgröße, die mit einem Planeten zerstörenden Superlaser gerüstet ist.

TRAKTORSTRAHLEN Ein modifiziertes Kraftfeld, mit dem man Gegenstände aufhalten und bewegen kann. Traktorstrahlen werden in Raumhäfen eingesetzt, um Schiffen eine sichere Landung zu ermöglichen, dienen aber auch dem Entern von Raumschiffen.

AUFGESCHNITTENER STURMTRUPPENHELM

RATH-REKORDER

WÜSTEN-ÜBERLEBENSTORNISTER

BERUFSKILLER-BLASTER

TATOOINE-GELDBÖRSE

NABOO-DETONATOR

SITH-PEILSENDER

Index

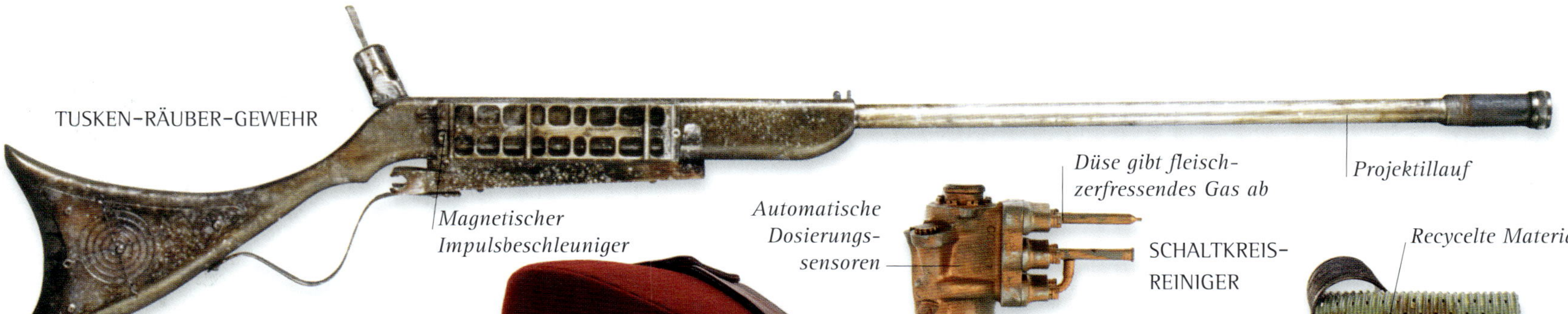

TUSKEN-RÄUBER-GEWEHR

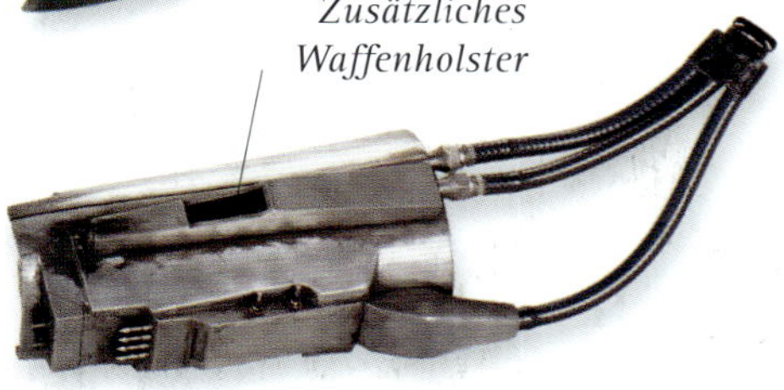

MANDALORIANISCHE WAFFE

NABOO OFFIZIERSMÜTZE

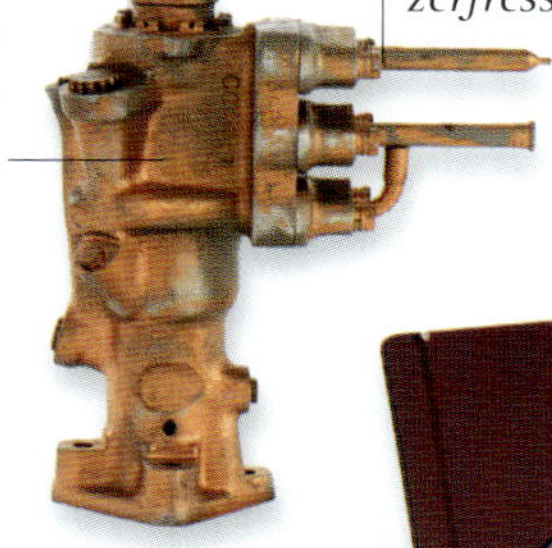

SCHALTKREIS-REINIGER

DIAGNOSE-MONITOR

TRAMPERTASCHE

MUSTAFAR-GEWEHR

MUSTAFAR READOUT

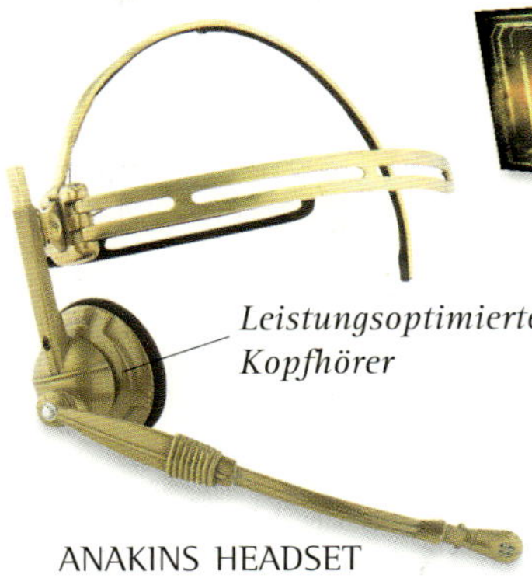

ANAKINS HEADSET

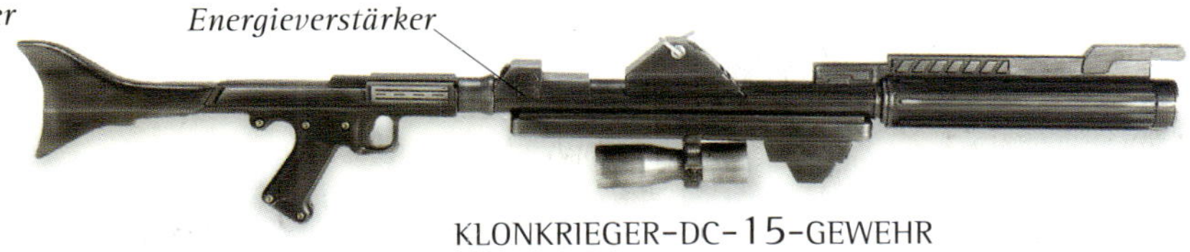

KLONKRIEGER-DC-15-GEWEHR

CANCELL

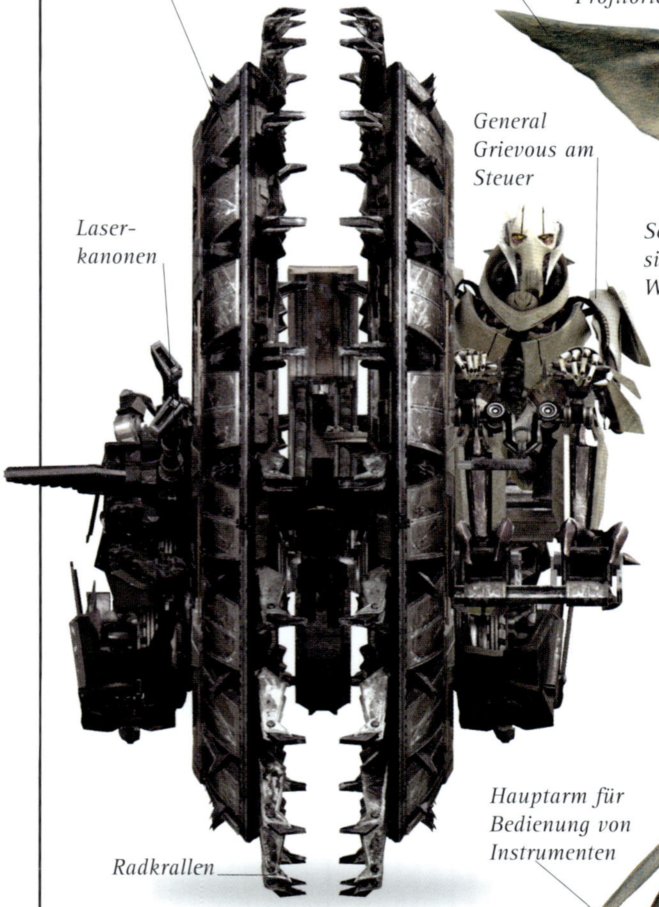

GRIEVOUS' WHEEL BIKE

WHEEL BIKE (SEITENANSICHT)

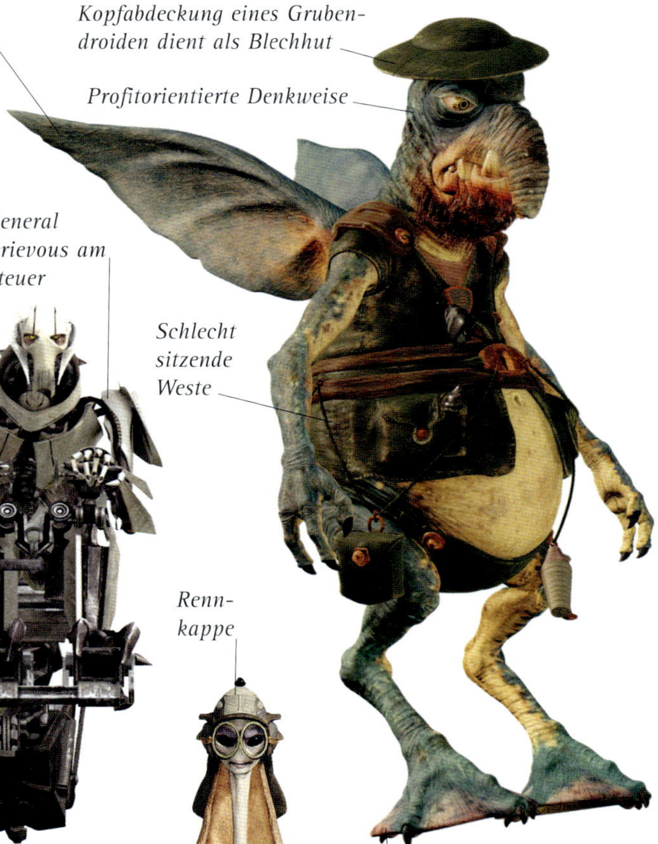

WATTO

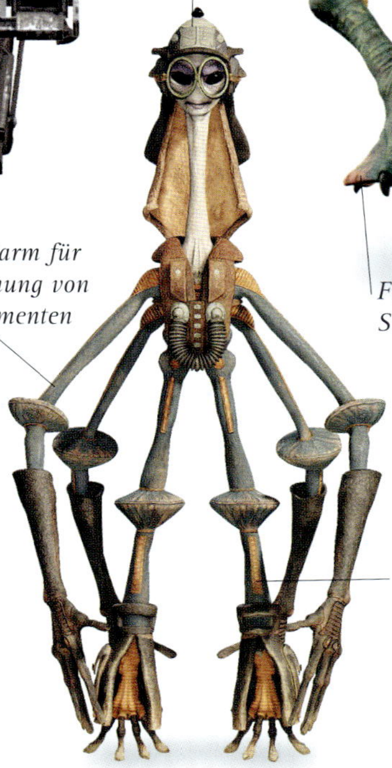

GASGANO

LONDON, NEW YORK, MUNICH, MELBOURNE AND DELHI

DORLING KINDERSLEY

PROJECT ART EDITORS Dan Bunyan, Guy Harvey, Nick Avery, Jane Thomas, and Iain Morris
PROJECT EDITORS Heather Scott, Laura Gilbert, and David Pickering
SENIOR DESIGNER/BRAND MANAGER Lisa Lanzarini
PUBLISHING MANAGER Simon Beecroft
CATEGORY PUBLISHER Alex Allan
DTP DESIGNER Hanna Ländin
PRODUCTION Rochelle Talary and Nick Seston
INDEXER Marian Anderson

LUCASFILM LTD.

EXECUTIVE EDITOR Jonathan W. Rinzler
ART EDITORS Iain R. Morris and Troy Alders
CONTINUITY SUPERVISOR Leland Chee

DK Publishing bedankt sich bei:

Stacy Cheregotis, Tina Mills, Halina Krukowski, Christine Owens, Aaron Henderson, Paloma Añoveros, Sarah Hines Stephens, Jane Mason, Cara Evangelista, Joanna Devereux, Cathy Tincknell, Cynthia O'Neill Collins, Kim Browne, Jill Bunyan, Lauren Egan, Steve Lang, Lauren Britton, Nicola Torode, Louise Barrett and Katy Holmes

Material aus diesem Buch war bereits veröffentlicht in:

Star Wars: Was ist was im Star-Wars-Unversum ®, ™, und Copyright © 1998 (hier in Neuübersetzung)

Star Wars Episode I: Die Illustrierte Enzyklopädie © 1999 Lucasfilm Ltd. & ™

Star Wars Angriff der Klonkrieger: Die Illustrierte Enzyklopädie Copyright © 2002 Lucasfilm Ltd. & ™

Star Wars Die Rache der Sith: Die Illustrierte Enzyklopädie Copyright © 2005 Lucasfilm Ltd. & ™

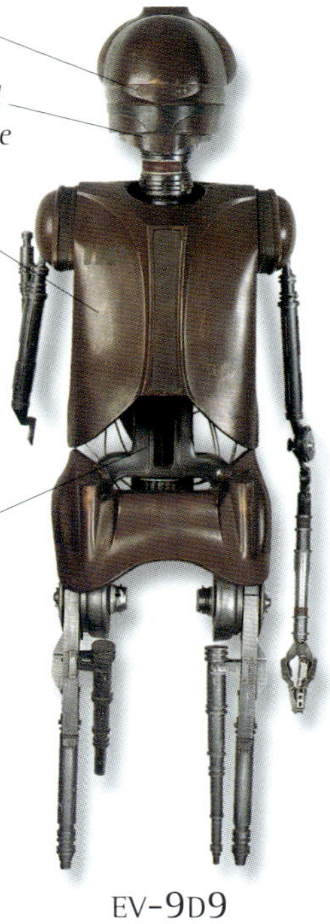

EV-9D9

Bibliografische Information Der Nationalbibliothek
Die Deutsche Nationalbibliothek verzeichnet diese Publikation in der Deutschen Nationalbibliografie; detaillierte bibliografische Daten sind im Internet über http://dnb.ddb.de abrufbar.

Titel der Originalausgabe:
STAR WARS
EPISODE I-VI – THE COMPLETE VISUAL DICTIONARY
The Ultimate Guide to Characters and Creatures from the Entire Star Wars Saga

Lizenzausgabe mit freundlicher Genehmigung der MR Merchandising & Retail GmbH & Co. KG, München.

Deutschsprachige Ausgabe:
© 2007 vgs

verlegt durch EGMONT Verlagsgesellschaften mbH, Gertrudenstraße 30-36, 50667 Köln
Alle Rechte vorbehalten.

Satz der deutschen Ausgabe: Achim Münster
Druck: Hung Hing, Hongkong

ISBN 978-3-8025-3606-9

www.vgs.de

vgs EGMONT